Lebensstrahlen

LEBENSSTRAHLEN
Erstausgabe 1938 im Scherl Verlag, Berlin,
im Taschenbuch als Band 06/3287
in der Reihe HEYNE SCIENCE FICTION & FANTASY

HANS DOMINIK

LEBENSSTRAHLEN
DIE SPUR DES DSCHINGIS-KHAN
UNSICHTBARE KRÄFTE

Drei
Science Fiction Romane
in einem Band

herausgegeben
von
WOLFGANG JESCHKE

WILHELM HEYNE VERLAG
MÜNCHEN

HEYNE SCIENCE FICTION & FANTASY
Band 0605239

Redaktion: Wolfgang Jeschke

Printed in Germany 1994
Umschlagbild: Dieter Rottermund
Umschlaggestaltung: Atelier Ingrid Schütz, München
Technische Betreuung: Manfred Spinola
Satz: Schaber Satz- und Datentechnik, Wels
Druck und Bindung: Presse-Druck, Augsburg

ISBN 3-453-07961-2

Ein Wirtshaus am Wege, wie viele zwischen deutschen Bergen stehen. Schräg fielen die Strahlen der Abendsonne in den Gastraum und spielten über weißgescheuerte Tische. Hinter seiner Theke war der Wirt damit beschäftigt, Gläser auszuspülen, als die Tür aufging.

»Abend, Schöne!« sagte ein älterer Mann, der mit einem Einholkorb über die Schwelle schlurfte.

»Abend, Michelmann!« erwiderte der Wirt. Der Alte setzte seinen Korb ab und ließ sich auf einen Stuhl fallen.

»Reichlich warm heute!« meinte er, während der Wirt einen Schoppen Wein vor ihn hinstellte. »Will mein Rad hierlassen. Ist genug, wenn ich den Korb den Berg raufschleppe.«

»Recht so, Gustav. Kannst es in den Ziegenstall stellen«, sagte der Wirt und setzte sich zu ihm. »Übrigens waren vorhin ein paar Gäste hier, die schienen es mal wieder auf euch abgesehen zu haben.«

»Wieso?« fragte Michelmann.

Schöne setzte eine überlegene Miene auf. »Stadtvolk, Automobilisten – kehren hier ein, tun so, als ob sie ihre Karte studierten, Fragen mich allerlei, bringen dabei die Rede auf die Eulenburg und euren Doktor! Na, ich weiß doch Bescheid, Gustav.«

Michelmann nahm einen Schluck aus seinem Glas. »Du meinst, Otto, die wollen wieder …«

»Glaube nicht, daß ich mich geirrt habe. Die vom Gut drüben sind doch immer noch scharf auf euren Wald. Kann's ihnen nicht mal verdenken; er springt verflucht unbequem in ihre Jagd rein.«

»Könnte denen so passen!« sagte Michelmann.

»Wird aber nichts draus, Otto. Ist uns gerade recht so, wie's ist. Unser Doktor will bei seinen Arbeiten ungestört sein. Die sollen ihren Hasen sonstwo schießen.«

Schöne lachte. »Kann's mir denken. War ein rechter Schabernack von dem alten Baron, dem Doktor Eisenlohr die Burg mit dem Bergwald zu vermachen, während die andern das Gut bekamen. Ließ sich aber nichts gegen machen, haben das Testament vergeblich angefochten. Na, da seht man zu, Gustav, daß ihr euch den neuen Besuch vom Halse schafft.«

»Was sagst du, Otto? Du meinst, die wollen unserm Doktor auf die Burg rücken?«

Schöne nickte. »Sahen mir ganz danach aus, als ob sie's heute noch vorhätten.«

Michelmann war aufgesprungen. »Da muß ich dem Doktor ja Bescheid sagen!«

»Wäre kein Fehler, Gustav. Tu's man gleich.«

Während der Wirt es sagte, deutete er nach der Ecke, in der das Telefon hing. Michelmann nahm den Hörer ab, hatte ein kurzes Gespräch.

»Ist heut nicht viel bei dir los, Otto«, meinte er, während er sich wieder an den Tisch setzte.

»Erntewetter, Gustav. Ist alles draußen auf den Feldern. Wollen ihr Korn trocken reinkriegen.«

Michelmann nickte. Dann trank er sein Glas leer und empfahl sich. Es war bereits völlig dunkel, als er ins Freie trat.

»Hals- und Beinbruch, Gustav!« rief ihm Schöne nach.

»Danke, danke, Otto!« Michelmann schlug einen von der Landstraße abgehenden Seitenweg ein, während er den Lichtkegel einer Taschenlampe vor sich hin spielen ließ.

Der Gastwirt Schöne hatte sich eben wieder hinter seine Theke zurückgezogen, als ein neues Geräusch ihn aufhorchen ließ. Ein Kraftwagen hielt draußen.

Kommen die Brüder von vorhin schon wieder

zurück? ging's ihm durch den Kopf, als die Tür zur Gaststube geöffnet wurde. Zwei Männer kamen herein, aber die Leute, von denen er vor kurzem dem alten Michelmann berichtet hatte, waren es nicht. Der eine, schmächtig, brünett, mochte wohl ein Südländer sein, Italiener oder Franzose; den andern, blondhaarig und lang, schätzte der Wirt als einen Engländer oder Amerikaner ein. In einem ziemlich glatten Deutsch bestellte der Dunkelhaarige für sich und seinen Gefährten etwas zu trinken. Schöne brachte das Gewünschte und machte sich danach hinter seiner Theke zu schaffen. Er war begierig, etwas zu erlauschen, aber zu seinem Leidwesen führten die Fremden die Unterhaltung in französischer Sprache.

»Wie gedenken Sie weiter zu disponieren, Monsieur Bigot?« fragte der Blonde.

»Ich will später versuchen, Mister Hartford, ob aus dem Gastwirt etwas Brauchbares herauszuholen ist«, antwortete der mit Bigot Angeredete. Und während er nun weitersprach, spitzte Schöne die Ohren, denn es fielen Namen, die ihm wohlbekannt waren.

»Die Bekanntschaft mit dem jüngeren Assistenten Doktor Holthoff hilft uns nicht weiter«, sagte Bigot. »Der Mann ist der typische deutsche Wissenschaftler und für uns nicht zu haben. Ich habe es nicht mal riskiert, ihm Andeutungen zu machen.«

»Dumme Geschichte, Bigot!« warf der andere dazwischen. »Wir haben dadurch kostbare Zeit verloren.«

Mit einem Achselzucken ging Bigot über den Einwand hinweg.

»Um so mehr verspreche ich mir von einer Bekanntschaft mit Doktor Bruck, dem anderen Assistenten«, fuhr er fort. »Nach dem, was ich über ihn hörte, könnte er der richtige Mann für uns sein. Er war nämlich auf dem besten Wege, ein verbummeltes Genie zu werden. Eisenlohr, der ihn von der Universität her kannte, hat ihn vor einigen Jahren aufgegabelt und ihm eine anständig bezahlte Tätigkeit in seinem Laboratorium gegeben.«

»Und Sie meinen, der Mann würde trotzdem ...?« unterbrach ihn Hartford.

»Ich meine in der Tat, Hartford. Ich habe andeutungsweise gehört, daß er unzufrieden ist. Er möchte die Forschung nicht nur um der Forschung willen betreiben wie die beiden andern, sondern Geld damit verdienen. Verstehen Sie mich jetzt?«

Hartford pfiff vor sich hin. »Dann könnte es glücken. Wenn es gelingt, mit ihm bekannt zu werden und ihn durch Versprechungen auf unsere Seite zu ziehen. Bigot, auf derartige Dinge verstehen Sie sich doch meisterhaft.«

Der Franzose schüttelte den Kopf. »Es ist leider nicht so einfach, seine Bekanntschaft zu machen. Seit Monaten ist er von der Eulenburg nicht runtergekommen... Alles, was außerhalb zu besorgen ist, überträgt Eisenlohr dem anderen, dem Doktor Holthoff.«

»Hm! Dann wird Ihnen nichts anderes übrigbleiben, Bigot, als sich selber in die Höhle des Löwen zu wagen.«

»Ausgeschlossen, Hartford! Eisenlohr hat es abgelehnt, mich zu empfangen. Es wäre nur möglich, wenn er selbst einmal abwesend wäre.«

»Ja, zum Teufel, Bigot, dann schreiben Sie doch einfach einen Brief an diesen Doktor Bruck!«

Der Franzose machte eine abwehrende Bewegung. »Unter keinen Umständen. Ein Brief kann in falsche Hände kommen.«

Die beiden sprachen noch eine Weile weiter, aber der Gastwirt Schöne verlor das Interesse an ihrer Unterhaltung, denn Namen, die er kannte, wurden nicht mehr genannt. Er horchte erst wieder auf, als sich Bigot in deutscher Sprache direkt an ihn wandte. Ebenso wie die früheren Gäste wünschte auch der Franzose jetzt allerlei über die Bewohner der Eulenburg zu erfahren, doch es war unverkennbar, daß ihn die Antworten des Wirtes nicht sonderlich befriedigten.

Bigot bezahlte schließlich mißmutig seine Zeche und verließ zusammen mit Hartford den Raum.

Jene beiden Gäste, um die sich das Gespräch von Schöne und Michelmann gedreht hatte, waren auf der Landstraße eine Strecke weitergefahren, bis die Wirtschaft außer Sicht kam. Dann lenkten sie in eine Schneise ein und bogen ein Stückchen weiter nochmals seitwärts ab, bis der Wagen gut verborgen im Unterholz des Hochwaldes stand.

»Na, Walke, was halten Sie von der Sache?« fragte der ältere, der am Steuer saß, seinen Begleiter.

Der zuckte die Achseln. »War nicht viel aus dem Wirt rauszukriegen, Herr Reinhard. Ein mißtrauischer Bursche. Weiß der Himmel, wofür er uns gehalten hat!«

»Jedenfalls nicht für das, was wir sind«, sagte der mit Reinhard Angeredete.

»Wäre es nicht besser, wenn wir gleich losgingen?« fragte sein Begleiter.

»Ist mir noch zu hell, Walke. Unsere Sache erledigen wir besser bei Dunkelheit.«

Eine Turmuhr schlug aus der Ferne die neunte Abendstunde, als Reinhard und Walke ihren Wagen verließen.

»Na, denn los, Walke! Den Pfad hier müssen wir nehmen, er führt zu dem eigentlichen Burgweg hin.«

Reinhard ging vorsichtig voraus, Walke folgte dicht hinter ihm. Schritt für Schritt stapften sie voran, aber bald mußten sie wieder haltmachen. Von allen Seiten her wurden sie durch das dichte Unterholz gehemmt.

»Man kann nicht die Hand vor Augen sehen«, meinte Reinhard, während er eine Blendlaterne aus der Tasche holte und aufflammen ließ.

Schweigend schritten sie während der nächsten Viertelstunde auf einem schmalen Fußsteig weiter.

»Sind wir hier richtig?« fragte Walke flüsternd.

»Pst, Walke!« mahnte Reinhard und blendete gleichzeitig die Laterne ab. Regungslos standen sie in der Dunkelheit und lauschten. Durch die leisen Geräusche des Waldes war eine Stimme zu hören, die auf Fragen Antwort zu geben schien.

»Ist, als ob jemand telefonierte«, flüsterte Walke Reinhard ins Ohr.

»Pst, ruhig!« wisperte der zurück und tastete sich behutsam vorwärts. Deutlich konnten sie jetzt jedes Wort vernehmen.

»So... Herr Doktor? Es ist niemand gekommen? Vielleicht hat sich Schöne geirrt... Jawohl, Herr Doktor, ich habe alles besorgt, den Korb bringe ich mit.« Ein Klicken wurde vernehmlich, wie wenn ein Telefonhörer an den Haken gehängt wird. Mit einem Satz sprang Reinhard vorwärts und blendete seine Lampe auf. Ihr Lichtkegel traf den glatten Stamm einer alten Buche und ließ eine Gestalt erkennen, die dabei war, eine an dem Baum befindliche Metallklappe abzuschließen. Überrascht wandte der Mensch sich um, als er den Lichtschein bemerkte. Es war der alte Michelmann. Bei der ersten Bewegung, die er machte, rief Reinhardt ihn an: »Stehenbleiben!«

Der Alte erblickte zwei Gestalten und schaute in zwei entschlossene Gesichter.

»Was wollen Sie von mir?« fragte er unsicher.

»Sie sollen uns führen.«

»Wohin?«

»Auf die Eulenburg. Wir wollen Doktor Eisenlohr aufsuchen.«

Unwillkürlich schüttelte Michelmann den Kopf. »Herr Doktor Eisenlohr wünscht keinen Besuch.«

»Das lassen Sie unsere Sorge sein. Sie sollen uns nur hinführen«, sagte Reinhard und trat dicht neben ihn.

»Was haben Sie da?« fuhr er fort, während er den Strahl der Laterne über den Buchenstamm gleiten ließ. »Ein Telefon mitten im Walde? Was sagt die Post dazu?«

»Geht die Post 'nen Dreck was an«, brummte Michelmann, »sind hier auf eigenem Grund und Boden, können machen, was wir wollen.«

»So, so! Na, das wird sich herausstellen. Führen Sie uns zur Burg!«

Widerwillig nahm Michelmann seinen Korb auf und humpelte langsam vorwärts, während Reinhard an seiner Seite ging und Walke dicht hinter den beiden blieb. Fieberhaft arbeiteten dabei die Gedanken des Alten.

Zwei Männer ... Einbrecher ... vielleicht Räuber, die einen Überfall auf die Burg planten ... Der Doktor ahnungslos ... durch das Telefongespräch erst recht in Sicherheit gewiegt ... der und Dr. Bruck die einzigen Menschen in der Burg ... er selber in der Gewalt der Fremden ... unfähig, zu warnen ... zu helfen ...

Immer steiler und immer enger war inzwischen der Pfad geworden; sie konnten nicht mehr nebeneinander bleiben. »Wollen Sie vorgehen und leuchten«, sagte Michelmann.

»Bitte nach Ihnen, Verehrtester«, sagte Reinhard ironisch. Langsam keuchte der Alte in dem unsicheren Laternenschein weiter, bis er ... wie weggewischt ... plötzlich verschwunden war. Mit einem Sprung wollte Reinhard ihm nach, stolperte über den Einholkorb, schlug zwischen Nesseln und Dornen der Länge nach hin.

»Verflucht, Walke!« Reinhard raffte sich wieder auf. »Der Bursche ist uns durch die Lappen gegangen! Müssen versuchen, den Weg allein zu finden.«

Aus der Ferne gesehen machte die Eulenburg mit dem hoch über den Wald ragenden halbverfallenen Bergfried den Eindruck einer Ruine. Jahrhunderte hindurch war sie es auch gewesen. Doch das änderte sich, als Dr. Eisenlohr ihr Eigentümer wurde. Wer jetzt in den Burghof kam, der blickte nicht mehr in öde Fensterhöhlen, sondern in spiegelnde Scheiben, hinter denen zur Abendzeit elektrische Beleuchtung aufglänzte, und wer den Bau betrat, fand behaglich ausgestattete Räume.

Der geräumige Bankettsaal im Mittelhaus diente dem Doktor als Laboratorium. Wo früher einmal Ritter und Knappen den Humpen geschwungen, standen jetzt blinkende Maschinen, glänzten Glas und Messing physikalischer Apparate im Schein des elektrischen Starklichtes, deckten Regale, mit Retorten, Phiolen und hundert verschiedenen Chemikalien besetzt, die Wände.

An einem Arbeitstisch saß Dr. Eisenlohr über ein Mikroskop gebeugt. Seine Hände lagen an den Regulierschrauben des Objektträgers, während er ein Auge dicht an das Okular des Instrumentes brachte. Minuten hindurch beobachtete er angestrengt, was das Mikroskop ihm in mehrhundertfacher Vergrößerung zeigte. Nun richtete er sich wieder auf und strich sich über die Stirn. Langsam kamen die Worte von seinen Lippen: »Die Eigenbewegung ist unverkennbar, Bruck, kommen Sie, sehen Sie!«

Dr. Bruck, der Assistent Eisenlohrs, ebenso wie dieser am Ausgang der Dreißiger, legte ein Heft beiseite und nahm den Platz Eisenlohrs vor dem Mikroskop ein. Er blickte durch das Instrument, begann während der Beobachtung zu sprechen.

»Sie haben recht, Eisenlohr. Es bewegt sich. Vielleicht ... es könnte vielleicht ...«

»Was könnte es sein?« fiel ihm Eisenlohr ins Wort.

Bruck zuckte die Achseln. »Man kann noch nichts sagen. Wir wissen noch nicht genug ...«

»Wenn es die Urzeugung wäre, Bruck? Wenn der

tote Stoff unter unserer Strahlung wirklich Leben gewonnen hätte?« Heiser, fast flüsternd stieß Eisenlohr die Worte hervor.

Dr. Bruck war aufgestanden und ging nachdenklich im Raum hin und her.

»Wenn es wäre?... ›Wenn‹ und immer wieder ›Wenn‹! Seit Jahren haben Sie sich in dieses Problem verbissen. Hunderte von Versuchen haben wir gemacht, andere Hunderte werden wir vielleicht noch machen müssen, bevor wir ein brauchbares Ergebnis erhalten. Ich kann Ihnen den Vorwurf nicht ersparen, Eisenlohr, Sie laufen mit Scheuklappen durch die Welt. All das andere, was wir bei diesen Arbeiten entdeckten, was ein glücklicher Zufall uns gewissermaßen so nebenher in den Schoß warf, das wollen Sie nicht sehen. Es ist mir wirklich unbegreiflich...«

Eisenlohr fuhr mit der Hand durch die Luft, als ob er dem Sprecher das Wort abschneiden wollte.

»Was schert mich das andere? Denken Sie das Unausdenkbare, Bruck! Wenn wir tatsächlich dem Geheimnis der Urzeugung auf der Spur wären! Unsere Namen würden in der Wissenschaft unsterblich weiterleben.«

»Aber das andere, Eisenlohr! Wenn wir dem andern nachgingen...« Die Worte Brucks gingen in einem Geräusch unter, das von außen her kam. Eine Tür wurde aufgerissen. Michelmann stand auf der Schwelle. Unordentlich hing ihm das Haar in die Stirn; seine Kleidung zeigte Spuren eines Gewaltmarsches quer durch Gestrüpp und Dornengebüsch.

Unwillig über die Störung blickte Eisenlohr auf. »Was ist, Michelmann? Ich habe Sie nicht gerufen.«

»Herr Doktor! Es sind Fremde auf dem Berg. Fremde Banditen... Sie wollen die Burg überfallen...« Nach Atem ringend stieß Michelmann die Worte hervor. Eisenlohr schob dem Alten einen Stuhl hin.

»Setzen Sie sich, Michelmann, erholen Sie sich! Und

dann berichten Sie uns vernünftig, was geschehen ist. Am Telefon sagten Sie, daß alles in Ordnung wäre.«

»Am Telefon war's ja gerade, Herr Doktor!« sprudelte Michelmann los. »Als ich eben wieder zuschloß, standen plötzlich zwei Kerle hinter mir und wollten mich mit Gewalt zwingen, sie auf die Burg zu führen.«

»Ist ihnen wohl nicht gelungen?« warf Eisenlohr dazwischen. »Gott sei Dank – nein, Herr Doktor! An der Kreuzung X–C sprang ich schnell ins Gebüsch. Warf dem einen meinen Korb vor die Füße, sah noch, wie er darüber stolperte und hinfiel ...«

Eisenlohr ging zu einem Wandschalter und legte ihn um. Ein leichtes Rollen und Dröhnen drang von außen her in den Raum. Durch einen Elektromotor bewegt, schob sich eine schwere stählerne Schiebetür vor das Burgportal und sperrte den Hof gegen jeden Eindringling.

Dr. Eisenlohr trat an einen Schrank, nahm eine Karte heraus und breitete sie auf dem Tisch aus.

»Bei der Kreuzung X–C haben Sie die Leute verlassen?«

»Jawohl, Herr Doktor.«

»Wann ungefähr?«

Michelmann dachte kurze Zeit nach. »Vor einer Viertelstunde etwa, Herr Doktor.«

»Sie kamen von der großen Buche, waren zusammen auf dem C-Pfad?«

Michelmann nickte. Eisenlohr verfolgte mit einem Bleistift Linien auf der Karte.

»Sie werden auf dem C-Pfad geblieben sein. Könnten jetzt etwa an *der* Stelle sein.« Er markierte einen Punkt auf der Karte. »Wollen sehen, was wir für sie tun können.« Er ging zu einer Schalttafel und bewegte verschiedene Schalter, während er dabei leise vor sich hin sprach.

»So, das dürfte einstweilen genügen«, meinte er zu Bruck, während er an den Arbeitstisch zurückkehrte und sich wieder über das Mikroskop beugte. Michelmann verließ geräuschlos den Raum; er wußte aus langer Erfahrung, daß Dr. Eisenlohr bei seinen Arbeiten keine Störungen liebte. Bruck machte sich an einer anderen Stelle des Laboratoriums an einem Apparat zu schaffen. Ein Metallblock stand dort auf einem Tisch, ein Würfel, der etwa einen Meter im Kubus messen mochte. Der stumpfgrauen Farbe nach zu schließen konnte er aus Blei bestehen. Der aus starkem Eichengebälk gezimmerte Tisch ließ auf ein erhebliches Gewicht der Metallmasse schließen; schwere Porzellanisolatoren und Zuführungskabel verrieten, daß elektrische Hochspannung in dem Apparat wirkte. An der einen Wand hatte er ein kleines Glasfenster. Dicht vor ihm stand auf einem Stativ ein Glasgefäß, gefüllt mit einer leicht opalisierenden Flüssigkeit.

Eisenlohr war mit seiner Beobachtung fertig und trat zu seinem Assistenten. »Wir wollen die Emulsion in den Keller bringen, Bruck, in den Brutschrank.«

»Wie Sie wollen, Eisenlohr«, sagte Bruck unsicher. »Hoffentlich wird es nicht wieder ein Fehlschlag.«

Eisenlohr nahm das Gefäß mit der Flüssigkeit vorsichtig in seine Hände, während der Assistent den Strom von der Apparatur abschaltete. Zusammen gingen sie in eine Ecke des saalartigen Raumes, wo eine Wendeltreppe in die Tiefe führte.

»Müssen versuchen, den Weg allein zu finden«, hatte Reinhard gesagt, als er nach seinem Sturz wieder auf den Beinen stand. »Zum Teufel, Walke, wo ist die Laterne geblieben?«

Walke brachte eine elektrische Taschenlampe zum Vorschein und leuchtete damit umher. Da lag zwischen den Nesseln umgestürzt der Korb, über den Reinhard gefallen war. Verstreute Glasscherben verrieten, daß der Korbinhalt dabei zu Schaden gekommen war. Einige Schritte weiter entdeckte Walke die Blendlaterne und mußte schnell feststellen, daß sie auch allerlei abbekommen hatte. Das Schutzglas war zersplittert, die Blende verbogen und der Brenner angebrochen. Sie gab nur noch eine trübe rußende Flamme, als Walke sie wieder anzündete.

»Weit werden wir damit nicht kommen, Herr Reinhard.«

»Verflucht! Wir müssen aber!« knirschte Reinhard ungeduldig und tappte in dem unsicheren Licht weiter. »Schonen Sie Ihre elektrische Lampe, Walke! Ewig kann doch der miserable Pfad nicht mehr dauern. Ich denke, daß wir bald auf den richtigen Burgweg kommen.«

In der Ferne schlug eine Uhr, als Reinhard stehenblieb und das Schweigen brach.

»Jetzt hört der verdammte Pfad ganz und gar auf!« Reinhard wußte nicht, daß er in diesem Augenblick kaum zehn Meter von dem bequemen Burgweg entfernt war. Noch vor wenigen Minuten hätte er es sogar bei dem mangelhaften Licht der Laterne erkennen können. Aber da hatte Dr. Eisenlohr in seinem Laboratorium einen Schalter betätigt, und im gleichen Augenblick hatte sich auch hier weit draußen im Wald etwas gerührt. Ein Steinblock und dichtes Gestrüpp hatten sich quer über den Pfad geschoben und machten jedes weitere Vordringen unmöglich.

»Wir müssen umkehren«, war das Ergebnis einer kurzen Beratung. Mißmutig stolperten sie auf dem alten Wege zurück. Nach wenigen Minuten machten sie von neuem halt, ein rohes Holzgatter sperrte den Pfad. »Achtung! Hochspannung! Lebensgefahr!« war in roten Lettern darauf zu lesen.

»Was ist das, Walke?« fragte Reinhard.

Walke schüttelte den Kopf. »Weiß der Teufel, wie das zugeht, Herr Reinhard! Vorhin war's bestimmt nicht da.«

»Unsinn, Walke! Wir haben uns eben gründlich verlaufen. Wir müssen noch mal umkehren und den richtigen Weg suchen.«

Reinhard hatte unrecht, und Walke hatte recht, denn auch dies so plötzlich vorhandene Gitter hing mit den Schaltmanövern Eisenlohrs zusammen. Noch nicht hundert Meter waren sie wieder zurückgegangen, als Walke zur Rechten einen schmalen Seitenpfad entdeckte.

»Na, Walke, da haben wir's!« rief Reinhard mit neuer Unternehmungslust. »Den haben wir vorhin übersehen. Jetzt werden wir wohl endlich auf den Burgweg kommen.«

Wieder begann der Marsch, der immer mühseliger wurde, da der neue Weg stark zu steigen begann, aber von dem Burgweg war weit und breit nichts zu bemerken.

Nun führte der Pfad an einer Felswand entlang, wurde breiter und hörte auf zu steigen. Reinhard hielt an und nötigte auch Walke, stehenzubleiben.

»Sehen Sie?« flüsterte er ihm zu. Walke schaute hin. In einer Entfernung von etwa zwanzig Meter brach ein Lichtschein aus der Felswand. Vorsichtig gingen sie weiter, bis sie davorstanden. In fast doppelter Manneshöhe war eine Art von Fenster in den Fels gesprengt, aus dem das Licht kam. Reinhard löschte die Laterne und stellte sie auf die Erde, flüsterte dann ein paar Worte mit Walke; der hockte sich nieder, Reinhard stellte sich auf seine Schultern und suchte mit den Händen Halt an den Basaltblöcken, während der andere sich langsam emporwuchtete, bis er senkrecht vor der Wand stand. Jetzt konnte Reinhard mit den Händen die kräftigen Eisenstangen eines Fenstergitters fassen, bekam besseren Halt und brachte sein Gesicht an die Scheibe. Er blickte in einen hellerleuchteten Raum und sah zwei Männer, die sich darin zu schaffen machten.

Der größere der beiden – nach der Beschreibung, die

Reinhard von ihm hatte, mußte es Dr. Eisenlohr sein – ließ soeben die Tür eines Schrankes ins Schloß fallen. Dann wandte der Doktor sich zu dem anderen und sprach mit ihm.

»Aha, das ist Doktor Bruck«, murmelte Reinhard vor sich hin. »Möchte wissen, wo der dritte, der Doktor Holthoff, steckt!« Seine Augen folgten den beiden, die sich einer anderen Seite des Raumes zuwandten. Dort stand eine Reihe von Maschinen. Reinhard kniff die Augen zusammen, um besser beobachten zu können, sah, wie Dr. Bruck einen Elektromotor anließ und dadurch eine der schweren Stanzen in Bewegung setzte. Ein starkes Blei schob Eisenlohr von der anderen Seite her in die Maschine. Mit dumpfem Dröhnen und Stampfen schlug ihr Stempel einzelne rundliche Stücke aus der Metallplatte heraus. Deutlich konnte Reinhard die Schläge der Maschine hören, zählte etwa zwei Dutzend ausgestanzter Stücke, als er den Boden unter sich wanken fühlte.

»Ich kann nicht länger!« stöhnte Walke, der die Stiefelabsätze Reinhards immer schmerzender auf seinen Schultern spürte.

Reinhard ließ sich fallen und landete neben seinem Gefährten.

»Kenne Sie gar nicht wieder, Walke! Machen doch sonst nicht schlapp?« sagte er. Walke rieb sich seine Schultern. Reinhard sprach weiter: »War ein Glück, Walke, daß wir uns verlaufen haben und hierhergekommen sind. Einen besseren Platz für die Beobachtung konnten wir nicht finden.«

»Haben Sie etwas gesehen, Herr Reinhard?« fragte Walke.

»Na, danke, mir genügt es. Wir müssen noch heute nacht in die Burg.«

Walke kratzte sich den Kopf. »Leicht gesagt, aber schwer getan. Weiß der Himmel, wie wir uns von hier wieder zurechtfinden!«

Reinhard wollte etwas erwidern, als der Lichtschein aus der Felswand plötzlich erlosch. Sie standen wieder im Dunkeln.

»Verflucht!« stöhnte Walke.

»Um so besser, Sie verzagter Zeitgenosse! Das Licht ist aus, also sind diese beiden Herren Doktoren nicht mehr drin. Zünden Sie erst mal wieder die Laterne an!«

Walke tat, wie ihm befohlen.

»So. Nun geben Sie mal die Tasche her!«

Walke reichte ihm eine Aktentasche, mit der er sich bisher geschleppt hatte. Reinhard öffnete sie; im trüben Schein der Laterne kam allerlei Werkzeug zutage.

»Was wollen Sie tun?« fragte Walke.

»Das Gitter da oben beseitigen, alter Freund. In einer Stunde können wir's geschafft haben. Sind wir erst mal drinnen, wird sich das andere finden.«

Das Licht in dem Basaltkeller erlosch, als Eisenlohr bei der Rückkehr in das Laboratorium einen Schalter am oberen Ende der Wendeltreppe drehte. Er schritt durch den Raum, ließ im Vorbeigehen eine Anzahl runder Metallplättchen klirrend auf einen Tisch fallen und warf sich in einen bequemen Stuhl. Dann zog er ein Protokollbuch heran und begann die darin notierten Zahlenreihen zu studieren.

Dr. Bruck ließ ihn schweigend gewähren. Ein Weilchen blieb er vor dem Tisch stehen und ließ die Metallscheiben, die sie vorhin zusammen im Keller ausgestanzt hatten, spielend durch die Finger gleiten, dann raffte er sie zusammen und ging damit weiter zu einer langgestreckten Apparatur, die auf einem fahrbaren Gestell aus Stahlrohren montiert war.

Versuchsweise schob Dr. Bruck hier und dort eine der Metallscheiben in Blendenringe des Gerätes.

»Lassen Sie sie darin stecken, Bruck. Ich möchte heute noch einen Versuch machen«, sagte Eisenlohr plötzlich, der seinen Assistenten beobachtet hatte, stand auf und ging zu der Schaltwand. Sein Blick lief prüfend über Meßgeräte und fernzeigende Instrumente.

»Alles in Ordnung«, sagte er. »Genügend flüssige Luft im Tank, um die Antikathode kühlen zu können... Hochspannung läuft... wir könnten es versuchen...«

»Wird auch Zeit«, murmelte Dr. Bruck vor sich hin.

Eisenlohr wandte sich zu ihm um und schüttelte leicht den Kopf. »Immer noch der alte, Bruck. Noch genauso querköpfig wie vor zehn Jahren. Begreifen Sie's doch endlich: Man darf das große Ziel über Nebensächlichkeiten nicht aus dem Auge verlieren!«

Dr. Bruck gab es auf, mit Eisenlohr zu streiten. Er wußte von früheren Gelegenheiten her, daß er dabei doch für gewöhnlich den kürzeren zog. Ungeduldig wartete er, daß der andere endlich mit dem Versuch beginnen möchte, an dem ihm soviel lag. Aber Eisenlohr begann wieder von etwas anderem zu sprechen.

»Ist eigentlich eine tolle Geschichte, die unserm Michelmann passiert ist. Ich war vorhin stark mit anderen Dingen beschäftigt. Wenn ich's mir jetzt ruhig überlege... Die Kerle haben ihn ein Stück mitgeschleppt. Das geht denn doch über die Hutschnur. Ich werde mal mit unserem Freund Stange telefonieren...«

»Etwas spät jetzt, Eisenlohr«, Bruck warf einen Blick auf die Wanduhr, »die Geschichte ist schon anderthalb Stunden her; man wird die Kerle nicht mehr erwischen.«

»Trotzdem, besser jetzt als gar nicht.« Eisenlohr ging zum Fernsprecher und führte ein längeres Gespräch.

»So«, sagte er, als er den Hörer wieder auflegte, »das hat sich gut getroffen. Der Oberwachtmeister war noch auf dem Amt. In einer Stunde kann er hier sein.«

»Also wollen wir endlich...?«, seufzte Dr. Bruck.

»Ja, jetzt wollen wir«, sagte Eisenlohr.

Gemeinsam schoben sie den langen Apparat, mit dem Dr. Bruck sich beschäftigt hatte, an jenen Metallblock heran, an dem sie gerade ihre Versuche machten, als Michelmann dazwischenkam. Lange Minuten verstrichen dann, während Eisenlohr an feinen und immer feineren Stellschrauben regulierte.

»So könnte es gehen«, meinte er endlich. »Geben Sie flüssige Luft auf die Röhre, Bruck!«

Dr. Bruck betätigte Schalter und Ventile, während Eisenlohr einige Schritte zurücktrat und die ganze Anordnung noch einmal prüfend überschaute.

»Hundertfünfzig Grad unter Null sind in der Röhre«, meldete Bruck von der Schaltwand her.

»Geben Sie Spannung!« rief Eisenlohr.

Ein leises Knistern an den gewaltigen Isolatoren des Metallblocks verriet, daß die Höchstspannung arbeitete.

Auf jener Metallscheibe, die Dr. Bruck in den Blendenring der Bank geschoben hatte, erschien ein dunkler Fleck, wurde heller, erstrahlte schließlich in matter Rotglut. Geschäftig eilte Eisenlohr hin und her, regelte hier und dort den Strom in den Spulen der optischen Bank. Da wurde aus dem glühenden Fleck ein haarfeiner glühender Punkt.

»Der Strahl steht, Bruck.«

Noch während Eisenlohr es sagte, begann die auf einen Punkt konzentrierte Energie der Strahlröhre sich auszuwirken. Das Metall der Scheibe kam an der Stelle, wo es von ihr getroffen wurde, ins Fließen. Ein feines Loch entstand in der Platte. Im nächsten Augenblick glühte ein heller Punkt auf einer anderen, einige Meter von der ersten entfernten Metallscheibe auf. Es sah aus, als ob das gleiche Spiel sich hier wiederholen wollte. Doch Eisenlohr ließ es dazu nicht kommen. Schon sprang er zur Schaltwand und regulierte die Strahlungsintensität herunter. Das Glühen verschwand.

Dr. Bruck verfolgte den Gang eines Meßinstrumentes. »Nur noch fünf Watt, Eisenlohr. Warum drosseln Sie die Energie? … Nur noch zwei Watt. Ich verstehe nicht, was Sie damit anfangen wollen.«

»Sie werden es gleich begreifen, Bruck.« Noch während Eisenlohr es sagte, drehte er andere Schaltkurbeln, und der Zeiger eines Spannungsinstrumentes begann in die Höhe zu klettern und überschritt jetzt einen roten Strich. »Sehen Sie, Bruck … Weltraumstrahlung! … Wir sind die ersten, denen es gelang, sie zu erreichen … noch über sie hinauszukommen … Geben Sie mehr flüssige Luft! Die Röhre muß kalt bleiben …«

Dr. Bruck drehte ein Ventil weiter auf; in stärkerem Strom floß die flüssige Luft durch die Antikathode der Röhre. Eine kurze Weile blieb er vor der Schaltwand stehen und beobachtete das Spiel anderer Instrumente, wandte sich dann wieder zu dem andern: »Die Kältemaschine kommt nicht mit, Eisenlohr. In zehn Minuten wird unser Vorrat an flüssiger Luft verbraucht sein …«

»In zehn Minuten kann man viel tun, Bruck.« Gemessen kamen die Worte von Eisenlohrs Lippen. Dr. Bruck blickte auf und erschrak. Wieder war der Spannungszeiger gestiegen. Millionen von Volt arbeiteten jetzt in der Röhre. Fast mit Lichtgeschwindigkeit mußten die von der Riesenspannung beschleunigten Elektronen auf die Antikathode schlagen.

Eisenlohr beugte sich über die Apparatur und beobachtete gespannt die Metallscheibe, die dieser wunderbaren Strahlung ausgesetzt war. Er sah, wie ihr Stoff sich an der getroffenen Stelle verfärbte, veränderte, und richtete sich wieder auf.

»Wir haben es erreicht, Bruck!« Nur ein leises Beben seiner Stimme verriet die ungeheure Erregung, die ihn gepackt hatte. »Es ist, wie es sein muß, Bruck. Zwei Quadrillionen Schwingungen in der Sekunde. Der

Strahl zernagt die Atomkerne. Kein Zweifel mehr... Wir haben...«

»Die flüssige Luft geht zu Ende, Eisenlohr!«

»Abstellen, Bruck!«

Dr. Bruck kurbelte den Spannungsregler zurück.

»Bei Gott, Eisenlohr! Das ging hart auf hart. Wenn die Röhre brach... wenn die entfesselte Spannung...«

»Wenn und wenn – und noch mal wenn, mein lieber Bruck. Die Röhre ist nicht gebrochen. Ein zweites Mal werde ich sie der Überspannung nicht aussetzen. Holthoff bringt uns neue, stärkere Röhren mit.«

»Ja, wo bleibt eigentlich Holthoff?« fragte Dr. Bruck. »Ich denke, er sollte schon heute abend zurück sein.«

»Es wird eine Verzögerung gegeben haben. Damit muß man bei der Lieferung von solchen Spezialgeräten immer rechnen. Wenn er die neuen Röhren gestern abend bekommen hat und die Nacht durchfährt, kann er morgen früh hier sein.«

Während Eisenlohr sprach, nahm er die Metallscheibe, die zuletzt der Wirkung des Strahls ausgesetzt gewesen war, aus dem Blendenring heraus und ging damit zu einem Experimentiertisch. Das Licht einer Starklampe flammte auf. Durch Sammellinsen konzentriert, beleuchtete es in schrägem Winkel die Metallscheibe, während Eisenlohr sich mit einer Lupe darüberbeugte und die getroffene Stelle untersuchte.

»Was haben Sie gefunden, Eisenlohr?«

»Das gleiche, was wir schon oft gefunden haben, Bruck. Die Ultrastrahlung greift die Bleiatome an. Das wissen wir ja. Hier – prüfen Sie selbst.« Eisenlohr drückte ihm die Lupe in die Hand. »Die Farbe ist verdächtig. Die Kristallbildung ist typisch für das Element Au. Die Ultraschallschwingung muß Protonen aus dem Bleikern gerissen haben.«

Dr. Bruck warf sich in seinen Stuhl zurück und schlug die Hände vor die Stirn.

»Gold aus Blei, Eisenlohr! Sie haben's zu finden erwartet? Es ist kein Zufallstreffer?«

»Wir können den Versuch morgen mit den neuen Röhren wiederholen, wenn Ihnen soviel daran liegt, Bruck.«

»Ja! Gleich morgen wollen wir das tun, Eisenlohr.«

Auf dem schmalen Plateau vor dem Burgkeller hatte sich das Bild inzwischen ein wenig verändert. Reinhard brauchte die Schultern seines Gefährten nicht länger in Anspruch zu nehmen. Ein Stück Tannenstamm, schräg gegen die Felswand gelehnt, gab ihm einen einigermaßen sicheren Stand, so daß er beide Hände für seine Arbeit frei hatte.

Ein verhältnismäßig schwaches Eisengitter konnte dem Hebeldruck einer Stahlstange, die er geschickt ansetzte, nicht lange widerstehen. Noch ein kräftiger Ruck, und er hielt es in den Händen.

Unter dem kurzen Stoß seines Ellbogens klirrte eine Scheibe. Er konnte hindurchgreifen und den Fensterriegel öffnen.

»Merkwürdiges Fenster«, brummte Reinhard vor sich hin, »läßt sich zu beiden Seiten in die Felswand reinschieben. Aha! Da kommt ja noch was. Reichen Sie mir mal die Beißzange rauf!«

Walke tat, wie ihm geheißen.

»Donnerwetter!« fluchte Reinhard, während er die Zange in seiner Hand arbeiten ließ.

»Was haben Sie?« fragte sein Gefährte.

»Ein Kabelgitter, Walke. Faule Geschichte. Vielleicht eine Alarmanlage, die uns verrät, bevor wir noch drin sind. Ich muß den Kram so beiseite drücken. Zerschneiden darf ich die Leitung nicht. Uff! Jetzt ist's geschafft.«

Der Weg in den Keller lag offen; gleich danach standen beide darin. Noch einmal mußte die beschädigte Laterne ihr kümmerliches Licht hergeben, bis Reinhard auf einem der Tische eine Batterielampe entdeckte.

»So, nun wollen wir uns mal ein bißchen umsehen!« Er ließ den Strahl der neuen Lichtquelle durch den Raum spielen. »Wollen mal die Maschinen da näher begucken.« Er ging auf die Stanze zu, an der Eisenlohr und Bruck gearbeitet hatten, und beleuchtete sie von allen Seiten.

Walke griff nach dem Blech, aus dem die beiden Doktoren die Plättchen ausgestanzt hatten.

»Ist ziemlich schwer«, meinte er, während er es Reinhard hinhielt. Der faßte in die Aktentasche und zog eine Blechschere heraus. Mit kräftigen Schnitten trennte er ein Stück mit ein paar Stanzlöchern von dem Blech ab. Er schob die Blechprobe in die Aktentasche und kehrte mit Walke zu den Maschinen zurück. Am Ende der Wand stießen sie auf eine eiserne Tür. Reinhard drückte auf die Klinke. Die Tür war unverschlossen; sie traten in einen zweiten Raum, der noch größer war als der erste. Hier standen Werkzeugmaschinen mannigfacher Art und Größe. Vor einer schweren hydraulischen Presse blieb Reinhard stehen und hielt die Lampe in die Höhe. Ihr Schein fiel auf die mächtige Traverse der Presse. ›Tausend Tonnen Maximaldruck‹ stand in roten Antiqualettern darauf.

»Das könnte es sein«, sagte Walke.

Reinhard nickte. »Wo mag das andere sein? ... Hm ... da vielleicht ...« Er ging auf einen Wandschrank neben der Presse zu. Der Schrank war verschlossen. Reinhard griff in die Tasche, holte einen schlüsselähnlichen Gegenstand hervor und begann damit an dem Schloß zu probieren. Endlich sprang es auf. Mehr als hundert Stahlstempel und Matrizen standen sorgfältig geordnet und numeriert in den Schrankfächern. Reinhard nahm eins der Stücke nach dem anderen heraus, betrachtete es und stellte es wieder zurück.

»Das ist es nicht, Walke«, meinte er, als er den

Schrank wieder verschloß. »Wenn wir nichts anderes finden, ist unsere Bemühung umsonst.«

»Da hinten vielleicht, Herr Reinhard«, sagte Walke und deutete auf die andere Schmalwand des Raumes.

Wieder standen sie vor einem gewaltigen Maschinenaggregat, doch diesmal war es eine Maschine, die in Betrieb war. Ein großer Elektromotor trieb die Kolben einer mehrzylindrigen schweren Pumpe hin und her. Manometer zeigten Drücke bis zu zweihundert Atmosphären an. Thermometer wiesen auf unwahrscheinliche Temperaturen.

»Was ist das, Herr Reinhard?« fragte Walke.

»Nichts, was uns interessiert, Walke. Eine Kältemaschine. Wir müssen ...« Er brach jäh ab. Ein leichtes Dröhnen war an sein Ohr gedrungen.

»Was war das, Walke?«

Noch während Reinhard es sagte, ließ er die Lampe in seiner Hand erlöschen. Schweigend und lauschend standen sie im Dunkeln.

»Es kam aus dem anderen Raum, in dem wir zuerst waren«, flüsterte Walke.

»Zurück!« raunte Reinhard ihm zu. Vorsichtig tappten sie im Dunkeln nach der eisernen Tür hin, durch die sie in den zweiten Raum gekommen waren.

Im Laboratorium hielt Dr. Bruck ein Reagenzglas gegen das Licht und ließ aus einer Pipette ein paar Tropfen hineinfallen. Sofort begann die in dem Glas enthaltene klare Flüssigkeit sich zu verfärben.

»Sehen Sie, Eisenlohr! Klare Reaktion auf Au!« Er hielt Eisenlohr das Glas hin.

Der wollte eben danach greifen, als eine Glocke ertönte, eine Klingel mit einem eigenartigen Doppelton. Eisenlohr stutzte und blieb stehen. »Das ist doch ...?«

»Wenn mich meine Ohren nicht täuschen, Telefon C 3 vom Hauptweg«, sagte Bruck.

»Telefon C 3? ... Sollte Holthoff schon zurück sein?«

Eisenlohr ging zur Wand und hob einen Hörer ab.

»Wer da? Holthoff, Sie? Hatte Sie erst für morgen erwartet. Sie bringen Oberwachtmeister Stange in Ihrem Wagen mit? Sehr gut... Die Sicherungen rausnehmen?... Ich werde den Burgweg frei machen. Bis Stelle C 0. Rufen Sie von da noch einmal an. Das Haupttor möchte ich geschlossen halten, bis Sie davor sind... Das Gesindel könnte noch in der Nähe sein.«

Eisenlohr hängte den Hörer wieder an und ging zu jenem Teil der Schaltwand, wo sich die Hebel eines komplizierten Sicherungssystems befanden. Hier und dort legte er einen Hebel um, und gleichzeitig gingen weit draußen auf dem Hange des Burgberges allerlei Veränderungen vor sich. Sperrende Gatter klappten zurück, Lampen flammten auf. Gut beleuchtet lag ein bequemer Fahrweg zur Burg hinauf offen.

Eisenlohr wollte eben wieder an seinen Arbeitstisch zurückkehren. Noch einmal ließ er den Blick kurz über die Schaltwand gleiten und stutzte.

»Hallo, Bruck! Was ist das? Die Kellersicherungen sind ja nicht eingeschaltet!«

»Keine Ahnung. Ich habe sie nicht ausgeschaltet«, antwortete Dr. Bruck.

»Michelmann wird taperig«, murmelte Eisenlohr vor sich hin und schaltete die Hebel der Kellersicherung ein. Im gleichen Moment flammte eine rote Neonlampe an der Wand auf, und das Geräusch eines elektrischen Summers wurde vernehmbar.

»Himmeldonnerwetter! Bruck! Kommen Sie doch mal her!«

Zögernd stellte Dr. Bruck das Reagenzglas in ein Stativ. Nur langsam machten sich seine Gedanken von der Untersuchung los; dann sah auch er das rote Licht, hörte das Summen und stand neben Eisenlohr.

»Was gibt's, Eisenlohr?«

»Jemand im Keller, Bruck!«

»Wer?«

»Wird sich finden!« Während Eisenlohr es noch sagte, legte er einige Schalter um; es geschah in dem gleichen Moment, in dem Reinhard und Walke durch ein Geräusch erschreckt wurden und ihre Lampe auslöschten.

Auf dem Burgweg rollte ein Kraftwagen bergaufwärts. Am Steuer saß Dr. Holthoff, ein Mann, der eben die Mitte der Zwanzig überschritten haben mochte. Neben ihm spähte Oberwachtmeister Stange sorgfältig nach beiden Seiten.

Noch eine letzte starke Steigung, eine kurze Kurve, und der Wagen hielt vor dem Burgtor.

Holthoff sprang aus dem Wagen und ging zu einem Baum. Auch hier ein geschickt in einer Höhlung des Stammes untergebrachtes Telefon.

Dr. Holthoff sprach nur wenige Worte. Schon wichen die eisernen Flügel auseinander, der Wagen fuhr in den hell erleuchteten Burghof, dröhnend schloß sich das Tor wieder hinter ihm.

Kopfschüttelnd betrachtete der Wachtmeister das aus schweren Stahlblechen zusammengenietete Schiebetor.

»Ja, ist denn so etwas in unserer Zeit noch notwendig?« fragte er verwundert.

»Sehr notwendig, Herr Wachtmeister. Es gibt zu viele Neugierige, die uns in die Karten gucken möchten. Irgendwie ist etwas davon durchgesickert, daß Herr Doktor Eisenlohr an einer grundlegenden Sache arbeitet. Man möchte natürlich mehr wissen… man versucht es auf jede erdenkliche Weise.«

»Man… man? Wer ist ›man‹?« fragte Stange.

»Leute aus aller Welt, Herr Wachtmeister – Leute aus Paris zum Beispiel oder aus USA, die für einen Blick in unser Laboratorium viel riskieren… Aber da kommt Doktor Eisenlohr. Wir wollen hören, was er uns zu sagen hat.«

Mit kräftigem Händedruck begrüßte Eisenlohr Dr. Holthoff und Stange. »Gut, daß Sie so schnell gekommen sind, Herr Wachtmeister. Die Burschen sitzen im Keller fest. Wir brauchen sie nur rauszuholen. Bitte, kommen Sie doch mit ins Haus!«

Eisenlohr führte die beiden ins Labor und gab Stange Kenntnis von dem, was sich inzwischen ereignet hatte.

»Na ja, denn wollen wir mal«, sagte Stange und faßte nach seiner Pistole.

Vorsichtig hatten sich Reinhard und Walke weitergetastet. Nur für kurze Sekunden ließ Reinhard hin und wieder die Lampe aufleuchten, und was er dabei erspähte, war wenig geeignet, ihn heiter zu stimmen. Vor das Fenster, durch das sie in den Keller gekommen waren, hatte sich ein schwerer eiserner Laden geschoben.

»Wir sind in eine Falle geraten, Herr Reinhard«, erlaubte sich Walke zu äußern.

»Sie merken aber auch alles, Walke«, sagte Reinhard mit einem Anflug von Galgenhumor.

»Was sollen wir jetzt tun?« flüsterte Walke zurück.

»Die Treppe suchen! Und dann nach oben.«

Von neuem ließ Reinhard die Lampe aufleuchten und entdeckte nach kurzem Suchen eine schmale eiserne Wendeltreppe, die in einer Ecke des Kellers nach oben führte.

»Halten Sie Ihre Waffe bereit!« sagte er zu Walke und begann die Stufen emporzusteigen. In kurzem Abstand folgte ihm sein Begleiter.

»Verflucht und dreimal zugenäht!« knirschte Reinhard, als er auf der obersten Treppenstufe vor einer geschlossenen eisernen Tür stand.

»Was machen wir jetzt, Herr Reinhard?« fragte Walke.

»Krach!«

Mit aller Kraft schlug Reinhard mit den Fäusten gegen die Tür. »Aufmachen!« brüllte er dazu aus vollem Halse.

Als ob die Tür dem Kommando gehorche, schwang sie lautlos zurück. Reinhard blickte in das hell erleuchtete Laboratorium. Fünf Schritte entfernt von ihm stand ein Mann in der Uniform eines Oberwachtmeisters, der eine Pistole auf ihn richtete. Hinter dem Polizisten standen drei andere Männer, ebenfalls bewaffnet.

»Hände hoch!« kommandierte der Wachtmeister, wollte noch etwas anderes sagen und ließ im nächsten Augenblick die Waffe sinken, während er den Gefährten Reinhards verdutzt ansah. Es dauerte Sekunden, bis Stange wieder Worte fand.

»Walke! Mensch, bist du's wirklich? Täuschen mich meine Augen nicht? Bist wohl ganz und gar verrückt geworden, Walke? Warst doch früher ein anständiger Kerl – und verbündest dich auf deine alten Tage mit Einbrechern?«

»Sie kennen den Mann, Herr Wachtmeister?« fragte Eisenlohr. »Jawohl, Herr Doktor. Ist ein alter Kamerad und Kollege von mir. Haben zusammen gedient. Waren auch später bei der Polizei zusammen … Du altes Tränentier!« wandte sich Stange wieder an Walke. »Plagt euch der Deibel? Was habt ihr denn hier bei Nacht und Nebel in einem fremden Keller zu suchen?«

Nur widerwillig tat Walke den Mund auf.

»Mußt den Chef nach fragen, Stange.« Mehr brachte er nicht heraus.

»Also den anderen«, mischte sich Eisenlohr ein. »Würden Sie die Güte haben, Herr … Herr, Herr …?«

Reinhard zog eine Besuchskarte aus der Tasche und überreichte sie schweigend Eisenlohr. Der warf einen kurzen Blick darauf, einen fragenden auf Reinhard, und sprach weiter: »Sie haben einen eigenartigen Weg gewählt, um zu mir zu kommen. Sie dürfen sich nicht wundern, wenn der Empfang dementsprechend ausgefallen ist. Ihr Auftreten meinem alten Diener gegenüber grenzt hart an einen räuberischen Überfall. Und jetzt haben wir Sie in flagranti bei einem Einbruch ertappt. Es würde mich interessieren, was Sie zu Ihrer Entschuldigung vorzubringen haben.«

»Es wäre mir lieb, Herr Doktor, wenn ich unter vier Augen mit Ihnen sprechen könnte«, sagte Reinhard.

»Bitte sehr, Herr Hauptmann. Die Gelegenheit dazu will ich Ihnen geben.«

Eisenlohr deutete auf eine Tür und ließ Reinhard vorangehen. Auf einen Wink von ihm schloß sich Holthoff an. Leicht verstimmt blickte Dr. Bruck ihnen nach. Er hätte gern gewußt, was Eisenlohr dort in Gegenwart des jüngeren Assistenten mit diesem Gentlemaneinbrecher zu verhandeln hatte.

Ruhig hörte sich Eisenlohr an, was ihm Reinhard mitzuteilen hatte. Nur bisweilen tauschte er einen Blick mit Holthoff und warf eine kurze Bemerkung dazwischen, die für Reinhard manches, was ihm bisher unbekannt geblieben war, blitzlichtartig erhellte.

»Ja, so ist das nun also zustande gekommen, Herr Doktor«, schloß Reinhard seinen Bericht und sah Eisenlohr erwartungsvoll an. Der verzog die Lippen.

»Nicht ungeschickt von den Leuten, das muß man ihnen lassen. Geht es nicht auf die eine Weise, versuchen sie es zur Abwechslung mal auf eine andere. Man sprengt das Gerücht aus, daß auf der Eulenburg falsches Geld gemacht würde. Man bringt die Sicherungsvorrichtungen, die ich aus ganz anderen Gründen anlegen mußte, raffiniert damit in Verbindung und täuscht schließlich sogar einen alten erfahrenen Kriminalisten wie Sie.«

»Leider, Herr Doktor. Ich kann es nicht leugnen, man hat mich reingelegt wie einen Anfänger. Jetzt, nachdem ich die Beweggründe dieser Leute kenne, mache ich mir selbst schwere Vorwürfe, daß ich ihre Verdächtigungen für bare Münze genommen habe ...«

»Wir wollen unter diese Sache einen Strich machen«, sagte Eisenlohr. »Ich glaube, ich kann Ihnen einiges andere mitteilen, dem nachzugehen wohl der Mühe wert wäre ...

Und nun begann er zu sprechen.

»Ich glaube, Herr Holthoff, das wäre wohl alles, was Herr Reinhard in unseren Angelegenheiten wissen müßte«, beendete Eisenlohr schließlich seine Mitteilungen. »Wenn Sie danach für uns arbeiten wollten ... selbstverständlich zu den Bedingungen Ihres Unternehmens ... wäre ich Ihnen sehr verbunden.«

»Es wird alles bestens besorgt werden, Herr Doktor«, sagte Reinhard beim Abschied zu Eisenlohr. »Sehr nett von Ihnen, Herr Doktor, daß Sie uns noch ein Stückchen in Ihrem Wagen mitnehmen«, wandte er sich zu Holthoff.

»Bitte sehr, keine Ursache«, erwiderte Holthoff. »Es ist ja derselbe Weg. – Herr Stange«, fuhr er zum Oberwachtmeister gewendet fort, »ich bringe Sie wieder nach Hause. Wir fahren alle zusammen.«

Wenige Minuten später hörten Dr. Bruck und Eisenlohr den Wagenmotor im Hof anspringen.

Dr. Bruck wollte sich wieder an den Arbeitstisch setzen, Eisenlohr winkte ab.

»Genug für heute, Bruck. Morgen ist auch noch ein Tag, und zwar ein ziemlich anstrengender. Morgen müssen wir die neue Röhre einbauen, die uns Holthoff mitgebracht hat.«

»Dann können wir erst übermorgen mit der neuen Versuchsreihe beginnen«, wandte Dr. Bruck ein.

»Vielleicht auch noch etwas später, mein lieber Bruck«, zügelte Eisenlohr die Ungeduld seines Assistenten. »In den nächsten Tagen hoffe ich Professor Braun hier zu haben.«

»Professor Braun? Meinen Sie den bekannten Heidelberger Biologen? Ich fürchte, er wird wenig Zeit für uns übrig haben.«

»Im Gegenteil, Herr Bruck. Er ist gegebenenfalls bereit, sich uns für die ganze Dauer der Universitätsferien zur Verfügung zu stellen.«

Vor dem Hotel ›Zum Hohen Stein‹ hielt Dr. Holthoff seinen Wagen an und fragte am Empfangsschalter nach Professor Braun.

Er erhielt die Auskunft, daß der Professor auf seinem Zimmer wäre, und ging weiter.

»Hallo, Doc!« klang es ihm aus einem Klubsessel entgegen, als er die Vorhalle durchschritt.

»Hallo, Mister Spranger!« erwiderte Holthoff den Gruß und schüttelte dem anderen kräftig die Hand. »Eisenlohr hat sich sehr gefreut, von Ihnen zu hören. Er hofft, daß Sie ein paar Tage für ihn übrig haben werden.« Dann wandte er sich einem zweiten Herrn zu, der neben Spranger saß.

»Guten Tag, Monsieur Bigot! Wie gefällt es Ihnen bei uns in Deutschland?«

Holthoff sprach noch ein paar weitere Sätze, während sein Blick suchend durch die Halle ging.

»Ach, da sitzt ja noch ein alter Bekannter von mir«, unterbrach er sich plötzlich, »dem muß ich auch mal schnell guten Tag sagen.«

Er ging zu einer anderen Ecke der Vorhalle, um dort einen einzelnen Gast zu begrüßen, und kam schnell in ein Gespräch mit ihm.

»Sie wollen Doktor Eisenlohr auf seiner Burg besuchen?« fragte Bigot inzwischen den Amerikaner.

William Spranger nickte. »Eisenlohr ist ein alter Studienfreund von mir. Die Gelegenheit, ihn jetzt mal wiederzusehen, will ich mir nicht entgehen lassen.«

»Doktor Eisenlohr?« fuhr der Franzose fragend fort. »Ich hörte den Namen in Verbindung mit physikalischen Forschungen... Strahlungsforschungen, wenn ich mich recht erinnere. Es müßte hochinteressant sein, den Mann und sein Laboratorium kennenzulernen. Glauben Sie, daß es möglich wäre, ihn aufzusuchen?«

Spranger machte eine unbestimmte Bewegung. »Das kann ich Ihnen nicht sagen. Da fragen Sie besser Doktor Holthoff, der kann Ihnen eher Bescheid geben.«

Während Spranger es sagte, winkte er zu Holthoff hinüber, um ihn noch einmal an seinen Tisch zu bitten. Der Doktor erhob sich auch, aber offenbar hatte er den Wink als eine allgemeine Einladung aufgefaßt, denn er kam mit dem anderen, mit dem er zusammengesessen hatte, herüber.

»Darf ich die Herrschaften bekannt machen? Herr Hauptmann Reinhard«, führte er ihn ein.

»Oh, Sie sind Offizier?« fragte Spranger.

»Gewesen, Mister Spranger«, wehrte Reinhard ab. »Ich mußte wegen einer Dienstbeschädigung meinen Abschied nehmen.«

William Spranger wünschte genauer zu wissen, was eine Dienstbeschädigung wäre und verwickelte Reinhard in ein längeres Frage-und-Antwort-Spiel, während Holthoff und Bigot ein wenig beiseite ein Sondergespräch hatten. Obwohl es mit gedämpfter Stimme geführt wurde, gelang es Reinhard doch, wesentliche Teile davon zu hören.

»Es tut mir aufrichtig leid, Monsieur Bigot«, hörte er Holthoff sagen, »aber ich glaube nicht, daß Doktor Eisenlohr seinen Standpunkt in dieser Angelegenheit geändert hat. Vorläufig müssen die Arbeiten, mit denen er sich beschäftigt, unbedingt geheimbleiben. Gewiß, wenn Sie darauf bestehen, will ich Doktor Eisenlohr Ihren Wunsch nochmals mitteilen, aber ich glaube nicht ...«

Reinhard mußte seine Aufmerksamkeit wieder Mr. Spranger zuwenden, dessen Wissensdrang immer noch nicht erschöpft war.

Für Dr. Holthoff indessen wurde es Zeit, seinen Besuch bei Professor Braun zu machen.

Er stand auf und verabschiedete sich.

Auf halbem Weg zum Fahrstuhl kam ihm Spranger nach und hielt ihn noch einmal an.

»Was haben Sie noch auf dem Herzen, Mister Spranger?« fragte der Doktor.

»Sie sollten Ihren Freund nicht mit dem Franzosen allein lassen!« platzte Spranger los. »Der Mann ist kein geeigneter Umgang.«

»Ja, aber *Sie* verkehren doch mit ihm!« warf Holthoff ein.

Der Amerikaner zuckte die Achseln. »Eine Reisebekanntschaft, auf der Überfahrt von New York nach Le Havre gemacht. Sie wissen ja, wie das so geht, Herr Doktor, man lernt sich an Bord kennen und wird die Leute nachher nicht mehr los.«

»Mein Freund Reinhard wird ihn schon wieder loswerden, wenn er genug von ihm hat«, meinte Holthoff, trat in den Fahrstuhl und ließ sich in den zweiten Stock emporfahren.

In einem geräumigen Zimmer traf er Professor Braun, der ihn bereits erwartete.

»Ich kenne Herrn Eisenlohr als einen ernsthaften Forscher«, eröffnete der Professor die Unterhaltung, »aber ich will Ihnen nicht verhehlen, daß ich recht skeptisch bin.«

»Je skeptischer, desto besser, Herr Professor«, erwiderte Holthoff. »Es ist uns nicht unbekannt, daß es auf dem von uns bearbeiteten Gebiet schon viele Enttäuschungen gegeben hat.«

»Sehr viele, Herr Doktor«, bestätigte Professor Braun. »Wir wissen zwar heute, daß die Grenze zwischen anorganischen und organischen Individuen, zwischen Kristallen und Amöben eine unsichere ist, aber zu überschreiten hat sie bisher noch niemand vermocht.«

Holthoff stellte ein winziges Köfferchen auf den Tisch, öffnete es, entnahm ihm ein Reagenzglas, das mit einem Wattebausch verschlossen war.

»Würden Sie die Güte haben, sich das einmal näher zu betrachten?« sagte er, während er es dem Professor reichte.

Professor Braun nahm das Röhrchen in die Hand. Sein Blick blieb auf einem kleinen Etikett haften. Er las eine Zahl ab.

»2318 steht hier notiert. Was hat das zu bedeuten?«

»Es ist das Ergebnis unserer zweitausenddreihundertachtzehnten Versuchsanordnung, Herr Professor.«

Der Professor stutzte. »Versuchsanordnung, sagten Sie ... Ja, wie viele Versuche haben Sie denn gemacht?«

»Mehr als zehntausend. Schritt für Schritt haben wir uns immer näher an eine Lösung herangearbeitet. Was Sie in dem Glas dort sehen, ist die Frucht einer langen Arbeit.«

Der Professor griff nach einer Lupe und trat ans Fenster. Das kleine Reagenzglas war zur knappen Hälfte mit einer wasserklaren Gelatine gefüllt. Auf der Oberfläche der Gelatine befand sich eine etwa erbsengroße trübere Stelle. Lange Minuten starrte Professor Braun durch das stark vergrößernde Glas auf dieses Fleckchen. Kopfschüttelnd ließ er das Reagenzglas endlich sinken.

»Sind Sie sicher, Herr Doktor, daß Ihr Ausgangsmaterial steril war und daß während Ihrer Versuche keine Keime von außen hineingelangen konnten?«

Holthoff wußte, was alles in dieser Frage lag. »Wir sind unserer Sache sicher«, antwortete er mit Entschiedenheit.

Professor Braun kehrte zu einem Tisch im Zimmer zurück, auf dem verschiedenes physikalisches Gerät stand. Sein Fingerdruck brachte eine Lampe zum Aufleuchten, die einen scharfen polarisierten Lichtstrahl aussandte. Er brachte das Glasröhrchen in das Licht und beobachtete es ein zweites Mal gründlich durch eine andere, noch stärkere Lupe.

Endlich öffnete Professor Braun die Lippen zum Sprechen. »Ich glaube eine Amöboidbewegung zu sehen, Herr Doktor …«

Obwohl Holthoff auch vorher nicht gezweifelt hatte, ließen die wenigen Worte sein Herz doch schneller schlagen.

»Können Sie den Versuch in Ihrem Laboratorium in meiner Gegenwart wiederholen?« fragte der Professor weiter.

»Jederzeit, Herr Professor.«

»Gut. Dann werde ich heute in fünf Tagen bei Ihnen sein. Würden Sie mir das hier« – der Professor wies auf das Reagenzglas – »zu einer Untersuchung dalassen?«

Holthoff nickte.

»Ich müßte das Glas freilich öffnen«, fuhr Braun fort, »und den Stoff angreifen, um ihn unter das Mikroskop nehmen zu können. Wären Sie damit einverstanden?«

»Durchaus, Herr Professor. Wir sind in der Lage, jederzeit den Versuch zu wiederholen …«

»Es bleibt bei unserer Verabredung, Herr Doktor Holthoff. Ich komme zu Ihnen auf die Eulenburg!« sagte der Professor und reichte seinem Besucher die Hand zum Abschied.

»Vielleicht, Herr Professor«, sagte Holthoff, »werden wir Ihnen dann schon mehr und noch Größeres zeigen können.«

In der Gegend von Hersfeld ging der Frankfurter Schnelltriebwagen mit voller Geschwindigkeit durch eine Kurve. Fest und sicher lagen die Räder des Fahrzeugs auf den Schienen. Die beiden Reisenden, die ein Abteil für sich hatten, spürten kaum etwas von der Bewegung; nur aus einer Tasse, die auf dem Tischchen am Wagenfenster stand, spritzte ein wenig Fleischbrühe heraus.

»Verzeihung, mein Herr!« sagte der eine der beiden, zog ein Tuch und begann die wenigen Spritzer vom Rock des anderen abzutupfen. Der ließ die Zeitung sinken, in der er bis dahin gelesen hatte.

»Ist nicht der Rede wert«, meinte er abwehrend und wollte sich wieder seiner Zeitung zuwenden, doch der andere schien Lust zu einem Gespräch zu haben.

»Dreihundert Stundenkilometer und Bouillon in der Tasse, das verträgt sich doch nicht so recht miteinander«, fuhr er fort, »man dürfte sich in diesen Schnellwagen eigentlich nur feste Sachen bestellen, aber der Mensch braucht auch auf solcher Schnellfahrt etwas H_2O oder ähnliche Flüssigkeiten.«

Bei den Worten H_2O sah der Angeredete auf.

»Ich nehme an, Sie sind Chemiker oder Physiker«, meinte er ein wenig belustigt.

»Beides, mein Herr.« Der Schwarzhaarige verneigte sich leicht. »Gestatten Sie: Doktor Bigot, Paris.«

Die Höflichkeit erforderte es, daß darauf auch der andere seinen Namen bekanntgab.

»Doktor Bruck«, sagte er reichlich undeutlich und wollte sich hinter seine Zeitung zurückziehen. Aber daraus wurde nichts, denn Monsieur Bigot plauderte weiter.

Von den Rekordleistungen der chemischen Industrie in Deutschland sprach er und ließ durchblicken, daß er die bedeutendsten Werke besichtigt hätte und bei seinen Besuchen mit großer Gastfreundlichkeit aufgenommen worden sei.

Sie werden dir auch nur gezeigt haben, was du sehen durftest, mein Lieber, dachte Bruck bei sich. Ohne es zu wollen, mußte er dabei an den Auftrag denken, um dessentwillen er nach Frankfurt fuhr. In seiner Aktentasche lagen die Zeichnungen zu neuen Hochspannungsröhren, die er dort bei einer Spezialfirma in Auftrag geben sollte. Es würde sicherlich nicht nur Geld, sondern auch einige Überredungskunst kosten, sie so schnell zu bekommen, wie Eisenlohr sie haben wollte. In seine Gedanken klangen wieder Worte Bigots, die ihn aufmerken ließen. Auf Probleme der Kernphysik kam er jetzt und gab dabei der Meinung Ausdruck, daß die deutsche Forschung auf diesem Gebiet doch ein wenig ins Hintertreffen geraten sei. Dr. Bruck versuchte zu widersprechen, aber der andere ließ seine Einwände nicht gelten. Er zählte die neuesten Erfolge amerikanischer und englischer Forscher auf und erwähnte schließlich scheinbar wie nebensächlich auch seine eigenen Leistungen auf dem Gebiet der Atomumwandlung.

Bis dahin hatte Dr. Bruck das Gespräch Bigots über sich ergehen lassen, weil er es nicht vermeiden konnte; jetzt aber begann es ihn zu interessieren.

Was war das für ein Mensch, der ihm gegenübersaß und über die letzten und schwierigsten Fragen der Forschung mit einer weltmännischen Gewandtheit plauderte? War das ein ernster Forscher oder ein Phantast? Fast gegen seinen Willen folgte Dr. Bruck des anderen Gedankengängen ein Stückchen, um ihn desto besser widerlegen zu können, aber so leicht war der nicht zu schlagen.

»Sie behaupten, daß es so nicht möglich wäre«, sagte er schließlich auf eine ziemlich scharfe Entgegnung von Bruck, »dann will ich Ihnen den praktischen Beweis liefern, daß es doch geht.« Mr. Bigot stand auf, hob seinen Koffer aus dem Gepäcknetz und entnahm ihm eine Metallprobe. Ein Stückchen Bleiblech schien es dem Gewicht und der stumpfgrauen Farbe nach zu sein. Nur an der einen Seite zeigte es eine Veränderung. Dort ging das Grau allmählich in ein schmutziges Braungelb über, und an der äußersten Kante schimmerte es goldig.

»Sehen Sie sich das einmal an, Herr Doktor«, sagte

Bigot, während er ihm das Stück reichte. Bruck wog es prüfend in der Hand und betrachtete es nachdenklich.

»Was soll es denn sein?« fragte er.

»Sehen Sie es nicht an der Farbe, Herr Doktor Bruck? Es ist Gold. An dem Rand dort, wo die Einwirkung besonders stark war, sind die Bleiatome in Goldatome verwandelt worden. Genau so, wie die Theorie es verlangt, die Sie bestreiten.«

Dr. Bruck setzte sich zur Wehr. »Verzeihung, Monsieur Bigot! Ich bestreite durchaus nicht, daß das Bleiatom ein Goldatom wird, wenn man zehn Protonen aus seinem Kern fortnimmt. Ich bestreite nur, daß es auf dem von Ihnen angegebenen Wege möglich ist.«

»Es ist aber möglich gewesen!« versteifte sich Bigot auf seine frühere Behauptung. »Sehen Sie, Herr Doktor, so etwas kann man in Deutschland noch nicht. Hier hat die französische Forschung einen Vorsprung, der so leicht nicht einzuholen sein wird. Ich will mit Ihnen wetten, daß sich etwas Ähnliches in ganz Deutschland nicht finden läßt.«

»Wetten Sie lieber nicht, Monsieur Bigot!« Während Bruck es sagte, warf er einen kurzen Blick auf das Gesicht des anderen. Maskenhaft erschien es ihm in diesem Moment, wirbelnd liefen seine Gedanken durcheinander. Ein inneres Gefühl wollte ihn warnen, sich mit diesem undefinierbaren Ausländer näher einzulassen.

»Ich bin meiner Sache absolut sicher, Herr Doktor«, sprach Bigot weiter. »Warum sollte ich nicht wetten? Bitte, schlagen Sie eine Summe vor, um die es gehen soll, und … ja, man müßte eine Frist ausmachen, innerhalb der Sie den Beweis für Ihre Behauptungen liefern … einen Monat … das wäre zu wenig … sagen wir drei Monate. Ich würde Ihnen ein Vierteljahr …«

»Ich will nicht wetten!« fiel ihm Bruck schroff ins Wort.

Die Mienen Bigots veränderten sich. Triumph, Schadenfreude und daneben auch etwas wie Enttäuschung glaubte Bruck in ihnen lesen zu können. Nur undeutlich verstand er, was der Franzose halblaut vor sich hin sprach. »Sie geben es als unmöglich auf«, glaubte er aus den Worten herauszuhören.

Die abfällige Bemerkung trieb ihm das Blut ins Gesicht. »Ich wette nicht, weil es nicht fair wäre«, fuhr er auf. »Aber den Beweis für meine Behauptung will ich Ihnen geben, sofort, Mister Bigot, nicht erst in drei Monaten.« Noch während er es sagte, griff er nach seiner Aktentasche und brachte eine größere Anzahl von Metallplättchen zum Vorschein, runde Bleiblechscheiben von der Größe eines Fünfmarkstücks. In der Mitte zeigte jede der Scheiben eine Veränderung. Genau kreisrund glänzte und gleißte es dort in dem dunkelgrauen Blei wie lauteres Gold. Ohne Übergang fügte sich das eine an das andere. Man hätte wohl glauben können, daß das Mittelstück von einem geschickten Goldschmied in die Bleiplatte eingesetzt worden sei.

Ohne ein Wort zu sprechen, drückte Dr. Bruck dem Franzosen die Platten in die Hand. Ebenso wortlos starrte der sie an.

»Nun, Monsieur Bigot, was sagen Sie dazu?«

Bigot schüttelte den Kopf. »Wer hätte das für möglich gehalten? Ich gebe mich geschlagen, Herr Doktor! Sie sind viel weiter als wir. Das hier« – er ließ die Metallscheiben durch seine Finger gleiten – »unzählige Millionen ist das wert, Herr Doktor. Wenn Sie verstehen, es richtig zu verwerten.«

Dr. Bruck horchte auf, als das Wort ›Millionen‹ fiel. »Glauben Sie wirklich, Herr Kollege?« fragte er zögernd. »Bei uns denkt man anders darüber. Man meint, daß ein Bekanntwerden der Erfindung nur Unruhe und Verwirrung stiften müßte.«

»Wer spricht von Bekanntwerden?« griff Bigot den Einwand Brucks auf. »Selbstverständlich muß die Sache absolut geheim bleiben. Dann aber eröffnen sich für den Erfinder ungeheure Verdienstmöglichkeiten. Ich habe weniger als Sie erreicht, Herr Doktor«, fuhr er fort, »trotzdem liegt bereits ein ernsthaftes Angebot einer amerikanischen Kapitalistengruppe vor. Die Herren sind schon jetzt bereit, für eine Option auf meine Erfindungen eine bare Million Dollar auf den Tisch zu legen.«

Deutlich spiegelte sich die Wirkung seiner Worte in den Zügen des Deutschen wider.

»Das ist natürlich nur ein Anfang«, sprach Bigot weiter. »Hätte ich schon das, was Sie hier haben, so würde ich unbedenklich ein Mehrfaches für die Option verlangen – und auch bekommen, Herr Doktor.«

Dr. Bruck suchte nach Worten, um der Gedankenflut, die ihm durch den Kopf ging, Ausdruck zu geben.

»Der Chef will es doch nicht«, brachte er schließlich resigniert heraus. Er glaubte damit den Angriff abgeschlagen zu haben, doch der Versucher ließ nicht locker.

»Brauchen Sie Ihren Chef dazu? Können Sie es nicht selber machen, Herr Doktor?« fragte Bigot.

»Gewiß kann ich's selber machen, aber ...«

»Hat Herr Eisenlohr Patente darauf genommen?« unterbrach ihn Bigot.

Dr. Bruck schüttelte den Kopf.

»Dann, mein Lieber, sind Sie vollständig frei. Was hindert Sie, das große Geschäft mit mir zusammen zu machen? Sie haben das verbesserte Verfahren, ich habe die Kapitalisten an der Hand. Ich schlage halbpart vor, Herr Doktor.«

Von widerstreitenden Gedanken ganz in Anspruch genommen, schob Dr. Bruck seine Metallplättchen achtlos in die Aktentasche zurück. Unschlüssig blickte er auf, als Bigot ihm seine Besuchskarte hinhielt.

»Hier meine Pariser Adresse, Herr Doktor. Schreiben Sie mir recht bald, wie Sie über meinen Vorschlag denken. Ich werde Ihnen ebenfalls schreiben.«

Dr. Bruck raffte sich auf: »Bitte keine Korrespondenz nach der Eulenburg! Das möchte ich nicht...«

»Ich begreife vollständig, Herr Doktor. Ich werde meine Briefe postlagernd nach Ihlefeld schicken.«

Der Triebwagen verlangsamte sein Tempo.

»Oh, schon Gelnhausen! Hier muß ich aussteigen.« Bigot raffte seine Sachen zusammen. »Vergessen Sie nicht, in den nächsten Tagen auf dem Postamt in Ihlefeld nachzufragen. Auf Wiedersehen, Herr Doktor!« Er stieg aus, sowie der Zug stand. Nur einen kurzen Augenblick schaute ihm Dr. Bruck nach. Zerstreut und unruhig griff er nach seinen Röhrenzeichnungen, um sich für die Besprechung in Frankfurt vorzubereiten.

Als er eine mehrfach zusammengekniffte Zeichnung auseinanderfaltete, fiel eins der Metallplättchen aus ihr heraus auf den Boden des Abteils. Er hob es wieder auf, um es in die Mappe zurückzutun. Dabei bemerkte er, daß er die Plättchen vorhin nicht wieder in ein dafür bestimmtes Seitenfach der Tasche gesteckt hatte. Vielmehr lagen sie wahllos zwischen den Zeichnungen und Plänen.

Dr. Bruck machte sich daran, das wieder in Ordnung zu bringen.

Er stutzte. Sieben Plättchen hatte er bis jetzt gezählt. Waren es heute früh nicht neun gewesen? Noch einmal untersuchte er jede Zeichnung, jeden Winkel der Mappe, es blieb bei dem alten Ergebnis. Er wurde unsicher. Sollte er sich am Ende doch geirrt haben? Viel Zeit zum Grübeln blieb ihm nicht mehr. Die ersten Häuser von Frankfurt kamen in Sicht. Er mußte sich zum Aussteigen fertig machen.

»Sehr erfreut, Herr Professor, daß Sie mir die Ehre Ihres Besuches geben!« begrüßte Eisenlohr Professor Braun.

»Die Ehre ist auf meiner Seite! Ich bin neugierig, noch mehr bei Ihnen zu hören und selber zu sehen …«

Er wandte sich zur Tür zurück.

Der alte Michelmann stampfte herein, einen mächtigen Koffer auf dem Rücken, den er vorsichtig zu Boden gleiten ließ.

»Was bringen Sie uns da, Michelmann?« fragte Eisenlohr.

»Gepäck von Herrn Professor. Es kommt noch mehr, Herr Doktor«, sagte der Alte, wischte sich die Stirn und zog wieder ab.

Gleich darauf erschien er mit einem zweiten Exemplar von ähnlichen Abmessungen. Hinter ihm kam Dr. Holthoff, der noch einen dritten kleineren Koffer brachte.

Der Professor zog einen Schlüsselbund aus der Tasche und öffnete den ersten großen Koffer. In den Schrank eines chemischen Laboratoriums glaubte Eisenlohr zu blicken, als der türartige Deckel aufging. Dutzende von verschieden geformten Gläsern, zahllose Flaschen mit Chemikalien kamen zum Vorschein. Schon öffnete der Professor den zweiten Koffer, der einen ähnlichen Inhalt aufwies, und überzeugte sich, daß auch hier alles richtig und unbeschädigt an Ort und Stelle war. Erst dann nahm er auf dem Sessel Platz.

»Ich möchte resümieren, was Herr Holthoff mir bei unserm letzten Zusammensein mitteilte«, eröffnete er die Besprechung. »Sie gehen bei Ihren Versuchen von der Arbeitshypothese aus, daß eine keimfreie Gelatine unter dem Einfluß einer bestimmten Strahlung amöboid wird, das heißt also, daß ihre Moleküle sich in einer Art gruppieren, die man als die erste, niedrigste Stufe organischen Lebens ansprechen muß.«

Eisenlohr und Holthoff nickten zustimmend; Professor Braun sprach weiter:

»Der Begriff Gelatine ist vieldeutig. Im Handel sind

gegenwärtig ungefähr dreitausend verschiedene Sorten erhältlich. Ich habe zweihundert Proben ausgewählt und mitgebracht. Die ersten zehn Gläser dort rechts enthalten eine Gelatine, die mit der Ihrigen identisch ist. Wir könnten damit beginnen, um dann später zu anderen Sorten überzugehen.«

Der halbe Vormittag ging mit Vorversuchen hin.

Dann war es endlich soweit. Die erste Gelatineprobe konnte vor die Strahlröhre geschoben werden.

»Wir müssen die Strahlung fünfzehn Minuten wirken lassen und dann sehen, was geworden ist«, sagte Eisenlohr.

Um sich die Zeit zu vertreiben, blätterte Professor Braun in den Protokollbüchern. Er wollte gerade etwas Anerkennendes sagen und suchte nach passenden Worten, als ein Geräusch von draußen ihn aufmerken ließ.

Dr. Bruck war von seiner Reise zurückgekehrt und kam die Treppe herauf. Mit kurzem Händedruck begrüßte er Eisenlohr und Holthoff und ließ sich von ihnen mit Professor Braun bekannt machen.

»Ich sehe, Sie sind bei einem Versuch, ich will nicht stören«, sagte er mit einem Blick auf die Apparatur und ging in einen andern Teil des Laboratoriumssaales.

Dort stand er vor einer Reihe von Schubladen, deren Inhalt er durchwühlte.

»Die fünfzehn Minuten sind um«, sagte Eisenlohr. Holthoff lief zu der Schaltwand und setzte die Strahlröhre still. Eisenlohr nahm das Reagenzglas aus der Apparatur heraus.

Von Braun und Holthoff begleitet, ging er zu der einen Schmalwand des Saales. Ein Druck auf einen Schalter, und eine Starklichtlampe hinter der Optik eines Projektionsapparates flammte auf. Ein anderer Schalterdruck, und lichtdichte Vorhänge an sämtlichen Fenstern gingen herab; nur eine weiße Leinwand leuchtete noch in dem verdunkelten Raum.

Eisenlohr drehte und regelte an den Linsen; scharf und immer schärfer stellte sich ein mehrhundertfach vergrößertes Bild des Reagenzglases mit seinem Inhalt auf der weißen Fläche dar.

Haarscharf stand es jetzt auf der Leinwand, und dort, wo der Strahl vorher die Gelatine getroffen hatte, zeigte sich Bewegung.

Atemlos starrte Professor Braun auf das Bild. »Es sind wirklich lebende Amöben!« flüsterte er vor sich hin.

Mit zusammengekniffenen Lidern verfolgte er die Vorgänge auf der Leinwand, sah, wie sich dort zwei bewegliche Protoplasmastückchen zu einem größeren verbanden, wie sich dann eine Einschnürung bildete und aus dem vereinigten Körper wieder zwei neue wurden.

»Die Urzeugung ist Ihnen gelungen, Doktor«, hörte Eisenlohr Brauns Stimme dicht an seinem Ohr. »Ich lege meine Hand dafür ins Feuer: Mit Ihrer Strahlung haben Sie sterile Gelatine zum Leben erweckt ...«

Er hielt inne, weil Michelmann hereinkam. Der Alte flüsterte Eisenlohr etwas zu und reichte ihm eine Besuchskarte. Der las sie im Lichtstrahl des Projektors und ging dann mit Michelmann zusammen zur Tür. Ungeduldig fragte der Professor Dr. Holthoff nach dem Grund der Störung. Der horchte ein paar Sekunden auf die Stimmen, die vom Eingang her vernehmbar wurden, und antwortete dann: »Wir bekommen amerikanischen Besuch, Herr Professor. Mister Spranger aus New York, ein Studienfreund Eisenlohrs.«

»Kommt jetzt nicht sehr gelegen! Ist der Herr auch Physiker?« fragte Braun.

»Nichts weniger als das«, lachte Holthoff. »Mister Spranger hat sich ein paar Semester in Heidelberg aufgehalten und sich die Kollegs nach seinem eigenen Geschmack ausgesucht, danach hat er sich in den Strudel des amerikanischen Geschäftslebens gestürzt und schwimmt munter obenauf ... Als Juniorpartner der New Yorker Firma Kelly and Company gehört er drüben zu den Prominenten ...«, konnte Holthoff eben noch sagen, dann waren Eisenlohr und Spranger bei ihnen. Eine kurze Vorstellung. Neugierig sah sich der Amerikaner in dem verdunkelten Raum um.

»Gebt ihr hier eine Kinovorstellung?« fragte er mit einem Blick auf die Leinwand. »Da krabbelt ja allerhand durcheinander.«

»So etwas Ähnliches ist es in der Tat«, erwiderte Eisenlohr. »Wir haben eben die Wirkungen einer Strahlung auf bestimmte organische Substanzen untersucht. Aber das hat Zeit, mein lieber William. – Ich denke, Sie werden auch nichts dagegen haben, Herr Professor Braun, wenn wir zunächst einmal vernünftig frühstücken. Hallo! Doktor Bruck! Kommen Sie schon raus aus Ihrem Schrank!«

»Setzen wir uns, meine Herren«, lud er ein.

Er drückte auf einen Klingelknopf, und Michelmann begann aufzutragen.

»Was macht New York, William?« fragte Eisenlohr.

»Danke, es macht sich«, meinte Spranger trocken.

Eisenlohr wollte Genaueres wissen, Spranger gab Antwort, zuerst ausführlich, allmählich immer kürzer und zerstreuter. Das Gespräch, das Professor Braun und Dr. Holthoff führten, nahm seine Aufmerksamkeit immer mehr in Anspruch. Er hörte den Professor mit Holthoff über ein biologisches Thema sprechen und vernahm dazwischen immer wieder anerkennende Worte des deutschen Professors über die großartige Entdeckung seines Freundes.

»Entschuldige, Eisenlohr«, sagte er plötzlich, »jetzt möchte ich dich mal etwas fragen: Sind das nicht ziemlich brotlose Künste, mit denen du dich augenblicklich befaßt?«

Eisenlohr konnte ein Lächeln nicht unterdrücken. Er

wollte etwas erwidern, aber Professor Braun, der Sprangers Frage auch gehört hatte, kam ihm zuvor.

Die Worte kamen von Dr. Bruck, der sich bisher so gut wie gar nicht an der allgemeinen Unterhaltung beteiligt hatte.

Von den hohen Aufgaben der reinen Wissenschaft begann er zu sprechen, die ohne jede Rücksicht auf Gewinn oder Nichtgewinn durchgeführt werden müßten.

»Nun ja«, meinte der Amerikaner. »Sie mögen das so machen; andere machen es jedenfalls ganz anders.«

»Andere? Wer sind die anderen?« fragte Holthoff.

»Zum Beispiel ein gewisser Monsieur Bigot, Herr Doktor. Sie haben ihn ja neulich auch kennengelernt.«

»So, der?« sagte Holthoff ziemlich wegwerfend.

Bruck horchte schärfer hin, als er den Namen hörte. Seine Fahrt nach Frankfurt kam ihm wieder in Erinnerung.

»Ja, den meine ich«, fuhr Spranger fort. »Er steckt schon wieder in Paris. Sucht Kapitalisten für eine neue, ganz große Erfindung. Die Versuche, die Monsieur Bigot den Geldleuten in Paris vorgeführt hat, sollen recht überzeugend ausgefallen sein.«

»Den Geldleuten! Da haben Sie's, Mister Spranger«, fiel ihm Professor Braun ins Wort. »,Was verstehen denn schon Geldleute von physikalischen Versuchen?«

Spranger schüttelte den Kopf. »Für ganz so dumm müssen Sie uns Finanzleute nicht halten, Herr Professor. Wir haben auch unsere Experten und sehen uns eine Sache sehr gründlich an, bevor wir Geld dafür geben. Wer uns reinlegen will, der müßte schon recht früh aufstehen.«

»Oho, William!« Eisenlohr stieß Spranger in die Seite. »Du sprichst plötzlich per wir. Scheinst also doch Lust zu haben, dich näher damit zu beschäftigen. Darf man wissen, worum es sich dabei handelt?«

Die Frage Eisenlohrs schien William Spranger in Verlegenheit zu bringen.

»Vorläufig darf ich darüber nichts sagen«, meinte er nach kurzem Zögern. »Ich habe mich zum Schweigen verpflichten müssen.«

»Schade, William«, meinte Eisenlohr, »daß du nichts verraten darfst! Wir hätten dich vielleicht beraten können. Jedenfalls stehen wir dir zur Verfügung, wenn du uns brauchen solltest.«

»Besten Dank für dein Anerbieten. Es ist nicht ausgeschlossen, daß ich später davon Gebrauch mache. Erst will ich mir mal selber in Paris ansehen, was dieser Wundermann zu zeigen hat.«

»Ich glaube, Mister Spranger, ich kann Ihnen schon jetzt sagen, was Sie zu sehen bekommen werden.«

Eisenlohr sah seinen Ersten Assistenten verwundert an. Spranger warf die Gabel auf den Teller.

»Ausgeschlossen, Herr Doktor! Die Sache ist streng geheim. Monsieur Bigot hat die wenigen Personen, denen er Mitteilung machte, ehrenwörtlich zum Schweigen verpflichtet. Ich halte es für unmöglich, daß Sie etwas darüber wissen können.«

»Ich weiß aber doch, daß Monsieur Bigot behauptet, es wäre ihm gelungen, Blei ...«

»Stop, Doktor Bruck!« Der scharfe Zwischenruf Sprangers veranlaßte Bruck, jäh abzubrechen. Der Amerikaner brachte seinen Mund dicht an das Ohr Eisenlohrs, flüsterte dem etwas zu. Eisenlohr nickte und sagte danach ziemlich gleichgültig: »Wir wollen die Tafel aufheben. Würden Sie die Güte haben, Herr Professor Braun, mich für kurze Zeit zu entschuldigen. Herr Doktor Holthoff steht Ihnen selbstverständlich sofort zur Verfügung. Sie könnten inzwischen zusammen weiterarbeiten.«

Professor Braun stand auf und nickte.

Er und Holthoff hatten kaum den Raum verlassen, als Spranger losbrach: »Es ist mir vollständig unbegreiflich, wie auch nur Andeutungen über die Bigotschen Versuche in die Öffentlichkeit dringen konnten. Eisenlohr, ich möchte dich und auch Herrn Doktor Bruck bitten, über alles, was zur Sprache kommt, unbedingt zu schweigen. Es hängt ungeheuer viel davon ab, daß das Geheimnis gewahrt bleibt.«

Eisenlohr streckte ihm die Rechte hin. »Meine Hand darauf, William, ich werde schweigen.«

»Und Sie, Herr Doktor Bruck?« fragte Spranger.

»Ihr Wunsch ist mir Befehl, Mister Spranger.«

»Nun schießen Sie los, Bruck!« mahnte Eisenlohr. »Was wissen Sie denn wirklich über diesen Wundermann aus Paris?«

»Monsieur Bigot wird vor Mister Spranger und seinen Freunden Bleibleche produzieren, die an den Rändern bräunliche und gelbliche Verfärbungen zeigen.«

William Spranger nickte. Genau das gleiche hatte ihm sein Partner James Kelly vor kurzem geschrieben.

»Monsieur Bigot wird behaupten, daß dies Bräunliche und Gelbe Gold wäre, in das er nach seinem Geheimverfahren das Blei verwandelt habe.« Wieder verriet ein Nicken Sprangers, daß Bruck das Richtige getroffen hatte.

»Solche Bleche kann man natürlich mit Leichtigkeit präparieren«, fuhr Bruck fort.

Jetzt schüttelte Spranger energisch den Kopf.

»Sie sind im Irrtum, Doktor Bruck«, sagte er mit Entschiedenheit. »Monsieur Bigot hat die Versuche in einem kleinen Kreis vorgeführt, zu dem außer meinem Partner Kelly auch ein recht ernsthafter Wissenschaftler gehörte. Er hat die Bleibleche vorher von Hand zu Hand gehen lassen, hat sie unter den Augen der Sachverständigen der Strahlung einer Elektronenröhre ausgesetzt und schon nach kurzer Zeit mit dieser Verfärbung wieder herausgezogen.«

»Es wäre überzeugender gewesen, wenn der Sachverständige sie hineingesetzt und auch wieder herausgenommen hätte, Mister Spranger«, sagte Bruck nachdenklich.

»Auch das ist geschehen. Das Ergebnis ist das gleiche gewesen: eine Umwandlung von Blei in Gold, die dann später auch durch die chemische Untersuchung bestätigt wurde.«

»Ja, dann ...« Bruck zuckte unschlüssig die Achseln und schwieg.

»Dann gibt es immer noch eine ganze Reihe anderer Möglichkeiten«, nahm Eisenlohr den Faden auf. »Haben eure Sachverständigen auch die Elektronenröhre untersucht?«

»Darüber hat mir Kelly nichts geschrieben, Eisenlohr.«

»Dann bliebe es immerhin denkbar, daß die Kathode der Röhre aus Gold bestanden hat und Gold auf dem Wege der Kathodenzerstäubung auf das Blei gelangt ist.«

»Ja, wenn das so wäre ...!« sagte Spranger unsicher.

»Ich habe nur gesagt, daß es so sein könnte, William. Natürlich kann es auch anders gewesen sein. Beispielsweise könnte das Gold schon vorher in dem Blei gesteckt haben und durch die Strahlung nur freigelegt worden sein ...«

Spranger griff sich an den Kopf.

»Nette Möglichkeiten, die du entwickelst! Wie soll sich unsereiner dagegen schützen?«

»Indem ihr erstens einmal euer eigenes Blei zu dem Versuch mitbringt und indem ihr zweitens nach dem Experiment die Röhre zerbrecht und ihre Kathode genau untersucht.«

»Die Röhre zerbrechen, Eisenlohr? Monsieur Bigot wird seine Röhren kaum aus der Hand geben. Er behauptet, daß sie ungemein kostbar seien.«

»Dann müßt ihr eben sagen, daß euer Geld noch kostbarer sei, vielleicht wird das bei ihm ziehen.«

»Großartig, Eisenlohr! Ich werde deinen Rat befolgen, und für eigenes Blei will ich auch sorgen. Das bekommt man doch überall zu kaufen.«

»Die Mühe kannst du dir sparen, William. Ich werde dir etwas reines Blei aus unserem Vorrat holen. Entschuldige mich bitte einen Moment!« Er stand auf und verließ den Raum.

»Darf man wissen, woher Ihre Kenntnis von der Bigotschen Sache stammt?« fragte Spranger inzwischen Bruck.

»Von ihm selber. Ich lernte Monsieur Bigot zufällig im Eisenbahnabteil kennen.«

Spranger konnte seine Verwunderung nicht verbergen. »Das ist doch recht eigenartig, Herr Doktor. Von uns verlangt er unbedingte Geheimhaltung, und zu seiner Reisebekanntschaft spricht er darüber. Können Sie sich das erklären?«

Bruck ließ sich mit der Antwort Zeit. Er hatte das Gefühl, daß er seine Worte jetzt vorsichtig wählen müßte.

»Es ergab sich gesprächsweise, daß wir beide physikalische Chemie treiben«, erwiderte er schließlich. »Wir gerieten in eine wissenschaftliche Debatte. Da hat er in der Hitze des Gefechts vielleicht mehr gesagt, als er eigentlich preisgeben wollte. Mir genügte es, um mir ein ungefähres Bild von der Sache zu machen...«

»Von der Sie, wie mir scheint, nicht allzuviel halten, Herr Doktor?«

»Das möchte ich doch nicht sagen, Mister Spranger. Dazu weiß ich zu wenig von Bigots Arbeiten.«

Spranger blickte nachdenklich vor sich hin.

»Darf ich fragen, Mister Spranger, was Sie als Kaufmann von der Sache halten?«

»Das wird davon abhängen, wie man sie anfaßt, Herr Doktor Bruck. Richtig gemanagt, kann es ein Millionengeschäft werden.«

Dr. Bruck ballte die Hände unter der Tischplatte zusammen. Da wurden sie wieder genannt, diese

Millionen, die ihm seit seinem Zusammensein mit Bigot nicht mehr aus dem Kopf wollten. Was konnte man tun, um an diesem Segen teilzunehmen? Während er darüber noch grübelte, kam Eisenlohr zurück.

»Hier, William, chemisch reines Blei«, sagte er und ließ eine Anzahl Metallscheibchen auf die Tischplatte fallen. »Daran laß den Mann seine Künste versuchen.«

Spranger ließ die kleinen runden Plättchen durch die Finger gleiten. »Merkwürdig!« murmelte er dabei vor sich hin. »Genau solche Plättchen benutzt auch Monsieur Bigot bei seinen Versuchen. Wozu braucht ihr die Dinger?«

»Wir brauchen die Scheiben als Blenden in unserer elektrooptischen Bank«, erwiderte Eisenlohr.

Spranger spielte mit den Scheibchen, während er weitersprach. »Strahlung habt ihr, Blei habt ihr... Wenn ich du wäre, Eisenlohr, ich würde doch lieber versuchen, Monsieur Bigot Konkurrenz zu machen, anstatt organische Substanzen mit der Strahlung zu untersuchen. Ich glaube, du würdest damit ein besseres Geschäft machen.«

»Jeder nach seiner Neigung und seinem Können, mein lieber William. Wir treiben unsere Forschung um der Wissenschaft willen und nicht, um Geschäfte damit zu machen.«

»Auch, Eisenlohr! Doch für mich, offen gestanden, zu hoch! Aber um auf Monsieur Bigot zurückzukommen: Er hat Kelly eine Aufstellung über seine Auslagen gegeben und verlangt nur für die Option auf seine Erfindung eine Million Dollar.«

»Ziemlich viel Geld«, meinte Eisenlohr trocken.

»Bei Gott, das ist es, Eisenlohr! Auch die Firma Kelly and Company ist nicht reich genug, um eine Million durch eine faule Sache zu verlieren. Was rätst du mir, Eisenlohr?«

»Sich die Sache sehr genau anzusehen, und alles für

Schwindel zu halten, was nicht unwiderleglich bewiesen ist.«

»Ich muß so schnell wie möglich nach Paris zurück und zusehen, daß da keine Dummheiten gemacht werden.« Spranger warf einen Blick auf die Uhr. »Wenn ich gleich fahren könnte, wäre es mir lieb.«

»Schade, William!« sagte Eisenlohr bedauernd.

»Ich komme wieder, sobald ich in Paris nach dem Rechten gesehen habe.«

»Ich könnte ja Mister Spranger zum Flugplatz fahren, während Sie mit Professor Braun und Holthoff weiterarbeiten«, schlug Dr. Bruck vor.

»Das wäre eine edle Tat, Bruck«, sagte Eisenlohr.

Während der schnelle Wagen die Kilometer fraß, saß Spranger schweigend neben Dr. Bruck und ließ sich das vor kurzem Gehörte durch den Kopf gehen.

Auch Dr. Bruck war nachdenklich. Er verstand Eisenlohr von Tag zu Tag weniger. Warum hatte der kein Wort von seinen eigenen Arbeiten auf dem Gebiet der Metallumwandlung gesagt? Warum behandelte er eine Entdeckung, für die ein Mensch wie Bigot gleich eine blanke Million verlangte, als eine Bagatelle?

»Warum beschäftigen Sie sich nicht mit der Metallumwandlung?« vernahm er im gleichen Augenblick die Frage Sprangers. Die Gedanken Brucks kreisten immer noch um die Million, die der Franzose verlangte und die die Amerikaner vielleicht geben wollten. Er selbst kannte die Strahlung genau, die für die Umwandlung erforderlich war. Nach seiner festen Überzeugung konnte er der Firma Kelly and Company heute schon etwas wesentlich Besseres anbieten als dieser Monsieur Bigot. Sollte er sich Spranger gegenüber offenbaren? Interessieren würde es ihn gewiß. Aber ebenso sicher würde es auch den Bruch mit Eisenlohr, den Verlust seiner Stellung hier bedeuten...

»Herr Doktor Eisenlohr bestimmt die Art unserer Arbeiten«, entgegnete Bruck ausweichend.

»Haben Sie keinen Einfluß auf ihn?« fragte Spranger.

Bruck schüttelte den Kopf. »Er ist der Chef. In das Arbeitsprogramm läßt er sich nicht hineinreden.«

Spranger zuckte die Achseln. »Schade. Ich würde lieber mit Eisenlohr als mit Monsieur Bigot zusammengehen.«

»Sie würden zweifellos besser dabei fahren«, erwiderte Dr. Bruck und brach jäh ab, als habe er schon zuviel gesagt. Auch Spranger schwieg, bis sie den Flugplatz erreichten.

Ein kurzer Abschied. Spranger stieg in das Flugzeug. Dr. Bruck machte sich auf den Heimweg. Er konnte das bedrückende Gefühl nicht loswerden, daß er soeben die größte Chance seines Lebens verpaßt habe.

In Ihlefeld hielt er vor dem Postamt. Eine Frage kostet ja nichts, ging's ihm durch den Sinn. Am Schalter erkundigte er sich, ob etwas Postlagerndes für ihn da wäre.

Der Beamte griff in ein Fach. »Jawohl, Herr Doktor, hier ist etwas für Sie«, und er drückte ihm ein Schreiben in die Hand. Mit einem kurzen »Danke!« empfahl sich Bruck und stieg wieder in seinen Wagen. Erst dort besah er sich den Brief genauer. Ein Absender war nicht darauf vermerkt, die Marken waren in Aachen abgestempelt.

Ungeduldig riß er den Umschlag auf. Las und stutzte schon bei den ersten Zeilen.

Das Schreiben kam von Bigot, aber vorsichtig war der Herr, das mußte man ihm lassen. Offenbar liebte er es nicht, seine Briefe im internationalen Postverkehr eine Grenze passieren zu lassen, und hatte Mittelsmänner an der Hand, die sie in einen deutschen Briefkasten beförderten. Auch der Text des Schreibens war so gehalten, daß ein Uneingeweihter kaum etwas Verdächtiges herauslesen konnte.

Dr. Bruck hielt den Platz hier vor dem Postamt nicht für den geeigneten Ort, um das Schreiben zu studieren. Erst als Ihlefeld einige Kilometer hinter ihm lag, hielt er wieder an und machte sich in aller Ruhe an die Lektüre.

»Das Korn ist reif«, schrieb Bigot. »Um es zu schneiden, braucht man eine Sense, eine Sichel genügt nicht.«

Im weiteren Verlauf des Textes schlug Bigot ihm ein Gentleman's Agreement vor. Halbpart bei allen Gewinnen, aber dafür von seiten Brucks Röhrenzeichnungen und genaue elektrische Angaben. Genau betrachtet war das Ganze eigentlich schon ein vollständiger Vertrag mit vielen Paragraphen, und da er bereits die Unterschrift Bigots trug, brauchte ihn Bruck nur noch zu bestätigen, um ihn rechtsgültig zu machen. Aber war dieser Vertrag etwas wert? Bruck konnte seiner Zweifel nicht Herr werden. Unwillkürlich kam ihm das Wort vom betrogenen Betrüger in den Sinn. Sein Gesicht war sorgenvoll, als er das Schreiben in seine Brieftasche steckte und den Wagen wieder in Gang setzte.

Früher als das Flugzeug erreichte die Funkdepesche, in der Spranger seine Ankunft ankündigte, die französische Hauptstadt. Schon auf dem Pariser Flugplatz empfing ihn sein Partner James Kelly.

»Großartig, Spranger, daß Sie gleich gekommen sind! Ich bin mit Monsieur Bigot inzwischen ein gutes Stück weitergekommen. Für heute abend haben wir einen neuen Versuch verabredet. Ich hoffe, er wird auch Sie überzeugen.«

»Wir werden sehen, Kelly«, sagte Spranger vieldeutig.

Ein ungemein vornehmer Diener nahm den Herren

Kelly und Spranger um die achte Abendstunde in der Rue Saint Antoine Mäntel und Hüte ab.

»Ich heiße Sie willkommen, meine Herren!« begrüßte Monsieur Bigot seine Gäste. »Darf ich Sie mit Mister Hartford bekanntmachen, Mister Spranger?« fuhr er fort. »Mister Hartford ist ein Landsmann von Ihnen. Er hat sich als wissenschaftlicher Experte in selbstloser Weise für die Überwachung der Versuche zur Verfügung gestellt.«

Im Laboratorium Eisenlohrs standen sämtliche Apparaturen auf einem glatten Steinboden, hier dagegen auf schwellenden Teppichen. Dort gab es nur einfache Stühle und Schemel, während hier bequeme Polstermöbel zum Sitzen einluden. Hier hingen wertvolle Ölgemälde an den Wänden. Und noch etwas anderes fiel ihm auf. Der Raum um die Strahlröhre und die Elektronenbank war durch eine von Messingsäulen getragene starke Kordel aus roter Seide abgesperrt. Etwas Derartiges hatte er in Eisenlohrs Laboratorium nicht gesehen.

Er legte die Hand auf eine der blinkenden Stützsäulen und fragte: »Was soll das hier, Monsieur Bigot?«

»Es ist wegen der Hochspannung nötig«, beeilte sich der Franzose zu erklären. »Für jemand, der mit der Apparatur nicht genau vertraut ist, wäre es gefährlich, diesen Raum zu betreten.«

»Ich will aber unsere Proben selbst in den Apparat legen«, widersprach Spranger und beharrte darauf, obwohl Kelly es ihm auszureden versuchte und auf Mr. Hartford als ihren zuverlässigen Experten hinwies.

Nur schwer vermochte Monsieur Bigot auch seine Überraschung zu verbergen, als Spranger die Bleiplättchen zum Vorschein brachte, die er von Eisenlohr bekommen hatte, und erst nach langem Hin und Her kam man zu einer Einigung.

Gut, Mr. Spranger sollte bei abgeschaltetem Strom

seine Proben einlegen und auch wieder herausnehmen. Doch während die Röhre mit Hochspannung arbeitete, dürfe er sich unmöglich in dem abgesperrten Raum aufhalten, entschied Monsieur Bigot schließlich, und auf Kellys Zureden gab sich Spranger damit zufrieden. Nach den Anweisungen Bigots legte er eins der Plättchen in die Apparatur und ließ sich dann neben Kelly auf einen Sessel nieder, während Bigot den Strom einschaltete und danach zu Mr. Hartford zurückkehrte.

Eine Viertelstunde hindurch mußte nach den Angaben Bigots die Strahlung auf das Blei wirken. Keinen Blick ließ Spranger während der Zeit von Hartford und Bigot. Etwas spärlich dünkte ihm dabei die Beleuchtung des Raumes.

»Die fünfzehn Minuten sind um!« rief er jetzt.

Sofort ging Bigot zur Wand, um den Strom abzuschalten. Unmittelbar danach stürzte Spranger zu der Elektronenbank hin und zog das Bleiplättchen aus dem Apparat. Goldig hell blinkte es in der Mitte der kleinen grauen Scheibe.

Noch während er draufstarrte, trat Kelly zu ihm, fragte: »Ist es gelungen, Spranger?« sah dann schärfer hin und nahm ihm das Scheibchen aus den Händen, in dem Augenblick, als auch Bigot von der Schaltwand zurückkam.

»Sehen Sie nur, Monsieur Bigot!« stieß Kelly erregt hervor.

Der Franzose schien nicht überrascht zu sein. »Ich habe diesen Fortschritt erwartet, Mister Kelly«, sagte er ruhig. »Wir haben Fortschritte in der Beherrschung der Strahlung gemacht. Die Umwandlung erfolgt jetzt konzentrierter und tiefergehend. Ich denke, Sie können mit dem Ergebnis zufrieden sein.«

Spranger hatte das Plättchen wieder an sich genommen. War das wirklich dasselbe Stück, das er vorhin in den Apparat gelegt hatte? Er griff in die Tasche, zog eins der anderen Bleiplättchen heraus, hielt es daneben, verglich. Genau stimmten sie nach Größe und Dicke überein.

Trotzdem wollte er sich noch nicht zufriedengeben und verlangte einen zweiten Versuch.

»Wie Sie wünschen, Mister Spranger«, sagte Bigot mit unerschütterlicher Ruhe, und noch einmal wiederholte sich das gleiche Schauspiel.

»Sind Sie jetzt überzeugt, Sie ungläubiger Thomas?« fragte ihn Kelly.

Unwillkürlich kam Spranger eine Ermahnung Brucks in Erinnerung: »Lassen Sie sich den Versuch wenigstens dreimal vorführen«, hatte der Doktor gesagt.

»Hallo, Spranger! Wie denken Sie über die Sache?« fragte ihn sein Partner.

»Aller guten Dinge sind drei, Kelly!« Spranger zog ein neues Bleiplättchen aus der Tasche. Kelly schüttelte unwillig den Kopf. Die Hartnäckigkeit Sprangers ärgerte ihn und er bemühte sich, sie ihm auszureden. Dabei wandten die beiden Amerikaner für kurze Zeit Bigot und Hartford den Rücken zu und bemerkten nicht, daß sie miteinander flüsterten.

»Wir können den Versuch jetzt wiederholen«, klang die Stimme Bigots zwischen die Worte Kellys. Der wollte noch etwas sagen, aber Spranger unterbrach ihn: »All right, Monsieur Bigot, noch ein drittes Mal, dann werden wir unsere Entschlüsse fassen.«

Zum dritten Male ging der Versuch vonstatten und verlief ebenso wie bei den beiden vorangegangenen Malen.

»Wünschen die Herren noch einen vierten Versuch«, fragte Bigot geschmeidig.

»Danke, Monsieur Bigot! Was wir jetzt haben, genügt uns. Ich muß die Angelegenheit nun mit Mister Kelly besprechen. Wir könnten dann vielleicht morgen zur Besprechung eines Vorvertrages zusammenkommen.«

Obwohl Spranger die Worte in einem freundschaftlichen Ton sprach, konnte Bigot seine Enttäuschung nur mit Mühe verbergen. Er hatte nach den gelungenen Versuchen einen schnellen Abschluß erwartet. Kaum hatten die beiden Inhaber der Firma Kelly and Company das Haus verlassen, als er Hartford gegenüber seinem Unmut Luft machte.

»Verlieren Sie die Nerven nicht, Bigot!« beruhigte der ihn. »Warten Sie den morgigen Tag ab. Daß Kelly angebissen hat, ist sicher. Mit seinem Partner werden Sie morgen auch fertig werden.«

Im Hotelzimmer saßen Kelly und Spranger zusammen und berieten die Affäre Bigot.

»Ich habe den Eindruck, Spranger, daß Ihre Freunde in Deutschland Ihnen geraten haben, die Finger von der Sache zu lassen«, meinte Kelly.

»Sie irren sich, Mister Kelly«, widersprach Spranger. »Sie haben mir nur die verschiedenen Methoden erklärt, nach denen man uns reinlegen könnte.«

»Ich wunderte mich, daß Sie sich von Monsieur Bigot nicht die Strahlungsröhre zur Untersuchung ausliefern ließen. Warum haben Sie das eigentlich unterlassen?« fragte Kelly.

»Weil es nicht mehr nötig war, Kelly. Der Schwindel läuft diesmal andersrum.«

»Was?« Kelly starrte seinen Partner verdutzt an. »Nach drei überzeugenden Versuchen sprechen Sie von Schwindel?«

Spranger kramte in seiner Tasche, brachte verschiedene Plättchen zum Vorschein und breitete sie auf dem Tisch aus.

»Entscheiden Sie selbst, Kelly«, sprach er weiter. »Hier sind die Bleiplättchen, die mir Eisenlohr für die Versuche mitgegeben hat. Sie sehen überall die gleichen Scharten am Rand, die offenbar von einem Fehler der Stanze herrühren. Hier sind die beiden ersten Platten der Versuche. Sie zeigen genau die gleichen Einkerbungen. Als ich sie zuerst sah, war ich überzeugt, daß Monsieur Bigot ehrlich gearbeitet hätte.«

»Und was ist mit der dritten Platte?« fragte Kelly.

Spranger reichte sie ihm hin. »Sehen Sie selbst, Kelly. Hier fehlen diese charakteristischen Scharten. Der Rand ist überall glatt. Niemals ist das dieselbe Platte, die ich für den dritten Versuch in den Apparat gelegt habe. Beim drittenmal hat uns Bigot betrogen.«

Kelly ließ die drei Plättchen durch seine Finger gleiten, verglich sie auch mit den anderen Bleiplatten. Der Unterschied war unverkennbar. Ratlos blickte er Spranger an und fragte: »Warum das? Warum nach zweimaligem Gelingen beim drittenmal ein Betrug?«

Spranger zuckte die Achseln. »Ich weiß es nicht, Kelly, aber ich werde es bald erfahren. Mit dem Frühflugzeug kehre ich nach Deutschland zurück. Doktor Eisenlohr wird mir sagen können, was hinter der Geschichte steckt...«

»Unsere Konferenz morgen, Spranger? Wir wollten zusammen den Abschluß besprechen.«

»Halten Sie Bigot hin, Kelly!«

Im Basaltkeller der Eulenburg standen sie zu dritt vor einem mächtigen Schrank. Treibhauswärme ging von den Wänden dieses Schrankes aus. Fernthermometer gestatteten es, die Temperatur in seinem Innern auch bei geschlossener Tür abzulesen. Regelwiderstände ermöglichten es, die Stärke der elektrischen Beheizung innerhalb weiter Grenzen zu verändern.

Wie gebannt starrte Professor Braun auf ein Reagenzglas, nahm starke und immer stärkere Lupen zu Hilfe, um genau beobachten zu können, was sich in diesem Gläschen in einer durch die Schrankwärme halbflüssigen Gelatine abspielte. Schweigend ließen Eisenlohr und Holthoff ihn gewähren. Endlich richtete

Professor Braun sich auf, seine Hand zitterte, als er das Vergrößerungsglas sinken ließ.

»Sind Sie überzeugt, Herr Professor?« fragte Eisenlohr.

»Es ist so, Herr Doktor. Das sind keine Amöben mehr, das sind bereits lebende Zellen! Ich beglückwünsche Sie zu Ihrer Entdeckung...!« Er ergriff die Hand Eisenlohrs und hielt sie lange in der seinen.

Störend, die Stimmung zerreißend, schrillte die Glocke des Telefons. Holthoff ging zum Apparat, hörte, sprach leise mit Eisenlohr. Der nickte nur und ging über die Wendeltreppe nach oben.

»Mister Spranger ist in Ihrem Arbeitszimmer, Herr Doktor«, meldete ihm Michelmann im Laboratorium.

»Es ist gut, Michelmann.«

Mit offener, fast heiterer Miene trat er in sein Arbeitszimmer und begrüßte Spranger.

»Schon wieder aus Paris zurück, William? Das ging ja schneller, als ich dachte.«

»Ich brauche deinen Rat, Eisenlohr.«

»Der ist schnell gegeben: Laß die Finger davon!«

»Warum, Eisenlohr? Hast du besondere Gründe für deine Meinung?«

»Die habe ich, William. Ich bekam eine Auskunft über den Mann, die alles andere als gut ist...«

Spranger suchte nach Worten. »Bigot hat uns drei Versuche vorgeführt, in allen drei Fällen ist die Metallumwandlung gelungen.«

Eisenlohr legte sich bequem in seinen Klubsessel zurück.

»Mein lieber William«, begann er, »ich müßte stundenlang reden, wenn ich dir den ganzen Unfug klarmachen wollte. Es ist ausgekochter Schwindel...«

»Aber er kann es doch, Eisenlohr!« Spranger zog seine Brieftasche und legte die drei Plättchen mit den Goldflecken auf den Tisch. »Hier ist der Beweis dafür.«

Die Augen Eisenlohrs wurden starr.

»Nicht wahr, Eisenlohr, das hast du nicht erwartet? Du bist überrascht?«

»In der Tat, William, ich bin überrascht.« Eisenlohr stand auf, zog einen Schreibtischkasten auf, griff etwas heraus und warf es vor Spranger auf den Tisch. Ein halbes Dutzend Plättchen genau derselben Art, wie der Amerikaner eben deren drei hingelegt hatte. Den gleichen runden Goldfleck trugen sie in der Mitte. In maßlosem Staunen blickte Spranger bald auf die Plättchen, bald auf Eisenlohr. Der lachte kurz auf.

»Was? Jetzt ist die Überraschung wieder bei dir? So schlau wie euer Monsieur Bigot sind wir hier auch. Vielleicht noch ein bißchen klüger, mein lieber William. Halt, mein Junge, bringe die Dinger nicht durcheinander! Die drei hier sind von dir. Laß mal sehen.« Er nahm die drei Plättchen, die Spranger mitgebracht hatte, in die Hand und sprach weiter: »Die beiden hier – die sind ohne Zweifel von dem Blei, das ich dir mitgegeben habe. Das dritte Stück…«, er schüttelte den Kopf, »das ist nicht von uns, William. Der Schnitt ist anders. Ich kenne doch meine alte Stanze.«

»Das habe ich schon selber entdeckt!« brach Spranger los. »Deshalb bin ich ja zu dir gekommen. Ich habe immer noch gedacht, das Stück könnte trotz der Verschiedenheit doch vielleicht von dir sein, denn ein Stück von deinem Blei habe ich Bigot auch für den dritten Versuch gegeben.«

»Ja, mein Lieber«, Eisenlohr wiegte den Kopf, »da wird der Monsieur eben ein wenig gezaubert haben. Entschuldige mich bitte für ein paar Minuten, ich möchte noch eine kleine Untersuchung vornehmen.«

Er griff nach den drei Platten, die Spranger mitgebracht hatte, und verließ das Zimmer.

In Zweifeln und Grübeln versunken überhörte

Spranger fast die Rückkehr Eisenlohrs. Wie erschöpft ließ sich der in einen Sessel fallen und warf die drei Metallscheiben vor sich hin auf den Tisch.

»Die beiden ersten Proben enthalten ein zweifellos durch Strahlung erzeugtes Gold«, erklärte Eisenlohr schließlich. »Die dritte Probe? ... Da möchte ich noch einen Versuch machen. Gestattest du?«

Spranger nickte. Eisenlohr griff in die Tasche und zog eine Blechschere heraus. Mit einem scharfen Schnitt trennte er die dritte Platte mitten durch, griff mit den Fingern fest zu. Ebenfalls in zwei Teile zerschnitten, fiel der goldene Kern locker aus dem Blei heraus. Erst jetzt fand Spranger Worte.

»Was hast du gemacht, Eisenlohr? Die Probe zerstört?«

»Den Schwindel aufgedeckt, William.« Er reichte ihm die Probe und eine Lupe. »Überzeuge dich selbst. Bigot hat einfach ein Loch in die Bleiplatte gebohrt und einen Goldpfropf hineingepreßt. Man kann die Spuren des Bohrers noch deutlich erkennen. Hätte er sich die Mühe gemacht, die beiden Metalle zusammenzuschmelzen, würde ihm der Betrug schwerer nachzuweisen sein.«

Nach kurzer Untersuchung legte Spranger die Metallstücke wieder auf den Tisch. »Es ist mir ein Rätsel«, seufzte er.

»Offen gestanden, mir auch, William. Wenn Bigot das Blei zweimal durch seine Strahlung umgewandelt hat, konnte er's doch auch das dritte Mal tun.«

»Warum tat er's dann nicht?«

»Verschiedene Möglichkeiten sind denkbar, William. Laß mir Zeit zum Überlegen. Drahte eine Warnung an Kelly und bleibe hier, bis ich dir Genaueres sagen kann. Übrigens, wie hieß euer Experte?«

»Mister Percy Hartford aus Schenektady, New York.«

Eisenlohr notierte sich den Namen. »So. Den Herrn

wollen wir uns auch mal etwas genauer ansehen. Ich werde mir von Reinhard eine Auskunft über ihn erbitten ...«

Am Vormittag des gleichen Tages, an dem Spranger wieder bei Eisenlohr erschien, waren Bigot und Hartford in der Rue Saint Antoine zusammen. Die Zigarette wollte dem Franzosen nicht schmecken, mißmutig zerdrückte er sie im Aschenbecher, sprang auf, lief unruhig durch das Zimmer und redete abgehackt.

»Doktor Bruck läßt nichts von sich hören. Der eine von den Amerikanern ist wieder nach Deutschland geflogen ... der andere muß sich's noch überlegen ... will warten, bis sein Partner zurück ist ... Es geht nicht, Hartford, wir können nicht länger warten. Unsere Mittel sind erschöpft. Es muß sofort etwas geschehen, oder es gibt eine Katastrophe.«

»Sie hätten es nicht so weit kommen lassen sollen«, sagte Hartford phlegmatisch. »Im Augenblick haben wir's nur mit Kelly zu tun. Ich halte Spranger für den Gefährlicheren von den beiden. Wir wissen, daß er Feuer gefangen hat. Rücken Sie ihm auf den Pelz! Bluffen Sie ihn! Wenn Sie's geschickt machen, wird er ohne seinen Partner abschließen.«

»Er wird mich gar nicht empfangen, bevor Spranger da ist«, warf Bigot ein.

Gemächlich zog sich Hartford aus seinem Sessel. »Kommen Sie mit«, forderte er Bigot auf, »damit Sie gleich hören, was ich Kelly sage; ich werde ihn jetzt anrufen. Danach werden Sie zu ihm gehen und von ihm empfangen werden.«

»Ich lasse bitten«, sagte James Kelly, als ihm zwanzig Minuten später Monsieur Bigot gemeldet wurde.

»Die Mitteilung Mister Hartfords kommt mir völlig unerwartet«, empfing Kelly den Eintretenden.

Bigot fühlte seinen Mut wieder sinken, als er die

Augen Kellys auf sich gerichtet sah. »Der Funkspruch aus Schenektady kommt auch mir überraschend«, begann er stockend. »Ich hatte vor Monaten Verhandlungen, hatte sie als aussichtslos abgebrochen. Jetzt kommt der Konzern darauf zurück und will eine Option von mir haben. Mister Hartford hielt es für richtig, Sie sofort darüber zu informieren.«

Kelly bot seinem Besucher einen Stuhl an.

»Die Sache kommt mir reichlich ungelegen, Monsieur Bigot«, sprach er weiter, »mein Partner will sich noch mit einem Wissenschaftler in Deutschland beraten. Davon soll unsere Entscheidung abhängen...«

Bigot erinnerte sich an die Instruktionen, die Hartford ihm mit auf den Weg gegeben hatte.

»Das verstößt gegen unsere Abmachung«, begann er mit gespieltem Unwillen. »Sie und Mister Spranger haben sich zur absoluten Geheimhaltung verpflichtet.«

James Kelly warf Bigot einen Blick zu, unter dem diesem reichlich unbehaglich wurde.

»Mit der Geheimhaltung scheint es nicht weit her zu sein«, erwiderte er abweisend. »Die deutschen Freunde meines Partners waren bereits genau unterrichtet, bevor er selber ihnen noch ein Wort gesagt hatte.«

»Wie ist das möglich?« fuhr Bigot auf.

»Von uns hat niemand etwas erfahren«, wehrte Kelly kühl ab. Bigot fühlte, daß er den Hebel woanders ansetzen müsse, um weiterzukommen.

»Ich muß eine Antwort auf den Funkspruch geben«, begann er, brach ab, als er das Mienenspiel Kellys sah, wollte wieder etwas sagen, als es klopfte. Ein Hotelpage kam herein und überreichte Kelly eine Depesche. Der riß sie auf und las.

»Betrug so gut wie sicher. Ich bleibe bis zur Aufklärung noch hier. William Spranger«, stand dort geschrieben.

Minutenlang las Kelly die wenigen Worte wieder und immer wieder, während die Unruhe Bigots aufs höchste stieg. Ein ungünstiges Urteil aus Deutschland mußte den von Hartford ausgeheckten Plan über den Haufen werfen.

Endlich schien Kelly mit sich im reinen zu sein. Langsam faltete er die Depesche zusammen und steckte sie in seine Brusttasche.

»Schenektady will also auch eine Option von Ihnen?« fragte der Amerikaner.

»Jawohl, Mister Kelly.«

»Ich wäre bereit, Monsieur Bigot, eine Voroption zu nehmen. Ich müßte es bei der Abwesenheit meines Partners auf mein eigenes Risiko tun.«

Bigot faßte wieder Hoffnung. »Wollen Sie, bitte, Ihren Vorschlag genauer präzisieren, Mister Kelly?«

»Ich denke so, Monsieur Bigot: Nach Schenektady funken Sie ausweichend. Unsere Verhandlungen bleiben auf dem jetzigen Stand, bis Mister Spranger zurück ist ...«

»Schenektady könnte mir darüber verlorengehen, Mister Kelly.«

»Für das Risiko will ich Sie bezahlen. Wieviel verlangen Sie, Monsieur Bigot?«

Bigot raffte sich zusammen. »Wir sprachen von einer Million ...«

Kelly lachte kurz auf. »Sie scherzen, Sir. Wir sprechen nicht von einer Option, sondern von einer Voroption. Ich würde Ihnen dafür einen Scheck über fünfzigtausend Dollar ausschreiben.«

Bigot preßte unter der Tischkante die Nägel in seine Handballen. Fünfzigtausend Dollar – sehr wenig, wenn man auf eine Million ausging – viel, wenn einem das Messer, so wie jetzt, an der Kehle saß. Während er von Zweifeln hin und her gerissen wurde, griff Kelly nach Feder und Papier und begann, einen Vertrag zu entwerfen. Als Bigot immer noch unschlüssig aufblickte, schob er ihm das Blatt hin und legte sein Scheckbuch daneben.

»Wenn Sie Ihren Namen dorthin setzen, Monsieur Bigot, können Sie einen Barscheck über fünfzigtausend Dollar mitnehmen.«

»Der Hauptvertrag!« Bigot flüsterte die Worte mehr, als er sie sprach.

»Darüber reden wir, wenn Mister Spranger zurück ist. Die fünfzigtausend Dollar bekommen Sie dafür, daß Sie Schenektady bis dahin vertrösten.«

Bigot schrieb seinen Namen unter den Vorvertrag und griff nach dem Scheck.

Bigot war noch nicht lange fort, als James Kelly ein anderer Besucher gemeldet wurde: Monsieur Lorrain, ein Börsenmakler, dem James Kelly ziemlich regelmäßig Aufträge zu geben pflegte.

»Mister Kelly wird gleich zu Ihrer Verfügung stehen. Wollen Sie sich ein kurzes Weilchen gedulden, mein Herr«, sagte der Page, der den Makler in Kellys Zimmer führte.

Monsieur Lorrain ließ sich in einen Sessel nieder und vertrieb sich die Zeit damit, die Gemälde an den Wänden zu betrachten. Mr. Kelly war offenbar noch in seinem nebenan befindlichen Schlafzimmer beschäftigt, dessen Tür nur leicht angelehnt war. Der Makler hörte ihn dort am Telefon sprechen und wollte sich bemerkbar machen, unterließ es aber, weil das Gespräch, das der Amerikaner führte, ihn plötzlich zu interessieren begann. Er beugte sich vor, um besser lauschen zu können, und sog jedes Wort gierig ein.

»Ja, die Sache ist heute perfekt geworden«, hörte er Kelly sagen. »Sofort alle südafrikanischen Goldpapiere abstoßen … sofort abstoßen … um jeden Preis … Sowie etwas bekannt wird, stürzen die Kurse ins Bodenlose … Ich kann hier am Telefon nicht mehr sagen. Natürlich handelt es sich um die Sache Bigot … Funken Sie gleich per Code an Smith and Blacksmith in New York. An der Frühbörse muß dort verkauft werden... jawohl, verkaufen Sie blanko...«

Monsieur Lorrain segnete den glücklichen Zufall, der ihn dieses Gespräch mit anhören ließ; aber es schien ihm zweckmäßig, Kelly von seiner Mitwisserschaft nichts ahnen zu lassen. Als Kelly in den Wohnraum kam, saß der Makler in seinem Sessel, so sehr in die Betrachtung eines Watteau vertieft, daß er sich erst zu Kelly hinwandte, als der ihn ansprach.

Es war keine große Order, die Kelly ihm heute zu geben hatte, und Monsieur Lorrain hielt sich nicht lange auf. Er hatte Eile, fortzukommen, um das soeben Gehörte an der Pariser Mittagsbörse für sich selber auszumünzen.

Aus den vierundzwanzig Stunden, die Spranger ursprünglich auf der Eulenburg bleiben wollte, waren bereits drei Tage geworden, ohne daß es Eisenlohr bisher gelungen war, das Rätsel zu lösen, das der Amerikaner ihm mit den drei Proben Bigots aufgegeben hatte. Immer wieder kam er zwangsläufig zu dem gleichen Schluß: Der Mann kann etwas. Er hat auf dem Gebiet der Metallumwandlung das gleiche erreicht wie wir hier. Warum aber, in drei Teufels Namen, hat er dann beim drittenmal betrogen?

Auch an diesem Vormittag konnte er Spranger nichts anderes sagen. Noch einmal ließ er sich von ihm genau den Gang der Versuche erzählen. Eine große Elektronenröhre... das Einlegen der Bleiplatte in die elektrooptische Bank... danach das Einschalten der Hochspannung... Er hatte es schon mehr als einmal gehört, heute wurde er plötzlich stutzig.

»Du sprichst vom Einschalten der Spannung«, unterbrach er Spranger. »Vorher mußte Bigot doch Kühlung auf die Röhre geben.«

»Davon habe ich nichts gesehen«, sagte Spranger.

Eisenlohr schrieb Zahlen auf ein Blatt Papier, machte eine Rechnung auf, warf danach den Bleistift hin und preßte seine Fäuste gegen die Stirn.

»Er hat bestimmt keine Kühlung«, unterbrach Spranger das Schweigen.

»Unmöglich, William! Bei *der* Elektronengeschwindigkeit... Die Röhre mußte ihm in Sekunden zusammenschmelzen.«

Wieder griff Eisenlohr zum Bleistift. Längere Zeit dauerte diesmal seine Rechnung. Endlich ließ er den Stift sinken.

»Nun, was hast du gefunden?« fragte Spranger.

»Jene leicht verfärbten Platten hätte Bigot allenfalls auch mit einer ungekühlten Röhre zustande bringen können, niemals aber diese Proben hier. Es ist unmöglich, daß er sie selbst erzeugt hat. Mag der Himmel wissen, wo er sie her hat!«

»Aber es sind doch die Bleiplatten, die ich ihm für den Versuch gab, die gleichen Platten, die ich hier von dir bekam. Der Stanzschnitt beweist es doch. Wie willst du das erklären?«

Eisenlohr richtete sich auf. »Ich würde sagen, daß er sie bei uns gestohlen hätte, aber das ist ja unmöglich. Wir werden eine andere Erklärung finden müssen. Ich brauche noch Zeit, William. Laß uns zusammen ein wenig ins Freie gehen. Vielleicht kommt uns dort ein guter Gedanke...«

Wohl eine halbe Stunde ging Eisenlohr, von Spranger begleitet, kreuz und quer durch den Wald. Auf Umwegen näherten sie sich schließlich wieder dem Hauptweg, und hier am Straßenrand tat Eisenlohr zum erstenmal wieder den Mund auf.

»Er muß es doch bei uns gestohlen haben! Eine andere Lösung gibt's nicht!« Rauh stieß er die Worte hervor. Noch suchte Spranger nach einer Erwiderung, als ein herankommender Kraftwagen ihre Aufmerksamkeit erregte. Dicht bei ihnen hielt der Wagen, am Steuer saß Reinhard.

»Hallo, Captain!« begrüßte ihn Spranger, während Eisenlohr die kurze Zeit benutzte, seinen Gedanken eine andere Richtung zu geben.

»Ich treffe die Herren beim Spaziergang. Sehr richtig von Ihnen, Herr Doktor, daß Sie auch mal an die frische Luft gehen«, nahm Reinhard die Unterhaltung auf. »Nach unserer Verabredung wollte ich eigentlich erst telefonisch anrufen, aber die Sache war mir so wichtig, daß ich es vorzog, selber zu kommen. Wollen wir hier sprechen oder zu Ihnen hinaufgehen?«

Eisenlohr deutete auf eine steinerne Bank neben dem Weg. »Wenn es Ihnen recht ist, bleiben wir hier. Sie haben vermutlich eine Auskunft über den von mir angefragten Mister Hartford bekommen?«

»Ja und nein, Herr Doktor. Sie fragten nach einem Professor Percy Hartford aus Schenektady.«

»Ganz recht, Herr Hauptmann.«

»Ja, da muß ich Ihnen leider eine Enttäuschung bereiten. Den gibt es nicht.«

»Aber ich habe den Professor doch in Paris kennengelernt!« mischte sich Spranger ein.

»Stop, William!« brachte ihn Eisenlohr zum Schweigen.

»Es gibt in Schenektady einen Professor James Hartford, der dort ein Hochspannungslaboratorium leitet«, fuhr Reinhard fort. »Aber der ist heute noch dort, also können Sie ihn kaum in Paris gesprochen haben. Außerdem hat es ebenfalls in Schenektady einen Percy Hartford gegeben, der als Techniker im Laboratorium seines Namensvetters tätig war. Der ist vor zwei Monaten unter Mitnahme einiger nicht gerade billiger Platinschalen in Richtung Europa verschwunden. Den könnten Sie allenfalls in Paris kennengelernt haben, Mister Spranger.«

»Er hat mir doch aber sein Diplom gezeigt. Ich habe

es mir genau angesehen. Ich kann nicht glauben, daß Ihre Informationen zutreffend sind, Herr Hauptmann.«

»Meine Informationen sind richtig, Mister Spranger. Es gibt Institute, man könnte fast sagen Fabriken, die derartige Diplome gegen entsprechende Bezahlung kunstvollendet liefern; Mister Percy Hartford wird die Dienste einer dieser Anstalten in Anspruch genommen haben, um in Paris mit dem nötigen Nimbus auftreten zu können.«

»Verdammt!« Spranger stand in seiner Erregung auf. »Wenn das wirklich so wäre…«

»… hätte Mister Kelly sich nicht gerade die geeignete Persönlichkeit als Experten gewählt«, vollendete Reinhard.

»Es muß etwas geschehen! Sofort – Eisenlohr!«

»Ich fürchte fast, es wird dazu bereits zu spät sein«, fuhr Reinhard fort. »Ich bekam inzwischen weitere Nachrichten aus Paris, die mich veranlaßten, selber hierher zu kommen. In den letzten Tagen muß es Bigot und Hartford gelungen sein, Ihren Partner während Ihrer Abwesenheit zu überrumpeln, Mister Spranger. Er hat die Bigotsche Erfindung angekauft. Gerüchteweise wird von einer sehr hohen Kaufsumme gesprochen. Es wurde ein Preis von einer Million Dollar genannt…«

»Unfaßbar! Wie konnte Kelly das in meiner Abwesenheit tun!« Spranger griff sich verzweifelt an den Kopf. »Wissen Sie sicher, daß es so ist, Herr Hauptmann, oder handelt es sich hier nur um Gerüchte?«

Reinhard zuckte die Achseln. »Die Pariser Blätter sind voll davon, Mister Spranger. Hier, bitte«, er zog eine Zeitung aus der Tasche.

William Spranger fühlte seine Knie wanken. Erschöpft ließ er sich auf die Bank fallen. Wenn auch nur die Hälfte von dem zutraf, was in der französischen Zeitung stand, dann hatte sein Partner eine unverzeihliche Dummheit begangen und die gemeinsame Firma schwer geschädigt.

In sein Sinnen klang eine Frage Eisenlohrs an Reinhard: »Wie hat die Nachricht auf die Börsen gewirkt, Herr Hauptmann?«

Reinhard blätterte weiter in der Zeitung und schlug den Kurszettel auf, deutete mit dem Finger auf Stellen, wo anstatt der Zahlen nur Striche vorhanden waren.

»Hier können Sie es sehen, Herr Doktor. Eine schwere Baisse in Goldminenwerten ist ausgebrochen.«

Spranger rang nach Fassung und raffte sich zu einem Entschluß auf.

»Ich muß sofort wieder nach Paris.«

»Viel wird nicht mehr zu machen sein«, sagte Reinhard.

»Die Million will ich retten!« fuhr Spranger auf. »Unser gutes Geld will ich den Schwindlern wieder abnehmen. Es muß doch Mittel und Wege dazu geben!«

»Ich kann Ihren Wunsch verstehen«, sagte Reinhard. »Was hier auszurichten war, habe ich bestellt. Wenn es Ihnen recht ist, bringe ich Sie mit meinem Wagen zum Flugplatz.«

An dem gleichen Vormittag, an dem Eisenlohr und Spranger am Burgweg die Unterredung mit Reinhard hatten, standen Dr. Holthoff und Professor Braun in dem Basaltkeller der Burg und beobachteten die Weiterentwicklung verschiedener durch die ultrafrequente Strahlung belebter Gelatineproben in der Wärme des großen Brutschrankes.

»Ein Zweifel ist nicht mehr möglich, Herr Kollege«, sagte Professor Braun nach einer längeren Unterredung. »Diese durch Menschenwitz geschaffenen Zellen teilen und vermehren sich hier selbsttätig weiter. Schade, daß Herr Eisenlohr nicht hier ist, um das selber zu sehen! Es müßte doch eine große Freude für ihn sein.«

Holthoff machte eine zustimmende Bewegung.

»Gewiß, Herr Professor. Leider ist er die letzten Tage stark durch Mister Spranger in Anspruch genommen worden. Einstweilen müssen Sie mit meiner Assistenz vorlieb nehmen.«

Professor Braun verbarg seinen Mißmut nicht. »Ich empfinde diesen Amerikaner nachgerade als ein störendes Element«, meinte er unwillig. »Wenn wir im besten Experimentieren sind, platzt der Mann unangemeldet herein, nimmt Eisenlohr in Beschlag und hält unsere Arbeiten auf.«

Während Eisenlohr nach der Abfahrt von Reinhard und Spranger allein den Burgweg hinaufschritt, waren seine Gedanken nicht wesentlich von denen verschieden, die Braun zur gleichen Zeit Holthoff gegenüber aussprach.

Allzusehr hatte er während der letzten Tage seine eigenen Angelegenheiten Spranger zuliebe vernachlässigen und wichtige Untersuchungen seinen Assistenten überlassen müssen. Die Möglichkeit, jetzt wieder selber ruhig und ungestört arbeiten zu können, erfüllte ihn mit Befriedigung. Von solchen Gefühlen bewegt, ging er über den Burghof auf sein Laboratorium zu; er blieb einen Augenblick stehen, als das Geräusch arbeitender Maschinen aus den Kellerräumen her an sein Ohr drang.

Braun und Holthoff sind wohl bei neuen Versuchen, ging es ihm durch den Sinn, während er die Treppe zum Laboratorium hinaufstieg. Ich bin neugierig, was sie inzwischen ausgerichtet haben. Vorsichtig öffnete er die Tür, um die beiden möglichst wenig zu stören – und sah, daß seine Annahme irrig war. Der Professor und Dr. Holthoff waren nicht im Laboratorium. Nur Bruck stand bei der elektrooptischen Bank und experimentierte mit der großen Strahlröhre.

Befremdet blieb Eisenlohr stehen. Der Verdacht, daß sein Assistent anderen, nicht auf dem Arbeitsplan stehenden Dingen nachging, wurde in ihm wach und fand seine Bestätigung, als er endlich dicht neben ihm an der Bank stand.

Bruck hatte eines jener schon öfter erwähnten Bleiplättchen in die Bank geschoben und ließ die Strahlung darauf wirken. Zusehends wandelte sich die dunkle Bleifarbe unter ihrem Einfluß in schimmerndes Goldgelb; nicht mehr auf einen kleinen Mittelteil beschränkte sich die Veränderung, fast bis zum Rand hin ging sie. Gegenüber jenen Proben, die Eisenlohr bei seiner neulichen Unterredung mit Spranger diesem zeigte, war ein beträchtlicher Fortschritt unverkennbar.

Jetzt schien der Versuch zu Ende zu gehen. Dr. Bruck richtete sich auf, um den Strom abzuschalten. Er schrak zusammen, als er Eisenlohr neben sich erblickte. Der griff schweigend nach einem Protokollbuch, das neben der optischen Bank lag, und blätterte darin. Im Gegensatz zu den sonst im Laboratorium gebräuchlichen Büchern war es nur ein kleines Oktavheft, in dem Dr. Bruck diese Versuche und ihre Ergebnisse notiert hatte, nach Format und Stärke durchaus geeignet, unauffällig in einer Rocktasche zu verschwinden.

Immer noch schweigend legte Eisenlohr das Heft wieder hin und sah Bruck durchdringend an. Dem wurde unbehaglich unter dem Blick. Er wollte etwas sagen, als Eisenlohr ihm zuvorkam: »Doktor Bruck, ich habe angeordnet, daß diese Versuche nicht weiter fortgesetzt werden sollen. Ich bitte Sie, sich künftig an meine Bestimmungen zu halten.«

Bruck bekam einen roten Kopf und fand nun auch Worte. »Verzeihung, Herr Doktor! Diese Atomumwandlung interessierte mich privat. Ich dachte, wenn die Röhre nicht anderweitig benutzt wird, könnte ich…«

»Nein, Doktor Bruck! Wir müssen unsere Röhren schonen. Wir haben noch Hunderte von Gelatineversuchen vor, die viel wichtiger sind als diese Spielerei.«

»Spielerei? Ich glaube doch, daß das hier«, er nahm das goldig schimmernde Plättchen aus der Bank, »wichtiger ist als alle Gelatineversuche ...«

»Da glauben Sie etwas Falsches, Doktor Bruck!« fiel ihm Eisenlohr scharf ins Wort. »Ich bitte Sie, sich strikt an meine Anweisungen zu halten! – Wissen Sie, wo die Herren Braun und Holthoff sind?«

Bruck fühlte, daß es zu einer scharfen Auseinandersetzung, ja vielleicht zu einem sofortigen Bruch kommen würde, wenn er noch weiter auf seiner Meinung bestand.

»Herr Professor Braun und Herr Doktor Holthoff arbeiten am Brutschrank«, antwortete er, froh, das Thema wechseln zu können. »Die Herren beobachten das Wachstum der zuletzt erzeugten Zellen.«

»Ah! Die Zellen wachsen im Schrank weiter?« fragte Eisenlohr mit Interesse.

»Die Zellen wachsen und teilen sich, Herr Eisenlohr«, bestätigte Bruck seine Frage.

»Danke, Bruck, das muß ich selbst sehen.« Eisenlohr ging an die Treppe, die in den Basaltkeller hinunterführte. Bruck schaute ihm nach, bis sich die eiserne Tür hinter ihm geschlossen hatte. Dann änderten sich seine Haltung und Miene mit einem Schlage. Eben noch stand er wie das verkörperte schlechte Gewissen da. Jetzt warf er nach der Richtung, in der Eisenlohr verschwunden war, einen Blick, in dem offene Feindseligkeit lag.

»Bist doch zu spät gekommen, du Narr!« flüsterte er vor sich hin, steckte das Protokollheftchen in seine Brusttasche, griff in eine andere Tasche und holte ein gutes Dutzend runder Platten heraus, die ganz und gar aus schimmerndem Gold zu bestehen schienen.

»Spielereien nennt er das? Spielerei ist ihm die Umwandlung von gemeinem Blei in lauteres Gold? Nur seine elende Leimsiederei will er gelten lassen? ... Mag er damit glücklich werden. Monsieur Bigot denkt Gott sei Dank anders darüber. Ich weiß, was ich zu tun habe ...«

Wenig später saß er am Schreibtisch und war mit der Abfassung eines Briefes an Monsieur Bigot beschäftigt.

Gleich bei seiner Ankunft auf dem Pariser Flugplatz hatte Spranger sich an französischen Zeitungen gekauft, was er bekommen konnte. Auf der Fahrt zum Hotel durchflog er sie, und was er darin fand, übertraf seine finstersten Vermutungen. Aufgeregt stürmte er in das Zimmer Kellys, hielt ihm die Zeitungen hin, schrie ihn an.

»Wie konnten Sie das tun, Kelly? Ich habe Ihnen doch gedrahtet! Haben Sie meine Depesche nicht bekommen?« Kelly nickte und griff in seine Tasche. »Doch, Spranger, hier ist sie.«

»Und trotzdem haben Sie mit Bigot abgeschlossen? Einem Schwindler eine Million in den Rachen geworfen?«

»Keine Million, Spranger – nur fünfzigtausend Dollar!«

»Nur fünfzigtausend – Kelly?« fuhr er etwas ruhiger fort. »Und hat Bigot sich darauf eingelassen?«

»Er mußte wohl. Das Messer saß ihm an der Kehle.«

»Aber Sie, Kelly? Warum haben Sie das getan? Sie mußten doch wissen, daß wir es mit einem Schwindler zu tun haben?«

»Natürlich wußte ich das, Spranger. Vermutet hatte ich es bereits nach dem letzten Versuch Bigots. Ihr Telegramm gab mir die volle Gewißheit. Daraufhin entschloß ich mich, zu handeln.«

»Ich begreife Sie nicht!« stöhnte Spranger. »Haben Sie auch an die Blamage gedacht? Die Zeitungen werden nicht schlecht über Sie herfallen, wenn der Schwindel rauskommt. Ich kann mir jetzt schon vorstellen, wie die sich über Sie auslassen werden. ›Alter Wallstreet-Mann von Gaunerpaar reingelegt!‹ wird's in den Schlagzeilen heißen.«

Kelly rieb sich die Hände. »Hoffentlich, Spranger! Je eher und größer, desto besser. Ich glaube selber, daß es für die Burschen in den Redaktionen ein gefundenes Fressen sein wird. Sie werden mich gehörig abledern, davon bin ich heute schon überzeugt!«

Spranger griff sich an die Stirn.

»Haben Sie nicht an Ihren guten Ruf gedacht, Kelly?« fragte er. »Ich fürchte, man wird Sie nach dieser Affäre in Wallstreet nicht mehr für voll nehmen. Es wird unseren amerikanischen Geschäften schwer Abbruch tun!«

»Sind Sie jetzt fertig?« fragte Kelly, als William Spranger endlich eine Pause machte. »Gut! Dann merken Sie sich eins: Wer James Kelly reinlegen will, muß etwas früher aufstehen als die Herren Bigot und Hartford. Ich merke, Sie verstehen mich immer noch nicht. Dann sehen Sie sich mal, bitte, das Orderbuch hier an.«

Er schob Spranger ein Buch hin. Der schlug es auf und wurde blaß, während er darin blätterte.

»Um des Himmels willen, Kelly! Was haben Sie getan? Diese Orders – Millionen und nochmals Millionen – ein Mehrfaches unseres Kapitals – schwache Deckung! Gehen die Kurse noch zehn Punkte zurück, dann sind wir erledigt! Mein Gott! Wie konnten Sie nur ...!«

»Die Kurse werden nicht weiter fallen. Ich habe richtig beim tiefsten Stand gekauft. Seit gestern ist bereits eine Beruhigung des Marktes zu merken. Morgen, spätestens übermorgen werden meine Bomben platzen. Die Presse wird programmgemäß über Old Kelly herfallen, und gleichzeitig wird an allen Börsen ein Boom in Goldpapieren ausbrechen. Alle, die Minenaktien gefixt haben, werden sich eindecken müssen.«

Spranger hielt sich die Ohren zu. »Hören Sie auf! Und wenn's andersrum geht, sind wir fertig! Ich fürchte, Kelly, Sie sind zu hart am Wind gesegelt!«

»Zu hart nicht, Spranger. Hart ran – meinetwegen. Es war notwendig, wenn das Geschäft sich lohnen sollte. Vernünftigerweise dürfen wir annehmen, daß die Goldwerte ihren früheren Kurs wieder erreichen. Wahrscheinlich werden sie ihn vorübergehend überschreiten. Ich werde den Höchststand nicht abwarten, sondern beizeiten realisieren.«

»Und wenn Bigot doch etwas gelingt, Kelly?«

»Bigot ist ein Schwindler.«

»Nein, Kelly! Zweimal hat er durch seine Strahlung wirklich Gold erzeugt. Auch Doktor Eisenlohr hat das zugegeben.«

»Durch Strahlung erzeugt? Vielleicht, Spranger, aber dann bestimmt nicht bei dem Versuch, den er uns vormachte. Ich habe den anderen Burschen, diesen Professor Hartford, keinen Moment aus den Augen gelassen. Er hat die Sache geschickt gefingert, aber für mich nicht geschickt genug.«

»Sie haben mir kein Wort davon gesagt, Kelly.«

»Mit Absicht nicht. Ich wollte noch eine Bestätigung von einer anderen Seite haben. Es kam mir sehr gelegen, daß Sie damals gleich wieder Ihren Freund in Deutschland aufsuchten. Sobald ich Ihr Telegramm hatte, entschloß ich mich, loszuschlagen.«

William Spranger sah unsicher vor sich hin. Alles, was Kelly ihm sagte, schien durchaus logisch zu sein, und doch wollten ihm die Worte Eisenlohrs nicht aus dem Sinn. »Diese beiden Proben sind zweifellos durch Strahlung erzeugtes Gold«, hatte ihm der auf der Eulenburg gesagt.

»Ziehen Sie Ihr Gesicht in andere Falten, Spranger!«

rief ihm Kelly zu. »Es könnte sonst so stehenbleiben, wenn die Glocken von Notre-Dame zu läuten anfangen!«

Am nächsten Tag sah sich Eisenlohr veranlaßt, in eine Meinungsverschiedenheit zwischen Professor Braun und Dr. Holthoff vermittelnd einzugreifen.

Der Professor hatte die Absicht geäußert, die sämtlichen Gelatinearten, die er mit auf die Eulenburg gebracht hatte, der Strahlung zu unterwerfen. Dr. Holthoff vertrat die verständigere Meinung, daß es mit den bisher erfolgreich bearbeiteten zwanzig Sorten wohl des Guten zunächst genug wäre.

Eine Weile hörte sich Eisenlohr die Debatte der beiden ruhig mit an, benutzte dann einen geeigneten Augenblick, um eine Frage dazwischenzuwerfen.

»Was würden Sie damit erreichen, Herr Professor Braun, wenn Sie im Laufe der nächsten Woche auch noch die restlichen hundertachtzig Proben bearbeiteten? Wir würden keinen Deut mehr erfahren, als wir heute bereits wissen, mein verehrtester Herr Professor«, sprach Eisenlohr weiter. »Die Hauptsache ist geklärt. Die Urzeugung, das heißt die Umwandlung unbelebter in belebte Materie, ist uns gelungen.«

»Sie ist *Ihnen* gelungen, Herr Doktor«, bestätigte Braun die Worte Eisenlohrs. »Den Ruhmestitel kann Ihnen niemand streitig machen.«

Eisenlohr schüttelte den Kopf. »Verzeihung, Herr Professor, nach internationalem wissenschaftlichen Brauch gilt derjenige als Entdecker, der eine neue Sache zuerst veröffentlicht.«

»Wer außer Ihnen sollte das tun können?«

»Der Zufall spielt bisweilen wunderlich, Herr Professor Braun. Die Geschichte der Forschung kennt Fälle, die zur Vorsicht mahnen. Ich halte es für angebracht, daß wir jetzt einen kurzen Bericht für unsere Fachpresse herausgeben. Ich denke mir die Sache so:

Ich gebe einen knappen Bericht über die ersten glücklich gelungenen Urzeugungen unter Nennung meiner beiden Mitarbeiter. Sie schließen sich als Gutachter mit einem zweiten Bericht an, in dem Sie Ihre Erfahrungen mit anderen Gelatinearten mitteilen. Das Ganze läßt sich nach meiner Schätzung auf vier normalen Druckseiten erledigen, aber es müßte wirklich schnell geschehen.«

»Warum plötzlich solche Eile?« fragte Braun.

»Ich habe triftige Gründe, die Veröffentlichung zu beschleunigen. Die Berichte müssen heute abend noch an die Fachzeitschriften abgehen.«

»Nun, meinetwegen«, fügte sich Braun. »Wir wollen unsere Protokollbücher nehmen, Herr Holthoff, und in Ihr Arbeitszimmer gehen. Sie nehmen sich wohl Herrn Doktor Bruck zur Unterstützung, Herr Eisenlohr?«

»Der ist leider nicht greifbar, Herr Professor. Er hat sich für heute Urlaub genommen. Ich werde mit meiner Sache schon selber zu Rande kommen.«

Erwartungsvoll kam Dr. Bruck in das Hotel ›Zum Hohen Stein‹ in Ihlefeld und fragte nach Monsieur Bigot. Von widerstreitenden Gefühlen bewegt, stieg er die Treppe empor, um zu dem Zimmer zu gelangen, das man ihm am Empfangsschalter genannt hatte.

War es nicht Treubruch, wenn er jetzt zu dem anderen ging, um ihm Geheimnisse zu verkaufen, die nicht ihm selber, Bruck, gehörten? Mußte es ihn nicht für immer von Eisenlohr trennen?

Noch zauderte er, die eine Hand auf dem Geländer, als sich eine Tür öffnete. Scheinbar ohne bestimmte Absicht stand Bigot auf der Schwelle, schaute sich um, erblickte Bruck und winkte ihm zu.

Mit einem Wortschwall empfing ihn der Franzose, führte ihn in sein Zimmer und bat ihn, Platz zu nehmen.

Leicht und einfach hatte sich Bruck die Verhandlungen vorgestellt, aber jetzt gab es gleich zu Anfang Schwierigkeiten.

»Sie sind auf meine Anregung sehr spät eingegangen«, eröffnete Bigot die Besprechung, »fast zu spät, Herr Doktor. Meine amerikanischen Freunde drängten auf einen Abschluß«, fuhr er fort, als er das Befremden Brucks bemerkte. »Ich konnte die Verhandlungen nicht länger hinziehen, ich mußte ihnen zu dem vereinbarten Preis erst einmal geben, was ich hatte …«

Bigot griff nach einem Stoß Zeitungen. Es waren die gleichen Meldungen, die schon William Spranger bei seiner Ankunft in Paris eine unruhige Stunde verursacht hatten. Meldungen über den Verkauf der Bigotschen Erfindung zu einem phantastischen Preis. Dr. Bruck überflog sie, und seine Hoffnungen sanken auf den Nullpunkt. Die erste Million hatte der Franzose ohne ihn eingeheimst. Es blieb nur die Möglichkeit, daß das, was er selber inzwischen weiter erreicht hatte, neuen Gewinn brachte, an dem er vielleicht halbpart teilnehmen könnte. Nach diesem Gesichtspunkt beschloß er zu verhandeln.

»Ich habe Ihnen erst geschrieben, Monsieur Bigot, nachdem ich ein ordentliches Stück weitergekommen war«, sagte er, und beugte sich nach seiner Aktentasche.

Dann legte er die goldenen Platten, die er bei seinen letzten privaten Versuchen erzeugt hatte, vor den anderen hin und sprach: »Sehen Sie, ich wollte Ihnen doch etwas Vollkommenes bringen, das die Herstellung im Großen auch wirklich lohnt. Hier haben Sie es! Hier ist die Umwandlung restlos durch die ganze Metallmasse hindurch erreicht!«

Mit Gewalt zwang sich Bigot zu einer ruhigen Miene. In letzter Stunde, da er schon alles verloren glaubte, brachte dieser Deutsche ihm die Rettung. Jetzt nur unbewegt bleiben! Den da um keinen Preis merken lassen, wie die Dinge wirklich standen, ihm die Erfindung abnehmen und dann schleunigst weg damit nach Paris, um dort die verfahrene Situation wieder einzurenken!

»Das sollte wohl seinen Preis wert sein«, sagte Bruck.

»Zweifellos, Herr Doktor«, bestätigte Bigot. »Ich bin weit davon entfernt, Ihre Leistung zu unterschätzen, aber Sie müssen berücksichtigen, daß auch ich inzwischen weitergekommen bin und den ersten großen Abschluß mit der Kapitalistengruppe gemacht habe.«

Hin und her ging ein zähes Verhandeln. Fast eine Stunde verstrich, bis man sich schließlich einig war.

Jene erste Million war von Bigot allein verdient, davon ließ der Franzose sich nichts abhandeln. Aber alles, was man nun noch weiter aus den Amerikanern herausholen würde, sollte halbpart zwischen ihm und Bruck gehen. Dafür händigte der Doktor ihm die Goldproben aus und überdies alle Unterlagen für den Erzeugungsgang: die genauen Röhrenzeichnungen, die elektrischen Daten und was sonst noch dafür erforderlich war. Auch ein Vertrag wurde entworfen und nach einigem Widerstreben von Bigot unterzeichnet, obwohl er es sonst nicht liebte, etwas Bindendes, Schriftliches aus der Hand zu geben.

Dr. Bruck jedoch hatte das Empfinden, daß er von seiner Seite alles Wertvolle gegeben und so gut wie nichts dafür bekommen hätte. Irgendein Pfand wenigstens für jenen künftigen Reichtum, auf den er nun wieder hoffte, wollte er doch haben. Schließlich fand sich Bigot bereit, etwas zu tun, was jeden anderen als den vom Millionenrausch verblendeten Bruck wohl stutzig gemacht hätte. Bigot schrieb Wechsel über eine Million Dollar aus und übergab sie dem Doktor als eine Bürgschaft für die ehrliche Auszahlung der zu erwartenden Gewinne.

Schon öfter als einmal hatte Bigot auf die Uhr gesehen. »Sie müssen mich jetzt entschuldigen, Herr Doktor«, beendete er die Unterhaltung. »Ich habe Eile, wieder nach Paris zu kommen.«

Dr. Bruck ging aus dem Zimmer. Zwei Minuten später folgte ihm Bigot, aber er benutzte nicht dieselbe Treppe wie Bruck. Durch einen hinteren Ausgang verließ er das Hotel. Auf der Straße am Gartenzaun wartete ein Auto mit laufendem Motor. Bigot sprang mit einem Satz hinein.

»Los, Hartford!« rief er dem Mann am Steuer zu. »Wir haben keine Sekunde zu verlieren, wenn wir unser Flugzeug noch erreichen wollen.«

Bruck ging die Treppe hinunter und trat wieder in die Vorhalle des Hotels. Unwillkürlich verhielt er den Schritt, als der Name Bigot fiel. Ein Herr, der ihm den Rücken zuwandte, stand am Empfangsschalter und erkundigte sich nach dem Franzosen.

»Dr. Bigot steht im Begriff abzureisen, mein Herr. Seine Rechnung hat er bereits bezahlt, aber er dürfte wohl noch auf seinem Zimmer sein.«

Mit einem kurzen »Danke!« wandte der Herr sich der Treppe zu und stutzte, als er Bruck sah. Auch der Doktor blieb stehen. War das nicht jener Hauptmann Reinhard, den er in einer ereignisreichen Nacht auf der Eulenburg kennengelernt hatte? Nicht gerade angenehm jetzt, diese Begegnung, wo er eben ein Geschäft mit dem Franzosen abgeschlossen hatte, das er selber nicht für ganz sauber hielt.

Mit einem kurzen Nicken wollte er weitergehen, als Reinhard ihn anhielt.

»Sehr angenehm, Herr Doktor Bruck, daß ich Sie gerade hier treffe. Es wäre mir lieb, für die Unterhaltung mit einem ausländischen Erfinder einen Sachverständigen bei der Hand zu haben. Würden Sie mir eine Viertelstunde Ihrer Zeit opfern?«

Wohl oder übel stimmte Bruck zu und ging mit Reinhard zur Treppe.

»Würden Sie hier einen Augenblick warten? Ich möchte zuerst allein hineingehen«, sagte Reinhard und verschwand in dem Zimmer. Schon nach einer knappen Minute öffnete er die Tür und winkte auch Bruck herein. Der sah, wie Reinhard Schranktüren öffnete und Schubläden aufzog. Alles war leer, radikal ausgeräumt, Bigot verschwunden.

»Der Vogel ist ausgeflogen«, sagte Reinhard.

»Aber er war doch eben noch hier«, meinte Bruck und biß sich im nächsten Augenblick auf die Zunge.

Reinhard schien die Worte überhört zu haben. Er war damit beschäftigt, das Zimmer zu durchsuchen. Auf dem Tisch lagen noch die französischen Zeitungen mit den Artikeln über den Verkauf der Erfindung an die Amerikaner. Einen eigenartig verschleierten Blick warf Reinhard abwechselnd auf diese Blätter und auf Bruck. Dann suchte er weiter, fand in einer versteckten Ecke einen Papierkorb und in ihm noch eine Zeitung. Er schlug sie auf, blätterte darin, hielt sie Bruck hin.

»Das hier hat Ihnen Monsieur Bigot wohl nicht gezeigt, Herr Doktor?«

Bruck blickte auf die Überschrift.

›Amerikanischer Kapitalist von einem Betrüger hereingelegt! Eine Million durch einen Goldschwindel ergaunert!‹ stand da. Dr. Bruck mußte sich setzen. Hände und Knie zitterten ihm, während er den Artikel überflog.

Reinhard war mit der Untersuchung des Zimmers zu Ende. »Hier ist nichts mehr zu holen«, meinte er resignierend.

Dr. Bruck wollte noch etwas sagen, etwas fragen. Reinhard achtete nicht mehr darauf. Er stürmte die Treppe hinunter.

Gleich darauf hörte Bruck den Kompressor eines schweren Wagens aufheulen.

Wütend knüllte William Spranger eine Zeitung zusammen und schleuderte sie in die Ecke. James Kelly schälte sich aus seinem Sessel heraus, hob das Blatt wieder auf und glättete es, fragte dabei seinen Partner: »Warum so stürmisch, Spranger?«

»Es ist schauderhaft, Kelly!« brach der los. »Seit drei Tagen leben die Pariser Zeitungen von Ihrem Reinfall. Ich will froh sein, wenn die Sache erst glücklich überstanden ist. Bisher hat unsere Firma solche Geschäfte nicht gemacht. Es wäre mir lieb, wenn wir sie auch in Zukunft nicht mehr machen würden.«

Bevor Kelly etwas antworten konnte, klingelte das Telefon. Er nahm den Hörer, griff nach Block und Bleistift.

»All right, Sir, bringen Sie unsere Restbestände zu bestem Kurse weiter zum Verkauf!« hörte Spranger ihn sagen. »New Yorker Frühbörse«, wandte sich Kelly an seinen Partner. »Wir haben in Wallstreet schon recht hübsch realisiert. An der Pariser Börse morgen möchte ich noch etwas zurückhalten, die Kurse werden noch steigen. Ich denke, Spranger, wir werden eine runde Million Reingewinn buchen können, wenn wir die letzten Goldpapiere verkauft haben.«

Spranger suchte nach Worten. Als Börsenmann mußte er die gelungene Spekulation Kellys vorbehaltlos anerkennen. Und trotzdem widerstrebte ihm diese Art, Geschäfte zu machen. Wieder meldete sich das Telefon.

»Was will der Mann noch von mir?« fragte Kelly. »Muß mich dringend sprechen? Höchste Wichtigkeit?« Er deckte das Mikrofon mit der Hand ab und sprach zu Spranger. »Monsieur Bigot ist unten. Scheint noch etwas auf dem Herzen zu haben.«

»Nicht empfangen! Rauswerfen!« gab Spranger zurück.

»Schicken Sie den Herrn zu mir herauf«, sagte Kelly.

»Ich will den Menschen nicht mehr sehen, Kelly«, rief Spranger.

»Brauchen Sie auch nicht, Spranger. Nur mithören sollen Sie, was er zu sagen hat. Gehen Sie bitte in das Schlafzimmer nebenan und lassen Sie die Tür angelehnt.«

Monsieur Bigot kam in das Zimmer. Ganz wohl schien ihm nicht zu sein.

»Ich bin untröstlich, Mister Kelly ...«, begann er.

Daß der Schwindel vorzeitig rausgekommen ist, wollte Kelly abbremsen, aber Bigot ließ sich das Wort nicht mehr nehmen.

»Untröstlich über die falsche und gehässige Einstellung unserer Presse«, fuhr er redegewandt fort. »Ohne die Spur eines Grundes fällt man über mich und meine Lebensarbeit her, macht mich als Wissenschaftler unmöglich. Ich werde mich nicht scheuen, die Hilfe der Gerichte in Anspruch zu nehmen, wenn diese Schmutzblätter nicht umgehend meine Berichtigungen bringen.«

»Gerichte, Monsieur Bigot?« warf Kelly dazwischen. »Ich würde an Ihrer Stelle der Justiz lieber aus dem Wege gehen. Der Code pénal sieht für Betrug empfindliche Freiheitsstrafen vor. Was hätten Sie mir sonst noch mitzuteilen?«

»Ich wollte Ihnen sagen, Mister Kelly, daß ich in den letzten Tagen wieder ein gutes Stück weitergekommen bin.«

Er griff nach seiner Mappe. »Hier sehen Sie den Erfolg ...« Er warf die Platten, die er von Bruck bekommen hatte, auf den Tisch. »Das wurde in wenigen Stunden hergestellt. Restlos ist die Metallumsetzung gelungen. Mit diesen Proben in der Hand, Mister Kelly, werde ich meinen Anwalt auf die Redaktionen schicken und meine Schadenersatzansprüche geltend machen.«

In Kelly stiegen Zweifel auf.

In Gedanken versunken ließ Kelly die neuen Platten, die Bigot ihm hingelegt hatte, durch die Finger gleiten und bemerkte dabei unregelmäßige Stellen an den Rändern. Er erinnerte sich im gleichen Augenblick, ähnliches an den früheren von Bigot hergestellten Proben gesehen zu haben.

»Bitte einen Moment Geduld, Mister Bigot!« Er ging in das Nebenzimmer.

Bigot hörte ihn dort flüstern. Ein anderer, wahrscheinlich Spranger, war also dort und konnte mithören. Bigot beschloß, sein weiteres Verhalten danach einzurichten. Kelly kam zurück.

»Wollen Sie mir das erklären?« sagte der Amerikaner und legte das seinerzeit von Eisenlohr zerschnittene Stück vor Bigot hin. Der hatte Mühe, sein Erschrecken zu verbergen. Allzu offenkundig lag der Betrug, den er mit dieser Probe begangen hatte, zutage. Nur unverfrorenes Leugnen konnte die Situation für ihn noch retten.

»Das ist keine Probe von mir, Mister Kelly«, sagte er bestimmt. »Schon der Rand zeigt Verschiedenheiten. Sehen Sie hier! Vergleichen Sie!« Er schob ihm die anderen Stücke hin. »Meine Proben sind an dem Stanzschnitt leicht zu erkennen. Diese gefälschte Probe hier ... natürlich ist sie falsch, Mister Kelly, man sieht es ja auf den ersten Blick. Ich weiß nicht, wie Sie zu ihr gekommen sind ...« Er schlug die Hände vor die Stirn, als ob ihm plötzlich ein neuer Gedanke käme. »Ein Sabotageakt muß das sein ... ich weiß, ich habe Feinde. Von der Seite her hat man Ihnen das in die Hände gespielt, um mich bei Ihnen zu verdächtigen.«

Immer stärker wurde die Unsicherheit Kellys.

Konnte an Bigots Erfindung am Ende doch etwas sein? Dann mußte die Zeitungshetze gegen ihn natürlich abgestellt werden. Dann war's aber auch höchste Zeit für ihn, Kelly, seine Goldwerte abzustoßen, denn sowie die öffentliche Meinung wieder zu Bigots Gunsten umschlug, würde der Kurs sofort von neuem schwer gedrückt werden.

Gespannt beobachtete Bigot die Wirkung seiner letzten Worte auf Kelly. Würde der Amerikaner ihm seine Lüge glauben?

»Sie werden mir durch neue Versuche den Beweis für Ihre Behauptungen erbringen müssen, Monsieur Bigot«, erklärte Kelly.

»Gewiß, selbstverständlich...«, stotterte der Franzose.

»Mister Hartford wünsche ich dabei nicht mehr als Experten zu haben. Wir werden uns nach einer anderen, geeigneteren Persönlichkeit umsehen.«

Bigot vermochte nur zu nicken.

»Wann können Sie den nächsten Versuch machen?« fragte Kelly. Hoffentlich nicht sofort, ich muß erst meine Papiere los sein, dachte er im stillen und horchte auf, als er Bigots Antwort hörte: »Ich habe die neue Röhre bei dem letzten Versuch leider überanstrengt. Es muß erst eine neue beschafft werden, bevor ich wieder arbeiten kann... Eine... vielleicht auch zwei Wochen wird es dauern, Mister Kelly.«

»Sehr gut, Monsieur Bigot! Lassen Sie den Lärm in den Zeitungen erst etwas abflauen. Nach ein paar Wochen weiß kein Mensch mehr, was heute gedruckt wurde.«

Die Vorhersage Kellys, daß die Affäre Bigot bald in Vergessenheit geraten würde, traf schneller ein, als er es selber erwartete. Die Veröffentlichungen Eisenlohrs und Brauns über die künstliche Urzeugung waren erschienen. Begierig stürzten sich die großen Tageszeitungen in diesen Sommermonaten auf den dankbaren Stoff.

Objektive Berichte waren es zuerst, die von den Tageszeitungen und Zeitschriften veröffentlicht wurden, doch bald schon setzte die Phantasie ein und begann hinzuzudichten, was zwar noch nicht da war, aber doch eines Tages vielleicht Wirklichkeit werden konnte. In der amerikanischen Sensationspresse fing es an.

Aufgeregt stürmte Professor Braun in Eisenlohrs Arbeitszimmer und schleuderte ein amerikanisches Magazin auf den Tisch.

»Sehen Sie das, Herr Eisenlohr!« Er deutete auf eine ganzseitige Abbildung. »Das geht entschieden zu weit. Wir riskieren unseren Ruf als ernsthafte Wissenschaftler, wenn wir nicht dagegen einschreiten.«

Eisenlohr griff nach dem Blatt und sah sich die Illustration an. Sie zeigte einen Blick in den offenen Brutschrank. Große Retorten standen darin, in denen, in irgendwelchen Flüssigkeiten schwebend, wunderliche Gebilde zu sehen waren.

Nicht minder phantastisch als die Zeichnung war der zugehörige Text. Ein erfindungsreicher Reporter berichtete darin über weitere Versuche der beiden deutschen Gelehrten, von denen diese selber noch nichts wußten. Durch die Anwendung verbesserter und verfeinerter Strahlungen sollte es ihnen gelungen sein, die lebendigen Zellen in ihren Gläsern zu größeren organischen Gebilden weiterzuentwickeln.

»Gar nicht so übel«, meinte Eisenlohr, als er beim Lesen an diese Stelle kam, »der Mann hat Phantasie; das muß man ihm lassen.«

»Unverantwortlich finde ich es!« fuhr Braun los. »Durch solche Veröffentlichung werden wir in wissenschaftlichen Kreisen diskreditiert. Man wird uns schließlich noch mit allerlei Schwindlern wie etwa diesem Monsieur Bigot in einen Topf werfen. Ich will der Schriftleitung dieses Magazins einen Brief schreiben, den sie sich nicht hinter den Spiegel stecken wird.«

»Tun Sie meinetwegen, was Sie nicht lassen können, Herr Professor«, sagte Eisenlohr achselzuckend. »Viel Zweck wird es kaum haben. Ich möchte Ihnen etwas ganz anderes vorschlagen. Ich möchte die Anregung, die hier gegeben wird, nicht unter den Tisch fallen lassen, um so weniger, als sie meinen eigenen Ideen ziemlich nahe kommt.«

»Ihren Ideen, Herr Eisenlohr? Sie nehmen diesen blutigen Unfug doch nicht etwa ernst?«

»Sie haben es sich in den Kopf gesetzt, mein lieber Herr Professor, Ihre sämtlichen Gelatineproben erst durchzuarbeiten. Ich glaube, ich sagte es schon einmal, daß wir etwas Neues dabei kaum erwarten dürfen. Ich meine, wir sollten jetzt einmal anders vorgehen. Wir haben unsere Zellen nach ihrer Erzeugung bisher einfach in den Brutschrank gestellt und dort ihrer weiteren natürlichen Entwicklung überlassen. Für den Anfang war das auch ganz gut, aber jetzt möchte ich anders verfahren. Ich möchte die belebte Materie dauernd der Strahlung aussetzen und sehen, was dann daraus wird.«

Professor Braun blieb abweisend. Was Eisenlohr vorschlug, war durchaus nicht nach seinem Sinn. Mit vielen Worten versuchte er seinen Standpunkt zu verteidigen, bis Eisenlohr es schließlich aufgab, ihn umzustimmen.

»Also führen Sie Ihren Arbeitsplan in Gottes Namen durch, Herr Professor«, entschied er, »Herr Doktor Holthoff kann Ihnen dabei weiter assistieren.«

»Und was wollen Sie machen?« fragte Braun mißtrauisch.

Eisenlohr antwortete ausweichend. »Ich weiß es noch nicht.«

Während der nächsten Tage arbeitete Professor Braun angestrengt mit Holthoff zusammen. Immer neue Gelatineproben setzten sie der Einwirkung der Strahlröhre aus. Immer wieder wurde Materie dadurch belebt, und bald vermochte der Brutschrank trotz seiner Größe die Früchte ihrer Arbeit nicht mehr zu fassen. Jene Reagenzgläser und Retorten, welche die Erzeugnisse der ersten Versuche enthielten, mußten weg.

»Wohin damit?« fragte Dr. Holthoff den Professor.

»Geben Sie sie her«, sagte Eisenlohr, der gerade dazukam. »Ich werde sie anderswo unterbringen.«

Ungefähr in der halben Höhe des Burgberges lag an dessen Südseite in einer Geländefalte ein kleiner Weiher.

Ein dichter Schilfkranz umgab ihn. Eine kaum fingerstarke Quelle, die etwas höher dem Berg entsprang, ergoß sich in ihn; einen sichtbaren Abfluß hatte dieses winzige Gewässer nicht.

Zu diesem Teich ging Eisenlohr mit seinen Gläsern und schüttete deren Inhalt hinein.

Nicht mehr die Temperatur des Brutschrankes, sondern nur noch das sommerwarme Teichwasser umgab hier diese Zellen. Würden sie die jähe Veränderung ihrer Lebensbedingungen überstehen oder dabei zugrunde gehen?

Wir werden es sehen, wir werden hoffentlich noch mehr sehen, dachte Eisenlohr, während er mit den leeren Gläsern zur Burg zurückkehrte.

Von zweifacher Art waren die Sorgen, die Monsieur Bigot bedrückten. Da war erstens die von Tag zu Tag dringlicher werdende Frage, wie seine Geschäfte mit der Firma Kelly and Company weitergehen sollten; und zweitens ließ sich auch eine Klarstellung seines Verhältnisses zu Hartford nicht mehr länger aufschieben.

Wie mit einem Schlage war ihm durch die Zeitungsmeldungen, die ihn als Schwindler brandmarkten, jeder Kredit abgeschnitten. Alles, was er brauchte, mußte er bar bezahlen, und er brauchte viel, um jene Pläne, die ihm Bruck zugesteckt hatte, in Glas und Stahl umzusetzen. Wohl stand jetzt eine neue Strahlröhre, nach diesen Plänen gefertigt, in der Rue St. Antoine. Auch die Spannung der elektrischen Anlage war den Vorschriften entsprechend erhöht worden, aber für die Kühlanlage hatte es nicht mehr ganz gereicht. Die kleine Kältemaschine, die Bigot eben gerade noch zu beschaffen vermochte, gestattete nur eine kurze Arbeitszeit der Röhre, nach der jedesmal eine längere Betriebspause eingelegt werden mußte.

Schon wieder begann es jetzt in dem Zuführungsrohr zu den Röhren hin zu röcheln, ein Zeichen dafür, daß der Vorrat an flüssiger Luft erschöpft war. Mit einem Fluch stellte Bigot den Strom ab und nahm eine Bleiplatte aus dem Apparat.

»Nur zur knappen Hälfte umgewandelt, Hartford. Jetzt muß die Kältemaschine erst wieder eine halbe Stunde flüssige Luft schaffen, bevor wir weiterarbeiten können.«

Hartford zuckte die Achseln. »Ich fürchte, übermäßig imponieren werden wir Mister Kelly mit unserer Anlage nicht. Es wird uns nicht leichtfallen, daraufhin weitere Dollar bei ihm locker zu machen.«

Während Hartford sprach, kam Bigot ein Brief Kellys in die Erinnerung, den er seit drei Tagen in der Tasche mit sich herumtrug. »Sie sprechen per wir und uns«, begann er zögernd. »Ich darf es Ihnen nicht länger verschweigen: Kelly hat bedauerlicherweise ein Vorurteil gegen Sie gefaßt. Er verlangt für die neuen Versuche einen anderen Experten.«

»Was? Einen anderen Experten?« Hartford fuhr gereizt auf. »Ich hoffe doch, Sie haben sich geweigert, auf diese unerhörte Bedingung einzugehen.«

Bigot machte eine unschlüssige Bewegung. »Ich habe alles mögliche versucht, Mister Hartford. Bisher habe ich mit Ihnen noch gar nicht von der Sache gesprochen, weil ich glaubte, daß es mir gelingen würde, Mister Kelly umzustimmen, aber jetzt...« Er griff in die Tasche und reichte Hartford ein Schreiben, das die energischen Schriftzüge Kellys trug. Hartford überflog es und wurde blaß.

»Weiß der Himmel, woher der Mann seine Informationen hat!« fuhr Bigot fort. »Er behauptet steif und fest, daß es einen Professor Percy Hartford nicht gäbe. Beruft sich dabei auf eine Auskunft, die er telegrafisch von einem Professor James Hartford in Schenektady eingeholt haben will. Was wollen Sie unternehmen?«

»Was wollen *Sie* tun, Monsieur Bigot?« fragte Hartford zurück. Vergeblich wartete er auf eine Antwort. »Vergessen Sie nicht, Bigot, daß wir auf Gedeih und Verderb verbunden sind. Wenn Sie etwa glauben, mich jetzt einfach beiseite werfen zu können, so wäre das ein folgenschwerer Irrtum von Ihrer Seite.«

»Aber nein, Hartford«, die Stimme Bigots klang gequält, »ich denke gar nicht daran. Ich weiß, was ich Ihnen schuldig bin...«

»Alles sind Sie mir schuldig, Bigot! Sie wissen, daß ich Sie in der Hand habe!«

»Sie brauchen mir nicht zu drohen.« Müde ließ sich Bigot in einen Sessel fallen. »Sagen Sie mir, was soll ich tun?«

»Sie müssen es der Abwechslung halber mal mit der ehrlichen Tour versuchen, Bigot. Wir können jetzt wirklich Gold machen. Also werden wir es machen und verkaufen, bis wir die Summe zusammenhaben, die wir vorerst brauchen. Es wird eine langweilige Sache sein, bis wir die ersten zwanzigtausend zusammen haben. Dann muß sofort eine neue Kältemaschine hierher. Der Rest wird dann schneller gehen.«

»Sind Sie toll geworden, Hartford? Hunderttausend Dollar – einige siebzig Kilogramm gediegenes Gold würde das heißen. Nur milligrammweise haben wir es bisher erzeugen können...«

»Mit Ihren Schwindelversuchen!« fiel ihm Hartford barsch ins Wort. »Mit der deutschen Apparatur wird es besser gehen. Ich halte es nicht einmal für ausgeschlossen, daß wir dauernd Geschmack an der Sache gewinnen und überhaupt für eigene Rechnung fabrizieren...«

»Sie sind übergeschnappt!« entrüstete sich Bigot von neuem. »Selbst wenn wir Gold hätten, könnten wir es nicht absetzen. Der Handel mit Gold ist in Frankreich Staatsmonopol. Bei dem ersten Versuch, auch nur ein Kilo zu verkaufen, würde man uns festnehmen.«

Hartford lachte aus vollem Halse. »Wissen Sie wirklich noch nicht, daß der illegale Handel da am üppigsten blüht, wo der legale eingeschränkt wird? Halten Sie mich etwa für so naiv, daß ich mit unseren Barren zur Bank von Frankreich gehen werde? Nein, mein Teurer, es gibt andere, bessere Wege. Die Hauptsache ist, daß wir das Gold erst einmal machen. Den Absatz lassen Sie meine Sorge sein.«

Im Laboratorium der Eulenburg arbeiteten Professor Braun und Holthoff programmäßig weiter.

Dr. Bruck benutzte die unfreiwillige Muße, um sich in seinem Arbeitszimmer mit theoretischen Berechnungen zu beschäftigen. Jener zweifelhafte Handel mit Bigot nahm ihn doch stärker mit, als er es selber für möglich gehalten hätte. Bei den gemeinsamen Mahlzeiten vermied er es, Eisenlohr oder Holthoff in die Augen zu sehen.

Eisenlohr hatte noch an dem gleichen Tage, an dem er die erste bestrahlte Gelatine in den kleinen Burgteich schüttete, ein paar Telegramme nach Frankfurt am Main abgehen lassen. Als Antwort kamen schon in den nächsten Tagen mehrere Frachtstücke auf der Eulenburg an. Gemeinsam mit Michelmann machte er sich daran, sie in seinem eigenen Arbeitszimmer auszupacken. Die drei Kisten enthielten eine neue Strahlröhre, Transformator, sowie Schalt- und Meßgeräte.

Dr. Bruck fuhr zusammen, als es klopfte und die Tür seines Zimmers geöffnet wurde. Er wollte den Block, auf dem er gerechnet hatte, beiseiteschieben, aber es war zu spät dazu. Eisenlohr stand bereits neben ihm und überflog die Formeln, die auf dem Papier standen.

»Ich habe die unfreiwillige Arbeitspause dazu benützt, Herr Eisenlohr«, begann Bruck unsicher, »mich theoretisch mit einem Problem zu beschäftigen, das …«

»… Ihnen mehr am Herzen zu liegen scheint als unsere anderen Arbeiten, Doktor Bruck. So, wie Sie es hier angegriffen haben, werden Sie es aber nicht lösen.«

Eisenlohr deutete auf eine Stelle in den Aufzeichnungen Brucks. Eine wissenschaftliche Diskussion entspann sich zwischen den beiden Männern, bis Bruck plötzlich den Bleistift fallen ließ und sein Gesicht in die Hände stützte.

»Sie haben recht, Herr Eisenlohr, so geht es in der Tat nicht. Jetzt sehe ich den Fehler selber.«

Eisenlohr schlug ihm freundschaftlich auf die Schulter. »Gut, daß Sie es endlich einsehen, Bruck. Werfen Sie den Formelkram in den Papierkorb und kommen Sie mit ins Freie! Frische Luft wird Ihnen nach dem Stubenhocken nichts schaden.«

Bruck stand auf und folgte Eisenlohr in den Vorraum. Als Eisenlohr einen Schrank aufschloß und einen blauen Leinenkittel herausnahm, stutzte er.

»Was haben Sie vor, Herr Eisenlohr?«

»Wollen ein bißchen Monteur spielen, Bruck.« Eisenlohr zog seinen Rock aus und dafür den Kittel an. »Nehmen Sie auch einen!« Er reichte ihm einen zweiten Kittel. »So!« fuhr er fort, nachdem Bruck ihn angezogen hatte. »Wir wollen eine Leitung ziehen. Ich habe die Trasse bereits abgesteckt und alles vorbereitet.«

Es war ein tüchtiges Stück Arbeit. Über fünfhundert

Meter hin von der Burg bis zu dem kleinen Teich galt es, eine blanke Freileitung zu legen.

Bruck machte sich allerlei Gedanken darüber, während sie gemeinsam die starken Kupferdrähte von Isolator zu Isolator spannten, und seine Neugier wurde noch stärker, als danach der zweite Teil der Arbeit an die Reihe kam.

Auf einem Karren schafften sie gemeinsam den keineswegs leichten Transformator an den Teich. Eine kräftige Bohle mußte hier vom festen Ufer zu einem Felsblock gelegt werden, der, von dichtem und übermannshohem Schilf umgeben, in dem sumpfigen Vorland lag. Dann erst konnten sie den Apparat dorthin bringen und aufstellen.

Die Sonne stand schon tief am Horizont, als alles richtig zusammengeschaltet war. Dr. Bruck fühlte, wie sein Magen knurrte. Eisenlohr lachte.

»Sie scheinen Appetit zu haben, Kollege. Ist nach der Arbeit ohne Mittagspause und ohne Mittag nicht weiter verwunderlich. Um so besser wird's Ihnen jetzt schmecken.« Langsam stiegen sie den Berg wieder hinauf; Bruck schleppte die Leiter, Eisenlohr trug eine schwere Werkzeugtasche. Ein paarmal machten sie halt, um zu verschnaufen.

Während einer solchen Rast sagte Eisenlohr: »Ich möchte unter keinen Umständen, daß über die Versuche, die ich hier vorhabe, vorzeitig etwas bekannt wird. Also bitte, Herr Doktor, auch Diskretion gegenüber Braun und Holthoff!«

Schweigend schulterte Bruck seine Leiter; sie stiegen weiter.

»Doch etwas zu früh verkauft!« rief Kelly und reichte Spranger einen Kurszettel hin. Der schob ihn zurück.

»Interessiert mich nicht mehr. Gott sei Dank, daß wir die Geschichte hinter uns haben. Sie sollten endlich etwas tun, Kelly, um Ihren ramponierten Ruf wiederherzustellen.«

»Mir egal, was man über mich denkt, Spranger. Ärgert mich nur, daß ich unsere Goldpapiere etwas zu früh abgestoßen habe. Habe mich durch den Kerl, den Bigot, bluffen lassen. Drei Wochen sind darüber verstrichen. Jeden Tag dachte ich, er würde sich melden ...«

»Ich bin heilfroh, daß wir den Menschen glücklich los sind«, unterbrach ihn Spranger. »Das Konto Bigot bleibt ein finsterer Posten in unserem Hauptbuch.«

»Aber ein recht nutzbringender.«

»Lassen wir das«, wehrte Spranger ab. »Es ist etwas anderes, das mir nicht aus dem Kopf will.«

»Schießen Sie los, Spranger! Was haben Sie noch auf dem Herzen?«

»Es ist die Einstellung meines alten Studienfreundes Eisenlohr zu diesen Dingen. Sie bleibt mir ein Rätsel.«

»Eisenlohr?« Kelly machte eine abfällige Bewegung. »Kein Mann, um Geschäfte mit ihm zu machen. Soweit ich es übersehe, der typisch deutsche Gelehrte. Er soll Gelatine durch eine Strahlung lebendig gemacht haben. Dafür gibt ihm Wallstreet keinen roten Cent.«

»Sie kennen Eisenlohr nicht, sonst würden Sie anders von ihm reden«, unterbrach Spranger seinen Partner. »Er hat nicht nur bedeutende Erfindungen gemacht, sondern auch verstanden, sie gewinnbringend zu verwerten. Haben Sie niemals etwas von den Eisenlohrpatenten gehört?«

»Keine Ahnung, Spranger«, sagte Kelly.

»Er bezieht Lizenzen daraus, die nicht von schlechten Eltern sind. Glauben Sie mir, Kelly, er ist kein schlechter Geschäftsmann, und gerade deswegen wundert es mich, daß er so gar keinen Wert auf eine seiner neuesten Entdeckungen legt. Er kann heute schon mehr als Ihr Freund Bigot. Ich habe Proben von synthetischem Gold bei ihm gesehen, die wesentlich vollkommener waren als alles, was uns Bigot bisher gezeigt hat.«

Kelly spitzte die Ohren. »Was sagen Sie, Spranger? Der Deutsche kann es auch, sogar noch besser?«

»Sicher, Kelly, aber das ist das Unerklärliche – er macht keinen Gebrauch davon.«

Kelly pfiff durch die Zähne.

»Ich sehe da eine neue Möglichkeit: Wenn Bigot versagt, könnten wir uns vielleicht mit Eisenlohr in Verbindung setzen.«

»Ich sage Ihnen vorher, Kelly, er wird es ablehnen.«

»Abwarten, mein Lieber! Das wird sich später finden. Erst muß ich einmal feststellen, was Monsieur Bigot treibt.« Kelly sah auf sein Chronometer. »Um drei Uhr bin ich bei meinem Zahnarzt angesagt. Noch bequem Zeit, um vorher in die Rue St. Antoine zu fahren.«

Er stand auf und griff nach Stock und Hut.

Auf gut Glück fuhr er in der Rue St. Antoine vor.

Vom Fenster aus sah ihn Hartford zufällig aus dem Wagen steigen.

»Kelly kommt!« rief er Bigot zu. »Sie müssen ihn allein empfangen.« Er verschwand in einen Nebenraum.

Von dem livrierten Diener geleitet, trat Kelly in das Laboratorium. Höflich und geschmeidig wie immer empfing ihn Bigot.

»Sie haben lange nichts von sich hören lassen, Monsieur Bigot«, eröffnete Kelly das Gespräch.

»Ich habe inzwischen weitergearbeitet, und ich darf wohl sagen, mit Erfolg, aber ich wollte erst zu Ihnen kommen, wenn ich die überzeugenden Beweise auf den Tisch legen kann. Jetzt ist es soweit, Mister Kelly, in den nächsten Tagen wahrscheinlich schon hätte ich Sie aufgesucht.«

Kelly sah sich in dem Raum um. Eine neue Röhre fiel ihm auf. Er deutete auf eine Rohrleitung: »Was ist das, Monsieur Bigot?«

»Kathodenkühlung, Mister Kelly. Erst so ist es möglich, die Röhre voll auszunutzen und die Produktion zu erhöhen.«

»Haben Sie schon etwas produziert?« fragte Kelly.

Du würdest dich wundern, wenn du wüßtest, was wir schon geschafft und an den Mann gebracht haben! dachte Bigot. »Ich bin mitten in der Arbeit«, antwortete er. »Die neue Röhre lieferte das Gold zunächst in Form eines feinen, adhäsiven Pulvers. Vor zwei Tagen gelang es mir zum erstenmal, auch Massivgold mit ihr herzustellen.«

»Pulver oder massiv, es bleibt sich gleich, wenn es nur gutes Gold ist«, meinte Kelly. »Was haben Sie da, Monsieur Bigot?« Er zeigte auf ein hölzernes Gestell, in dem mehrere mit goldigem Staub gefüllte Reagenzgläschen standen.

»Goldpulver, Mister Kelly! Es stammt von den ersten Versuchen mit der neuen Röhre.«

Kelly nahm eins der Gläschen aus dem Gestell. »Man müßte es umschmelzen«, meinte er, während er es betrachtete.

»Unnötige Mühe, Mister Kelly. Auch in dieser Form ist es gut verwendbar.«

»Als Pulver, Monsieur Bigot? Kann ich mir nicht recht vorstellen.«

»Doch, Mister Kelly. Ich sagte bereits, daß es in adhäsiver Form aus der Röhre anfällt …«

»Adhäsiv? Was ist das?«

»Es bedeutet, daß die Körnchen schon unter einem mäßigen Druck zu massivem Gold zusammenbacken, eine Eigenschaft, die beispielsweise den Zahnärzten bei der Herstellung von Goldfüllungen erwünscht ist.«

Über Kellys Gesicht glitt ein Schimmer des Verstehens. »Ach so! Sie meinen, ein Dentist würde Ihnen das hier sofort abkaufen, um Plomben daraus zu machen! Haben Sie es schon versucht?«

»Ich denke nicht daran, Mister Kelly«, wehrte Bigot ab. »Die Hauptsache ist mir jetzt, daß ich ungestört weiterarbeiten kann. Wenn Sie wollen, zusammen mit Ihnen, Mister Kelly. Sonst… Es werden sich auch andere finden, wenn ich sie überhaupt brauche.«

Die letzten Worte Bigots verschlugen Kelly die Sprache. So hatte er den Franzosen bisher noch nicht kennengelernt. Von Sekunde zu Sekunde verstärkte sich seine Überzeugung, daß der jetzt etwas wirklich Brauchbares geschaffen hatte und sich stark genug fühlte, es zur Not allein durchzusetzen.

»Sie können nach wie vor auf mich zählen, Monsieur Bigot«, sagte er nach kurzem Überlegen. »Vergessen Sie nicht, daß ich bereits eine Voroption von Ihnen erworben habe.«

»Die Verhandlungen müßten den früher festgelegten Bedingungen entsprechend geführt werden.«

»Ich bin dazu bereit, Monsieur Bigot, sobald Sie mir die versprochenen Beweisstücke bringen.«

»Ich gedenke es schon in den nächsten Tagen zu tun, Mister Kelly.«

»Gut! Ich erwarte also demnächst Ihren Besuch.« Kelly machte Anstalten, sich zu verabschieden. Er wollte das Gläschen mit dem Goldpulver wieder in das Gestell stecken, als ihm ein anderer Gedanke kam.

»Das hier könnten Sie mir eigentlich mitgeben«, meinte er.

Erst nach kurzem Zögern antwortete Bigot: »Ich will es Ihnen geben, Mister Kelly. Aber ich muß dringend um Ihre Diskretion bitten.«

»Meine Hand darauf, Monsieur Bigot!« Kelly schob das Röhrchen in die Tasche und verabschiedete sich.

Kaum hatte er den Raum verlassen, als Hartford wieder auftauchte. »Diesmal haben Sie die Sache richtig gemacht, Bigot. Den Amerikaner haben wir wieder fest.«

Während Kelly weiterfuhr, hing er dem Gedanken nach, der ihm in der Rue St. Antoine noch zuletzt beim Anblick des Röhrchens gekommen war. Für Plomben sollte das Goldpulver geeignet sein, hatte Bigot ihm versichert. Er war auf dem Wege zu seinem Zahnarzt, wollte sich ein paar Füllungen machen lassen. Eine gute Gelegenheit, die Sache sofort auszuprobieren. Freilich hatte er Bigot Verschwiegenheit gelobt. Nun, ein unverfänglicher Vorwand würde sich leicht finden lassen.

»Wo haben Sie so lange gesteckt?« fragte ihn Spranger, als er gegen Abend in das Hotel zurückkam.

»War eine schwere Sitzung! Zwei Stunden habe ich auf dem Marterstuhl aushalten müssen. Vier neue Plomben hat mir der Dentist gemacht! Kommen Sie her, sehen Sie sich die Sache mal an!« Er riß den Mund auf.

»Offen gesagt, mein Geschmack ist's nicht. Ich hätte Porzellan vorgezogen. Ich finde es zu auffallend. Der Mann hat Ihnen ja ein kleines Goldbergwerk in Ihre Zähne gepflastert!« meinte Spranger.

»Es ist Gold aus dem Laboratorium von Bigot, das dazu benutzt wurde«, sagte Kelly.

»Gold von Bigot?« Spranger sah ihn mißtrauisch an. »Ob das gerade klug von Ihnen war? Ich weiß nicht, Kelly ...!«

»Was wollen Sie, Spranger? Der Dentist war entzückt von dem Gold. Er hätte brennend gern mehr davon gehabt. Fragte mich, ob ich ihm nicht etwas besorgen könnte.«

»Sie haben es hoffentlich abgelehnt?«

»Selbstverständlich! Ich denke gar nicht daran. Den Rest habe ich wieder mitgenommen. Da, hier ist er.« Er reichte Spranger das Röhrchen, in dem sich noch gut eine Messerspitze jenes Goldpulvers befand. »Falls Sie auch einmal Bedarf haben. Ich kann es Ihnen nur empfehlen.«

»Danke schön, Kelly! Vielleicht werde ich einmal Gebrauch davon machen«, sagte Spranger und nahm das Gläschen an sich.

»Na, Holthoff, wie steht's bei Ihnen?« fragte Eisenlohr seinen Assistenten.

Dr. Holthoff machte einen überarbeiteten Eindruck. »Wir sind bei der Probe Nummer einhundertachtzig, Herr Eisenlohr.«

»Also Aussicht, daß Sie mit der Geschichte bald zu Ende kommen. Ich verstehe nicht, warum Braun sich darauf versteift, alle diese Proben durchzuarbeiten.«

»Ich habe es zuerst auch nicht recht einsehen wollen, Herr Eisenlohr. Aber nach den letzten Beobachtungen bereue ich die Arbeit nicht mehr. Gerade die Proben, die wir zuletzt vornahmen, zeigen ganz eigenartige, von den früheren abweichende Erscheinungen.«

Eisenlohr wurde neugierig. »Abweichend, Herr Holthoff? Es muß doch immer dasselbe sein: Molekularbewegungen – amöboide Bewegungen –, Amöben und im günstigsten Falle vollständige Zellen.«

»Ich habe es auch geglaubt, Herr Eisenlohr, bis wir zu dieser Probe Nummer einhundertachtzig kamen.«

»Ist es da anders gewesen, Holthoff?«

»Es kam anders. Es entstanden natürlich auch Zellen. Aber sie blieben nicht isoliert. Sie fügten sich zu größeren Gebilden zusammen. Es entstanden Zellenkolonien, aus denen man die Formen gewisser Urtiere herauslesen könnte.«

»Wo haben Sie die Probe, Holthoff?«

»Braun hat sie unten im Brutschrank.«

»Die Probe Nummer einhundertachtzig muß aufgehoben werden. Die wollen wir uns später selber vornehmen. In ein paar Tagen muß Braun doch mit seinem Kram fertig sein.« Damit verließ Eisenlohr das Laboratorium und ging in Brucks Zimmer.

Er fand ihn in die Lektüre einer französischen Zeitung vertieft, warf einen Blick darauf und meinte leichthin: »Was sagen Sie dazu, Bruck? Sprangers Partner ist dem Schwindler doch mit fünfzigtausend Doller auf den Leim gegangen. Trotz einer telegrafischen Warnung von hier. Man sollte es kaum für möglich halten!«

»Fünfzigtausend, Herr Eisenlohr? In der Zeitung steht etwas von einer Million!«

»Stimmt nicht, Bruck. So naiv ist Mister Kelly denn doch nicht gewesen. Aber auch fünfzigtausend sind schmerzlich.«

Brucks Gedanken liefen im Wirbel durcheinander. Von einer Million schrieb die Zeitung; von einer Million hatte auch Bigot zu ihm gesprochen. Wie war das, wenn's nur fünfzigtausend waren? Würde Bigot denn noch neunhundertfünfzigtausend für sich allein abziehen dürfen, bevor er einen Dollar an ihn, Bruck, auszahlte?

Würde der Franzose überhaupt noch etwas von den Amerikanern bekommen, nachdem die Zeitungen den Schwindel an die große Glocke gehängt hatten?

Immer zweifelhafter erschien ihm der Wert jenes Vertrages und der Wechsel Bigots, die er in seiner Brieftasche trug.

Die Stimme Eisenlohrs gab seinen Gedanken eine andere Richtung.

»Kommen Sie mit, Bruck! Wir wollen zusammen an den Teich gehen. Mal sehen, was es da gibt.«

Gefolgt von Bruck ging Eisenlohr erst in sein eigenes Zimmer und schaltete dort die Hochspannungsleitung nach dem Teich hin aus. Dann griff er nach seiner Reisetasche und machte sich mit dem Assistenten auf den Weg.

Nach kurzem Abstieg erreichten sie den Uferrand des Teiches. Prüfend betrachtete Eisenlohr die Umgebung. Nichts schien sich seit ihrem letzten Hiersein verändert zu haben.

Er öffnete die Reisetasche und holte zwei Paar Gummistiefel heraus.

»Da, nehmen Sie!« Er reichte Bruck das eine Paar und schlüpfte in das andere.

»Warum wollen Sie in den alten Tümpel kriechen?« fragte Bruck.

Eisenlohr lachte. »Frösche fangen. Wollen mal sehen, ob welche in dem Poggenpfuhl vorhanden sind.«

»Sicherlich sind welche drin, Herr Eisenlohr. Vor drei Tagen hatten wir eine warme Vollmondnacht. Ich wollte bei offenem Fenster schlafen. Da hörte ich's quaken.«

Eisenlohr wurde stutzig. »Sollten Sie sich nicht geirrt haben, Kollege? Wir sind jetzt in den letzten Augusttagen.«

»Ausgeschlossen. Ich mußte schließlich das Fenster zumachen, um Ruhe zu haben. Das Froschkonzert störte mich.«

»Das wäre nicht uninteressant, Bruck.« Während Eisenlohr weitersprach, trat er in das Wasser und fing an, einzelne Seerosenblätter am Schilfrand umzudrehen und zu untersuchen. »Froschkonzert ist allemal Hochzeitskonzert. Normalerweise ist es nur im April und im Mai zu hören. Ah! Kommen Sie doch mal her ...«

Nur widerstrebend entschloß sich Bruck dazu, Eisenlohr ins Nasse zu folgen. Der hielt ihm ein Blatt entgegen. »Sehen Sie, Bruck.«

Bruck blickte schärfer hin. Auf der Unterseite des Blattes klebte eine durchsichtige körnige Schleimmasse, von zahlreichen schwarzen Pünktchen durchsetzt.

»Sieht wie irgendein Laich aus«, meinte er.

»Ist es auch, Bruck. Meiner Meinung nach zweifellos Froschlaich. Was sagen Sie jetzt?«

»Keine Ahnung. Ich bin Physiker, aber kein Zoologe. Mit den Lebensgewohnheiten unserer Laichfrösche weiß ich nicht Bescheid.«

»Aber ich kenne mich einigermaßen aus, Bruck. Nur im Frühjahr konzertieren und laichen sie, im Sommer sind sie stumm und futtern sich Fett für den Winter an den Leib. Jetzt dieser frische Laich hier – wissen Sie, was das zu bedeuten hat?«

Dr. Bruck blickte zu dem Felsblock hinüber. Hier von der Wasserseite her schimmerte die Strahlröhre gut erkennbar durch das Schilf.

»Meinen Sie vielleicht«, begann er halb zögernd, »daß es mit der Strahlung zusammenhängen könnte, der wir den Teich mit allem, was drin ist...?«

»Ja, das meine ich, Bruck. Es ist meine feste Überzeugung. Eine Strahlung, die imstande ist, leblose Materie zu beleben, muß auch auf lebende Organismen wirken. Sie müßte alle Lebensfunktionen stark anregen.«

Nachdenklich schwieg Bruck. Was für ein Mensch war eigentlich sein Chef? Gold, das ihm ein glücklicher Zufall bei seinen Arbeiten in die Hände spielte, warf er wie etwas Wertloses, Nebensächliches zum Fenster hinaus; und hier stand er vor einem unansehnlichen Schleimklumpen mit einer so verzückten Miene, als ob ihm eine weltbewegende Entdeckung gelungen wäre. Was sollte er darauf antworten?

Eisenlohr enthob ihn der Antwort. Er sprach selbst weiter: »Das ist es ja, was ich untersuchen möchte, darum lauere ich darauf, daß Braun endlich mit seinen Arbeiten fertig wird. Ich glaube, Bruck, es war ein Fehler, daß wir mit der Bestrahlung der Materie jedesmal aufhörten, sobald das erste Leben sich zeigte. Wir wären vielleicht schon weiter, wenn wir sie fortgesetzt hätten. In diesem Wasser hier können wir die Wirkung unserer Strahlung am besten verfolgen und studieren: Kommen Sie nur weiter mit.«

An keinem schwimmenden Blatt ging Eisenlohr

vorbei, ohne es umzuwenden, und an vielen entdeckte er Laich und auch Larven von mancherlei Wassertieren, die sonst in dieser Jahreszeit nicht mehr zu finden waren.

»Es hat sich gelohnt, mein lieber Bruck«, sagte er, als er nach einer Stunde mit seinen Untersuchungen zu Ende war. »Es scheint wirklich so zu sein, wie ich es mir vorstellte. Das nächste Mal wollen wir einen Käscher und ein paar Gläser mitnehmen.«

Schweigend legten sie den Weg zur Burg zurück. Jeder war mit seinen eigenen Gedanken beschäftigt.

Die Unterredung zwischen den beiden Inhabern der Firma Kelly and Company stand im Begriff, in ein stürmisches Fahrwasser zu geraten. William Spranger machte seinem Partner Vorhaltungen, wie der Ältere sie von dem Jüngeren bisher noch nie zu hören bekommen hatte. Zäh verschanzte James Kelly sich hinter seine größeren Erfahrungen und Erfolge.

»Es ist unsinnig!« rief Spranger. »Seit sechs Wochen sitzen wir jetzt in Paris. Ein übler Zufall führte uns auf der Überfahrt mit Bigot zusammen, und über die Bekanntschaft mit einem notorischen Schwindler vergessen Sie vollständig, weshalb wir eigentlich hierhergekommen sind. Lassen Sie jetzt wenigstens Ihre Hände von der Geschichte, Kelly! Sie haben es mit Schwindlern zu tun. Einmal werden Sie doch der Dumme dabei sein.«

»Sehr richtig, Spranger! Natürlich haben wir es mit Schwindlern zu tun. Das weiß ich schon längst. Aber das schöne an der Sache ist, daß die Herren Bigot und Hartford nicht wissen, daß ich es weiß. Sehen Sie, auf dieser Basis möchte ich noch einmal einen großen Schlag machen.«

Ehe Spranger etwas antworten konnte, läutete das Telefon. Die Anmeldung des Hotels teilte mit, daß ein Herr Reinhard Mr. Spranger sprechen wolle.

»Wir reden später noch weiter!« rief er seinem Partner zu und ging in sein Zimmer, um den gemeldeten Besuch zu empfangen.

Was mochte Reinhard von ihm wollen? Spranger war gespannt, was der Deutsche, der jetzt in sein Zimmer trat, ihm zu sagen haben würde.

Einen Gruß von Eisenlohr bestellte Reinhard, um dann zu der Sache zu kommen, die ihn herführte.

»Ich erfuhr, Mister Spranger«, sagte er, »daß Ihr Partner immer noch in Verbindung mit Monsieur Bigot steht.«

»Leider, Captain. Ich habe vergeblich versucht, ihn davon abzubringen. Er will nicht einsehen, daß er es mit einem Scharlatan zu tun hat.«

»Mit noch Schlimmerem, Mister Spranger. Die Herren Bigot und Hartford bewegen sich hart an der Grenze, die den Scharlatan vom Verbrecher trennt.«

Spranger wurde nachdenklich. »Liegt denn tatsächlich etwas Gravierendes gegen die beiden vor?« fragte er.

»Ich danke! Für meine Ansprüche genügt es. Bigot hat sich kürzlich auf einem Wege, der noch nicht ganz offenliegt, Zeichnungen und Berechnungen Ihres Freundes Eisenlohr verschafft und versucht jetzt, danach zu arbeiten. Und sein Helfershelfer Hartford bringt im Schwarzhandel das Gold unter die Leute, das sein Kumpan neuerdings herstellt.«

»Ja, aber dann müssen die beiden doch wirklich Gold machen können! Jetzt möchte ich ja beinahe glauben, daß doch etwas an der Sache dran ist.«

»Glauben Sie es nicht zu früh, Mister Spranger! Ich erfülle einen Auftrag des Herrn Doktor Eisenlohr, wenn ich Ihnen noch einmal von jeder Verbindung mit diesen beiden Zeitgenossen abrate. Er bat mich direkt darum, als er hörte, daß ich nach Paris fahren müßte.«

»Ah! Sie haben mit Eisenlohr über die Sache gesprochen, Herr Reinhard?«

»Sehr eingehend, Mister Spranger.«

»Hat er Ihnen keine Gründe für seine Warnung angegeben?«

»Nur in großen Zügen. Doktor Eisenlohr ist der festen Überzeugung, daß es mit Monsieur Bigot noch vor Weihnachten einen Mordsskandal geben wird. Er möchte es verhindern, daß Sie oder Ihr Partner in die Affäre verwickelt werden.«

Spranger sah nachdenklich vor sich hin. Einer plötzlichen Eingebung folgend, zog er ein Fach seines Schreibtisches auf und nahm das Reagenzröhrchen mit dem Goldstaub heraus, das Kelly ihm kürzlich gegeben hatte.

»Was haben Sie da?« fragte Reinhard.

»Etwas Goldstaub. Letztes Fabrikat Bigots.«

Reinhard griff nach dem Gläschen.

»Sehr verständig, Mister Spranger, daß Sie das Zeug im Tischkasten verwahren und nicht in der Tasche mit sich rumtragen.«

»Warum denn das, Herr Hauptmann?« fragte der Amerikaner verwundert.

»Doktor Eisenlohr sprach etwas von einer Strahlung, die von diesem synthetischen Gold beständig ausgesandt wird. Ich bin kein Physiker, Mister Spranger, und kann nur ungefähr wiederholen, was er darüber sagte; es lief darauf hinaus, daß es nicht ratsam wäre, diese Art von Gold ohne eine besondere Schutzkapsel bei sich zu tragen.«

Wie von einem plötzlichen Schrecken ergriffen zuckte Spranger zusammen. »Wissen Sie, daß Bigot allen Ernstes daran denkt, sein Pulvergold für Zahnfüllungen zu verwenden? Nach dem, was Sie mir eben sagten, dürfte das nicht unbedenklich sein.«

Reinhard wiegte den Kopf hin und her. »Nicht unbedenklich? Wir wollen lieber sagen, sehr bedenklich, wenn für dieses Gold das gleiche gilt wie für das, das Eisenlohr mir zeigte.«

Der Amerikaner sprang erregt auf. »Man müßte das feststellen, Herr Reinhard!«

Reinhard griff nach dem Röhrchen. »Ich mache Ihnen einen Vorschlag, Mister Spranger: Ich bin morgen wieder bei Eisenlohr. Ich werde ihn bitten, die Probe zu untersuchen. Bis morgen abend können Sie telegrafisch Bescheid haben.«

Auch Reinhard erhob sich. Er hatte seinen Auftrag hier ausgerichtet. Nachdenklich blieb Spranger zurück.

Mit einem Seufzer ließ sich Dr. Holthoff im Laboratorium in einen Sessel fallen, während Professor Braun sich an der großen Strahlröhre zu schaffen machte. Nicht ohne Besorgnis blickte Eisenlohr auf die zusammengesunkene Gestalt seines Assistenten.

Noch einmal seufzte Holthoff tief auf. »Gott sei Dank, Herr Eisenlohr, die Probe Nummer zweihundert liegt an der Röhre! Noch eine kleine Viertelstunde, dann haben wir die Geschichte glücklich hinter uns. Ich meine, Bruck hätte sich bei der Sache auch etwas betätigen können. Es wäre doch eine wesentliche Hilfe gewesen.«

Eisenlohr schüttelte den Kopf. »Mein lieber Herr Holthoff, ich habe Bruck absichtlich nicht herangezogen. Ich hatte gewisse Gründe dafür ...«

Holthoff verstand nicht, was Eisenlohr meinte, aber er merkte wohl, daß er nicht gewillt war, weiter über die Angelegenheit zu sprechen, und so kam er auf seine Arbeit zurück.

»Herr Professor Braun hat jetzt die letzte Probe vor. Sie wird vermutlich das gleiche ergeben wie die vorhergehenden. Danach beabsichtigt er, einen zweiten ausführlichen Bericht für die Fachpresse zu schreiben. Ich fürchte, daß er auch dabei auf meine Mitwirkung rechnet ...«

Eisenlohr machte eine ablehnende Bewegung. »Der

gute Braun soll seinen Kram selber verfassen. Sie haben erst mal eine Ausspannung nötig, Holthoff, und dann werden wir uns zusammen in unsere Arbeiten stürzen.«

Holthoff holte tief Luft. »Wenn ich das höre, dann fühle ich mich schon wieder gesund. Mit Ihnen zusammen weiterarbeiten – das ist die beste Erholung, die ich kenne. Aber was wird Braun dazu sagen?«

Ein Lächeln ging über Eisenlohrs Gesicht, während er antwortete. »Der gute Braun wird in den nächsten Tagen Gelegenheit haben, sich über andere Dinge zu wundern. Er bekommt einen Konkurrenten, mein lieber Holthoff. Professor James Hartford aus Schenektady ist auf dem Wege nach Deutschland. Unsere ersten Veröffentlichungen haben ihm keine Ruhe gelassen. Er will selber hier an Ort und Stelle sehen, was wir bisher gemacht haben. Aber vorläufig, lieber Holthoff, kein Wort darüber zu Braun! Er scheint mit dem letzten Versuch zu Ende zu sein. Wir wollen mal sehen, was dabei herausgekommen ist.«

Als sie hinkamen, schaltete Braun eben den Strom ab.

»Ich gratuliere, Herr Professor!« sagte Eisenlohr und schüttelte ihm die Hand. »An Ihrer Miene sehe ich, daß der Versuch mit der letzten Probe auch geglückt ist. Hat es wieder Zellengruppen gegeben?«

Braun reichte ihm eine Lupe. »Ich will nicht vorgreifen, Herr Eisenlohr. Überzeugen Sie sich bitte selbst!«

Eisenlohr betrachtete geraume Zeit die von der Strahlung belebte Materie durch das starke Vergrößerungsglas. Endlich ließ er es sinken und sah Braun fragend an.

»Nun, Herr Eisenlohr, was halten Sie davon?«

»Ein kugeliger Zellenhaufen, Herr Professor. Die Zellen sehen grünlich aus. Woher kommt die Farbe?«

»Chlorophyll, Herr Doktor. Die Gelatine enthält bestimmte Eisenverbindungen. Ich wollte feststellen, ob die Materie unter dem Einfluß der Strahlung auch Blattgrün bildet. Der Versuch scheint gelungen zu sein. Wenn die chemische Analyse es bestätigt, hätten wir den Beweis dafür, daß …«

»… die Strahlung lebendige Gebilde erzeugt hat, die anorganische Stoffe assimilieren können.«

»Jawohl Herr Eisenlohr, Gebilde, die nun auch ohne die Strahlung selbständig weiterleben und wachsen können. Das wollte ich durch meine Versuche beweisen.«

»Interessant!« murmelte Eisenlohr vor sich hin.

Ein Lächeln glitt über Brauns faltige Züge, während er weitersprach. »Sie haben den alten Braun gewiß für einen rechten Dickschädel gehalten, Herr Eisenlohr. Glauben Sie mir, es war nicht so! Nach einem bestimmten Plan hatte ich allen diesen Gelatineproben bestimmte Mineralsalze zugefügt. Von Versuch zu Versuch hoffte ich, daß ihre Wirkung sich äußern würde. Im allerletzten Augenblick, bei der zweihundertsten Probe, kam der Erfolg. Wenn Sie wüßten, meine Herren, wie glücklich ich darüber bin!«

Zum zweitenmal reichte ihm Eisenlohr die Hand. »Unseren Glückwunsch zu Ihrem Erfolg! Ich glaube, Herr Professor, wir haben Ihnen etwas abzubitten!«

Die Vorhaltungen William Sprangers waren nicht wirkungslos geblieben. James Kelly begann sich wieder mit den Geschäften zu befassen, um derentwegen er ursprünglich nach Europa gekommen war.

Es handelte sich dabei um eine große Transaktion in französischen Industriepapieren, die, wenn sie schnell und geschickt durchgeführt wurde, der Firma Kelly and Company einen namhaften Gewinn abwerfen mußte. Noch einmal sprach Kelly mit seinem Partner alle Einzelheiten der Unternehmung durch.

Plötzlich verzog er den Mund und fuhr sich mit der Hand über die Lippen. »Ich weiß nicht, Spranger,

Doktor Harper hat diesmal nicht so gut wie sonst gearbeitet. Ich werde ein dumpfes Gefühl in den neuen Plomben nicht los.«

Während Kelly es sagte, kam Spranger seine letzte Unterredung mit Reinhard wieder in Erinnerung. Vergeblich hatte er nach dessen Abreise auf ein Telegramm Eisenlohrs gewartet, hatte dann im Drang der Besprechungen und Geschäfte die Angelegenheit aber aus dem Gedächtnis verloren. Jetzt fiel sie ihm wieder ein und beunruhigte ihn. Er stand auf und trat zu Kelly heran.

»Doktor Harper arbeitet doch sonst tadellos. Zeigen Sie mal – ist irgend etwas zu sehen?«

Kelly bewegte seine Lippen. »Ich glaube nicht. Nur so einen unangenehmen Druck verspüre ich.«

Spranger beugte sich tiefer zu ihm hinab. »Ich möchte fast behaupten«, sagte er nach einer eingehenden Musterung, daß Ihre Oberlippe etwas geschwollen ist.«

»Kommt mir auch so vor«, knurrte Kelly verdrießlich. »Wenn es bis morgen nicht besser ist, werde ich zu ihm fahren.«

»Sie sollten ihn lieber sofort aufsuchen. Die Sache will mir nicht gefallen.«

Kelly sah auf die Uhr und auf seinen Terminkalender. »Heute geht's nicht. Jede Stunde ist besetzt. In zehn Minuten erwarte ich Lorrain...« Er faßte sich wieder an den Mund. »Aber morgen früh werde ich Doktor Harper den Standpunkt klarmachen.«

Durch das Haustelefon wurde Kelly Monsieur Lorrain gemeldet.

Spranger stand auf und ging in sein eigenes Zimmer. Dort griff er nach Bleistift und Papier, um ein dringendes Telegramm an Eisenlohr aufzusetzen. Da meldete sich das Telefon auf seinem Schreibtisch. Zerstreut griff er nach dem Hörer und horchte auf, als er die Stimme vernahm.

»Herr Reinhard! Sie wieder in Paris? Ich habe vergeblich auf ein Telegramm von Ihnen oder von Eisenlohr gewartet. Warum haben Sie nicht gedrahtet?«

Das Gesicht Sprangers wurde ernst, während er weiter in den Apparat hörte. »Es ist gut, Herr Reinhard. Ich komme sofort zu Ihnen. In zehn Minuten kann ich da sein.« Spranger legte den Hörer auf und machte sich ausgehfertig.

Es war ein bescheidenes Haus in der Rue Pastourelle, in dem Reinhard logierte.

Allzuviel scheint ihm sein Büro nicht einzubringen, dachte William Spranger, als er in Reinhards Zimmer trat.

»Freue mich, Sie wohlauf zu sehen. Darf ich bekannt machen? Mister Spranger aus New York – Herr Professor James Hartford aus Schenektady.«

Ein Herr mittleren Alters erhob sich und hielt Spranger die Rechte hin. »Erfreut, einen Landsmann zu treffen. Herr Reinhard hat bereits mit mir gesprochen. Ich stehe Ihnen gern zur Verfügung, wenn ich Ihnen bei Ihren Angelegenheiten behilflich sein kann.«

Spranger blickte in das energische, durchgeistigte Gesicht des Professors, während seine Gedanken arbeiteten. Wie hatte dieser Deutsche es fertigbekommen, den richtigen James Hartford hierher nach Paris zu bringen?

Jetzt würde man jenen anderen Hartford als Schwindler, ja vielleicht als Dieb entlarven können. Jetzt würde man wohl auch Monsieur Bigot hinter seine Schliche kommen können ... Wieder waren seine Gedanken darüber bei dem Gold Bigots angelangt. Durfte er in Gegenwart von Professor Hartford von dem sprechen, was ihm Sorge bereitete?

Er warf Reinhard einen fragenden Blick zu. Der nickte, als ob er seine Gedanken gelesen hätte.

»Sprechen Sie unbesorgt, Mister Spranger! Professor Hartford ist über die Arbeiten Bigots im Bilde.«

Wie auf ein Stichwort fiel Hartford ein: »Es handelt sich um ein instabiles Isotop des Elementes AV, das stetig strahlt. Der Gedanke, diesen Stoff etwa als Schmuck zu verarbeiten und am Körper zu tragen, ist vollständig abwegig ...«

»Als Zahnfüllung würden Sie ihn auch nicht empfehlen, Herr Professor?« warf Reinhard dazwischen.

Professor Hartford machte eine abwehrende Bewegung. »Um Himmels willen, nein! Das wäre noch schlimmer.«

Spranger rückte unruhig auf seinem Stuhl hin und her. Schließlich konnte er nicht länger an sich halten; er begann davon zu sprechen.

»So, so? Mister Kelly hat sich das Zeug in die Zähne setzen lassen ...«, meinte Reinhard trocken. »Er wird ...«

»... in vierzehn Tagen einen Kopf wie ein Kürbis haben, wenn er es nicht wieder herausnehmen läßt«, vollendete Professor Hartford den Satz.

»Sofort muß das geschehen! Er will erst morgen zu seinem Zahnarzt fahren. Ich will ihn gleich hinbringen«, fuhr Spranger auf.

»Es genügt, wenn es morgen geschieht«, beruhigte ihn Professor Hartford. »Wir haben im Augenblick etwas anderes vor, Mister Spranger, bei dem Herr Reinhard Sie gern dabei hätte.«

Nur widerstrebend ließ sich Spranger von seiner Absicht abbringen, sofort zu Kelly zurückzukehren.

Sie gingen zu Fuß auf die Zentralmarkthalle zu. Unterwegs erfuhr Spranger, worum es sich handelte. Für Reinhard galt es, Mister Percy Hartford, ohne selbst gesehen zu werden, bei einem seiner dunklen Handelsgeschäfte zu beobachten.

Professor Hartford wollte bei der Gelegenheit feststellen, ob dieser zweifelhafte Namensvetter tatsächlich mit seinem früheren Laboranten identisch war.

Sie waren in eine kleine Seitengasse gelangt und machten vor einem Hause halt.

»Hier, durch den Nebeneingang, meine Herren!« sagte Reinhard. Sie folgten ihm über einen Hof und landeten schließlich in dem Hinterzimmer einer Wirtschaft. Offensichtlich war Reinhard kein Neuling in diesem Lokal.

Er begrüßte den Wirt wie einen alten Bekannten, gab eine kurze Bestellung auf und verlangte ›dasselbe Kabinett wie das letzte Mal‹. Dienstbereit öffnete der Wirt eine Schlupftür. Sie führte in ein winziges Kämmerchen, von dem aus alle Vorgänge in dem Nebenraum beobachtet, und Gespräche, die dort geführt wurden, mit angehört werden konnten. Das Mittel dazu bot ein Ausschnitt in der Wand, der ganz unauffällig hinter dem im Gastzimmer befindlichen Ofen angebracht war. Mit einer Handbewegung lud Reinhard den Professor und Spranger ein, auf den ein wenig wackeligen Stühlen Platz zu nehmen. Wenige Minuten später brachte der Wirt einen Liter Wein und stellte drei Gläser auf den Tisch. Kaum hatte er den Raum verlassen, als Reinhard wieder aufstand und zu dem Ausschnitt in der Wand ging.

»Was sollen wir hier?« fragte Spranger.

Reinhard sah auf seine Uhr. »Ruhig bleiben und sich die Zeit nicht lang werden lassen, Mister Spranger! Ich habe sichere Nachricht, daß Ihr sogenannter Experte sich hier mit einem seiner Abnehmer treffen will.«

Schleichend verstrich eine Viertelstunde nach der anderen, bis endlich eine Tür klappte. Ein Mann kam in den Nebenraum, sah sich um und nahm dann an einem Tisch Platz. Kurz darauf klappte die Tür zum zweitenmal, und diesmal – unwillkürlich hielt Spranger den Atem an – kam der ihm wohlbekannte Percy Hartford herein und ging sofort auf den Tisch zu, an welchem der andere saß.

Angespannt horchten die drei auf das, was sich weiter im Nebenraum abspielte.

»Ich bringe Ihnen wieder fünf Kilogramm«, sagte

Hartford, holte ein in graues Papier eingeschlagenes Päckchen aus seiner Tasche und stellte es vor sich auf den Tisch. Er knotete den Bindfaden auf und wickelte das Papier ab. Ein kleiner, gelblich schimmernder Block kam zum Vorschein.

»Haben Sie eine Waage mitgebracht, Monsieur Dubois?« fragte Hartford.

Der andere griff in die Tasche und legte eine Federwaage auf den Tisch; aber er benutzte sie noch nicht, sondern starrte mißtrauisch auf den Block.

»Wollen Sie sich bitte überzeugen, daß das Gewicht stimmt«, drängte ihn Hartford. Monsieur Dubois zog eine mürrische Miene.

»Das Gewicht ist immer in Ordnung gewesen, aber Ihre Legierung stimmt nicht, Mister Hartford.«

»Was wollen Sie damit sagen?« fuhr Hartford auf.

»Sie haben mir Ihre Barren als chemisch reines Gold angeboten. Als reines Gold habe ich sie auch gekauft und bezahlt. Aber meine Kunden haben sich bei mir beschwert. Es ist Blei in den Barren gewesen.«

»Blei? Das ist ausgeschlossen. Sie wissen, Monsieur Dubois, daß ich dieses Gold – Bruchgold, alten Familienschmuck, Goldmünzen und dergleichen mehr – von den verschiedensten Stellen und oft nur grammweise zusammenkaufe. Man steckt natürlich in den einzelnen Stücken nicht drin, aber gerade deshalb raffiniere ich das zusammengeschmolzene Metall in meinem Laboratorium jedesmal elektrolytisch, bevor ich es in Barren gieße. Ein Zehntel Promille wäre der Höchstsatz an fremden Beimischungen, der nach einer solchen Behandlung noch vorhanden sein könnte.«

Dubois unterbrach sein Gegenüber mit einer energischen Handbewegung.

»Das stimmt nicht, Mister Hartford. Es handelt sich um mehrere Prozente. Auffallenderweise haben Sie übrigens bei den ersten Barren viel mehr Blei zugegeben als bei den späteren.«

Mit einem Wortschwall wies Hartford den Vorwurf des Betruges zurück. Kopfschüttelnd hörte der andere ihn an.

»Dann gäbe es nur noch eine Möglichkeit«, meinte er nach längerem Überlegen. »Ihre elektrolytische Raffination hat vielleicht im Anfang noch nicht einwandfrei gearbeitet. Es kommt da viel auf die Stromstärken und Spannungen an.«

Die drei stillen Zuhörer im Nebenraum wunderten sich über die technischen Kenntnisse, die dieser wie ein gewöhnlicher Markthelfer aussehende Mann hier vorbrachte. Offenbar war alles Maske an ihm, und in dieser gewollt ärmlichen Kleidung steckte ein ganz anderer Mensch. Ihre Vermutung verstärkte sich beim weiteren Verlauf der Dinge.

Wieder griff dieser Monsieur Dubois in seine Taschen, zog einen schwärzlichen Stein und verschiedene Nadeln heraus, brachte danach noch ein Fläschchen mit einer wasserklaren Flüssigkeit zum Vorschein. Er rieb den Stein an dem Barren, den Hartford mitgebracht hatte, daß es einen gelben Strich gab, zog mit seinen eigenen Probiernadeln andere Striche daneben und träufelte schließlich etwas von jener Flüssigkeit darauf, die bei der Berührung mit dem Stein leicht aufzischte.

Lange betrachtete er das Ganze. Kopfschüttelnd legte er den Stein dann vor sich hin.

»Nun, was haben Sie gefunden, Monsieur Dubois?« fragte Hartford.

»Diesmal ist es wirklich hundertprozentiges, chemisch reines Gold, Mister Hartford. Es muß die früheren Male doch an Ihrer Raffination gelegen haben.«

»Also wollen Sie den Barren nehmen?«

Dubois nickte und legte den Goldbarren in die Haken der Federwaage. Er las das Gewicht ab, schrieb es nieder, machte dann eine kurze Rechnung auf und nannte einen Preis.

»Einverstanden, Monsieur Dubois. Haben Sie Kasse bei sich?«

Wieder ein Nicken des anderen, aber vergeblich wartete Hartford darauf, daß der wie bei früheren Geschäften sofort die Brieftasche ziehen und ihm die so sehnlich erwarteten Banknoten in die Hand drücken würde. Zwar griff Dubois in die Tasche, aber was er herauszog und Hartford hinschob, war ein mit vielen Zahlen und einer langen Rechnung bedecktes Blatt.

Hartford überlas es und wurde blaß dabei. Entrüstet stieß er es zurück. »Ausgeschlossen, Dubois! Was soll das heißen? Fast drei Kilo Blei sollen in den früheren Barren stecken? Einfach unmöglich!«

Dubois zuckte die Achseln. »Die Analysen stammen von zuverlässigen Fachleuten, Mister Hartford.«

Hartford schlug wütend mit der Faust auf den Tisch. »Wenn wirklich Blei drin ist, hat's ein anderer dazwischengemischt! Von mir haben Sie reines Gold bekommen.«

»Schreien Sie nicht so, Hartford!« mahnte ihn Dubois.

»Aber es ist nicht wahr!« ereiferte sich Hartford von neuem.

»Es ist Tatsache, Mister Hartford – und ich muß meinen Kunden für die Differenz geradestehen.«

»Machen Sie mit Ihren Kunden, was Sie wollen! Das geht mich nichts an.«

»Doch, Mister Hartford, es geht Sie sehr viel an. Wenn ich meine Kundschaft nicht zufriedenstelle, springt sie ab. Dann kann ich Ihnen auch keine Barren mehr abkaufen.«

Hartford versuchte seinen Schreck zu verbergen. »Was haben Sie nun eigentlich vor, Dubois?« fragte er unsicher.

»Ich muß von dem Preis für den Barren hier den Bleigehalt Ihrer früheren Lieferungen abziehen...«

»Unmöglich, Dubois! Das ist kein reelles Geschäft!«

Dubois zog seine Brieftasche und fing an, Banknoten daraus zu entnehmen. Eine schöne Summe, aber doch nur die knappe Hälfte von dem, was der Komplice Bigots erwartet hatte.

»Nein, Monsieur Dubois! Entweder den vollen Preis oder ...«

»Oder ...?«

»Es gibt noch andere Abnehmer für gutes Gold, Monsieur Dubois.« Hartford schickte sich an, den Barren wieder einzuwickeln.

Dubois bedeckte die vor ihm liegenden Banknoten mit seiner Brieftasche. »Wie Sie wollen, Mister Hartford. Aber hoffentlich kommen Sie mit dem da« – Dubois deutete auf den Barren – »gesund nach Hause!«

Dubois sagte es in lässigem Ton, aber sein Blick wollte Hartford nicht gefallen. Sollte er die kaum verhohlene Drohung überhören, es riskieren, daß man ihn morgen oder übermorgen irgendwo aus der Seine fischte? Lieber nicht. Das war die Sache am Ende nicht wert.

Langsam begann er den Barren wieder auszuwickeln. Ebenso gemächlich nahm Dubois seine Brieftasche von den Banknoten. »Sie sind ein Gauner, Dubois!«

Monsieur Dubois machte eine leichte Verneigung, schob Hartford die Banknoten hin und griff nach dem Barren. Wie Taschenspielerei sah es aus, so schnell und spurlos war der plötzlich zwischen seinen Fingern und in seiner Kleidung verschwunden. Dubois stand auf. »Wenn Sie wieder etwas haben, Mister Hartford – stets zu Ihren Diensten. Sie wissen, wie Sie mich erreichen können.«

Hartford war noch beschäftigt, die Banknoten in seine Brusttasche zu stecken. Nachdenklich erhob er sich nach einigen Augenblicken und schickte sich ebenfalls an, das Zimmer zu verlassen.

Im Nebenraum machte Professor Hartford eine Bewegung zur Tür hin. Reinhard hielt ihn fest, bis Mr. Percy Hartford nebenan die Tür hinter sich geschlossen hatte.

»Sie lassen den Schwindler entwischen!« schrie der Professor aufgebracht.

»Wir können ihn nicht festhalten. Das muß alles seinen vorschriftsmäßigen Weg gehen. Ihre Polizei muß sich jetzt über das amerikanische Auswärtige Amt an die französische Justiz wenden und um Rechtshilfe ersuchen. Es wird Zeit kosten, aber es ist unvermeidlich.«

»Es paßt mir außerordentlich schlecht in meine Dispositionen ...«, begann Hartford.

»Ja, dann müssen wir den Gauner eben laufenlassen, wenn Sie das wollen!«

»Nein! Das will ich nicht, Herr Reinhard. Da will ich schon lieber eine Woche hier in Paris zugeben, obwohl ich mir keinen großen Erfolg davon verspreche.«

»Aber ich, mein verehrter Herr Professor! Wichtiger ist es mir, daß Sie den Mann als Ihren früheren Laboranten wiedererkannt haben! Ich denke, jetzt werden auch Sie, Mister Spranger, überzeugt sein, daß Sie es mit Schwindlern zu tun haben!«

William Spranger nickte.

Reinhard stand auf. »Dann, meine Herren, habe ich hier alles erreicht, was ich beabsichtige. Lassen Sie uns aufbrechen. Wenn es Ihnen recht ist, Herr Professor, wollen wir beide zu Ihnen fahren und die Sache in die Wege leiten.«

Längst hatten die Uhren auf der Eulenburg die elfte Nachtstunde geschlagen. Nur mit Mühe unterdrückte Holthoff ein Gähnen.

»Genug für heute, Kollege! Gehen Sie zur Ruhe!« sagte Eisenlohr.

Holthoff stand auf und reckte sich. »Ich gedenke einen langen Schlaf zu tun, denn dieser letzten Tage

Arbeit war zuviel«, zitierte er frei nach Schiller und verließ Eisenlohrs Arbeitszimmer. Professor Braun und Eisenlohr blieben allein zurück.

Braun griff nach einem Kästchen und wählte sich eine Zigarre von besonderer Schwärze und Schwere aus. »Ich denke an eine neue Veröffentlichung, Herr Eisenlohr«, begann er. »Wie denken Sie über den Titel ›Chromophore im belebten Organismus‹? Er würde immerhin einen neuen Begriff aufstellen. Aber selbstverständlich, Herr Eisenlohr, würde ich diese Arbeit nur in Angriff nehmen, wenn Sie sie nicht sich selbst vorbehalten wollen.«

Eisenlohr schüttelte den Kopf. »Ich habe nicht die Absicht, Herr Professor, dies Thema bleibt Ihnen uneingeschränkt überlassen. Ich denke daran, die Arbeiten auf einer ganz neuen Basis noch einmal gewissermaßen von vorn anzufangen. Wir haben nämlich beide nicht genügend berücksichtigt, daß die Gelatine selbst bereits ein Erzeugnis organischen Lebens ist, ein Konglomerat der verschiedensten Eiweiße. Wenn Sie mich heute fragen, was wir bisher geschafft haben, so muß ich Ihnen antworten: Wir haben tote organische Substanz durch unsere Strahlung wieder zum Leben erweckt. Was aber die Natur geleistet hat, geleistet haben muß, Herr Professor, das Leben aus unorganischen Stoffen entstehen zu lassen, das haben wir bisher noch nicht erreicht.«

Professor Braun saß da wie vor den Kopf geschlagen. Erst nach einer langen Pause fand er Worte. »Du lieber Himmel, was sind das für Ideen? Sie haben einen Erfolg, um den jeder Wissenschaftler der Erde Sie beneidet. Und nun diese Zweifel an Ihrer Arbeit? An allem, was Sie erreicht haben? Wie ist das geschehen?«

Eisenlohr stand auf, ging zum Schreibtisch und kam mit einem Brief zurück. »Lesen Sie selbst, Herr Professor«, sagte er und ließ sich wieder in seinen Sessel fallen. Braun griff nach dem Schriftstück. Er runzelte die Stirn, als er den Briefkopf las: »Professor James Hartford, Schenektady.«

»Der Mann hat es nötig, uns in Unruhe zu stürzen!« sagte er wegwerfend. »Er sitzt im National-Laboratorium, hat alle erdenklichen Mittel zur Verfügung! Was hat er bis jetzt vorzuweisen? Nichts, was sich Ihren Leistungen auch nur annähernd an die Seite stellen ließe.«

»Lesen Sie den Brief, Herr Professor, dann werden Sie anders über die Sache denken.«

Braun machte sich über das Schreiben her. Schon während des Lesens begannen seine eigenen Gedanken zu arbeiten.

»Nicht übel!« begann er, als er mit dem Schriftstück fertig war. »Herr Hartford beabsichtigt, im Laboratorium die gleichen Vorgänge wiederherzustellen, die sich vor Millionen oder Milliarden von Jahren einmal auf unserer Erde abgespielt haben sollen. Hellglühende Metallkarbide der verschiedensten Art in einer Stickstoffatmosphäre... dann allmähliche Abkühlung... dann Wasserdampf und flüssiges Wasser darauf... So soll nach seiner Ansicht der geeignete Stoff entstehen, den er mit ihrer Strahlung, Herr Eisenlohr, beleben will. Was sagen Sie dazu?«

»Ich halte die Idee für durchaus vernünftig, Herr Braun. In den nächsten Tagen will ich selber ähnliche Versuche machen.«

Professor Braun warf noch einmal einen Blick auf den Brief aus Schenektady. »Hellglühende Karbide verschiedener Art... Stickstoffatmosphäre... Das erfordert bedeutend chemische und technische Hilfsmittel, Herr Eisenlohr. Daß Hartford sie hat, ist klar. Aber Sie...?«

»Ich habe sie auch, Herr Professor. Meine Karbidöfen haben die letzten drei Tage fast ununterbrochen gearbeitet. Wenn das Glück uns günstig ist, werden wir vielleicht noch früher als Mister Hartford Erfolg haben.«

»Das wäre zu wünschen, Herr Eisenlohr!«

Gerade überlegte dieser, ob er Braun schon jetzt vorsichtig auf den bevorstehenden Besuch Hartfords vorbereiten solle, als eine elektrische Glocke an der Wand langsam zu klingen begann.

Eisenlohr stand auf und ging zu einem Meßinstrument, dessen Zeiger wild über der Skala hin und her pendelte.

»Was ist das, Herr Eisenlohr?« fragte der Professor.

»Ein Kurzschluß in einer Außenleitung. Ich muß hingehen und die Sache untersuchen. Wollen Sie mich begleiten?«

»Wenn ich Ihnen dienlich sein kann, gern, Herr Eisenlohr.«

Fünf Minuten später waren sie auf dem Burgweg. Eisenlohr hatte sich eine starkkerzige Handlampe eingesteckt. In der Linken trug er eine Handtasche, die allerlei Geräte enthielt, in der anderen einen kräftigen Knotenstock. Ein zweites, ebenso knorriges Exemplar hatte er Braun vor dem Aufbruch in die Rechte gedrückt und auf dessen verwunderte Frage scherzend geantwortet: »Es ist nur für den Fall, Herr Professor, daß uns jemand im Mondschein begegnen sollte.«

Schon nach wenigen Schritten bog Eisenlohr von dem breiten Burgweg auf einen Fußpfad ab, der so schmal war, daß Braun hinter ihm gehen mußte. Der Pfad führte um die halbe Burg herum und dann auf der anderen Burgseite zu Tal.

Endlich machte Eisenlohr an einer starken Buche halt. Braun sah weiße, in den Stamm geschraubte Isolatoren und blanke Kupferdrähte, die bergauf zu anderen Isolatoren an der Burgmauer verliefen und talwärts im Walde verschwanden. Schritt für Schritt stapfte Eisenlohr weiter talwärts, dabei den Lauf der beiden Drähte unaufhörlich mit dem Lichtkegel der

Lampe anstrahlend. Schon schimmerte kaum noch fünfzig Meter entfernt ein Wasserspiegel durch das Gebüsch, als er haltmachte. Eisenlohr hatte die Ursache des Kurzschlusses entdeckt. Etwas Dunkles klebte zwischen den beiden Drähten.

Eisenlohr setzte seine Tasche auf den Boden und holte stabartige Stücke eines Isolierstoffes heraus, die er zu einer langen Stange zusammenschob. Danach ein Schlag damit gegen das Dunkle zwischen den Drähten, und es fiel im Sturz schon zum Teil zerbröckelnd zu Boden.

»Was ist es?« fragte der Professor.

»Eine große Waldeule, Herr Braun. Wir haben mehrere. Schade um das arme Tier! Gegen dreitausend Volt ist kein Kraut gewachsen.« Er packte seine Geräte wieder in die Tasche und schickte sich an, der Leitung bergab zu folgen.

Und dann standen sie am Teichrand.

»Ein üppiges Schilf haben Sie hier«, sagte Braun. »Sehen Sie dort an der anderen Seite: Das sieht ja schon fast wie ein kleiner Bambushain aus.«

Eisenlohr schaute selbst wie fasziniert nach jener Stelle hin, von der Braun gesprochen hatte. Dort war das Schilf bedeutend höher gewachsen und viel stärker in seinen Schäften als am übrigen Ufer.

Fieberhaft suchte er nach einer Erklärung dafür. Die Strahlung? Der Gedanke lag nahe. Aber dieses wunderliche Schilf war ja der Strahlung nicht ausgesetzt. Mit gutem Vorbedacht hatte er die Röhre seinerzeit so aufgestellt, daß sie nur die Wasserfläche anstrahlte. Kam die Wirkung von unten her? Hatte die im Wasser verstreute Strahlung die Wurzeln gerade dieser Schilfgruppe beeinflußt und zu solchem tropischen Wachstum angeregt?

Neue Fragen Brauns, denen schwer auszuweichen war, störten ihn in seiner Überlegung. Der Professor wollte wissen, zu welchem Zweck die Leitung hierhergezogen war und was von hier aus gespeist wurde. Wohl oder übel mußte Eisenlohr sich zu einer Erklärung aufraffen.

Schon nach wenigen Worten hatte der Professor den Kernpunkt der Sache erfaßt. Lächelnd unterbrach er: »Aha! Ich begreife. Sie wollen Ihre Theorien experimentell nachprüfen und haben sich den Teich hier als Versuchsfeld ausgewählt. Keine üble Idee!«

Quak! Quak! Quak! klang es vom Teich. Der Professor stutzte, schwieg einen Moment, horchte auf das Froschkonzert, sah Eisenlohr fragend an. »Froschquaken zu Anfang September, Herr Kollege? Das habe ich auch noch nicht gehört.«

»Strahlungswirkung, Herr Braun«, antwortete Eisenlohr.

»Ah so, Sie haben hier eine Strahlröhre in Betrieb? Das ist interessant! Das möchte ich auch sehen. Wo haben Sie den Apparat aufgestellt?« Während er es sagte, folgten seine Blicke der Leitung, die in das Schilf hineinführte. »Aha, dort!«

Eisenlohr schleppte eine Bohle heran. »Wir müssen eine Brücke schlagen.« Vorsichtig streckte er das schwere Brett durch das Schilf vor, bis es mit dem anderen Ende einen Halt fand. Ging dann hinüber, von Braun gefolgt.

»Ah! Ganz vorzüglich, Herr Eisenlohr! Sehr geschickt gemacht! Kein Mensch könnte Ihre Apparatur hier entdecken.« Der Professor erging sich noch weiter in Lobesworten über die Anlage. Eisenlohr blieb stumm. Unverwandt hing sein Blick an der Röhre. Sie stand anders, als er sie hingestellt hatte.

Ein beträchtlicher Teil ihrer Strahlung konnte jetzt nicht mehr auf den Wasserspiegel fallen, sondern mußte das gegenüberliegende Schilf treffen, dessen tropisches Wachstum Braun vorhin aufgefallen war.

Die Frage, über die sich Eisenlohr vergeblich den Kopf zerbrochen hatte, fand damit eine überraschende

Antwort. Die direkte Strahlung hatte dieses Wachstum verursacht. Doch eine zweite Frage tauchte gleichzeitig auf: Wer hatte sich hier unbefugt zu schaffen gemacht?

Es wäre niemandem zu raten gewesen, den Felsblock zu betreten, solange die Röhre unter Höchstspannung stand. Er selbst, Eisenlohr, hatte ja wohlweislich den Strom von seinem Arbeitszimmer her ausgeschaltet, bevor er sich mit Braun auf den Weg machte. Stromlos mußte die Leitung auch gewesen sein, als diese Veränderung hier vorgenommen wurde. Nur in der Burg konnte man sie ausschalten... Ein Verdacht stieg in Eisenlohr auf. Außer ihm wußte nur Bruck genau um die Anlage Bescheid. Sollte der...?«

Er riß sich aus seinen Gedanken, brachte die Strahlröhre wieder in die alte Lage zurück und wandte sich danach an Braun.

»Kommen Sie, Herr Professor, hier ist nichts mehr zu tun.« Über die Planke ging der Weg zurück auf festes Land. Eisenlohr trug das Brett wieder zu dem Gebüsch. Ungeduldig harrte Braun, daß er zurückkehren möchte. Doch er mußte geraume Zeit warten, denn Eisenlohr ließ die Lampe wieder aufflammen und begann das Gebüsch abzuleuchten und zu untersuchen. An einer Stelle schien ihm das dichte Waldmoos verdächtig. Er griff zu, fand es gelockert, schob es beiseite und stutzte beim Anblick dessen, was er darunter fand: eine kleine Apparatur von Spulen und Blenden, geschickt aus Reservebeständen des Laboratoriums zusammengestellt, zweifellos – er erkannte es auf den ersten Blick – dazu bestimmt, die Strahlung der Röhre so zu beeinflussen, daß sie für eine Metallumwandlung nutzbar gemacht werden konnte.

»Wo bleiben Sie, Kollege?« rief Braun ungeduldig vom Teich her.

»Einen Augenblick, Herr Professor.« Eisenlohr öffnete seine Handtasche, packte den Fund hinein und füllte die Stelle, wo er gelegen hatte, mit Erde aus. Sorgfältig breitete er das Moos wieder darüber. Wer auch immer unbefugt experimentiert haben mochte, würde eine unangenehme Überraschung erleben, wenn er an den Ort zurückkäme.

Eisenlohr schaltete die Lampe aus und trat aus dem Gebüsch heraus. Braun sah ihn forschend von der Seite an.

Der Pfad, auf dem sie zurückkehrten, war wesentlich besser als der Hinweg. Schnell kamen sie voran und standen bereits wieder unter der Burgmauer, als Braun den Schritt verhielt. Eine Stelle, auf der helles Mondlicht lag, fiel ihm auf. Mit einer ungewöhnlichen Üppigkeit wucherte hier allerlei Kraut und Unkraut. Auch das Waldmoos zeigte ein überraschendes Wachstum.

»Haben Sie hier auch mit einer Strahlröhre gearbeitet?« fragte Braun, und wieder mußte er auf Antwort warten. Abwechselnd ging der Blick Eisenlohrs zwischen diesem Fleck und einem Fenster hin und her, das sich etwa fünf Meter höher in der Burgmauer befand. Ein Vorfall, an den er längst nicht mehr gedacht hatte, kam ihm wieder in die Erinnerung. Ein halbes Jahr mochte das jetzt etwa her sein. Bei den ersten Arbeiten mit einer neuen stärkeren Röhre bildete sich damals auf den Bleiblenden immer wieder ein Belag von gelblichem Metallstaub. Eisenlohr hatte den Staub analysiert und als ein ziemlich stark strahlendes instabiles Goldisotop festgestellt. Kurzerhand hatte er ihn danach als einen unnützen Abfallstoff zu dem Fenster dort oben hinausgeschüttet. Damals lag tiefer Schnee. Mit dem schmelzenden Schnee mußte jener Metallstaub in den Boden versickert sein und dort noch geraume Zeit weitergestrahlt haben... Nur diese Strahlung konnte aber die Veränderung des Pflanzenwachstums hier verursacht haben.

Die erneute Frage Brauns nötigte ihn, eine passende

Antwort zu ersinnen. Er hielt es nicht für zweckmäßig, dem Professor den wirklichen Sachverhalt mitzuteilen.

»Ihre Vermutung ist zutreffend«, erwiderte er. »Bevor ich mit der Röhre an den Teich ging, hat sie kurze Zeit hier gearbeitet.«

»Sehr interessant, Herr Kollege«, murmelte Braun vor sich hin und bückte sich, um einige Blätter und Fruchtkolben des Wegerichs zu pflücken.

»Das hier kommt mir ins Herbarium, und von Ihrem Teich da unten werde ich mir auch noch einiges holen. Das sind so überzeugende Beweisstücke, die ich mir nicht entgehen lassen möchte«, meinte Braun.

Mitternacht war vorüber, als sie den Burghof wieder betraten. Eisenlohr fand noch keine Ruhe. Allzusehr beschäftigten ihn die Dinge, die er bei diesem Nachtspaziergang entdeckt hatte. Irgendein Bewohner der Burg – er hatte in erster Linie Dr. Bruck im Verdacht – jagte dem Truggold weiter nach und störte dabei seine, Eisenlohrs, Arbeiten auf unangenehme Art. Aber war es denn wirklich nur Truggold – jener golden schimmernde Staub, den er bisher achtlos beiseite geworfen hatte? Noch vor einer Stunde hätte er diese Frage unbedingt bejaht. Jetzt aber, nach der letzten Entdeckung unter dem Burgfenster, mußte er sein Urteil ändern. Der Staub strahlte... das war ihm seit geraumer Zeit bekannt. Aber er hatte sich bisher nicht die Mühe genommen, die Art und Frequenz der Strahlung näher zu untersuchen.

Aber jetzt sah das Problem ganz anders aus und gewaltige Zukunftsmöglichkeiten eröffneten sich seinem Geiste, während er es noch einmal durchdachte. Mit einfachen Mitteln und geringen Kosten ließ sich dieser strahlende Staub in großen Mengen herstellen. Wie mußte er wirken, wenn man ihn etwa wie einen Kunstdünger über die Ackerfelder streute? Über den Schnee vielleicht, wie es hier einmal zufällig geschehen war? Wie konnte sich das vielleicht auf den Ertrag der Saaten auswirken? Die Ernte vervielfältigen …

Mit heißem Kopf griff er nach Bleistift und Papier und begann Rentabilitätsberechnungen aufzustellen. Immer klarer wurde es ihm dabei, daß dieser neue Weg auch wirtschaftlich gangbar sein müßte.

Am Osthorizont leuchtete bereits ein heller Streif, als auch er endlich zur Ruhe kam.

Dr. Harper war an sonderbare Wünsche seiner reichen und spleenigen Patienten gewöhnt. Aber daß man ihn mitten in der Nacht aus dem Schlaf klingelte, um ein paar Goldplomben herauszunehmen, das passierte ihm doch zum erstenmal. James Kelly war es, der das von ihm verlangte.

Der Doktor wurde jedoch nachdenklich, als er seinen Patienten untersuchte.

Sollte ihm zum ersten Male in seiner langen Praxis doch ein Kunstfehler unterlaufen sein? Die Bohrmaschine begann zu arbeiten, und bald waren Kellys Zahnhöhlen wieder frei von jeder Spur jenes Goldes, das Dr. Harper kürzlich mit so viel Kunst in sie hineingesetzt hatte. Einen leichten, lindernden Kitt brachte der Arzt dafür hinein, gab dem Patienten noch ein paar Kokainspritzen in das Zahnfleisch und entließ ihn mit den besten Wünschen für eine ruhige Nacht.

James Kelly stieg in seinen Wagen und fuhr ins Hotel zurück. Die Betäubungsmittel Dr. Harpers hatten seine Schmerzen zwar fast verschwinden lassen, aber seine Stimmung war immer noch alles andere als sanftmütig, als er zu Spranger, der noch auf war und ihn erwartete, ins Zimmer trat.

Unwirsch wies er die teilnehmenden Worte, mit denen sein Partner ihn empfing, zurück.

Sein Blick fiel auf die kleine Schreibmaschine auf Sprangers Tisch. »Tun Sie mir den Gefallen und setzen

Sie sich an die Maschine. Ich möchte einen Brief diktieren. Mir wird erst wohler sein, wenn ich Monsieur Bigot meine Meinung gesagt habe.«

Erst beim fünften Male kam ein Schriftstück zustande, das man nach Sprangers Meinung zur Not abschicken konnte, ohne eine Beleidigungsklage gewärtigen zu müssen.

Zwischen Bigot und seinem Komplicen hatte es gleich damals, als Hartford von dem Geschäft mit Dubois zurückkam, eine scharfe Auseinandersetzung gegeben. Bigot wollte einfach nicht glauben, daß ein Kunde, der bis dahin immer glatt zahlte, plötzlich einen solchen Abzug an der Kaufsumme machte. Unverblümt warf er Hartford Betrug vor und beschuldigte ihn, in seine eigene Tasche zu wirtschaften. Hätte die Not sie nicht gezwungen, weiter zusammenzuhalten, so wäre es vielleicht sofort zu einem offenen Bruch zwischen den beiden gekommen. So indessen arbeitete Bigot notgedrungen weiter, goß neue Barren und vertröstete dazwischen die Gläubiger, während Percy Hartford sich intensiv nach neuen Abnehmern umsah.

Bigot blieb nach wie vor mißtrauisch. Mit gemischten Gefühlen sah er zu, wie Hartford nach dem Einbruch der Abenddämmerung drei Goldbarren in den Taschen seines Anzugs verschwinden ließ und sich zum Ausgehen fertig machte.

»Wohin wollen Sie damit?« fragte er.

»Zu dem neuen Abnehmer, von dem ich Ihnen heute vormittag erzählte, Bigot.«

»Aber diesmal keine Abzüge, Hartford! Sie geben die Ware nur gegen den vollen Preis her, sonst müßte ich mich selber um den Absatz kümmern.«

Hartford zuckte die Achseln. »Ich gehe jetzt«, sagte er kurz.

Nur wenige Sekunden wartete Bigot, dann griff er

ebenfalls nach Mantel und Hut. Er hatte die Absicht, Hartford ungesehen zu folgen und ihn zu überwachen.

Durch Straßen und Gäßchen führte Hartfords Weg in das Markthallenviertel. Vor einem verwahrlosten Haus blieb er stehen und drückte die unverschlossene Tür auf. Bigot sah ihn verschwinden und bezog zunächst einen Beobachtungsposten in einem Hausflur gegenüber. Wenigstens zehn Minuten wollte er verstreichen lassen, bevor er dem anderen nachging. Während er stand und wartete, versuchte er, sich den Namen des neuen Kunden ins Gedächtnis zurückzurufen, den Hartford am Vormittag gesprächsweise erwähnt hatte.

Marmonier … Marmoutier … Marmosset … oder so ähnlich. Hartford war inzwischen eine steile Treppe hinaufgestiegen. Vor einer Tür im dritten Stock machte er halt und ließ seine Taschenlampe aufblitzen. Bei ihrem Schein fand er einen Klingelknopf, auf den er in einem bestimmten Rhythmus drückte. Gleich danach wurde die Tür geöffnet. Hartford nannte seinen Namen und wurde von dem Inhaber der Wohnung über einen dunklen Flur in ein mäßig beleuchtetes Zimmer geführt.

Auch hier wurde zuerst eine Waage zu Hilfe genommen und danach mit Probierstein und Ätzwasser der Feingehalt der drei Barren, die Hartford mitgebracht hatte, geprüft. Dann ging es schnell und für Hartford erfreulich glatt weiter. Der Kunde, ein Mann mit einem grünen Augenschirm, rechnete den Preis aus und legte den errechneten Betrag in guten amerikanischen Hundertdollarnoten vor Hartford auf den Tisch. Hartford stand auf und machte sich zum Gehen bereit, als ihn der andere noch einmal zurückhielt.

»Sie haben Geschäfte mit Dubois gemacht, Mister Hartford?«

Hartford zuckte zusammen, als er den Namen hörte.

»Seien Sie vorsichtig, Mister Hartford! Man will Ihnen von dieser Seite übel.«

Hartford stotterte in seiner Verwirrung etwas Unsinniges zusammen. Der andere zuckte die Achseln.

»Sie gehen jetzt besser zu einem anderen Ausgang hinaus. Ich werde Sie führen.«

Der Weg ging kreuz und quer über endlose Korridore, bis Hartford von dem anderen endlich durch eine enge Tür ins Freie geschoben wurde. Er befand sich in einem kleinen, ihm bis dahin unbekannten Nebengäßchen und brauchte einige Zeit, um sich zurechtzufinden. Auf Umwegen erreichte er sein Hotel. Bigot war nicht da.

Ungeduldig trat Bigot auf seinem Beobachtungsposten von einem Fuß auf den anderen. Eine Viertelstunde war Hartford bereits in dem Haus drüben. Es wurde Zeit, ihm nachzugehen. Schnell eilte er über den Damm und ging durch die gleiche Tür, hinter der vorhin Hartford verschwunden war.

Aber Bigot hatte keine Taschenlampe bei sich, und bald mußte er einsehen, daß sein Unternehmen hoffnungslos war. Vergeblich lauschte er an den Türen, in der Hoffnung, etwas zu hören und dadurch auf die richtige Spur zu kommen. Mißmutig kehrte er um und war froh, als er endlich wieder die Haustür erreichte.

Er schlug seinen Mantelkragen hoch und trat ein paar Schritte vorwärts, als er hinter sich ein Geräusch zu vernehmen glaubte. Noch ehe er sich umdrehen konnte, sauste von hinten her über seinen Rücken ein Schlag, der ihn vor Schmerz aufschreien ließ, und hageldicht folgten in den nächsten Sekunden weitere Schläge.

Wie im Nebel sah er drei Gesellen, die mit Gummischläuchen, Kabelenden oder ähnlichen Dingen auf ihn einhieben. Es wurde ihm schwarz vor den Augen; er war im Begriff zusammenzusinken, als seine Gegner plötzlich von ihm abließen. Kurze Worte hörte er: »Das ist er nicht! Wir haben einen Falschen erwischt!« Dann schwanden ihm die Sinne.

Percy Hartford wurde allmählich über das lange Ausbleiben Bigots unruhig. Es war ihm unerklärlich, was der so lange außerhalb zu suchen hatte. Während er sich so seine Gedanken machte, klingelte es. Er ging zur Tür, um zu öffnen. Zwei Flics, Angehörige der Pariser Polizei, standen davor, in ihrer Mitte führten sie Bigot. Hartford fuhr entsetzt zurück.

Der Mantel Bigots war zerrissen. Hut und Stock waren ihm unterwegs abhanden gekommen. Sein Gesicht war durch Beulen und Striemen entstellt, eine rote Kruste verriet, daß er aus Mund und Nase geblutet hatte. Mit Hilfe der beiden Polizisten brachte ihn Hartford zunächst einmal auf ein Ruhebett und flößte ihm ein Weinglas voll Kognak ein, versuchte dann von seinen Begleitern zu erfahren, was eigentlich geschehen sei.

Die wußten nicht viel zu melden. Ein Überfall in Paris. Die Polizisten wollten bereits wieder gehen, als Hartford sie noch nach dem Ort des Überfalls fragte. Er stutzte, als er den Namen der Straße und die genaue Stelle erfuhr.

Während die Polizisten sich entfernten, blieb Hartford sorgenvoll zurück. Immer klarer wurde es ihm, daß dieser Überfall wohl eigentlich ihm selber gegolten hatte. Merkwürdig – ja, in der Tat merkwürdig war es, daß gerade Bigot zu dieser Zeit an dieser Stelle sein mußte. Wie kam er dorthin?

Hartfords Gedanken hingen der Frage nach und kamen zu einer Antwort, die sein Blut in Wallung brachte. Nur eine Erklärung gab es für diesen eigenartigen Zufall. Bigot traute ihm nicht mehr. Bigot war ihm nachgegangen, um seinen Verbindungen nachzuspüren... vielleicht, um selber Beziehungen anzuknüpfen, um ihn später ganz auszuschalten. Er warf einen wütenden Blick zu dem Ruhelager hin.

Zweifellos würde die Bande den Überfall bei nächster Gelegenheit wiederholen. Dann war es für ihn einmal wieder an der Zeit, den Schauplatz seiner Taten anderswohin zu verlegen.

Vielleicht sollte er versuchen, irgendwie Anschluß an die Gruppe Eisenlohr zu finden! Dieser Dr. Bruck, über den Bigot wiederholt mit ihm gesprochen hatte, könnte vielleicht der richtige Mann sein, ihm das zu vermitteln. Man müßte sich mit ihm in Verbindung setzen, ihm schreiben – noch besser ihm ein Telegramm schicken.

Hartford griff nach Stock und Hut, um noch einmal auszugehen. Als er zur Haustür kam, händigte ihm die Concierge einen Brief aus.

Hartford nahm ihn an sich und warf einen Blick auf den Umschlag. Er war an Bigot gerichtet.

Percy Hartford hinderte das keinen Augenblick, ihn aufzureißen und zu lesen. Es war jenes wenig schmeichelhafte Schreiben, das James Kelly nach seiner Rückkehr von Dr. Harper seinem Partner in die Maschine diktiert hatte. Der Inhalt ließ an Deutlichkeit nichts zu wünschen übrig. Hartford wurde klar, daß an irgendein Geschäft mit der Firma Kelly and Company nicht mehr zu denken war, und diese Erkenntnis bestärkte ihn in seinem Entschluß, schleunigst aus Paris zu verschwinden.

Kurz entschlossen stieg er die Treppe wieder hinauf und kehrte in die Wohnung zurück. Bigot war inzwischen in einen tiefen Schlaf der Erschöpfung versunken; trotzdem vermied Hartford sorgfältig jedes Geräusch. Eilig raffte er ein paar Kleidungsstücke zusammen, packte sie in einen Handkoffer und verließ die Wohnung.

Eine Stunde später streckte er sich in einem Schlafwagen zur Ruhe aus.

Am nächsten Morgen bekam Spranger Besuch von Reinhard. Der Hauptmann berichtete ihm, daß die Formalitäten in Sachen Percy Hartford doch etwas zeitraubender wären, als er ursprünglich geglaubt hätte, und erkundigte sich dann nach dem Befinden Kellys.

Spranger gab bereitwillig Auskunft. Geschwulst und Schmerzen wären in den letzten vierundzwanzig Stunden zurückgegangen, und danach sei die Laune seines Partners wieder eine bessere geworden.

»Aber vorgestern, Herr Reinhard, als er von Doktor Harper zurückkam, war er in einer schauderhaften Stimmung. Noch in der Nacht hat er an Bigot geschrieben. Ich habe hier einen Durchschlag davon ...« Spranger holte die Kopie und gab sie Reinhard. Der überlas sie und runzelte die Stirn.

»Halten Sie den Brief für zu scharf?« fragte der Amerikaner. »Ich fürchte, Mister Spranger, er kann uns die Vögel verscheuchen, bevor das Netz zuklappt. Natürlich hat Bigot den Brief längst gelesen und wird seine Konsequenzen daraus ziehen. Schade, Mister Spranger ...«

Spranger überlegte einen Moment, begann dann zögernd zu sprechen. »Der Brief ist von Kelly und nicht von mir. Was halten Sie davon, wenn ich jetzt Bigot besuchen würde?«

Reinhard nickte. »Versuchen könnten Sie es schließlich. Mir liegt daran, daß das Schwindlerpaar noch acht Tage hierbleibt. Wenn Sie das erreichen können, leisten Sie der Gerechtigkeit einen guten Dienst.«

Spranger stand auf. »Ich werde gleich hinfahren und sehen, was sich machen läßt.«

Als Spranger eine Viertelstunde später an der Tür von Bigots Wohnung klingelte, mußte er vom Diener erfahren, daß Bigot krank zu Bett lag und Hartford außer Haus war.

»Ich bewundere Sie, Herr Eisenlohr«, sagte Professor Braun.

Sie standen in einem mächtigen Kellerraum der Burg. Erst vor einer Woche hatte Eisenlohr diesen früher unbenützten Raum für seine Zwecke in Gebrauch genommen, und mit überraschender Schnelligkeit waren hier die Einrichtungen und Anlagen entstanden, denen die Lobesworte Brauns galten.

Eisenlohr und Braun traten zu einem Ofen, der schon seit Stunden unter Strom stand. Nur ein leises Dröhnen und Brausen ließ etwas von den gewaltigen Energiemengen ahnen, die in dem mächtigen Steinwürfel, durch menschlichen Erfindergeist gebändigt und gelenkt, am Werke waren.

Eisenlohr sah sich suchend in dem Raum um. »Wo steckt denn Bruck?« fragte er Holthoff, der damit beschäftigt war, abgewogene Chemikalien in einen anderen, kalten Ofen einzubringen.

»Vor einer halben Stunde war er noch hier unten bei den Öfen«, erwiderte Holthoff. »Vermutlich ist er oben im Laboratorium.«

Eisenlohr unterdrückte eine mißbilligende Bemerkung, die ihm auf den Lippen lag. Dann wandte er sich wieder Braun zu. »Tempo, Tempo und nochmals Tempo, Herr Professor, das ist für uns die Losung. Erst hatten wir höchste Eile, um fertig zu werden, bevor uns Professor Hartford aus Schenektady über den Hals käme, und jetzt wiederholen wir milliardenfach schneller, was uns die Natur vor Äonen von Jahren einmal vormachte.«

»Professor Hartford?« Braun schnitt ein Gesicht. »Ich bin von diesem amerikanischen Besuch nicht sehr erbaut, Herr Eisenlohr.«

Eisenlohr lachte. »Vorläufig ist er ja noch gar nicht

hier. Es war für uns ein glücklicher Zufall, daß er in Paris aufgehalten wurde. Jetzt mag er in Gottes Namen kommen, denn nun können wir ihn vor vollendete Tatsachen stellen.«

»Der Amerikaner wird diese Forschungen in Zweifel stellen«, warf Braun ein.

»Das dürfte ihm ziemlich schwerfallen, Herr Professor. Wir hier sind die ersten, die auf einem neuen Wege wirklich Leben gezeugt haben. Wir können die Priorität dafür in Anspruch nehmen. Diese Entdeckung gehört uns.«

Eisenlohr zog sich mit Professor Braun in sein Arbeitszimmer zurück, um die nächsten Maßnahmen zu besprechen, die im Anschluß an die neue Entdeckung zu treffen wären. Keiner dachte mehr an Dr. Bruck, der bereits vor Stunden die Burg verlassen hatte.

Wie ein Träumender war Bruck in diesen letzten Tagen einhergewandelt, schwankend zwischen Hoffnung und Verzweiflung, brennend vor innerer Unruhe und Aufregung, gepeinigt von Selbstvorwürfen.

Wie ein Donnerschlag hatte es ihn getroffen, als er vor einer Woche an den Teich kam, um zu nächtlicher Stunde eine heimliche Goldmacherei zu betreiben, und das Nest leer fand. Wer hatte die Apparate dort aus dem Versteck im Moose fortgenommen? Um diese eine Frage drehten sich seit Tagen alle seine Gedanken.

Hatte ein Fremder sie zufällig gefunden – oder hatte Eisenlohr sie entdeckt und an sich genommen?

Bruck hatte einen langen Brief an Bigot geschrieben, dem Franzosen seine Mitarbeit angeboten, ihn mit Mitteilungen über neue wichtige Entdeckungen zu ködern versucht. Fiebernd vor Ungeduld hatte er Tag für Tag auf eine Antwort gelauert; sie war nicht gekommen.

Und dann heute früh doch endlich ein Brief! Erwartungsvoll nahm Bruck ihn in Empfang, warf einen

Blick auf den Umschlag – und war enttäuscht. Keine französischen Marken. Ihlefeld gab der Poststempel als Aufgabeort an. Sollte Bigot wieder wie das letztemal selber nach Deutschland gekommen sein, um persönlich mit ihm zu verhandeln? Erst in seinem Zimmer riß er den Umschlag auf, faltete den Bogen auseinander und stutzte, als er den Briefkopf sah. ›Professor Hartford.‹ Was hatte das zu bedeuten? Professor Hartford aus Schenektady hatte sich doch bei Eisenlohr angesagt und wurde von dem eigentlich schon jeden Tag erwartet... Wie kam der dazu, jetzt an ihn zu schreiben? Ein Irrtum war ausgeschlossen. »Mein lieber Herr Dr. Bruck...« begann der Brief.

In einer Weise, die Bruck übertrieben schien, betonte der Schreiber dessen Mitwirkung bei den Arbeiten, die auf der Eulenburg geleistet worden waren, und gab dann der angenehmen Erwartung Ausdruck, bald auch Herrn Dr. Eisenlohr persönlich kennenzulernen...

Bruck schüttelte den Kopf. Warum schrieb der Professor das an ihn? Das war doch alles schon längst mit Eisenlohr direkt schriftlich abgemacht. Bruck fuhr mit seiner Lektüre fort. Aha, jetzt kam wohl die Hauptsache. Mr. Hartford sprach den Wunsch aus, vor der Zusammenkunft mit Eisenlohr erst einmal mit Bruck zusammenzutreffen, um sich mit ihm über einige wichtige Fragen auszusprechen.

»Ein sonderbarer Heiliger, dieser Professor Hartford!« murmelte Bruck vor sich hin. Warum will er erst den Assistenten kennenlernen, bevor er die Bekanntschaft des Chefs macht? – Will er mich vielleicht erst aushorchen? – Denkt er etwa, er könne von mir erfahren, was ihm Eisenlohr selber nicht sagen würde?... Will sich bei mir erst Kenntnisse verschaffen, mit denen er Eisenlohr später imponieren kann... Na, mein lieber Professor Hartford, wir sind auch schon seit einiger Zeit aus den Windeln heraus. Was du nicht wissen sollst, wirst du von mir auch nicht zu hören bekommen…

Jäh nahmen die Überlegungen Brucks eine andere Wendung. Gehörte er denn überhaupt noch zur Gruppe Eisenlohr? War der Boden hier für ihn nicht reichlich unsicher geworden?… Wie wär's, wenn er die günstige Gelegenheit ergriffe, wenn er sich von Anfang an offen auf die Seite dieses amerikanischen Professors stellte und ihm wirklich nützliche Informationen gab? Vielleicht konnte er zu dessen Stab übertreten, den Staub hier von seinen Füßen schütteln, nach Amerika gehen?

Nach langen Tagen quälender Unrast sah Bruck hier eine Möglichkeit, vielleicht mit einem Schlage aus allen seinen Verlegenheiten herauszukommen, und beschloß, sie sofort zu nutzen. Noch einmal schlenderte er durch das Laboratorium und den Keller und wechselte dabei ein paar Worte mit Holthoff. Eine halbe Stunde, bevor Eisenlohr bei den Öfen einmal kurz nach ihm fragte, war das geschehen. Möglichst unauffällig hatte er sich danach wieder entfernt und einen Wagen aus der Garage geholt.

Eine halbe Stunde später hielt er vor dem Hotel ›Zum Hohen Stein‹, das der amerikanische Professor als seine derzeitige Adresse angegeben hatte.

Mr. Percy Hartford lief unruhig in seinem Hotelzimmer in Ihlefeld hin und her. Alles würde jetzt davon abhängen, wie sich Dr. Bruck zu ihm und seinen Wünschen stellte.

In Gedanken begann er sich das Gespräch zurechtzulegen, das er mit Bruck führen wollte. Immer klarer wurde ihm dabei, daß bei dieser Unterredung sehr viel Diplomatie von seiner Seite nötig sein würde, wenn er sein Ziel wirklich erreichen wollte. Soweit war Hartford mit seinen Überlegungen gekommen, als Bruck draußen vor dem Hotel vorfuhr.

Mit ausgesuchter Höflichkeit empfing Hartford den Doktor und bedankte sich, daß er seiner Einladung so schnell gefolgt sei. Mit viel Anerkennung sprach er von den Arbeiten Brucks.

»Ich will nicht leugnen, Herr Professor«, sagte dieser, »daß wir auf der Eulenburg recht beachtliche Erfolge erzielt haben, und es freut mich besonders, daß ein Fachmann von Ihrer Bedeutung meinen Anteil dabei richtig einschätzt.«

Einen Augenblick stutzte Hartford.

›Ein Fachmann von Ihrer Bedeutung‹, hatte Bruck zu ihm gesagt. Bevor er noch weiter darüber nachdenken konnte, fuhr der bereits fort.

»Gerade Sie, Herr Professor, der Sie den gewaltigen Apparat des National-Laboratoriums in Schenektady zu Ihrer Verfügung haben, werden unsere Arbeiten, die mit geringeren Mitteln durchgeführt werden mußten, am besten würdigen können.«

Hartford spielte nervös mit einem Bleistift, um seine Erregung zu verbergen. Eine Ahnung, die während der letzten Worte Brucks in wenigen Sekunden zur Gewißheit wurde, kam ihm: daß hier eine schwere Verwechslung vorlag. Dieser Deutsche hielt ihn, Percy Hartford, offenbar für den wirklichen Professor James Hartford.

»Gewiß, Herr Doktor, wir sind in Schenektady gut eingerichtet«, sagte Hartford in Erinnerung an seine eigene dortige Laboratoriumszeit. »Um so höher schätzen wir aber Erfolge, die mit geringen Mitteln erzielt wurden.«

»Ich weiß es, Herr Professor«, sagte Bruck, »Ihr Schreiben an Herrn Doktor Eisenlohr brachte das ja sehr anerkennend zum Ausdruck.«

Einen Augenblick verhielt Hartford den Atem. Was war das? Sein früherer Chef hatte in dieser Angelegenheit an Eisenlohr geschrieben? Nun hieß es für ihn doppelt vorsichtig sein. »Ja, ich schrieb vor einiger Zeit auch an Herrn Eisenlohr«, sagte er aufs Geratewohl.

»Jawohl, Herr Professor, den Brief aus Schenektady, von dem ich eben sprach. Aber dann bekamen wir leider Ihre Nachricht aus Paris, daß Sie dort noch für unbestimmte Zeit aufgehalten wären. Herr Eisenlohr hat es sehr bedauert. Um so mehr wird es ihn freuen, daß Sie nun doch unvermutet gekommen sind.«

»Ja, leider hatte ich in Paris einen unerwarteten Aufenthalt«, sagte Hartford, um überhaupt nur etwas zu sagen. In rasender Eile versuchte er dabei, das zu verarbeiten, was er eben von Bruck erfuhr. Sein früherer Chef war in Paris. Noch nachträglich erschrak er bei dem Gedanken daran. Ein Glück, daß er ihm dort nicht über den Weg gelaufen war! Das Zusammentreffen hätte für ihn, Percy Hartford, fatale Folgen haben können.

Im Moment war er sich darüber klar, daß die Verwechslung ihm eine großartige Gelegenheit bot, Eisenlohr in die Karten zu gucken und wichtige Dinge zu erfahren, die ihm sonst wohl immer ein Geheimnis bleiben würden. Ebenso deutlich sah er freilich auch die Gefahr, in die er sich dabei begab.

»Sie deuteten vorhin an, Herr Doktor«, leitete er sein Manöver ein, »daß meistens die Assistenten die Arbeit hätten, während dem Chef die Ehre zufiele. Sehen Sie, das war ja gerade der Grund, warum ich mich auch an Sie gewandt habe, denn darüber denke ich grundsätzlich anders. Bei mir wird jeder Mitarbeiter nach seinen wahren Verdiensten gewürdigt. Ich wollte zunächst einmal aus Ihrem eigenen Mund hören, was Sie bei der Sache geschafft haben, bevor ich Herrn Eisenlohr selber aufsuche.«

Der Köder war ziemlich plump, aber Bruck nahm ihn gierig an und begann eilfertig zu berichten, wobei er sich selber vieles gutschrieb, was richtiger auf das Konto von Eisenlohr und Holthoff zu setzen war.

»Selbstverständlich, Herr Doktor«, unterbrach ihn Hartford nach einiger Zeit, »ist unser Gespräch hier absolut vertraulich. Was Sie mir sagen, bleibt bei mir; es wäre mir lieb, wenn auch Sie darüber Schweigen bewahren würden. Herr Eisenlohr könnte es vielleicht falsch auffassen, daß ich mich vorher mit Ihnen besprochen habe.«

Auch diesen Brocken schluckte Bruck und legte sich nun gar keine Zügel mehr an. Von Autokratenmanieren Eisenlohrs erzählte er und ließ durchblicken, daß er lieber heute als morgen seine Stellung wechseln würde.

Hartford tat einen Augenblick, als überlege er. »Nun, Herr Doktor«, meinte er dann, »Sie gefallen mir. Für tüchtige Leute ist in unserem Laboratorium immer noch Platz. Wir könnten auch darüber reden, aber streng vertraulich, wenn ich bitten darf. Herr Eisenlohr würde es mir nie verzeihen, wenn ich ihm seinen Ersten Assistenten wegengagierte; das könnte erst gemacht werden, nachdem ich Deutschland wieder verlassen habe.«

Bruck sah sich der Erfüllung seiner kühnsten Träume nahe.

Bisher hatte bei dieser Besprechung hauptsächlich Bruck geredet, nun begann auch Hartford zu fragen, und bereitwillig gab Bruck Antwort. Alles, was Hartford für seinen Aufenthalt auf der Eulenburg an Wissen benötigte, erfuhr er. So vorbereitet, konnte er es wohl unternehmen, sich in die Höhle des Löwen zu wagen.

»Wollen Sie gleich mit mir fahren, Herr Professor?« fragte Bruck. »Mein Wagen steht vor der Tür, aber leider habe ich nicht viel Zeit. Ich muß machen, daß ich zurückkomme.«

Während Bruck sprach, überlegte Hartford fieberhaft. »Nein, Herr Doktor Bruck«, entschied er dann, »das wollen wir anders arrangieren. Es ist besser, wenn Sie jetzt vorausfahren und sich erst einmal bei Ihren Leuten sehen lassen. Ich werde mir hier einen andern Wagen nehmen und in einer halben Stunde nachkommen. Richten Sie es so ein, daß Sie mir in nächster Nähe der Burg begegnen. Das würde dann ein gänzlich unverdächtiges Zusammentreffen geben. Ich denke, Sie verstehen mich, Herr Doktor?«

Bruck hatte voll und ganz begriffen. Er stieg wieder in seinen Wagen, sauste im Eiltempo zur Eulenburg zurück und stellte mit Befriedigung fest, daß seine Abwesenheit nicht sonderlich aufgefallen war. Eine gute Viertelstunde leistete er Holthoff Gesellschaft, dann ging er wieder nach oben. Auf dem Flur zum Laboratorium lief ihm Michelmann in den Weg.

»Hallo, Michelmann!« hielt Bruck das alte Faktotum an. »Gut, daß ich Sie gerade treffe. An der ersten Bank auf dem Burgweg sind ein paar Latten lose. Holen Sie sich Werkzeug, wir wollen die Sache gleich in Ordnung bringen!«

Michelmann nahm einen Hammer und eine Handvoll Nägel und schlurfte neben Bruck den Burgweg hinab, bis sie zu der Bank kamen.

»Schlagen Sie die Latten wieder fest und geben Sie noch ein paar neue Nägel hinzu«, gab Bruck Anweisung. Er hielt inne, weil hinter ihm eine Autohupe ertönte, sprach aber danach zu Michelmann weiter: »Was kommt denn da angefahren … ein Mietwagen aus Ihlefeld …«

Auch Michelmann richtete sich von seiner Arbeit auf und besah sich neugierig den Wagen, der langsam herankam. »Wird wohl wieder ein Geschäftsreisender sein, der uns irgend etwas verkaufen will«, brummte er vor sich hin.

Bruck trat an den Wagen heran, der jetzt unmittelbar bei ihnen hielt.

Michelmann konnte beobachten, wie Bruck den Fremden ziemlich barsch nach seinem Begehr fragte, sah dann, wie er plötzlich sehr höflich wurde, den Hut zog, eine Verbeugung machte, und hörte ihn sprechen: »Ah, Herr Professor Hartford! Welche Ehre für mich, Sie hier als erster begrüßen zu können! Wir erwarteten Sie erst später. Ich werde Sie dem Chef sofort melden, Herr Professor.«

»Hartford? Professor Hartford...?« murmelte Michelmann vor sich hin. Aus früher aufgefangenen Gesprächsbrocken wußte er, daß ein amerikanischer Wissenschaftler dieses Namens erwartet wurde.

»Das ist unser alter Michelmann, der für unser leibliches Wohl sorgt«, stellte Bruck ihn danach Hartford vor. Der nickte ihm zu, schüttelte ihm kräftig die Hand und ließ den Wagen langsam wieder anrollen. Bruck und Michelmann gingen das kurze Stück bis zum Burgtor zu Fuß nebenher. Dort verschwand Michelmann in Richtung Küche, während Bruck den neuen Gast in ein Empfangszimmer führte und dann ging, um ihn bei Eisenlohr anzumelden.

Eisenlohr und Professor Braun saßen seit einer guten Stunde beisammen und besprachen das durch die letzten gelungenen Versuche Erreichte.

»Wir müssen so schnell wie möglich einen Bericht über unsere Arbeiten an die Fachpresse geben«, sagte Eisenlohr schließlich. »Es wäre mir lieb, wenn er schon gedruckt vorläge, bevor Herr Professor Hartford hierherkommt.«

Braun pflichtete ihm bei. »Wir hätten dann eine geklärte Situation. Der Amerikaner könnte...« Er brach ab, weil es klopfte. Dr. Bruck öffnete von außen die Tür ein wenig und machte Eisenlohr ein Zeichen, herauszukommen.

»Einen Augenblick, Herr Kollege!« entschuldigte sich Eisenlohr bei Braun und ging hinaus. »Was haben Sie, Bruck?« fragte er unwillig über die Störung.

»Herr Professor Hartford ist soeben angekommen«, platzte Bruck mit seiner Neuigkeit heraus.

»Was? Herr Professor Hartford ist jetzt schon gekommen?« fragte Eisenlohr offensichtlich verwundert. »Merkwürdig – merkwürdig...«, warf er ein paarmal dazwischen, während Bruck von dem Zusammentreffen bei der Bank am Burgweg erzählte. Bruck konnte nichts Merkwürdiges daran finden. Er wußte auch freilich nichts von einem Brief, den Eisenlohr erst vor drei Tagen von Professor Hartford aus Paris bekommen hatte.

»Wo ist der Professor?« fragte Eisenlohr kurz.

»Im Empfangszimmer.«

»Gut! Ich werde zu ihm gehen.«

Neugierig sah sich Percy Hartford in dem Zimmer um, in das Dr. Bruck ihn geführt hatte.

Nur kurze Zeit blieb er jedoch in dem Sessel sitzen, dann sprang er auf und begann im Zimmer hin und her zu gehen. Er war doch aufgeregter, als er es sich selber eingestehen wollte, und das Herz schlug ihm bis an den Hals, als sich jetzt die Tür öffnete und Eisenlohr hereinkam.

Eine kurze Verneigung von dessen Seite. »Herr Professor James Hartford, wenn ich recht unterrichtet bin?«

Percy Hartford erwiderte die Verbeugung. »Hartford ist mein Name. Ich bin früher zu Ihnen gekommen, als ich ursprünglich glaubte – hoffentlich komme ich Ihnen gelegen.«

Eisenlohr hatte während dieser Worte Zeit gehabt, seinen Gast zu mustern. Er blickte in ein nicht unintelligentes bartloses Gesicht, dessen Kinn Energie verriet. Die Kleidung des Amerikaners war elegant. Fast etwas zu elegant, ging es Eisenlohr durch den Sinn.

»Aber durchaus, Herr Professor«, beantwortete Eisenlohr die Frage seines Gastes. »Ich freue mich aufrichtig, Sie bei uns zu sehen, obwohl ich Sie nach Ihrem letzten Schreiben eigentlich erst in der nächsten Woche erwartete.«

Hartford fühlte sich unsicher, denn von einem solchen Termin hatte ihm Bruck nichts sagen können.

»Es ging zuletzt in Paris alles glatter und schneller, als es anfangs den Anschein hatte, Herr Eisenlohr«, sagte er vorsichtig.

»Um so erfreulicher für Sie, Herr Professor. Behörden sind gewöhnlich langweilig, und die Justizbehörden ganz besonders.«

»Ja, die Justizbehörden ganz besonders«, bestätigte Hartford.

»Haben Sie wenigstens den gewünschten Erfolg gehabt?« fragte Eisenlohr weiter.

Mit Sekundenschnelle überlegte Hartford: Sollte er ja oder nein sagen? Er entschied sich für ja. »Gott sei Dank, der Erfolg ist nicht ausgeblieben, Herr Eisenlohr.«

»Ah, das freut mich wirklich! Es ist Ihnen also gelungen, den Schwindler – es ist leider ein Namensvetter von Ihnen –, diesen Percy Hartford von der französischen Justiz festsetzen zu lassen?«

»Es ist mir gelungen, Herr Eisenlohr!« sagte Hartford. Mit eiserner Energie mußte er sich zwingen, eine unbewegte Miene zu zeigen.

Sein früherer Chef war also hinter ihm her, stand im Begriff, ihm die französischen und sicher wohl auch die amerikanischen Justizbehörden auf den Hals zu hetzen. USA und Frankreich waren ihm dadurch versperrt, bald wahrscheinlich auch Deutschland.

Nur jetzt Haltung bewahren und glücklich über die nächsten Sekunden kommen! Später, bei ruhigem Nachdenken, würde er vielleicht einen Ausweg aus dieser Lage finden.

Zur gleichen Zeit, zu der Percy Hartford von Eisenlohr auf der Eulenburg empfangen wurde, traten Professor Hartford und Reinhard aus dem Gebäude der amerikanischen Legation in Paris. Auf der Straße blieb der Professor stehen, nahm den Hut ab und holte ein paarmal tief Luft!

»Gott sei Dank, Captain, die Sache ist endlich im Rollen! Jetzt werde ich bald abreisen können.«

»Sie könnten es natürlich, Herr Professor, aber für die Sache wäre es vorteilhafter, wenn Sie vorläufig noch hierblieben und sich zur Verfügung der französischen Behörden hielten.«

Verstimmung und Mißmut malten sich in Hartfords Zügen. Erst vor seinem Hotel kam er zu einem Schluß. »In Gottes Namen denn, Captain«, sagte er beim Abschied zu Reinhard, »ich will in den sauren Apfel beißen und vorläufig noch hierbleiben.«

Auch die Laune von Monsieur Bigot war alles andere als gut. Die Beulen und Striemen, die er bei seinem letzten Abenteuer davongetragen hatte, waren zwar im Verschwinden begriffen, aber dafür saß er ohne den doch recht nützlichen Hartford und ohne Geldmittel da. Sein Diener François jedoch schien einen Ausweg zu wissen.

»Wir brauchen Mister Hartford gar nicht«, sagte er unvermittelt, »was der kann, kann ich selber schon lange.«

»Was wollen Sie damit sagen, François?«

»Ich meine die Geschäfte, die Mister Hartford zuletzt für Sie besorgt hat.«

»Was wissen Sie denn davon, François?« fragte Bigot verdutzt.

Der Diener zuckte die Achseln. »Unsereiner hat auch seine Augen im Kopf, Monsieur Bigot. Kurz und gut, ich weiß gute Abnehmer für Ihre Barren. Wenn Sie mir die Sache überlassen, werden wir schnell in Ordnung kommen. Wollen Sie mir Barren anvertrauen?«

Was blieb Bigot in seiner augenblicklichen Lage anderes übrig, als den Vorschlag anzunehmen? Allzu bedeutend war der vorhandene Vorrat an Barren freilich nicht.

»Für das erstemal muß es damit gehen«, meinte François, während er die Barren einsteckte. »Ich werde drei bis vier Tage fortbleiben. In der Zeit müssen Sie weiterfabrizieren.«

Der Diener François packte sein Köfferchen. Er ging auf eine Geschäftsreise, deren Ziel er für sich behielt.

Mr. James Kelly war dabei, die Bilanz seines Aufenthalts in Paris zu ziehen. Mit dem Ergebnis konnte er mehr als zufrieden sein. So war seine Stimmung die allerbeste, als Spranger in sein Zimmer kam.

»Ich denke, wir sind hier fertig«, begrüßte er ihn. »Es wird Zeit, daß wir uns wieder um unser Geschäft in New York kümmern. Wir könnten Plätze auf der ›Ville de Paris‹ belegen. Sie geht in drei Tagen von Le Havre ab.«

Spranger zog sich einen Sessel heran und machte es sich darin bequem.

»Ist mir eigentlich noch etwas zu früh, Kelly«, sagte er. »Ich wäre erst gern noch mal nach Deutschland gefahren.«

»Was wollen Sie in Deutschland?« fragte Kelly.

»Ich möchte meinen Freund Eisenlohr noch einmal besuchen. Es gibt da allerhand zu sehen, was mich recht interessiert.«

»Lassen Sie mich mit Doktoren und Physikern ungeschoren«, wehrte Kelly ab. »Ich habe genug von der Sorte. Die Bekanntschaft mit Bigot genügt mir!«

»Sie dürfen Eisenlohr und Bigot nicht in einen Topf werfen!« verteidigte Spranger seine Ansicht. »Der eine ist ein ernster Wissenschaftler, der grundlegende Entdeckungen gemacht hat, der andere ein Scharlatan.

Haben Sie schon mal etwas von mitogenetischen Strahlen gehört?«

»Keine Ahnung, Spranger.«

»Nun, das sind Wachstumsstrahlen, Strahlen, die jeden lebendigen Organismus, gleichviel ob Pflanze oder Tier, zu einer lebhafteren Zellteilung und einem verstärkten Wachstum anregen.«

Wie in einer schmerzlichen Erinnerung strich sich Kelly über den Mund.

»Das bewußte Goldpulver«, fuhr Spranger fort, »sendet unter anderem auch sehr kräftige Wachstumsstrahlen aus. Es könnte daher in einer künftigen intensiven Landwirtschaft eine wichtige Rolle spielen. Dr. Eisenlohr schrieb mir in den letzten Tagen darüber, weil er annahm, daß wir vielleicht für seine amerikanischen Patente Interesse haben könnten.«

Kelly wiegte nachdenklich den Kopf hin und her. »Eisenlohr? Von dem hätte ich eigentlich etwas Vernünftiges erwartet... Gold auf die Äcker streuen? Denken Sie doch nur mal nach, Spranger! Wer soll denn das bezahlen?«

»Zuerst selbstverständlich der Farmer, Kelly. Das ist doch vollständig klar. In zweiter Linie natürlich der Verbraucher.« Spranger griff in die Tasche und holte ein mit Zahlen bedecktes Blatt hervor. Eine jener Rentabilitätsberechnungen war es, die Eisenlohr vor Tagen aufgestellt hatte. »Lesen Sie das, und Sie werden Ihre Meinung ändern.«

Kelly überflog das Papier, bis sein Blick an einigen Zahlen haften blieb. Kopfschüttelnd prüfte er sie, griff nach Bleistift und Block und begann selber zu rechnen, warf dann den Bleistift hin und stützte den Kopf in beide Hände.

»Nun, was sagen Sie dazu?« fragte Spranger.

»Ich verstehe das Ganze nicht. Der Deutsche setzt für sein Pulver einen Preis ein, für den man allenfalls einen guten Mist kaufen kann, aber doch niemals Goldstaub.«

»Doktor Eisenlohr würde den Preis nicht einsetzen, Kelly, wenn er sein Strahlpulver dafür nicht liefern könnte.«

»Dasselbe Pulver, das Bigot mir gegeben hat?«

»Ungefähr das gleiche, Kelly.«

Kelly dachte an den Preis, den er Bigot dafür gezahlt hatte. »Ich möchte dem Kerl das Genick umdrehen!« knirschte er.

»Lassen wir Bigot«, winkte Spranger ab. »Es ist wichtiger, daß wir zu den Vorschlägen Eisenlohrs Stellung nehmen.«

In Kellys Zügen arbeitete es. »Ja!« begann er nach längerem Zögern. »Man müßte vor allen Dingen erst einmal etwas sehen.«

»Etwas sehen, Kelly! Jetzt kommen wir uns schon näher. Wir müssen nach Deutschland fahren und die Sache mit Eisenlohr gründlich besprechen. Das ist es, worum ich Sie bitte.«

Kelly überlegte. »Paßt mir schlecht in den Kram, Spranger. Unser Manager in New York ist mir in letzter Zeit zu selbständig geworden. Hohe Zeit, daß der Bursche wieder an die Kandare genommen wird.«

Spranger deutete auf das Codebuch, das neben dem Aschenbecher auf dem Tisch lag. »Wozu haben wir Kabel und Funk, Kelly? Geben Sie telegraphisch gemessene Anweisungen nach New York, dann wird es da wohl auch noch die nächsten vierzehn Tage ohne uns gehen.«

Mit einem Seufzer griff Kelly nach dem Codebuch und begann eine Instruktion für den Manager der Firma in New York aufzusetzen. Für Spranger war es das Zeichen, daß sein Partner bereit war, ihn nach Deutschland zu begleiten.

»Ihre Anregungen waren für uns recht wertvoll, Herr Professor«, sagte Eisenlohr.

Zum Teufel, was meint er jetzt? dachte Percy Hartford bei sich. »Ich bin erfreut, daß ich Ihnen nützlich sein konnte, Herr Doktor«, sagte er, um Zeit zu gewinnen, während er sich hastig die Mitteilungen, die Bruck ihm an diesem Morgen in Ihlefeld gemacht hatte, durch den Kopf gehen ließ.

»Wir trugen uns allerdings auch schon mit dem Gedanken, von Karbiden auszugehen ...«, sprach Eisenlohr weiter. Seine Worte brachten Hartford im Augenblick ins Bild.

»Gewiß, Herr Doktor«, sagte er geschmeidig. »Nach dem, was wir über die Vorgeschichte unserer Erde wissen, mußte dieser Gedanke für jeden Wissenschaftler naheliegen. Immerhin mußte die Anregung einmal gegeben werden, aber ich bin weit entfernt, daraus ein besonderes Verdienst für mich zu konstruieren.«

Einen Moment stutzte Eisenlohr. So bescheiden und selbstlos, wie der Professor jetzt sprach, hatte er sich in seinen Briefen an ihn eigentlich nicht ausgedrückt. Nun, das ist höfliche Zurückhaltung, die er sich hier als Gast auferlegt, suchte Eisenlohr es sich zu erklären.

»Sie treffen einen Kollegen bei mir«, fuhr er fort, »Herrn Professor Braun, der Ihnen wohl dem Namen nach bekannt ist.«

Hartford nickte. »Herr Professor Braun genießt bei uns in den Staaten einen vorzüglichen Ruf. Ich bin neugierig, seine persönliche Bekanntschaft zu machen.«

»Dann schlage ich vor, daß wir gemeinsam zu Tisch gehen. Wir werden zu fünft sein. Meinen ersten Assistenten, Herrn Doktor Bruck, kennen Sie bereits. Außer Professor Braun nimmt noch mein zweiter Assistent, Herr Doktor Holthoff, an der Mahlzeit teil. Darf ich Sie bitten, Herr Professor?«

»Mit Vergnügen!«

Die Vorstellung im Speisesaal ging schnell vonstatten. »Eine kleine Überraschung, Herr Braun. Wir haben unvermutet noch einen Gast bekommen, Herrn Hartford aus Schenektady«, führte Eisenlohr den Amerikaner ein.

Professor Braun quittierte mit einer kurzen Verbeugung und ließ sich auf seinem Stuhl nieder. Während er seine Serviette entfaltete, musterte er Hartford durch seine scharfe Brille eingehend.

»Sie tragen heute kein Glas, Herr Hartford?« fragte Braun unvermittelt.

Dem Amerikaner fuhr bei diesen Worten ein schwerer Schreck durch die Glieder. Wenn dieser deutsche Professor durch einen verwünschten Zufall seinen früheren Chef James Hartford persönlich kannte, dann mußte die nächste Sekunde unabwendbar die Katastrophe bringen.

Dieser Mr. Braun wußte also jedenfalls, daß sein Kollege aus Schenektady ein Glas trug. Auch Percy Hartford war diese Tatsache bekannt, und obwohl seine Sehschärfe vorzüglich war, hatte er sich in Paris aus einer gewissen Vorsicht heraus eine Brille verschafft. »Mein Arzt riet mir, die Gläser nicht ständig zu tragen«, sagte er zu Braun, während er die Brille zur Hälfte aus der Brusttasche zog und mit einer lässigen Bewegung wieder zurückschob.

»Sie Glücklicher!« meinte Braun und wandte seine Aufmerksamkeit dem Essen zu.

Nun begann Eisenlohr von seinen letzten Arbeiten zu sprechen. Professor Braun griff das Thema sofort auf, und Hartford griff hier und da mit Zwischenbemerkungen ein, in denen er geschickt alles das anbrachte, was er am Morgen von Bruck erfahren hatte. Durch seine Art machte er sich schnell bei Braun beliebt.

Einen wenig umgänglichen Kollegen hatte Braun zu treffen erwartet, und er fand zu seiner Überraschung einen liebenswürdigen Plauderer.

Mit stillem Vergnügen beobachtete Eisenlohr die Entwicklung. Mit Befriedigung mußte er auch feststellen, daß die Ansichten Hartfords sich fast vollständig mit seinen eigenen deckten. Genau die gleichen Karbide, von denen er selbst bei seinen letzten Arbeiten ausgegangen war, führte auch Hartford als die für diesen Zweck geeignetsten an, und da Eisenlohr die etwas trübe Quelle, aus welcher der Amerikaner sein Wissen geschöpft hatte, nicht kannte, erblickte er in solcher Übereinstimmung eine erfreuliche Bestätigung seiner eigenen Anschauungen durch einen anderen Wissenschaftler.

Schließlich versuchte Hartford das Gespräch unauffällig auf das Thema zu bringen, das ihm am meisten am Herzen lag, auf die Metallumwandlung.

Als Bruck es merkte, versuchte er ihn dabei zu unterstützen. Ein paarmal überhörte Eisenlohr die Manöver Hartfords geflissentlich; als er jedoch nicht davon abließ, entschloß er sich, deutlicher zu werden.

»Die Untersuchungen, von denen Sie eben sprechen, Herr Kollege, sind zweifelsohne theoretisch recht interessant«, fing er an. »Aber das praktische Interesse, das Sie ihnen noch unterzulegen scheinen, haben sie nicht. Das haben wir schon seit längerem erkannt und unseren Arbeiten eine andere Richtung gegeben.«

Begierig nahm Hartford jedes Wort, das Eisenlohr sprach, auf. Eine Mitteilung Bigots kam ihm wieder ins Gedächtnis. Achtlos sollte Eisenlohr den Goldstaub, der sich auch bei seinen Versuchen bildete, zum Fenster hinausgeworfen haben. Hartford hatte es damals für ein leeres Gerücht gehalten; jetzt mahnte es ihn zu Vorsicht. Offenbar hatte Eisenlohr etwas entdeckt, von dem er, Hartford, und Bigot noch keine Ahnung hatten; das jetzt unauffällig herauszubekommen, mußte sein nächstes Ziel sein.

»Gewiß, Herr Eisenlohr. Jener Goldstaub, der sich

bei der Bleiumwandlung bildet, ist noch nicht ganz das Richtige«, begann er tastend, »aber doch vielleicht der erste Schritt in einer Entwicklungsreihe zu etwas Vollkommenerem.«

»Im Gegenteil, Herr Kollege«, erwiderte Eisenlohr, »dieser Goldstaub – ich möchte ihn lieber Pseudogoldstaub nennen – ist gerade das Richtige, weil er bei seinem Zerfall unter anderem auch eine recht wirksame Wachstumsstrahlung aussendet.«

›Bei seinem Zerfall‹ – hatte Eisenlohr nicht eben ›bei seinem Zerfall‹ gesagt?

Während die Worte in Hartfords Hirn nachhallten, fiel es ihm wie Schuppen von den Augen. Das künstlich erzeugte Gold zerfiel also wieder? Er mußte ein paarmal schlucken, um seiner Aufregung Herr zu werden.

»Gewiß, es sind vorläufig noch instabile Isotope«, meinte er mit gezwungener Ruhe, »aber ein Übergang zu stabilen, nicht mehr strahlenden, nicht mehr zerfallenden Formen müßte sich doch finden lassen ...«

Eisenlohr machte eine brüske Bewegung. »Was wäre damit gewonnen, Herr Hartford? Für die Zwecke unserer Wirtschaft haben wir genügend natürliches Gold. Es ist besser, wenn es bei dem bleibt. Das andere, das künstliche Gold, würde nur Unheil bringen. Mit unseren Arbeiten auf dem Gebiete der Metallumwandlung wären wir rettungslos in eine Sackgasse geraten, wenn wir dabei nicht glücklicherweise neue strahlende Stoffe entdeckt hätten. Für diese allerdings gibt es Anwendungsmöglichkeiten, die wir heute noch nicht einmal annähernd überschauen können. Ich habe bereits Verhandlungen mit zwei landwirtschaftlichen Hochschulen in Deutschland angeknüpft. In diesem Jahr ist es für Versuche im Freien leider schon zu spät, aber im nächsten Jahr werden wir Versuchsfelder in großem Stil anlegen, werden sie mit dem strahlenden

Stoff impfen und den Einfluß auf die Ernteerträge gründlich studieren.«

Hartford erfuhr aus diesen Worten etwas vollständig Neues und ihn aufs höchste Überraschendes. »Das könnte in der Tat eine Umwälzung für die Landwirtschaft unserer ganzen Erde bedeuten«, pflichtete er Eisenlohr bei. »In den Südstaaten bei uns könnte man auch jetzt noch im Freien Versuche starten. Wenn ich Ihnen durch meine Beziehungen dazu behilflich sein kann, stehe ich Ihnen gern zur Verfügung.«

»Sehr liebenswürdig, Herr Hartford, aber ich habe bereits selber Verbindungen nach den Staaten aufgenommen. Einer meiner Studienfreunde, ein Mister Spranger, Teilhaber der New Yorker Firma Kelly and Company, ist an der Angelegenheit interessiert.«

Hartford spürte ein unangenehmes Gefühl im Magen, als der Name Spranger fiel. Auf jeden Fall mußte er schleunigst herausbekommen, ob und wann der Mann hier auf der Eulenburg erwartet wurde.

»Kelly and Company? Ich kenne die Firma dem Namen nach. Wenn ich mich recht entsinne, ist ein Mister Spranger der Juniorpartner«, sagte er zögernd, als ob er sich erst besinnen müsse.

»Ganz recht, Herr Hartford. Diese Firma meine ich«, bestätigte Eisenlohr.

Immer noch wie überlegend sprach Hartford weiter. »Die Leute sollen in Paris eine unerfreuliche Sache mit einem zweifelhaften Chemiker oder Physiker, einem gewissen Bigot gehabt haben, der vorgab, Gold machen zu können. Die Firma soll ein paar hunderttausend Dollar dabei eingebüßt haben. Ich fürchte, die Firmeninhaber werden jetzt gegenüber allen Geschäften, die auch nur entfernt mit Metallumwandlungen zusammenhängen, sehr zurückhaltend sein.«

»Ich weiß natürlich noch nicht, wie sich die Herren Kelly und Spranger zu meinen Vorschlägen stellen werden«, sagte Eisenlohr, »es wird sich erst entscheiden, wenn sie hier sind und sich die Sache angesehen haben. Ich erwarte deshalb jeden Tag Nachricht von Spranger.«

Hartford machte einen Einwand. »Ich weiß nicht, Herr Eisenlohr, ob diese Firma die richtige Verbindung für Sie ist. Für eine Finanzierung großen Stils, die der Bedeutung ihrer Erfindung entspräche, sollte man besser gleich einen der großen chemischen oder elektrischen Konzerne zu gewinnen versuchen, die bereits auf verwandten Gebieten tätig sind. Ich glaube, das müßte sich wohl erreichen lassen…«

Und nun begann Hartford Gründungspläne zu entwickeln und dabei von seinen eigenen Beziehungen zum amerikanischen Großkapital zu sprechen, daß Professor Braun öfter als einmal den Kopf schüttelte. Der Amerikaner jonglierte mit Dollarmillionen und mit New Yorker Großfirmen, als ob er souverän über sie verfügen könnte.

Während er weitersprach, schien er sich förmlich an seinen eigenen Worten zu berauschen; dabei aber hatten die Vorschläge, die er entwickelte, durchaus Hand und Fuß.

Wie ein von einer Inspiration Ergriffener sprach Hartford, um dann zu verstummen; als ob der Strom in ihm plötzlich versiegt wäre, schwieg er.

»Ja, so könnte man es wohl machen«, sagte Eisenlohr nachdenklich.

»So könnte man es machen«, wiederholte Hartford eintönig. In sich zusammengesunken saß er da, von Gedanken bewegt und gequält, von denen seine Umgebung an diesem Tisch hier nichts wußte und um keinen Preis ahnen durfte.

»Es wäre gewiß der richtige Weg, Herr Hartford«, nahm Eisenlohr seine eigenen Gedanken wieder auf. »Wenn man die dafür erforderlichen Verbindungen hätte.«

Hartford riß sich zusammen. »Die Verbindungen

habe ich, Herr Eisenlohr«, sagte er, »sobald ich wieder in den Staaten bin, werde ich die Angelegenheit in die Hand nehmen. Ein bis zwei Wochen werden Sie freilich Geduld haben müssen.«

Eisenlohr strich sich mit der Hand über die Stirn. Mehr zu Braun als zu Hartford gewandt meinte er: »Es ist vielleicht vorteilhafter, die Verhandlungen mit Kelly and Company nicht zu überstürzen, wenn wir eine soviel bessere Möglichkeit haben.«

Braun machte eine unschlüssige Bewegung. »Ich bin kein Finanzmann, Herr Eisenlohr. Auf dem Gebiet habe ich gar keine Erfahrung. Sie müssen die Entscheidung auf Ihre eigene Verantwortung nehmen.«

»Sie riskieren nichts dabei«, meldete sich Hartford wieder. »Halten Sie Ihren Freund Spranger eine kurze Weile hin. Ich werde inzwischen schon von hier aus durch Brief und Kabel die Verbindung mit New York aufnehmen.«

»So wird es am Ende das beste sein«, schloß sich Eisenlohr seiner Meinung an.

Es war an der Zeit, die Tafel aufzuheben. Hartford sprach den Wunsch aus, sich zurückziehen zu dürfen. Es war ihm anzumerken, daß die Reise hierher ihn doch etwas angegriffen hatte; Eisenlohr ließ Michelmann kommen und wies ihn an, dem neuen Gast sein Zimmer zu zeigen.

Aufatmend ließ Hartford sich auf ein Ruhelager fallen und schloß die Augen. Dann preßte er die Hände gegen seinen Kopf, als ob er peinigende Gedanken verjagen wolle. Doch immer kamen sie wieder, diese Gedanken, die ihn vorhin überfallen hatten, als er Eisenlohr die praktische Durchführung seiner Erfindung entwickelte.

Blitzartig war's ihm da durch den Kopf gegangen: Wozu sprichst du, wozu erzählst du das alles? ... Du wirst es ja doch nie ausführen können. Dein Leben ist verpfuscht, alle Chancen hast du verspielt... Mit einer verzweifelten Anstrengung hatte er bei Tisch die Schwäche überwunden, die ihn bei dieser Erkenntnis überfiel. Jetzt brauchte er sich nicht länger Gewalt anzutun und ließ die Gedankenflut widerstandslos auf sich eindringen.

In wechselnden Bildern zogen die letzten sechs Monate seines Lebens an ihm vorbei. Der Streit mit dem Chef im Laboratorium von Schenektady, bis er selber plötzlich – er wußte nicht mehr ganz genau, wie es dahin gekommen war – seine sofortige Entlassung forderte.

Mit einem Achselzucken hatte Professor Hartford sie ihm bewilligt.

Die dunkle Stunde danach im Laboratorium. Der Scheck, den er bekam, war nur klein... Wie in einem sinnlosen Taumel hatte er ein paar der schwersten Platinschalen zu sich gesteckt, bevor er die Stätte einer jahrelangen ehrlichen Arbeit verließ... Das Leben verpfuscht! flog's ihm wieder durch den Sinn, als er jetzt daran dachte.

Schon auf der Fahrt von Schenektady nach New York hatte ihn die Tat gereut. Mit der Absicht, die Schalen sofort zurückzusenden, war er dort angekommen; er hatte es aufgeschoben, bis es zu spät war. Die Hoffnung, einen neuen Job zu finden, sank immer tiefer... bis dann ein Zufall ihn mit Bigot zusammenführte. Ein kurzes Alltagsgespräch, in dem er, Hartford, seine vergebliche Suche nach einem Job erwähnte. Schnell hatte der gerissene Franzose in ihm einen Fachgenossen entdeckt und weiter erkannt, daß er hier einen geeigneten Helfershelfer für seine zweifelhaften Pläne werben könne, hatte ihm eine rosige Zukunft ausgemalt.

Er selber, hoffnungslos, hatte das Anerbieten Bigots, mit ihm nach Europa zu gehen, wie eine Befreiung empfunden, hatte bedingungslos eingewilligt, ohne zu ahnen, in was für Hände er damit geriet.

Lange Wochen hindurch war dann das Gaukelspiel gegangen, in dem der frühere Laborant in der Rolle seines Chefs auftreten mußte. Bigot hatte vorgesorgt. Noch in New York hatte er sich jenes falsche Diplom verschafft, das Percy Hartford zum Professor machte. Nur ein kleiner Fehler war ihm dabei unterlaufen: Nicht auf den Namen James, sondern auf Percy lautete dies sonst so prunkvolle Dokument, ein Versehen, das sich folgenschwer auswirken sollte.

Mit einem Seufzer setzte Hartford sich auf. Er durfte keine Zeit verlieren. Kostbar waren die Stunden, vielleicht sogar die Minuten für ihn.

Was war das Wichtigste, das Nächstliegende? Mit Bruck mußte er unter vier Augen sprechen, ihn bis zum letzten aushorchen und dabei doch immer auch gegenüber ihm in der Rolle des Professors aus Schenektady bleiben.

Das Zimmer Brucks lag unmittelbar neben dem Raum, der Hartford angewiesen war; das hatte er noch erspäht, als der alte Diener Eisenlohrs ihn hier heraufführte. Er beschloß, den Versuch zu wagen, ging hin und klopfte.

»Herein!« antwortete drinnen die Stimme Brucks. Hartford trat ein. Er fand Bruck an einem Tisch sitzend, über Berechnungen und Formeln gebeugt.

Im ersten Augenblick schien Bruck unwillig über die Störung zu sein, doch als er den Amerikaner erblickte, den Mann, von dem er für sich eine neue, bessere Zukunft erhoffte, begrüßte er ihn mit offensichtlicher Freude.

»Ich sehe, Herr Kollege«, sagte Hartford mit einem Blick auf die Formel, »daß Sie sich für die Metallumwandlung interessieren, obwohl Herr Eisenlohr nicht viel damit im Sinn zu haben scheint.«

»Leider, Herr Professor, ist es so«, meinte Bruck mit einem leichten Seufzer. »Der Chef geht schon wieder ganz anderen Dingen nach und hält vieles vor seinen ältesten Mitarbeitern geheim. Es ist kein rechtes Vertrauen mehr da. Von seinen Plänen mit dem strahlenden Pulver erfuhr ich zum erstenmal heute bei Tisch etwas.«

»Oh, das ist bedauerlich!« sagte Hartford. »Ich halte das in Schenektady grundsätzlich anders. Übrigens, im Vertrauen gesagt, Herr Doktor, teile ich die Ansicht Ihres Chefs über die Metallumwandlung nicht. Ich halte das Problem im Gegenteil für recht aussichtsreich und unter gewissen Umständen auch für recht lohnend für den, der es löst. Wir werden nach meiner Abreise in Verbindung bleiben, Herr Kollege. Nach Ihren Arbeiten hier«, er deutete auf die Berechnungen und Formeln auf dem Tisch, »möchte ich Sie unter allen Umständen für Schenektady gewinnen, aber Sie begreifen wohl, daß die Angelegenheit diskret geführt werden muß. Ich werde postlagernd Ihlefeld mit Ihnen korrespondieren.«

Bruck gab seiner Freude über das Angebot Hartfords unumwunden Ausdruck. Er sah sich bereits in einer angenehmen, gut dotierten Stellung im National-Laboratorium von Schenektady. Auch Hartford war mit der Entwicklung der Dinge zufrieden. Er glaubte Bruck jetzt sicher genug an sich gefesselt zu haben, um ihn bis aufs letzte ausholen zu können. Eben wollte er damit beginnen, als ihm Bruck noch einmal mit etwas anderem kam.

»Verzeihung, Herr Professor«, fragte er in Erinnerung an die Wechsel Bigots, die er noch immer in seiner Tasche trug, »Sie erwähnten bei Tisch einen französischen Physiker namens Bigot. Wissen Sie zufällig etwas Näheres über ihn?«

Hartfords Miene wurde abweisend. »Ich weiß nur, Herr Doktor, daß er ein großer Schwindler ist.«

»Die Vermögensverhältnisse des Herrn Bigot sind wohl nicht sehr gut?« fragte Bruck unsicher.

Hartford lachte. »Ich glaube, Monsieur Bigot weiß

im Augenblick nicht, wie er sein Zahnpulver und seine Zigaretten bezahlen soll. Soviel ich hörte, sitzt er nach der endgültigen Absage Mister Kellys vollständig auf dem Trockenen.«

Unbewußt fuhr sich Hartford dabei über die Rockseite, in der Dollarnoten knisterten, die eigentlich Bigot zukamen. Und Bruck spürte bei sich Papiere, die er immer noch für Wertpapiere angesehen hatte, die jedoch zu wertlosen Papierfetzen wurden.

Für einen Beobachter und Menschenkenner vom Range Hartfords verrieten seine Mienen genügend viel von dem, was in Bruck vorging.

Ich habe dir eben eine bittere Pille versetzt, mein Lieber, ging es Hartford durch den Sinn. Du denkst jetzt an die famosen Wechsel Bigots. Ich werde dir einen anderen Trost dafür geben müssen, und laut fuhr er fort: »Ich begreife nicht, wie sich Kelly, der als ernsthafter Geschäftsmann gilt, mit einem Menschen wie Bigot überhaupt einlassen konnte. Seien Sie überzeugt, Herr Doktor, daß Sie bei unserer Zusammenarbeit viel besser fahren werden als mit Bigot.«

Kaum war das Wort heraus, als Hartford seinen Fehler einsah. Wie konnte Professor James Hartford um die dunklen Geschäfte zwischen Bigot und Bruck wissen? Auch Bruck stutzte. Er hatte im selben Moment den gleichen Gedanken und sah Hartford verwundert an.

Eine Gesprächspause entstand und wurde drückend. Hartford fühlte, daß er sie nicht länger währen lassen durfte.

»Nun ja, Herr Kollege«, begann er in leichtem Plauderton. »Man hört so mancherlei, wenn man die Ohren offenhält. Gewisse Gründe... es ist nicht nötig, sie hier zu erwähnen... veranlaßten mich in Paris, mich etwas genauer um diesen Bigot zu kümmern. Erst hat er versucht, an Ihren Chef heranzukommen.

Nachdem ihm das mißglückte, soll er auch versucht haben, mit Ihnen in Verbindung zu treten...«

»Ein Irrtum, Herr Professor!« unterbrach ihn Bruck. »Es ist mir unbegreiflich, wie solche Gerüchte aufkommen konnten. Ich habe nie an etwas Derartiges gedacht.«

Mit einem freundlichen Lächeln schluckte Hartford die Lüge Brucks. »Ich bin überzeugt davon, Herr Doktor«, meinte er immer noch lächelnd. »Doch lassen wir das. Sprechen wir lieber von der Zukunft. Ich rechne bei der Metallumwandlung auf Ihre Mitarbeit. Ich denke, ich werde Ihnen Bedingungen bieten können, die Sie voll befriedigen.«

»Sehr liebenswürdig«, murmelte Bruck, und nun konnte Hartford endlich zu seiner eigentlichen Absicht kommen. Restlos quetschte er aus Bruck alles heraus, was der über die Metallumwandlung wußte. Und als er nach einer guten Stunde sein Notizbuch zuklappte, konnte er befriedigt feststellen, daß sein Besuch auf der Eulenburg recht lohnend gewesen war.

»Unsere Arbeiten in Schenektady werden in erster Linie der Metallumwandlung gewidmet sein, Herr Doktor«, beendete Hartford diesen Teil ihrer Unterredung. »Ich halte das zunächst für das Wichtigste. Aber trotzdem muß ich Ihnen sagen, Ihr Chef hat mir heute bei Tisch mit seinen Plänen imponiert.«

Hartford nickte. »Wenn es ihm gelingt, sich einen guten Patentschutz zu sichern, kann es ein Bombengeschäft für ihn werden. Hat er schon Vorversuche in größerem Maßstab gemacht?«

»Sie meinen seine landwirtschaftlichen Ideen?« fragte Bruck. »Wissen Sie, wie sie ausgefallen sind?«

Bruck sah auf die Uhr. »Herr Eisenlohr und Professor Braun sind um diese Zeit unten bei den Karbidöfen«, sagte er überlegend. »Eine gute Gelegenheit, um Ihnen etwas zu zeigen, Herr Professor. Wir müssen dazu in den Wald hinaus. Es ist nicht unbedingt notwendig, daß man uns fortgehen sieht.«

Hartford nickte verständnisvoll.

Bruck ging voraus. Durch lange, mehrfach gewundene Korridore zunächst, weiter dann über eine schmale Wendeltreppe nach unten.

»Ein romantischer Weg!« murmelte Hartford und wischte sich ein paar Spinnweben vom Ärmel.

»Eine Art Notausgang, Herr Professor«, erklärte Bruck, während er einen Schlüssel hervorholte und sich damit an einer schmalen Tür aus starken Eisenbohlen zu schaffen machte. Die Tür ging auf, ein enger, in den Basalt des Berges gehauener Weg lag vor ihnen.

Hartford wußte die Weglänge nicht mehr zu schätzen und atmete bedrückt, als ihnen ein frischerer Luftzug entgegenschlug. Etwas Helles schimmerte einige Meter voraus. Über zerfallenes Gestein mußten sie nach oben steigen und standen in einem dichten Gebüsch im Freien.

»Eine eigenartige Verkehrsgelegenheit«, meinte Hartford.

»Aber praktisch, wenn man die Burg unbeobachtet betreten oder verlassen will. Ich habe den alten Gang einmal zufällig entdeckt, Herr Eisenlohr weiß gar nicht, daß er vorhanden ist.«

Hartford folgte Dr. Bruck auf einem kaum erkennbaren Pfad, bis sie an einen etwas breiteren, talabwärtsführenden Weg kamen.

»Schöner Wald!« sagte Hartford und musterte die mächtigen Buchen und Eichen.

»Noch richtiger Urwald, Herr Professor. »Aber das wollte ich Ihnen nicht zeigen, sondern das da vor uns.«

Bruck ging weiter, während Hartford an seiner Seite blieb. Der Weg wurde jetzt ein wenig breiter, zu beiden Seiten trat der Forst etwas zurück, und Hartford sah auf Wiesenstreifen, deren Vegetation ihn verblüffte. Reichlich mannshoch waren die breit ausladenden Wedel des Farnkrautes, weit über Mannshöhe reckte der Fingerhut seine Schäfte empor. Reichlich Faustgröße hatten die Blüten der Glockenblume, einen ähnlichen Riesenwuchs zeigte das Gras dazwischen.

Hartford stand und staunte. »Das ist phänomenal, Herr Doktor! Ist das ...?«

»Ein Versuchsfeld Eisenlohrs, Herr Professor. Vor einer Woche kam ich das erstemal hierher. Es ist seitdem mächtig weitergewachsen. Damals glaubte ich noch, daß der Chef hier ebenso wie an einem Teich weiter unten mit Strahlröhren experimentierte. Seit heute mittag denke ich anders darüber. Jetzt bin ich mir sicher, daß er hier den strahlenden Stoff ausgestreut hat.«

Percy Hartford ging ein paar Schritte in die Wiese hinein. Bis weit über die Knie reichte ihm das saftstrotzende Gras. »Phantastisch!« stammelte er benommen. »Hat Herr Eisenlohr noch mehr Versuchsfelder?« fragte er. »Sie sprachen von einem Teich, Herr Doktor.«

Bruck sah auf die Uhr, bevor er antwortete. »Jawohl, Herr Professor. Die Zeit wird langen, wir können noch hingehen.«

Sie folgten dem Weg talwärts und standen nach wenigen Minuten am Teichrand.

Bruck ging zu dem Gebüsch, holte die Bohle hervor und kippte sie zu dem Stein hinüber. »Jetzt aber bitte ich um äußerste Vorsicht, Herr Professor!« sagte er, während er auf dem schwankenden Brett voranging. »Hier steht eine Strahlröhre, die unter Hochspannung arbeitet. Sie dürfen ihr nicht zu nahe kommen. Halten Sie sich hier auf dem äußersten Rand des Steines.«

Er griff nach einem Käscher, der im Schilf lag, und ließ sich auf die Knie nieder; Hartford folgte seinem

Beispiel. Bruck strich mit dem Käscher ein paarmal durch das Wasser und zog ihn mit allerlei Schleimigem, Undefinierbarem gefüllt wieder heraus. »Sehen Sie hier, Herr Professor«, erklärte er, während er den Inhalt auf dem Stein ausbreitete. Hartford betrachtete kritisch, was Bruck ihm wies.

»Das scheinen Gasträaformen zu sein«, meinte er nach kurzer Prüfung. »Hm, das ist ja eigenartig. Soviel ich davon verstehe, kommen diese Urformen der Hohltiere sonst nur im Meer vor. Merkwürdig, daß sie sich hier in einem Tümpel gehalten haben.«

»Sie haben sich nicht gehalten! Sie sind hier unter dem Einfluß der Strahlung neu entstanden, Herr Professor«, fiel ihm Bruck ins Wort. »Sie wissen, die Urzeugung! Das Steckenpferd Eisenlohrs! ... Er hat das erste Leben, das sich in seinen Reagenzgläsern bildete, in diesen Teich getan, hat es hier wochenlang weiter bestrahlt ... was daraus geworden ist, sehen Sie da vor sich ... höhere Lebensformen. Was die Natur in Hunderttausenden von Jahren bildete, hat sich hier unter der Wirkung der Strahlung in wenigen Wochen entwickelt ... Der Himmel mag wissen, wie das noch weitergehen soll.«

»Erstaunlich!« murmelte Hartford und griff nach dem Käscher, den Bruck neben sich auf den Fels gelegt hatte. Sich vorbeugend zog er ihn durch das Wasser, während seine Augen etwas zu suchen schienen. Mit einem Ruck zog er das Netz wieder heraus. Er hatte darin gefangen, was er soeben erspähte. Glasig zappelte es in den Maschen.

»Was haben Sie? Einen Fisch, Herr Professor?« fragte Bruck. Hartford griff in den Käscher und holte ein zappelndes fischartiges Lebewesen heraus.

»Ein Fisch, der noch nicht ganz fertig ist, Herr Doktor«, sagte er. »Es ist unfaßbar, was hier geschieht.«

»Gewiß ist es wissenschaftlich interessant«, erwiderte Bruck, »aber eigentlich doch ziemlich überflüssig. Was hat es für einen Zweck, künstlich nachzuahmen, was die Natur schon lange gekonnt hat?«

»Zweck, Herr Doktor? Wer fragt bei einer solch fundamentalen Entdeckung nach dem Zweck?« Ohne es zu wollen, sprach Percy Hartford ganz im Geiste eines echten Wissenschaftlers weiter. »Diese Entdeckung allein würde Eisenlohr für immer einen ehrenvollen Platz in den Annalen der Forschung sichern. Und wer weiß denn, Herr Doktor, wie die Entwicklung noch weiterläuft, wenn die ultrafrequente Strahlung sie millionenfach beschleunigt?«

Immer schneller, immer erregter sprach Hartford. Wie von der eigenen Ideenflut fortgerissen, sprach er weiter: »Das Ende der Entwicklung, Herr Doktor – es könnte die Erfüllung eines uralten Wunschtraumes bringen –, die künstliche Erschaffung eines uns ähnlichen Wesens, des Homunkulus ...«

Während er die letzten Worte sagte, wollte er sich aufrichten. Bruck sah die Gefahr, die von der nahen Strahlröhre drohte, griff zu, um Hartford zurückzuziehen, und kam der Röhre dabei selbst zu nahe.

Krachend schlug ein Funke von dem Stativ zu ihm hinüber. Wie vom Schlage getroffen, sackte er zusammen. Nur durch einen festen Griff konnte Hartford verhüten, daß er ins Wasser stürzte. Leichenblaß lag Bruck da.

Weg von hier! wirbelte es Hartford durch den Kopf. Vorsichtig kriechend, den hilflosen Körper Brucks hinter sich her ziehend, gelangte er über die Bohle wieder auf festes Land. Auf den Waldboden legte er den von der Hochspannung Getroffenen, öffnete ihm die Kleidung und fühlte nach dem Puls. Kaum merkbar schlug er noch. Jeden Moment drohte das Leben zu erlöschen.

»So, Captain, das ist nun glücklich geschafft! Der Haftbefehl gegen Percy Hartford liegt vor«, sagte Professor

James Hartford zu Reinhard. »Morgen will ich auf jeden Fall abfahren.«

»Da muß der Kunde heute noch eingesperrt werden«, meinte Reinhard nach kurzem Überlegen. »Sie dürfen sich natürlich in der Rue Saint Antoine nicht sehen lassen, Herr Professor, aber gegen mich hegt Bigot keinen Verdacht. Ich möchte doch lieber mal hingehen und das Terrain sondieren. Wenn die Sureté auf dem Posten ist, können Sie sogar schon heute abend fahren.«

Reinhard sagte es und griff nach seinem Hut.

Bigot befand sich allein in seinem Laboratorium. Mit einem Tuch trocknete er sich die Stirn und beschaute befriedigt sein Werk. Wieder sechs neue Barren! Wenn die erst einmal glücklich abgesetzt waren, würde er wieder über reichlich Geldmittel verfügen.

Pläne für die Zukunft machend, stand er vor den Barrenformen. Wo mochte François wohl stecken? Wenn er nur endlich käme... einen guten Erlös mitbrächte... sofort wollte er ihn mit der neuen Ware wieder auf die Reise schicken...

In seine Überlegungen klang die Wohnungsglocke. Das wird sicher François sein! dachte er, während er zur Tür ging. Nein! Der kann es nicht sein, der hat ja Schlüssel, schoß es ihm gleich danach durch den Kopf. Aber da war es schon zu spät. Er hatte die Klinke bereits niedergedrückt, und als er die Tür wieder schließen wollte, schob sich ein Fuß dazwischen.

»Keine Umstände, Monsieur Bigot!« ließ sich von draußen eine reichlich unfreundliche Stimme vernehmen. Bigot kannte die Stimme; sie gehörte zu Monsieur Meunier, einem besonders zähen Gläubiger. Vergeblich machte Bigot einen letzten Versuch, die Tür zu schließen, mit Gewalt drückte der andere sie von außen auf und stand vor ihm. Im Laboratorium benahm sich der Eindringling, als ob er hier zu Hause wäre. Er warf seinen Hut auf den Tisch, ließ sich in dem bequemsten Sessel nieder und zog seine Brieftasche. Er entnahm ihr einige längliche Papiere.

»Werden Sie heute zahlen?« fragte er mürrisch.

Bigot rieb sich verlegen die Hände.

»Ich habe es satt mit Ihnen!« rief Meunier. Diese Wechsel sind protestiert. Ich kann sofort pfänden lassen; ich werde es auch tun.«

Er schaute sich um und sah auf einem Tisch die blinkenden Barren. Interessiert stand er auf und ging darauf zu, um sie näher zu betrachten. Wie eine Henne, der man die Küchlein rauben will, lief Bigot neben ihm her. Er wollte ihn zurückziehen, als Meunier nach einem der Barren griff. Aber da hatte er das Metallstück auch schon in der Hand und wunderte sich über das hohe Gewicht.

»Was ist denn das?« fragte er.

»Ein chemisches Produkt, Monsieur Meunier. Das Ergebnis einer meiner Untersuchungen, das hat gar kein Interesse für Sie.«

»Im Gegenteil, für derartige chemische Produkte interessiere ich mich sogar ganz bedeutend.« Meunier griff wieder in seine Brieftasche. »Das sind hier drei Wechsel über je tausend Francs. Ich werde mich selber bezahlt machen, das erspart Ihnen die Kosten für den Gerichtsvollzieher.« Er ließ den einen Barren in seine Rocktasche gleiten und griff nach zwei anderen. »Sagen wir, für jeden Wechsel so ein ›chemisches Produkt‹, und wir sind quitt, Monsieur Bigot...«

Er konnte nicht weitersprechen, denn wütend fiel ihm Bigot in den Arm und versuchte ihm die kostbaren Barren mit Gewalt zu entreißen. Monsieur Meunier setzte sich zur Wehr. Im Nu war eine Rauferei im Gange, bei der sich Bigot als der Schwächere sehr bald im Nachteil befand.

Meunier ließ den zweiten Barren in die Tasche gleiten. Mit einem würgenden Griff umklammerte er Bigots Kehle, um auch den dritten noch an sich zu reißen, als der Druck seiner Hand plötzlich nachließ.

Bigot bekam seinen Kopf frei und konnte wieder um sich schauen. Zwei kräftige Arme lagen wie eine Schlinge um Meuniers Hals. Sie gehörten François. Während ihres Ringkampfes mußte der robuste Normanne ungehört in den Raum gekommen sein und hatte auf seine Weise in den Streit eingegriffen. Mit einem Arm hielt er Monsieur Meunier fest, mit der anderen Hand griff er ihm in die Taschen, holte die Barren wieder heraus und legte sie auf den Tisch zurück. Ohne ein Wort zu sagen, hob er seinen immer noch benommenen Gegner dann empor und warf ihn in den nächsten Sessel.

Erst nachdem das geschehen war, öffnete er den Mund zum Sprechen und fragte Bigot: »Was haben Monsieur für Befehle für mich?«

Während Bigot sich mit zitternden Händen bemühte, seine Krawatte in Ordnung zu bringen, überzeugte er sich erst einmal, daß die Barren wieder an ihrem alten Platz lagen. François enthob ihn der Antwort.

»Der Herr hat eine Forderung?« fragte er mit einem Blick auf Meunier. Bigot nickte nur und deutete auf die Papiere, die zu Boden gefallen waren.

François bückte sich, um sie aufzuheben. »Drei Wechsel à tausend Francs… schon protestiert… unnötige Kosten für Monsieur.« Mit einem Ruck riß er die Wechsel mitten durch.

Wütend fuhr Meunier von seinem Stuhl auf.

Ohne sich um ihn zu kümmern, zog François seine Brieftasche, entnahm ihr drei Tausend-Franc-Scheine, legte sie auf den Tisch und zählte noch Kleingeld für die Protestkosten daneben auf.

»Wollen Sie sich überzeugen, daß der Betrag stimmt«, sagte er mit unerschütterlicher Ruhe.

»Habe schon gesehen! Stimmt!« keuchte Meunier.

»Wollen Sie nun die Güte haben, die Wohnung von Monsieur Bigot zu verlassen?«

Meunier griff nach seinem Hut und eilte schleunigst zur Tür. Erst als er draußen war, fand Bigot die Sprache wieder.

»Ein Glück, François, daß Sie im letzten Augenblick dazukamen. Der Mensch wollte drei Barren wegnehmen. Denken Sie: Drei Barren! Ein Vielfaches von dem, was er zu fordern hatte.«

Ohne eine Antwort abzuwarten, wechselte er das Thema und fragte François nach dem Erfolg seiner Reise.

»Es ist vorzüglich gegangen«, beeilte sich François zu erwidern. »Alles bin ich zu guten Preisen losgeworden. Die Kundschaft wünscht noch mehr. Ich sehe, Monsieur hat schon vorgearbeitet. Ich möchte gleich wieder auf Tour gehen. Aber... Monsieur hat noch mehr Papiere von dieser Art ausgegeben?« Bigot machte eine schwache Bewegung, die Zustimmung bedeuten sollte. Er mochte nicht an die zahllosen Wechsel denken, die von ihm im Umlauf waren.

»Es ist schade um das schöne Geld, das für die Einlösung draufgeht«, setzte François seinen Gedankengang fort. »Monsieur sollte das vermeiden und muß diesen Leuten aus dem Weg gehen. Dieses Land hier ist nichts mehr für Monsieur. Wenn wir in ein anderes gingen, könnte Monsieur noch viel Geld machen.«

Es waren die ureigensten Gedanken Bigots, die er jetzt aus anderem Munde zu hören bekam. Interessiert wartete er, was François weiter vorbringen würde.

»Ich habe einen Verwandten, der als Farmer in Kanada lebt und mir öfter schreibt. Wenn Monsieur sich entschließen könnte, dorthin zu gehen, ich würde Monsieur mit Vergnügen begleiten. Wir würden uns drüben wie zu Hause fühlen.«

»Hm!« Bigot wiegte den Kopf hin und her. »Wenn das so ist, hat Ihr Vorschlag vieles für sich, François.

Aber wir werden Reisegeld brauchen. Erst müssen Sie das da«, er deutete auf die Barren, »noch an den Mann bringen, dann könnten wir fahren.«

François holte seinen Handkoffer und verstaute die kostbaren Metallblöcke zwischen einigen Wäschestücken. »Ich werde mit dem Einuhrzug fahren«, sagte er, während er den Koffer zuschloß. »Länger als drei Tage wird das Geschäft nicht beanspruchen. Wenn Monsieur entschlossen ist, von hier fortzugehen, könnten wir uns heute in drei Tagen in Le Havre treffen.«

Bigot sah sich in dem Laboratorium um. »Es ist viel zu packen.«

»Es ist einfacher, als Monsieur glaubt«, verfocht François seine Ansicht. »Monsieur braucht hier nur einer Speditionsfirma den Auftrag zu geben, die Sachen zu verpacken und nach Quebeck in Kanada zu schicken. Danach ist Monsieur reisefertig. Es wäre gut, wenn Monsieur sich entschließen könnte. In drei Tagen geht die ›Touraine‹ von Le Havre nach Quebeck in See.«

Noch eine kurze Minute der Überlegung, dann hatte Bigot sich zu einem Entschluß durchgerungen. »Sie haben recht, François, wir wollen keine Zeit mehr verlieren. Wo wollen wir uns in Le Havre treffen?

»Wenn es Monsieur recht ist, im Hotel de la Gare.« – Die Tür fiel hinter François ins Schloß. Behaglich ließ sich Bigot in einen Polstersessel sinken. Die Banknoten, die François von seiner Reise mitgebracht hatte, gaben ihm das Gefühl einer angenehmen Sicherheit.

Auf der halben Treppe begegnete François Reinhard. Er wollte an ihm vorbeieilen, denn er hatte ein instinktives Mißtrauen gegen den Deutschen. Der aber hielt ihn an und fragte: »Heute nicht in Livree, Monsieur François? Haben Sie Ihren freien Tag? Oder wollen Sie verreisen?«

»Ich habe eine andere Stellung angenommen. Ich gehe von Monsieur Bigot fort«, erwiderte François und ging weiter die Treppe hinunter.

Nachdenklich setzte Reinhard seinen Weg fort.

Bigot fuhr in seinem Sessel zusammen, als die Wohnungsglocke ertönte. Er entschloß sich, kein Lebenszeichen von sich zu geben. Dreimal, viermal... fünfmal schrillte die Glocke durch die ganze Wohnung. Das Klingeln hörte auf. Der ist wieder abgezogen, dachte Bigot und griff nach einem Buch, um sich die Zeit zu vertreiben.

Zwei oder drei Seiten mochte er gelesen haben, als ein Geräusch vom Flur her ihn aufmerken ließ. Kein Zweifel mehr, irgendwer mußte in der Wohnung sein und machte sich da draußen zu schaffen. Mit einem Ruck warf er das Buch beiseite und sah sich nach einer Waffe um.

Noch während er suchte, hörte er draußen deutliche Schritte, lief zu dem Schmelzofen hin und griff die schwere Tiegelzange, entschlossen, den Eindringling niederzuschlagen. Er wog das schwere Gerät in seiner Hand, als die Tür zum Laboratorium sich öffnete. Ein Mann trat ein, der Bigot irgendwie bekannt vorkam.

»Wer sind Sie? Wie kommen Sie hier herein? Was wollen Sie?« schrie Bigot ihn an.

»Ich denke, wir kennen uns doch, Monsieur Bigot?« sagte der andere ruhig. »Mein Name ist Reinhard ...«

Bigot ließ die Zange sinken. Reinhard? Die Erinnerung kam ihm an einen Hauptmann dieses Namens, den er einmal mit Spranger zusammen in Deutschland getroffen hatte.

»Die Sache, in der ich Sie aufsuche, ist äußerst dringlich. Hoffentlich komme ich nicht zu spät. Ich habe mit Mister Hartford zu sprechen«, erklärte der ungebetene Gast.

Ein hämischer Zug lag um Bigots Lippen, während er antwortete.

»Da kommen Sie in der Tat etwas zu spät. Herr Professor Hartford ist vor einiger Zeit nach Schenektady abgereist. Seine Pflichten dort erlaubten es ihm nicht, länger in Paris zu bleiben.«

»Ich suche hier nicht Herrn Professor James Hartford, mit dem ich übrigens noch vor einer Stunde zusammen war«, unterbrach ihn Reinhard schroff, »sondern einen gewissen Percy Hartford, dem man wegen dunkler Sachen auf der Spur ist...«

»Ich habe nur mit Professor Hartford zusammengearbeitet«, warf Bigot ein. »Ein Ehrenmann durch und durch – eine bedauerliche Verwechslung höchstwahrscheinlich...«

Reinhard verlor die Geduld. »Wir reden aneinander vorbei, Monsieur Bigot«, sagte er scharf. »Ich spreche von Ihrem früheren Mitarbeiter Percy Hartford. Der Mann ist dringend des Diebstahls verdächtig. Die französische Gerichtsbehörde hat einen Haftbefehl gegen ihn erlassen. Sie müssen der Behörde bei ihren Bemühungen behilflich sein; zu Ihnen muß er sich doch irgendwie über sein Reiseziel geäußert haben?«

»Kein Wort hat er mir gesagt«, fuhr Bigot auf, der in seinem Ärger über Hartfords Betrug alle Vorsicht vergaß. »Bestohlen hat er mich, während ich krank lag, und ist bei Nacht und Nebel losgegangen. Der Teufel mag wissen, wohin er sich gewandt hat!«

»So, so, Monsieur Bigot.« Reinhard konnte ein Lächeln nicht unterdrücken. »Das klingt etwas anders als Ihre erste Aussage. Ich glaube sogar, daß Sie diesmal die Wahrheit gesagt haben. Jedenfalls werden Sie Ihre Aussage vor der Behörde wiederholen müssen. Sie beabsichtigen doch nicht, Paris zu verlassen?«

Bigot hatte inzwischen seinen Fehler gemerkt und sich wieder gesammelt. Mit einer Handbewegung auf die Apparatur des Laboratoriums hin erwiderte er in einem überzeugenden Ton: »Hier ist meine Arbeitsstätte, Herr Reinhard.«

»Gut, Monsieur Bigot, man wird Sie in dieser Angelegenheit vernehmen«, sagte Reinhard; bevor Bigot noch etwas erwidern konnte, war er bereits an der Laboratoriumstür und zog sie hinter sich zu. Wie ein Träumender stand Bigot allein in dem Raum.

Das war eine üble Überraschung!

Er begann unruhig im Zimmer hin und her zu laufen. Es war hohe Zeit, von hier wegzugehen, allerhöchste Zeit wahrscheinlich ... Die letzten Ratschläge von François kamen ihm wieder ins Gedächtnis. Er ging zum Schreibtisch, blätterte in einem Adreßbuch und wählte danach eine Telefonverbindung. Eine Speditionsfirma meldete sich am anderen Ende der Leitung und nahm seine Wünsche entgegen. Befriedigt legte Bigot den Hörer wieder auf. In einer halben Stunde würde ein Vertreter der Firma bei ihm sein. Noch heute würde alles gepackt werden. Morgen früh könnte er schon auf Achse sein.

Wie Dr. Bruck richtig vermutet hatte, waren Eisenlohr und Professor Braun nach dem Essen zunächst mit Holthoff zu den Öfen im Keller gegangen, aber allzulange hielten sie sich dort nicht auf. Nach dem Abstich der ersten Schmelzen gab Eisenlohr dem Professor einen Wink, ihm zu folgen, und führte ihn in sein Arbeitszimmer.

»Nun, wie gefällt Ihnen der Kollege aus Amerika?« eröffnete er die Unterhaltung.

»Ich muß gestehen, Herr Eisenlohr, ich bin angenehm enttäuscht«, meinte Braun. »Nach dem, was mir so gelegentlich über ihn zu Ohren gekommen war, erwartete ich einen von seinen eigenen Leistungen sehr überzeugten Herrn zu treffen. Um so angenehmer hat mich seine Zurückhaltung heute bei Tisch berührt. Kaum daß er ein Wort über seine eigenen Arbeiten und doch zweifellosen Erfolge verlor. In der Hauptsache ließ er uns sprechen.«

»Sie haben den Kern der Sache getroffen, Herr Professor«, erwiderte Eisenlohr. »Er hat uns sprechen lassen. Ich möchte fast sagen, er hat uns durch geschickte Fragen veranlaßt, manches zu sagen, was wir sonst vielleicht nicht gesagt hätten. Wenn ich mir das jetzt nachträglich überlege, so gibt es mir doch etwas zu denken.«

»Wie meinen Sie das, Herr Eisenlohr?« fragte Braun ein wenig verwundert.

»Es ist vorläufig nur ein unbestimmtes Gefühl, Herr Professor. Ich könnte Ihnen im Augenblick keinen Beweis dafür geben. Aber nehmen wir einmal das Schlimmste an, dann könnte es etwa so sein: Der Amerikaner hat uns bei Tisch – ohne daß wir es recht merkten – ausgehorcht und alles erfahren, was ihm noch fehlte. Vielleicht sitzt er jetzt in seinem Zimmer und entwirft nach dem, was er bei Tisch erfuhr, neue Patente, um sie baldmöglichst per Blitzfunk an das amerikanische Patentamt zu spedieren. Wir wollen jetzt noch einmal unsere Patentanmeldungen durchgehen, vielleicht lohnt es sich auch für uns, das eine oder andere noch per Funk anzumelden.«

Professor Braun schüttelte energisch den Kopf. »Das wird nicht notwendig sein, Herr Eisenlohr. In Erwartung des amerikanischen Kollegen habe ich das in den letzten Tagen schon sehr gründlich besorgt. Da wird schwer eine Lücke zu finden sein, wo ein Dritter noch einhaken kann.«

Braun stand auf und holte von einem Wandregal her einen Stapel von Schriftstücken. »Hier haben Sie alle Anmeldungen, die während der letzten zwei Wochen hinausgegangen sind«, sagte er. »Ohne Rücksicht auf eine etwaige wirtschaftliche Verwertbarkeit habe ich für alle unsere Entdeckungen den Schutz beantragt.«

In die letzten Worte Brauns klang ein abgerissener kurzer Glockenschlag. Eisenlohr blickte zu der Wand hinter dem Schreibtisch hin, wo der Zeiger eines Meßinstrumentes über die Skala zuckte, um gleich wieder in die Nullstellung zurückzufallen.

»Was war das?« fragte Braun.

»Rückmeldung von der Teichleitung hier. Nur eine momentane Störung; ich vermute, daß ein Vogel die Drähte im Fluge gestreift hat. Es ist schon wieder alles in Ordnung. Wir brauchen uns nicht weiter darum zu kümmern. Kehren wir wieder zu unseren Patenten zurück.«

Eisenlohr wäre wohl kaum so ruhig geblieben, wenn er geahnt hätte, was für eine Art von Vogel das war, der die Glocke der Alarmanlage aufklingen ließ. Eben jener Hochspannungsfunke war die Ursache, der in diesem Moment von der Strahlröhre her zu Dr. Bruck übersprang und ihn niederstreckte. Percy Hartford hatte den Bewußtlosen auf festes Land geschleppt und bemühte sich dort um ihn.

Die Minuten verstrichen, während Hartford ratlos vor dem Ohnmächtigen stand.

Er kniete nieder, um sich über Bruck zu beugen, und spürte dabei, wie der Stoff seiner eigenen Kleidung sich an einer Stelle spannte. Er schlug sich vor die Stirn. Daß er daran nicht früher gedacht hatte! Er faßte mit schnellem Griff hin und zog etwas aus der Hüfttasche, das äußerlich etwa ein Zigarettenetui sein konnte. Aber in Wirklichkeit war es etwas wesentlich anderes: ein kunstvoll aus feinem Silberblech gearbeiteter Behälter, der mit französischem Kognak gefüllt war. Hartford schraubte den Verschluß ab, hob den Oberkörper Brucks empor und brachte das Gefäß an dessen Lippen. Vorsichtig mühte er sich, ihm etwas von dem Inhalt einzuflößen. Die zusammengepreßten Kiefer Brucks gingen auseinander, und er begann von selbst zu schlucken.

Die Wirkung des scharfen Branntweins zeigte sich

schnell. Bruck schlug die Augen auf. Noch einmal griff Hartford zu, zwang ihn von neuem zu schlucken und ruhte nicht, bis Bruck den letzten Tropfen getrunken hatte.

Dann bettete er ihn wieder auf den Boden und ließ Bruck nicht aus den Augen. Kräftiger fing dessen Atem an zu gehen; eine leichte Röte kehrte in seine bleichen Züge zurück. Ein tiefes Aufseufzen jetzt. Er richtete sich mit eigener Kraft halb auf, blickte um sich, erkannte Hartford, fragte: »Was war das? – Was ist geschehen?«

»Ruhe, Herr Kollege!« Hartford zwang ihn, sich wieder niederzulegen und zu entspannen. »Bleiben Sie liegen, atmen Sie ruhig und tief! Sie hatten einen Unfall, er wird vorübergehen ...«

»... wird vorübergehen«, wiederholte Bruck die letzten Worte, schloß die Augen und fiel in leichten Schlummer. Hartford ließ sich auf einen Stein neben ihm nieder, ohne die Uhr aus der Hand zu lassen. »Eine Viertelstunde Schlaf, und er wird imstande sein, mit mir weiterzugehen«, murmelte er vor sich hin.

Doch eine halbe Stunde verstrich, und immer noch lag Bruck schlafend neben ihm. Es wurde Zeit, ihn zu wecken und den Heimweg zu versuchen. Er machte sich daran, aber es war ein schweres Beginnen, Dr. Bruck zu ermuntern. Er war froh, als er ihn endlich auf den Beinen hatte und zerrte den Schwankenden auf einem Pfad weiter, der den Berg mit einer geringen Steigung umging.

Endlich war es erreicht. Sie standen auf dem Burgweg. Einige fünfzig Meter noch, und dann waren sie bei jener Bank, an der sich heute morgen der alte Michelmann mit Hammer und Zange betätigt hatte. Hartford setzte sich neben Bruck. So, das wäre glücklich geschafft, dachte er. Jetzt könnte jemand kommen und uns weiterhelfen.

Es kam auch jemand. Der alte Postbote war es, der

zu Fuß den Burgweg hinaufmarschierte. Bei der Bank machte er halt und griff in seine Tasche.

»Ein Brief für Sie, Herr Doktor.« Er reichte Bruck das Schreiben. Apathisch nahm der es in Empfang und brachte kaum ein kurzes ›Danke!‹ über die Lippen.

»Was fehlt Ihnen, Herr Doktor?« fragte der Postbote besorgt. Hartford antwortete für Bruck: »Dem Herrn Doktor ist nicht gut. Die Hitze heute – ein leichter Schwächeanfall. Ich hoffe, es wird bald vorübergehen.«

Der Postmann nickte zustimmend.

»Haben Sie vielleicht auch für mich etwas?« fragte ihn Hartford. »Für Hartford – Professor James Hartford?«

Der Bote schüttelte den Kopf. »Nein, Herr Professor. Für Sie ist nichts dabei. Ich habe nur noch einen Brief für Herrn Doktor Eisenlohr.«

Er holte ein zweites Schreiben aus seiner Mappe und sah mißmutig zu der Burg hinauf. Hartford verstand den Blick.

»Sie können sich den Weg da hinauf sparen«, meinte er, »wir wollen den Brief für Herrn Eisenlohr gern mitnehmen.«

»Sehr freundlich, meine Herren!« Der Bote legte auch den zweiten Brief in Brucks Hand. »Schönen Dank auch!« Er machte kehrt, vergnügt darüber, daß ihm das letzte Stück des Aufstiegs bei dem heißen Wetter erspart blieb.

Der Blick Hartfords hing an dem Schreiben, das Bruck schon wieder halb im Schlaf in seiner Hand hielt. Eine französische Marke, Poststempel Paris … Die Adresse auf dem Umschlag … die Schrift kannte er doch … die charakteristischen Züge seines früheren Chefs … Vorsichtig griff er zu und zog Bruck das Schreiben aus der Hand, ohne daß der es merkte. Er wandte sich zur Seite, öffnete und überflog es.

Der Inhalt war nur kurz. Eine knappe Mitteilung des Professors an Eisenlohr, daß er leider immer noch in Paris aufgehalten sei, aber voraussichtlich in etwa zwei Tagen endlich abreisen könne. Erleichtert faltete Hartford das Schreiben zusammen und steckte es in seine Brusttasche. Zwei Tage Zeit gewonnen! Noch zwei Tage Sicherheit! Er war entschlossen, diese Frist nach besten Kräften zu nutzen, und segnete den Zufall, der ihm das Schreiben in die Hände gespielt hatte.

Bruck war von neuem in einen tiefen Schlaf gefallen, aus dem Hartford ihn weder durch Anrufen noch durch Schütteln ermuntern konnte.

Sorgenvoll sah Hartford sich nach einer Hilfe um und war froh, als er von der Burg her Michelmann herabkommen sah. Während er ihm zuwinkte, überlegte er, was er dem Alten sagen sollte, was er ihm sagen durfte.

»Hallo, Herr Michelmann!« rief er ihn an. »Herr Doktor Bruck hat einen Schwächeanfall! Ich vermute einen leichten Hitzschlag! Wollen Sie mir helfen, ihn hinauf in sein Zimmer zu bringen?«

Michelmann setzte seinen Werkzeugkasten ab.

»Wie ist denn das passiert?« fragte er.

»Herr Doktor Bruck fühlte sich im Wald plötzlich schwach und schwindlig«, log Hartford. »Es gelang mir gerade noch, ihn bis hier zur Bank zu bringen.«

»So? Im Wald, Herr Professor?« Merkwürdig, dachte der Alte bei sich. Ich habe die beiden Herren gar nicht über den Hof gehen sehen. Er schüttelte den Kopf und brummelte etwas Unverständliches vor sich hin. Hartford unterbrach ihn ungeduldig: »Wir müssen den Herrn Doktor möglichst schnell in einen kühlen Raum bringen. Werden wir es zu zweit schaffen?«

»Nur schwer. Ich weiß etwas Besseres.«

Michelmann nahm ein Handbeil aus seinem Kasten und ging damit seitlich in den Wald. Hartford vernahm Beilschläge und hörte Stangenholz krachen. Schon nach kurzem kam Michelmann zurück und schleifte das Geäst, das er eben geschlagen hatte, hinter sich her. Schnell und geschickt nagelte er daraus eine Tragbahre zusammen, auf die sie nun den immer noch fest schlafenden Bruck betteten. So konnten sie ihn zu zweit ohne allzu große Mühe den Weg hinauftragen und brachten ihn mit einiger Anstrengung auch über die Treppen in sein Zimmer. Hartford legte ihn auf das Bett und fing an, ihn zu entkleiden.

»Man müßte an den Arzt telefonieren«, schlug Michelmann vor.

»Es wird nicht nötig sein«, wehrte Hartford ab, während er Bruck den Puls fühlte. »Ich bin selbst ein wenig Arzt. Ich fühle, das Herz schlägt voll und kräftig. Unser Patient braucht nur Ruhe und eine kühle Kompresse auf die Stirn.«

Während der Alte, der Weisung Hartfords folgend, am Waschbecken einen feuchten Umschlag fertigmachte, legte Hartford die Kleidungsstücke Brucks über einen Stuhl. In einer Tasche fühlte er dabei etwas Schweres, Hartes. Ohne daß Michelmann es sah, ließ Hartford es in seiner eigenen Tasche verschwinden. Es war der Schlüssel zu jener Kellertür, die in den unterirdischen Gang führte.

»So, mein lieber Herr Michelmann«, wandte er sich an den Alten, der mit der fertigen Kompresse ankam, »nun wollen wir unseren Patienten ruhen lassen. Ich gehe in mein Zimmer und werde von Zeit zu Zeit nach ihm sehen.«

»Gut, Herr Professor.« Michelmann nickte und verließ das Zimmer.

Noch immer saßen Eisenlohr und Braun bei ihrer Besprechung. Längst waren sie mit den Patentanmeldungen und Texten fertig, doch allzuviel anderes gab es noch, über das nun Beschlüsse gefaßt werden mußten.

Grundlegende Fragen waren zu entscheiden; ein Arbeitsprogramm für die nächsten Monate mußte aufgestellt werden.

»Was ist das nächste, was geschehen soll?« fragte Braun.

Eisenlohr zeichnete mechanisch Arabesken auf einen Schreibblock, während er antwortete: »Ich denke daran, am Berghang, vielleicht in der Nähe unseres Teiches, ein Urmeer im kleinen anzulegen. Es wird Sommer und Winter auf einer gleichmäßig hohen Temperatur gehalten werden müssen. Man wird es wie ein Treibhaus mit Glas überdachen müssen. Das alles wird beträchtliche Summen erfordern, mehr Geld, als ich aus meinen laufenden Einkünften nehmen kann ...«

Braun stutzte, als das Wort ›Geld‹ fiel. Bisher hatte Eisenlohr zu ihm niemals über wirtschaftliche Fragen gesprochen. »Was soll geschehen, Herr Doktor?« fragte er unsicher.

»Zuallererst und vor allen Dingen die Gründung einer großen Verwertungsgesellschaft für das Strahlpulver. Die Ideen unseres amerikanischen Kollegen waren nicht übel. Schon während er sie uns heute entwickelte, fiel mir auch ein passender Name dafür ein. Wie denken Sie über eine ›Radiating Powder Company‹?«

»Nicht schlecht, Herr Doktor. Der Name klingt! Aber warum wollen Sie in USA gründen? Ich meine, Deutschland läge uns näher.«

»Mann kann das eine tun, Herr Professor, und braucht das andere nicht zu lassen. Selbstverständlich will ich meine Entdeckung auch in den Ländern Europas verwerten, und hier an erster Stelle in Deutschland. Aber das große amerikanische Geschäft will ich mir unter keinen Umständen entgehen lassen. Die Namen, die Professor Hartford heute bei Tisch nannte, sind gerade die richtigen dafür. Ich denke, in USA wird sich eine Gesellschaft am schnellsten und leichtesten auf die Beine stellen lassen.

Ich werde heute beim Abendtisch mit Professor Hartford darüber reden. Mit ein wenig Glück und Geschick kann die ganze Sache in vier Wochen ins Lot kommen, und dann geht's hier mit Volldampf an die neuen Arbeiten. Der Teichbau muß unter Dach und Fach sein, bevor der erste Frost kommt. Wir werden zu tun bekommen, mein lieber Herr Professor.«

Eisenlohr stand auf. »Ich habe eine trockene Kehle bekommen, Herr Braun. Michelmann soll uns etwas zum Trinken bringen.« Er ging zum Schreibtisch, griff nach dem Haustelefon und gab einen Auftrag.

Wenige Minuten später kam das alte Faktotum mit dem Gewünschten ins Zimmer. Er stellte eine Kanne und Gläser auf den Tisch und machte sich daran, einzuschenken.

»Was ist mit Ihnen los, Michelmann?« fragte ihn Eisenlohr. »Sie machen ja heute ein Gesicht wie sieben Tage Regenwetter.«

»Ach Gott, Herr Doktor«, Michelmann gab sich einen Ruck, »das ist bloß noch von wegen dem Schreck von vorhin.«

»Was soll das heißen, Michelmann?«

»Na, weil Herr Doktor Bruck doch vorhin ohnmächtig geworden ist, Herr Doktor.«

»Wie? Was? Herr Doktor Bruck ohnmächtig?«

»Ja, Herr Doktor. Aber der Herr Professor aus Amerika, mit dem zusammen er im Wald war, hat gesagt, es ist nur ein leichter Hitzschlag, und der Herr Doktor wird sich schnell wieder erholen.«

Eisenlohr und Braun warfen sich einen Blick zu. Im gleichen Augenblick hatten sie denselben Gedanken: Was haben Bruck und der Amerikaner miteinander im Wald zu suchen?

Michelmann hatte eingeschenkt und war schon wieder an der Tür, als Eisenlohr ihm nachrief: »Gehen Sie zu Herrn Professor Hartford. Ich lasse ihn bitten, zu mir zu kommen, wenn seine Zeit es gestattet.«

»Die Sache will mir nicht gefallen«, sagte Braun, sobald Michelmann die Tür hinter sich geschlossen hatte. »Was haben Sie vor, Herr Doktor?«

»Ich will mit ihm sprechen, Herr Braun. Das Weitere wird sich dabei finden.«

»Sehr liebenswürdig, Herr Professor Hartford, daß Sie meiner Bitte so schnell gefolgt sind«, empfing Eisenlohr seinen Gast. »Wollen Sie bitte Platz nehmen. Ich höre eben zu meinem Bedauern, daß Herr Doktor Bruck sich nicht wohlfühlt – hoffentlich ist es nichts Ernstes?«

Percy Hartford hatte eine Frage dieser Art erwartet und sich eine Antwort dafür zurechtgelegt. Er berichtete, daß Bruck zu ihm ins Zimmer gekommen sei und ihn zu einem kleinen Spaziergang durch den Wald aufgefordert habe. Unterwegs sei dem Doktor schwach geworden, so daß er ihn nur mit Mühe hätte zurückbringen können. Zweifellos ein leichter Hitzschlag, aber jetzt befinde sich der Patient schon auf dem Wege der Besserung. Morgen würde er voraussichtlich wieder wohlauf sein. Hartford brachte das alles so überzeugend vor, daß Eisenlohr und Braun ihren Verdacht fallenließen.

»Hoffen wir, Herr Professor, daß es so verlaufen wird«, sagte Eisenlohr. »Ich wollte gern noch einmal über den Plan einer amerikanischen Gründung mit Ihnen sprechen. Darf ich Sie um die Patentschriften bitten, Herr Braun?« Braun schob ihm einen Stapel von Schriftstücken hin, der die amerikanischen Anmeldungen enthielt.

»Ich möchte von der folgenden Grundidee ausgehen«, fuhr Eisenlohr fort: »Wir, das heißt die deutsche Gruppe, bringen in die zukünftige Gesellschaft diese Patente hier ein – Sie können Sie nachher in Ruhe auf

Ihrem Zimmer studieren, Herr Hartford. Außerdem stellen wir gewisse Erfahrungen und Erfolge zur Verfügung, die wir auf kleinen Versuchsfeldern bereits erreicht haben. Ich möchte sie Ihnen morgen zeigen, nachdem Sie sich über die Patentlage informiert haben.

Das würden die Werte sein, die wir einbringen; Sache der amerikanischen Gruppe wäre es, die erforderlichen Kapitalien zu beschaffen. Die Wege, die Sie uns heute mittag andeuteten, scheinen mir dafür recht gangbar zu sein ...«

Percy Hartford nickte geschmeichelt.

»Sie selbst, Herr Professor«, entwickelte Eisenlohr seinen Plan weiter, »würden wir gern als Wissenschaftler mit in der Gesellschaft haben wollen. Selbstverständlich würde Ihre Mühewaltung entsprechend vergütet werden. Ich will Sie nicht drängen, Herr Professor«, fuhr er fort, als er eine Veränderung in Hartfords Mienen bemerkte, »überlegen Sie sich meinen Vorschlag in aller Ruhe. Es genügt, wenn wir morgen oder übermorgen weiter darüber sprechen. Wir essen erst in einer guten Stunde. Vielleicht benutzen Sie die Zeit, um schon unsere Patente einzusehen.«

»Ich werde es tun, Herr Eisenlohr«, sagte Hartford und stand auf. Merkwürdig rauh und gepreßt kamen die Worte aus seinem Munde.

Kopfschüttelnd wandte sich Braun an Eisenlohr, nachdem der Amerikaner das Zimmer verlassen hatte.

»Es sieht mir nicht so aus, Herr Eisenlohr, als ob unser amerikanischer Kollege zugreifen würde; obwohl er nicht direkt ablehnte, schien er mir doch namentlich zuletzt starke Hemmungen zu haben.«

»Lassen wir ihm Zeit, Herr Professor«, versuchte Eisenlohr Braun zu beschwichtigen.

In sich zusammengesunken saß Hartford in seinem Zimmer. Unberührt lagen vor ihm die Patentschriften, die Eisenlohr ihm mitgegeben hatte. Es lohnte sich für ihn ja nicht, auch nur einen Blick hineinzuwerfen. Ein Müder, innerlich Verzweifelter war er, der eine große Hoffnung begraben mußte.

Welche glänzende Chance für ihn lag in dem Angebot Eisenlohrs! Und er durfte nicht zugreifen, weil seine dunkle Vergangenheit ihm nachlief! ... Erst nach langer Zeit raffte er sich wieder auf. Kostbar waren die Stunden, die ein gnädiger Zufall ihm hier noch schenkte; es galt, sie zu nutzen.

Er erhob sich, um nach Bruck zu sehen, aus dem noch alles herauszuholen, was ihm auf seinen weiteren Wegen von Nutzen sein konnte.

William Spranger warf mißmutig einen Brief Eisenlohrs, den er eben seinem Partner vorgelesen hatte, auf den Tisch.

»Ist typisch für alle Erfinder, Kelly, daß sie niemals fertig werden. Sie müssen noch etwas verbessern, irgendwelche Kleinigkeiten noch schöner machen und vertrödeln darüber kostbare Zeit. Ich hätte nicht gedacht, daß mein Freund Eisenlohr auch nicht anders als die anderen ist, aber nach dem Brief hier ist's leider der Fall.«

James Kelly griff nach dem Schreiben Eisenlohrs. Während er es noch einmal für sich durchlas, krauste er die Stirn.

»Es wird nicht anders, Kelly, und wenn Sie's auch dreimal lesen«, meinte Spranger. »Wir haben es eben mit einem Erfinder zu tun, der ...«

»... uns abhängen will, weil er etwas Besseres in petto hat.«

»Ausgeschlossen, Kelly! Das würde mein Freund Eisenlohr nicht tun.«

»Freundschaft hin und Freundschaft her – hier dreht sich's um business. Da kann ich mich auf meine Nase verlassen, und der Braten hier ist leicht zu riechen; ich sage Ihnen, Spranger: Der Junge will abspringen!«

Spranger nahm den Brief wieder an sich. »Ich glaube es zwar nicht, Kelly, aber ich werde ihm sofort schreiben.«

Spranger wollte sich erheben, um in sein Zimmer zu gehen. Kelly hielt ihn zurück. »Das hat keinen Zweck, Spranger. Hier heißt es schnell handeln und entschlossen zupacken, sonst haben wir das Nachsehen.«

»Was haben Sie vor?« fragte Spranger.

»Wir wollen zum Flugplatz fahren. Die Zimmer hier behalten wir. Unser Gepäck bleibt gleichfalls hier. Stecken Sie das Notwendigste in Ihre Handtasche. Wir müssen an Ort und Stelle ausfindig machen, was für Pläne Eisenlohr hat. Beeilen Sie sich, Spranger! Wir haben keine Zeit zu verlieren.«

»Ein Sonderflugzeug wünschen die Herrschaften – nach Deutschland – möglichst sofort?« sagte ein Clerk im Büro des Pariser Flughafens zu Kelly. »Einen Moment, meine Herren! Ich werde sehen. Wollen Sie inzwischen bitte Platz nehmen!«

Er verschwand in einem Nebenraum und kam nach kurzer Zeit in Begleitung eines anderen Angestellten zurück. »Wann können wir starten?« fragte Kelly.

»Ich höre soeben, mein Herr«, sagte der Clerk, »daß eine viersitzige Maschine zum Start bereitsteht. Ein deutscher Herr hat sie gechartert. Sie könnten mitfliegen, die Reise würde sich für Sie verbilligen.«

»Wohin geht die Maschine?«

»Der deutsche Herr hat sie für einen Flug nach Ihlefeld gemietet. Aber die Herrschaften könnten danach selbstverständlich zu jedem andern Hafen gebracht …«

Der Clerk konnte seinen Satz nicht vollenden.

»Ihlefeld? Gut, Mister!« unterbrach ihn Kelly. »Da wollen wir auch hin. Ist der Herr, der die Maschine gechartert hat, bereit, uns mitzunehmen?«

Der Clerk nickte.

Schnell waren alle Formalitäten erfüllt.

»Den Preis für den Flug hat der andere Herr bereits voll bezahlt«, sagte man Kelly im Büro. »Sie müssen direkt mit ihm abrechnen.«

Und dann gingen die beiden Inhaber der Firma Kelly and Company, von einem Beamten geführt, über das Flugfeld auf eine Maschine zu. Als erster kletterte William Spranger über die Schwinge in die Kabine und blieb erstaunt stehen, als er den Insassen erkannte.

»Herr Reinhard! Hier treffen wir uns wieder! Sie wollen nach Ihlefeld ... Vermutlich auch zu Doktor Eisenlohr ...«

»Vielleicht später, Mister Spranger. Zuerst nach Ihlefeld«, antwortete Reinhard, während er den Händedruck des Amerikaners erwiderte und danach Kelly begrüßte.

Die Motoren des Flugzeuges brüllten auf. Es jagte über den weiten Platz, schraubte sich in Kurven empor und schoß auf Ostkurs davon.

»Übrigens, Mister Kelly, wenn ich danach fragen darf: Ihre Zahnschmerzen sind Sie glücklich losgeworden?« wollte Reinhard wissen.

Kelly warf seinem Partner einen verdrießlichen Blick zu. »Sie hätten auch den Mund halten können, Spranger! War absolut nicht nötig, die dumme Geschichte weiterzuerzählen. Wenn ich den Kerl erwische, der mir das besorgt hat, drehe ich ihm noch nachträglich den Kragen um!«

»Bezähmen Sie Ihren Tatendrang, Mister Kelly!« lachte Reinhard. »Überlassen Sie die Angelegenheit lieber den Behörden.«

»Behörden! Die kriegen den Kerl ja niemals!« sagte Kelly wegwerfend.

»Vielleicht doch, Mister Kelly. Ich hoffe stark, daß man ihn in Deutschland fassen wird.«

»Was? Bigot ist nach Deutschland gegangen? Geflohen ist wohl richtiger!«

»Nicht Bigot, Mister Kelly! Der andere, sein Komplice. Man ist Mister Hartford stark auf den Fersen.«

»Wäre mir noch lieber, wenn Sie den anderen Schwindler, den Bigot, faßten«, meinte Kelly und machte sich's in seiner Ecke zu einem Schläfchen bequem.

In langem Gleitflug ging der Eindecker nach unten, machte noch eine Kurve gegen den Wind und rollte auf dem Flugplatz von Ihlefeld aus.

Sie waren ohne Zwischenlandung von Paris durchgeflogen. Die Zollrevision mußte hier stattfinden. Dem vielgereisten Kelly fiel es auf, wie überraschend glatt und schnell sie in einer Minute erledigt war, nachdem Reinhard ein paar Worte mit den Zollbeamten gesprochen hatte. Während der Amerikaner sich noch darüber wunderte, eilte bereits ein anderer Mann hinzu, grüßte Reinhard militärisch und übergab ihm ein Schriftstück.

Reinhard durchlas den Bericht, und es war unverkennbar, daß der Inhalt ihn stark überraschte. »Unglaublich! Das wäre der Gipfel der Frechheit!«

Kelly und Spranger besprachen sich gerade, daß sie sich einen Wagen bestellen wollten.

»Sie können mit mir fahren. Ich muß auch zur Eulenburg«, unterbrach Reinhard ihr Gespräch. »Führen Sie die Herren zu meinem Wagen«, wandte er sich an den Polizisten, sprach dann weiter zu den Amerikanern: »Vorher muß ich noch telefonieren. Ich werde Herrn Doktor Eisenlohr Ihren Besuch melden.«

»Das ist ein feiner Wagen!« sagte Kelly zu Spranger, als sie bei einem Kraftwagen haltmachten. »Herr Reinhard scheint ein wohlhabender Mann zu sein!«

»Herr Reinhard ist...«, sagte Spranger und brach ab, ohne den Satz zu Ende zu bringen.

Unterdessen stand Reinhard im Verwaltungsgebäude des Flugplatzes am Telefon und wartete darauf, daß Eisenlohr sich vom anderen Ende der Leitung her meldete.

Als Hartford am späten Abend noch einmal in das Zimmer Brucks kam, schien der Patient in festem Schlaf zu liegen.

Eine kurze Weile betrachtete ihn Hartford, dann ging er leise wieder aus dem Raum.

Er schläft ruhig und fest! dachte er, während er über den Flur in sein eigenes Zimmer zurückkehrte. Morgen früh werde ich weiter mit ihm reden.

Percy Hartford irrte sich. Dr. Bruck schlief nicht. Er schlug die Augen auf, sowie Hartford ihn verlassen hatte, bewegte sich, richtete sich auf seinem Lager etwas auf und begann nachzudenken.

Sein ganzes bisheriges Leben zog in dieser Nacht an seinem Geiste vorüber. Das gemeinsame Studium mit Eisenlohr ... Wanderjahre ... das zweite Zusammentreffen mit Eisenlohr ... eine Zeit ernster, zielbewußter Arbeit hier auf der Eulenburg ... bis Versuchung an ihn herantrat ... Goldrausch ... Millionenrausch ... Unehrlichkeit gegen Eisenlohr, dem er so viel zu verdanken hatte. Verhandlungen, Abmachungen mit dem Goldmacher aus Frankreich ...

Er erschrak jetzt bei der Erinnerung daran. Zum zweitenmal dann Untreue, als der Zufall ihm den amerikanischen Professor über den Weg führte ... Pläne, dem Versucher über den Atlantik zu folgen, alles, was er hier erfahren und gelernt hatte, dort im fremden Dienst gegen den auszuwerten, von dem es doch eigentlich stammte, und dann ...

In einem Flammenmeer hatte er plötzlich zu stehen geglaubt ... wie ein höllisches zuckendes Feuer hatte es plötzlich seinen Körper durchströmt ... tausend Gedanken, Erinnerungen, Gefühle hatten im Bruchteil einer Sekunde sein Hirn durchzuckt, und dann war plötzlich alles aus gewesen, tiefe Nacht und Bewußtlosigkeit um ihn.

Er schloß die Augen und öffnete sie wieder, um die Bilder zu verjagen, die auf ihn eindrangen.

Erst nach langen Stunden kam Dr. Bruck wieder zur Ruhe und verfiel bis zum hellen Morgen von neuem in einen tiefen Schlaf.

»Wo kommen Sie her, Herr Michelmann?« fragte Hartford am nächsten Vormittag Eisenlohrs Faktotum, das mit einem Tablett in den Händen über den Flur kam.

»Von Herrn Doktor Bruck, Herr Professor. Der Herr Doktor hat sich das Frühstück auf sein Zimmer bringen lassen, weil er sich von gestern noch etwas angegriffen fühlt.«

»Aber sonst ist er doch wieder wohlauf?«

»Jawohl, Herr Professor. Er ist angezogen und sitzt am Tisch.«

Percy Hartford klopfte bei Bruck an und trat ein. Während er dem Doktor gegenüber Platz nahm, beobachtete er ihn aufmerksam und mußte eine Veränderung an ihm feststellen, ohne sich über deren Art recht klarwerden zu können. Vorsichtig brachte er die Unterhaltung auf ihre früheren Verabredungen, sprach von Zukunftsplänen und wurde um so lebhafter, je teilnahmsloser Bruck ihn anhörte. In lockenden Farben malte er ihm die künftige Zusammenarbeit in Schenektady aus. Enttäuscht ließ er endlich davon ab, als auch das nicht verfing.

»Ich sehe, Herr Doktor«, sagte er bedauernd, »daß Sie noch etwas leidend sind, wir wollen später davon sprechen.« Er machte Miene, sich zu erheben, als Bruck den Mund öffnete.

»Bleiben Sie bitte, Herr Professor! Wir können gleich darüber sprechen.«

Hartford sah ihn erwartungsvoll an. Bruck fuhr fort: »Ich darf nicht von hier fortgehen, Herr Professor. Ich habe gegen Eisenlohr gefehlt, ich muß versuchen, es wiedergutzumachen.«

Der Amerikaner warf ihm einen verwunderten Blick zu und begann ernstlich an dem Geisteszustand Brucks zu zweifeln, als der weitersprach:

»Undankbar und untreu habe ich gehandelt! In der letzten Nacht ist es mir klargeworden. Ich war verblendet! Falscher Ehrgeiz, Sucht nach Reichtum, Neid auf einen anderen, der viel mehr weiß und kann als ich, haben mich verführt ...« Bruck schlug, während er sprach, die Hände vors Gesicht. »Oh, mein Gott, wohin wäre ich gekommen, wenn nicht – der Unfall gestern, der Schlag ... Ich bin dicht am Tode vorbeigegangen, Herr Professor. Es ist ein Wunder, daß ich noch am Leben bin ... Einen Unfall mögen Sie es nennen – ich denke anders darüber. Ich sehe einen Wink des Schicksals darin, das mich im letzten Augenblick vom Abgrund zurückriß!«

Hartford saß da, ohne ein Wort zu sprechen. Bruck ließ die Hände wieder sinken und blickte an dem Amerikaner vorbei ins Leere.

»Verblendung war alles! Unrecht! Torheit!« Er griff in seine Tasche, riß die Wechsel Bigots heraus und sprach weiter: »Auch das muß fort! Sündenlohn für den ersten Verrat!« Mit jähem Ruck zerfetzte er die Wechsel, warf die zerrissenen Papiere vor sich auf den Tisch, sank, wie von einer Last befreit, in den Stuhl zurück.

Mit Staunen zuerst, mit steigender Besorgnis danach hatte Hartford das Treiben Brucks beobachtet. Immer klarer wurde es ihm, daß er es mit einem Menschen zu tun hatte, der aufs schwerste erschüttert und wahrscheinlich immer noch krank war. Aber diese geistige Wandlung, die er bei Bruck feststellen mußte, erweckte Befürchtungen in ihm. Wenn der Doktor in solcher Stimmung zu Eisenlohr ging und dort in der gleichen Weise weitersprach, dann mußte auch die zweifelhafte Rolle, die er, Hartford, dabei gespielt hatte, bald zutage kommen, dann war es mit seinem Aufenthalt hier auf der Eulenburg vielleicht noch viel schneller vorbei, als er es so schon fürchten mußte.

Vorsichtig suchte er nach ein paar Worten, um den Erregten zu beruhigen und veranlaßte ihn, sich niederzulegen. Sorgfältig breitete er eine Decke über ihn aus und wartete, bis Bruck die Augen wieder schloß. Geräuschlos verließ er danach den Raum und kehrte in sein eigenes Zimmer zurück.

»Schreiben Sie's mir lieber auf, Herr Doktor, damit ich nichts vergesse. Ich hole inzwischen den kleinen Zweisitzer vors Tor«, hatte Michelmann vor zehn Minuten zu Eisenlohr gesagt und war zur Garage gegangen. Jetzt kehrte er in Eisenlohrs Zimmer zurück; der übergab ihm einen langen Zettel, auf dem die Einkäufe notiert standen, die Michelmann in Ihlefeld besorgen sollte. Das alte Faktotum las den Zettel durch und steckte ihn zu sich. Eisenlohr schlug ihm auf die Schulter.

»So, Michelmann, brausen Sie schleunigst ab und vergessen Sie das Wiederkommen nicht!«

»Wird alles schönstens besorgt werden, Herr Doktor«, sagte Michelmann und schlurfte zur Tür. Gerade als er sie öffnete, klingelte das Telefon auf Eisenlohrs Schreibtisch. Etwas langsamer, als an sich wohl nötig war, zog der Alte die Tür hinter sich zu und hatte so Gelegenheit, noch einiges von dem zu vernehmen, was Eisenlohr in den Apparat sprach.

»Wie ...? Ein Schwindler ...? Ein falscher Professor ...? Ein anderer Hartford ...?« hörte er Eisenlohr noch sagen; dann hielt er es doch für angebracht, die Tür endgültig zu schließen. Kopfschüttelnd ging er die Treppe hinunter, stieg in den Wagen und fuhr den

Burgweg hinab, in Gedanken immer noch mit dem beschäftigt, was er eben aufgeschnappt hatte.

Etwa hundertfünfzig Meter mochte er zurückgelegt haben, als er ein dumpfes Dröhnen hinter sich hörte, ein Geräusch, das ihm nicht unbekannt war. Schon öfter als einmal hatte er es vernommen, wenn Eisenlohr sich veranlaßt sah, die schweren Schiebetüren des Burgtores in Bewegung zu setzen.

Mit steigender Erregung hörte Eisenlohr am Telefon den Bericht Reinhards an, konnte, wollte das Gehörte nicht glauben, fragte wiederholt dazwischen, bis Reinhard ungeduldig wurde.

»Es ist schon so, Herr Doktor!« rief der auf dem Flugplatz in Ihlefeld in seinen Apparat. »In einer halben Stunde kann ich bei Ihnen sein – Hauptsache ist, daß der Kerl nicht vorher ausrückt!«

»Einen Moment, Herr Hauptmann, in drei Sekunden bin ich wieder da!« rief Eisenlohr zurück, legte den Hörer auf den Tisch, sprang zur Wand und bewegte einen Schalter. Im nächsten Augenblick hatte er den Hörer schon wieder am Ohr. »Die Klappe ist zu, Herr Reinhard! Wer jetzt in der Burg ist, kann nicht mehr raus!«

Befriedigt hing Reinhard in Ihlefeld den Hörer an den Haken, um zu seinem Wagen zu gehen; erregt warf ihn Eisenlohr bei sich auf die Gabel und stürmte die Treppen hinunter in den Keller, wo er Holthoff und Braun bei den Öfen wußte. Noch außer Atem von dem schnellen Lauf, stand er vor den beiden.

»Was haben Sie, Herr Kollege?« fragte Braun und schob seine Brille bedächtig von der Stirn auf die Nase. »Sie scheinen etwas erregt zu sein.«

»Mit Grund, Herr Professor. Wissen Sie das Neueste?« Stoßweise kamen die Worte aus Eisenlohrs Mund. »Der Mensch, der hier seit achtundvierzig Stunden bei mir zu Gast ist – der Amerikaner ...«

»Sie sprechen vom Kollegen Hartford, Herr Doktor?« fragte Braun befremdet.

»Ein schöner Kollege, Herr Braun ... ein Schwindler!«

»Herr Professor James Hartford ein Schwindler? Das ist doch unmöglich!«

»Aber begreifen Sie doch endlich, Herr Professor Braun. Professor James Hartford ist noch in Paris. Ein anderer, ein Schwindler – ein weggejagter Laborant hat hier bei uns seine Rolle gespielt – hat uns alle hinters Licht geführt ...!«

Mit geöffnetem Mund stand Braun da, schnappte nach Luft, starrte Eisenlohr verdutzt an.

»Es ist schon so, Herr Professor«, sagte Eisenlohr, trotz seines Ärgers hell auflachend. »Wir sind dem Gauner alle aufgesessen!«

Braun schüttelte den Kopf, als ob er gegen die Behauptung Eisenlohrs protestieren wollte.

»Er kam mir doch gleich verdächtig vor, er trug keine Brille«, murmelte er vor sich hin, während er seine eigenen Gläser zu putzen begann. »Er war auch zu umgänglich ... zu konziliant ...«

Braun schwieg, als Holthoff sich einmischte: »Ich werde die Polizei anrufen, Herr Eisenlohr. Raus kann der Mensch ja nicht mehr, dafür sorgt unser eiserner Vorhang.«

»Nicht mehr nötig, Herr Holthoff!« wehrte Eisenlohr ab. »Ich erwarte anderen Sukkurs, aber wir können vorarbeiten. Wir wollen den Burschen in seinem Zimmer einschließen. Kommen Sie, meine Herren, wir wollen zu dritt hinaufgehen! Worauf warten Sie noch? Kommen Sie doch!« forderte er Holthoff ungeduldig auf, als er zögerte und sich suchend umsah.

»Es dürfte nicht unzweckmäßig sein, etwas Handfestes mitzunehmen«, erwiderte Holthoff, während er nach einer soliden Schürstange griff.

»Ach so! Sie haben recht, Herr Holthoff. Man kann

nicht wissen, wie der Herr unseren Besuch aufnimmt. Ich denke, das hier kann ganz nützlich sein.« Eisenlohr langte sich ein biegsames Kabelende, ließ es ein paarmal durch die Luft pfeifen und ging damit zur Treppe. Holthoff und Braun folgten ihm.

Hartford schrak in seinem Zimmer zusammen, als ein metallisches Rollen durch den Raum dröhnte. Er sprang auf, blieb stehen, bis es wie ein fernes Donnergrollen verklungen war. Unheilverkündend schien es ihm zu sein; sofort mußte er erfahren, was das zu bedeuten hatte. Bruck würde es ihm sagen können. Schnell lief er in dessen Zimmer hinüber, um ihn zu fragen. Aber der war wieder in einen festen Schlaf gefallen. Obwohl Hartford ihn rücksichtslos anrief und rüttelte, bedurfte es geraumer Zeit, bis er ihn einigermaßen ermunterte. Mit viel Mühe holte er ein paar unklare Worte aus ihm heraus.

»Ja? – Ja? – Der Eiserne? – Eisenlohr hat ihn runtergelassen – soll keiner rein in die Burg oder keiner raus – soll keiner raus – Professor ...«

Bruck warf sich auf die Seite und schlief wieder ein. Hartford kümmerte sich nicht weiter um ihn. Er hatte genug gehört. Der kritische Moment, mit dem er seit zwei Tagen rechnete, war da. Schnellste Flucht war geboten.

Eben öffnete er die Tür, um Brucks Zimmer zu verlassen, als er eilige Schritte auf dem Flur vernahm. Schnell zog er sie wieder zu und lauschte, hörte Stimmen, hörte seinen Namen nennen, hörte, wie die Tür zu seinem Zimmer aufgerissen wurde, hörte, wie Eisenlohr, Braun und Holthoff dort hineinstürmten.

Einen Augenblick drohte sein Herzschlag zu stocken, Leichenblässe überzog sein Gesicht, er mußte sich am Türpfosten stützen. Im nächsten Moment hatte er sich wieder in der Gewalt. Um Bruchteile von

Sekunden ging es. Jeden Augenblick konnten die Verfolger auch hierherkommen.

Hartford lief den Flur entlang, erreichte die Treppe, die nach unten führte, und eilte sie hinab; er kam auf einen andern Flur und folgte ihm ein Stück, blieb atemschöpfend stehen und horchte wieder. Noch war nichts zu hören. Die Verfolger mußten noch weiter entfernt sein.

Das Zimmer Hartfords war leer; mit einem Blick überzeugten seine drei Verfolger sich davon.

»Er ist nicht mehr hier«, sagte Professor Braun, der an den Schreibtisch getreten war und eine Schublade aufzog.

»Aber er ist noch vor kurzer Zeit hiergewesen«, stellte Holthoff an einer Tabakspfeife fest, aus der noch schwacher Rauch emporkringelte.

Eisenlohr nahm ihm das Corpus delicti aus der Hand und betrachtete es eingehend.

»Es können höchstens fünf Minuten vergangen sein«, meinte er nachdenklich, »seitdem Hartford das Zimmer verließ. Da war das Tor längst geschlossen. Wir haben unseren Mann sicher. Wir brauchen ihn nur zu suchen. Natürlich wird er sich versteckt haben. In einer Viertelstunde muß Reinhard mit zwei Begleitern kommen; sie werden bei der Suche eine wertvolle Unterstützung sein. Gehen wir erst einmal zu Bruck rüber. Möglich ist es ja, daß wir Percy Hartford dort noch treffen.«

Sie verließen den Raum und traten in das Zimmer Brucks. Der lag schlafend da und reagierte auf die Versuche Holthoffs, ihn zu ermuntern, ebenso schwer wie einige Minuten vorher auf diejenigen Hartfords. Eisenlohr fühlte ihm den Puls, hob ihm ein Augenlid hoch und betrachtete die Pupille.

»Das gefällt mir nicht.« Er sprach die Worte mehr zu sich als zu den anderen. »Ich hätte mich schon früher um ihn kümmern sollen...« Er wandte sich an Holthoff: »Gestern nachmittag hat Kollege Bruck den Schwächeanfall gehabt? Wenn ich mich recht erinnere, soll es um vier Uhr herum gewesen sein?«

Holthoff nickte. »Ganz recht, Herr Eisenlohr. Um diese Zeit ist es gewesen. So hat mir's Michelmann erzählt.«

Eisenlohr schwieg. Die Erinnerung kam ihm, wie er um diese Zeit mit Braun zusammensaß und die Alarmglocke von der Hochspannung einmal kurz anschlug. Ein Verdacht stieg in ihm auf.

Holthoff wollte ihn zum Aufbruch drängen. »Hartford kann uns nicht weglaufen«, lehnte Eisenlohr ab. »Das hier ist wichtiger. Bleiben Sie bitte hier. Ich komme wieder.«

Er verließ den Raum und ging in sein Arbeitszimmer hinunter zu einem Wandschrank. Bedächtig suchte er unter den darin aufbewahrten Arzneimitteln heraus, was er für nötig hielt. Ein Kästchen mit kleinen gläsernen Ampullen und eine Injektionsspritze. Schaden kann es ihm nichts, dachte er bei sich, während er wieder nach oben ging. Wenn es so ist, wie ich fürchte, wird es ihn retten.

Er streifte den Ärmel von Brucks Jacke zurück; die Injektionsnadel drang in die Haut. Ein fester Druck, und der Inhalt der Spritze entleerte sich in eine Vene.

Ungeduldig trat Holthoff von einem Bein auf das andere. Professor Braun wollte etwas sagen. Eisenlohr wehrte ab. »Gedulden Sie sich, meine Herren! Zehn Minuten Ruhe, und das Mittel wird wirken. Seien Sie unbesorgt, der andere entkommt uns nicht.«

Während Eisenlohr es zu Holthoff und Braun sagte, eilte Hartford durch die weitläufigen Flure der alten Burg. Wieder erreichte er eine Treppe und schaute sich um.

War das nicht der Weg, den er vor vierundzwanzig Stunden mit Bruck gegangen war? Die gleiche Treppe wie damals war diese Wendelstiege hier doch. Er erkannte die starken Mauern des Bergfrieds und die kleinen Fenster wieder und stieg die Stufen weiter hinab. Immer dunkler wurde es um ihn. Er griff in seine Taschen, suchte nach der Taschenlampe. Er hatte sie nicht bei sich, aber etwas anderes fand er dafür, jenen Schlüssel, den er Bruck gestern abgenommen hatte. Fieberhaft umklammerte seine Rechte den Schlüsselschaft. In höchster Not bedeutete dieses Stückchen Eisen die Rettung für ihn.

Im Dunkeln tappte er weiter, bis er an der Tür stand, die auch Bruck damals geöffnet hatte. Mit unsicheren Fingern tastete er, bis er das Schlüsselloch fand, bis der Schlüssel schließlich steckte, sich drehte. Die Tür ging auf. Dumpfe Luft schlug ihm entgegen.

In einer plötzlichen Aufwallung wollte er in das Dunkel vor sich hineinlaufen, zwang sich dann aber mit Gewalt zur Ruhe. Nur wenn er die Tür wieder hinter sich verschloß, war er wenigstens vorläufig in Sicherheit.

Wieder ein langes Tasten und Suchen im Dunkeln. Das Schlüsselloch auf der Außenseite war schwerer zu finden als auf der anderen. Schon glaubte er Schritte zu hören... Waren die Verfolger auch hier schon auf seiner Spur? ... Oder war es nur das Blut, das in seinen Ohren trommelte, war es Furcht, die ihn hören ließ was noch nicht war?

Mit einer letzten Anstrengung stieß er den Schlüssel in das Schloß, drehte ihn herum, riß ihn wieder heraus und sank kraftlos nieder.

»Gerettet!« Wie ein Stoßseufzer kam es von seinen Lippen. Er raffte sich wieder auf, tastete sich in der Finsternis vorwärts, stolperte über ein Hindernis, stieß gegen Kanten und Steine, kämpfte sich mühsam Schritt für Schritt vorwärts, bis endlich von ferne ein

Lichtschein winkte. Bis er das Ende des Ganges im Walde erreichte.

Nur kurze Minuten der Rast gönnte er sich. Flucht! war der einzige Gedanke, der in seinem Hirn kreiste.

Die Sonne war noch über dem Horizont, im Westen mußte sie jetzt ungefähr stehen. Ohne sich um Weg und Steg zu kümmern, folgte Hartford der Richtung der Baumschatten nach Westen.

Bald stand er auf der Landstraße, barhäuptig. Nur was er in seinen Taschen bei sich trug, hatte er gerettet. Er griff sich zur Brust. Dort knisterte es, Geldscheine, viele Dollarnoten, steckten dort. Ein Gefühl der Sicherheit überkam ihn, als er die Papiere zwischen seinen Fingern fühlte.

Wohin jetzt? war die nächste Frage. Er beschloß, der Landstraße zu folgen, aber die Richtung nach Ihlefeld schlug er nicht ein; die andere wählte er. Etwas weiter war so der Weg bis zur nächsten Stadt, aber sicherer würde er dort untertauchen und verschwinden können.

Qualvoll langsam verstrichen die Minuten. Unbewegt wie eine Statue fast stand Eisenlohr vor dem Lager Brucks, ohne einen Blick von dessen Gesicht zu lassen. Jetzt schienen die verfallenen Züge sich zu beleben, das Blut kehrte in die blasse Haut zurück. Noch ein paar tiefe Atemzüge, und er schlug die Augen auf.

Verwirrt, wie jemand, der aus einem tiefen Schlaf erwacht, schaute er um sich. Ein Schein des Wiedererkennens glitt über seine Züge, als er Holthoff und Braun sah, aber er schloß die Lider wieder, als er Eisenlohr erblickte, und wandte den Kopf zur Seite.

Eisenlohr griff nach seinem Puls. Voll und kräftig wie der eines Gesunden schlug er jetzt. Er beugte sich zu ihm hinab und begann leise und eindringlich zu Bruck zu sprechen.

Waren es die Worte, oder war es das Fluidum eines starken Willens, das auf Bruck überströmte? Er öffnete die Augen wieder, sein Blick traf sich mit dem Eisenlohrs.

»Ich möchte mit Ihnen allein sprechen.« Leise, den anderen kaum verständlich, kamen die Worte von seinen Lippen.

Eisenlohr zog sich einen Stuhl heran und setzte sich neben ihn. Auf seinen Wunsch verließen Braun und Holthoff den Raum und gingen in das Zimmer Hartfords hinüber.

»Merkwürdig, Herr Kollege«, sagte Braun.

»Ich bewundere die Ruhe des Chefs«, gab Holthoff seiner Ungeduld Ausdruck. »Wir stehen wie auf glühenden Kohlen. Wir wollen den Schwindler aus Amerika fassen, und Eisenlohr setzt sich da gemütlich zu Bruck hin. Das hätte doch schließlich bis nachher Zeit gehabt.«

Braun ließ Holthoff reden und kramte in den Schreibtischfächern. Ein altes Notizbuch fiel ihm dabei in die Hände, in dem er zu blättern begann. Zunächst schien ihn der Inhalt nicht sonderlich zu interessieren. Es waren kurze Aufzeichnungen über Geschäftsgänge und Reisen. Daneben standen Angaben und Geldsummen, aus denen Professor Braun nicht recht klug werden konnte, da er ja von den dunklen Verkäufen Hartfords in Paris keine Ahnung hatte. Dann aber kamen technische Skizzen und Angaben über Stromstärken und Spannungen, die ihn sehr bald fesselten.

»Es ist zum Verzagen!« hatte Holthoff eben wieder mit einem Blick auf die Uhr gesagt, als Braun ihm das Notizbuch wies. »Sehen Sie mal her, Kollege: Hier finde ich die ganze Entstehungsgeschichte der Strahlröhren dieses französischen Scharlatans, dieses Bigot. Merkwürdig! Höchst merkwürdig, Herr Kollege! Erst hat er hier ganz unmögliche Werte, völlig unsinnige Angaben notiert – und dann ganz unvermittelt stehen hier dieselben Werte, mit denen Kollege Eisenlohr arbeitet...«

Holthoff vergaß seine Ungeduld und begann sich zusammen mit Braun in den Inhalt des Büchelchens zu vertiefen. Auch ihm waren die Aufzeichnungen zunächst rätselhaft, aber schneller als der ein wenig weltfremde Professor Braun fand er eine Lösung dafür.

»Das haben die Herrschaften einfach gestohlen«, entschied er den Fall. »Und zwar haben sie's sicherlich bei uns gestohlen. Es wird wichtig sein, den zu finden, der es ihnen zugesteckt hat.«

Dr. Bruck kam mit dem, was er Eisenlohr zu sagen hatte, zu Ende.

Nur selten unterbrach ihn Eisenlohr dabei durch einen ermutigenden Zuspruch. Eine vollständige Beichte war es; ein reuiges Bekenntnis der Verfehlungen, die Bruck begangen hatte.

»Können Sie mir verzeihen, Herr Eisenlohr?« endigte er.

Eisenlohr faßte seine Rechte.

»Sie waren krank, mein lieber Bruck. Sie waren schon lange seelisch krank, bevor dieser Unfall Sie traf. Ich wußte es. Mit immer größerer Sorge habe ich Sie von Tag zu Tag beobachtet. Ich sah, daß ... so oder so ... eine Lösung kommen mußte, und habe sie – ich sage es Ihnen ganz offen – mit Furcht erwartet.«

»Können Sie mir verzeihen?« wiederholte Bruck seine Frage. Eisenlohr drückte die Hand des anderen kräftig.

»Es ist vergeben und vergessen, Sie haben die Krise überwunden, Sie haben von selbst wieder zu sich zurückgefunden.«

Mit einem Seufzer der Erleichterung ließ Bruck sich in das Kissen zurücksinken und schloß die Augen.

»Jetzt müssen Sie erst ganz gesunden, und dann wollen wir wieder so zusammenarbeiten wie früher«, sagte Eisenlohr und strich ihm mit beiden Händen über die Stirn. Beruhigend, einschläfernd wirkte die Berührung auf Bruck. Tief und kräftig wurden seine Atemzüge. Leise stand Eisenlohr auf und ging hinaus.

Vergeblich sah er sich auf dem Flur nach Braun und Holthoff um. Ein Blick auf die Uhr belehrte ihn, daß er eine gute Viertelstunde mit Bruck allein zusammengewesen war. So lange sind sie hier natürlich nicht stehengeblieben, sagte er sich, sie werden drüben sein. Er ging in das Zimmer Hartfords und fand Professor Braun und Holthoff in einer lebhaften Debatte darüber, wie Bigot oder Hartford sich die Werte für die Strahlröhren verschafft haben könnten.

»Lassen Sie es, meine Herren!« unterbrach er ihren Disput. »Es hat jetzt keine Wichtigkeit mehr. Jeden Augenblick können die anderen da sein. Wir wollen sehen, daß wir jetzt unseren unerwünschten Gast zu fassen bekommen.«

Er hatte den Satz kaum ausgesprochen, als der laute, schrille Ton einer Glocke aufgellte.

»Da sind sie schon!« fuhr er fort. »Wir wollen in den Hof hinuntergehen und die Herren mit der nötigen Vorsicht hereinlassen.«

Gerade so weit ging das schwere Schiebetor auseinander, daß der Kraftwagen zwischen ihnen hindurchfahren konnte. Unmittelbar hinter ihm schoben sich die Flügel wieder zusammen. Auf der Mitte des Hofes hielt der Wagen an.

Vergnügt begrüßte William Spranger seinen alten Freund Eisenlohr und machte ihn mit seinem Partner Kelly bekannt, während Reinhard mit sachverständiger Miene das eiserne Tor musterte.

»Das Ding ist solide gebaut, Herr Doktor«, meinte er anerkennend. »Wenn unser Mann keinen anderen Ausgang gefunden hat, dann dürfte er uns sicher sein.«

»Einen anderen Zugang gibt es nicht, Herr Reinhard«, erklärte Eisenlohr mit Entschiedenheit, »wer in die Burg will, muß hier durch.«

Von oben her, vom Dachgeschoß aus, begannen sie systematisch mit der Suche. Strahlenförmig verteilten sie sich von dort aus über die Flure, ließen bei ihren Nachforschungen kein Zimmer und keine Treppe aus und trafen schließlich nach einer guten halben Stunde wieder auf jener Wendeltreppe zusammen, die im Bergfried weiter nach unten führte. Die Streife war bisher ergebnislos verlaufen.

»Es bleiben uns noch die Keller«, gab Reinhard als Parole aus. »Es ist die letzte Möglichkeit.«

Hintereinander gingen sie die steile Wendelstiege hinab. Als die Fenster aufhörten, ließ Reinhard eine starke Taschenlampe aufflammen. Am unteren Ende der Treppe führte ein enger Flur vorbei.

»Da geht es zu den Laboratoriumskellern«, erklärte Eisenlohr, »den anderen Zugang zu ihnen habe ich gesperrt. Nach der anderen Seite hier endet der Gang blind.«

»Sehen wir uns erst mal das blinde Ende an«, entschied Reinhard. Ein Dutzend Schritte weiter hatte er es erreicht und leuchtete die Wände ab.

»Hier ist ja eine Tür?« fragte er Eisenlohr.

»Die ist verschlossen. Sie ist seit Jahrzehnten nicht mehr geöffnet worden. Meine Vorgänger hatten schon den Schlüssel verloren«, erwiderte Eisenlohr.

Reinhard bückte sich und leuchtete das Schlüsselloch ab. »Das Schloß ist kürzlich neu geölt worden«, sagte er, als er sich wieder aufrichtete, zu Eisenlohr.

»Ich wüßte nicht, wer das getan haben könnte«, meinte der achselzuckend. »Ohne Schlüssel hätte es auch nur wenig Zweck.«

»Wer das gemacht hat, der wird wohl auch einen Schlüssel gehabt haben, Herr Doktor.« Während Reinhard es sagte, suchte er in seinen Taschen, holte ein blankes, stählernes Instrument heraus und schob es in das Schlüsselloch. Der Stahlhaken faßte den Schloßriegel und schob ihn zurück. Die Tür ging auf. Sie standen am Anfang des unterirdischen Ganges.

Reinhard mit seiner Lampe ging voran. Eisenlohr, der ebenfalls eine Taschenlampe bei sich hatte, beschloß den Zug. Die vier anderen zwischen ihnen mußten alle Aufmerksamkeit aufwenden, um in der unsicheren Beleuchtung nicht zu Fall zu kommen. Schon wurde in der Ferne ein Lichtpunkt, das andere Ende des Ganges, sichtbar, als Reinhard plötzlich stehenblieb. Er bückte sich, hob etwas Weißes auf und brachte es in den Lichtkegel seiner Lampe. Es war ein Taschentuch mit den Initialen P. H.

»Zwecklos, weiter zu suchen!« rief er Eisenlohr zu. »Der Mann ist längst über alle Berge. Durch diesen Gang hier ist er entkommen.«

Er drehte sich um und wollte zurückgehen, aber die anderen waren dagegen. »Der Wissenschaft halber«, wie Professor Braun sich ausdrückte, wollten sie den Gang bis zum Ende verfolgen. Wenige Minuten später standen sie in einem Waldgebüsch.

»Hier hat Ihr Topf ein Loch, Herr Doktor«, sagte Reinhard zu Eisenlohr. Der schlug sich an die Stirn und schwieg. Er wußte darauf nichts zu erwidern.

»Fassen werden wir den Jungen doch«, tröstete Reinhard. »Über die Grenze kommt er nicht, dafür ist gesorgt.«

Während sie einem Waldpfad folgten, um zum Burgtor zu gelangen, berichtete er Eisenlohr, wie er auf die Spur Percy Hartfords gekommen war. Eine Schlafwagenkarte in Paris, auf den Namen ›Professor Hartford‹ ausgeschrieben, hatte den ersten Anhaltspunkt gegeben. Von Frankfurt an wurde die Spur undeutlich – Hartford war mit einem Lokalzug weitergefahren –, aber in Ihlefeld fanden Reinhards Leute sie wieder; geradenwegs in das Hotel ›Zum Hohen Stein‹

führte sie, wo Hartford mit Dr. Bruck zusammenkam. Da war es nicht mehr schwer, den Wagenführer ausfindig zu machen, der den Amerikaner zur Eulenburg gefahren hatte. Aber diese letzte Meldung erhielt Reinhard erst bei der Landung auf dem Flugplatz in Ihlefeld. So war es ihm unmöglich gewesen, schon unterwegs den Draht spielen zu lassen, und Percy Hartford konnte ihnen durch diesen unterirdischen Gang doch noch einmal entkommen.

Eisenlohr und Reinhard waren während ihres Gespräches etwas langsamer gegangen und ein ziemliches Stück hinter den vier anderen zurückgeblieben.

»Sie haben bei Ihrem Unternehmen Pech gehabt, Herr Hauptmann«, meinte Eisenlohr, als Reinhard mit seinem Bericht zu Ende war.

Der machte eine wegwerfende Bewegung.

»Eine nebensächliche Affäre, Herr Doktor. Ich bin nicht vier Wochen in Paris gewesen, um einen kleinen Gauner zu fangen. Wenn wir ihn fassen, ist's schön, wenn er uns entwischt, ist's noch so. Mir kam es ganz gut zupasse, um einen plausiblen Vorwand für meinen Aufenthalt in Frankreich zu haben.«

»So, so! Das ist nicht uninteressant!« Eisenlohr blieb stehen. »Ich will mich nicht in Ihre Geheimnisse drängen, Herr Hauptmann – nur die eine Frage möchte ich mir erlauben: Hatten Sie bei Ihren anderen Sachen mehr Glück?«

»Ich hatte es, Herr Doktor. Während ich offiziell in Paris hinter den Herren Bigot und Hartford her war, konnte ich ungestört und unbeargwöhnt Verhandlungen führen und ein Abkommen vorbereiten. Zu guter Letzt hat mir Mister Percy Hartford mit seiner Flucht nach Deutschland noch einen ungewollten Dienst erwiesen. Was war natürlicher und selbstverständlicher, als daß ich ein Flugzeug charterte, um ihm nachzueilen? Daß ich die in Paris bereits paraphierten Abmachungen auf diesem Flug mitnahm, blieb einer gewissen, unseren Verhandlungen und Bestrebungen abgeneigten Stelle verborgen, und das war gut so, Herr Doktor.«

»Also kann man Ihnen trotz Ihres Mißerfolges hier doch gratulieren, Herr Reinhard?«

Reinhard schüttelte die Rechte, die Eisenlohr ihm reichte.

»Sie können es, Herr Doktor. In einer Stunde werde ich weiterfahren, um diese Dokumente«, er deutete auf seine Brusttasche, »an die zuständige Stelle zu bringen. Ich bin überzeugt, daß man dort mit mir zufrieden sein wird.«

»By Jove, was ist das hier?«

Kelly stellte die Frage, als sie an jene Stelle des Weges kamen, an der das Strahlpulver Eisenlohrs eine riesige Vegetation erzeugt hatte.

»Unglaublich, Spranger!« Staunend betrachtete Kelly die üppigen Stauden und den Graswuchs, der fast an einen indischen Dschungel gemahnte.

»Wachstumsstrahlung, Mister Kelly«, gab ihm Holthoff die Erklärung. »Sie haben hier eins unserer ersten Versuchsfelder vor sich; der Boden wurde weder besonders bearbeitet noch gedüngt. Wir beschränkten uns darauf, über die hier vorhandene Waldflora einfach eine bestimmte Menge jenes strahlenden Pulvers auszustreuen, von dem Sie wohl bereits gehört haben.«

Wie in einer schmerzlichen Erinnerung griff sich Kelly an den Mund. »Ich kenne das Zeug, Doktor! Habe es selber ein paar Tage in meinen Zähnen gehabt und dankte meinem Schöpfer, als ich es wieder los war. Aber daß es solche Wirkung haben könnte! Wie ist das nur möglich?«

»Die Strahlung macht es, Mister Kelly«, mischte sich Professor Braun ein. »Wir sind eben dabei, sie zu analysieren. Das strahlende Isotop, das wir hier gestreut haben, sendet außer der schon früher bekannten mitogenetischen Strahlung auch noch multiple harmonische aus ...«

»Brrr!« Kelly schüttelte sich, als ob er einen schlechten Schnaps getrunken hätte. »Verschonen Sie mich mit Ihren Fremdwörtern, Professor! Es genügt mir, wenn Sie sagen, daß die Strahlung das Wunder geschafft hat.«

»Aber die wissenschaftliche Erklärung, Mister Kelly! Wir sind dabei, festzustellen, welche Komponenten der Strahlung die Zelltätigkeit anregen«, versuchte Braun zu widersprechen.

»Stellen Sie es in Gottes Namen fest und werden Sie glücklich damit, Professor!« wehrte Kelly ab. »Ich bin kein Wissenschaftler, sondern ein Mann der Praxis. Mich interessiert etwas anderes. Vor allen Dingen die Frage: ›Wird der Boden durch das gesteigerte Wachstum nicht verhältnismäßig schnell ausgelaugt?‹ Das zu wissen wäre für unsere Farmbetriebe in USA wichtig.«

»Nicht mehr, als es in der Natur der Dinge liegt«, erwiderte Braun diplomatisch.

»Was soll das heißen?« fragte Kelly ungeduldig.

Holthoff hielt es für angebracht, dem Professor zu Hilfe zu kommen. »Selbstverständlich beansprucht das stärkere Wachstum auch den Boden stärker«, erläuterte er Brauns Worte, »aber es schließt ihn auch besser auf. Sie dürfen nicht vergessen, Mister Kelly, daß dem Riesenwuchs, den Sie hier vor Augen haben, ein entsprechendes Wachstum der Wurzeln unter der Erde entspricht. Der Acker wird dadurch viel kräftiger und viel weitgehender aufgeschlossen. Wir sind nach den bisherigen Versuchen zu der Ansicht gekommen, daß die Nachteile, die Sie eben andeuteten, nicht zu befürchten sind.«

Noch andere Fragen stellte Kelly, und abwechselnd gaben ihm Holthoff und Braun Auskunft, die ihn zufriedenstellte.

»Man sollte es jedenfalls in USA versuchen«, sagte er eben, als Eisenlohr und Reinhard wieder hinzukamen.

»Sie werden noch überzeugter sein, Mister Kelly, wenn Sie unsere Versuchsfelder sehen, die wir auf gedüngtem Boden angelegt haben«, sagte Eisenlohr zu ihm. »Da hat das Strahlpulver noch viel stärker gewirkt als hier auf dem unaufgebrochenen Land.«

»Wir werden sehen, Herr Doktor«, meinte Kelly. »Ich glaube, wir werden auch gründen«, fügte er leise und nur für Spranger vernehmbar hinzu. – Noch eine kurze Strecke ging die Wanderung weiter durch den Wald, dann erreichten sie den Burgweg und kamen vor das geschlossene Tor.

»Die Zugbrücke ist aufgezogen. Wer läßt sie herunter, Herr Doktor?« fragte Reinhard.

»Einen Augenblick, Herr Hauptmann!« Eisenlohr ging vom Weg ab seitwärts in den Wald. Noch bevor er zurückkehrte, kam Bewegung in die eiserne Sperre. Dröhnend rollten die Schiebetore zurück. Der Eingang zum Burghof lag frei.

Reinhard lehnte die Einladung Eisenlohrs zu einem Imbiß ab. Ein kurzer Abschied, ein Händedruck, und er ließ den Motor seines Wagens anspringen.

Merklich fiel die Abenddämmerung ein, als die anderen den Speiseraum betraten. Eisenlohr griff zum Haustelefon und sprach mit der Küche und gab Befehl, aufzutragen.

»Ich begreife nicht, daß Michelmann noch nicht zurück ist«, wandte er sich an Holthoff, während der erste Gang serviert wurde. Holthoff zuckte die Achseln. »Er wird irgendeinen Aufenthalt gehabt haben, Herr Eisenlohr. Hoffentlich keine Panne.«

»Ausgeschlossen, Holthoff. Michelmann weiß mit dem Wagen Bescheid. Weiß der Teufel, was er wieder in Ihlefeld zu kramen hat! Nun, das soll uns nicht weiter stören.«

In der Tat hatte das alte Faktotum sich in Ihlefeld auf ein Unterfangen eingelassen, von dem weder Eisenlohr noch Holthoff etwas ahnen konnten. Michelmann hatte seine Besorgungen erledigt. Eben trat er aus einem Geschäft auf dem Alten Markt heraus, als er gegenüber der Post das Auto vom Flugplatz halten sah. Nur wenige Personen stiegen aus.

Die meisten schienen ein festes Ziel zu haben; einige wandten sich dem Hotel ›Zum Hohen Stein‹ zu, andere gingen auf der Straße weiter. Nur einer der Fahrgäste blieb stehen und sah sich suchend um, als ob er jemand erwartete. Michelmann konnte beobachten, wie er erst einen Passanten ansprach, eine kurze Weile mit dem redete und dann über den Markt hinweg auf ihn selbst lossteuerte. Er hatte hinreichend Zeit, den Näherkommenden gründlich zu mustern, einen hochgewachsenen Mann, der einen kurzgestutzten Schnurrbart und eine Brille trug.

Sieht ja auch stark nach Amerika aus, dachte sich der Alte und fand seine Vermutung bestätigt, als ihn der Fremde in einem gebrochenen Deutsch mit unverkennbar amerikanischem Tonfall fragte, ob das der bestellte Wagen nach der Eulenburg wäre. Von einem bestellten Wagen war Michelmann nichts bekannt.

»Unbegreiflich«, entrüstete sich der Amerikaner. »Ich habe Herrn Doktor Eisenlohr gestern geschrieben, daß ich heute käme.«

»Wir erwarten niemand auf der Eulenburg«, erwiderte Michelmann abweisend, »Herr Doktor Eisenlohr hätte es mir bestimmt gesagt, wenn…«

»Aber doch erwartet er mich!« unterbrach ihn der Amerikaner und hielt es an der Zeit, sich vorzustellen. »Ich bin Professor Hartford aus Schenektady. Den Namen haben Sie vielleicht schon gehört.«

In Michelmanns altem Kopf begann es zu arbeiten. Hartford… Professor Hartford… war ja schon längst auf der Eulenburg, aber was hatte er, Michelmann, noch kurz vor seiner Abfahrt gehört? Ein anderer, ein Schwindler, sollte auf denselben Namen reisen. Ein guter Zufall, daß der Bursche gerade ihm in die Hände lief, den wollte er schon richtig bedienen. Während er noch stand und einen Plan überlegte, sprach der andere weiter: »Herr Doktor Eisenlohr wird es Ihnen danken, wenn Sie mich jetzt schleunigst zu ihm bringen.«

Michelmann war mit seinen Überlegungen zu einem Schluß gekommen.

»Ich werde Sie hinbringen.« Er öffnete die Tür seines Wagens. »Steigen Sie bitte ein, Herr Professor!«

Die Mahlzeit auf der Eulenburg ging ihrem Ende zu. Schon beim Braten drehte sich das Gespräch zwischen Kelly und Eisenlohr um die Gründung einer ›Radiating Powder Company‹. Abwartend und zurückhaltend hatte sich Kelly zunächst den Ausführungen Eisenlohrs gegenüber verhalten. Als aber der Doktor einen eigenen Plan zu entwickeln begann, in dem viele jener Ideen enthalten waren, die vierundzwanzig Stunden früher Mr. Percy Hartford an demselben Tisch vorgetragen hatte, begann James Kelly Feuer zu fangen.

Der Gedanke, andere amerikanische Bankengruppen hinzuzuziehen, zu denen Eisenlohr nach seinen eigenen Äußerungen ziemlich enge Beziehungen zu haben schien, war Kelly im höchsten Grade unsympathisch.

»Ich denke, wir brauchen alle diese Leute nicht«, widersprach er den Vorschlägen Eisenlohrs. »Wir werden das besser allein machen.« Und nun entwickelte er, von Spranger unterstützt, seinen eigenen Plan, dessen Vorzügen sich Eisenlohr nicht verschließen konnte.

Hin und her flogen Rede und Gegenrede, wobei Professor Braun und Dr. Holthoff stumme Zuhörer blieben. Noch kühner als Percy Hartford jonglierte James Kelly mit Millionen, so daß Professor Braun es kopfschüttelnd aufgab, seinen Ausführungen zu folgen. Im Handumdrehen stellte der Amerikaner einen Finanzierungsplan und ein Arbeitsprogramm auf, die auch schärfster Kritik standhielten.

William Spranger, der die Gepflogenheiten seines Partners kannte, zog einen Schreibblock aus der Tasche und schob ihn ihm hin. In wenigen Minuten bedeckten sich die Seiten unter der Hand Kellys mit Namen amerikanischer Emissionshäuser und mit Zahlen. Beträge von Aktien und Vorzugsaktien wurden notiert. Schon zauberte der Bleistift in Kellys Hand auch das Direktorium und einen Verwaltungsrat für die künftige Gesellschaft auf das Papier. Dann lehnte sich Kelly in seinen Sessel zurück.

»Ich denke, so werden wir's machen, meine Herren«, erklärte er. »Morgen sehe ich mir noch Ihre anderen Versuchsfelder an. Dann machen wir hier einen Vorvertrag. In der kommenden Woche können wir in New York gründen.«

Eisenlohr hatte die Aufzeichnungen Kellys aufgenommen und las sie noch einmal durch.

»Einverstanden, Mister Kelly«, sagte er, während er sie wieder hinlegte. »Nur eine Kleinigkeit noch: Ich dachte daran, auch Professor Hartford aus Schenektady mit in den Verwaltungsrat zu nehmen. Er hat auf einem ähnlichen Gebiet gearbeitet wie wir und könnte uns in mancher Beziehung nützlich sein.«

»Hartford? ... Schenektady? Meinetwegen, Herr Doktor, wenn Sie besonderen Wert darauf legen.«

Kelly notierte den Namen auf einem der Blätter, als es kräftig an der Tür pochte. Im nächsten Augenblick wurde sie aufgerissen; einigermaßen außer Atem und sichtlich aufgeregt kam das alte Faktotum herein.

»Was wollen Sie, Michelmann?« Eisenlohr warf ihm einen unwilligen Blick zu.

»Wir haben ihn, Herr Doktor!«

»Wen haben Sie, Michelmann?«

»Den Schwindler, Herr Doktor! Den falschen Professor Hartford. Direkt in die Hände ist mir der Gauner gelaufen.«

»Den falschen Professor Hartford? Ist doch kaum möglich, Michelmann«, sagte Eisenlohr zweifelnd.

»Doch, Herr Doktor! Er ist's. Auf dem Alten Markt in Ihlefeld habe ich ihn erwischt.«

»Kann ich mir nicht denken. Er wird sich schwer hüten, wieder nach Ihlefeld zu gehen«, meinte Eisenlohr immer noch ungläubig; aber William Spranger widersprach ihm: »Warum sollte es nicht möglich sein? Wo haben Sie den Burschen?«

»Unten im Wagen auf dem Hof, Mister Spranger.«

»Hoffentlich ist der famose Kollege nicht schon wieder weggelaufen!« brummte Professor Braun dazwischen.

»Kann er nicht. Dafür ist gesorgt«, sagte Michelmann und zog ein verschmitztes Gesicht.

»Also gehen wir mal runter und sehen uns den Kerl an«, entschied Kelly und stand auf. Die übrigen folgten seinem Beispiel und eilten über die große Treppe nach unten. Lärm schlug ihnen entgegen, als sie die Tür zum Burghof öffneten. Stimmengewirr … in gebrochenem Deutsch ein empörter Protest gegen Freiheitsberaubung … Frechheit, Unverschämtheit! Andere Rufe dazwischen, die beruhigend wirken sollten und nur noch mehr Öl ins Feuer gossen.

Als erster eilte Eisenlohr auf den Wagen zu, aus dem der Krach kam. Er wollte die Tür aufreißen, als sie schon von selbst aufsprang. Von einem kräftigen Faustschlag getroffen flog ein Mensch, in dem Eisenlohr einen seiner Waldarbeiter erkannte, heraus und rollte ihm vor die Füße. Im nächsten Augenblick tauchte der Kopf von James Hartford in der Türöffnung auf. Mit einem kräftigen Stoß warf er einen zweiten Mann, der ihn zurückhalten wollte, zur Seite und sprang aus dem Wagen ins Freie.

»Verdammt!« rief er wütend. Dann sah er William Spranger und ging auf ihn zu, fragte, immer noch entrüstet: »Bin ich hier in ein Irrenhaus geraten, Mister Spranger?«

Es bedurfte etlicher Minuten, bis Spranger den Aufgebrachten einigermaßen beruhigen und über die Verwechslung aufklären konnte, deren Opfer er geworden war. Und als der amerikanische Professor endlich begriff, was eigentlich geschehen war, daß sein verflossener Laborant hier an seiner Statt aufgetreten war und Leute wie Dr. Eisenlohr und Professor Braun tagelang hinters Licht geführt hatte, da stellte er sich hin und lachte, daß es von den Burgwänden zurück laut über den weiten Hof hallte.

Ein befreiendes Lachen war es, aller Ärger und Verdruß, der eben noch aus James Hartfords Mienen sprach, löste sich in diesem Gelächter auf.

Am nächsten Morgen war Professor Hartford nicht von den Karbidöfen fortzubringen. Den ganzen Vormittag steckte er mit Dr. Holthoff im Keller und ließ sich alles bis ins kleinste erklären, während Eisenlohr sowie Kelly und Spranger in der strahlenden Septembersonne über die Versuchsfelder wanderten. Am Nachmittag schlossen sie einen Vorvertrag.

Acht Tage später gründete die Firma Kelly and Company in New York die ›American Radiating Powder Company‹. Im Laufe von vierundzwanzig Stunden war das Aktienkapital der neuen Gesellschaft zweimal überzeichnet. Professor James Hartford hatte sich bereit erklärt, in ihren Verwaltungsrat einzutreten.

Am Waldhang stand Eisenlohr und sah zu, wie sich unter den Händen geschickter Werkleute ein schimmernder Bau in Glas und Eisen über den Teich zu wölben begann. Tief hing die Sonne bereits im Westen, als er sich fortwandte, um zur Burg zurückzukehren.

In voller Kraft noch fielen ihre Strahlen zur gleichen Stunde auf die schäumenden stürzenden Fluten des Niagara. Sie brachen sich in den strömenden Wirbeln und beleuchteten auch die mächtigen Betonfundamente des ersten Werkes der Radiating Powder Company, das dort zwischen den Uferfelsen aus dem Boden wuchs.

In Hadlow am rechten Ufer des Lorenzstromes gegenüber der Stadt Quebeck betrat ungefähr zur gleichen Zeit Monsieur François den Parlour-Room einer bescheidenen Cottage und sagte: »Eine bedauerliche Neuigkeit, Monsieur Bigot: Vor einer Stunde habe ich am Hafen Monsieur Hartford gesehen.«

»Wir gehen nach Montreal, François«, entschied sich Bigot eine Minute später.

»Ich möchte es Monsieur auch empfehlen«, sagte François. »Für uns drei wäre Quebeck zu klein.«

Die Spur des Dschingis-Khan

DIE SPUR DES DSCHINGIS-KHAN
Erstausgabe 1923 als Fortsetzungsroman
in der Zeitschrift ›Die Woche‹;
Buchausgabe 1923 im Verlag Keils Nachfolger, Leipzig;
im Taschenbuch als Band 06/3271
in der Reihe HEYNE SCIENCE FICTION & FANTASY

Archibald Wellington Fox, der Berichterstatter der Chicago Press, und Georg Isenbrandt, ein Oberingenieur der Asiatischen Dynothermkompagnie, gingen zusammen den Bismarckdamm in Berlin entlang. Ihr Ziel war ein mächtiges Sandsteingebäude, das einen ganzen Straßenblock einnahm. Weithin glänzte von seiner Front ein goldenes Wappen. Drei Ähren, von einer Sichel umschlungen. Darunter ein Monogramm aus den drei Buchstaben E.S.C.

Wellington Fox sprach: »Das war ein guter Zufall, daß ich dich hier in Berlin auf der Straße treffen mußte. Sonst hätte ich dich im fernen Turkestan aufsuchen müssen... wo es für Kriegsberichterstatter nächstens gute Arbeit geben kann.«

Er drängte an den Freund heran und sah ihm forschend ins Gesicht.

»Ich meine, daß erheblich viele Grade der Wahrscheinlichkeit dafür sprechen... müßten. Aber meine Meinung wird von dem Direktorium der E.S.C. leider nicht geteilt.«

»Georg, Krieg!... Krieg zwischen dem Vereinigten Europa und dem großen Himmlischen Reich!«

Der andere nickte stumm. Sein Gesicht blieb unverändert. Nur ein Funkeln seiner Augen zeigte, daß sein Inneres keinen Teil an seiner äußerlichen Ruhe hatte.

In dem Gehirn des Journalisten kreuzten sich wirr tausend Gedanken. Eine Weile schritten sie wortlos nebeneinander her.

»Du weißt, Wellington, daß unsere Unterhaltungen keine Interviews sind. Der Journalist Wellington Fox von der Chicago Press hört von unseren Gesprächen nichts.«

»Kein Zweifel, Georg. Doch sag, zu welchem Zweck bist du hier in Berlin?«

»Um einen letzten Versuch zu machen ... die Herren der E.S.C. zu meiner Ansicht zu bekehren. Ich habe um fünf Uhr eine Konferenz mit ihnen.«

»Und wenn ...? Was wird dann aus dem großen Werk der E.S.C.? Den Hunderttausenden von europäischen Siedlern in Turkestan ... und deinen großen Arbeiten? Werden sie nicht durch den Krieg schwer leiden?«

»Du fürchtest für sie? ... Ich nicht, wenn man mir folgt ... sie zu verteidigen ... zu sichern auf Menschenalter ... darauf gehen meine Pläne ...«

Jede Gleichgültigkeit war jetzt von dem Sprecher abgefallen. Ein eiserner Wille, eine unbeugsame Energie prägte sich auf dem scharf geschnittenen Gesicht mit der kantigen Stirn aus.

Staunen, Überraschung malten sich in den Zügen des Journalisten. Mit einem zweifelnden Blick maß er die Gestalt des einstigen Schulkameraden.

»Bist du dir auch bewußt, mit welchem furchtbaren Gegner Europa ... du ... zu kämpfen haben würdest? Das große geeinte Gelbe Reich ist eine Macht, wie sie die Geschichte der Völker selten gekannt hat. Sein Herrscher, der Kaiser Schitsu, ist ein Mann vom Blut und Schlage des Dschingis-Khan.«

»Ich weiß es. Die Gefahr ist groß! Aber sie wird mit jedem Jahr größer. Deshalb heißt es, ihr zu begegnen ... jetzt, ehe es zu spät ist.

Der Kaiser ist todkrank. Stirbt er, wird man mir leichter folgen. Die Angst vor ihm ist größer als vor seinem Land. Doch wir sind am Ziel.«

Er deutete auf den Sandsteinpalast, den sie jetzt erreicht hatten.

»Was da drinnen in den nächsten Stunden beschlossen wird, ist entscheidend für das Schicksal von Millionen Menschen.«

Unwillkürlich hatte sich seine Hand erhoben und gegen die Quadern des Riesenbaues gereckt. Dann senkte sie sich langsam in die des Freundes.

»Auf Wiedersehen denn heute abend bei dir im Hotel.«

Noch ein Händedruck, und Georg Isenbrandt trat durch das Hauptportal in das Gebäude ein. Unschlüssig blieb Wellington Fox auf der Straße stehen.

Das Haus hier war das Verwaltungsgebäude der großen, von den europäischen Staaten mit einem Milliardenkapital begründeten Siedlungsgesellschaft, die den Überschuß der europäischen Bevölkerung seit zehn Jahren in Asien ansiedelte. Auf meilenweiten Ländereien, die nach der Erfindung des Dynotherms bestes Ackerland geworden waren. Hier in Berlin war der Hauptsitz dieser großen internationalen und mit staatlichen Hoheitsrechten ausgestatteten Gesellschaft. Ihr Arbeitsgebiet lag in Asien. Dort reichte es vom Kaspischen Meer bis zu den Grenzen des chinesischen Reiches.

Wellington Fox war mit der Betrachtung des Gebäudes zu Ende und ging weiter, dem Grunewaldpark zu. Die letzten Worte seines Freundes gaben ihm reichlich Anlaß zum Nachdenken. Und so übersah er es, wie eine elegant gekleidete Gestalt, die ihm entgegenkam, bei seinem Anblick schon von weitem einen Bogen schlug, um auf die andere Seite der Straße zu gelangen und dann im Hause der E.S.C. zu verschwinden.

Ein dumpfer Knall riß ihn wenige Minuten später aus seinem Sinnen. Der Luftdruck einer schweren Explosion brachte ihn momentan ins Wanken. Mit einem jähen Ruck warf er sich herum und sah aus den zersplitterten unteren Fenstern des E.S.C.-Gebäudes dünne Rauchschwaden ziehen.

Instinktiv lief er auf den Eingang des Gebäudes zu. Durch die aufgerissenen Flügeltüren drang er in das Haus ein und stürmte die Treppen empor. Ein Gemisch von Staub und Rauch benahm ihm fast den Atem. Eine schreiende Menge drang ihm entgegen. Zwischendurch ... darüber hinweg bahnte er sich seinen Weg bis in das zweite Stockwerk, wo er den Freund wußte.

Hier war es ruhiger. Hier ließ auch der Qualm nach. Er lief über einen Korridor und sah die Person, die ihm auf der Straße entgangen, in einen Seitengang verschwinden. Mit einem Ruck blieb er stehen. Dann schlug er den entgegengesetzten Weg zu den Direktionszimmern ein. Noch ehe er sie erreichte, kam ihm Georg Isenbrandt mit einigen Herren entgegen.

»Georg, was ist los?«

»Das wissen wir selbst noch nicht. Wir müssen die Untersuchung abwarten.«

»Ein verbrecherischer Anschlag?«

»Nicht so eilig! Warte mit deinen Telegrammen, bis die Untersuchung Klarheit geschaffen hat.«

Der Donner einer zweiten Explosion in der Nähe verschlang die letzten Worte Isenbrandts. Ohne sich noch aufhalten zu lassen, stürmte der Amerikaner dem Weg nach, den der Fremde vorher eingeschlagen hatte. Die zweite Explosion hatte neue Rauchmengen entwickelt. Er rüttelte an verschlossenen Türen und stieß schließlich auf eine Tür, die nachgab. Sah zuerst einen mächtigen Tresor, der durch die Gewalt der Explosion von oben bis unten aufgerissen war. Die Kraft der Sprengung hatte die in ihm verwahrten Dokumente durch das Zimmer zerstreut. Sah dann nur undeutlich in dem rauchgefüllten Raum, wie der Gesuchte bemüht war, mehrere Schriftstücke in seinen Taschen verschwinden zu lassen. Mit ein paar tigerähnlichen Sätzen schloß Wellington auf ihn los. Doch noch schneller hatte der Fremde die Tür zum Nebenzimmer aufgerissen. Als Wellington Fox die Klinke berührte, hörte er, wie der Schlüssel im Schloß von außen umgedreht wurde.

Wellington Fox blieb stehen. Das Vergebliche einer weiteren Verfolgung hier im Gebäude war ihm klar.

Seine Exzellenz Herr Wang Tschung Hu, der chinesische Botschafter bei der Deutschen Republik, saß allein in seinem Arbeitszimmer. Nervös spielte seine Rechte mit einem Bleistift, während sein Auge den langsamen Fortgang des Uhrzeigers auf dem Zifferblatt verfolgte.

Die Uhr hub aus und schlug halb sechs. In ihren verhallenden Schlag mischte sich der Klang der Telephonglocke. Die Meldung des Sekretärs, daß Mr. Collin Cameron soeben die Botschaft betreten habe.

Wang Tschung Hu legte den Apparat wieder auf die Gabel, suchte einen Moment zwischen verschiedenen, an dem großen Diplomatentisch befestigten Hebeln und legte einen davon um. Im gleichen Augenblick war ein Telephon auf seinem Tisch mit den Lauschmikrophonen verbunden, die sich in der Wohnung des Hausmeisters der Botschaft befanden. Jedes Wort, das dort unten gesprochen wurde, mußte hier oben klar und deutlich aus dem Apparat kommen.

Die Gründe, die Seine Exzellenz veranlaßt hatten, diese Verbindung herstellen zu lassen, waren von besonderer Art. Wutin Fang, der da unten in der bescheidenen Stellung eines Hausmeisters wirkte, war in Wirklichkeit Generalstabsoffizier und Chef der gelben Spionage in Europa. Der Botschafter mußte jederzeit offiziell versichern können, daß er Leute, wie jetzt diesen Mr. Collin Cameron, nicht kenne. Aber Seine Exzellenz hatten ein großes Interesse daran, zu erfahren, was solche Leute mit Wutin Fang verhandelten. So saß Wang Tschung Hu jetzt mit gespannter Aufmerksamkeit vor dem Telephon. Stimmen erklangen aus dem Apparat.

»Was bringen Sie uns, Mr. Cameron?«

»Schlechte Neuigkeiten, Herr Wutin Fang. Es hat nicht geklappt.«

»Ich verstehe nicht, wie das möglich war?«

»Wie das möglich war? … Ihre Leute haben ein harmloses Feuerwerk veranstaltet, aber keine Sprengung … Ein paar Fensterscheiben in Trümmer, ein paar Türfüllungen herausgeschlagen, aber die Tresore kaum beschädigt … Ganz unmöglich, an die Proben des Dynotherms heranzukommen … ich habe das Menschenmögliche versucht.«

»Verdammt, wir müssen die Analysen haben. Wenn es heute nicht ging, muß es das nächste Mal gehen.«

»Halten Sie die Direktoren der Compagnie nicht für Kinder! Ein zweites Mal wird sich eine Gelegenheit nicht wieder bieten … ganz bestimmt nicht. Isenbrandt war während der Sprengung im Gebäude. Meinen Sie, der wüßte nicht, um was es sich gehandelt hat …«

»Wir werden die Analysen bekommen. Wenn nicht morgen, dann übermorgen.«

»Machen Sie, was Sie wollen … ich kann mich mit der Angelegenheit nicht mehr abgeben. Ich bin gesehen worden …«

»Von wem … von Isenbrandt?«

»Nein. Ein Freund von ihm, ein amerikanischer Journalist … ein verdammter Schnüffler. Ich muß Berlin sofort verlassen.«

»Ihr Bericht ist wenig befriedigend, Mr. Cameron … Sie haben uns zu dem Unternehmen veranlaßt … Jetzt ziehen Sie sich zurück.«

»Weil ich muß. Die Gründe habe ich Ihnen gesagt. Das Unternehmen ist fehlgeschlagen, weil Ihre Leute schlecht gesprengt haben … immerhin … Ich habe daraus zu machen versucht, was sich machen ließ. An die Analysen in den Panzergewölben war nicht heranzukommen. Für den Tresor im ersten Stock reichten die Sprengmittel, die ich bei mir hatte …«

»Mir wurde von zwei Explosionen berichtet … Haben Sie …«

»Ich habe es getan, weil ich es für die letzte Gelegenheit hielt, in das Compagniegebäude zu kommen … Auf die Gefahr hin, verhaftet zu werden … auf die Gefahr hin, nichts zu finden … Ich habe gefunden.«

»Was haben Sie …«

»Wollen Sie, bitte, selbst sehen!«

Wang Tschung Hu hörte deutlich das Knistern, wie wenn Papiere ausgebreitet und geradegestrichen werden.

Dann wieder die Stimme Collin Camerons: »Ich meine, der Besuch hat sich gelohnt.«

»Das Ilidreieck …«

Seine Exzellenz preßte den Hörer mit Gewalt gegen das Ohr, aber er hörte nichts mehr. Wutin Fang schwieg, als habe er mit dem einen Wort schon zuviel gesagt. Collin Cameron sprach weiter: »Ich lasse Ihnen die Pläne hier. Ich kann es nicht mehr riskieren, sie selbst nach China zu bringen. Die Marchesa di Toresani ist hier. Die kann das besorgen … ich muß auf dem schnellsten Wege nach Kaschgar.«

Wang Tschung Hu hörte, wie Papiere gefaltet wurden und die Tür eines Tresors ins Schloß fiel. Dann Blättern wie in einem Buche und dann die Stimme Wutin Fangs: »In vierzig Minuten geht das Ostschiff. Sie können es noch erreichen.«

Die Hände tief in den Taschen seines Mantels verborgen, ging Wellington Fox auf der gegenüberliegenden Seite der Straße vor der chinesischen Botschaft auf und ab. Der feine kalte Regen schien seiner guten Stimmung keinen Abbruch zu tun.

»Hab' ich dich endlich, mein Freund«, kam es im Selbstgespräch von seinen Lippen. »Deine Schliche kenne ich jetzt … und die sind schlimmer, als ich dachte. Georg wird Augen machen, wenn ich ihm volle Aufklärung über den Täter gebe.«

Er wollte sich eben dem Innern der Stadt zuwenden, als das plötzliche Halten eines Autos vor der Botschaft ihn noch einmal stillstehen ließ.

Eine Dame verließ den Wagen und schritt, von einem grauhaarigen Diener begleitet, durch den Vorgarten in das Haus. Als Wellington Fox den Wagen erreichte, kam die Besucherin mit ihrem Diener bereits wieder aus dem Gebäude. Ein dichter Schleier verbarg ihre Züge. Aber Wellington Fox starrte den beiden nach und starrte noch, als das Auto längst verschwunden war.

»Hallo! Was war das? Vor einer Minute hätte ich noch geschworen, daß der Diener ein alter, grauhaariger Bursche war. Und jetzt hatte er schwarzes Haar. So schwarz wie deines, mein Freund Collin Cameron.«

Der Präsident Dr. Reinhardt sprach in der Direktoriumssitzung der Europäischen Siedlungsgesellschaft: »... über die wirtschaftlichen und technischen Erfolge im letzten Jahre gibt der Bericht des Aufsichtsrates der Gesellschaft ein erfreuliches Bild. Ich möchte nur die wichtigsten Punkte hervorheben. Die Schmelzarbeiten haben mit 3,6 Milliarden Kubikmeter Wasser die Ziffer des Vorjahres um 600 Millionen übertroffen. Die Zahl der europäischen Siedler auf unseren Gebieten hat sich, die russischen nicht miteingerechnet, um 200 000 vermehrt, die auf etwa 50 000 Quadratkilometer Neuland angesetzt sind. Auf das Gesellschaftskapital von einer Milliarde Pfund Sterling wird eine Dividende von 6 Prozent in Aussicht gestellt. Die Börse bewertete unsere Aktien schon seit dem Bekanntwerden des neuen Dynotherms nach dem Verfahren unseres Herrn Isenbrandt mit 150 Prozent des Nennwertes.

Die Aussichten für die Zukunft sind ebenfalls günstig. Aber ein voller Erfolg könnte unseren Arbeiten nur beschieden sein, wenn wir auch im Quellsystem der Flüsse schmelzen dürften, die im chinesischen Ilidreieck entspringen und in unserem Gebiet münden.

Ich berühre hier eine heikle Frage, über die Herr Isenbrandt Ihnen näheren Vortrag halten wird. Herr Isenbrandt hat das Wort.«

Als dieser sich erhob, füllte sich der Raum mit Spannung. »Meine Herren! Ich will nur ganz kurz auf die heutigen Anschläge auf unsere Tresore zurückkommen, um ihnen zu sagen: Das war gelbe Arbeit. Der Raub der Analysen und Synthesen des neuen Dynotherms ist jedoch mißlungen.

Der zweite Anschlag ist leider gelungen. Die Pläne für die Besetzung und Bearbeitung des chinesischen Iligebietes sind fort… in chinesischen Händen. Und doch…!« Die Gestalt des Sprechers straffte sich. »Wir müssen das Ilidreieck haben!«

»Keinen Krieg!« Der Russe rief es und sprang erregt auf. »Wir sind als nächste Nachbarn des Gelben Reiches am besten über die Machtverhältnisse informiert. Wollen Sie die blühenden Fluren Turkestans in Wüsten verwandelt sehen?«

Lebhaftes Stimmengewirr erfüllte den Saal. Die Meinungen waren geteilt. Gelassen schaute Isenbrandt eine Weile auf die erregten Gruppen. Dann erhob er seine Stimme von neuem: »Um diese Gefahren zu vermeiden, machte ich meinen Vorschlag. Ich will jetzt nicht von unseren Arbeiten sprechen, die ohne das Ilidreieck nicht zur vollen Auswirkung gelangen können. Ich will mich auch nicht auf die Tatsache stürzen, daß das Land vor 150 Jahren schon einmal russischer Besitz war. Ein Blick auf die Karte hier an der Wand müßte genügen, um Sie von der Notwendigkeit zu überzeugen, daß das Iligebiet unser wird.«

Er war an die Karte herangetreten.

»Sie sehen, wie hier vom Pamirplateau aus nördlich ziehend das Altaigebirge und anschließend der Thian-Schan die Grenze gegen China bilden. Da springt auf dem 80. Längengrad die Grenze plötzlich vom Gebirgskamm ab und geht über das offene Ilital nach

Norden, statt naturgemäß auf dem Gebirgskamm zu bleiben.

Was ist die Folge davon? Die Gelben haben hier ein Glacis, das eine ständige Drohung für uns ist.

Die gelbe Gefahr ist noch im Werden. Sie verkörpert sich nicht nur in der Person des Kaisers Schitsu. Stirbt er, wird ein anderer kommen, unter dem sich die Entwicklung fortsetzen wird. Der Kaiser ist nur ein Exponent der Verhältnisse, die sich in jedem Fall durchsetzen. Nicht um Augenblickspolitik wollen wir handeln. Auf Menschenalter müssen wir uns sichern.«

Georg Isenbrandt hatte geendet. Wiederum begann eine lebhafte Debatte, bis der Präsident sich Gehör verschaffte. »Meine Herren, wir werden morgen um dieselbe Zeit wieder zusammenkommen, um über das heute Besprochene abzustimmen.«

Die Strahlen der Aprilsonne vergoldeten die Kuppeln von Orenburg und ließen sie aufleuchten und schimmern.

Die Sonnenstrahlen überfluteten das Bahnhofsgebäude und glitzerten in tausend Reflexen in den gewaltigen Eisenkonstruktionen des großen Postflughafens neben dem Bahnhof.

Zur Höhe von zweihundert Meter reckten sich die stählernen Bauten. Wie feine Filigranarbeit stand ihr Fachwerk in der Frühlingsluft, ein Fachwerk, das stark genug war, um in schwindelnder Höhe noch die schweren Plattformen zur Aufnahme der großen Flugschiffe zu tragen.

Jetzt, gegen Mittag, war der Flugplatz leer. Scheinbar unbewohnt lag das Posthotel inmitten der parkartigen Gartenanlagen.

Auf der Nordostecke der Landeplattform erhob sich ein eiserner Turm und ragte noch einmal fünfzig Meter in die Höhe. In seinem obersten Teil lagen die Diensträume für den Stationschef und die Telegraphisten.

Der Stationschef trat in den Telegraphistenraum.

»Was Neues, Gregor Iwanowitsch?«

»Alles in Ordnung, Fedor Fedorowitsch.«

Der Chef blätterte in dem Stationsbuch, das aufgeschlagen auf dem Tisch lag.

Orenburg war ein Knotenpunkt für den Luftverkehr. Die große europäische Linie Berlin-Moskau-Orenburg spaltete sich hier in drei Zweigstrecken. Die sibirische Linie nach Omsk und Tomsk, die Südostlinie nach Ferghana und die persische Linie nach Teheran.

Der Stationschef verglich seine Uhr mit der Normaluhr über dem Apparatetisch.

»Noch fünfundvierzig Minuten bis zur Ankunft des Moskauer Schiffes ... Starke Besetzung heute ... Nach den Listen hundertsechzig Passagiere ... Gregor Dimidow ist ein beliebter Kapitän ... Obwohl Nummer achtzehn längst nicht mehr das neueste Schiff ist ...«

Das plötzliche Ansprechen eines der Geräte unterbrach die Worte des Stationschefs.

»Achtzehn ... tick tick tick, tä tä tä, tick tick tick ...«

Achtzehn war die Nummer des Schiffes Moskau-Orenburg, das hier in fünfundvierzig Minuten erwartet wurde. Die Morsezeichen bedeuteten den internationalen Notruf für höchste Gefahr.

Was war geschehen?

Mit einem Ruck schaltete der Telegraphist die eigene Sendeanlage ein. Er wollte rückfragen, aber er kam nicht dazu. Gerade in diesem Augenblick begann es im Telephonapparat zu rauschen und zu pfeifen. Dem erfahrenen Beamten war es klar, daß eine andere starke Station mit der gleichen Wellenlänge wie Nummer achtzehn Signale gab. Offensichtlich, um die Notrufe des Schiffes zu übertönen und unwirksam zu machen. Über seine Apparate gebeugt, versuchte er durch schnelle Umstimmung der Wellenlängen die Verständigung wiederherzustellen.

Als es ihm nicht gelang, nahm er die Verbindung mit den Städten im Umkreis auf. Wohl hatte man auch auf diesen Stationen den Hilferuf von Nummer achtzehn vernommen, aber es waren auch dort keine Polizeischiffe zur Verfügung. Viertelstunde auf Viertelstunde verstrich, ohne daß sich eine Möglichkeit bot, dem Postschiff Hilfe zu senden.

Der Telegraphist legte seinen Apparat wieder auf die Wellenlänge von Nummer achtzehn um. Jetzt herrschte Ruhe im Hörer. Das Zwischensprechen der Störungsstation hatte aufgehört. Aber auch das Postschiff meldete sich nicht. Vergeblich rief der Telegraphist es an. Schon war die Ankunftszeit, zu der es hier in Orenburg eintreffen sollte, um zehn Minuten überschritten.

Kurs Ost zu Südost zog das Postschiff Nummer achtzehn der Linie Moskau-Orenburg in zehn Kilometer Höhe seine Bahn. Vor einer Stunde hatte es über Samara die letzte Post abgegeben und empfangen. Noch fünfundvierzig Minuten, und es sollte in Orenburg landen.

In der Zentrale des Schiffes stand der Kommandant Gregor Dimidow neben dem wachhabenden Offizier. Angestrengt spähte der Kapitän nach Süden.

»Schneller als wir! Keine Flagge, kein Zeichen… Was ist…?«

Während der Kommandant die Worte sprach, war das fremde Schiff verschwunden.

Der Kommandant ließ das Glas sinken.

»Was halten Sie von der Geschichte?«

Der Wachhabende machte aus seiner Meinung kein Hehl. »Da stimmt etwas nicht, Kapitän! Seitdem wir über die Wolga gingen, treibt sich das Schiff in unserer Nähe herum.«

Der Kapitän ging mit unruhigen Schritten in dem kleinen Kommandantenraum hin und her. Die Verantwortung für das wertvolle Schiff mit hundertsechzig

Passagieren lastete schwer auf ihm. Sollte er telephonischen Alarm geben ... Unterstützung von Orenburg erbitten? ... Oder sollte er notlanden?

»Dort!«

Das fremde Schiff war wieder aus den Wolken herausgetreten und wurde schnell größer. Der Kommandant faßte seinen Entschluß.

»Wenn es weiter auf uns zuhält, dann nehme ich telephonische Verbindung auf und rufe um Hilfe.«

Aber während der Kommandant dem Wachhabenden diesen Entschluß mitteilte, überlegte er schon weiter, welche Wirkung er sich von dieser Maßnahme versprechen dürfe. Orenburg war noch zu weit. Ganz unmöglich würde er den Flughafen vor dem fremden Schiff erreichen können ... Hilfe von dort? ... Raubüberfälle auf Postschiffe waren seit zwanzig Jahren selten geworden. Die Gegend hier galt als vollkommen sicher. Es war unwahrscheinlich, daß irgendein Polizeischiff hier schnell zur Stelle sein konnte.

Auf einen Wink des Kommandanten schaltete der Wachhabende die Sendestation ein. Automatisch begann das Typenrad zu laufen und gab die Nummer des Schiffes in den Raum ... Und dann blitzte ein Wölkchen auf dem fremden Schiff auf. Zweihundert Meter seitlich vom Postschiff platzte das Geschoß.

Mit einem Satz stand der Wachhabende an der Morsetaste. Mechanisch hämmerten seine Finger den internationalen Notruf.

Jetzt war alle Unschlüssigkeit vom Kommandanten gewichen. Er selbst stand am Steuer und gebot durch den Maschinentelegraphen den Turbinen die Hergabe der höchsten Leistung.

Zickzackfahren, den Kurs so schnell und so sprunghaft ändern, daß die da drüben mit ihrem Schießen immer zu spät kommen mußten ... daß nur Zufallstreffer dem eigenen Schiff gefährlich werden konnten ... Zeit gewinnen ... Raum gewinnen!

Wellington Fox kam von seinem Rundgang durch die Maschinenräume des Compagnieschiffes wieder in die Zentrale zurück.

»Alle Wetter, Georg! Meine Hochachtung vor der Chartered Company und ihren Schiffen …«

»E. S. Compagnie!« verbesserte Isenbrandt. »Nicht Chartered Company! Der Name hat einen schlechten Klang in der Geschichte.«

»Meinetwegen! Aber es kommt doch auf etwas Ähnliches heraus. Eure Gesellschaft ist mit staatlichen Hoheitsrechten ausgestattet, hält auf eigene Rechnung Soldaten und wird vielleicht eines Tages Krieg führen … auf eigene Rechnung.«

»Laß, Fox! Deine Vergleiche hinken zu stark!«

»Na! Jedenfalls gibt diese Fahrt mir Stoff für einen guten Bericht nach Chikago. Fehlt nur noch ein regelrechtes Abenteuer.«

Georg Isenbrandt saß bequem in einem Korbsessel und verfolgte das Zeigerspiel der mannigfachen Apparate in der Zentrale, während er ab und zu halblaute Worte mit dem Kommandanten des Schiffes, Baron von Löwen, wechselte, wobei klar wurde, daß das Compagnieschiff unter dem Befehl Isenbrandts stand.

Wellington Fox sprach weiter: »Mein Kompliment, Herr von Löwen! Die Maschinen vorzüglich … Ihre Ausrüstung unübertrefflich. Sie müssen bei forcierter Fahrt tausendfünfhundert Kilometer in der Stunde hinter sich bringen …«

»Gewiß, Mr. Fox. Es macht mir Freude, einen der schnellsten Kreuzer der Compagnie zu führen. Aber der Dienst wird auf die Dauer eintönig.

Wir patrouillieren vom Balkasch bis zum Altai. Tagein, tagaus der gleiche Dienst. Es passiert nichts mehr. Die Zeiten der Lufträuberromantik sind dahin.«

»Es wäre nicht ganz ausgeschlossen, Herr von Löwen, daß der heutige Tag eine kleine Abwechslung in Ihren Dienst bringt.«

Der Kommandant sah ihn einen Augenblick erstaunt an.

»Hm... Es war mir schon eine angenehme Abwechslung, Herr Isenbrandt, als ich den Befehl bekam, in forcierter Fahrt nach Moskau zu gehen und Sie an Bord zu nehmen.«

Isenbrandt zog seine Uhr.

»Das Postschiff Nummer achtzehn muß in fünfundvierzig Minuten in Orenburg landen. Wo stehen wir?«

Der Kommandant beugte sich über die Karte.

»Wir stehen fünfzig Kilometer hinter Nummer achtzehn.«

»Halten Sie den Abstand bis Orenburg, wenn nicht...« Das Wellentelephon schlug an. Scharf und abgehackt kamen die Morsezeichen.

»Nummer achtzehn, tick, tick, tick, tä, tä, tä, tick, tick, tick...«

Herr von Löwen starrte abwechselnd auf den Apparat und auf den Oberingenieur. Georg Isenbrandt blieb unbewegt sitzen. Nur seine Augen blitzten.

»Also doch... äußerste Fahrt voraus! Dem Postschiff nach... Ihre Kanoniere bekommen Arbeit, Herr von Löwen!«

Ein jäher Ruck ging durch das Wachschiff und warf Wellington Fox gegen den Türpfosten. Jetzt rissen die mächtigen Maschinen das schnittige Gefährt plötzlich mit tausendfünfhundert Kilometern durch den Raum. Und jetzt sahen sie, was geschah. Ein schnelles, gut bewaffnetes Schiff ohne Flagge feuerte unablässig hinter dem langsamer fliegenden Postschiff her, das sich durch scharfe Wendungen und eine Flucht nach Norden dem Angriff zu entziehen versuchte.

Wellington Fox war an das Fenster gesprungen. Herr von Löwen sprach durch den Apparat mit den Batterien. Unablässig arbeiteten die automatischen Entfernungsmesser und gaben die errechneten Entfernungen zu den Geschützen weiter.

»Halte dich fest, Fox!«

Die Warnung Isenbrandts kam zu spät. Der schwere Donner eines Schusses, und gleichzeitig führte das Schiff unter der Gewalt des Rückstoßes eine Schlingerbewegung aus, die den Berichterstatter der Chicago Press der Länge nach auf den Fußboden schleuderte. Mit der Gewandtheit einer Katze sprang er wieder auf und klammerte sich an der Fensterbrüstung fest.

»Dicht Backbord vorbei, Georg!«

Schon rollte ein zweiter Donner, und der Rückstoß des zweiten Schusses legte das Compagnieschiff schwer über.

Wellington Fox machte einen Freudensprung.

»Hurra, der hat gesessen! Eine Backborddüse ist beim Teufel!«

Beim letzten Wort machte Wellington Fox wieder Bekanntschaft mit dem Fußboden. Ein dritter Schuß war aus den Rohren des Compagnieschiffes gefahren.

»Ich rate dir wirklich, dich festzuhalten, Fox.«

Georg Isenbrandt sagte es mit unerschütterlicher Ruhe, während er durch ein gutes Glas die Schußwirkungen auf dem Raubschiff beobachtete.

Ohne Pause krachten jetzt die acht Schnellfeuergeschütze des Compagnieschiffes und schleuderten einen Strom von Stahl und Dynamit auf das Raubschiff hin. Aber obschon schwer getroffen, setzte dieses den Angriff auf das Postschiff fort.

Nur noch aus einem Rohr vermochte es jetzt zu feuern, aber es feuerte, bis ein Treffer des Compagnieschiffes auch dies letzte Rohr in Trümmer schlug.

Georg Isenbrandt kniff die Lippen zusammen.

»Halt! ... Das darf nicht sein ... Herr von Löwen!«

Der Kommandant folgte mit den Blicken dem Finger des Oberingenieurs. Ein gelbes Pünktchen löste sich von dem Raubschiff und sank in die Tiefe. Der Kommandant sprach durch das Telephon. In dichten Salven feuerte das Compagnieschiff. Weiße Schrapnellwölkchen umhüllten das niedersinkende gelbe Fleckchen und wischten es aus dem blauen Himmel.

Aber schon tropfte es weiter aus dem todwunden Raubschiff. Ein zweiter, dritter, vierter und fünfter Fallschirm löste sich fast gleichzeitig von ihm und sank nach unten.

Die Geschütze des Compagnieschiffes arbeiteten wie Schnellfeuerpistolen. Die Wolken der platzenden Schrapnells umhüllten den vierten Fallschirm so dicht, daß man das Gelb seiner Form nicht mehr zu erkennen vermochte.

»Jetzt hat's ihn! ... Nein, da ist er noch ... jetzt hat's ihn doch ... nein ... ich weiß nicht ...«

Wellington Fox stieß die Worte mit der Leidenschaftlichkeit eines Jägers hervor, während er das Schicksal des vierten Fallschirms verfolgte.

In den letzten Minuten war das Compagnieschiff dem bewegungslosen Raubschiff immer näher gekommen. Noch einmal drei Schüsse aus den schwersten Rohren. Dann brach das führerlose Schiff in drei Teile auseinander. Wie Steine stürzten sie in die Tiefe und schlugen dumpf auf den Boden auf. Die Rohre des Compagnieschiffes schwiegen. Unwahrscheinlich wirkte die Stille nach dem Getöse des vorangegangenen Kampfes. Der Kommandant brach als erster das Schweigen.

»Horrido! Herr Isenbrandt ... Das war also Ihre kleine Abwechslung!«

Isenbrandt trat auf ihn zu und schüttelte ihm die Hand.

»Das war gute Arbeit, Herr von Löwen. Es waren nicht die hundert oder zweihundert Passagiere des Postschiffes, die Sie vor dem Tode bewahrt haben ... Denn offensichtlich ging die Absicht der Piraten nicht auf Raub, sondern auf Vernichtung ... Es war diesmal mehr ...

Doch nun runter! Besehen wir uns die Strecke in der Nähe.«

Im schnellen Gleitflug stieß der Kreuzer in die Tiefe. Nach wenigen Minuten setzte er dicht neben den Überresten des abgeschossenen Schiffes auf.

Mit dem Kommandanten standen Georg Isenbrandt und Wellington Fox zwischen den Trümmern des Wracks. Verbogenes Fachwerk, zerfetzte Bleche, zerschlagene Transmissionen. Zwischen zertrümmerten Lafetten lagen die Überreste menschlicher Körper.

»Mongolen … Mongolische Räuber?«

Zweifelnd brachte der Kommandant die Worte hervor. »Jedenfalls Gelbe, Herr von Löwen! Gelbe! Es ist wichtig, daß Sie das in Ihrem Bericht an die Gesellschaft betonen … Was macht Nummer achtzehn?«

»Ah! … Da!«

Der Kommandant deutete nach Nordosten.

»Es hat wieder Richtung Orenburg genommen. Seine Beschädigungen scheinen nicht allzu schwer zu sein. Es erreicht mit eigener Kraft den Hafen.

Wir sollten bis Ferghana durchfahren, Herr Isenbrandt. Mit Ihrer Zustimmung würde ich indes gern in Orenburg zwischenlanden.«

»Bitte, Herr von Löwen!«

Wenig später nahm das Compagnieschiff Kurs auf Orenburg.

Nummer achtzehn steuerte von Norden her den Orenburger Hafen an. Jetzt konnte man auch mit unbewaffnetem Auge erkennen, daß sein Rumpf an mehr als einer Stelle schwere Verletzungen aufwies. Nur mit Mühe konnte der Führer sein Schiff in der Luft halten.

Jetzt senkte es sich über der Plattform und warf die Leinen aus. Geschickt griff das Bodenpersonal zu. Aber sie hatten heute viel länger als sonst zu richten und zu dirigieren, bevor das Schiff endlich über dem Gleis stand und seine starken Räder in die Schienen eingriffen.

Propellerschwirren lenkte die Blicke von neuem aufwärts. Das Wachtschiff der E.S.C. erschien.

Sicher und schnell, ohne die Hilfe der Bedienungsmannschaften abzuwarten, setzte das Schiff auf der Plattform auf. Seine Treppe wurde ausgelegt. Georg Isenbrandt und Wellington Fox traten in Begleitung des Kommandanten ins Freie.

Zu dritt bestiegen sie einen der Fahrstühle, fuhren in die Tiefe und begaben sich zum Posthotel.

Georg Isenbrandt wandte sich an Herrn von Löwen: »Während Sie sich mit dem Kommandanten von Nummer achtzehn besprechen, werde ich mit Mr. Fox im Hotel eine Erfrischung nehmen. Sie werden die Liebenswürdigkeit haben, es uns wissen zu lassen, wenn Sie abfahrtbereit sind.«

In der kleinen Trinkstube hinter dem großen Speisesaal fanden die beiden Freunde eine behagliche Ecke, in der sie allein und ungestört sitzen konnten.

Der Raum war im Stile der alten deutschen Ratsstuben gehalten. Nur der Funkschreiber, der auf einem Tischchen an der Wand stand und unablässig Depeschen aus aller Welt auswarf, verriet, daß man sich im 20. Jahrhundert befand.

Wellington Fox sprang auf und trat an den Apparat heran.

»Höre mal, Georg, was die Wun-Fang-Ti-Agentur meldet...«

Georg Isenbrandt machte eine abwehrende Handbewegung. »Laß, Fox! Sie lügen wie gedruckt.«

»Die Agentur meldet: Peking, den 7. April. Die erleuchtete Güte wandelt auf dem Wege der Genesung. Der wachsende Mond wird Seiner Himmlischen Majestät die volle Kraft zurückbringen...«

Georg Isenbrandt zuckte mit den Achseln.

»Mit allen ihren Lügen können sie das Leben des Kubelai-Khan um keine Minute verlängern. Wenn kein Wunder geschieht, stirbt der Kaiser in wenigen

Tagen an der Kugel, die Wang Tschung auf ihn abfeuerte.«

»Ja, zum Teufel, warum lügen die Kerle so gräßlich?«

Ein sarkastisches Lächeln ging über die Züge Isenbrandts.

»Fox, du müßtest den Braten doch riechen. Kubelai-Khan, der als Kaiser Schitsu den Thron des Gelben Riesenreiches bestieg, hat nur einen unmündigen Sohn. Die Kugel des Republikaners, die ihn niederwarf, bedroht den Weiterbestand der neuen mongolischen Dynastie. Die ganze Lebensarbeit des Kubelai-Khan ist umsonst gewesen, wenn es nicht gelingt, in Peking eine starke Regentschaft einzusetzen, bevor der Tod des Kaisers öffentlich bekannt wird. Darum glaube ich, Fox, wir werden Bulletins der bisherigen Tonart noch lange zu lesen bekommen.«

Wellington Fox saß wieder am Tisch und stützte den Kopf in die Hand.

»Ich glaube, du hast recht, Georg.«

Wellington Fox nahm einen tiefen Zug aus seinem Glase.

»Weißt du auch, daß derselbe Mann, der in Berlin sprengte und deine Pläne stahl, heute den Überfall auf das Postschiff inszenieren ließ, in dem man dich vermutete?«

»Meinst du diesen Collin Cameron?«

»Den meine ich, Georg! Hüte dich vor Collin Cameron!«

Am Nordufer des Kisil, dort, wo er bei Kaschgar dem Yarkand zuströmt, lag die Villa Witthusen. Rings um das ganze Gebäude zog sich, von dem flachen Dach mit überdeckt, eine breite Veranda. Das Innere des Hauses enthielt große und luftige Räume.

Hier saß Theodor Witthusen, der Chef des großen Handelshauses Witthusen & Co, im Gespräch mit Mr.

Collin Cameron, dem Vertreter der angesehenen amerikanischen Firma Uphart Brothers. Ein beträchtlicher Teil des Handels, der über Kaschgar nach Westen geht, lag in den Händen dieser beiden Firmen. Das russische Haus Witthusen & Co. importierte Häute und Teppiche, während das Haus Uphart Brothers mit Tee und Seide handelte. Collin Cameron war soeben von seiner Europareise zurückgekommen und hatte die erste Gelegenheit wahrgenommen, den Chef des befreundeten Hauses aufzusuchen.

Theodor Witthusen strich sich über den langen, leicht ergrauten Vollbart. Seine Züge verrieten Besorgnis.

»Wir sitzen hier in der Wetterecke, Mr. Cameron. Das politische Barometer ist gefallen und fällt noch weiter. Ich merke es an meinem Hauptbuch. Haben Sie Bestellungen aus dem Westen mitgebracht?«

Collin Cameron schlug sich auf die rechte Brusttasche. »Gewiß, mein lieber Witthusen. Eine ganze Tasche voll. Die Nachfrage war sehr stark.«

Theodor Witthusen schüttelte den Kopf.

»Ich habe seit Wochen keine Bestellungen mehr. Man traut dem Frieden nicht. Die Auftraggeber halten zurück …«

»Sie sehen unnötig schwarz. Es gab eine Krise, ich will es zugeben. Kurz nach dem Attentat auf den Kaiser. Die Gefahr ist überwunden. Ich habe zuverlässige Nachrichten. Die Kugel ist entfernt. Das Befinden des Schitsu bessert sich von Tag zu Tag. Wir haben nichts mehr zu fürchten …«

Theodor Witthusen war der Rede Collin Camerons mit wachsender Aufmerksamkeit gefolgt.

»Ich weiß, Sie haben gute Verbindungen. Wenn Sie es sagen, glaube ich es. Ich hatte schon den Plan erwogen, Kaschgar zu verlassen und nach Rußland hinüberzugehen. Weg von hier nach Andischan … oder sonst irgendwohin ins Ferghanatal.«

»Sie weg von hier? ... Und Ihre Lager? ... Millionenwerte ... Das dürfen Sie nicht ... Schon Ihrer Tochter wegen nicht, der Sie das Vermögen erhalten müssen ...«

»Gerade meiner Tochter wegen, Mr. Cameron. Ich bin ein alter Mann, und wenn man mich hier totschlägt, so ... aber um meine Tochter bin ich in Sorge. Sie ist von Riga nach hierher unterwegs. Ich möchte sie heute noch warnen, ihr telephonieren, daß sie auf russischem Gebiet bleibt. Maria Feodorowna soll in Andischan warten, bis ich ihr weitere Nachrichten gebe.«

Collin Cameron war den Ausführungen seines Geschäftsfreundes mit unbeweglicher Miene gefolgt.

»Ich glaube, mein bester Witthusen, Sie sind viel zu ängstlich. Ich komme von England ... war auch in Deutschland ... Kein Mensch denkt an kriegerische Verwicklungen. Von Ihnen werde ich direkt zum Bürgermeister gehen, ihm meine Aufwartung machen. Wenn der Taotai irgendwelche Befürchtungen hat, wird er es mich wissen lassen. Sollte ich irgend etwas hören, gebe ich Ihnen Nachricht. Aber Ihre Besorgnisse sind sicherlich unnötig.«

Mit einem Händedruck empfahl sich Collin Cameron.

Vor dem Hause wartete sein Kraftwagen auf ihn. Ein kurzer Wink, und das Fahrzeug setzte sich in Bewegung.

Cameron fuhr zum Taotai. Eine Einladung ... ja beinahe ein Befehl rief ihn dorthin.

Seine Gedanken flogen zurück. Wie lange schon steckte er in diesem Spiel? Vor neun Jahren war es, an einem Wintertag. Da waren die Würfel gefallen, die über sein weiteres Leben entschieden. Da war der große Prozeß zu seinen Ungunsten entschieden, der ihm die Lordschaft Lowdale bringen sollte. An jenem Tage hatte er sich in seiner Verzweiflung den Gelben verschrieben.

Das Knistern des Papiers riß ihn aus seinen Gedanken. Er zog es aus der Tasche und entfaltete es. Eine Einladung des Taotai. Mit chinesischen Lettern auf zähes Papier gepinselt. Unverfänglich für jeden, der nur den Text las und das unscheinbare Zeichen neben dem Namenszug des Taotai übersah.

Das Zeichen der Schanti-Partei.

Als Kubelai-Khan vor zwanzig Jahren das neue Reich schuf und als Kaiser Schitsu den Thron bestieg, war Toghon-Khan sein bester Feldherr. Seit Jahren saß Toghon-Khan als Vizekönig von Kaschgarien in Dobraja. Ebenso wie der Kaiser hatte er einen chinesischen Namen angenommen. Als Schanti herrschte er unter dem Zepter des Schitsu, wie er als Toghon an der Seite des Kubelai in die Schlachten geritten war.

Viele Augen im Reiche richteten sich auf den klugen und mächtigen Vizekönig, der hier an der westlichen Grenze des Reiches Wache hielt und ein starkes Heer unter seinen Fahnen hatte.

Solange Schitsu herrschte, würde Schanti als treuer Paladin stets an seiner Seite stehen. Aber der Tod konnte seiner Herrschaft ein Ende bereiten, und Schanti hatte seit langem für sich und seine Herrschaft vorgesorgt. In aller Stille war die große, auf den Namen des Schanti eingeschworene Organisation entstanden.

Collin Cameron blickte auf das winzige Zeichen neben der Unterschrift am Fuße der Einladung und wußte, daß nicht der Taotai, der einfache Bürgermeister, ihn erwartete.

Nun hielt der Wagen vor dem Amtsgebäude. Collin Cameron schritt die Treppe empor. Tief verneigten sich die Diener vor ihm. Lautlos wiesen sie ihm den Weg. Nicht der Taotai empfing ihn. Er stand vor Wang Ho. Der Generalstabschef der Armee des Schanti war es, der seinen Besuch gefordert hatte.

»Das Berliner Unternehmen, zu dem Sie uns veranlaßten, ist mißlungen.«

Schroffe Abweisung trat auf die Züge des Angeredeten.

»Nicht meine Schuld, Herr General. Ich hatte in meinem Bericht ausdrücklich betont, daß die Hauptpanzer zu sprengen wären. Die Sprengung ist mit unzulänglichen Mitteln unternommen worden. Ich muß die Verantwortung für die Durchführung dieser Unternehmung ablehnen.«

»Auch das Orenburger Unternehmen ist mißlungen! Vor fünf Minuten ist der telephonische Bericht eingegangen. Sie hatten uns gemeldet, daß der Oberingenieur Isenbrandt im fahrplanmäßigen Postschiff fährt. Wir haben das Schiff angreifen lassen. Unser Schiff ist von einem Compagniekreuzer vernichtet worden. Der Oberingenieur ist nicht in dem Postschiff gefahren. Er hat im Gegenteil das Compagnieschiff kommandiert. Wie erklären Sie ihren unzutreffenden Bericht?«

Collin Cameron fuhr sich mit der Hand über die Stirn. Sekunden hindurch verharrte er in nachdenklichem Schweigen. »Erklären?… Es gibt nur eine Erklärung. Ich vermute… ich fürchte, hier hat ein Verräter seine Hände im Spiel.«

»Dann wird es Ihre Aufgabe sein, ihn zu finden.«

»Herr General, ich lehne jede Verantwortung für das Mißlingen meiner Pläne ab. Den Verräter zu suchen, ist Ihre Aufgabe. Zu etwas anderem… Bitte, lesen Sie…«

Cameron griff in die Brusttasche, entfaltete schweigend ein Papier und überreichte es dem General.

Wang Ho hatte seine Miene in der Gewalt. Unwillkürlich neigte er das Haupt, als er die eigenhändige Unterschrift des Schanti erblickte. Mit unbewegter Miene gab er das Papier zurück.

»Sie haben recht, Mr. Cameron. Es geht um größere Dinge.« Sorgfältig barg Collin Cameron das Papier wieder in der Brieftasche. Ruhig sprach er weiter.

»Sie haben die Pläne des Ilidreiecks erhalten, Herr General?«

»Sie sind in meiner Hand. Die Toresani hat sie durch einen zuverlässigen Boten von Andischan an mich geschickt.«

»Die Wichtigkeit wird von Ihnen richtig gewürdigt?«

»Die Compagnie zeichnet Dämme und Schmelzanlagen auf chinesisches Gebiet ein. Voraussetzung dafür ist, daß sie das Gebiet in ihre Gewalt nimmt.«

»Sie wird es tun, Herr General! Der europäische Staatenbund wartet nur auf die entscheidende Meldung aus Peking, um vorzugehen.«

»Der Bund wird uns nicht unvorbereitet finden, Mr. Cameron. Diese Pläne hier geben uns einen guten Grund, unsere Vorbereitungen in großem Maßstab zu treffen.«

»Was werden Sie mit den Ausländern in den Grenzgebieten machen? In Aksu, in Yarkand, in Khotan, auch hier in Kaschgar sitzen zahlreiche europäische Familien.«

»Wir werden sie von heute an überwachen. Sowie es losgeht, schieben wir sie in Lager nach dem Innern des Landes ab.«

»Ich habe es nicht anders vermutet. Nur in einem besonderen Fall möchte ich selbst den Schutz oder, wenn Sie so wollen, die Aufsicht übernehmen. Meine Firma unterhält freundschaftliche Beziehungen zu dem hiesigen Hause Witthusen. Ich bitte Sie um die nötigen Vollmachten.

Wang Ho beugte sich über den Tisch und schrieb. Collin Cameron nahm das beschriebene Blatt, trocknete es sorgfältig ab und steckte es zu den übrigen Dokumenten in seine Brieftasche.

Der Sergeant, der die Meldung des Barons von Löwen an Georg Isenbrandt überbrachte, daß das Schiff in zehn Minuten startbereit sei, vergaß, bei seinem Fortgehen die Tür hinter sich zu schließen. So blieb sie halb offen stehen und gestattete den Freunden, zu sehen und zu hören, was in dem anstoßenden Hotelsaal vor sich ging.

Aus dem Stimmengewirr hoben sich deutsche Worte heraus. Eine Frauenstimme war es. Ein junges Mädchen, das mit einem der Platzschaffner sprach. Wellington Fox sah ein feines Gesicht. Lichtblondes Haar umrahmte die schmale Stirn, unter der lichtblaue Augen erglänzten.

Sie beklagte sich über den Ausfall des Schiffes nach Andischan.

»Mein Vater erwartet mich. Was wird er sagen, wenn ich ausbleibe?... Er wird in Angst um mich sein... Was soll ich nur tun?«

Der gutmütige Schaffner suchte sie zu trösten.

»Wir können ja telephonieren. Wohin wollen Sie denn... nach Kaschgar...«

Wellington Fox wiederholte mechanisch die letzten Worte.

»Nach Kaschgar will sie... wer mag sie sein?«

»Wer mag sie sein...«

Georg Isenbrandt saß geistesabwesend auf seinem Stuhl. Wellington Fox wandte ihm halb den Rücken zu, so daß er die plötzliche Veränderung nicht bemerken konnte, die im Wesen seines Freundes vorging.

»Weißt du, als Ritter ohne Furcht und Tadel sollten wir uns des armen Dinges annehmen. Wir haben den ganzen Luftkahn für uns. Was steht dem im Wege, daß wir sie bis Ferghana mitnehmen... Soll ich zu ihr gehen, es ihr anbieten?«

Er erhielt auf seine Frage keine Antwort und wandte sich um.

»Georg! Wie denkst du darüber?«

Noch einmal kam die Frage von den Lippen Georg Isenbrandts: »Wer mag sie sein?«

Jetzt wandte Wellington Fox sich ganz um.

»Was hast du denn, Georg... was ist dir?«

Georg Isenbrandt stützte seine Stirn in die Hände.

»Eine Erinnerung aus schönen Tagen.«

Isenbrandt sprach stockend, als ob ihm die Worte nur schwer von den Lippen wollten: »Dieses junge Mädchen... wie ich die Stimme hörte... als ich ihre Gestalt sah... als ob ich sie wiedersähe... Maria Ortwin...«

Wellington Fox versuchte sich die Szene zu erklären. Er wußte von dem kurzen Glück seines Freundes. Lodernde, brennende Liebe... und dann die jähe Trennung durch den Tod.

Wellington Fox war damals in den Vereinigten Staaten. Er hatte die verstorbene Braut seines Freundes nie gesehen. Aber er begriff wohl, daß hier eine täuschende Ähnlichkeit obwalten müsse.

»Ich glaube, Georg, wir tun ein gutes Werk, wenn wir die junge Dame mitnehmen. Soll ich sie auffordern?«

»Ja... wenn sie mit uns fahren will. Sprich du mit ihr.«

Mit großer Geschwindigkeit ging Wellington Fox daran, diesen Auftrag zu vollziehen.

Und dann stand Wellington Fox bei ihm und machte ihn mit Maria Feodorowna Witthusen bekannt.

»Ich danke Ihnen, mein Herr, daß Sie mir die Möglichkeit geben, sofort nach Ferghana weiterzukommen.«

»Ich bin glücklich, wenn ich Ihnen diesen Dienst erweisen kann...«

Er stockte und schwieg. Auch das Mädchen schwieg. Wie im Traum schritt Georg Isenbrandt an ihrer Seite. Wie im Traum glaubte er an der Seite derjenigen zu schreiten, die er einst so sehr geliebt hatte.

Zu dritt bestiegen sie den Compagniekreuzer und nahmen in der reservierten Kabine Platz.

Mit voller Kraft schoß der Kreuzer über die Hungersteppe dahin. Der alte Name hatte heute nur noch historische Bedeutung. Wo sich früher eine dürftige und trostlose Steppe dehnte, da grünten jetzt üppige Felder.

Georg Isenbrandt erhob sich, um eine Karte aus dem Nebenraum zu holen. Forschend schaute ihm Maria Feodorowna nach. Dann richtete sie eine Frage an Wellington Fox.

»Ist Ihr Freund immer so schweigsam und ernst?«

»Nicht immer... Gewiß, sein Charakter ist ernst. Heute kommt ein besonderer Grund hinzu... ein Grund, der Ihnen auch die besonders ernste Stimmung meines Freundes erklären kann...«

»Sie machen mich neugierig, Mr. Fox. Darf man den Grund wissen?«

»Ich sehe nicht ein, warum ich ihn verheimlichen sollte. Sie gleichen in Stimme und Gestalt einer Frau, die Georg Isenbrandt vor Jahren über alles geliebt hat...«

»... einer Frau, die Ihr Freund liebte?... Wo ist sie jetzt?«

»Sie ist tot... in wenigen Tagen wurde sie dahingerafft... Ich war in Amerika, als sie Maria Ortwin begruben. Als ich zurückkam, war mein Freund ein stiller Mann geworden, der nur noch seiner Arbeit lebte...«

Wellington Fox legte den Finger an die Lippen. Georg Isenbrandt kam wieder in den Raum. Er trug die Karten und breitete sie auf dem Tisch aus. Wellington Fox begann von den Arbeiten zu sprechen, während Georg Isenbrandt nur wenige erläuternde Worte hinzufügte. Sein Blick umfing die Gestalt Maria Feodorownas.

Maria Witthusen horchte auf die Erklärungen von Wellington Fox. Der Kreuzer hatte jetzt reinen Südostkurs. Im Südwesten stand eine gewaltige Wolkenwand an dem bisher so klaren Himmel. Eine mächtige Bank brodelnden und wogenden Wasserdampfes.

Wellington Fox erklärte: »Der erste der großen kochenden Seen. Alles Wasser, was von den Bergen in den See strömt, dampft hier auf und wird von den Winden nach Norden mitgenommen.« Er deutete auf Isenbrandt: »Und hier ist der Oberkoch, der die Berge dampfen und die Seen brodeln läßt.«

Marias Blicke flogen zu Georg Isenbrandt hinüber. Nachdem sie den Grund seiner Schweigsamkeit vernommen hatte, gewannen diese scharfen und entschlossenen Züge ein besonderes Interesse für sie.

Während der Kreuzer mit unveränderter Geschwindigkeit seinen Kurs verfolgte, traten die Wolkenmassen über dem Aralsee allmählich zurück. Georg Isenbrandt blickte ihnen kurze Zeit nach. Dann wandte er sich an Maria Feodorowna.

»Wir müßten viel weiter südlich fliegen. Wir müßten dem Hochgebirge folgen. Dann würden Sie unsere Arbeiten sehen können. Da heben wir die Wassermengen in den Äther, die das Land bis in den hohen Norden warm und fruchtbar machen…«

»O ja! Ich sah etwas davon in Kaschgar. Da sehen wir es im Westen und im Norden dampfen und nebeln, soweit das Auge den Horizont zu erfassen vermag. Sie können viel, Herr Isenbrandt, aber den Winden können Sie doch nicht gebieten.

Der Wind tut Ihnen nicht immer den Gefallen, nach Norden zu wehen. Bläst er nach Osten, so bekommen wir den ganzen Segen. Auch unsere Flüsse dort fließen stärker, seitdem die Berge im Norden und Westen brennen.«

Wellington Fox griff den Faden auf.

»Ja! Sag mal, Georg… Fräulein Witthusen hat recht. Da scheitern deine Künste. Die unerwünschte Windrichtung tritt ja Gott sei Dank nur selten ein. Bedenklich wäre es aber doch, wenn es dem guten Gott der

Winde gefiele, ein paar Monate hintereinander auf Abwegen zu wandeln.«

Georg Isenbrandt preßte die Lippen zusammen. Die leicht hingeworfenen Worte seines Freundes betrafen ein Problem, an dessen Lösung er im stillen schon seit Jahren arbeitete. Noch nie war die Frage so brennend gewesen wie jetzt. Seit langen Wochen waren die Winde unregelmäßig geworden. Er wußte auch, daß ein Zusammenhang zwischen diesen Abweichungen und den immer größer werdenden Schmelzarbeiten bestehen müsse. Schon waren aus einzelnen Siedlungsgegenden im Norden Berichte gekommen, die über Regenmangel klagten.

Wellington Fox unterbrach sein Grübeln.

»Sieh hier, Georg! Wieder neue Dörfer… Auf der Karte nicht eingetragen… merkwürdiger Baustil… das sieht ja beinahe amerikanisch aus.«

Ein leichtes Lächeln spielte um die Lippen Isenbrandts. »Es ist auch amerikanisch, Fox! Deutsch-amerikanisch! Pfälzer aus den Seestaaten, die jetzt nach hier übergesiedelt sind.«

Das Schiff stand jetzt über Perowsk und folgte eine größere Strecke dem vielfach gewundenen Lauf des Sir Darja.

Isenbrandt deutete in die Tiefe, wo der breite, grüne Strom deutlich zu sehen war.

»Jetzt sind wir am alten Jaxartes. Bis hierhin ist der große Alexander auf seinen Eroberungszügen vorgedrungen. Wir sind weitergekommen. Fünfhundert Meilen weiter nach Osten. Wir schaffen Neuland für Hunderte von Millionen Menschen.«

Maria Feodorowna spann seinen Gedankengang weiter: »Ein gewaltiges Werk! Doch die Gelben sehen es nicht gern. Ich höre, wie sie bei uns in Kaschgar darüber sprechen. Fremde Teufeleien, die dem Gelben und dem Blauen Fluß das Wasser nehmen. Vielleicht müssen wir eines Tages den Ort verlassen, an dem wir schon seit zwanzig Jahren wohnen.«

Prüfend ruhte der Blick Georg Isenbrandts auf den Zügen der Sprecherin.

»Der Tag kann schneller kommen, als Sie denken. Ich werde Sie warnen. Versprechen Sie mir, meiner Warnung zu folgen …«

Maria Feodorowna streckte dem Reisegefährten die Rechte entgegen. Ihre Blicke trafen sich.

»Ich danke Ihnen, Herr Isenbrandt!«

Der Kreuzer hatte jetzt den Stromlauf verlassen. Während der Fluß einen weiten Bogen nach dem Süden schlug, verfolgte er Südostkurs, überflog die Hochgebirgskette bei Chotkal und stand jetzt schon dicht vor Andischan. Es wurde Zeit, an den Abschied zu denken.

Auf dem Hangar neben dem Endbahnhof der Strecke Andischan-Osch-Kaschgar landete das Compagnieschiff. Erst die Technik des Dynotherms hatte es ermöglicht, in kurzer Zeit und mit geringen Baukosten den großen Tunnel durch das gewaltige Terekmassiv zu bohren und die neue Linie bis Kaschgar durchzuführen.

Georg Isenbrandt und Wellington Fox begleiteten Maria Witthusen zum Zug. Sie standen dort, bis sich der Zug in Bewegung setzte. Wellington Fox zog ein seidenes Tuch und winkte. Georg Isenbrandt sprang auf das Trittbrett des rollenden Zuges. Er beugte sich zu Maria Feodorowna, flüsterte ihr wenige Worte zu und war mit einem Sprung wieder neben seinem Freund.

Der Knall des Schusses, der den Kaiser des Himmlischen Reiches auf das Schmerzenslager warf, war bis in die letzten Erdenwinkel gedrungen. Millionen Herzen bebten … wie immer, wenn das Schicksal einen ganz Großen unter den Menschen traf, von dessen

Sein oder Nichtsein dasjenige von Millionen Kleiner abhing. Und je länger die Zeit des Wartens, desto unerträglicher wurde die Spannung.

Wie alljährlich, hatte sich der Herrscher zu Wintersausgang nach Schehol begeben, um hier Erholung von der Last der Regierungsgeschäfte zu suchen. Hier, wo die strenge Bewachung seiner Person nicht so scharf wie in Peking durchgeführt wurde, hatte ihn die Kugel eines Republikaners getroffen.

Der Schuß war tödlich. So lautete der Bericht der Ärzte für die wenig Vertrauten der nächsten Umgebung. Aber die Lage des Reiches verbot eine Veröffentlichung dieses Berichtes.

Kaum zwanzig Jahre waren vergangen, seitdem der junge, tatkräftige Mongolengeneral Kubelai die Herrschaft des Riesenreiches an sich gerissen hatte. Bis dahin war China eine Republik, deren beste Kräfte durch nie zur Ruhe kommende Wirren aufgezehrt wurden.

Auf schneller, blutiger Bahn war der Mongolenkhan an die Spitze des Riesenreiches geeilt, alles niederwerfend, was sich ihm in den Weg stellte. Dann hatte er das Spiel gespielt, das von jeher jedem Usurpator geläufig war. Um seine Herrschaft zu festigen, wurde das chinesische Nationalbewußtsein aufgepeitscht, bis alle Augen gegen den äußeren Feind gerichtet waren.

In zähem Ringen hatte er den Europäern eine Position nach der anderen entrissen, bis er das Land von den ›Ausbeutern‹ befreit hatte. Mit der gleichen Energie und Tatkraft widmete er sich dann dem Ausbau der inneren wirtschaftlichen Kräfte seines Landes.

Mit seinen Erfolgen wuchs sein Ehrgeiz ins Unermeßliche.

Schon bevor die Europäische Siedlungsgesellschaft ihre Tätigkeit in Turkestan begann, hatte sich sein Auge auf diese Gebiete gerichtet. Doch damals schien ihm der mögliche Gewinn den Preis der hohen Opfer nicht wert.

Erst als die Pläne der Siedlungsgesellschaft bekannt wurden, Pläne, die dort ein großes, weißes Kulturland zu schaffen versprachen, erschienen ihm jene Länder begehrenswert.

Ein neues Schlagwort war bald gefunden: Panmongolismus! Vereinigung aller Gelben mit dem großen Himmlischen Reich. Schnell wurde es aufgenommen. Bald war eine rege Irredenta in den bis dahin politisch völlig indifferenten Gegenden im Gange.

Die gelben Emissionäre fanden einen Boden, dessen Bearbeitung ihnen die Siedlungsgesellschaft notgedrungen erleichterte. Da die dort ansässigen mongolischen Stämme durch die europäischen Siedler in ihrer Nomadenwirtschaft gehindert oder gar verdrängt wurden, gab es Unzufriedene genug. Das diplomatische Spiel hatte bereits begonnen, da krachte der verhängnisvolle Schuß.

Über den Gärten von Schehol lag eine milde Frühlingssonne. Auf einer weiten Dachterrasse des Palastes stand das niedere Lager, auf dem der Kaiser ruhte. Auf den weißen Seidenkissen wirkte das Antlitz wie das eines Toten.

Die Blicke des Kaisers hingen starr am Horizont. Dort hinten … hinter den Schneegipfeln des Thian-Schan lag das Reich seiner Feinde, der Westländischen.

Ein leichter Glanz belebte die starr blickenden Augen. Wie sie ihn fürchteten … da drüben hinter den Mauern des Himmelsgebirges!

Und jetzt? … Wie würden sie frohlocken, wenn er tot …

Er stöhnte unterdrückt. Seine Hand tastete nach einer Schale mit goldenen Kugeln und ließ eine davon in ein klingendes Bronzebecken fallen. Hinter einem seidenen Vorhang wurde ein Diener sichtbar.

»Toghon-Khan!«

Seit er die Gewißheit hatte, daß er sterben müsse, hatte er sie zu sich gerufen... die Großen seines Landes... einen Starken zu finden, der für seinen unmündigen Sohn das große Reich leiten und schützen könne.

Und alle hatte er wieder weggehen lassen, als zu leicht befunden. Keiner darunter, der würdig war, den Ring zu tragen, der den vierten Finger der kaiserlichen Rechten umschloß.

Ein einziger noch... der letzte, der in Frage kam. Schanti, der Herr von Dobraja und Aksu. Nicht nur ein tüchtiger General, sondern auch ein hervorragender Staatsmann, hatte er es in zäher Energie verstanden, hinter das Geheimnis des Schmelzpulvers der Weißen zu kommen. Zwar war es ihm noch nicht gelungen, Arbeiten in so großzügiger Weise auszuführen, wie sie die Europäische Siedlungsgesellschaft in Russisch-Turkestan betrieb, doch war immerhin ein Anfang gemacht.

Aber würde Toghon-Khan auch der gewaltigen Aufgabe gewachsen sein, die ihm die Regentschaft über das ganze Riesenreich bringen mußte?

Wieder ließ der Kaiser eine Kugel in die Schale fallen. Die seidenen Vorhänge rauschten auseinander, und ein Mann in Generalsuniform trat auf die Terrasse. Ein markantes Gesicht. Das ganze Äußere zeugte für ein glutvolles und leidenschaftliches Temperament.

Einen kurzen Moment ruhten die Augen des Eingetretenen auf dem todgeweihten Herrn.

Langsam ließ er sich auf die Knie nieder und beugte die Stirn, bis sie den Boden berührte.

Schwach, wie aus weiter Ferne kommend, schlug eine Stimme an sein Ohr.

»Ich danke dir, Toghon, daß du meinem Ruf schnell gefolgt bist... meine Zeit ist kurz, die Ahnen rufen mich...«

Regungslos verharrte Toghon-Khan, die Stirn am Boden. Leise kam seine Antwort: »Himmlische Weisheit, du wirst das Reich noch lange lenken …«

»Nein, Toghon … die Ahnen rufen mich. Ich gehe bald … Aber schwer ist mein Herz … Die Sorge um mein Land und mein Haus …«

Erschöpft schwieg der Kaiser. Minuten verflossen, bis er neue Kraft fand. Toghon-Khan sprach: »Die Blüte des Lotos ist von der allerhöchsten Weisheit gesegnet …«

»Nein, Toghon … Mein Sohn ist ein Knabe und spielt mit den Frauen im Palast. Jetzt wollte ich ihn zu mir nehmen … einen Mann aus ihm machen … Die Vorsehung hat es nicht gewollt.«

»Du wirst genesen …«

Toghon-Khan fühlte, wie die matte Hand auf seinem Haupte zitterte.

»Nein, Toghon. Ich sterbe … in Sorge um das Reich. Wolken stehen am Himmel. Von Westen drohen sie. Wer wird das Reich führen? … Ich habe sie alle gehört … Die Statthalter des Nordens und des Südens … den Hohen Rat und die Ratskammer … Kleine Köpfe … kleine Mittel … alle … alle. Du bist der letzte! … Wirst du mich auch enttäuschen? … Was hast du zu sagen …«

»Die Wolken, die das Land bedrohen, werden vor der Sonne weichen … Aber wenn sie der Sonne nicht weichen, wird ein Blitzstrahl sie zerreißen. Ein Blitzstrahl des Himmels wird den Himmel wieder klarmachen.«

»Ein Blitzstrahl des Himmels?«

Der Kaiser wechselte die Sprache und sprach mongolisch weiter: »Nur denen hilft der Himmel, die sich selber helfen.«

Langsam erhob Toghon-Khan die Stirn vom Boden. Seine Hände ergriffen die Hand des Kaisers, seine Lippen preßten sich darauf. Langsam hob sich sein

Haupt, bis es die Kissen erreichte, bis seine Lippen das Ohr des Kaisers berührten. Flüsternd drangen die Worte in das Ohr des Kaisers.

Leichte Röte trat in das Antlitz des Kranken. Glanz kehrte in seine erloschenen Augen zurück, während Toghon-Khan flüsternd weitersprach.

Jetzt schwieg er. Der Kaiser ließ die Hand sinken. Er öffnete die Faust und legte die Rechte über die Augen. Die Rechte, an deren viertem Finger der kaiserliche Ring mit den Zeichen des Dschingis-Khan gleißte.

»Toghon, du Treuester aller Treuen ... Auch im Tode verläßt du mich nicht ...«

Von der abgezehrten Rechten streifte der Kaiser den Ring. Mit immer schwächer werdenden Händen griff er die Linke des Toghon-Khan und schob ihm den Ring auf den vierten Finger.

»Du bist ... du wirst das Reich verwesen, bis mein Sohn ...«

Betäubt und geblendet starrte Toghon-Khan auf den Ring an seiner Linken.

Noch einmal kamen dem sterbenden Kaiser Kraft und Sprache zurück.

»Geh, Toghon! Du hast den Ring ... Ich bin müde ... Jetzt werde ich schlafen ... geh ...«

Der Körper des Kaisers sank auf das Lager zurück. Langsam erhob sich Toghon-Khan. Den Körper geneigt, das Gesicht gegen das Lager des Kaisers gewandt, schritt er rückwärts langsam dem Ausgang zu. Noch eine tiefe Verneigung zum Lager des stillen Kaisers. Toghon-Khan wandte sich um und trat in den Vorsaal.

Lange war er allein bei dem Kaiser gewesen. Lange hatten die im Palast versammelten Würdenträger des Reiches geharrt, daß er vom Lager Schitsus zurückkehren möchte.

Was brachte Toghon-Khan? ... Was hatte der Kaiser mit ihm beschlossen? In den Herzen aller brannte die

Frage, aber nichts verrieten die steinernen Züge des Toghon-Khan. Bis in die Mitte des Saales schritt er. Blieb dort hochaufgerichtet stehen und ließ den Blick über die Versammlung schweifen, die Hände unter den verschränkten Armen verborgen.

Fünfzig Augenpaare waren auf ihn gerichtet. Suchend flog sein Blick durch den Raum.

Ein kurzer Wink. Ein mongolischer General eilte auf ihn zu.

»Mangu-Khan übernimmt den Befehl über die Palastwache. Geh!«

Der Angeredete verharrte überrascht und zögernd. Auch auf den Gesichtern der übrigen Anwesenden prägten sich Staunen und Zweifel.

Wie konnte Toghon-Khan solchen Befehl geben?

»Geh!«

Zum zweitenmal fiel das Wort scharf von den Lippen des Schanti. Die verschränkten Arme öffneten sich. Die Linke wies gebieterisch zur Tür.

»Niemand betritt oder verläßt den Palast ohne meine Erlaubnis!«

Es war ein neuer, schwerwiegender Befehl. Doch allen sichtbar glänzte an der ausgestreckten Hand der kaiserliche Ring, und im Augenblick wandelte sich das Bild im Saale. Sie alle, die eben noch einen Gleichberechtigten, einen Mitwerber erwartet hatten, sehen jetzt den vom Kaiser bestimmten Regenten vor sich stehen.

Ehrfurchtsvoll waren die Verbeugungen. Niemand wagte es, dem vom Kaiser selbst ernannten Regenten die schuldige Achtung zu verweigern.

Weithin dehnt sich das alte Siebenstromland zwischen dem Balkasch- und dem Issisee. In Wierny, der Hauptstadt des Landes, hatte Georg Isenbrandt sein Standquartier. Von hier aus leitete er die Arbeiten, welche die ihm unterstellten Ingenieure und Schmelzmeister in den südlich und westlich gelegenen Gebirgen ausführten.

Am Frühstückstisch saßen die beiden Freunde sich gegenüber. Wellington Fox sprach: »Die Lampe hat gestern noch lange bei dir gebrannt, Georg.«

»Berufsarbeit, lieber Freund. Instruktionen für die Schmelzmeister ... neue Pläne für die ganze Schmelzstrecke ... die Pläne sind zum größten Teil fertig ... Die Instruktionen beginnen heute. Beeile dich, damit wir bald aufbrechen können.«

Wellington Fox ließ sich das nicht zweimal sagen. Beim Schlag der neunten Morgenstunde erhob sich das kleine schnelle Flugzeug des Oberingenieurs. Isenbrandt selbst führte das Steuer und setzte den Kurs nach Süden.

Hoch und immer höher, bis sie den Kamm des Himmelsgebirges erreicht hatten, das hier die Grenze zwischen Rußland und China bildete.

Den Gebirgsgrat entlang in nordöstlicher Richtung führte Georg Isenbrandt jetzt die Maschine. In brodelndem, wogendem Nebel lag das Massiv unter ihnen.

Vom Dynotherm getrieben, arbeiteten die Turbinen der Flugmaschine vollkommen geräuschlos, und mühelos konnten die Freunde ihr Gespräch führen.

Jetzt warf Isenbrandt das Steuer herum und setzte das Schiff auf Nordwestkurs. Wellington Fox sah, wie die Nebelmassen hier wie abgehackt aufhörten.

»Warum, Georg ... warum geht es hier nicht weiter?«

»Weil wir am kritischen Punkt sind. Du siehst die natürliche Grenze, das Gebirge weiter nach Osten ziehen. Die politische Grenze biegt scharf nach Norden um. Was da halbrechts vor uns liegt, ist das Ilidreieck, seit 150 Jahren ein strittiges Gebiet, bald unter chinesischer, bald unter russischer Herrschaft. Heute wieder chinesisch.«

Das Flugzeug folgte der Grenze nach Norden. Ein mächtiger Strom wälzte unter den Reisenden seine Wogen nach Westen. Georg Isenbrandt senkte die Maschine so tief, daß sie den Boden fast zu berühren schien. Und dann stand sie doch plötzlich wieder hoch über dem Grund; denn in jähem Abfall senkte sich das Gebirge. Ein breites, tiefes Tal, auf beiden Seiten von schroffen Felsmauern umsäumt, durch das der Ilistrom seinen Weg nahm. Von den Felsen her ein riesenhafter Staudamm, im Bau begriffen.

Georg Isenbrandt runzelte die Brauen, während das Flugschiff langsam über der Dammkrone dahinzog.

»Verdammt! Wir kommen hier nicht so schnell vorwärts, wie ich möchte... Ich werde MacClure ablösen lassen... Mag er auch zehnmal ein Protektionskind sein!«

»Ist der Dammbau so eilig, Georg?«

»Sehr eilig!... Die Gelben besitzen ebenfalls Dynotherm und schmelzen damit in ihrem Lande. Fällt es ihnen eines Tages ein, hier im Ilidreieck allzu stark zu schmelzen, so vernichtet das Hochwasser unsere Siedlungen im Siebenstromland.«

In steilen Kreisen ließ Isenbrandt die Maschine steigen. Kilometer um Kilometer ging sie in die Höhe, und immer weiter dehnte sich die Landschaft. Jetzt dämmerte am Osthorizont Kuldscha herauf. Die Hauptstadt des umstrittenen Gebietes. Jetzt lag das ganze Dreieck wie ein offener Kessel unter ihnen.

Isenbrandt deutete mit der Rechten dorthin.

»Begreifst du es wohl, daß wir das Ilidreieck haben müssen?«

Wellington Fox umfaßte mit prüfendem Auge die riesenhafte Talmulde. Ein sarkastisches Lächeln glitt über seine Züge.

»Ich vermute, mein lieber Georg, hier wird es eines Tages gehen wie im Erlkönig... Und folgst du nicht willig, dann brauch' ich Gewalt...«

Georg Isenbrandt antwortete nicht. Jetzt stellte er die Maschine ab und ließ das Schiff im gestreckten Gleitflug in die Tiefe schießen. Und dann setzte es leicht und sicher auf einer Bergwiese auf. Sie waren vor einem Bezirkshaus des Abschnitts gelandet. Etwa ein Dutzend Ingenieure war hier versammelt, durch Fernruf benachrichtigt.

Isenbrandt wandte sich an einen jungen Menschen, der in der Nähe stand.

»Franke, führen Sie den Herrn hier zu Ihrem Großvater. Er soll ihm alles zeigen, was er zu sehen wünscht… Lieber Fox! Du hast drei Stunden Zeit, einen unserer interessantesten Schmelzpunkte zu besuchen. Um vier Uhr bitte pünktlich wieder hier!«

An der Seite des jungen Mannes machte Wellington Fox sich auf den Weg. Er war ein tüchtiger, trainierter Bergsteiger, aber er mußte sich anstrengen, um mit dem hier vorgelegten Tempo Schritt zu halten.

Schließlich standen sie auf einer Alm vor einer rohgezimmerten Blockhütte. Mißtrauisch begrüßte der alte Schmelzmeister den Ankömmling.

»So! Zeitungsschreiber sind Sie?… Nee, nee, da kann ich Ihnen nichts zeigen…«

Der junge Franke mußte sich energisch ins Mittel legen und den Auftrag Isenbrandts wiederholen, bevor der Alte sich endlich bereit fand.

»Zeitungsschreiber… Ich kenne die Brüder noch von damals… damals, als der Kessel kochte…«

Wellington Fox horchte auf. »Als der Kessel kochte…« Hatte nicht Isenbrandt die Worte erst vor kurzem gebraucht…?

Wie ein Jäger auf seine Beute, stürzte er sich auf den Alten, und in zwei Minuten hatte er ihn soweit, daß er zu erzählen begann: »Zweiundvierzig, nein, dreiundvierzig Jahre ist es jetzt her. Im Leunawerk bei Merseburg war's. Der Betriebsingenieur hatte mir den Auftrag gegeben, einen großen Reservekessel für den nächsten Tag anzuheizen. Früh um vier kam ich in das Kesselhaus.

Ich also … als erstes, was ich tue … ich drehe allererst den Wasserleitungshahn auf, um den Kessel erst mal voll Wasser laufen zu lassen. Derweil das Wasser läuft, suche ich mir Holz zum Feuermachen zusammen, und so allmählich kommen auch meine Kollegen … Sie müssen wissen, Herr, ich war damals der jüngste und mußte zuallererst da sein.

Wie ich so mein Holz zusammentrage, wird mir warm und immer wärmer, und dabei hatten wir 15 Grad Kälte im Freien. Wie ich noch so stehe und mir den Schweiß von der Stirn wische, da gibt mir mein Kollege einen Stoß in die Rippen und zeigt auf das Manometer am Kessel. Und da denke ich doch, der Deubel soll mich holen … da zeigt das Manometer auf zwölf Atmosphären. Dabei, Herr, kein Stückchen Feuer auf den Rosten … eben erst kaltes Wasser aus der Leitung in den Kessel gepumpt.

Da kommt gerade der Ingenieur. Der sagt ganz harmlos: ›Na, Leute, ihr habt ja schon ganz schönen Dampfdruck.‹

›Ja!‹ sage ich. ›Aber den Kessel hat der Deubel geheizt.‹

›Wieso?‹ fragte der Ingenieur. Ich gehe langsam an den Kessel ran, mache die Feuertür auf und zeige ihm die kahlen Roste.

Mit einem einzigen Satz ist er an der Tür und verschwindet, ohne noch ein Wort zu sagen.

In fünf Minuten war er mit dem Direktor wieder da. Und wie der Direktor die Bescherung sieht, stellt er sich hin und lachte. Dann sprang er plötzlich zu und schaltete den unheimlichen Kessel auf die Maschinen. Es war aber auch nachgerade Zeit, denn der Druck war inzwischen auf fünfundzwanzig Atmosphären gestiegen.

Da kam der Direktor zurück und sagte nur ganz

trocken: ›Der Doktor Frowein soll mal kommen.‹ Und als der kam, da guckte er ihn bloß an und sagte: ›Junge, Junge, daß dir das gelungen ist!‹ Und dann fiel der Direktor dem Doktor Frowein um den Hals.

Als er ihn wieder losließ, da sagte er zu uns: ›Kinder, merkt euch den heutigen Tag. Der 13. Februar 1963 wird noch für Jahrhunderte ein Gedenktag bleiben. Heute fängt ein neues Kapitel der Zivilisation an. Der hier ist's, dem die Menschheit das verdankt.‹

Wie es dann mit der Erfindung weiterging, das wissen Sie ja wohl. Kohlen zum Heizen brauchten wir nicht mehr. Öl auch nicht mehr. Die Bergarbeiter wurden größtenteils überflüssig. Die ganze Wirtschaft wurde auf den Kopf gestellt. Na, ganz glatt ist das ja nicht gegangen. Auf einmal so viele Menschen ohne Brot! ... Zwanzig Millionen Leute aus Europa wohnen jetzt hier in bestem Wohlstand, wo früher ein paar Kirgisen kümmerlich hausten. Aber kommen Sie! Ich will Sie zu unserer Schmelzstelle bringen.«

Gespannt hatte Wellington Fox der Erzählung des alten Schmelzmeisters gelauscht, während der Magnetograph in seiner Tasche sie Wort für Wort niederschrieb. Jetzt folgte er dem Alten, der ihn auf einem neuen Pfad weiter bergan führte. Die Luft war hier verhältnismäßig klar. Noch eine kurze Wendung, und vor ihnen lag ein mächtiger Gletscher. Wohl mehrere Kilometer breit schob sich der gigantische Eisstrom zu Tal. Wellington Fox konnte hier und da schwarze Punkte wie Fliegen über die Fläche kriechen sehen. Er nahm sein Glas zu Hilfe und sah, daß es große tankartige Fahrzeuge waren, die das Gletschereis befuhren und gleichmäßig mit Dynotherm bestreuten.

Während seine Augen an dem interessanten Schauspiel hingen, nahm der Schmelzmeister seine Erklärungen wieder auf: »Sehen Sie, Herr, wie der Strom des erschmolzenen Wassers etwa fingerhoch über der

Gletscherfläche zu Tal läuft. Meilenweit über das Eis läuft und dabei immer heißer wird.«

Wellington Fox ließ sein Glas sinken.

»... Und wie lange hält der Gletscher aus?«

»Ja... eigentlich sollte der Gletscher längst verbraucht sein, wenn nicht...«

»Wenn was nicht?«

»Ja... die Gelehrten behaupten, daß hier überhaupt viel mehr Regen und Schnee fällt, seitdem die Schmelzerei im Gange ist. Trotzdem könnten die Gletscher hier bald zu Ende gehen, wenn wir nicht sparsam schmelzen müßten... Ja, wenn wir da oben im Quellgebiet des Ili schmelzen könnten... aber das gehört ja den Gelben... und die lassen uns nicht ran, obgleich sie auch Vorteile dabei hätten.

Und dabei könnten wir noch so viel Wasser gebrauchen, da doch der Balkaschsee mit dem Pulver nächstens zum Dampfen gebracht werden soll. Sie wissen, Herr, damit die Wolkenbildung und die Niederschläge reichlicher werden. Sie machen da unten schon große Vorbereitungen für die großen Feierlichkeiten, die bei der Gelegenheit vom Stapel gelassen werden. Na, davon habe ich nichts. Aber ich werde dann hier oben abgelöst und komme runter an den See. Das ist mir auch viel lieber.

Die alten Knochen wollen nicht mehr so recht. Warme Buden haben wir ja... aber die feuchte Luft... der ewige Nebel...«

Der Junge mischte sich ein: »Großvater, erst wolltest du gar nichts sagen, und jetzt kannst du kein Ende finden. Der Herr muß jetzt fort!«

Eine halbe Stunde später saßen die beiden Freunde wieder im Flugzeug, das sie nach Wierny zurückbringen sollte.

»Na, Fox, hat unsere Arbeit deinen Beifall gefunden?«

»Aber gewiß, Georg! Interessant war mir auch die

Erzählung des alten Schmelzmeisters. Lebt eigentlich Frowein noch?«

»Aber ja! Der alte Herr sitzt im Aufsichtsrat unserer Gesellschaft.«

»Sage mal, Georg, wie ist denn der damals darauf gekommen?«

»Fox, du fragst verkehrt! Ich bin über die Entstehung der Erfindung orientiert. Aber um dir das zu explizieren, müßte ich dir tagelange Vorträge halten.«

»Na, dann versuch mal, mir die Sache in ihren Grundzügen zu erklären. Ich weiß nur, daß Dynotherm ein künstlich hergestellter radioaktiver Stoff ist, der, mit Wasser zusammengebracht, Wärme entwickelt.«

»Damit hast du den Kern der Sache getroffen. Frowein hatte jahrelang mit natürlichen radioaktiven Substanzen gearbeitet. Ihm war es gelungen, den Zerfall dieser Stoffe, der bis dahin unwandelbar an bestimmte Zeiten gebunden zu sein schien, zu beeinflussen. Von da war es nur noch ein Schritt, das Verfahren auch an Stoffen zu versuchen, die man bis dahin als nicht mehr radioaktiv kannte. Frowein hat diesen Schritt getan, und seine Folgen siehst du hier vierzig Jahre später.«

»Sehr schön! Der Mann hat meine volle Hochachtung! Die Kohlenzeit damals muß schauderhaft gewesen sein. Aber du! Was hast du daran verbessert?«

Isenbrandt kniff die Lippen zusammen. Über seine eigenen Leistungen sprach er ungern. Aus seiner Tasche zog er zwei kleine Zinntuben.

»Da sind je zehn Gramm des neuen, nach meinem Verfahren hergestellten Dynotherms. Sie wirken wie zwei Zentner des älteren Präparates ...«

Wellington Fox griff nach den winzigen Röhrchen. »Alle Achtung, Georg! Ich kann mir jetzt schon Fälle denken, wo man das Pülverchen gut verwenden kann, ohne gerade Schnee zu schmelzen.«

Isenbrandt sah ihn nachdenklich an.
»Du könntest recht haben, Fox! Behalte sie, wenn du willst. Aber vergiß nicht, daß in jeder dieser winzigen Röhrchen ein Vulkan schlummert, der, von wenigen Tropfen Wasser geweckt, seinem Träger Lebensgefahr bedeutet. Bewahre sie wohl. Wer weiß ... wann du sie brauchen wirst!«
Sorgsam barg Wellington Fox die Tuben in seiner Brieftasche.
»Herzlichen Dank, Georg! Leider muß ich das meiste, was ich bei dir sah, den Lesern der Chicago Press vorenthalten.«
Um die sechste Abendstunde stand Wellington Fox auf der Westveranda des Kogarthauses. Nur gedämpft drang die Musik aus den Gesellschaftsräumen des großen Luxushotels bis hierher. Ungestört konnte er Ausschau halten.
Zweitausend Meter unter ihm strömten im Süden die Fluten des Sirflusses durch das Paradies der Ferghanaebene. In allen Tönen spielten die heißen Strahlen der sinkenden Sonne mit den Dampfwolken der heißen Quellen von Andischan. Doch diesen Schönheiten widmete Wellington Fox nur geringes Interesse. Sein Blick haftete auf den Abhängen der Kogartberge, die das Panorama nach Norden zu begrenzten. Mit einem Glas durchforschte er die Schneehänge der Kogartberge, die jetzt in den Strahlen der scheidenden Sonne rosig aufzuglühen begannen.
»Verfluchter Leichtsinn! Bei solchem Firnwind eine Skitour zu unternehmen. Nicht einmal einen vernünftigen Führer haben sie mitgenommen ... Auf die Renommierereien dieses MacGornick sind sie reingefallen. Aus purem Trotz mit dem alten Trottel losgegangen. Möchte er sich das Genick brechen ... und die edle Gräfin Toresani meinetwegen auch. Aber Helen Garvin ...«
Daß sie mit bei der Tour war, das verursachte seine

Unruhe. Helen Garvin, dieser kleine Trotzkopf! Vor der Tour und vor der Komtesse di Toresani hatte er sie gewarnt ...

Er ließ sich in einen Sessel fallen. Sein Auge haftete auf den Abhängen der Kogartberge. Ihm selbst kaum merklich verschwammen die schneeigen Konturen allmählich und nahmen die Gestalt der Sierra Nevada an. Garvins Park auf San Matteo tauchte vor ihm auf.

Wie er damals Helen Garvin zum erstenmal sah ...

Mißmutig war er durch den prächtigen Park geschlendert, in dem die Launen des Besitzers neben den herrlichen Gartenanlagen auch allerlei Merkwürdigkeiten geschaffen hatten. Das Labyrinth wollte er sehen, jenes wunderliche Bauwerk, das der Milliardär dort in die Felsen von San Matteo hatte sprengen lassen.

Ein junges Mädel, das er um den Weg fragte, hatte ihn dorthin geführt. Als er ihr, hingerissen von ihrer jugendlichen Schönheit, allzu lebhaft seinen Dank ausdrücken wollte, da hatte das Mädel plötzlich darauf aufmerksam gemacht, daß er sich im Park ihres Vaters befände ... Und sie würde gleich die Diener rufen ... und ihn hinausspedieren lassen.

Der Schalk, der dabei aus ihren Augen blitzte, verriet ihm zwar, daß das nicht bitterer Ernst war, aber ...

Seitdem kannte er Helen Garvin.

Allein war er damals in das Labyrinth gegangen. Durch Kreuz- und Quergänge, bis er den Mittelbau erreichte. Ein mächtiges, elliptisches Gewölbe. Eine reiche Sammlung aztekischer Altertümer war hier aufgestellt. Interessiert hatte er die Sachen betrachtet, ohne auf andere Besucher zu achten. Da hatten auf einer Bank zwei Männer gesessen und leise miteinander gesprochen. Als er weit von ihnen entfernt vor einer Maske des Mexiki stand und die scheußlichen Züge des alten Götzen musterte, waren plötzlich gut verständliche Worte an sein Ohr gedrungen. Worte, die ihn lange und gespannt lauschen ließen.

»Das Ohr des Dionysos!«... Eine halbvergessene Schulerinnerung kam ihm wieder. Das elliptische Gewölbe, das die Laune des Milliardärs hier in den Fels getrieben hatte, ließ ihn in einem Brennpunkt verblüffend deutlich hören, was in der Nähe des anderen viele Meter von ihm entfernt geflüstert wurde. So hatte er hier durch Zufall alles das gehört, um dessentwillen er schon seit Wochen suchte.

Hörte, bis das Flüstern erstarb... sah dann... und sah zwei Gesichter.

Seitdem kannte er Collin Cameron.

Das ferne Donnern einer zu Tal gehenden Lawine riß ihn aus seinen Träumen.

Mit einem Satz stand er auf beiden Beinen.

Er schickte sich an, die Veranda zu verlassen. An der großen Flügeltür stieß er auf Wilhelm Knöpfle, den Leiter des Kogarthauses. Der hatte die Schneeberge von Davos mit denen vom Ferghana vertauscht, als der Wintersport hier oben in Mittelasien Mode wurde. Die Begegnung gab Wellington Fox Veranlassung, seinem Herzen Luft zu machen.

»Schlechtes Wetter, Herr! Die Luft gefällt mir nicht. Ich fürchte, es wird nach Sonnenuntergang noch mehr Lawinenschläge geben. Einige Leute hier hätten ihre Unternehmungslust zügeln sollen.«

Der Direktor zuckte kaum merklich mit den Achseln.

»Drinnen ist die Luft auch nicht besonders. Gewitterspannung.«

Wellington Fox warf ihm einen fragenden Blick zu.

»Sind neue Nachrichten aus Peking da?«

»Immer noch das alte Lied. Die verhüllte Weisheit befindet sich auf dem Weg zur vollen Genesung.«

Jetzt war es an Wellington Fox, mit den Achseln zu zucken. »Der Weg scheint sich in die Länge zu ziehen ... ich mache mir meinen Vers auf die Sache.«

»Gehen Sie in den Gesellschaftssaal, Mr. Fox. Sie werden einen interessanten Fünfuhrtee finden!«

Wellington Fox betrat den großen, prunkvoll ausgestatteten Saal, in dem eine kaukasische Kapelle ihre Weisen ertönen ließ. In zweitausend Meter Höhe an den Hängen der Kogartberge gelegen, bot das Haus seinen Gästen bis tief in den Frühling hinein Gelegenheit zu allem alpinen Sport.

Aus allen Enden der Welt kamen die Gäste hier zusammen. Aus Europa und Amerika waren sie da. Neben Mongolen und Tataren, Turkmenen und Persern saßen Inder und Japaner. Die Tage waren dem Sport gewidmet, die Abende dem gesellschaftlichen Vergnügen.

An kleinen Tischen saßen die Gäste in dem großen Saal. Erfrischungen aller Art wurden gereicht, und die Kapelle übertönte die Unterhaltung der einzelnen Gruppen.

Wellington Fox fand einen leeren Tisch in einer Ecke. Er begann seine Musterung und fand die Bemerkung des Hoteldirektors bestätigt. Er hätte darauf wetten mögen, daß die Gelben hier mehr wußten als er.

Die Instinkte des Jägers und des Berichterstatters wurden in ihm wach. Zum Teufel ... weg mit diesen Gedanken ... Die Sorge um Helen Garvin nahm ihn wieder gefangen.

Wellington Fox erhob sich und schritt durch den Saal. Irgendwie mußte er sich Gewißheit verschaffen. Er trat in die Kanzlei und starrte auf die stummen Apparate ... Da ... ein Ruf eines der Telephone.

MacGornick sprach: »... großes Unglück ... sofort vom Hotel Rettungsexpedition schicken ... Lawinenschlag ... Begleiterinnen Gräfin Toresani und Helen Garvin verschüttet.«

Bevor noch der Portier eingreifen konnte, hatte Wellington Fox den Schalthebel gedreht und die Geberstation des Hotels eingeschaltet. Scharf und knapp kamen seine Rückfragen... wo der Unfall geschehen sei... am Ketmansteg... unterhalb des Kogartpasses.

Im nächsten Moment stürmte Wellington Fox aus der Kanzlei. Im Vorraum stand allerlei Sportgerät. Ohne Besinnen griff er die ersten besten Skier und eilte weiter. An einem Haken sah er den dicken Pelz eines der eingeborenen kirgisischen Führer hängen und riß ihn mit einem Ruck an sich.

So stürmte er ins Freie. Der aufgehende Mond beleuchtete unsicher die schneebedeckten Hänge und Flächen. Mit geübten Händen zog er die Bindungen der Skier über seine Lackschuhe. Schon im Gleiten, warf er den Pelz über.

Eine Minute nach dem Empfang von MacGornicks Notruf schoß Wellington Fox in sausender Talfahrt auf den dreihundert Meter tiefer gelegenen Ketmansteg zu.

Jetzt sah er eine einzelne Gestalt auf der weiten weißen Fläche... war im Augenblick heran... versuchte im letzten Moment durch Abdrehen der windenden Fahrt Herr zu werden und merkte, daß es nicht mehr ging. Gewaltige Schneemassen versperrten ihm den Weg. Mit Aufbietung aller seiner Kraft schnellte er sich in die Höhe, streifte MacGornicks Gestalt und landete inmitten der aufgetürmten Schneemassen.

Das Mondlicht reichte eben aus, um die Dinge in der nächsten Umgebung zu erkennen. Eine gewaltige Lawine war halb schräg von der Paßhöhe her zu Tal gegangen. Er konnte ihre Spur die Hänge hinauf bis weit nach Norden erblicken.

Bevor MacGornick sich durch die Schneemassen langsam zu ihm hinabzuarbeiten begann, strebte er der Stelle zu, wo die Bruchstücke eines Schneeschuhes aus den eisigen Massen ragten. Das letzte Zeichen der

Personen, die hier vom weißen Tod überrascht worden waren.

Seine Rechte fuhr zur Brusttasche. Jetzt hielt er eine der winzigen Tuben in der Hand, die ihm Georg Isenbrandt in Wierny gegeben hatte. Mit den Fingerspitzen streute er die Stäbchen wie Samenkörner in die Schneewüste, während er den gebrochenen Ski in immer weiter werdenden Spiralen umkreiste.

Jetzt war die Tube leer, und jetzt stieß er auf MacGornick. Der Schotte wollte sprechen… wollte fragen, ob die Hilfsexpedition schon unterwegs wäre.

Mit einem unterdrückten Fluch wandte Wellington Fox ihm den Rücken… und sah über der ganzen Fläche, die er eben noch bestreut hatte, dichte Nebel wallen.

Eben noch standen sie kaum fußhoch. Jetzt wogten sie schon in Augenhöhe und stiegen in jeder Sekunde höher. Mit einem Schrei stürzte er in der Richtung davon, in der er eben noch die Skitrümmer erblickt hatte. Warme dunstige Treibhausluft umfing ihn. Aber eisig umflutete ihn Schmelzwasser bis zu den Knien.

Schon war der eben noch froststarrende Schnee über die ganze Fläche hin eine schmelzende, auseinanderfließende Masse geworden. Jetzt stieß sein linker Ski auf Widerstand. Das mußte der zerbrochene Ski sein.

Mechanisch faßten seine Hände in die Taschen des fremden Pelzes… und griffen eine der tausendkerzigen elektrischen Fackeln, wie sie Bergführer bei sich zu tragen pflegen.

Im nächsten Moment flammte die mächtige Leuchte auf. Auch in die Klüfte und Spalten der schmelzenden Lawine drang das Licht. Mit einem Ruck entledigte sich Wellington Fox der störenden Schneeschuhe und warf sich auf die Knie in den eisigen Schlamm, um einer dunklen Stelle in den schmelzenden Massen näherzukommen. Schob mit den Händen den erweichenden Schnee zurück, bekam ein Stück Stoff zu fassen und zog eine menschliche Gestalt zu sich heran.

Kalt und leblos lag die Gerettete in seinen Armen. Der immer stärker schmelzende Schnee hatte ihre Kleidung vollkommen durchnäßt.

Beim Schein der starken Leuchte betrachtete er die Züge der Geretteten. Die, die er vor allem suchte, war es nicht. Die Marchesa di Toresani hielt er hier in den Armen. Aber Helen Garvin lag noch irgendwo verschüttet, von den schmelzenden Massen immer stärker bedroht.

Er ließ die regungslose Gestalt zu Boden gleiten. Sah dabei, daß der Riemen ihrer Umhängetasche gerissen war, und ließ die Tasche mechanisch in seinen Pelz gleiten. Dann begann er mit der Kraft der Verzweiflung von neuem zu suchen.

Er suchte und fand. Die schmelzenden und dampfenden Massen gaben den Zipfel eines Gewandes frei. lm Moment stürzte sich Wellington Fox darauf und hielt Helen Garvin in seinen Armen. Ebenso bleich und regungslos wie ihre Gefährtin.

Jetzt schnell heraus aus den dampfenden und schmelzenden Massen. Nur wenige Minuten waren verstrichen, aber wie hatte sich das Bild in kurzer Zeit verändert. Schon stand er in einer tiefen Mulde, und von allen Seiten her schoß das Schmelzwasser die Abhänge hinab, um gurgelnd und brausend seinen Weg zu Tal unter den Schneemassen fortzusetzen.

Mit den Zähnen faßte Wellington Fox die Fackel. An seiner linken Brust ruhte Helen. Mit dem rechten Arm umklammerte er den Körper der Toresani. Mit der doppelten Last mußte er sich an dem schmelzenden Abhang in die Höhe arbeiten. Schritt um Schritt kämpfte er sich empor, alle Muskeln und Sehnen bis zum äußersten gespannt.

Bis endlich die Steigung geringer, der Schnee unter

seinen Füßen fester wurde. Bis das Licht einer anderen Fackel in seine Augen fiel.

MacGornick hatte sich endlich zur Tat aufgerafft, hatte sich der eigenen Fackel erinnert. Mit ihr war er jetzt in das Nebelmeer eingedrungen und auf Wellington Fox gestoßen. Mit einer letzten Anstrengung legte ihm Wellington Fox den regungslosen Körper der Marchesa di Toresani in die Arme.

»Zurück … auf trockenen Schnee …«

Im Süden von San Franzisko auf der Hochebene von San Matteo liegen, von wundervollen Parkanlagen umgeben, die Sommersitze der westlichen Finanz- und Industriemagnaten.

Der schönste unter den schönen Landsitzen der von Francis Garvin. Unter den reichen Männern der Union einer der reichsten Francis Garvin.

Die Grundlagen zu seinem riesenhaften Vermögen hatte er in jener denkwürdigen Landspekulation gelegt, als er vor einem halben Menschenalter die großen wüsten Landstriche zwischen der Sierra Nevada und dem Koloradofluß für einen Spottpreis an sich brachte und dann durch die Wirkungen des Dynotherms fruchtbar machte und besiedelte.

Auf der großen Terrasse, die über Wälder und Wiesen hinweg einen Blick auf die Fluten des Stillen Ozeans gewährte, saßen Francis Garvin und Helen, seine einzige Tochter.

Unruhig maß der Milliardär die Terrasse in ihrer ganzen Länge. Bald fuhren seine Hände in die Taschen, bald gestikulierten sie in der Luft.

In einen Korbsessel vergraben saß Helen und sah dem Vater halb belustigt, halb ängstlich zu. Gewiß hatte sie nicht erwartet, seinen ungeteilten Beifall zu finden, als sie ihm vor einer Viertelstunde in vorsichtigen Andeutungen ihre Liebe zu Wellington Fox gestand. Aber auf so heftigen Widerstand war sie auch nicht gefaßt gewesen.

»Habe ich ein Leben voll endloser Sorgen und Mühen geführt, habe ich gearbeitet wie ein Zugstier, um alles, was ich besitze, schließlich einen Zeitungsschreiber in die Tasche stecken zu sehen?!«

»Pa!« klang es strafend aus dem Korbsessel. »Mr. Fox ist ein Gentleman, der mit eigener Gefahr deine Tochter gerettet hat und dem du höchsten Dank schuldest.«

»Ich werde mich revanchieren, my Darling. Morgen kaufe ich die Chicago Press und schenke sie diesem Fox. Du wirst sehen, der Mann ...«

»Der Mann wird das Geschenk nicht annehmen.« Helen hatte sich umgedreht und sah ihren Vater mit blitzenden Augen an.

»Abwarten, mein Kleines! ... Die zwölf Millionen Dollar, die die Zeitung kosten wird, nimmt jeder, dem Francis Garvin sie schenken will. Du hältst diesen Fox für einen schlechten Geschäftsmann.«

»Ich halte ihn für einen Gentleman, der dir dein Geschenk vor die Füße werfen wird.«

»Wetten, daß nicht?«

»Das gilt, Pa! Verlierst du, mußt du mich zu der Einweihung des Balkaschsees mit nach Asien nehmen! ... Abgemacht!« ...

Ein Diener brachte eine Karte und überreichte sie Helen Garvin. Ein freudiges Leuchten ging über ihr Gesicht, das aber schnell einem Schein der Trauer wich.

»Florence Dewey! Gut. Ich gehe gleich mit. Auf Wiedersehen, Pa. Die Wette gilt ...

Florence!«

Sie flog auf die Freundin zu und faßte sie an beiden Schultern.

»Du bist es wirklich ... Ein unerwarteter Besuch.« Ein größerer Gegensatz als zwischen diesen beiden

Freundinnen war kaum denkbar. Helen Garvin… das Köpfchen von goldig schimmernden Locken umgeben, große blaue Augen, ein Stumpfnäschen mit rosigen Flügeln… Das Ganze eine Nippesfigur aus Meißner Porzellan.

Daneben Florence Dewey, schlank und stolz. Schwarzes Haar um ein bleiches Antlitz, dessen Alabaster durch einen kreolenartigen Hauch gefärbt wurde. Trotz ihrer Jugend lag Ernst, ja Trauer in den schönen Zügen des Mädchens.

Von Jugend an waren Helen Garvin und Florence Dewey, die Töchter der beiden reichsten Leute von Frisko, eng befreundet.

Helen Garvin fragte: »Du bist noch hier? Ich glaubte, du hättest die geplante große Reise längst angetreten?«

»Es war mehr der Plan meines Vaters als meiner. Ich habe ihn wohl erwogen… aber verworfen. Es hätte ausgesehen wie eine Flucht.«

Eine glühende Röte bedeckte ihr Gesicht, und ihre Stimme nahm einen leidenschaftlichen Klang an.

»Ich fliehen? Vor häßlichem Klatsch?! Nein… niemals.«

»Und doch waren es sicherlich schwere Tage, die du damals durchlebt hast.«

Helen legte den Arm teilnahmsvoll um die Schulter der Freundin.

»Was weißt du, Kleines, von den Kämpfen, die mir das Herz zerrissen!

Wäre es nur das eine gewesen… daß der schwarze Blutstropfen, der von Vaters Seiten in meinen Adern rollt, mir in einer rein weißen Gesellschaft Schwierigkeiten macht… gelacht hätte ich darüber. Aber daß ich deshalb auch meine Liebe lassen mußte…«

Die Kehle schien ihr zugeschnürt. Die Stimme versagte. »Quäle dich nicht, Florence… versuche Averil Lowdale zu vergessen! Ein Mann, der dich um solch

Vorurteil lassen konnte, ist deiner nicht würdig, hat dich nie wahrhaft geliebt.«

»Averil mich verlassen?!... Nein. Er tat es nicht!«

»Ich verstehe dich nicht. Schicktest du ihn von dir?«

Mit einer müden Handbewegung strich sich Florence über die Stirn, als wolle sie die quälenden Gedanken hinwegwischen. Dann begann sie mit ruhiger, tonloser Stimme zu erzählen: »Du weißt, Helen, wie ich Averil Lowdale kennen- und lieben lernte. Er hielt bei meinem Vater um meine Hand an, der sie ihm nicht verweigerte. Auch der alte Lord Lowdale war mit unserem Bund einverstanden... Warum auch nicht?... Das Vermögen der Lowdale war nie groß gewesen. Ein langjähriger Prozeß um die Lordschaft hatte den größten Teil der Revenuen verschlungen. Die Millionen meines Vaters kamen sehr erwünscht.

Da erhielt mein Verlobter plötzlich ein Telegramm, umgehend nach England zurückzukehren. Wenige Tage später hatte mein Vater einen Brief des alten Lords in den Händen: »Seine Lordschaft zieht ihr Einverständnis mit dem Ehebund von Deweys Tochter mit seinem Sohn zurück. Weil... weil ich nicht rein weißer Abstammung sei. Der Vater meines Vaters habe eine Quadronin zur Frau gehabt.«

»Unmöglich, Florence... und wäre die Behauptung wahr, so wäre es doch nur ein vorgeschobener Grund!«

»Du wirst es vielleicht besser verstehen, Helen, wenn ich dir die Vorgeschichte erzähle. Als der Vorgänger des jetzigen Lords Lowdale starb, trat sein Neffe als nächster Erbberechtigter auf. Seine Ansprüche, an sich unanfechtbar, wurden ihm von dem jetzigen Lord streitig gemacht, weil er Halbblut sei. Seine Mutter war eine Gelbe. Ein jahrelanger Prozeß entspann sich um die Erbschaft. Eine besondere Parlamentsbill entschied schließlich zugunsten des Halbblutes. Seit jener Zeit ist Lord Lowdale ein eifriger

Verfechter der Bestrebungen für Reinhaltung der Rasse.«

»Und darum.«

»Darum durfte Averil keine Herrin in die Halle von Lowdalehouse bringen, unter deren Ahnfrauen eine ist, deren Wiege in einem Negerdorf gestanden hatte.«

»Und Averil? Fügte er sich widerspruchslos dem Verbot des alten Lords?«

Florence blickte traumverloren ins Weite.

»Nein, Helen ... Averil trat mutig an meine Seite. Er war bereit, das Vaterhaus zu verlassen, mit seinem Vater zu brechen. Er kündigte mir seine Abreise von London an. Da ... da gab ich ihm sein Wort zurück.«

»Warum, Florence? ... Zweifeltest du doch an Averil ... an seiner Treue?«

Tief atmend lehnte sich Florence zurück und bedeckte mit der Hand ihre Augen.

»Warum? ... Weil ich ihn liebte ... mehr liebte als mein Glück. Averils Entschluß war eine Tat, die mich beseligte ... mich beglückte. Wer England und seine Institutionen kennt, weiß, was er meinetwegen aufgeben wollte. Sein Opfer war groß. So groß, daß ich es nicht annehmen durfte ...

Laß die Vergangenheit. Es ist nutzlos, davon zu sprechen. Weg mit den Erinnerungen an jene Tage und Nächte der Verzweiflung ...«

Sie erhob sich und ging ein paarmal durch das Gemach.

»Deine Erzählungen von den wunderbaren Arbeiten in Asien reizen meine Neugier, Helen. Du sprachst davon, daß du vielleicht mit deinem Vater zur Einweihung des Balkaschsees dorthin zurückgehen würdest. Wäre dir meine Begleitung angenehm?«

»Du fragst, Florence?! ... Mit tausend Freuden begrüße ich deine Begleitung. Aber ... es ist noch zweifelhaft, ob ich selbst gehe. Ich muß ...«

Ein Lächeln stand in ihrem Gesicht. »Ich muß erst noch eine Wette gegen Pa gewinnen.«

Der reiche John Dewey saß in seinem Palast in Nob-Hill zu Frisko in seinem Arbeitszimmer. Ihm gegenüber Melan Fang.

Seit Jahren waren sie bekannt. In letzter Zeit schienen die lockeren Verbindungen enger geworden zu sein. Enorme Summen waren von Deweys Konten auf das chinesische Handelshaus überwiesen worden. Es verlautete, daß John Dewey, der die meisten Silbergruben des amerikanischen Kontinents in seiner Hand vereinigte, große Konzessionen im südlichen Altai erhalten habe. Man sprach auch davon, daß er sie zusammen mit der chinesischen Firma ausbeuten wolle.

Zwischen den beiden Partnern lag ein mit vielen Zahlen bedecktes Papier.

»Wenn Zahlen allein beweisen könnten, wäre ich überzeugt, Melan Fang, aber in der Bilanz fehlen einige Imponderabilien, deren Bedeutung nicht zu unterschätzen ist!«

»Sie meinen die überlegene Intelligenz der weißen Rasse, Mr. Dewey?«

»Zweifellos!«

»Der Gedanke, daß die weiße Rasse der gelben und der schwarzen an Intelligenz weit überlegen sei, muß als erledigt angesehen werden. Die weiße Rasse teilt das Schicksal vieler anderer Rassen, die vor ihr waren und ihr Ende fanden. Sie ist an der gefährlichen Stelle der Zivilisation angekommen, die ein Volk nicht erreicht, ohne von unwiderstehlichem Drang erfaßt zu werden, sich in den Abgrund zu stürzen.

Im Bereich der praktischen Wissenschaften und der Technik mögen die kommenden Jahrhunderte noch von den Weißen zu lernen haben. Sonst hat... diese Rasse... kaum etwas geleistet... was den Leistungen des Orients auch nur verglichen werden könnte... Ein paar Menschenalter, und die Weltherrschaft der Weißen ist nur noch eine Episode der Weltgeschichte.«

John Dewey hatte während dieser langen Auseinandersetzung seines Gegenübers gedankenvoll auf den bunten Teppich geblickt.

»Und Sie halten jetzt schon den Zeitpunkt für gekommen, der Herrschaft der weißen Rasse für immer ein Ende zu machen?«

»Der Kampf beginnt jetzt! Mehr will ich nicht sagen. Wir würden schneller zur Entscheidung kommen, wenn der große Schitsu am Leben geblieben wäre. Aber unser Land ist nicht arm an großen Männern. Ein anderer wird das Werk vollenden.«

»Wer wird für den unmündigen Thronerben die Regentschaft übernehmen? Wird ... er es sein?«

Der Chinese nickte.

»Er ist ein Mann der Tat. Er wird keinen Tag verlieren. Der diplomatische oder militärische Sieg in der Besitzfrage des Kuldschagebietes wird die große Umwälzung einleiten ...«

»Sie rechnen mit dem Sieg, Melan Fang?«

»Unbedingt! Die größeren Machtmittel sind auf unserer Seite ... nicht zu reden von unserem unerschöpflichen Menschenreservoir.«

»Und doch ...«

Ein nervöses Zucken lief über das Gesicht des Chinesen, als diese Frage des kühlen Rechners Dewey sein Ohr traf.

»... und doch will er den entscheidenden Schritt nicht wagen, ohne der Hilfe der schwarzen Rasse sicher zu sein ... wollten Sie sagen.«

Dewey nickte schweigend.

»Ich kann Ihre Bedenken nicht teilen. Haben Sie bei Ihren großen geschäftlichen Unternehmungen nicht auch zuweilen mit der Hilfe anderer gerechnet?«

Wieder schüttelte Dewey den Kopf.

»Nie!«

Melan Fang rückte unruhig auf seinem Stuhl.

»Es ist wichtig, den kommenden Krieg schnell und sicher zu beenden. Es ist ein Gebot der Menschlichkeit, dazu alle Mittel, die sich bieten, zu benutzen.«

Ein ironischer Zug legte sich um Deweys Mund.

»Schlagwörter wie Menschlichkeit haben schlechten Kurs in solchen Fällen. Sprechen wir offen, Melan Fang. China allein fühlt sich nicht stark genug. Es will die Kräfte Amerikas binden, damit Europa auf keine amerikanische Hilfe zählen kann. Der Bürgerkrieg zwischen Weißen und Schwarzen in der Union scheint das beste Mittel.

Der Plan ist gut. Aber ...«

»Aber?«

»Ich bezweifle seinen Erfolg!«

»Sie sprechen in Rätseln, Mr. Dewey!«

»Es mag Ihnen rätselhaft vorkommen, daß ich meine Hände in ein Geschäft stecke, zu dessen Verlauf ich kein Vertrauen habe. Ihre Interessen und die der amerikanischen Negerbevölkerung sind grundverschieden.

Wir ... mich einbegriffen ... obgleich niemand mich jemals im Leben als black man taxiert hat ... bis auf jenen englischen Lord ... Wir kämpfen um die Gleichberechtigung mit anderen Rassen. Sie kämpfen um Macht und Land.

Unser Kampf hat ein ideales Ziel, ist eine interne Angelegenheit der Vereinigten Staaten. Ihr Streit wird die Weißen der ganzen Welt unter einer Fahne vereinigen, denn es geht um die weiße Existenz.«

Melan Fang wollte sprechen, aber John Dewey ließ sich nicht unterbrechen.

»Die weiße Intelligenz wird in diesem Kampf neue, unerhörte, ungeahnte Leistungen vollbringen und ... vielleicht die Oberhand behalten.«

Der Chinese war aufgestanden.

»Sie müssen gestehen, daß ein Kampf zwischen

China und den Westländern eine gute Unterstützung Ihres Streites um die Gleichberechtigung der Bürger ist. Unser Zusammengehen bringt beiden Vorteil.«

Er streckte Dewey die Hand hin, die dieser ergriff.

»Abgemacht!«

»Wann?«

»Nach der Wahl um den Gouverneursposten von Lousiana. Wird Josua Borden, der schwarze Kandidat, gewählt und nicht bestätigt, beginnt der Kampf!«

»Ich bekam heute ein Telegramm aus Peking. Er will den genauen Termin wissen. Bei Ihnen und bei uns muß der Schlag gleichzeitig fallen.«

»Den Tag anzugeben, ist unmöglich.«

»Der Tag der Wahl ist bestimmt und wird nicht verschoben?«

»Ich wüßte keinen Grund.«

»Sind Sie des unverbrüchlichen Schweigens aller Mitwissenden sicher, Mr. Dewey?«

»Unbedingt! ... Warum fragen Sie?«

»Man hat mich auf einen Berichterstatter der Chicago Press aufmerksam gemacht. Es hat den Anschein, als sei er ... der Organisation auf die Spur gekommen.«

»So muß alles geschehen, was geeignet ist, Unheil zu verhüten. Sie haben wohl Mittel und Wege dazu, Melan Fang ...«

Georg Isenbrandt stand in seinem Laboratorium in Wierny. Er hatte die Tür des Raumes sorgfältig verschlossen. Niemand sollte ihn bei diesen Versuchen stören, die ihm die letzte Sicherheit bringen mußten.

Das Dynotherm wirkte wie eine radioaktive Substanz. Seine Materie zerfiel, löste sich scheinbar in das Nichts auf und verschwand aus der Schöpfung. Dafür aber traten riesenhafte Energiemengen auf, entstanden scheinbar ebenfalls aus dem Nichts, und dienten bei den Arbeiten der Compagnie dazu, die Hochgebirge Asiens in einen heißen Nebeldampf zu hüllen.

War das Prinzip umkehrbar, ließ sich eine Kombination finden, bei der neue Materie aus dem Nichts entstand und als Gegenwert Energiemengen gebunden wurden, spurlos aus der Schöpfung verschwanden. Seit Jahren bewegte diese Frage Georg Isenbrandt. In rastloser Forscherarbeit war er dem Problem immer näher gekommen. Der heutige Versuch mußte den letzten Beweis erbringen.

Er saß vor der Apparatur und schüttete eine sorgfältig abgewogene Prise seines neuesten Präparates in das Wasser einer hohlen Quarzkugel, die ihrerseits die Kugel des Heliumthermometers umgab.

Er saß und verfolgte die Skala des Thermometers. Was sich hier etwa an neuer Materie bildete, konnte rechnungsmäßig nur Bruchteile eines Milligramms ausmachen. Aber die Energiemengen für die Schaffung auch dieser geringen Stoffmenge mußten gewaltig sein. Das Thermometer mußte ihm zuerst und unfehlbar Aufschluß geben, ob Praxis und Theorie auch wirklich übereinstimmten.

So saß er und verfolgte den schmalen roten Weingeiststreifen, der das im Thermometer eingeschlossene Heliumgas von der Außenwelt abschloß.

Das Thermometer fiel. Schon hatte es den Gefrierpunkt erreicht, und langsam, aber stetig wanderte der rote Faden in dem Thermometerrohr weiter nach unten. Jetzt begann sich die Quarzkugel, in der das Präparat arbeitete, mit einer Eisschicht zu überziehen. Bei der Berührung mit der Zimmerluft schlug sich der in dieser vorhandene Wasserdampf sofort als massives Eis an der Quarzwand nieder.

Und immer noch fiel das Thermometer. Jetzt hatte es 100 Grad Kälte erreicht, jetzt stand es schon auf 180 Grad. Ein massiver, wohl einen halben Fuß starker Eisblock umgab bereits die ganze Apparatur.

Ein eigenartiges Prasseln und Knattern ließ Georg Isenbrandt aufhorchen. Es klang, als ob jemand Schrotkörner auf den Fußboden fallen ließ.

Schon zeigte das Heliumthermometer 250 Grad Kälte. Wo immer die Luft mit der Apparatur in Berührung kam, ging sie selbst sogleich in den flüssigen Zustand über, wurde dann fest und fiel zu Boden und verdampfte dort wieder nebelnd und brodelnd. Aber es wurde kalt und immer kälter auch im Zimmer bei diesem Vorgang. Georg Isenbrandt spürte die Kälte nicht. Wie gebannt hing sein Auge am Thermometer.

…260 Grad… 270 Grad… nur noch drei Grade trennten die Apparatur von dem absoluten Nullpunkt.

Ein Kältegefühl an den Knien ließ ihn aufschaudern. Er faßte mit der Hand nach dem Rockzipfel und brach ein Stück des feinen flämischen Tuches glatt ab. Die flüssige Luft hatte den Stoff durchtränkt und war schließlich in ihm gefroren.

Achtlos warf er das Stück zur Seite. Nur noch das Thermometer interessierte ihn… 271 Grad… der rote Faden blieb plötzlich regungslos stehen. Der Alkohol war von der Kälte erreicht worden und zu einer massiven Stange gefroren. Jetzt aber sah er, wie die Heliumfüllung in Tropfen im Thermometer hinunterzufallen begann, wie das Heliumgas als feste Kruste an der Innenwand haftete.

Der absolute Nullpunkt war erreicht. Auch der flüchtigste aller bekannten Stoffe, das Heliumgas, erlag dieser exzessiven Kälte.

Georg Isenbrandt ließ sich auf einen Sessel sinken. Minutenlang haftete sein Blick auf dem erstarrten Thermometer.

Ein Rütteln an der Tür riß ihn aus seinen Gedanken.

»Wer ist da?«

»Ich! Wellington Fox.«

»Einen Augenblick, Fox… sofort…«

Georg Isenbrandt sprang auf und machte mit größter Schnelligkeit eine Dynothermlösung zurecht. Im nächsten Augenblick goß er sie über den Apparat aus und riß die Fenster auf. Dann ging er, um die Tür zu öffnen.

Wellington Fox stand vor ihm. Regennaß.

»Ich störe dich bei deinen Arbeiten? Du hast dich eingeschlossen ...«

»Nein, du störst mich nicht. Du kamst zu einer glücklichen Stunde ...«

»Glücklichen Stunde? ... Du meinst, weil es hier endlich kräftig gießt. Es war wohl höchste Zeit ... Ich habe allerlei gehört. Hier blieb es dürr, und woanders war der Segen zu reichlich. Richtig wird die Sache erst, wenn ihr eure Suppen auch den Mäulern vorsetzen könnt, die sie brauchen.«

Georg Isenbrandt blieb unbewegt. Sein Gesicht zeigte gleichmäßige, freundliche Mienen. Dann sprach er: »Ja ... das ... sag mal, Fox, willst du nicht ablegen? Du triefst ja.«

Wellington Fox schüttelte sich.

»Naß bin ich, aber eine sibirische Kälte ist hier bei dir ... Was hast du denn da auf dem Tisch?«

Wellington Fox trat näher heran und betastete den in eine wogende Nebelwolke gehüllten Apparat.

»Dampf? ... Eis? ... Ja, das ist ja kalt!«

»Eis ist meistenteils kalt, lieber Fox.«

Wellington Fox hauchte auf seine weiß angelaufene Fingerspitze.

»Weiß ich, Georg ... ist mir nicht neu. Aber das Eis hier ist ja wenigstens 100 Grad kalt.«

»Sage ruhig 200 Grad, Fox. Luft ist hier gefroren. Du siehst, was das Dynotherm zu tun hat, um die Frostmasse aufzutauen und zu verdampfen.«

Wellington Fox betrachtete die dampfende und nebelnde Apparatur, von der die Wolken jetzt bereits bis zur Zimmerdecke emporstiegen.

»In der Tat, Georg. Wenn ich bedenke, wie fabelhaft schnell eine ganz große Lawine auf eine kleine Tube von deinem Dynotherm Wasser und Dampf wurde. Ich habe dir ja mein Abenteuer schon telefonisch erzählt.«

Isenbrandt lachte.

»Ja, Fox, so kopflos darauf loszupudern! Habe ich dich nicht gewarnt, vorsichtig damit umzugehen?«

Wellington Fox lächelte etwas gezwungen.

»Zwei so hübsche junge Damen, wie dort im Schnee begraben lagen, konnten auch einen alten Fuchs zu Torheiten veranlassen ... Na, jedenfalls ... ich habe da etwas gefunden, was mich veranlaßte, dich aufzusuchen.«

Wellington Fox griff in die Tasche und brachte ein in Maroquinleder gebundenes Notizbuch zum Vorschein.

»Das ist ein Souvenir an die eine der beiden Damen, die Gräfin di Toresani.«

»Ah? Also ein Andenken an die Herzallerliebste.«

»Falsch geraten, Georg. Die schöne Toresani ist eine Abenteuerin, die Spionendienste für die gelbe Seite leistet.«

»Hast du Beweise dafür?«

»Ja – das heißt erst mal starken Verdacht. Den strikten Beweis hoffe ich in diesem Büchelchen zu finden. Es geriet mir in die Hände, als ich die Toresani aus der schmelzenden Lawine hervorzog.«

Wellington Fox öffnete das kleine Buch.

»Unter diesen harmlosen Notizen hier ist nichts Interessantes. Aber da fand ich hier noch diesen ...«

Er blätterte weiter und hielt Isenbrandt die Seite hin. Sie war vollkommen weiß. Nur am Rand, wo offenbar die Nässe gewirkt hatte, traten einzelne Buchstaben hervor. Die äußersten stärker, die innersten nur schwach.

b ... r ... a ... n ... d ... t ... entzifferte Georg Isenbrandt nicht ohne Mühe.

»Und du meinst?«

Er sah Wellington Fox fragend an.

»Ich wette, daß das Wort vollständig Isenbrandt heißt.«

»Und was weiter?«

»Daß hier zweifellos noch einige für dich sehr interessante Notizen stehen, dich ich leider nicht lesen kann. Der Teufel mag wissen, mit welcher Tinte das geschrieben ist.«

Georg Isenbrandt hielt das aufgeschlagene Buch zwischen den Händen.

»Mag es geschrieben sein, womit es will. Auf Dynotherm reagiert es. Das dynothermhaltige Schmelzwasser der Lawine hat diese wenigen Buchstaben sichtbar gemacht ... Sehen wir weiter ...«

Er wandte sich nach dem Laboratoriumstisch und fuhr mit dem Buch über den dort stehenden und immer noch dampfenden Eisblock, bis die beiden Seiten völlig durchfeuchtet waren. Dann kehrte er wieder zu Wellington Fox zurück.

Gespannt waren vier Augen auf das Papier gerichtet. Buchstabe auf Buchstabe trat hervor.

Wellington Fox hatte das Buch ergriffen und las die Worte langsam herunter. Als er geendet, legte er es vorsichtig auf den Tisch und wandte sich zu Isenbrandt.

Einen Augenblick schauten sie sich wortlos an.

»Der Fund hat sich gelohnt, Georg! Über die Absicht der Orenburger Räuber besteht nun kein Zweifel mehr. Es ging um dein Leben.«

»Du hast recht, Fox. Der Fund war gut. Eine Warnung für die Zukunft.«

»Na ... siehst du, Georg, ich hatte doch eine glückliche Hand, als ich die starken Prisen auf den Schnee ausstreute.«

»Es ist noch einmal gut gegangen, alter Fox. Trotzdem muß ich dich warnen. Mit dem Dynotherm ist nicht zu spaßen. Was war damals mit dir los?... Irgend etwas anderes? Fox, mein Junge, ich glaube fast, daß dein Herz auch eine Dosis Dynotherm abbekommen hat.

Da es nicht die Gräfin Toresani ist, so muß es logischerweise die kleine Garvin sein, die es dir derart angetan hat... Immerhin... Francis Garvin ist dir großen Dank schuldig...«

»Und da Mr. Garvin niemand etwas schuldig zu sein wünscht, so hat er mir eine Vertragsurkunde zugehen lassen, die mich zum alleinigen Besitzer der Chicago Press macht.«

»Oho...!«

»O ja! Francis Garvin läßt sich nicht lumpen... Aber Wellington Fox auch nicht, denn ich habe ihm seinen Vertrag fein säuberlich ohne Unterschrift zurückgeschickt.«

»Gut gemacht, Fox! Deine Beziehungen zu Francis Garvin werden damit nicht abgebrochen sein... taxiere ich. Ich werde die weitere Entwicklung mit Interesse verfolgen... Willst du mich jetzt auf einem Flug begleiten?«

»Gern, Georg! Aber erst muß ich mich bei dir umkleiden. Der Regen ist durch und durch gegangen.«

Eine Viertelstunde später stieß das schnellste Flugzeug der Station Richtung Nord zu Nordwest durch den strömenden Regen. Nur die beiden Freunde waren an Bord, und Georg Isenbrandt steuerte selbst.

Je weiter sie vorwärtskamen, desto schwächer wurde der Regen, bis er jenseits des Balkaschsees ganz aufhörte. Grüne Felder und Triften zogen unter ihnen hin, während Isenbrandt die Maschine auf die höchste Geschwindigkeit setzte.

Grauer wurde das Grün unter ihnen. Die Zeichen der Trockenheit, ja der Dürre mehrten sich.

Über einer unbesiedelten Steppe ließ Isenbrandt das Flugschiff tief hinabgehen. In einer Höhe von kaum hundert Metern zog er an einem Hebel. Wellington Fox glaubte durch die Scheiben der Kabine eine glitzernde, flockende Masse nach unten fallen zu sehen. Es war ihm, als ob etwas auf die Fläche eines kleinen, beinahe ausgetrockneten Landsees aufschlug. Aber er war seiner Sache nicht sicher. Schon hatte Isenbrandt die Steuerung herumgeworfen und ließ das Fahrzeug in steilen Spiralen steigen.

Wellington Fox hatte den jähen Abstieg und das schnelle Wiederaufsteigen der Maschine mit Verwunderung beobachtet. Jetzt stellte Isenbrandt die automatische Steuerung ein und trat frei in den Raum.

»Was war das? ... Was bedeutete das?«

In Erregung stieß Wellington Fox die Frage hervor. Instinktiv spürte er, daß etwas Außergewöhnliches im Gange war. Isenbrandt trat an die Fenster und wies mit der Hand nach Osten.

»Sieh dort hin!«

Wellington Fox trat neben ihn.

»Ja, was denn? ... Nebel ... Ich sehe die Kämme des Thian-Schan ... Im Nebel ... Die Wolken strömen hierher ... Sie werden immer größer ... sie kommen hierher ... Immer schneller ... Und jetzt ... Und jetzt ...«

Wellington Fox war in höchster Erregung.

»Georg! Du? Dein Werk ist das?«

Schweigend nickte Isenbrandt.

Waffenklirren ... Kommandorufe ... Der Schritt kleiner Formationen. Die helle Maisonne bestrahlte das Lager der Compagnietruppen am Nordabhang des Alatau. Von einer Übung im Gebirge kehrten die Truppen zurück.

Die wirtschaftliche Autonomie der Siedlungsgebiete bedingte den Selbstschutz. Im Innern der Gebiete, soweit sie nicht unter russischer Hoheit geblieben waren, durch eine Siedlermiliz. An den Grenzen durch jene Berufstruppe.

Das Flugzeug Isenbrandts landete auf dem Flugplatz des Lagers. Das Compagniewappen, das groß und weithin sichtbar seine Flanken zierte, erlaubte es ihm, die Lagergrenzen zu überfliegen und hier niederzugehen. Auf die Meldung des Wachhabenden am Lagertor erschien ein Adjutant des Generals Effingham, des Oberstkommandierenden der Compagnietruppen. In seiner Begleitung gingen sie zur Wohnung des Generals.

Wellington Fox blieb mit dem Adjutanten auf dem Vorplatz vor dem Haus zurück. Georg Isenbrandt trat ein und traf im Vorzimmer den Obersten von Bülow, der dem Kommandierenden als Stabschef beigegeben war.

Mit herzlichem Händedruck begrüßte Isenbrandt den Offizier.

»Sie wünschen den Herrn General zu sprechen, Herr Isenbrandt?«

Isenbrandt nickte. Der Oberst fuhr fort: »Schlecht Wetter heute! Er hat sich den Knöchel verrenkt. Können Sie Ihren Besuch nicht verschieben?«

»Nein! Die Sache ist von Wichtigkeit!«

»Na, dann Hals- und Beinbruch! Wollen Sie mir, bitte, folgen.«

Wellington Fox und der Adjutant Averil Lowdale saßen in der warmen Frühlingssonne auf ein paar Feldstühlen vor der Baracke des Generals. Die Unterhaltung der beiden schleppte sich nur mühselig weiter.

Schließlich kam das Gespräch ganz ins Stocken. Wellington Fox betrachtete von der Seite her das verschlossene Gesicht seines Partners. Es verriet ihm noch mancherlei zu dem, was er bereits wußte. Die Affäre Lowdale-Dewey hatte in der Union Wochen hindurch den Gesprächsstoff gebildet. So waren Wellington Fox alle Einzelheiten dieser Affäre natürlich genau bekannt. Aber jetzt erst hatte er Gelegenheit, den Hauptbeteiligten zu sehen.

Averil Lowdale saß immer noch in tiefe Gedanken versunken, während die scharfen Ohren des Journalisten bereits Bruchstücke der Unterhaltung aus dem Generalszimmer auffingen. Dort war der Wortwechsel inzwischen recht lebhaft geworden.

»Zum Teufel mit Ihrer Gespensterseherei!... Das traurige Kirgisenvolk halten unsere Gendarmen in Ordnung...«

»Sie weigern sich also, Herr General, meinem Ersuchen zu willfahren?«

»Selbstverständlich weigere ich mich!... Ich denke gar nicht daran, die Milizen aus den Kolonien zu mobilisieren. Kirgisenaufstände... Humbug... Macht auf mich keinen Eindruck...«

»Dann bitte ich Sie, Herr General, dies hier zu lesen...«

»Was soll das?!... Was?... Vollmacht!?... Den Wünschen des Ingenieurs Isenbrandt ist unbedingt Folge zu leisten...«

Die Stimme des Generals war im Begriff, sich zu überschlagen.

»Ich... Folge leisten...«

Das Gebrüll hatte auch Averil Lowdale aus seiner Apathie aufgerüttelt. Er hielt es für geboten, den Berichterstatter der Chicago Press aus der Hörweite der Unterhaltung herauszubringen. Aber seine Versuche stießen auf außergewöhnliches Nichtverstehen. Wellington Fox lauschte angespannt.

»Wie Sie denken, Herr General! Ich ersuche Sie hiermit, Ihr Kommando an Herrn Oberst Bülow abzugeben!«

»Sind Sie verrückt, Herr?«

»Ich denke nicht! Bitte, hier! Lesen Sie auch diese Vollmacht!«

Averil Lowdale hielt es jetzt für angebracht, seinen Gast mit sanfter Gewalt aus der Reichweite dieses Dialogs zu entfernen.

Georg Isenbrandt sprang aus dem Coupé, als der Zug in den Bahnhof von Kaschgar einfuhr. Mit größtmöglicher Schnelligkeit folgte ihm Wellington Fox. Durch das Gewühl der Passagiere suchten sie den Weg ins Freie.

»Noch einmal, Georg ... Es ist ein bodenloser Leichtsinn, daß du dich hier geradewegs in die Höhle des Löwen wagst. Kann ich das nicht allein ebensogut ausrichten?«

»Nein!«

Während Georg Isenbrandt gleichmäßig weiterschritt, traf ein entschlossener Blick den Freund.

»Nein! Ich habe es versprochen.«

Wellington Fox gab es auf, weiter in ihn zu dringen. Aber seine Hand tastete nervös nach der kleinen Waffe in der Rocktasche.

»All right! Georg Isenbrandt am hellichten Tage in den Straßen Kaschgars, am Sitze des chinesischen Generalkommandos ... Das Stückchen ist nicht übel.«

Sie durchwanderten Straßen und Gassen und standen vor dem Gartentor des Witthusenschen Hauses. Sie zögerten betroffen, noch ehe sie die Glocke zogen.

Die Vorhänge herabgelassen ... Alle Fenster verhängt. Schon von außen ein Bild der Verlassenheit.

Mit einem energischen Ruck riß Fox an der Klingel. Endlich öffnete sich ein Spalt in dem massiven Tor. Das Gesicht des alten chinesischen Boys kam zum Vorschein.

»Herr Witthusen?«

Wellington Fox stellte die Frage, während er gleichzeitig den Fuß in die Türspalte schob und den Flügel so weit zurückdrängte, daß sie eintreten konnten.

»Herr Witthusen ist nicht zu Haus?«

Zum zweitenmal und noch dringlicher fragte Fox.

Der Chinese schüttelte den Kopf.

»Und Fräulein Witthusen?«

Das Gesicht des Gelben sagte mehr als Worte.

Wellington Fox schob sich zwischen Georg Isenbrandt und den Boy. Eine Banknote raschelte in der Faust des Gelben und verschwand schnell in der faltigen Kleidung.

»Wo sind sie hin?« fragte Fox. »Wann sind sie abgereist?«

Der Gelbe krümmte sich verlegen.

»Wohin sie sind, hoher Herr ... Hui-Fang weiß es nicht ... Vorgestern abend kam ein Auto vorgefahren. Zwei Offiziere stiegen aus und gingen zu dem Herrn ... Und dann kamen sie wieder heraus ... Mit ihnen der Herr und Fräulein Maria Feodorowna und ... stiegen zusammen in das Auto und fuhren fort.«

»Wohin sind sie?«

Georg Isenbrandt hatte Fox beiseite geschoben und stand vor dem Chinesen.

»Wohin? ... Bei den Geistern deiner Ahnen!«

Das gelbe Gesicht wurde grau. Der Boy sank in die Knie und hob beschwörend die Hände.

»Ich weiß es ... nicht ... hoher Herr! Ich weiß es nicht.«

Wellington Fox fragte: »Hat der Herr etwas hinterlassen? ... Befehle?«

»Nein! Nichts ...« Nach einer Weile kam es zögernd von den Lippen des Gelben. »Gestern war Mr. Cameron hier. Der sagte, der Herr ist verreist und kommt vorläufig nicht wieder. Mr. Cameron hat alles verschlossen ... hat alle Schlüssel mit sich genommen ...«

Als der Name ›Cameron‹ fiel, zuckte Wellington Fox zusammen.

»Ist Mr. Cameron noch in Kaschgar?«

»Ich weiß nicht ... Ich glaube ...«

Georg Isenbrandt fuhr dazwischen. Mit der Rechten hatte er das Gewand des Gelben an der Brust gepackt und schüttelte ihn.

»Wo ist Mr. Cameron?«

»In Peking.«

Mit jähem Ruck schob Georg Isenbrandt den Boy weg. »Komm, Fox, wir haben hier nichts mehr zu tun!«

Fast mechanisch schlugen sie den Weg zum Bahnhof ein. Minuten hindurch gingen sie stumm nebeneinander her. Dann brach Wellington Fox das Schweigen.

»Also nach Peking!«

»Wer?«

»Ich! ... Mit dem nächsten Postschiff! Collin Cameron ist jetzt ein doppeltes Jagdobjekt für mich. Ich werde ihn finden ... und ihm das Handwerk legen.«

»Fox ... du guter Freund ... du wirst mir Nachricht geben ... auch von der kleinsten Spur.«

Einen Moment standen sie sich Hand in Hand gegenüber.

»Frisch auf, Georg!«

»Halt! Noch eins!«

Georg Isenbrandt griff in seine Tasche und holte eine kleine Glasröhre hervor.

»Du kommst nach Peking. Du wirst morgen früh dort sein. Um die Mittagsstunde wirf dies hier von irgendeiner Brücke ins Wasser!«

Wellington Fox ließ das Röhrchen in die Tasche gleiten. »Noch etwas?«

»Ja! Bevor du es wirfst, mußt du den Korken öffnen. Aber auch keine Sekunde früher.«

»All right, Georg!«

»Der Himmel hat seinem erlauchten Sohn die Gesundheit wiedergegeben. Schitsu, der Hwangti, der Herr und Kaiser, kehrt in seine Residenz zurück.«

Seit 24 Stunden hielt diese Nachricht die Bewohner Pekings in Atem. Seit den frühen Morgenstunden begannen die Volksmassen aus dem Stadtinnern hinauszuströmen und die Straße zu umlagern, die von Schehol nach Peking führt.

Um die zwölfte Stunde marschierten von Peking her die Garden des Schanti heran. Nach Ausbildung und Ausrüstung Elitetruppen. Die anmarschierenden Regimenter schwenkten nach rechts und links gegen die Straßenränder aus, drängten die Menge über die Gräben zu beiden Seiten zurück und bildeten einen zusammenhängenden Kordon.

Die Straße war jetzt hermetisch abgesperrt. Die Menge, zur Seite gedrängt, breitete sich über die Felder aus und suchte erhöhte Punkte, von denen aus über die Köpfe der absperrenden Garden hinweg möglichst viel von dem kommenden Schauspiel zu sehen sein mußte.

Auf einer kleinen Erhöhung hatte Wellington Fox seinen Platz gefunden. Dort stand er, wartete und sah, wie plötzlich Bewegung in die Menge kam.

Der Wagen des Kaisers kam. Eine der alten, schwervergoldeten Staatskarossen mit großen Glasscheiben. Von acht Pferden gezogen.

Der Kaiser aufrecht auf dem Rücksitz, allein im Wagen.

Wellington Fox verschlang das Bild mit den Augen.

Als der Wagen die Straße gerade vor ihm passierte, konnte er seine Neugierde nicht länger meistern und brachte sein scharfes Perspektiv an die Augen. In greifbarer Nähe erblickte er jetzt die markanten Züge des Kaisers. Doch nur für einen kurzen Augenblick.

Er fühlte, wie seine Füße plötzlich nach hinten gerissen wurden. Unsanft schlug er zu Boden. Wütend blickte er um sich und sah in eine Reihe von Augen, aus denen drohender Haß blitzte.

Beim Nahen des kaiserlichen Wagens hatte sich alles Volk, dem alten Brauch folgend, auf die Knie geworfen. Er allein hatte in seiner Erregung nicht darauf geachtet und war stehengeblieben.

Es glückte ihm, von dem Haufen loszukommen. Auf einem Richtweg zwischen bebauten Feldern und

Wiesen strebte er wieder der Stadt zu. Und während er dahinschritt, jagten sich die Gedanken in seinem Gehirn.

Wie war das möglich?... Wie konnte das sein?... Hatte ihm nicht Isenbrandt auf das bestimmteste versichert, daß die Tage des Kaisers gezählt seien?

Und was hatte er eben gesehen?

Was hatte er gesehen?... Einen Mann in militärischer Kleidung in der großen Staatskarosse... Der Kaiser?... Der Kaiser!

Wie schauten die Augen des Mannes?... So starr... so ernst... so tot?

Aber hatte er sich nicht bewegt? Hatte er die Grüße des ihm huldigenden Volkes nicht erwidert?

Der Weg führte Fox an einer Telegraphenstation vorbei. Einen Augenblick zögerte er. Bericht an die Chicago Press geben?... Nein!... Nichts!

Fest entschlossen schritt er weiter der Stadt zu. Seine Gedanken konzentrierten sich auf die Person, derentwegen er hierhergekommen war. Collin Cameron!

Ein Blitzen in der Ferne erinnerte ihn an Isenbrandts Auftrag. Da blinkte über die Felder her in den hellen Strahlen der Maiensonne der Spiegel eines kleinen Weihers. Wellington Fox schlug einen Seitenpfad ein und schritt darauf zu. Die Gelegenheit war günstig. Weit und breit kein Mensch zu sehen.

Er rief sich die Vorschrift Isenbrandts ins Gedächtnis. Dann griff er in die Brusttasche. Ein kurzer Ruck, und der Pfropfen war entfernt. In weitem Bogen flog die Tube in das Wasser. Wellington Fox wandte sich um und ging mit schnellen Schritten der Stadt zu. Mochte Georg Isenbrandt da für die Bewohner Pekings zusammengebraut haben, was er wollte, es war jedenfalls nicht angebracht, daß irgend jemand hier Wellington Fox bei der Ausführung dieses Auftrages beobachtete.

Er gelangte in die Stadt zurück. In einer Teestube, gegenüber dem Hotel, in dem Collin Cameron abgestiegen war, nahm er an einem Fenster Platz. Der, auf dessen Kommen er hier lauerte, saß indessen im Palast des Regenten dem Schanti gegenüber.

»Das Wunder, das an dem Sohn des Himmels geschah, war unfaßbar groß ... so groß, daß es niemand glauben kann, der es nicht gesehen hat.«

»Sie sahen den Kaiser?«

»Nein, Hoheit. Ich wartete hier im Palast.«

Ein leichtes, kaum merkbares Lächeln glitt während der Antwort über Collin Camerons Züge.

»Sie werden noch heute nach den Vereinigten Staaten fahren! Es ist der Wille unseres Herrn, dem die Götter so wunderbar die Gesundheit wiedergeschenkt haben. Am 6. Juli, das heißt an dem Tag nach der Wahl Josua Bordens, sollen die Pläne der höchsten Weisheit zur Ausführung kommen.«

Collin Cameron sah den Regenten erstaunt an. »Und wenn die Wahl nicht am 6. Juli stattfindet?«

»Auch dann!«

Mit einem Ruck war Collin Cameron aufgestanden.

»Auch dann?«

Der Regent nickte.

»Die Wahl soll am fünften stattfinden ... Es wäre gut, wenn es geschähe. Doch es könnte sein, daß die Wahl verschoben wird ... Das Geheimnis scheint nicht gut gewahrt worden zu sein ... Es wäre möglich, daß man einen Strich durch alle Pläne macht, indem man die Gouverneurswahl verschiebt. Ein solcher Aufschub würde die Absichten des großen Herrn stören. Ihre Aufgabe ist es, dahin zu wirken, daß die schwarze Bewegung unter allen Umständen am sechsten losbricht!«

»Hoheit! Die schwarzen Führer dahin zu bringen, ist unmöglich!«

»Dann ist es Ihre Aufgabe, die Bewegung auch ohne

die Führer zum Ausbruch zu bringen. Das ›Wie‹ ist Ihre Sache. Mittel aller Art stehen zur Verfügung.«

Collin Cameron starrte stumm vor sich hin. Der Schanti sprach weiter: »Sie werden die Aufgabe annehmen ... und vollbringen!«

Noch immer schwieg Collin Cameron. Erst nach einer geraumen Weile erhob er sich.

»Der schwerste Auftrag, den mir Eure Hoheit je gegeben. Ich übernehme ihn.«

Collin Cameron verließ den Raum. Im Vorzimmer fiel ihm das verstörte Gesicht eines Adjutanten auf, der sich dem Zimmer des Regenten näherte.

Ein Klopfen an der Tür ließ diesen aufschrecken.

»Was ist?«

Sein persönlicher Adjutant stand vor ihm. Das Gesicht war verstört, seine Augen blickten irre.

Noch einmal rief der Schanti: »Was ist?!«

»Es ist Winter geworden, Hoheit!«

Der Adjutant deutete nach den durch schwere Seidenvorhänge verhüllten Fenstern. Mit einem Ruck sprang der Regent auf und riß die Vorhänge auseinander. Ein schweres, dichtes Schneetreiben verdunkelte die Luft.

War das Natur? ... Menschenwerk? ... Dann ...

Er wollte es schreien, als sein Blick auf den Adjutanten fiel, der stumm dastand. Im Augenblick hatte er sich wieder in der Gewalt.

»Was willst du? ... Hast du noch keinen Schnee gesehen? ... Fürchtest du dich vor Schneeflocken? ... Geh!«

In einer Baumlaube des Garvinparks in Frisko saß Wellington Fox. Die Sonne war längst untergegangen. Vom Ozean her wehte eine kühle Brise. Fröstelnd schlug Fox den Kragen seines Jacketts in die Höhe.

»... Daß ich hier seit einer geschlagenen Stunde sitze und geduldig auf das Kommen eines kleinen Mädchens warte, hätte ich mir vor ein paar Monaten nicht träumen lassen…«

Ein leises Knirschen des Kiesweges ließ ihn aus seinem Träumen aufschrecken. Schnell warf er die Zigarre auf den Boden und trat mit der Schuhsohle darauf. Im nächsten Augenblick stand Helen Garvin vor der Laube. Sie schrie leise auf, als sie sich plötzlich an der Hand ergriffen fühlte und mit sanfter Gewalt in das Dunkel der Laube gezogen wurde.

»Komm, Helen. Das dichte Blätterdach schützt uns vor allen Späherblicken.«

Im Nu hatten starke Arme Helens Schulter umfaßt und eine Flut von Küssen verschloß ihren Mund…

»Jetzt ist es aber genug.« Atemlos klang die Stimme dicht an Wellingtons Ohr. Sie entwand sich Wellingtons Armen und begann, ihr verwirrtes Haar in Ordnung zu bringen.

»Schämen Sie sich, Sie schrecklicher Mensch.«

»Wann wollen wir nun heiraten?« war Wellingtons ganze Antwort.

»Heiraten?… Wir… heiraten?«

Helen trat entrüstet auf Fox zu, der sich auf der Bank niedergelassen hatte und mit einer Handbewegung Helen einlud, neben ihm Platz zu nehmen.

»Erstens will ich gar nicht heiraten… und zweitens nicht einen Mann wie Sie, den allerunhöflichsten Menschen, den ich je kennengelernt habe. Alle anderen Männer sind höflich und zuvorkommend zu mir. Besonders die, die mir Heiratsanträge gemacht haben.«

»Wenn du mich nicht heiraten willst, kleine Helen, warum hast du dich dann mit mir verlobt?«

»Verlobt?«

»Gewiß, Helen! Eine wohlerzogene junge Dame küßt keinen Mann, wenn sie nicht mit ihm verlobt ist. Und ist sie verlobt, muß sie ihn doch schließlich heiraten… klar?«

Einen Augenblick stand Helen wortlos.

»Ja ... ja, das mag schon richtig sein. Aber wenn nun mein Vater nicht damit einverstanden ist, eine Abneigung gegen Sie hat und gar nicht mit sich reden läßt? Ich bin deshalb heute zum letztenmal hierhergekommen ... und will Ihnen sagen ...«

»Daß du morgen abend um dieselbe Zeit hierher ...«

»Herr Fox! Ich gehe jetzt und komme nicht wieder!«

»Gut!«

»Sie dürfen mir auch nicht mehr schreiben.«

»Sie dürfen mich auch nicht so ansehen.«

»Gut ... Noch etwas?«

»Nein!«

Helen raffte ihr Kleid zusammen und schickte sich an zu gehen.

Am Ausgang der Laube drehte sie sich nochmals um.

»Adieu, Sie Ungeheuer ... Sie, Sie ...«

Mit drei Schritten stand sie vor Wellington Fox und hielt ihm die kleine geballte Faust vors Gesicht. Da fühlte sie sich plötzlich neben Fox sitzen und sein Mund verschloß den ihren. Erst nach geraumer Weile klang die Stimme Wellingtons wieder: »Glaubst du wirklich, meine liebe kleine Helen, Wellington Fox ließe sich das Glück seines Lebens entgehen, weil ein alter, harter Mann ihn seines schmalen Beutels halber nicht für würdig hält? Ihn und alle seine Schätze mag der Teufel ...«

»Wellington, es ist mein Vater.«

»Leider, Helen! Doch Geduld. Wir wollen sehen, wessen Schädel auf die Dauer der härtere ist.«

»Ach, Wellington, du hoffst ihn zu zwingen? Dann werde ich nie im Leben die Deine werden.«

Tränen erstickten Helens Stimme. Weinend barg sie ihr Gesicht an Wellingtons Brust.

»Geduld, Geduld, kleine Helen! Ich weiß, wie man Leute vom Schlage deines Vaters auf seine Seite zwingt. Man muß etwas tun, was ihnen imponiert, was ihnen Respekt beibringt. Noch einige Wochen. Dann ist die Saat reif, dann ...«

»Du sprichst so geheimnisvoll, Wellington, was meinst du?«

»Nichts, kleine Helen. Doch noch eins, Liebste. Es könnte sein, daß ich morgen auf ein paar Tage verreisen müßte. Wünsche mit mir, daß diese Reise guten Erfolg hat. Sie wird uns auch unserem Glück näherbringen. Am Balkaschsee treffen wir uns bestimmt wieder.«

Es war eine kleine, gutbürgerliche Teestube, die Tschung Fu in der Chinatown von Frisko hielt.

Aber diese solide Teestube war nur der Vorhang vor schlimmeren Dingen. Die gelben und weißen Gäste Tschung Fus konsumierten nicht nur den duftigen Trank der Pekkoblüte. Sie huldigten auch dem Genuß des Opiums. Diesem Zweck diente der hintere Raum des Teehauses.

Es war um die dritte Nachmittagsstunde. Schon hatte das Lokal Tschung Fus reichlichen Zuspruch gehabt. Alle Nischen des hinteren Raumes waren belegt, alle Polster und Kissen im Raum selbst besetzt. Gelbe und auch einzelne Weiße lagen hier. Die meisten bereits im tiefen Rausch.

Jetzt begleitete der Wirt dienernd und kriechend Collin Cameron und dessen Begleiter, ein gelbschwarzes Halbblut, in den Raum.

»Es tut mir sehr leid, Mr. Cameron ... alle Kojen sind besetzt.«

Collin Cameron blieb zögernd mitten im Raum stehen. Sein Blick glitt über die Gäste, die hier als die willenlosen Sklaven einer Droge auf den Kissen lagen.

»Verdammtes Pack!«

Er machte eine Bewegung, als ob er den nächsten mit einem Fußtritt von seinem Lager hinabschleudern wolle.

Der Wirt deutete einladend auf einen unbesetzten Tisch in der Mitte des Raumes. Collin Cameron fragte: »Wer ist hier?«

»Nur alte Bekannte! Sie schlafen alle. Man könnte sie hinaustragen, ohne daß sie es merken.«

Noch einmal ein kurzes Überlegen. Dann ließ sich Collin Cameron an dem Mitteltisch nieder und lud seinen Begleiter durch eine Handbewegung ein, das gleiche zu tun. Der Wirt brachte ihnen selbst den frischen Tee. Dann zog er sich zurück.

Collin Cameron eröffnete die Unterhaltung.

»Was Neues?«

»Nein, Mr. Cameron. Sie haben die letzten Artikel in meinem Blatt gelesen. Waren sie nicht gut?«

»Sie waren gut. Aber von nun ab muß ein anderer Ton angeschlagen werden.«

»Noch schärfer? Vergessen Sie nicht, daß mein Blatt schon jetzt in Gefahr stand, verboten zu werden.«

»Die Wahl Josua Bordens ist verschoben!«

»Verschoben! Warum?... Ein böses Zeichen... Verrat?«

»Es kann nicht anders sein.«

»Was nun?«

»Das frage ich Sie.«

»Dann muß eben alles andere auch verschoben werden.«

»Ausgeschlossen!«

Der andere pfiff leise durch die Zähne und kniff die Schlitzaugen noch enger zusammen.

»Unsere Führer werden nicht mitmachen.«

»Dann werden andere die Führer sein! Einer davon Sie!«

Der andere sank in seinen Sessel zurück.

»Es wird nicht gehen, Mr. Cameron. Die Massen werden uns nicht folgen.«

»Zugegeben! Die große Masse der Schwarzen

nicht… das heißt nicht sogleich… Aber sind Sie der Hafenarbeiter sicher?«

Ein übles Grinsen ließ die Züge des schwarzgelben Halbblutes noch abstoßender erscheinen.

»Mit genügend… so etwas…«, seine Hände machten die Bewegung des Geldzählens, »und dem nötigen Whisky… Ja!«

»Wie steht's mit den Mortonwerken?«

»Das kann ich nicht sagen. Aber der Führer ist empfänglich für…« Wieder vollführten die Finger des Sprechenden die Bewegung des Geldzählens.

»Ich werde mit ihm reden. Wie steht's mit der schwarzen Universität? Ihre Organisation ist die beste. Ihr Beispiel würde große Wirkung haben.«

»Die jungen Hitzköpfe müßten sich bei zweckmäßigerer Behandlung wohl gebrauchen lassen… Ein geschickt inszenierter Streit mit den weißen Studenten… Alles im richtigen Moment… Das dürfte genügen.«

»All right! Die Arbeit in Frisko lege ich in Ihre Hände.«

Collin Cameron zog ein Scheckbuch heraus und reichte es seinem Gegenüber.

»Wie hoch?«

»In jeder Höhe!«

Das Grinsen auf den Zügen des anderen verbreiterte sich. Seine Finger umklammerten das Buch.

»Ich fahre heute nacht nach Louisiana, um dort weiterzuarbeiten.«

Ein Nicken des anderen. Noch einmal ließ Collin Cameron einen Blick über den Raum und seine Insassen gleiten. Dann schritt er mit seinem Partner dem Ausgang zu. Ihre Schritte verklangen auf dem Flur.

Plötzlich blieb Collin Cameron stehen und schlich leise wieder dem eben verlassenen Raum zu. Mit unendlicher Vorsicht schob er den Vorhang um wenige Millimeter zur Seite, daß sein Auge eben den Raum überblicken konnte. Alles war noch genau so, wie er es verlassen hatte. Als er sich umdrehte, stand der gelbe Wirt katzbuckelnd vor ihm.

»Alles in Ordnung, Mr. Cameron. Die Toten haben keine tauberen Ohren als meine Gäste.«

Während Collin Cameron dem Ausgang zuschritt, kehrte der Wirt in das Gemach zurück. Sein Auge blieb an einem Weißen hängen, der in tiefem Schlaf der Wand zugekehrt dalag.

»Du Sohn eines Schakals... Deinethalben hat Tschung Fu eine böse Stunde gehabt. Du bist ja keiner von meinen Stammgästen, für die ich mich verbürgt habe... Du sollst es mir bezahlen.«

Unhörbar schlich er auf seinen Filzsohlen auf den Schläfer zu. Prüfend glitten seine Hände über die Kleidung des Daliegenden und tasteten nach der Gegend der Brieftasche.

Von einem Faustschlag getroffen, flog er bis in die Mitte des Raumes zurück.

»Du Schurke, bezahlt bist du schon im voraus!«

Es war Wellington Fox, der von dem Diwan aufsprang. Doch bevor der Berichterstatter der Chicago Press den Ausgang erreichen konnte, hatte sich der Wirt aufgerafft. Schon war der Wirt draußen und ließ einen gellenden Pfiff ertönen.

Wellington Fox stürmte ihm nach. Aber es war nicht der Gang nach der vorderen Teestube, sondern ein anderer, ein viel längerer und winkliger Gang, in den er geriet und durch den er bis auf den Hof gelangte. Hier sah er sich plötzlich von allen Seiten umringt.

Wellington Fox war in einer Falle. Von allen Seiten schlossen steile Wände den Hof ein. Nur an einer Stelle führte an der Wand des Nebenhauses eine schmale Stiege empor. Er stürmte sie hinan und landete atemlos auf dem flachen Dach des Nachbarhauses. Chinesische Wäscher betrieben hier ihr Gewerbe.

Einen Augenblick blieb er schnaufend stehen und

blickte sich orientierend um. Der Anblick eines gelben Kopfes, der sich über die Dachkante schob, mahnte ihn an seine Gegner. Vor einem plötzlichen Fußtritt wich dieser Kopf zurück. Aber ein Blick über den Dachrand belehrte Wellington Fox, daß die Stiege bis hinauf zum Dach bereits dicht mit Gelben besetzt war.

Suchend sah er sich nach einer geeigneten Waffe um. Sein Blick fiel auf den zur Hälfte mit Wasser gefüllten Waschzuber. In der nächsten Sekunde hatte er jene zweite Dynothermtube Isenbrandts herausgerissen und in den Zuber ausgeschüttet. So schnell wie möglich zerrte er den Zuber über das Dach bis zur Stiege hin. Schon stiegen gewaltige Dampfwolken aus dem Bottich, schon trafen einige Spritzer des siedenden Wassers seine Hände und verursachten große Brandblasen.

Dann war es geglückt... Der Inhalt des Bottichs über die Stiege hinabgegossen.

Schreie des Entsetzens belehrten ihn, wie das Dynotherm gewirkt hatte. Schon war der ganze Hofraum in seiner Tiefe ein einziges wogendes Dampfmeer. Schon strömten die Dampfwolken weiter empor zur doppelten und dreifachen Höhe des Hauses, während dort unten das letzte Wimmern erstarb. Schon mischte sich brenzliger Qualm in den Wasserdampf. Schon zuckte es feurigrot aus den wogenden weißgrauen Massen.

Das Haus, auf dessen Dach Wellington Fox stand, war nicht allzu hoch. Mit schnellen Griffen hatte er die Wäscheleine gelöst und um einen Pfosten an der Vorderseite des Hauses geschlungen. Schnell glitt er an ihr auf die Straße hinab.

Er sah sich um. Ein kleines, ihm unbekanntes Seitengäßchen. Aufs Geratewohl lief er darin entlang und erreichte die Hauptstraße. Noch ein Blick rückwärts. Feuerlohe schlug zum Himmel, wo das Teehaus gestanden hatte.

Langsam glitt das Schiff Isenbrandts flußabwärts der Mündung des Ili zu. Schon zogen sich die mächtigen Schilfhorste zu beiden Seiten des Stromes weit auseinander und unmerklich vermischten sich die Wellen des Ili mit den Wassern des Balkaschsees.

Kreischend stiegen ganze Schwärme von Wasservögeln empor, die der Kurs des Schiffes in ihrer Abendruhe störte.

Georg Isenbrandt lehnte sich in seinen Sessel zurück. Noch trug er den Gesellschaftsanzug, in dem er den ganzen Tag hindurch die offiziellen Empfänge der zahllosen Gäste aus allen Weltteilen mitgemacht hatte. Seine Miene verriet Ermüdung und zeigte, daß die Anstrengung dieser Feierlichkeiten selbst für seine eisernen Nerven recht reichlich gewesen waren.

So war er gern dem Vorschlag von Wellington Fox gefolgt, eine Abendfahrt von Wierny zum Balkaschsee zu unternehmen, um hier wieder Stärkung für die Strapazen des kommenden Tages zu finden. Denn die heutigen Empfänge waren ja nur der Auftakt für die großen Feierlichkeiten des morgigen Tages.

Von morgen an sollte der große Balkaschsee ein neues wichtiges Glied in der Kette der Unternehmungen der E.S.C. werden. Der Plan ging dahin, die vielen hundert Milliarden Kubikmeter Wasser, die hier die Schale des Sees füllten, als fruchtbaren Regen nach Norden und Nordosten zu senden. In seiner ganzen Größe konnte er nicht ausgeführt werden, solange dem See die verstärkten Zuflüsse aus dem chinesischen Gebiet fehlten, dem Ilidreieck.

»Deine Einrichtung mit diesen Mückennetzen ist zweifellos ohne Tadel, Georg. Sieh nur, wie die Fenster schon davon bedeckt sind … Eine ganze Schicht … Ja … das heißt … auf diese Weise sehe ich ja nichts mehr … und um zu sehen bin ich doch hierhergekommen.

Heute nacht noch muß mein erster Bericht nach

Chikago gehen. Die Manuskripte der Reden hast du mir ja schon zur Verfügung gestellt.«

»Hast du eskamotiert, mein Lieber«, warf Isenbrandt trocken ein.

»Fehlt mir nur noch die Kenntnis der Stätten, an denen sich alles abspielen wird ... Aber by Jove, es ist wirklich kaum noch was zu sehen. Hol der Teufel die Mückenbrut!«

Isenbrandt griff nach einem Schalter und sprach von seinem Platz aus ein paar Worte. Fast im gleichen Moment hob sich das Schiff leicht von den Fluten ab. Während das Wasser noch von seinem Kiel tropfte, reckte es zwei weite Schwingen aus und strich wie ein gewaltiger Nachtvogel über die Seefläche. Schnell verjagte der frische Fahrwind die unwillkommenen Gäste. In freiem Ausblick konnte Wellington Fox den See und seine südlichen Ufer überschauen.

»Ein wunderbares Bild, Georg. Wie schade, daß das alles verschwinden muß! Schon morgen werden Nebel und Dämpfe verhüllen ... Doch eins, Georg. Was ich bei unserer letzten Fahrt in der Steppe erlebte ... Was ich in Peking sah ... ist danach das alles hier noch notwendig?«

»Ich habe dich einen tiefen Blick in meine Karten tun lassen, alter Fox, weil ich deine Verschwiegenheit kenne ... Deine Frage ist an sich berechtigt. Doch andere Gründe spielen mit, bewegen mich, das geschehen zu lassen, was morgen geschieht.«

Während Georg Isenbrandt sprach, schien alle Abspannung von ihm zu weichen. Er erhob sich und schritt in der Kabine hin und her.

»Das Programm für den morgigen Tag wurde früher erdacht als das, was du gesehen. Das Programm aufzugeben, wäre in doppelter Hinsicht verkehrt. So gut kommt die Gelegenheit nie wieder, die Augen des Mutterlandes Europa auf uns zu richten, die wir hier im Fernen Osten als Pioniere kämpfen.

Gerade hier sollen die Herren Diplomaten sehen, wie wichtig die Ilifrage für uns ist. Und dann … mein letzter Trumpf muß bis zum letzten in meiner Hand bleiben. Ist der einmal ausgespielt, dann mag auch der See sein altes Aussehen wiedergewinnen!«

Während Georg Isenbrandt sprach, ging das Schiff wieder bis auf den Seespiegel hinab. In langsamer Fahrt näherte es sich einem gewaltigen, bojenartigen Körper, dessen massiger Rumpf sich silbergrau von den Fluten abhob.

Unheimlich wirkte der riesige Metallkörper an dieser Stelle. Wellington Fox sprach zuerst.

»Also hier schwimmt der Mörder des Sees.« Schon hatte er den photographischen Apparat gerichtet. Eine Leuchtkugel entschwebte seiner Hand, stieg empor und badete die Landschaft für den tausendsten Teil einer Sekunde in einer Überfülle ultravioletten Lichtes.

»Auch eskamotiert, mein lieber Georg! Nun weiter, zu der Strandkanzel hin, von der sie morgen die Leichenreden halten werden.«

Georg Isenbrandt lachte. »Deine Presse wird hier besser von dir bedient als damals in Peking. Übrigens, unter den Gästen ist auch Mr. Francis Garvin.«

»Nebst Tochter!«

»Ah, du weißt schon, schlauer Fuchs?«

»Verabredetermaßen.«

»Mit ihm oder der Tochter?«

»Wo denkst du hin. Der Alte verhält sich ablehnend.«

»Armer Fox!«

»Keine Bange um mich, Georg! Mit dem Alten werde ich fertig. Aber du? Hast du Nachricht über Maria?«

Die Züge Isenbrandts verfinsterten sich. Schweigend schüttelte er den Kopf.

Am steilen, schilffreien Südufer des Sees erhob sich, von mächtigen, blumengeschmückten Tribünen umflankt, die Kanzel für den Festtag. Die Flaggen aller europäischen Staaten und die Embleme der E.S.C. zierten den hochragenden Balkenbau.

Den größten Teil der Besucher stellten die Siedler aus den Kolonien der E.S.C. Zu Tausenden umbrandeten sie die Tribüne.

Weiter zurück Massen der alten Herren des Landes, der Kirgisen. Die Neugier trieb sie wohl hierher, doch ihre finsteren Gesichter verrieten, daß sie wenig Freude an dieser Feier hatten.

Um die elfte Stunde bestieg der Präsident der E.S.C. die Kanzel. Zehntausende lauschten aufmerksam seiner Rede.

In kurzen, knappen Worten schilderte er die Arbeiten der Gesellschaft von ihren Anfängen am Aralsee bis zur Mauer des Thian-Schan. Er sprach auch von den vielen Schwierigkeiten, die Himmel und Erde, Wasser und Luft, Zeiten und Winde und nicht zuletzt die Menschen selbst dem Werke bereitet hätten. Er betonte den friedlichen Zweck der Arbeiten. Wie sie bestimmt seien, allen, auch den früheren Bewohnern dieser ehemaligen Wüsten, nur Nutzen zu bringen.

Doch gar mancher Kopf unter den Zuhörern wandte sich der Diplomatentribüne zu, auf der die Vertretungen der asiatischen Nationen ihren Platz hatten, als er fortfuhr: »Wenn dies Ziel heute noch nicht voll erreicht ist, so bedauern wir das. Unverstand und Mißtrauen haben in Verkennung unserer Absichten manchmal die friedliche Entwicklung unserer Arbeiten gestört. Und« – hier wandte er sich zu den Vertretern der Kolonien – »und oft werden eure Augen mit Bangen nach Sonnenaufgang geblickt haben. Heute kann ich euch sagen, daß die Mutter, die euch aus ihren Armen entlassen hat, stets hilfsbereit hinter euch steht.«

Seine weiteren Sätze gingen unter in dem tosenden

Jubel und den brausenden Beifallsstürmen, die bei diesen Worten in allen Sprachen Europas aus den Kehlen der Kolonisten drangen.

Der Beifallssturm mochte dem Redner wohl etwas überraschend kommen. Um die Spitze, die unverkennbar darin enthalten war, abzubrechen, schritt er zum Taster, der die Funkstation auf der Tribüne betätigte.

Ein kurzer Druck seiner Hand auf die Tasten... ein Rad begann sich schnurrend zu drehen. Auf Ätherwellen flog die Sprengdepesche über den See hin.

Von Menschen verlassen, unbemannt, lag dort die Riesenboje. Aber in ihrer Antenne fingen sich die Zeichen der Depesche. Exakt arbeiteten ihre Relaiswerke und begannen ihrerseits zu schalten und zu wirken.

Noch tobte der Jubel der großen Masse. Schon aber richteten die Tribünenbesucher, welche die Bewegung des Präsidenten aus nächster Nähe gesehen und richtig gedeutet hatten, ihre Gläser auf die weite Seefläche.

Die Riesenboje, eben noch durch scharfe Gläser deutlich sichtbar, war verschwunden, spurlos in die Tiefe versunken. Aber rot leuchtete es aus dieser Tiefe.

Dann kam die Wirkung.

Unter Donnern und Krachen stieg aus dem See ein riesiger Geiser in die Höhe. Aber ein Geiser, dessen Wasser nicht wieder in die Tiefe zurückfielen, sondern frei in der Luft kochten und zu Dampf versprühten.

Schon wurde aus dem Geiser ein anderes Gebilde, das an den Ausbruch eines Vulkans erinnerte. Wie eine gigantische Dampfpinie stand es auf der Seefläche, ein enormer Stamm, dessen Äste sich in Wolkenform ausbreiteten.

Und dann... beinahe so pünktlich, als ob es auch auf dem Programm gestanden hätte, begann ein frischer Südostwind zu wehen. In immer schärferem Zuge jagten die Luftmengen über den See. Sie packten den phantastischen Dampfbaum und zerbrachen seinen Stamm. Sie ergriffen seine Zweige und trugen sie als regenschwangere, fruchtbringende Wolken in nordwestlicher Richtung von dannen, wo das durstende junge Siedlungsland seit Wochen auf das kostbare Naß wartete.

Dann lenkten die Klänge militärischer Märsche die Aufmerksamkeit der Massen nach einer anderen Richtung. Auf einer großen, freien Fläche am Südufer des Sees begann die Parade der Compagnietruppen.

Alles, was auch nur irgendwo innerhalb der weiten Siedlungsgebiete von Streitkräften der Compagnie entbehrlich war, hatten die großen Transportflieger hierhin zusammengebracht. Diese Parade sollte denen, die es anging, auch zeigen, daß die E.S.C. über schlagkräftige Mittel verfügte, um das Ihre zu wahren.

Die Fußtruppen eröffneten die Parade. Ihre Ausrüstung war gleichmäßig für die Ebene und die Hochalpen geeignet. Im Ernstfall verwandelte sich jeder einzelne dieser ausgesuchten Leute in eine Kampfmaschine, von deren Furchtbarkeit sich nur wenige ein Bild machen konnten. Ein Heer des vorigen Jahrhunderts hätte diesen Truppen etwa gegenübergestanden wie ein Haufen nackter Kannibalen einer Panzertruppe.

Die Artillerie, die nun folgte, zeigte auch äußerlich die große Veränderung gegenüber vergangenen Zeiten. Die Rohre mit ihren Lafetten wurden hier von kleinen Dynothermtraktoren gezogen. Aber es hätte nur eines kurzen Kommandos und einiger weniger Griffe der Bedienungsmannschaften benötigt, und jede dieser unscheinbaren Zugmaschinen reckte Schwingen aus und erhob sich in die Lüfte, ihr Geschütz unter sich.

Es gab weder in der Ebene noch im Hochgebirge eine Stellung, die nicht schnellstens von dieser Artillerie besetzt werden konnte. Eigentliche technische

Truppen hatte die Compagnie nicht. Jeder ihrer Soldaten war in allen Sätteln der Kriegstechnik gerecht.

Während die Regimenter und Batterien vorüberzogen, die Musikkapellen ihre Märsche schmetterten, lagen die Schiffe der Luftflotte, die sie gebracht hatten, in weitem Bogen auf dem anschließenden Blachfeld. Als der letzte Mann der Truppenparade vorübergezogen war, ging ein Ruck durch die Flotte. Alle Flugschiffe erhoben sich vom Boden und zogen zunächst in geschlossenen Reihen über das Paradefeld.

Auf ein neues Kommando teilte sich der Schwarm in zwei Parteien, die sich voneinander entfernten. In rasendem Flug schossen sie dann wieder gegeneinander. So unvermeidlich schien der Zusammenstoß, daß manchem der Zuschauer der Herzschlag stockte. Doch im letzten Moment wichen die schwergepanzerten Luftkreuzer elegant und sicher dem Zusammenstoß aus und eröffneten gleichzeitig aus allen Rohren das Feuer.

Während noch das Scheingefecht in der Luft tobte, hatten die Truppen in einer eigentümlichen, schachbrettartigen Aufstellung das Paradefeld besetzt.

Ein neues Manöver! Die Luftflotte ordnete sich in neuen Formationen, ähnlich der Truppenaufstellung auf dem Felde. Ein neues Kommando, und die Schiffe gingen senkrecht nach unten. Schon stand neben jedem Truppenkörper ein Schiff.

Wieder Kommandos! Im Augenblick waren die Truppen in den Kreuzern verschwunden. Schon erhob sich der Schwarm wieder und trug die Streitkräfte der Compagnie in schnellem Flug zu ihren verschiedenen Stationen zurück.

Der Höhepunkt der Festlichkeiten war überschritten. Eine Reihe von rauschenden Tagen, während der kochende See unaufhörlich unendliche Wolkenmengen nach Nordosten entsandte.

Die offiziellen Gäste waren abgereist, die Siedler zu ihren Farmen zurückgekehrt. Die Mitglieder des Direktoriums der E.S.C. und die diplomatischen Vertreter der europäischen Staaten weilten aber noch in Wierny. In den letzten Maitagen traten die Direktoren hier zusammen. Es war ein besonderer Wunsch Isenbrandts gewesen.

Isenbrandt sprach in dieser Sitzung. Er knüpfte an die Salzung des Balkaschsees an. Überzeugend wies er nach, daß dieses Unternehmen nur teilweise Wirkung haben könne, solange die politische Grenze die Schmelzungen im oberen Ilitale unmöglich mache.

Georg Isenbrandt sprach weiter: Ich berühre damit ein Ihnen wenig angenehmes Thema... Die Besitzfrage des Ilidreieckes.«

Ein nervöses Summen ging durch die Versammlung. Einen Augenblick war es still. Dann sprang der französische Direktor auf: »Ich begreife nicht, wie diese Frage gerade jetzt aufs Tapet gebracht werden kann, da sie doch dem Schiedsgericht unterliegt, das in nächster Zeit seinen Spruch fällt. Nach meinen Informationen ist ein für uns günstiges Ergebnis zu erwarten.«

»Letzteres ist mir neu«, sagte Isenbrandt. »Wäre es wahr, würde die Frage noch viel dringender sein.

Sie sehen mich fragend an, meine Herren. Wie der Schiedsspruch auch ausfallen mag, gutwillig wird China diese starke Position nicht aus den Händen lassen.«

»Aber der feierlich beschworene Vertrag?«

»Der Schiedsgerichtsvertrag wurde zwischen Europa und dem Kaiser Schitsu geschlossen.«

»Und weiter?« schallte es ihm entgegen.

»Er wird keine Geltung haben. Kaiser Schitsu ist tot. Schanti... Toghon-Khan von Dobraja ist Regent!«

Der Eindruck der Worte auf die Versammlung war nicht zu beschreiben.

»Wie können Sie es nur wagen, uns solche Märchen aufzutischen?«

Über das Stimmengewirr erhob sich die schneidende Stimme des Franzosen: »Wie können Sie ableugnen, was tausend Augen gesehen haben?«

Wieder trat Stille ein. Man wartete auf die Rechtfertigung Isenbrandts.

»Tausend Augen haben gesehen, daß ein Mann von Schehol in einem Glaswagen nach dem Kaiserpalast in Peking gefahren wurde.«

Isenbrandt hielt einen Augenblick inne. Mit einem Lächeln sah er auf die Gesichter, die gespannt zu ihm aufblickten.

»Ich leugne nicht, daß dieser Mann Kaiser Schitsu war ... aber der Mann war tot! ... Komödie war alles!«

Wie eine Bombe wirkten die Worte Isenbrandts. Keiner blieb auf seinem Platz. Von allen Seiten bestürmten sie den Sprecher mit Fragen.

»Meine Herren!« – die Stimme des Präsidenten durchbrach das Stimmengewirr – »ich bitte Sie, wieder Platz zu nehmen. Herr Isenbrandt wird seine Behauptungen begründen.«

Der stand einen Augenblick sinnend da.

»Begründen? ... Wie soll ich das begründen? Ich kann Ihnen nur folgendes versichern.

Am 5. Mai um die sechste Abendstunde ist Kaiser Schitsu in Schehol an seiner Schußwunde gestorben. Am 4. Mai ernannte er den Herzog von Dobraja, den Schanti, zum Regenten. Der ominöse Ring des Dschingis-Khan ist am Finger des Schanti.

Glauben Sie mir ... oder glauben Sie mir nicht! Für mich stehen diese Tatsachen fest.«

Georg Isenbrandt schwieg. Zum Zeichen, daß er nicht gewillt sei, noch weitere Erklärungen zu geben, nahm er auf seinem Stuhl Platz.

Wieder ein Durcheinander von Reden und Gegenreden. Dann der Präsident: »Meine Herren! Mag der

Kaiser oder der Regent in China herrschen. Ich für meine Person bin geneigt, den überraschenden Mitteilungen des Herrn Isenbrandt Glauben zu schenken. Aber ich kann nicht glauben, daß eine neue chinesische Regierung nicht die von der alten unterzeichneten Verträge halten sollte. – Der Spruch des Schiedsgerichts ist bestimmt in kurzer Zeit zu erwarten. Wir müssen ihn abwarten, bis dahin die Grenzen respektieren. Ich bitte die Herren, die meiner Meinung sind, aufzustehen.«

Die bei weitem größere Anzahl der Anwesenden erhob sich. Isenbrandt war überstimmt.

Der Basar in Wierny zeigte unter dem Einfluß der Festlichkeiten ein besonders lebensvolles Bild.

In buntem Strom zogen Fremde und Einheimische durch die schmale Basargasse.

Vor einer Auslage mit feinem chinesischen Porzellan stand Helen Garvin mit ihrer Freundin Florence.

»O sieh, Florence, da, die wundervollen, zarten Muster! Noch schöner als die von Kaschgar, die mir Pa in einer bösen Laune verdarb.«

»Du kaufst ja, als ob du eine Ausstattung kaufen müßtest. Kann dein Vater so böse werden, daß er das Eigentum seines Lieblings zerschlägt?«

»Ach, Florence, nur dann, wenn der Name Wellington Fox fällt.«

»Wer ruft hier Wellington Fox?« klang es hinter ihnen.

»Ach... du?... Sie?...« Helen Garvin drehte sich um.

Mit einem freundlichen Lächeln begrüßte Florence Dewey den Journalisten.

»Es bedarf wohl keiner Vorstellung mehr, meine Gnädige. Miss Helen wird Ihnen von mir erzählt haben, wie sie mir von Ihnen sprach. Sie werden es mir nicht übelnehmen, wenn ich die Gelegenheit benutze, einige Worte mit Miss Helen zu sprechen.«

»Meine Sympathien sind ganz bei Ihnen beiden. Doch ich glaube, aus den paar Worten werden viele werden. Du wirst verzeihen, liebe Helen, wenn ich mich eine Weile entferne. Am Ende der Straße sahen wir einen kleinen Park. Dort kannst du mich später wieder treffen.«

Mit schnellen Schritten eilte Florence ihrem Ziel zu. Tief aufatmend trat sie in das kühle Grün. Die Stille, die in dem parkartigen Garten herrschte, legte sich beruhigend auf ihr erregtes Herz.

Sie schloß die Augen und versank in unruhiges Träumen … Plötzlich war's ihr, als sei ein Schatten vor sie getreten. Noch zögerte sie, die Augen zu erheben, da klang das Wort ›Florence‹ an ihr Ohr.

Mit einem leichten Aufschrei taumelte sie empor.

»Averil!«

Halb ohnmächtig sank sie auf die Bank zurück.

»Nein! … Nein, Averil! Laß mich gehen, gehe fort!«

»Oh, sei nicht so grausam, Florence. Höre mich an … was tat ich, daß du meine Liebe zurückwiesest? … Soll ich büßen, was mein Vater dir antat? Florence, bei der Erinnerung an die seligen Stunden unseres Glücks … war es Wahrheit, was du in deinem Brief schriebst … oder war es gekränkter Stolz, der dich so schreiben ließ? Antworte mir!«

»Averil!«

Sie hatte den Namen kaum hörbar geflüstert, und doch lag in diesem Hauch mehr als in dem lautesten Schrei.

»Florence!«

Averil kniete nieder und küßte die Hände, die sie ihm willenlos überließ.

»Kann Liebe so grausam sein?«

Ein Wunsch schien sich in ihr zu regen, den sie nicht ausdrücken konnte. Sie schlang ihre Arme um seinen

Nacken. Da zog er sie an sich und küßte sie auf ihren Mund.

»Alles ist verschwunden. Nur unsere Liebe ist geblieben ... Daß ich ihn je wieder küssen würde, deinen süßen, reinen Mund!«

Ein Schauer rann durch ihre Glieder.

»Das ist er nicht mehr ... der reine Mund«, sagte sie mit leisem Klagelaut. »Ich bin einem anderen versprochen.«

»Florence! Du ...«

Averil war aufgesprungen. Regungslos stand er da.

»Du liebst den anderen? ... Nein! Du liebst ihn nicht ... Kannst ihn nicht lieben. Und doch willst du ihm folgen! ... Und ich?«

Er löste ihre Arme und drängte sie zurück.

»Und ich? ... Ich soll zugrunde gehen?«

»Averil!«

Flehend kam es von ihren Lippen. Alle Kraft schien von ihr gewichen. Schwach sank sie auf der Bank zusammen. Plötzlich hob sie den Kopf. Ihre Augen blickten mit totenhafter Starrheit ins Weite, als sähen sie etwas, was nicht da war.

»Ich war krank ... ich hatte nur den einen Wunsch zu sterben, um die Qual zu kürzen. Ich hatte dich von mir gewiesen und sah und dachte nichts anderes als dich. Du warst in mir, wie eine Qual ... ein Feuer ... ein Wahnsinn ... Ein mexikanischer Geschäftsfreund meines Vaters besuchte uns. Ich kannte Don Manuel Oregon seit meiner frühesten Jugend ... Ich sah in ihm nie mehr als einen liebevollen väterlichen Freund. Es war kurz vor meiner Abreise mit Helen Garvin ... Er warb um mich ... Er sah meine Seelennot. Er nahm meine Hände und sprach liebevoll ... demütig zu mir. Und doch lag in seinen Worten der Wille und die Kraft, mich zu befreien ... mir das Glück zu geben, für das mein Herz noch Raum bot. Und ... ich gab ihm meine Hand.«

»Und du wirst ihm folgen … diesem Mann? … Liebelos?«

Alles heiße Wünschen, alle Leidenschaft, Empörung und Klage sprach aus Averils Worten.

»Florence, ich lasse dich nicht. Mein bist du … allen zum Trotz.«

Er preßte sie an sich und verschloß die widerstrebenden Lippen mit glühenden Küssen.

Gewaltsam befreite sie sich aus seinen Armen, sprang von der Bank empor und wich vor ihm zurück.

»Sei gut zu mir, Averil! Schone mich. Es kann nicht sein … Du mußt nun gehen, vergiß mich!«

»Ich dich vergessen? … Ich gehen, wo ich weiß, du liebst mich … liebst mich noch!«

Seine Augen rangen mit ihr in stummer Verzweiflung. Da schritt sie auf ihn zu und legte die Hände auf seine Schultern.

»Averil! Ich habe dich lieb … bis in den Tod. Und wenn meine Liebe dich bittet, zu gehen, wirst du es tun?«

Ein Beben ging durch die Gestalt des Mannes. Alles Blut wich aus seinem Gesicht. Kaum verständlich, nur ein rauhes Flüstern war sein: »Leb wohl!«

Kaum hatte Wellington Fox seinen Namen genannt, als ihn der Diener in das Arbeitszimmer Garvins führte. Schwere Vorhänge verhüllten die Fenster und schufen ein leichtes Dämmerlicht.

An einem kleinen Schreibtisch saß Francis Garvin, das Gesicht verschlossen und eisig kühl.

Mit einem kurzen Kopfnicken beantwortete er die Verbeugung von Fox. Noch ehe dieser auf einem Sessel Platz genommen hatte, begann er die Unterhaltung.

»Ich habe Sie zu einer Unterredung gebeten, um Ihnen das mündlich zu sagen, was Sie sich bei einiger Überlegung selbst hätten sagen können.«

Seine harten, grauen Augen sahen Fox durchdringend an.

»Daß ich meine Einwilligung zu einer Verbindung zwischen Ihnen und meiner Tochter Helen nicht geben werde.«

Fox nickte.

»Ich habe darüber keinen Zweifel gehabt.«

»Dann darf ich wohl fragen, weshalb Sie sich meiner Tochter Helen in so unzarter Weise genähert haben? Helen ist ein Kind. Sie haben eine schwere Schuld auf sich geladen, als Sie Helens Dankbarkeit für die Errettung aus dem Schneesturz in einer Weise ausnutzten, die den Seelenfrieden meines Kindes tief stören muß.«

Wellington Fox schlug ein Bein über das andere und lehnte sich bequem in seinen Sessel zurück.

»Ihr Vorwurf trifft mich nicht, Mr. Garvin. Zunächst ist Helen kein Kind mehr. Sie ist seit einem Jahr volljährig. Ihre Einwilligung zu unserer Verbindung ist daher ohne Belang. Wenn Helens Natur viel von der Unbefangenheit und Fröhlichkeit eines Kindes behalten hat, so sehe ich darin ein Geschenk Gottes, für das ich ihm von ganzem Herzen dankbar bin ... aber Ihre Einwilligung ... die brauche ich nicht, Mr. Garvin.«

Es schien einen Augenblick, als wolle Garvin aufspringen, um dem unverschämten Gast die Tür zu weisen. Doch er beherrschte sich. Er schluckte einige Male. Bevor er reden konnte, sprach Fox mit unerschütterlicher Ruhe weiter: »Ich bin Ihrer Einladung gefolgt, weil ich mich, wenn irgend möglich, mit dem Vater meiner Frau gut stellen möchte.«

Francis Garvin lehnte sich tiefatmend in seinen Stuhl zurück. Er preßte die Hände ineinander und schaute zur Decke empor.

Wellington Fox sah mit einem gewissen Mitleid auf den Vater Helens.

Armer Kerl, dachte er bei sich, meine letzten Worte haben dir den Knockout gegeben.

Francis Garvin sprach: »Sie wollen also, Mr. Fox, ohne meine Einwilligung eine Ehe mit Helen eingehen?«

»Das zweite ganz gewiß. Ob auch das erstere, hängt von Ihnen ab.«

»Haben Sie auch darüber nachgedacht, wie Sie Helen standesgemäß ernähren und kleiden werden? Ich taxiere, daß Helens Hutbudget Ihr Jahresgehalt beträchtlich übersteigt.«

Wellington Fox zuckte die Achseln. Während er mit seiner Antwort zögerte, ging es ihm klar durch den Kopf: Aha, alter Freund! Dein Widerstand läßt nach. Es fällt dir nur zu schwer, dich offen geschlagen zu bekennen.

Dann sprach er: »Den Luxus von Garvins Palace Helen zu bieten, bin ich selbstverständlich nicht in der Lage. Doch mein Einkommen genügt durchaus, einer Frau ein behagliches, glückliches Heim zu bieten, die ihre Ansprüche nicht allzu hoch stellt...«

»Glück ist in der kleinsten Hütte«, warf Garvin ein, doch der Hohn, der darin liegen sollte, war matt.

»Unser zukünftiges Heim wird im Vergleich zu Garvins Palace eine Hütte sein, gewiß, Mr. Garvin. Aber es stände schlimm um die Menschheit, wenn das Glück nur in den Schlössern der Reichen zu finden wäre.«

Francis Garvin machte eine wegwerfende Gebärde.

»Verliebte Leute sehen den Himmel voller Geigen. Der Katzenjammer bleibt nicht aus. Ich will mein Kind davor bewahren. Ich möchte unsere Unterredung damit beenden, Mr. Fox, daß ich Ihnen für Ihre aufopfernde Tat bei der Rettung Helens meinen herzlichsten Dank ausspreche. Ich wollte Sie zum Besitzer der Chicago Press machen, um meinen Dank auch tatkräftig zum Ausdruck zu bringen. Sie haben mein Angebot zurückgewiesen. Wir sind quitt!«

»Ich nicht!«

Wie ein Wirbelwind war ein weißes Etwas aus dem Nebenzimmer hereingeflattert. Mr. Garvin war plötzlich unter einer Wolke von hellem Batist verschwunden.

Fox sah den grauen Kopf Garvins über Helens blonde Locken gebeugt, sah, wie dessen Arme sein Kind fest umschlossen, und verließ leise das Zimmer.

Im Vorraum schritt er ruhelos auf und ab. Tausend Ideen schossen durch sein Hirn.

Und dann ging es ihm plötzlich wie Mr. Garvin. Wie durch einen Schleier sahen seine Augen eine weiße Gestalt auf sich zueilen. Zwei liebevolle Arme umschlossen seinen Hals.

Ein Stammeln ... ein Weinen ... ein Lachen.

»Wie glücklich bin ich, Wellington!«

Nach einer Weile drang die Stimme Garvins in den Raum.

»Mr. Fox, Sie haben gesiegt. Helens Wille war stärker als der meine ... Es fällt einem alten Mann schwer, sein einziges Kind wegzugeben ... Ich werde alt, ihr müßt Geduld mit mir haben ... Der Gedanke quält mich, daß Helen in den veränderten Verhältnissen ihres neuen Lebens doch gar manches Liebgewonnene aus dem Vaterhaus vermissen wird ...

Ich bitte Sie, Mr. Fox, mir zu erlauben, Ihre Stellung in irgendeiner Weise zu verbessern. Der Gedanke ist mir unerträglich, daß ... Mr. Fox, Sie dürfen nicht weiter ein einfacher Berichterstatter bleiben ...«

Francis Garvin war bei den letzten Worten auf Wellington Fox zugetreten und drückte ihm die Hände. Wellington Fox hatte seine volle Selbstbeherrschung wiedergewonnen.

»Daß Sie mir Ihre Helen nicht gern geben, weiß ich ... will es Ihnen auch nicht verdenken. Meine Position zu verbessern? ... Ich habe schon lange daran gedacht ... und daran gearbeitet. Unsere Wünsche begegnen sich also. Doch die Vorschläge für eine Verbesserung überlassen Sie, bitte, mir. Sie haben mich bisher nur als einfachen Journalisten kennengelernt. Sie wissen nichts ... weniger als nichts von meinen sonstigen Plänen und ... Unternehmungen, Mr. Garvin.«

»Unternehmungen?«

Fragend und zweifelnd war das eine Wort von den Lippen Garvins gekommen.

»Unternehmungen, Mr. Garvin. Sie werden anders von mir denken, wenn einige Wochen ins Land gegangen sind. Ich möchte Sie bitten, Mr. Garvin, meine Verlobung mit Helen nicht vor dem August bekanntzugeben.«

Verwundert und fragend blickte Francis Garvin auf Fox.

»Ich verstehe Sie nicht, Mr. Fox.«

»In wenigen Wochen werden Sie mich um so besser verstehen. Sie werden dann, das hoffe ich sicher, die Veröffentlichung unserer Verlobung mit willigem Herzen vornehmen. Sie werden an diesem Tage wissen, Mr. Garvin, daß der Verlobte Ihrer Tochter etwas mehr ist als der einfache Berichterstatter, für den Sie ihn jetzt nehmen ... für den die Welt ihn vorläufig noch nehmen muß.«

Georg Isenbrandt befand sich in seiner Station zu Wierny. Seit jener letzten Sitzung des Direktoriums der E.S.C., in der die maßgebenden Herren den Beschluß gefaßt hatten, den Spruch des Schiedsgerichts abzuwarten, war er in gedrückter Stimmung.

Die Ereignisse des heutigen Tages waren in ihrer Gesamtheit nicht geeignet, einen Stimmungsumschwung bei ihm hervorzurufen. Zwar der Vormittag hatte ihm eine große, kaum erwartete Freude gebracht: Ein Telegramm von Wellington Fox. Georg Isenbrandt hatte es Wort für Wort dechiffriert, hatte tiefaufatmend die Nachricht gelesen, daß Fox die Vermißten, Theodor Witthusen und Maria Feodorowna, in Urga entdeckt habe.

Aber andere Nachrichten waren geeignet, Isenbrandts Stimmung wieder hinabzudrücken. Seit zwölf Stunden liefen unaufhörlich Hochwassermeldungen aus dem oberen Ilital bei seiner Station ein. Von Stunde zu Stunde stiegen die Zuflüsse des Stroms aus dem chinesischen Gebiet.

Die Sonne sank hinter die Berge. Dämmerung schlich durch den Raum, in dem Georg Isenbrandt an seinem Arbeitstisch saß. Die Vermutung, die ihm schon in den Nachmittagsstunden durch den Kopf gegangen war, wurde jetzt zur Gewißheit. Das war nicht mehr ein zufälliges Naturereignis. Gewiß war im Frühjahr mit Hochwasser zu rechnen. Aber die Wassermengen, die hier von allen Seiten des Quellgebietes gemeldet wurden, überstiegen das normal zu Erwartende bei weitem.

Er verband sich direkt mit der Station von Terek. Dort hatte er den gewaltigen Staudamm anlegen lassen, um plötzlich einbrechende Wassermengen sicher auffangen und speichern zu können. Durch die Unfähigkeit eines Bauleiters hatten die Arbeiten sich stark verzögert. Erst in den letzten Wochen hatte Georg Isenbrandt mit eiserner Hand dazwischengegriffen und die Vollendung des riesigen Betondammes mit allen Mitteln betrieben.

Der Damm war jetzt fertig. Aber die letzten Teile der gewaltigen Staumauer waren erst vor 48 Stunden in die Holzformen eingestampft worden. Diese Zeit war viel zu kurz, um den Beton schon erhärten zu lassen. Kamen jetzt plötzlich die schwersten Hochwasser, so war eine Katastrophe zu gewärtigen.

Er fragte durch den Apparat und erschrak über die Antwort. Das Wasser schon zwei Meter unter dem frischgestampften Teil. Stieg die Flut in dem bisherigen Tempo weiter, mußte sie in kürzester Zeit die frischen Teile erreichen, und dann begann die schwere Gefahr.

Georg Isenbrandt sprang auf und lief unruhig im Raum hin und her. Einen Augenblick erwog er den Gedanken, selbst nach der Terekstation zu fahren, um ihn dann sofort wieder zu verwerfen. Etwas anderes … etwas Größeres mußte geschehen. Während er hin und her wanderte, fiel sein Blick auf die Apparatur, in der ihm neulich das Helium erstarrt war. Da … greifbar vor ihm lag das Mittel, alles zu verhindern, was er befürchtete. Mußte er es nicht auf jeden Fall anwenden? Waren nicht auch Hunderte von Menschenleben auf das schwerste bedroht, wenn die Hochwasser des Dammes von Terek Herr wurden?

Die Verantwortung war fürchterlich schwer. Ruhelos lief er durch den Raum.

Was tun? Was waren die Menschenleben, und wären es auch Hunderte, gegen die Tausende und aber Tausende, die ihr Leben lassen mußten, wenn er sein Spiel zu früh aufdeckte?

Das Mittel einmal anwenden, hieß eine vollkommen veränderte Lage schaffen, hieß die besten Waffen vorzeitig schartig werden lassen.

Einen Ausweg! Das Übel kam von den chinesischen Bergen … Das Unheil an der Quelle verstopfen … Sollte das möglich sein, ohne das Geheimnis preiszugeben?

Der alte Schmelzmeister Franke trat ein. Der hauste jetzt seit einigen Wochen unten am Balkaschsee. Er kam, um sich Instruktionen zu holen. Die gewaltigen Wassermengen, die der Ili seit zwölf Stunden in den See trug, beeinflußten dort die Dampfentwicklung. Der Alte wollte wissen, ob neues Dynotherm in den See gegeben werden sollte. Er meldete, daß die Rohrhorste am südlichen Seeufer schon zum Teil überflutet seien, und er fluchte grimmig auf die Gelben. Ebenso fest wie Isenbrandt war er davon überzeugt, daß diese plötzliche Flut nur auf Schmelzungen im chinesischen Iligebiet zurückzuführen sei.

Es war bekannt, daß auch die Gelben über große Dynothermvorräte verfügten, wenn sie auch das neueste Präparat Isenbrandts noch nicht besaßen. Seit langem puderten sie auf ihren Bergkämmen herum. Bisher war das aber immer nur in kleinem Maßstab geschehen und immer so, daß die erschmolzenen Wassermengen den chinesischen Strömen zugute kamen und die Nachbarn jenseits der Grenze nicht gefährdeten.

Isenbrandt unterbrach den Redefluß des Schmelzmeisters: »Ob der Damm noch zu retten sein wird, ist fraglich. Aber die Möglichkeit besteht, den Schrecken zu kürzen, die Zeit der Furcht und der Gefahr zu verkleinern.«

Verständnislos blickte ihn der Alte an.

»Wie sollte das möglich sein, Herr Isenbrandt?«

Georg Isenbrandt ging zur Tür und schloß sie ab. Dann ging er zu dem Alten und legte ihm die Hände auf die Schultern.

»Hören Sie, alter Freund! Es gibt ein Mittel, um das Unheil zu bekämpfen. Ich habe es! ... Aber ich kann es nicht selbst tun, und ich weiß keinen anderen und besseren als Sie, der sich schon so lange Jahre als treu und zuverlässig erwiesen hat. Ich weiß keinen besseren als Sie, dem ich das Geheimnis dieses Kampfmittels anvertrauen könnte. Kein Mensch, auch keiner der Herren von der E.S.C. weiß darum. Ihnen will ich es in dieser Stunde der Not zu treuen Händen geben. Ehe ich Sie aber frage, ob Sie bereit sind, die Tat zu vollbringen, will ich Ihnen sagen, welche Gefahren damit verbunden sind. Es muß jemand mit einem Flugschiff die chinesischen Kämme abfliegen und an allen, wenigstens an den Hauptstellen, wo die Gelben gesalzen haben, das Gegengift streuen.«

»Gegengift? Gegen unser Dynotherm?«

»Ja, Franke! Es gibt ein Mittel. Wird es auf die Puderstellen gestreut, so wird die Wirkung des Dynotherms gebunden ... Aber die Sache ist nicht ohne Gefahr. Sie müßten noch in dieser Nacht mit einem Schiff, von dem alle Kennzeichen der E.S.C. entfernt sind, den Flug unternehmen ...«

»Da ist nichts zu überlegen, Herr Isenbrandt. Schon das freut mein altes Herz, daß Sie mir so viel Vertrauen schenken, mir Ihr Geheimnis sagen. Und dann noch das Vergnügen, den verdammten Gelben einen Streich zu spielen ...«

»Ich wußte, lieber Franke, daß ich mich auf Sie verlassen kann, und danke Ihnen von ganzem Herzen.«

Er schüttelte die Hand des alten Gefährten mit kräftigem Druck.

Eine knappe halbe Stunde später schoß die schnelle Maschine, von dem alten Schmelzmeister gesteuert, in den dunklen Abendhimmel und verschwand nach Osten zu.

Georg Isenbrandt hat die Maschine und den Alten nie wiedergesehen. Der blieb von dieser Stunde an verschollen. Es ist auch niemals bekannt geworden, ob der Alte bei der Schleichfahrt durch die dunklen Berge gegen eine Felsschroffe rannte oder ob er mit seiner Maschine das Opfer chinesischer Kugeln wurde. Aber es muß ihm doch gelungen sein, den Auftrag Isenbrandts zum weitaus größten Teil auszuführen, denn schon am übernächsten Tag ließ der plötzliche Zustrom aus den chinesischen Bergen nach, und bereits am Ende der Woche herrschten wieder normale Wasserverhältnisse im Ilital.

In jener ersten Flutnacht ging es freilich desto stürmischer zu.

Der Staudamm bei Terek bot ein wildromantisches Bild. Brüllend und gurgelnd stauten sich die Wildwasser hinter ihm zu einem Riesensee.

Jetzt stand die Oberfläche dieses höllischen Wirbels

kaum noch einen Meter unter der Dammkrone. Stieg das noch weiter, so mußten die Fluten über die Krone hinweg in breitem Schwall zu Tal stürzen... Vorausgesetzt, daß der Damm hielt.

Schon auf die ersten Nachrichten von dem bedrohlichen Steigen der Fluten hatte Georg Isenbrandt die Siedler im unteren Ilital telegraphisch warnen lassen. Sobald ihn der alte Schmelzmeister verlassen hatte, bestieg er selbst ein Flugschiff und fuhr nach den Terekanlagen.

Er kam, sah... und fand seine schlimmsten Befürchtungen übertroffen. Jeder Augenblick konnte die Katastrophe, den Dammbruch bringen.

Schnell gab Isenbrandt seine Befehle. Nur ein Mittel gab es noch, der drohenden Katastrophe zuvorzukommen. So schnell wie möglich mußte man die neuen, noch weichen Teile des Dammes von dem Wasserdruck entlasten, den Stausee absenken.

Das war nur möglich, wenn man einen Einschnitt von gehöriger Tiefe und Breite in den alten Teil der Staumauer einsprengte. Dort mußte es geschehen, denn der neue Teil der Mauer hätte die Beanspruchung einer Explosion nicht ertragen. Er wäre sicherlich sofort in seiner ganzen Ausdehnung zu Bruch gegangen.

Nur mit den schärfsten Sprengmitteln ließ sich aber die Sprengung in den granitharten Dammassen des alten Teiles bewerkstelligen. Gelang sie, so würden sich freilich sehr gewaltige Wassermengen durch die gesprengte Lücke talabwärts ergießen. Sie würden sicherlich beträchtlichen Schaden anrichten. Aber dieser Schaden und diese Gefahr blieben immerhin in übersehbaren Abmessungen. Und der Spiegel des Stausees mußte sich dann schnell senken. Der Druck auf den schwachen Teil des Dammes mußte sofort nachlassen.

Nach den Anordnungen Isenbrandts lief das Sprengkommando über die Dammkrone nach der anderen Berglehne hinüber. Im mittleren Teil war die frische Stelle. Am Nordufer, im harten alten Teil, sollte die entlastende Scharte ausgesprengt werden.

Im taghellen Licht der Scheinwerfer sah man vom Ufer aus die Mannschaft über die Dammkrone eilen. Sie mochte etwa die Mitte erreicht haben, als ein Blitz an dieser Stelle aufzuckte, ein krachender Donner das Toben der Elemente übertönte.

An der schwachen Stelle des Dammes war eine schwere Sprengladung explodiert. Einen Moment noch stand die Mauer dort zitternd im Strudel. Dann riß sie breit auf, neigte sich zu Tal und brach in Riesenbrocken auseinander. In wütendem Schwall stürzten die entfesselten Fluten zu Tal.

Verschwunden war an dieser Stelle der Damm… Verschwunden die Leute des Sprengkommandos auf ihm.

Ein Schrei des Entsetzens aus vielen tausend Kehlen.

Isenbrandt selbst stand unter der Wucht der Katastrophe wie erstarrt.

Ein Verbrechen?… Nur ein Verbrechen konnte es sein. Von wem?… Es bedurfte keiner Frage.

Mit schweren Schritten wandte er sich zum Ufer und begab sich in das Büro der Werkleitung.

»War unter dem Sprengkommando ein Gelber?«

Einer der Ingenieure beantwortete die Frage.

»Jawohl! Alibeg! Ein kirgisischer Vorarbeiter… Einer, der sich durch besondere Anstelligkeit auszeichnete.«

Ein Held! dachte Isenbrandt bei sich… sicher ein gelber Ingenieur, der sich hier unter falscher Flagge als Werkmann verdingt hat.

Dann wandte er sich an den Stationsleiter.

»Ich kehre nach Wierny zurück. Alle Nachrichten für mich bitte dorthin! Hier ist Menschenhilfe vergeblich. Vertrauen wir auf Gott.«

Noch einmal warf er einen Blick auf das Tal, in dem das entfesselte Element dahinschoß.

In Urga, der alten Hauptstadt der Chalka-Mongolen, hatte Wellington Fox mit Hilfe des getreuen Ahmed die Witthusens ermittelt. Viele Wochen hindurch war Ahmed in der Maske eines sartischen Händlers durch das mongolische Land gezogen. Hatte mit großem Geschick geforscht, bis er endlich die Spur hatte.

Dann war Wellington Fox zu ihm gestoßen. Der kam als russischer Teehändler mit einer großen Handelskarawane aus dem nahen Kjachta über die russische Grenze. Vorzüglich hatte er es verstanden, sein Äußeres der Rolle, die er hier spielen mußte, anzupassen. Den Mangel seiner russischen Sprachkenntnisse verbarg er geschickt unter einem freilich recht holperigen Chinesisch.

In einer der großen Herbergen der Stadt, in der die Karawane Quartier nahm, hatte er sein Unterkommen gefunden. Daß er hier häufig mit einem sartischen Händler zusammenkam, fiel nicht weiter auf.

Es war um die Zeit der Abenddämmerung. Wellington Fox saß in dem einfachen Raum, der ihm in der Karawanserei als Unterkunft diente.

Ein leises Klopfen an der Tür. Wellington Fox schob den schweren Holzriegel zurück. Der Sarte trat in den Raum.

»Bist du da, Ahmed? ... Wie steht's?«

»Gut, Herr! Euer Papier ist in den Händen des alten weißen Herrn.«

»Will er es tun?«

»Ja, Herr ... er machte das verabredete Zeichen ...«

»So wirst du also um neun Uhr mit den Gefangenen das Haus verlassen. Bist du ganz sicher, daß der Wärter keinen Verrat übt?«

»Er wird seinen Schwur halten, Herr. Wirst du ihn aber auch im Flugschiff mitnehmen, wie du versprochen? Er fürchtet die Strafe, wenn die Flucht entdeckt ist.«

»Ich werde ihn mitnehmen … samt seinen fünfhundert Dollar. Er mag sie in Frieden in Kjachta verzehren.

Der Weg vom Haus bis zum Brunnen ist kurz. Um neun Uhr werde ich dort unter dem Schein einer Notlandung niedergehen.«

»Wenn du da bist, wird alles gut sein, Herr!«

Ahmed verließ den Raum. Wellington Fox blieb mit seinen Gedanken allein. Noch einmal überlegte er alle Chancen.

Es waren ein paar helle, freundliche Räume, in denen die Witthusens die Tage ihrer Gefangenschaft verbrachten. Der alte Herr saß seiner Tochter gegenüber. Ein Schachbrett, das ihnen die Stunden ihrer Haft kürzte, stand zwischen ihnen. Aber seitdem das Papier des sartischen Händlers durch den bestochenen Wärter in ihren Händen war, standen die Figuren unberührt auf den Feldern.

Mit gedämpfter Stimme … fast flüsternd sprachen sie.

»Die Freunde, Maria, an die ich zuerst gedacht, haben nichts für uns getan … vielleicht nichts tun können … Der Konsul … wie oft war er in unserem Hause … nichts …

Collin Cameron … am Tage vor unserer Gefangennahme rühmte er sich seiner guten Beziehungen … auch er … nichts …

Die beiden Jungen, eine flüchtige Reisebekanntschaft von dir … an die hätte ich zuletzt gedacht … Die Not zeigt, wo die wahren Freunde sitzen. Herr Fox kommt ja zweifellos im Einverständnis … mit Unterstutzung seines Freundes Isenbrandt.«

»Glaubst du, Vater« – das leichte Rot auf Marias Wangen vertiefte sich – »daß Herr Isenbrandt bei seinen vielen großen Arbeiten noch Zeit hat, sich um uns zu kümmern?«

»Würde sonst sein Diener mit hier sein?... Ihn selbst mögen seine Arbeiten festhalten, aber er denkt auch an uns.«

»Er hat uns früh genug gewarnt... Du ließest dich durch Mr. Cameron beschwichtigen. Ich weiß nicht, Vater... ich kann dein großes Vertrauen in Mr. Cameron nicht teilen... sein ganzes Wesen... sein überfreundliches Benehmen stoßen mich ab.«

»Ach Kind, das sind unkontrollierbare Gefühle... Ich kenne ihn seit Jahren und habe nie Anlaß gehabt, an ihm zu zweifeln.«

Ein Klopfen an der Tür unterbrach ihr Gespräch.

Collin Cameron trat ein.

»Ah, Herr Cameron!... Wo kommen Sie her?... Bringen Sie Gutes?«

Witthusen war aufgesprungen und reichte dem Besucher die Hand.

»Soeben noch tat ich Ihnen unrecht. Wir sprachen von den Freunden, auf deren Beistand wir vergeblich hoffen... und darunter waren auch Sie.«

»Auch ich... und was waren es sonst noch für Freunde?«

»Oh, alle aus Kaschgar... Der russische Konsul... die Upharts... viele andere.«

Er brach seine Rede jäh ab, unterdrückte die Namen Fox und Isenbrandt, die ihm schon auf der Zunge lagen. Eine Spur jenes Mißtrauens, das Maria vorhin geäußert, hatte sich ihm mitgeteilt.

»Bringen Sie gute Nachricht?«

»Wenn nicht heute, so doch bald! Ich freue mich, daß Sie mich unter Ihre Freunde zählen... Auch Ihnen, Fräulein Maria, meinen Dank, daß Sie meiner in Freundschaft gedacht haben.«

Collin Cameron nahm auf dem Stuhl Witthusens am Schachtisch Platz. Seine Augen versenkten sich brennend in diejenigen Marias.

»Ich hoffe, daß es meinen guten Beziehungen

bald gelingen wird, Ihre Freilassung durchzusetzen.«

»Weshalb sind wir überhaupt gefangen?« fragte Witthusen. »Wie konnte man es wagen, uns wie Verbrecher aus unserem Haus zu holen und wegzuschleppen?«

»Ich erfuhr Ihre Verhaftung leider erst am anderen Morgen… Konnte nicht sofort feststellen, wohin Sie gebracht worden waren. Mit vieler Mühe brachte ich heraus, daß Sie verdächtigt sind, mit Chinas Feinden in Verbindung zu stehen.«

Witthusen fiel ihm erregt ins Wort.

»Feinden? Mit wem liegt China im Krieg?«

»China liegt im geheimen Krieg mit der E.S.C. Ihr Verkehr mit dem Ingenieur Isenbrandt hat Sie in den falschen Verdacht gebracht.«

»Deshalb diese Gewalttat!« Marias kleine Faust schlug kräftig auf den Tisch… Ich kann es nicht glauben! Die gelben Spione arbeiten nicht so schlecht, daß sie aus einer flüchtigen Reisebekanntschaft eine Verschwörung machen.«

»Und doch ist es so, Fräulein Maria… doch Geduld! Der Tag wird kommen, an dem Sie, gereinigt von allem Verdacht, in das alte Haus in Kaschgar zurückkehren können.«

Maria erhob sich.

»Nie wieder kehre ich nach Kaschgar zurück! Verhaßt ist mir die Stadt. Verhaßt das Land, wo solche Gewalttat geschehen konnte!«

»Oh, nicht doch, Fräulein Maria! Beruhigen Sie sich!… Volle Genugtuung wird Ihnen gewährt werden.

Ihr Heim in Kaschgar wartet auf Sie, so wie Sie es verlassen haben. Als ich Ihre Verhaftung erfuhr, ließ ich mir Vollmacht geben, über Ihr Eigentum zu wachen. Die Schlüssel des Hauses sind in meiner Hand. In Ihrem Stübchen steht alles, wie Sie es verlassen haben. Werfen Sie nicht alle erfreulichen Erinnerungen um eine Unerfreulichkeit von sich!«

»Nein! Maria hat recht!« erklärte Witthusen. »Nie wieder kehren wir in das alte Haus nach Kaschgar zurück! Wer gibt uns Gewähr, daß wir nicht jederzeit auf irgendeinen unsinnigen Verdacht hin neue Leiden erdulden müssen?«

Collin Cameron biß sich auf die Lippen. Unverwandt hatte er Maria mit den Augen verschlungen.

»Wäre es nur das Haus?... Würde es auch so sein, wenn Sie es mit einem anderen vertauschen, Fräulein Maria?«

Er warf einen Seitenblick auf Witthusen, der jetzt am Fenster stand und in die Nacht hinausblickte. Auch Collin Cameron erhob sich jetzt und trat dicht an Maria heran.

»Mit einem anderen?« fragte sie.

»Ja, mit dem meinen!«

Einen Augenblick sah ihn Maria verständnislos an.

»In Ihrem Haus?... Ich in Ihrem Hause?«

»Als mein Weib!«

Ein jäher Schreck zuckte über Marias Züge. Mechanisch wich sie vor Collin Cameron zurück.

»Nie, Mr. Cameron!«

»Oh, Fräulein Maria... lassen Sie unsere Worte ungesprochen sein!... Ich vergaß die Lage, in der Sie sich befinden. Verzeihen Sie mir! Es war töricht, von Liebe zu sprechen, wo es sich um die Freiheit handelt.«

Er trat auf sie zu und versuchte ihre Hand zu fassen.

»Verzeihen Sie mir, bitte, verzeihen Sie mir, Fräulein Maria. Nur um ein Kleines möchte ich Sie bitten. Lassen Sie mich nicht ohne jede Hoffnung von hier gehen. Sie wissen nicht, was Sie für mich bedeuten. In besseren Tagen werde ich wieder zu Ihnen kommen...«

Witthusen trat vom Fenster zurück an die beiden heran. Maria drängte sich an ihn.

»Und wann denken Sie, Mr. Cameron, daß wir Urga verlassen dürften?«

»Was an mir liegt, soll geschehen, um Ihnen die Freiheit zu verschaffen. Ich fahre morgen nach Peking. Alle Verbindungen, die mir dort zur Verfügung stehen, werde ich für Sie ausnutzen. Wenn es das Glück will, bin ich in wenigen Tagen wieder hier und hoffe von Ihnen frohen Empfang... auch von Ihnen, Fräulein Maria.«

Er ergriff ihre Hand und drückte einen Kuß darauf.

Vater und Tochter waren wieder allein. Sie sprachen über den unerwarteten Besuch Camerons. Aber das Gespräch schlich mühsam dahin.

Langsam verschlichen die Viertelstunden. Der Wärter brachte die Mahlzeit. Sie blieb unberührt stehen.

Die Erregung des Kommenden nahm sie ganz gefangen. Sie stieg aufs höchste, als die Uhr die neunte Stunde zeigte.

Minute auf Minute verrann. Maria sprang nervös auf und trat ans Fenster.

Ein Klopfen an der Tür ließ sie auffahren. Der Wärter trat ein. Das Licht seiner Kerze fiel auf ein verstörtes Gesicht.

»Was ist?«

Von zwei Seiten scholl ihm die Frage entgegen.

»... Ahmed ging soeben vorbei... er winkte verstohlen... nichts!... Heute nichts...«

Maria sank auf ihren Sessel. Sie ließ den Kopf auf das Schachbrett fallen. Der Alte trat auf sie zu und legte den Arm um sie.

»Sei gefaßt, Maria!... Wenn nicht heute, dann morgen!... Gib die Hoffnung nicht auf. Die Freunde werden uns nicht im Stich lassen...«

So suchte er ihr Trost zuzusprechen und verbarg seine eigene starke Befürchtung, daß der Plan von Fox entdeckt sein könne.

Witthusens Befürchtung war leider nur allzu begründet. Durch ein unnötiges Wagnis hatte Wellington Fox den so gut vorbereiteten Plan in der letzten Stunde gestört und die eigene Freiheit verloren.

Die Ungeduld hatte ihn aus seinem sicheren Versteck vorzeitig in die Nähe des Hauses getrieben, in dem die Witthusens gefangengehalten wurden.

So geschah es. Als Collin Cameron das Haus verließ, erkannte er Wellington Fox trotz dessen Verkleidung. Im Augenblick war Cameron in den Schatten getreten. Wellington Fox hatte ihn nicht erkannt. Er war ganz mit der Überprüfung des Fluchtplanes beschäftigt.

Die Zeit verstrich darüber. Während er hier noch spähte, waren die Häscher, die ihn fangen sollten, bereits auf dem Weg.

Eine drückende Stimmung lastete über Peking.

Seit dem Tage des Einzugs hatte niemand den Herrscher wieder erblickt. Die Bulletins der Ärzte sprachen von Ruhe und Schonung, deren der Sohn des Himmels noch bedürfe. Der abnorme Schneefall am Tage des Einzugs war von Abergläubischen als ein böses Zeichen gedeutet worden.

Die hermetische Abschließung des Kaisers gab vielen zu denken. Ebenso wie die Veränderungen in der Garnison. Immer neue mongolische Regimenter zogen in die Residenz ein und lösten die chinesischen Besatzungen ab.

Wie damals gleich nach dem Attentat, so wurden auch jetzt wieder von neuem energische Schritte gegen alle republikanisch Gesinnten unternommen.

Weshalb? fragte sich die große Menge. Wo war die Gefahr, der man durch solche Maßnahmen entgegentreten wollte? Im Kaiserpalast hatte der Schanti seit der Rückkehr des Kaisers seinen ständigen Wohnsitz genommen.

In dem alten kaiserlichen Arbeitszimmer saß der Regent. Um ihn sein enger Rat.

Mongolisch war hier die Sprache. Nur die treuesten seiner Getreuen, die besten der mongolischen Generale und Staatsmänner hatte der Schanti in diesen Rat gerufen.

Damals, als er von Schehol zurückkehrte, den Ring des Dschingis-Khan am Finger, den nahen Tod des Kaisers vor Augen, da hatte er dessen mongolische Paladine zusammengerufen.

Mit den Künsten des genialen Staatsmannes hatte er sie für sich zu gewinnen gewußt. Wohl gab ihm der Ring an seinem Finger die Autorität des Regenten, dem sie den Gehorsam nicht verweigern konnten.

Aber Toghon-Khan wollte mehr. Seine Klugheit verbot ihm, diese Macht bedingungslos auszunutzen. Nicht stummen Gehorsam wollte er. Mit Leib und Seele wollte er sie gewinnen, und es gelang ihm.

Damals hatte er sie auch mit den Plänen des Kaisers bekannt gemacht. In einer Weise, daß alles, was jetzt auf seine Anordnung geschah, unmittelbar auf den Befehl des Kaisers zu geschehen schien. Jedem von ihnen hatte er große Aufgaben übertragen, die nicht nur Arbeit, sondern auch Ehre und Macht brachten.

Als dann der Tod des Kaisers wirklich eintrat, konnte er es wagen, im Einverständnis mit ihnen jenen ungeheuren Betrug zu unternehmen.

»Wie weit sind die Truppenbewegungen an der russischen Grenze durchgeführt?« wandte der Regent sich an den Generalstabschef.

»Die Umgruppierung nimmt sehr viel Zeit in Anspruch, weil sie verschleiert durchgeführt werden muß. Sie könnte schneller vonstatten gehen, wenn ich die Vollmacht bekäme, die Verkehrsmittel zu beschlagnahmen. Die Militärschiffe können die Massen nicht so schnell bewältigen.«

Der Schanti wehrte ab.

»Unmöglich! Jede auffällige Maßnahme muß unterbleiben. Es genügt, wenn zuerst die Truppen in Jünnan und Kwangsi ausgewechselt werden. Die anderen Bewegungen können später erfolgen. Die Magazinbestände an den Westgrenzen sind voll aufgefüllt?«

»Es ist geschehen, Herr.«

Der Generalstabschef sprach weiter: »Leider ist es noch nicht gelungen, hinter das Geheimnis der Compagnieschiffe zu kommen. Unsere Agenten brachten uns die Nachricht, daß Kreuzer mit Streuvorrichtungen ausgerüstet werden, von deren Zweck man noch keine Kenntnis hat.«

Die Falten auf der Stirn des Regenten vertieften sich.

»Der Ingenieur Isenbrandt! Er ist das Haupt unserer Gegner. Längst hätte er unschädlich gemacht werden müssen. Geht es einmal vom Ili los, muß Wierny das erste Ziel sein... Nein!... Wierny muß früher fallen. Den Schiedsspruch beantworten wir sofort mit dem Aufstand der russischen Kirgisen. Wie weit ist er vorbereitet?«

Der Generalstabschef antwortete: »Es bedarf nur eines Funkens, um ihn auflodern zu lassen. Die Irredenta arbeitet gut. Die Sprengung am Terekdamm zeigt, wozu die kirgisischen Brüder fähig sind.«

Die Linke des Regenten ballte sich zusammen.

»Die Schmelzarbeit war schlecht! Sie ist die Scherereien nicht wert, die wir jetzt darum haben...

Man verlangt von uns Entschuldigungen und Wiedergutmachung. Wir behandeln die Angelegenheit dilatorisch.

Da man uns von der Errichtung des Ilidammes bei Terek offiziell nicht benachrichtigt hat, konnten wir ihn als nicht existierend betrachten. Damit entfällt für uns die Pflicht, allen Schaden zu ersetzen. Ohne den Dammbruch wäre die Katastrophe nicht so bedeutend gewesen.«

Ein grimmiges Lächeln huschte über die Züge des Schanti.

»... Unsere Schmelzarbeiten werden jetzt in einem Maße fortgesetzt, daß der Wiederaufbau des Dammes nur mit größten Schwierigkeiten vonstatten gehen könnte.

Aber vielleicht wird die Compagnie ihn gar nicht wieder aufbauen, da sie ihn bei einem für sie günstigen Schiedsspruch nicht mehr braucht.

Das Schiedsgericht ... das will über unser altes Recht urteilen! ... und wird es vergewaltigen ... allen geschichtlichen Tatsachen zum Hohn.

Uns gehört das Ilital! Zu uns gehört es nach Bevölkerung und Geschichte!

Wir werden es festhalten! Allen Schiedssprüchen zum Trotz ... und wenn die Götter es wollen, auch alles Land uns vereinigen, in dem unsere Brüder wohnen, die zu uns wollen.

Das war das Ziel des kaiserlichen Herrn ... das sollte sein großes Werk krönen. In seinem Namen rufe ich euch zur Tat. Alles, was sich dem entgegenstellt, muß beseitigt werden. Der Kämpfer im Westen darf hinter sich keine Feinde haben.«

Der Gouverneur von Jünnan gab seinen Bericht: »Alle wichtigen Plätze des Südens sind mit Regimentern aus dem Norden belegt. Jeder Versuch eines republikanischen Aufstandes wird scheitern.«

Der Regent fragte weiter. Jeder war seiner Aufgabe nachgekommen. Es fehlte nichts als der Tag.

Ein Dutzend Augenpaare ruhten fragend auf dem Regenten. Der Schanti sprach: »Sie wissen, nicht alle Völker der Welt sind frei vom Haß gegen die Weißen. Was daraus folgt, wird sich bald zeigen. Im Kampf werden wir nicht allein stehen.

Betreiben Sie Ihre Rüstungen und Vorbereitungen so, daß zum 6. Juli erfolgen kann was will.«

Der Rat war auseinandergegangen. Der Regent saß

allein in seinem Zimmer, als ihm Collin Cameron gemeldet wurde. Der Schanti blickte auf ein vor ihm liegendes Aktenstück, das die Telegramme Camerons enthielt.

»Ich habe gesehen, daß Sie die Aufgabe in den Staaten gelöst haben.«

»Es ist geglückt, Hoheit… besser als ich zu hoffen wagte. Sogar ein Teil der Führer hat sich bereit finden lassen, auf meine Vorschläge einzugehen. Es hat viel Mühe gekostet und … viel Geld.«

»Das ist ohne Bedeutung… am 6. Juli!… Werden Sie drüben sein?… Ich lege Wert darauf… Haben Sie sonst noch etwas Wichtiges zu dieser Angelegenheit zu sagen?«

»Ja, Eure Hoheit! Es gab Verräter… Unser Plan in seiner ersten Form hatte feindliche Mitwisser…«

»Wieviel?«

»Ich weiß es nicht. Einer der gefährlichsten… einer, der mir persönlich nachgestellt hat, ist in China gefangen.«

»Wer ist das?«

»Es ist der Freund Isenbrandts, der amerikanische Vertreter der Chicago Press, Wellington Fox.«

»Wie wurde er gefangen?«

»Er kam in der Maske eines russischen Teehändlers von Kjachta nach Urga. Wollte dort eine Familie befreien, die der Gouverneur von Kaschgar wegen Konspiration mit der Compagnie verhaftet hatte. Ich habe alle Personen der größeren Sicherheit halber nach Karakorum bringen lassen.«

»Gut! Haben sie irgendwelche Geständnisse abgelegt?«

»Nein, Hoheit.«

»So müssen sie dazu gebracht werden!«

Collin Cameron erschrak bis ins Innerste. An eine solche Wendung der Dinge hatte er nicht gedacht, als er die Angelegenheit dem Regenten vortrug. Mit

Grauen und Entsetzen dachte er an die Mittel der chinesischen Rechtspflege.

»Wollen Eure Hoheit mir das übertragen?«

»Ja ... Sie wissen am besten, was zu fragen ist ... Die Gefangenen werden Karakorum nie wieder verlassen!«

Der Streik im Minengebiet des algerischen Atlas kam überraschend. Man hatte nicht erwartet, daß die Erhöhung der Schichten um eine Stunde täglich bei der schwarzen Bevölkerung auf solchen Widerstand stoßen würde. Zwar hatten sich die schwarzen Arbeiter bereit erklärt, die eine Stunde mehr zu fahren, aber nur gegen doppelten Lohn. Damit hatten sich die Unternehmer nicht einverstanden erklären können.

Die Arbeitsniederlegung war die Antwort der schwarzen Bergleute.

Die Unternehmer befanden sich in einer Zwangslage. Die französische Regierung drängte zu einer Entscheidung. Sie war mit Rücksicht auf die verwickelte Lage in Asien verpflichtet, dem europäischen Staatenbund beträchtliche Mengen afrikanischer Erze zu liefern. Dabei war der Preis so festgesetzt, daß die Unternehmer bei dem verlangten doppelten Lohn ohne Gewinn arbeiten mußten.

Die hatten gehofft, der Widerstand der Arbeiter würde bald in sich zusammenbrechen. Aber zweifellos waren fremde Emissäre am Werk, die jedes Nachgeben der Arbeiterschaft verhinderten.

Jetzt war es so weit gekommen, daß sogar die Verrichtung der Notstandsarbeiten verhindert wurde. Die Unternehmer sahen darin einen begründeten Anlaß, ein scharfes Vorgehen des Militärs zu verlangen. Wohl oder übel hatte die Regierung diesem Verlangen nachgeben müssen.

Auf dem Jaurèsschacht kam es zum ersten Zusammenstoß. Hauptmann Méchin von den Marokkoschützen ließ seinen Zug anlegen.

Noch einmal eine Aufforderung an die schwarzen Grubenarbeiter, auseinanderzugehen… den Platz zu räumen. Die dachten gar nicht daran, der Aufforderung Folge zu leisten. Sie fühlten sich in ihrem guten Recht und wollten der Forderung der Direktoren nicht nachkommen.

»Gerechtigkeit!… Arbeit!… Brot!… Keine Ausnutzung!« schallte es der Truppe aus dem Haufen entgegen.

»Feuer!«

Scharf kam das Kommando von den Lippen des Hauptmannes.

Kein Finger krümmte sich, kein Schuß krachte.

Der Hauptmann stürzte nach vorn… die gespannte Schußwaffe in der Hand, entschlossen, die ersten Meuterer niederzuschießen. Da sah er die Gesichter der Soldaten, sah in die Augen der beiden Offiziere und begriff, daß seine Macht hier zu Ende war.

Von seiner Truppe verlassen… als Offizier entehrt…

Ein kurzer Augenblick, dann richtete er die Schußwaffe gegen sich selber. Ein Knall. Sterbend sank er nieder.

Aber der kurze scharfe Knall wirkte weiter. Auf die Truppe, die jetzt zu begreifen begann, daß das Blut, das dort in den Sand rann, viel anderes Blut fordern würde. Auf die streikenden Grubenarbeiter, unter denen unverkennbar Emissäre tätig waren.

Schon sprang einer von denen auf eine umgestürzte Tonne und hielt eine donnernde Ansprache. Zum Teil an die Arbeiter… mehr noch an die Soldaten gerichtet.

»Bravo!… Bravo!… Der Sultan wollte Hunderte von euch ermorden… Eure Brüder sind ihm nicht gefolgt… zu uns gehören sie… in unsere Reihen…«

Fahnen wurden geschwungen. Viele hundert Arme streckten sich den Soldaten entgegen.

Im Augenblick kam es zur Verbrüderung. Die einzelnen Soldaten wurden umarmt, auf die Schultern gehoben. Hilfreiche Hände nahmen ihnen die Gewehre, die Patronentaschen ab, und im Nu waren die Waffen in der Arbeitermenge spurlos verschwunden ... in die Hände ganz anderer Leute übergegangen.

Ein schwarzer Korporal schwang sich im Augenblick zum Befehlshaber der führerlosen Truppe auf. In einer kurzen Ansprache wies er die Schützen darauf hin, daß ihr Blut nicht den Ausbeutern und deren selbstsüchtigen Zwecken, sondern den schwarzen Brüdern gehöre.

Die klirrenden Fensterscheiben des Verwaltungsgebäudes lenkten die Aufmerksamkeit der Menge von seinen Worten ab. Durch die Fensterhöhle konnte man schon einzelne Arbeiter beim Plündern beobachten.

Unwiderstehlich reizte der Anblick den ganzen Haufen. Ein paar große Schnapsfässer, aus den Kantinenräumen auf den Hof gerollt, taten das übrige.

Drei Tage waren die europäischen Zeitungen mit aufregenden Nachrichten aus dem nordafrikanischen Minengebiet gefüllt. Am vierten Tag meldete der offizielle Telegraph, daß es mit Hilfe der Truppen gelungen sei, der Lage Herr zu werden. Schon am ersten Tag hatte die Französische Regierung mit Hilfe aller verfügbaren Flugschiffe die nötige Truppenmacht über das Meer geworfen. Mit Energie hatte man die Aufstandsbewegung niedergeschlagen und den Streik beendet.

Doch kaum hatten sich die Gemüter beruhigt, als neue Hiobsposten aus Afrika kamen ... diesmal aus dem Sambesigebiet.

Hier war um die nach Millionen von Pferdestärken zählenden Wasserkräfte der großen Sambesifälle herum seit einem halben Jahrhundert eine gewaltige Industrie entstanden.

Hier war eine der Hauptquellen, aus denen die Wirtschaft des alten Europa neue Kräfte schöpfte. Hier, wo das tropische Klima die Zahl der weißen Bevölkerung von vornherein niedrig hielt, bildeten die schwarzen Arbeiter naturnotwendig den Hauptträger der industriellen Leitung.

In diesem Gebiet war es bisher nie zu Aufständen gekommen. Jetzt aber war auch hier die Lage bedenklich.

Jetzt weigerten sich die schwarzen Arbeiter ganz plötzlich, die größere Arbeitszeit weiter zu leisten. Auch hier wurde das Wirken fremder Emissäre zweifelsfrei festgestellt.

Schon waren die Unternehmer unter dem Druck der Regierungen bereit, den Forderungen nachzugeben, als die Dinge eine schlimme Wendung nahmen. In einer Nacht waren die Fabriken und Werke im Tschotigebiet von Ausständigen besetzt und die Werkleiter massakriert worden. Die Gefahr, daß das ganze dortige Industriegebiet verlorenging, war riesengroß.

Da zeigte sich die jahrhundertealte englische Kunst, Kolonialpolitik zu treiben, in hellstem Lichte. Mit vielen Versprechungen und Erleichterungen auf der einen, mit Energie auf der anderen Seite wurde die Ordnung wiederhergestellt. Doch waren es wieder bange Wochen, die Europa schwer bedrückten. Aber noch konnten es die wenigsten verstehen, ja nur ahnen, was die Signale zu bedeuten hatten.

Etwas anderes, ganz Unerklärliches ereignete sich in dieser Zeit an den europäischen Börsen. Langsam, aber unaufhaltsam sank der Kurs der Aktien der E.S.C.

Das Direktorium wurde mit Anfragen bestürmt. Seine Auskünfte vermochten die Sache nicht zu klären, keinen begreiflichen Grund für das Sinken der Papiere zu geben.

Eins stand fest. Der Anstoß zu dieser ganzen Baissebewegung war von Amerika gekommen. Das europäische Publikum war dann mit Angstverkäufen gefolgt. Aus dem Ball drohte eine Lawine zu werden.

Da kam ein Tag, an dem der Sturz zum Stillstand kam und der Kurs sogar einige Punkte gewann, um sich von nun an ganz langsam zu erholen.

Was war geschehen? Am Abend vor diesem Tag hatte eine Sitzung des Direktoriums der E.S.C. stattgefunden. Zum allgemeinen Erstaunen der meisten Teilnehmer war kurz nach der Eröffnung der Sitzung Georg Isenbrandt in das Zimmer getreten. Er folgte einer dringenden Einladung des Präsidenten.

Eine knappe Stunde hatte er gesprochen. War im Anschluß daran sofort nach Asien zurückgekehrt. Als die Mitglieder des Direktoriums nach der Sitzung das Gebäude verließen, zeigten ihre Gesichter nichts mehr von der Sorge, die bis dahin auf ihnen gelastet hatte.

Mittagsglut lag auf den Ruinen von Karakorum. Zerfallen waren die alten Paläste, in Trümmern lagen die Häuser. Nur noch wenige ärmliche Ansiedler hausten in den Überbleibseln der einstigen großen Hauptstadt.

Außerdem noch die Gefangenen Collin Camerons.

Als damals Wellington Fox in Urga auftauchte, wußte Cameron sofort, daß der Aufenthalt der Witthusens entdeckt sei, daß Freunde am Werk wären, um sie zu befreien. Ein anderer sicherer Ort mußte für sie gefunden werden, und Cameron verfiel auf die alte Thingstätte der Mongolen, auf Karakorum. Hier, in der Schamowüste, fern von allem Verkehr, würde sie so leicht niemand suchen und finden.

Noch in der Nacht nach der Gefangennahme von Wellington Fox war eine Karawane aus Urga nach dem Südwesten aufgebrochen und hatte die Gefangenen nach Karakorum geschafft.

Seit vielen Jahrhunderten war die Stadt ein Trümmerhaufen. Aber unter den Ruinen gab es auch weniger verfallene, die zur Not bewohnbar waren. Einen solchen Bau hatte Collin Cameron für seine Gefangenen bestimmt. Die Wärter, die er ihnen mitgab, die würden sich auch nicht bestechen lassen. Dessen glaubte er sicher zu sein. Hatte er sie zur größeren Sicherheit doch noch den schmerzvollen Tod jenes bestochenen Wärters in Urga mit ansehen lassen, bevor die Karawane aufbrach.

Wellington Fox ging mit langen Schritten rastlos in dem von einer hohen Mauer umgebenen Hof ihres neuen Gefängnisses im Kreis entlang.

Hundertfünfzig Schritte in der einen Richtung, wenn er linksherum ging... hunderteinundfünfzig Schritte in der anderen Richtung, wenn er den Kreis an den Mauern und Wänden rechtsherum lief.

Diese Differenz von einem Schritt zwischen den beiden Richtungen schuf ihm unaufhörliches Nachdenken... und dieses Denken zusammen mit der körperlichen Bewegung des Rundganges bewahrte ihn vor jener trostlosen Erschlaffung, der Theodor Witthusen zu erliegen drohte.

Wellington Fox spazierte und zählte dabei: »... Hundertneunundvierzig... hundertfünfzig... hunderteinundfünfzig..., Himmeldonnerwetter, wie ist denn das möglich... es bleibt bei der unerklärlichen Differenz von einem Schritt... All right... versuchen wir es noch einmal in der anderen Richtung.«

Auf dem linken Absatz vollführte er eine energische Kehrtwendung. Doch bevor er den Marsch in der anderen Richtung wieder antrat, blieb er erst kurze Zeit stehen, zog das Tuch und trocknete sich den strömenden Schweiß von der Stirn.

Dann ging er wieder los und begann mechanisch die Schritte zu zählen. »... Eins ... zwei ... drei ...«

Auf seinem Rundgang kam er an der Stelle vorüber, an der Witthusen im Schatten saß. Er blieb stehen und trocknete sich von neuem die Stirn.

»Eine schauderhafte Hitze, Herr Witthusen ... Wie erträgt es Ihre Tochter?«

Mit einer matten Bewegung hob Witthusen den Kopf. »Sie bleibt fast den ganzen Tag in ihrem Zimmer. Sie leidet und hofft ...«

»Hofft sie auch, daß Isenbrandt uns schließlich auch hier entdecken und dem gelben Gesindel entreißen wird?«

»Sie hofft, Herr Fox ... wir alle hoffen ... auch andere Freunde bemühen sich um uns. Mr. Cameron ist in Peking und wird alles tun, um unsere Freilassung ...«

»Mr. Cameron!«

Scharf und hart war Fox dem Alten ins Wort gefallen.

»Mr. Cameron! ... Sie glauben, daß er ...«

Jäh brach Wellington Fox seine Rede ab. Was hatte es für einen Zweck, sich mit Witthusen über Cameron zu unterhalten.

Wellington Fox machte sich wieder auf den Marsch. Dann blieb er stehen und betrachtete kopfschüttelnd den Himmel. Dessen stahlblauer Glanz begann einem verwaschenen Grau zu weichen.

Wellington Fox marschierte weiter. Jetzt war der ganze Himmel nur noch ein einziges dunkles Grau. Ein leichter Luftzug bewegte die Zweige der halbvertrockneten Bäume jenseits der Hofmauer.

Vor Witthusen machte Wellington Fox wieder halt.

»Sehen Sie den Himmel, Herr Witthusen?«

Der Alte blickte empor.

»Ich sehe ... Regenhimmel? ... Wolken hier in der Wüste, in der es oft jahrelang nicht regnet ... das verstehe ich nicht, Herr Fox.«

Wellington Fox streckte die Hand aus und wartete, bis die ersten Tropfen ihm auf die Hand fielen.

Verständnislos blickte Witthusen auf die Hand von Fox.

»Regen ... ich weiß nicht, was es zu bedeuten hat.« Wellington Fox streckte beide Hände in das stärker fallende Naß. Dann vollführte er einen Luftsprung.

»Mann ... Witthusen! Wissen Sie auch, wo der Regen herkommt?«

Witthusen blickte ihn stumm fragend an.

»Isenbrandts Werk ist das!«

»Ich verstehe Sie nicht, Herr Fox.«

»Und ich möchte Ihnen vorläufig nicht mehr sagen ... Nur das eine noch, Isenbrandt ist auf unserer Spur!«

Stärker rauschte der Regen jetzt herab. Er zwang die Männer, das schützende Dach aufzusuchen.

Wellington Fox trat als erster ins Haus.

Maria Witthusen lag auf einem dürftigen Ruhebett. »Es regnet, Fräulein Maria! Fühlen Sie die wunderbare Frische, die ins Zimmer dringt?«

Einen Augenblick schien Maria Feodorowna aus ihrer Apathie zu erwachen.

»Ja! ... Es regnet?«

Dann sank sie wieder in ihre alte Teilnahmslosigkeit zurück. Fox überlegte einen Augenblick, wie er ihr die frohe Nachricht beibringen könne. Er fürchtete, daß ein allzu jäher Umschwung der Empfindungen ihr Gefahr bringen könnte.

Die kleine kirgisische Dienerin Marias huschte an ihm vorbei und beugte sich zu ihr.

»Ein gutes Mittel für die kranke Herrin! Ein Mittel gegen die Kopfschmerzen. Ein durchziehender sartischer Händler gab es mir ... Es wird der Herrin helfen. Er sagte, es muß so gebraucht werden, wie es dabei geschrieben steht.«

Bei der Nennung des sartischen Händlers hatte Wellington Fox aufgehorcht. Er schritt an die Ruhestätte heran und nahm der Kirgisin das Päckchen aus der Hand.

»Geh! Deine Herrin ist müde. Ich werde es ihr später geben!«

Kaum hatte die Dienerin den Raum verlassen, so zerriß er mit fieberhaften Händen die Umhüllung. Eine Tube von der ihm so gut bekannten Form fiel ihm in die Hand. Mit schnellen Griffen löste er den Zettel, der sie umhüllte.

»An Wellington Fox oder die, die es bekommen!

Heute nachmittag um 5 Uhr 30 müßt ihr den Inhalt der Tube in ein Wassergefäß in eurem Zimmer schütten.«

Der Zettel in Maschinenschrift. Kein Name darunter.

»Ein vorzügliches Rezept! ... Ein brillantes Rezept!«

»Was ist's?«

Der alte Witthusen war zu ihnen getreten und ließ sich auf dem Rande von Marias Lager nieder. Er ergriff ihre Hände und streichelte sie leise.

»Was ist, Vater? Du schaust so froh?«

»Sprechen Sie weiter, Herr Fox ... Sie werden es besser sagen können.«

»Also, Fräulein Maria! Hier ist das beste Mittel gegen Ihre Kopfschmerzen, das es in der Welt gibt.«

»Sie kennen das Mittel?«

»Jawohl! Es wird hergestellt und vertrieben von meinem Freund Georg Isenbrandt!«

Maria erhob sich halb von ihrem Lager. Ihre Augen wanderten zwischen Fox und ihrem Vater hin und her.

»Von Isenbrandt? Was ist's«, drängte sie. »Sagen Sie es, Herr Fox! Was schickt uns Georg Isenbrandt?«

Fox lächelte spitzbübisch.

»Das Mittel, um Sie von Ihren Kopfschmerzen und uns aus der Gefangenschaft zu befreien ... Er selbst ist gekommen.«

Mit einem Ruck erhob sich Maria Feodorowna. Alle Müdigkeit, alle Erschlaffung war von ihr gewichen. Sie eilte zur Tür. Ihre Augen suchten forschend durch das fahle Grau. Mit gierigen Atemzügen zog sie die frische Kühle ein.

»Sein Bote! ... Der Regen!« sagte Witthusen.

Maria drehte sich um und schaute ihren Vater fragend an.

»Wann kommt er selbst?«

»Bald, Kind! ... Bald kommt er und bringt uns Freiheit.«

Ein Zittern ging durch Marias Gestalt. Witthusen nahm sie in seinen Arm und führte sie zu ihrem Lager zurück.

»Zuviel des Guten! Mut, Kind! ... Mut!«

Wolkenbruchartig strömte jetzt der Regen herab. Schon bildete der ganze Hof eine einzige Lache.

»O Gott, was für ein Unwetter!«

»Ein Unwetter, das uns die Freiheit bringt.«

»Kann ein Mensch Sturm und Wetter senden, wie er will? ... Erinnern Sie sich, Herr Fox. Wir sprachen auf der Fahrt von Orenburg nach Ferghana darüber. Es war der Punkt, an dem die Künste Ihres Freundes versagten.«

»Damals, Fräulein Maria!«

»Und heute?«

»Und heute ist es ... vielleicht anders.«

Eine kurze Pause des Schweigens. Unterbrochen durch schwere Donnerschläge und zuckende Blitze. Inmitten der strömenden Regengüsse kam ein Gewitter von unerhörter Stärke zum Ausbruch.

Erschreckt drängte sich Maria an ihren Vater. Die kleine Kirgisin kam wieder in den Raum. Verstört und hilfesuchend. Das Unwetter schien den Weltuntergang einzuleiten.

Jetzt war es ganz dunkel in dem Zimmer. Nur die Blitze warfen durch die kleinen, hoch unter der Decke liegenden Fenster ihre jähen Reflexe.

Wellington Fox allein blieb ruhig und äußerlich wenigstens unbewegt. Wieder zog er die Uhr.

»Zwanzig Minuten nach fünf.«

In einer Pause zwischen zwei Donnerschlägen klangen die Worte durch den Raum.

Der Regen begann jetzt milder zu fallen. Aus dem Wolkenbruch wurde ein Landregen.

Seltener wurden die Donnerschläge, seltener die zuckenden Blitze. Aber die Helligkeit im Raum wurde nicht geringer. Der Himmel selbst schien zu leuchten.

Wellington Fox lief bis an die Hoftür. Es streckte die Hände in den Regen und zog sie mit einem Aufschrei zurück. Kochendes Wasser hatte ihn verbrüht.

Er kehrte in das Zimmer zurück und rieb sich die schmerzende Hand. Spürte dabei, wie die Wärme auch im Zimmer zunahm.

Wellington Fox sah auf die Uhr.

»Halb sechs!«

Mit schnellem Griff löste er den Verschluß der Tube, schüttete den ganzen Inhalt auf den Krug, warf auch die Tube nebst Deckel hinein. Trat dann wieder zu den Witthusens.

Wie Feuer leuchtete der Himmel durch die Fenster. Soweit das Firmament durch die kleinen Öffnungen zu übersehen war, schien es in Flammen zu stehen.

Noch einmal wagte Wellington Fox den Gang bis zur Hoftür. Schon auf dem Flur vom Zimmer bis zum Hof schlug ihm drückende Hitze entgegen.

Dann stand er einen Augenblick an der geöffneten Tür und sah, wie aus dem Wasserregen ein Feuerregen geworden war.

Die brennende Hitze trieb Wellington Fox zurück. Er schlug die schwere Bohlentür hinter sich zu und eilte über den Flur wieder in das Zimmer.

Erfrischende Kühle umfing ihn hier. Er blickte zum Tisch.

Wo er vor kurzem noch den Krug gesehen hatte,

lag jetzt ein gewaltiger massiver Eisblock. Graue Nebel umwallten ihn, liefen über die Tischplatte, fielen schwer zu Boden und wogten durch das Zimmer, um an den Wänden langsam emporzusteigen. Nebel, die eine herbe Kälte durch den ganzen Raum verbreiteten.

Wellington Fox begann den Plan des Freundes zu begreifen. Da draußen tobte die Wut des Dynotherms, ließ Feuer vom Himmel fallen und vernichtete alles Leben, soweit es in den Ruinen vorhanden war. Hier drinnen bei ihnen in diesem kleinen Raum arbeitete die Macht des Antidynotherms der Glut entgegen und schützte ihr Leben.

Mit wunderbarer, genau abgemessener Genauigkeit vollzog sich das Spiel und Gegenspiel der Riesenkräfte und ließ in der brennenden Ruinenstadt hier allein einen Ort, an dem das Leben den allgemeinen Untergang überstehen konnte.

Mit Staunen und Grauen sahen die Eingeschlossenen das furchtbare Schauspiel. Auch dem sonst nie um Worte verlegenen Fox fehlte die Sprache.

Unablässig fiel das Feuer … bis es nach langer Zeit schwächer wurde.

Nur noch matt glänzten jetzt die Fensteröffnungen. Ganz allmählich ging dort der gelbe Schimmer in einen grünlichen über.

Eine Viertelstunde … und dann noch eine.

Ein Geräusch schreckte sie aus ihrer Erstarrung empor. Ein Rasseln an der Außentür. Ein Poltern, als ob sie in Trümmern zusammenstürzte.

Dann Schritte auf dem Flur.

Die Tür zum Zimmer wurde aufgerissen. Rotgolden flutete das Licht der Abendsonne in den Raum. Vor ihnen stand Georg Isenbrandt.

»Hurra! Gerettet!« schrie Wellington Fox.

Mit erhobenen Armen eilte Theodor Witthusen auf den Retter zu.

Doch der sah sie beide nicht. Seine Augen waren auf Maria gerichtet.

»Maria!«

»Georg!«

Mr. Garvin streifte nachdenklich die Asche von seiner Zigarre. Sein Blick glitt über die Abhänge des Matteostocks und die blaue Flut des Stillen Ozeans, um dann an der Gestalt von Wellington Fox haften zu bleiben.

Anders als damals in Wierny blickte Francis Garvin heute auf den Journalisten, der in lässiger Haltung auf der schmalen Balustrade saß und vergnügt mit den Beinen schlenkerte, als hätte er eben irgendeine Belanglosigkeit zum besten gegeben. Schon der gute Humor, mit dem Fox seine Abenteuer in Urga und Karakorum erzählte, hatte dem kühlen Geschäftsmann gefallen.

»Und niemand hat außer Ihnen beizeiten die schwere Gefahr erkannt, die unser Land bedroht?«

»Keine Seele! Als ich dem Meister unseres Weißen Ordens hier in Frisko die nötigen Mitteilungen machen wollte, feierten sie gerade das hohe Fest des Holundermarks …«

Garvin schaute ihn fragend an.

»Was ist das?«

»Ein Humbug in Reinkultur. Der Meister hatte gerade die Zeremonie beendet, als ich ihn um eine Unterredung bat. Ich habe selten ein so erstauntes Gesicht gesehen bei einem Mann, der doch sonst als kluger und energischer Politiker bekannt ist.«

Garvin lachte.

»Und weiter?«

»Ich mußte es bewundern, wie schnell und richtig er dann aber die Sache anfaßte und seine Maßnahmen traf.«

»Wurden Sie nicht daraufhin um dreizehnundeinhalb Grad, hinaufbefördert?«

»Stop, Sir! Wenn Sie heute in sechs Wochen noch sind was Sie heute sind, werden Sie es nicht in letzter Linie dem Weißen Orden verdanken. Wer unseren Orden mit den alten Ku-Klux-Klan-Leuten vor hundertfünfzig Jahren verwechselt, der befindet sich in einem schweren Irrtum. Der Geist ist ein ganz anderer geworden ... und andere Wege verfolgt er zu seinem Ziel. In den kommenden Wochen wird er die Feuerprobe bestehen ...«

Garvin wiegte in leisem Bedenken das weißbuschige Haupt.

»Ich bezweifle die Richtigkeit Ihrer Mitteilungen nicht, lieber Fox. Doch möchte es mir scheinen, als ob Sie die Gefahr als zu groß ansehen ...«

Wellington Fox deutete mit der Hand auf die blaue Küste.

»Meine Ansicht ist die, Mr. Garvin, daß es sich empfehlen dürfte, Ihre Jacht fahrbereit hier unten zu Ihrer Verfügung liegen zu haben ... Es sei denn, daß Ihre Liebe zu Helen nicht so groß wäre als meine ...«

»Was ist mit Helen?«

Mit einem Sprung war Helen über den Marmorboden hin auf die beiden zugeeilt. Fox glaubte, sie wolle ihm um den Hals fallen, fühlte sich aber mit einem energischen Ruck nach vorn gezogen. Ein kräftiger Klaps von Helens kleiner Hand bewies ihm noch näher, daß er mit seiner ersten Vermutung im Irrtum gewesen war.

»Wellington! ... Was bist du für ein fürchterlicher Mensch! ... Du sitzt da auf der Balustrade wie in einem Klubsessel, während es hinter dir fünfzig Meter in die Tiefe geht. Und du, Pa, siehst das mit an?!«

Der alte Garvin schmunzelte.

»Ich halte Mr. Fox für viel zu klug, um hier herunterzufallen ... Und wenn er's täte, würde es ihm wahrscheinlich auch nichts schaden.«

»Pa ...«, klang es vorwurfsvoll aus Helens Mund.

»Wie kannst du so etwas sagen. Ich meine, du solltest doch jetzt anders über Wellington denken.«

»Tue ich auch, mein liebes Kind! Meine Hochachtung ist immer mehr gestiegen, je länger ich ihn kenne. Jetzt bin ich schon beinahe so weit, daß ich auch das große Geschäft, das er mir damals in Aussicht stellte, nicht mehr für eine Fata Morgana halten würde.«

»Oh, wie freue ich mich darüber, Pa! Einen Kuß für dich und zwei für Wellington!«

Helen fiel ihrem Vater um den Hals.

In der Redaktionsstube des Frisco Black Herald saß der Redakteur Johnson in einem von den Motten reichlich angefressenen Polsterstuhl. Ihm gegenüber stand Collin Cameron.

»Gut, daß Sie kommen, Mr. Cameron! Die Arbeit in den letzten Wochen war fürchterlich. Sie hat viel Schweiß gekostet und viel Geld ...«

Dabei warf Mr. Johnson eine leere Brieftasche auf den Tisch.

»Schon gut!«

Collin Cameron zog ein Scheckbuch aus der Tasche, riß ein Formular heraus, füllte es mit einer hohen Summe aus und legte es vor sich hin.

»Berichten Sie! Aber vermeiden Sie auch die kleinste Unrichtigkeit.«

Mr. Johnson verrenkte sich fast die Augen, um die Summe auf dem Scheck zu lesen. Doch vergeblich. Mit einem Seufzer lehnte er sich in sein Stuhlwrack zurück.

»Das Programm, das wir bei Ihrem letzten Besuch aufstellten, ist erfüllt. Auch die Führer ... Smith von den Mortonwerken, Wessels vom Hafen und Bavery sind gewonnen ... war sehr kostspielig.«

»Wird Ihr Anhang diesen Führern auch unter veränderten Umständen folgen?«

»Oh… wenn Smith, Wessels und Bavery rufen, bleibt keiner zurück.«

»Die Waffen?«

»Unsere Lager sind gefüllt… können jederzeit auf die Bezirke verteilt werden. Das Hafenvolk besitzt schon genügend Waffen.«

»Ist etwas vom Weißen Orden zu fürchten?«

Ein Grinsen verzerrte das Gesicht Johnsons.

»Der Weiße Orden?… Der feiert seine Feste… Er wird wie alle anderen überrumpelt werden.«

»Der Plan für den 6. Juli steht fest. Erstes Ziel ist Nob-Hill. Das lockt auch das weiße Gesindel… bindet Militär und Polizei…

Die Hauptmasse bemächtigt sich währenddessen der öffentlichen Gebäude und der Flugstation. Sie haben die Liste der prominenten Leute, die sofort als Geiseln gefangenzusetzen sind.«

Johnson nickte zustimmend.

»Wo Widerstand geleistet wird, kein Zögern und keine Schonung!«

»All right, Sir!« – Johnson zögerte einen Moment – »Wie ist's mit den Schiffen und Flugzeugen, Mr. Cameron?«

»Sie kennen die Taktik. Immer weiße Gefangene unter die Trupps nehmen! Dann wird man nicht wagen, zu schießen.«

»All right, Sir!«

»Ist sonst noch etwas?«

»Ja, Mr. Cameron.«

»Was denn?«

»Das Geld!«

Collin Cameron deutete auf den vor ihm liegenden Scheck und griff nach seinem Hut.

»Hier, Mr. Johnson! Ich gehe nach Louisiana. Vor dem Wahltag bin ich noch einmal hier.«

Ohne Gruß verließ er das Zimmer. Noch ehe sich die Tür geschlossen hatte, schoß Johnson auf den

Scheck zu. Mit gierigen Augen überflog er die Summe.

Die Wahlkampagne um den Gouverneursposten von Louisiana war seit Wochen im Gange. Je näher der Wahltag kam, desto erregter wurde die Stimmung.

Zum erstenmal in der Geschichte der Union war die Losung: Hie Weiß, hie Schwarz!

Die Propaganda der Weißen und der Schwarzen arbeitete mit riesenhaften Summen.

In New Orleans, der Hauptstadt des Staates, tobte der Kampf am heftigsten. Täglich bewegten sich große Züge der Parteien durch die Hauptstraße.

Reden und Versammlungen wuchsen allmählich ins Ungemessene. Serien von Rednern auf den öffentlichen Plätzen lösten sich ab.

Die Zeitungen füllten ihre Spalten nur noch mit Wahlnachrichten. Obwohl man mit Josua Borden einen Mann von untadeliger Gesinnung und Vergangenheit aufgestellt hatte, wurde seine Person von der Presse durch den Schmutz gezogen.

Im großen Saal der City-Hall von New Orleans sprach Josua Borden. Der riesige Raum war bis auf den letzten Platz gefüllt.

An einer bevorzugten Stelle innerhalb des Komitees saß Collin Cameron. Die glänzende Rede Josua Bordens, die häufig von lebhaften Beifallsbezeigungen unterbrochen wurde, ging wirkungslos an seinem Ohr vorüber, das durch die vielen Reden dieses Wahlkampfes schon abgestumpft war.

Seine Gedanken weilten in Karakorum. Bevor er, dem Befehl des Regenten folgend, nach den Staaten flog, war er nach der Ruinenstadt gegangen, um da reinen Tisch zu machen. Er war innerlich bereit, seine ganze Vergangenheit abzuwerfen, an der Seite Marias ein neues Leben zu beginnen. Glückte ihm das ... ließ sich Maria dazu bereit finden, dann wollte er auch dem Journalisten das Leben schenken.

In dieser Stimmung war er nach Karakorum gekommen… und fand einen Kirchhof in der Wüste.

Von seinen Gefangenen keine Spur! Waren sie mitverbrannt? Oder waren sie entkommen, bevor die Katastrophe eintrat?

Katastrophe?… Was war das für ein furchtbares Ereignis gewesen?… Es lebte niemand, der ihm hätte Auskunft geben können. Eine Feuersbrunst von ungeheurer Gewalt mußte gewütet haben.

Aber was war denn schon Brennbares da? Das wenige Holz konnte eine derartige Hitze nie entwickeln.

Irgendwie mußte es von außen gekommen sein. Ein Erdbeben mit feurigem Ausbruch?… Nein!… Das hätte die Ruinen umstürzen… andere Spuren hinterlassen müssen.

Wie konnte es sonst geschehen sein? Ein Naturereignis? Kaum denkbar!

Menschenwerk?… Seit dem Anblick der Ruinen lebte ein Verdacht in ihm. Er war noch stärker geworden, als Collin Cameron in Frisko von Johnson erfuhr, daß dort sein alter Unterschlupf, die Opiumhöhle, auf rätselhafte Weise ein Raub der Flammen geworden sei.

Kaum ein Mensch auf der gelben Seite war so hinter die Geheimnisse Isenbrandts gekommen wie er. Faßte er alles zusammen, so drängte sich ihm immer wieder der Schluß auf: Die Katastrophe mußte Isenbrandts Werk gewesen sein.

Eine Stimme, schneidend und scharf, riß ihn aus seinem Sinnen. Er stützte die Hände auf den Tisch, an dem er saß, und starrte auf die Tribünen. Dann sank er zurück und legte die Hand auf die Augen. Noch einmal ließ er sie fallen und schaute auf.

Es war kein Zweifel. Da stand er, der Journalist Fox, den er tot geglaubt hatte. Der Freund Isenbrandts. Auf der Rednertribüne stand er und sprach als erster Diskussionsredner gegen Josua Borden.

Collin Cameron hörte nicht auf die Worte, mit denen Wellington Fox jetzt dem Redner des Tages in die Parade fuhr. Er sah nur die verhaßte Gestalt seines Feindes.

Seine Gedanken überstürzten sich. Wie kam Fox hierher? ... Wo war Maria? ... Wer hatte die Gefangenen befreit und gerettet?

Er senkte den Kopf, als habe ihn ein schwerer Schlag getroffen. Die Pläne des Regenten ... alles, wofür er gekämpft hatte, schien ihm bedroht ... verloren.

Dann straffte er sich. Eine maßlose Wut tobte in ihm. Er rief den Führer des Schutztrupps zu sich. Ein paar leise geflüsterte Worte.

Ihre Wirkung zeigte sich bald. Bei der nächsten scharfen Wendung, die Wellington Fox gebrauchte, brach der Gegensturm los. Johlende Protestrufe erschollen von allen Seiten. Eine Masse Schwarzer ballte sich plötzlich um die Rednertribüne zusammen.

Der Redner war in höchster Gefahr. Da brach plötzlich aus einer anderen Ecke ein weißer Stoßtrupp durch. Noch ehe die Schwarzen an ihn herankonnten, war Wellington Fox von sehnigen, kräftigen Gestalten umringt, die alle das Abzeichen des Weißen Ordens trugen.

Minutenlang preßten die Parteien gegeneinander. Von beiden Seiten flogen wüste Schimpfreden. Wer würde mit Tätlichkeiten beginnen?

Collin Cameron hatte sich halb bewußt von der Strömung mitreißen lassen. Nur wenige Schritte trennten ihn von seinem Gegner. Das Auge Wellington Fox' zeigte keine Überraschung. Er hielt den Wutblicken Collin Camerons mit lächelndem Gleichmut stand. In diesem Moment gelang es der Versammlungsleitung, rechts und links Saaltüren zu öffnen und die feindlichen Parteien langsam auseinanderzudrängen.

Kaum fühlte Wellington Fox die Hände frei, als er Collin Cameron höchst vergnüglich zuwinkte.

»Auf Wiedersehen, ein andermal, Mr. Cameron. Die Gelegenheit war diesmal nicht günstig, um Ihnen von Karakorum und seinen Gästen zu erzählen. Ihre zweifellos berechtigte Neugierde wird bald befriedigt werden...«

Vom Pamir bis zum Altai und westwärts bis zum Uralgebirge brach es fast gleichzeitig los. Die alten Herren des Landes, die Kirgisen, rüttelten an ihrem Joch.

Vom Osten war der Ruf zu ihnen gedrungen. In jahrelanger Arbeit hatte die Irredenta die Saat reifen lassen.

Der erste Angriff ging gegen die technischen Anlagen. Hier wurden Kanäle zerstört und Schleusen geöffnet... dort Staudämme gesprengt... dort Brükken unterminiert und Wege ungangbar gemacht. Es fing als eine planmäßige Sabotage an.

Aber als die ersten Nachrichten kamen, daß auch Dynothermlager der Compagnie zum Brennen gebracht waren, da wußte man, daß es mehr als Sabotage war.

Die Siedler griffen zu ihren Verteidigungsmitteln. Die Polizeitruppen waren Tag und Nacht mobil. Wo sie hinkamen, schafften sie Ordnung. Sobald sie den Rücken kehrten, ging es wieder los.

Und es blieb nicht bei diesen Zerstörungsakten einzelner. Es kam zur regelrechten Bandenbildung in den Grenzgebieten. Die Ausrüstung und Organisation war dabei derartig, daß die fremde Unterstützung außer allem Zweifel war.

Sogar Flugzeuge standen den Banden zur Verfügung.

Kurz nach Sonnenaufgang kam der vom Baron von Löwen geführte Compagniekreuzer in das obere Amutal. Hier befanden sich gewaltige Stauanlagen, die das von den Bergen kommende Wasser auffingen und in einem Kanalsystem über das Siedlungsland im alten Turkmenengebiet verteilten.

Hier hatte die E.S.C. vor zwanzig Jahren ihre Arbeiten begonnen... richtiger gesagt, die alten Arbeiten der russischen Regierung in technisch viel vollkommenerer Weise fortgeführt. Dicht besiedelt war das Land hier. Lebenswichtig für das Gedeihen der Siedlung war das gute Funktionieren des Kanalsystems und der Stauanlage.

Georg Isenbrandt war seit Beginn des Aufstandes Tag und Nacht unterwegs. Der Kreuzer des Herrn von Löwen war seit Tagen sein ständiges Quartier. Als das Schiff jetzt an der großen Schleuse von Kula Kul niederging, kam sofort der Adjutant des Generals Bülow, der Hauptmann Averil Lowdale, an Bord, um Rapport abzustatten.

Mit gespanntem Interesse lauschte Isenbrandt dem Bericht des Offiziers. Erst in der vergangenen Nacht hatte es hier einen scharfen Kampf gegeben. Ein überraschend starkes Geschwader hatte nach Anbruch der Dunkelheit einen Angriff auf die Anlagen unternommen. Hauptmann Lowdale hatte ihn mit gutem Erfolg abgewehrt. Die Anlagen waren nur leicht beschädigt worden.

Der Hauptmann war mit seinem Bericht an Isenbrandt zu Ende.

»Sie haben recht, Herr Hauptmann! Es hat keinen Zweck, große Kräfte zu binden. Es ist besser, das Übel bei der Wurzel zu fassen.

Ihre Meinung, daß die Angriffe über die gelbe Grenze herkommen, teile ich nicht. Sie mögen die Unternehmungen von dort aus unterstützen. Aber ich halte die Regierung von Peking für zu vorsichtig, sich eine derartige Blöße zu geben. Berichten Sie in diesem Sinne auch an den General. Er möchte die hiesigen Grenzgebiete durch eine schnelle Kreuzerflotte gründlich absuchen lassen. Es müßte doch mit dem Teufel zugehen, wenn die Burschen nicht zu finden wären.«

Eine Viertelstunde später strich der Kreuzer in niedrigem Fluge langsam über die Kämme der Grenzgebirge. In der Zentrale stand Hauptmann Lowdale neben Isenbrandt und verfolgte an Hand der Karte und der Erklärungen Isenbrandts das unter dem Kreuzer langsam hingleitende Gelände.

Jetzt teilte sich der Gebirgskamm. Der eine Rücken ging nach Nordosten, der andere nach Osten. Herr von Löwen ließ den Kreuzer dem Nordostkurs folgen.

»Halt, Herr von Löwen! Wo wollen Sie hin?«

»Der Grenze folgen, Herr Isenbrandt.«

»Die Grenze läuft auf dem Ostkamm weiter.«

»Unmöglich, Herr Isenbrandt. Hier, bitte, die Karte!«

»Dann ist die Karte hier ungenau! Nehmen Sie auf meine Verantwortung den Ostkurs.«

In scharfem Winkel bog der Kreuzer auf den befohlenen Kurs ab. Gebirgswüste dehnte sich unter ihnen. Kein Baum und Strauch, geschweige denn ein Zeichen menschlichen Lebens. Jetzt strichen sie an dem Eingang eines nach Süden laufenden Seitentales vorbei.

Während der Hauptmann und Baron von Löwen vorwärts blickten, suchte Isenbrandt die Talmulde mit seinem Perspektiv ab. Die Kämme ringsherum waren mit leichtem Firneis bedeckt. Nur an einer Stelle brach der kahle Fels ohne jede Spur von Eis und Schnee durch.

Wie war das möglich? Nach der Gebirgsbildung mußte auch hier Schnee liegen. Isenbrandts Auge ruhte unverwandt auf der Stelle.

Nur Menschenhände konnten hier gewirkt haben.

Isenbrandt nahm das Glas von den Augen und

überlegte. Augenscheinlich war hier in letzter Zeit mit Dynotherm geschmolzen worden. Von seiten der Compagnie konnte es nicht geschehen sein.

»Ruder Steuerbord!« kam es scharf von seinen Lippen. Überrascht sahen ihn seine Begleiter an. Noch während der Kreuzer das Kommando ausführte, folgte sein zweiter Befehl: »Höhensteuer!«

In steiler Fahrt strebte das Schiff größere Höhen an, während sein Kurs es über jene Talmulde hinführte.

»Bombe bereit.«

»Wir haben sie, Herr Isenbrandt! Der Teufel hätte sie hier suchen sollen!« schrie von Löwen.

Der geübte Blick des alten Schiffsführers hatte jetzt auch erkannt, daß diese Talmulde einen mit raffinierter Kunst kaschierten Flughafen verbarg. In geschickter Weise war ein Teil der Mulde mit einem leichten Gerüst überbaut und die Bedachung, um die Täuschung vollständig zu machen, mit einer dünnen Sanddecke belegt.

»Bombe ab!«

Noch ehe der Lufttorpedo seinem Rohr entglitt, öffneten sich wie von Geisterhänden bewegt weite Luken in der Sandfläche. Wie ein Schwarm aufgescheuchter Krähen schoß ein halbes Dutzend schneller kleiner Schiffe daraus hervor, die sich sofort auseinanderzogen und den Compagniekreuzer einkreisten.

Ehe weitere Schiffe folgen konnten, erreichte der Lufttorpedo sein Ziel. Ein Blitz! Noch bevor der Donner der Explosion den Kreuzer erreichte, sah man von dort aus die furchtbare Wirkung. Weit aufgerissen klaffte jetzt die Decke dieses heimlichen Hafens. Vernichtet mußte alles sein, was darunter verborgen war.

Die Insassen des Kreuzers hatten keine Zeit, sich weiter um die Trümmerstätte zu kümmern. Die Schar der Angreifer beanspruchte ihre volle Aufmerksamkeit.

Schon arbeiteten die Batterien des Kreuzers und

feuerten aus allen Rohren. Aller Wahrscheinlichkeit nach mußte das Compagnieschiff mit den Gegnern schnell fertig werden. Seine gute Panzerung bot ihm gegenüber den ungepanzerten Angreifern einen wesentlichen Vorteil. Diese schienen sich auch auf einen ernsten Kampf nicht einlassen zu wollen. Sie suchten die Entfernung zwischen sich und dem Kreuzer ständig zu vergrößern, wobei sie abwechselnd nach rechts und links entflohen und fliehend feuerten. Ihr Bestreben ging dahin, die nahe Grenze zu gewinnen.

Isenbrandt erkannte das Manöver. In forcierter Fahrt suchte er ihnen den Weg zu verlegen. Das Manöver, rücksichtslos ausgeführt, war für das Triebwerk der Motoren zu stark.

Eine Welle brach. Splitter der brechenden Welle gerieten in die Zentralsteuerung. Sie wurde ungangbar. Es gab keine andere Möglichkeit, als mit größter Vorsicht den Boden aufzusuchen und die Hemmungen in der Steuerung zu beseitigen.

Mit einem Fluch gab Herr von Löwen den Befehl zur Landung.

»Die Kerls haben Glück! Da ziehen sie ab. Sie entkommen über die Grenze!«

Schwerfällig setzte der Kreuzer auf dem Boden auf, nicht weit von den Trümmern des zerstörten Hafens. Infolge der gelähmten Steuerfähigkeit mußte er auf dem schrägen Hang einer Mulde landen.

Während Herr von Löwen sofort seine Techniker an die Reparatur setzte, verließen Isenbrandt und Lowdale das Schiff. Mit ihren Gläsern verfolgten sie die am Südosthorizont kaum noch sichtbaren Schiffe.

»Schade, Herr Isenbrandt, um die verpaßte Gelegenheit, den Burschen einmal eine gründliche Lektion zu geben. Ich will mir das so geschickt gebaute Nest mal aus der Nähe besehen.«

Isenbrandt hatte nur mit halbem Ohr zugehört. Seine Gedanken folgten den flüchtigen Feinden in der

Luft. Seine Augen hafteten an der Steuerbordbatterie des Kreuzers. Infolge der schrägen Lage des Schiffes zeigten auch die Geschütze eine anomale Überhöhung. Es mußte möglich sein, in dieser Stellung eine ganz außergewöhnliche Schußweite zu erreichen.

Isenbrandt hatte seinen Entschluß gefaßt. Ohne sich nach dem Adjutanten umzusehen, der auf den zerschossenen Hafen zuschritt, eilte er in den Kreuzer zurück und stieg in die Batterie.

Der Batterieraum war verlassen. Neben den Geschützen standen die schußfertigen Granaten. Nicht ohne Anstrengung schraubte Isenbrandt den Zünder einer Schrapnellgranate ab und entfernte die Ladung aus dem Geschoß. Dann griff er nach einer in der Nähe stehenden Wasserkanne und füllte das Hohlgeschoß mit dem Naß. Jetzt ließ er eine Zinntube hineingleiten und schraubte den Zünder wieder auf.

Schnell war ein Geschütz mit der so veränderten Granate geladen. Ein Druck auf den Feuerknopf. Krachend fuhr der Schuß aus dem Rohr. Leicht schwankte der Kreuzer unter dem Rückstoß hin und her.

Während das Echo des Schusses noch vieltönig von den Bergwänden zurückgeworfen wurde, ertönte plötzlich Maschinengewehrfeuer von den Hafenruinen her. Der Kanonenschuß hatte die Besatzung des Kreuzers schon alarmiert. Sie sahen Isenbrandt neben dem Geschütz stehen und glaubten zunächst, er hätte nach dem Flughafen geschossen.

Jetzt nahm Isenbrandt sein Glas, um den Ursprung des Maschinengewehrfeuers zu erspähen. Und sah mit Schrecken, wie Averil Lowdale in weiten Sprüngen über die Sandfläche hin auf den Kreuzer zueilte. Ihm galt zweifellos das Feuer. »Verflucht! Sind doch noch einige Halunken dem Torpedo entgangen… Ah…«

Georg Isenbrandt preßte die Lippen zusammen. Er sah Averil Lowdale fallen.

Hastig eilte er nach unten. Aber als er die Bordtür öffnete, kam ihm der Adjutant schon entgegen. Er preßte mit der Linken den rechten Arm fest an. Eine Blutspur zeichnete seinen Weg. Sein Gesicht war blaß. Keuchend stand er an der Treppe. Mit kräftigen Armen hob ihn Isenbrandt hinein. Die ersten Gewehrkugeln prasselten gegen den Schiffsrumpf.

»Gott sei Dank, Herr Hauptmann! Ich fürchtete das Schlimmste, als ich Sie stürzen sah. Sie werden sofort verbunden werden. Hoffentlich ist die Verletzung nicht allzu schwer.«

Er geleitete Averil Lowdale zu Herrn von Löwen, der dem Verwundeten seine Hilfe angedeihen ließ und den Arm sorgfältig bandagierte.

»Ich bin kein Doktor von Profession, Herr Hauptmann«, sagte er lachend, »aber ich kann Ihnen doch mit einiger Sicherheit sagen, daß der Schuß ungefährlich ist. Immerhin wird er Sie für ein paar Monate dienstunfähig machen.«

Isenbrandt sah auf die Uhr.

»Ist der Maschinenschaden noch nicht behoben?«

»Sofort, Herr Isenbrandt. Es kann sich nur noch um Minuten handeln.«

»In zwei Minuten müssen wir fertig sein!«

»Warum?«

»Blicken Sie auf den Horizont über den Kämmen im Südosten! ... Sehen Sie die zackigen, gelben Wolken? ... Da braut sich ein Unwetter zusammen. Es darf uns nicht am Boden überraschen.«

Der Kommandant schaute prüfend nach der angegebenen Richtung.

»Oho! ... Sie haben recht, Herr Isenbrandt ... Da braut sich allerlei zusammen ... Der fahle Himmel ... die gelben Wolken ... das bedeutet nichts Gutes ...«

Er eilte zum Barometer.

»Richtig! Das Glas ist plötzlich um zwei Zentimeter gefallen ... fällt sichtbar weiter ... Wenn wir hier nicht im Hochland von Pamir wären, würde ich wetten, daß uns ein starker Taifun bevorsteht... Unerklärlich... Hier habe ich dergleichen noch nie erlebt... nie gehört, daß es hier geschehen wäre...«

»Fertig!« kam die Meldung von unten.

»Bravo! Höchste Zeit!« sagte Löwen. »Los!«

Langsam richtete sich das schrägliegende Schiff auf. Die Propeller gingen an, und in glatter Fahrt verließ es den Landungsort.

»Volldampf nach Norden!« lautete der Befehl.

Es war hohe Zeit gewesen, daß der Kreuzer die Gewalt über sein Element zurückgewann, der Orkan brach los.

Ein Wirbelsturm von unerhörter Stärke, gegen den selbst dieser starke Kreuzer nicht direkt ankämpfen konnte. Während das Schiff in weitem Bogen über das iranische Hochland gerissen wurde, setzte Herr von Löwen seine ganze Steuerkunst daran, sich Meter um Meter vom Zentrum dieses Taifuns loszuringen, das ganz offenbar dort hinten über den Südostkämmen jenseits der Grenze lag.

Bis endlich die Grenze der Sturmzone erreicht und überschritten war, bis der Kreuzer mit voller Maschinenkraft in einer ruhigen Atmosphäre den geraden Kurs nach Norden verfolgen konnte.

Durch die großen Heckscheiben der Kabine blickten die beiden Männer zurück nach dem Süden und Südosten. Da stand es wie ein riesenhafter und unheimlicher Trichter von schwefelgelber Farbe über den Bergen. Wie eine gigantische Saugpumpe hatte der wirbelnde Orkan den Staub und Sand vieler Quadratmeilen emporgerissen und führte ihn in immer größere Höhen. Alles, was in diesen Strudel gelangte, ihm nicht rechtzeitig mit eigener starker Kraft zu entfliehen vermochte, wurde gepackt, in das Zentrum gerissen, zerrieben und zerschmettert.

Lange blickte Herr von Löwen durch sein scharfes

Glas. Er glaubte Trümmerstücke von zerrissenen Flugmaschinen inmitten des Höllenwirbels zu sehen.

»Was wir nicht vermochten, tut die Natur. Aller Berechnung nach sind die Gelben mitten im Taifun. Da kommt kein Flügel lebendig zur Erde.«

Isenbrandt nickte.

»Ich denke auch. Und damit wird hoffentlich für lange Zeit hier Ruhe herrschen ...«

In Wierny hatten Witthusen und Maria nach ihrer Befreiung aus der Ruinenstätte Karakorums einen sicheren Zufluchtsort gefunden. Auf der niederen Veranda, die das Haus umgab, saßen Isenbrandt und Marias Vater.

Aus dem kühlen Schatten des Halbdaches sah man weit hinaus in die fruchtbare Landschaft.

»Ein gesegnetes Jahr!« sagte Witthusen. »Wer wie ich Turkestan noch vor einem halben Menschenalter gekannt hat, wird es immer wieder mit Staunen sehen, wie Menschengeist und Menschenhand die Sandwüsten in ein fruchtbares, dichtbesiedeltes Land verwandelt haben. Sollte das Paradies hier wirklich der Erisapfel zwischen Europa und dem Gelben Reich werden?«

Isenbrandt zuckte die Achseln. Er hatte die Worte Witthusens nur halb vernommen. Sein Auge hing noch an der Tür, hinter der Marias Gestalt soeben verschwunden war. Die Ereignisse der letzten Wochen hatten die Herzen der beiden rascher und fester miteinander verbunden, als jedes werbende Wort es sonst wohl vermocht hätte.

Sie hatten sich damals in Karakorum die Hände gereicht und in dem stürmenden Pulsschlag, der zu ihrem Herzen überströmte, hatte sich offenbart, was der Mund noch verschwieg ... jetzt noch verschweigen mußte.

In Wierny hatte sich Witthusen alsbald mit seinen

alten Geschäftsfreunden in Kaschgar in Verbindung gesetzt, um sich sein Besitztum und seine Warenvorräte zu sichern. Sie waren immer noch von den Chinesen beschlagnahmt, und es bestand wenig Hoffnung, sie freizubekommen.

Jetzt, nachdem die Gefangenen dem Arm der chinesischen Machthaber entronnen waren, beeilte man sich, das illegale Verfahren in ein gesetzmäßiges zu verwandeln. Ein regelrechter Prozeß wegen Landesverrates wurde gegen Witthusen eingeleitet. Bis er beendet, konnten Jahre vergehen.

Die Sorge um seinen Besitz und um die Zukunft Marias trübte den Blick Witthusens. So waren ihm die feinen Fäden entgangen, die sich zwischen Isenbrandt und Maria woben. Am Ende eines arbeitsreichen Lebens sah er sich als Bettler, und der Gedanke an die Zukunft ließ ihm die Freude über die Rettung aus der Gefangenschaft manchmal vergessen. Auch jetzt hatte er wieder einmal seinen Sorgen Luft gemacht und halb im Scherz und halb im Ernst für Marias Zukunft ein wenig rosiges Prognostikum gegeben. Da hatten die beiden einander lächelnd in die Augen gesehen, bis ein Zucken um Marias Lippen spielte, bis ein leichter Schleier sich vor ihre Augen legte. Klopfenden Herzens war sie aufgesprungen und in das Haus geeilt. Wie gebannt hing der Blick Isenbrandts an der Tür, durch die sie geschritten war.

»Daß ich von Mr. Cameron so furchtbar enttäuscht worden bin, kann ich immer noch nicht verwinden«, fuhr Witthusen fort. »Wäre er nicht gewesen, würde ich mein Haus in Kaschgar schleunigst liquidiert und mich mit dem Erlös rechtzeitig in Sicherheit gebracht haben. Zu spät muß ich einsehen, daß das ganze Verfahren gegen mich nur auf die Intrigen dieses Menschen zurückzuführen ist.

Ich kenne ihn nun schon seit vielen Jahren und habe ihn stets für einen Gentleman gehalten. Ich kannte seine Geschichte, und ein gewisses Mitleid mit seinem harten Geschick ließ den Verkehr mit ihm enger werden. Er hat in den ersten Jahren unserer Bekanntschaft häufig von seinem Prozeß um die englische Lordschaft erzählt. Seine Verbitterung war mir durchaus verständlich, und ich machte ihm kein Hehl aus meinen Sympathien. Daß er aber in seinem Haß so weit gehen könnte, als Agent der chinesischen Regierung tätig zu sein, hätte ich niemals für möglich gehalten.«

»Die Engländer waren durchaus im Recht, als sie die Erbschaft Lowdale zusprachen.«

Eine gewisse Schärfe lag in der Erwiderung Isenbrandts, und in der gleichen Tonart fuhr er fort: »Wir wissen, daß es früher weite Kreise der Bevölkerung gab, denen die Gleichberechtigung aller Menschen auf der Welt gleichgültig war. Wir wissen aber auch, daß die unterdrückten Völker mit Erfolg ihren Ruf nach Freiheit und Gleichberechtigung erschallen ließen. Nur die Erfüllung dieser Wünsche und das Zusammenarbeiten aller Völker und Rassen sichert der Menschheit die weitere Existenz vor der drohenden gegenseitigen Vernichtung.«

»Sie haben recht, Herr Isenbrandt. Die Zeiten sind vorbei, da man glaubte, von der Überlegenheit der weißen Rasse sprechen zu müssen.

Ich kenne China seit einem Menschenalter. Der Aufschwung der letzten Jahrzehnte wird anhalten. Die durchaus konservative Gesinnung der Chinesen hindert ihn nicht, sie fördert ihn. Obwohl China als Industriestaat noch jung ist, ist es an wirtschaftlicher Organisation schon sehr weit entwickelt. Soziale Fragen existieren fast nicht. Trotz der ungeheuren Ausdehnung ist von einem Ende des Reiches bis zum anderen bei der eingeborenen Rasse ein und dasselbe Verständnis für die Kultur verbreitet, die es besitzt. Vergleiche ich seine jahrtausendealte Zivilisation mit der europäischen, so kommt mir die letztere vor wie eines jener auf Zeit auftauchenden Eilande, welche die Gewalt unterseeischer Vulkane über den Meeresspiegel emporgehoben hat. Der zerstörenden Einwirkung der Strömungen preisgegeben und von den Kräften, die sie zuerst gehalten, verlassen, geben sie eines Tages nach, und ihre Trümmer versinken wieder in den Fluten.«

»Alles ist im Fließen, alles in der Entwicklung, Herr Witthusen. Einmal wird vielleicht die Bürde des weißen Mannes von seinen Schultern genommen werden, und ein stärkerer wird sie auf sich nehmen. Aber der Tag liegt in grauer Ferne. Noch sind die Kräfte der weißen Rasse nicht verbraucht. Die Gefahren, die ihr drohen, werden ein Jungbrunnen für sie sein.

Große Taten, größer als die Welt ahnt, harren ihrer.

Was Sie in Karakorum sahen … war nicht allein mein Werk … nicht in erster Linie … es war das Resultat der Geistesarbeit vieler Intelligenzen vor mir und mit mir. Andere werden daran weiterarbeiten, andere werden neue Leistungen von noch viel größerer Tragweite vollbringen. Und sie werden sich auswirken zum Nutzen der ganzen Menschheit!

Doch lassen wir das, kommen wir zum Zweck meines heutigen Besuches zurück. Ich möchte Sie bitten, Wierny zu verlassen und weiter im Westen, jenseits des Urals, einen Zufluchtsort zu suchen. Die Ereignisse der letzten Tage haben gezeigt, daß der Aufenthalt in Turkestan mit Gefahren verknüpft ist. Es könnte sein, daß der Kirgisenaufstand vom Ilidreieck aus neu geschürt und gestärkt wird. Die nahe Lage Wiernys zur Grenze dürfte bedenklich sein.«

»Schon wieder den Wanderstab ergreifen?«

Maria sprach es. Ungehört war sie aus dem Haus getreten und stand jetzt fragend vor ihm. Sie war in ein dunkles, hoch hinauf schließendes Hausgewand gekleidet, das ihre schlanke, ebenmäßige Gestalt vortrefflich hervortreten ließ.

Ein Ruck ging durch Isenbrandts Körper. Als er sie so vor sich stehen sah, hätte er sie in seine Arme nehmen, sie an sich pressen mögen. Das Blut schoß ihm jäh in das Gesicht. Mit Gewalt beherrschte er sich, zwang sich zu einem Lächeln.

»Der Wanderstab ist nicht vonnöten, Maria Feodorowna. Mein Flugschiff bringt Sie nach Orenburg.«

…Orenburg… Sein geistiges Auge sah in schnellen Bildern noch einmal die Szenen ihres ersten Zusammentreffens. »Von Orenburg bringt Sie das Postschiff sicher nach Odessa oder Moskau.«

Witthusen fiel ihm ins Wort: »Nun, dann mag die Reise auch noch ein paar tausend Kilometer weiter gehen. Dann fahren wir weiter nach Deutschland, der Heimat unserer Ahnen. Ich habe noch Guthaben dort stehen, die uns einen längeren Aufenthalt gestatten. Einmal wird ja doch der Tag kommen, wo wir ungefährdet zurückkehren werden.«

»Er wird kommen… bald!«

»Sie sagen das mit solcher Zuversicht, Herr Isenbrandt?«

»Bald kommt der Tag!«

Georg Isenbrandt sagte es lächelnd. Aber es war ein rätselhaftes Lächeln, das nur den Mund bewegte.

Er wandte sich zu Maria und reichte ihr die Hand. »So sei es dann heute ein Abschied für Ihre Reise. Eine Gebirgstour zu unseren Schmelzstellen hält mich eine Zeitlang von hier fern. Ich werde, bevor Sie Wierny verlassen, nicht zurückkehren können. Leben Sie wohl, Maria Feodorowna. Wir sehen uns bald wieder… bald.«

Einen kurzen Moment ruhten ihre Blicke ineinander, ihre Finger umschlossen sich zu festem Druck.

Vor einem mit Plänen bedeckten Tisch saß General Bülow, neben ihm der russische Oberst Popoff. Wie zwei Schachspieler bewegten sie kleine, bunte Nadelfähnchen auf den Karten hin und her. Ihr lebhafter Disput bewies, daß sie sich über die endgültige Stellung der Fähnchen keineswegs einig waren.

Seitdem die Lage an der chinesischen Grenze sich zuzuspitzen begann, hatte das Hauptquartier in Petersburg den Obersten mit einigen anderen Offizieren dem Generalstab der E.S.C. Truppen attachiert. Für den Kriegsfall unterstanden die militärischen Streitkräfte der E.S.C. dem vereinigten europäischen Oberkommando.

Der früher so lange Zeit hindurch als Ideologie abgetane Gedanke der Vereinigten Staaten von Europa war unter dem Druck der Weltgeschehnisse wenigstens zu einem Teil verwirklicht worden. Zwar war kein geschlossenes Staatsgebilde im Sinne der amerikanischen Union zustande gekommen. Aber die Solidarität der europäischen Völker fand bei voller Wahrung der nationalen Selbständigkeiten und Eigenarten dadurch Ausdruck, daß bei Fragen der großen Weltpolitik nicht jeder einzelne kleine Staat, sondern Europa als geschlossenes Ganzes auftrat und handelte.

Hinter den Kulissen war freilich ein steter Kampf um die Stellung des primus inter pares. Rußland glaubte in erster Linie Anspruch darauf zu haben.

Schon unter dem Kommando des Generals Effingham war das Verhältnis zum Petersburger Hauptquartier nicht reibungslos gewesen. Der temperamentvolle Bülow war fast ständig auf Kriegsfuß mit dem Oberkommando. Dessen Anordnungen erfolgten stets unter dem Gesichtspunkt, unbedingt die sibirischen Grenzen zu schützen.

Gegen diese Kräfteverteilung kämpfte Bülow schon seit langem. Immer wieder versuchte er es durchzusetzen, daß die Hauptkräfte auf die turkestanische Linie konzentriert wurden.

Die Gebirgszüge des Thian-Schan, Alatau und Tarbagatai boten an sich eine gewaltige, kaum überschreitbare Schutzmauer. Jedoch nur so lange, als es gelang, die drei Durchgangspforten abzuriegeln. Der Übergang von Kaschgarien nach Ferghana war verhältnismäßig leicht durch Sprengung der Kunstbauten an der Gebirgsbahn Kaschgar-Osch zu sperren. Viel größere Schwierigkeiten bot die dsungarische Pforte, jenes Tor, durch das sich schon einmal im Mittelalter die mongolischen Schwärme über Europa ergossen hatten. Der dritte gefährliche Punkt aber blieb die chinesische Angriffsbastion, das Ilidreieck.

Ein großartig angelegtes Bahnnetz, das von Chami aus strahlenförmig zur Grenze führte, gab hier den Gelben Gelegenheit, ihren Nachschub schnellstens durch die offenen Pässe zu leiten.

Der Kirgisenaufstand im Siedlungsgebiet hatte Europa notgedrungen den Anlaß gegeben, seine Streitkräfte im Osten zu verstärken. Während die russischen Abteilungen in Sibirien in volle Bereitschaft gebracht wurden, sammelten sich jenseits des Urals Teile der vereinigten westeuropäischen Heere.

Aber die immer noch divergierenden Einflüsse der verschiedenen europäischen Kabinette ließen umfassende Maßnahmen, wie die Lage sie erfordert hätte, nicht zu. Ein überraschender Angriff von chinesischer Seite nach Westen hin hätte mit den vorhandenen Mitteln nicht lange aufgehalten werden können. Bülow verlangte daher immer wieder, daß wenigstens das Gros der russischen Luftflotte zur Verteidigung der turkestanischen Grenze angesetzt würde.

Jetzt, nach einem letzten langen Kampf mit dem Obersten Popoff, sah er das Vergebliche seiner Bemühungen ein.

»Meine Meinung von Ihnen, Herr Oberst, ist viel zu hoch, als daß ich annehmen könnte, Sie billigten die Pläne des Hauptquartiers. Ihre Gegenargumente trugen so wenig den Stempel der Überzeugung, daß es eines besseren Beweises für die Richtigkeit meiner Ansicht nicht bedarf. Wenn nicht in kurzer Zeit erhebliche Verstärkungen aus Westeuropa ankommen, stehe ich hier auf verlorenem Posten. Gnade Gott den Siedlern!«

»Sie sehen zu schwarz, Herr General«, erwiderte der Oberst, indem er seine Verlegenheit nur schlecht verbarg. »Ist es doch noch ganz ungewiß, ob und wann die Gewitterwolke zur Entladung kommt. Übrigens sind, wie mir vor kurzem gemeldet wurde, starke deutsche Truppenmassen vom Ural her im Anfliegen.

Sichern Sie hauptsächlich das Ilital, Herr General. Für das Irtyschtal können Sie im Falle der Not auf russische Verstärkungen rechnen.«

»Das Ilital! Sehr schön, Herr Oberst«, entgegnete Bülow in bitterem Ton. »Ich könnte es, wenn ich mehr Flugschiffe hätte. So werde ich voraussichtlich das Siebenstromland preisgeben müssen.«

Sein Adjutant trat ein und überbrachte ihm eine Karte. »Georg Isenbrandt«, las er. Ging hinaus, um ihn zu empfangen.

Der streckte ihm die Hand entgegen und begrüßte ihn.

»Immer noch die gefurchte Stirn, Herr General?«

»Man verliert die Lust, Herr Isenbrandt, wenn man immer wieder gegen Unvernunft und Eigennutz anrennt.«

»Kommen Sie mit mir, Herr General! Zu einem kleinen Gang ins Freie. Vielleicht sehen Sie danach etwas freundlicher aus.«

Sie verließen die Stadt und schlugen den Weg zu einer kleinen Anhöhe ein, von der man nach allen Seiten einen freien Blick hatte. Weithin sichtbar dehnte sich die in voller Frühlingspracht stehende Landschaft vor ihnen aus. Nicht umsonst galt das Siebenstromland als die Riviera Westsibiriens.

»Wieder war mein Kampf umsonst, Herr Isenbrandt, dieses Paradies vor dem Untergang zu bewahren. Der Russe will keine Vernunft annehmen. Solange es geht, werde ich es zu verteidigen suchen. Aber ich weiß bestimmt, daß ich eines Tages das ganze Gebiet bis zum See hin räumen muß. Bei Telek will ich den Gelben ein Thermopylä errichten. Ich glaube nicht, daß ich es länger als eine Woche halten kann. Die Bewohner müßten schon jetzt zur Räumung veranlaßt werden. Man möchte verzweifeln, wenn man daran denkt, daß die russischen Luftstreitkräfte uns das alles ersparen könnten. Vermögen Sie nicht noch einen letzten Schritt zu tun?«

Er blickte auf und sah, daß Isenbrandt ihm kaum zugehört haben konnte. Dessen Auge hing wie weltverloren an den fernen grauen Kämmen des Gebirges. Minuten verstrichen. Dann fielen die Worte von Isenbrandts Lippen: »Nein, Herr General! Nein! Nichts wird von dem geschehen, was Sie befürchten! Mit eigener Kraft, ohne Hilfe der anderen werden wir das Land schützen, den Feind abwehren.«

Den General drängte es zu fragen. Aber ein Blick auf die Züge des Ingenieurs ließ die Frage verstummen. Da begann dieser wieder zu sprechen.

»Sie werden, Herr General, alles, was an schnellen Flugzeugen zu Ihrer Verfügung steht, ohne Rücksicht auf die Ladefähigkeit hier in Wierny konzentrieren und zu kleinen Geschwadern zusammenstellen. An dem Tage, an dem es gilt… ich werde ihn bestimmen… werden Sie von einem Orenburger Schiff der Compagnie die Ladungen für dieses Geschwader empfangen. Die Geschwader werden die Grenze überfliegen. Jedes Geschwader bekommt vor dem Abflug sein bestimmtes Ziel… und das Ziel wird sein… Wasser… Wasser überall dort, wo gelbe Streitkräfte in größeren Mengen versammelt sind…«

»Wollen Sie dampfen?… Dynothermdampf?«

Isenbrandt überhörte die Frage.

»Kämpfe sind nur anzunehmen, wenn es zur Erreichung des Zieles unvermeidlich ist.«

»Das dürften nicht viele sein, die gegen die Übermacht ihr Ziel erreichen.«

»Ich rechne zehn Prozent«, kam es kalt von den Lippen Isenbrandts. »Das wird genügen.«

»Und was wird dann geschehen?« drängte der General, indem er an Isenbrandt herantrat.

Einen Augenblick stand Georg Isenbrandt wieder wie geistesabwesend. Dann neigte er seinen Mund zu dem Ohr des Generals und sprach zu ihm ... flüsternd, als fürchte er, der Wind könne die Laute an menschliche Ohren tragen.

Und während er sprach, trat Grauen in die Augen des Generals.

Sein Auge starrte auf die frühlingsprangende Landschaft, als sähe er die fürchterlichen Bilder der Vernichtung, des Todes ...

Mit Gewalt raffte er sich zusammen. Er warf einen schrägen Blick hinüber zu dem anderen. Der stand starr. Wie aus Marmor gehauen die bleichen, kantigen Züge. Die Augen regungslos in die Ferne gerichtet.

»Es wird geschehen, wie Sie es befehlen«, kam es da von den Lippen des Generals.

»Noch heute! Sofort! Kommen Sie!«

Sie schritten der Stadt zu.

»Der Kaiser ... der Sohn des Himmels ... tot.«

Um die Mittagsstunde war es dem chinesischen Volk kundgegeben worden. Bis in die entferntesten Teile des Landes hatte der Telegraph die Nachricht verbreitet. Und während noch die Herzen der Millionen unter dem Eindruck der Ereignisse standen, kam die zweite Botschaft:

»Schanti, Tothon-Khan, der Herzog von Dobraja, ist Regent.«

Da regte es sich im Lande. Gefesselte Hände zerrten

an ihren Banden. Gefesselte Zungen wollten sprechen. Und dann war es wieder still wie am Tage zuvor.

In der Nacht, die dazwischen lag, hatte die Faust des Schanti schon zugegriffen. Was gegen ihn war, befand sich in den Händen seiner Häscher. Die Stimmen der führerlosen Gefolgschaft wurden schwächer, und dann verstummte alles vor der Wucht der neuen Losung:

»Krieg den Europäern!«

Wie ein Steppenfeuer lief es durch die weiten Ebenen des Reiches und entflammte alle Geister.

Und dann schallte es weiter und fand sein Echo auf der ganzen Erde … Krieg!?

Es war um die sechste Morgenstunde desselben Tages. Toghon-Khan saß im großen Beratungszimmer des Palastes. Die fensterlosen Wände waren bedeckt mit großen und kleinen Karten. Die langen, niederen Tische waren verborgen unter den Stößen von Papieren und Plänen.

Die kleine Gestalt des Regenten verschwand fast in dem großen Sessel. Er schien zu schlafen. Die Augen waren geschlossen, die Lippen fest zusammengepreßt. Die ganze Nacht hatte er allein in dem Raum zugebracht. Ruhelos war er von einer Karte zur anderen geschritten, immer wieder die Stellung der kleinen Nadelfähnchen prüfend und vergleichend, immer wieder Zahlenkolonnen zusammenstellend und gegeneinandersetzend.

Dann hatte er sich in den Sessel geworfen und versucht, in kurzem Schlaf Erholung zu finden … Um sieben Uhr waren seine Generale zu ihm befohlen.

Mit halbgeschlossenen Lidern blickte er vor sich hin. Der Schlaf wollte die Herrschaft über ihn gewinnen. Nur noch undeutlich sah er die Papiere auf den Tischen … weite, weiße Flächen …

Seine Hände umkrampften die Lehnen, sein Oberkörper beugte sich vor.

Schnee…

Er fiel in den Sessel zurück und preßte die Hände auf die Augen.

Was war das damals am Tage des Einzuges des Kaisers? Schwerer Schnee aus lichtem Frühlingstag…

War es ein Zeichen des Himmels? War alles Menschenwerk? Werk dieses einen da drüben? Dann…

Mit jähem Ruck riß er sich empor, die Augen weit geöffnet. Das Weiße vor ihm gewann feste Gestalt, es waren die weißen Papiere, die dort auf den Tischen lagen. Nervös fuhr er sich über die Augen.

Menschenwerk? Nein! Kein Mensch würde jemals so tief in die Geheimnisse der Natur eindringen, kein Mensch jemals die Folge der Zeiten verändern können.

»Zuviel habe ich gearbeitet in den letzten Wochen… zuviel war es, was meine Nerven spannte. Ruhe brauche ich… die Ruhe wird kommen, wenn die Würfel gefallen sind.«

Er drückte auf den Bronzeknopf. Ein Adjutant trat ein.

»Die Generale!«

Sie traten in den Raum. Die Feldherrn des großen Kubelai-Khan. Seine Kampfgenossen.

Sie verneigten sich tief. Toghon-Khan setzte sich. Schweigend nahmen die anderen ihre Plätze ein.

Sein Blick glitt prüfend über die Versammelten.

»Es ist geschehen!« kam die Antwort.

»Sind unsere Hände frei, um das große Werk, das der Kubelai-Khan begann, zu vollenden?«

»Sie sind es!«

»Das Schiedsgericht über das Ilidreieck hat gegen uns entschieden!… Heute nacht kam die Nachricht zu meinen Händen. Daß es so kommen würde, wußtet ihr alle. Ein Glied des Reiches soll von uns gerissen werden. Wir werden das nicht dulden!«

Er blickte in die Runde.

»Die Antwort an Europa, in der wir dem Schiedsgericht die Anerkennung verweigern, liegt bereit. Wir könnten es darauf ankommen lassen, ob sie es wagen, sich ihre Beute mit Gewalt zu holen. Ich bezweifle es sehr.«

Ein dünnes Lächeln umspielte seine Lippen.

»Die Zeit ist gekommen! Morgen fällt die Entscheidung in Amerika. Sie wird das Signal sein für den Kampf aller gegen alle. Wir stehen nicht allein.

Die Europäer haben es gewagt, uns eine Drohnote zu schicken, weil Brüder von uns den Kirgisen zu Hilfe geeilt sind. Ich habe ihnen geantwortet, daß das Unrecht auf ihrer Seite liegt, und meinerseits gedroht, auf die Seite der Unterdrückten zu treten, wenn die grausamen Verfolgungen nicht sofort aufhörten. Als Antwort hat man gestern über zweihundert dieser Freiheitskämpfer an der Grenze des Kuldschagebietes erschossen.

Unsere Geduld ist erschöpft! Wir werden marschieren!«

Unbewegt hatten die Generale den Worten des Regenten gelauscht.

Die letzten Worte. »Wir marschieren!« zerbrachen alle diese Bande einer gekünstelten Ruhe.

Laute Rufe der Zustimmung schallten dem Regenten entgegen. Im Nu war er umringt.

Der Regent wartete, bis wieder Ruhe im Saal herrschte. Dann sprach er weiter:

»Unsere Bundesgenossen werden Kräfte und Mittel unserer Feinde fesseln. Europa wird reichlich in Afrika zu tun bekommen. Die amerikanische Industrie wird in den nächsten Wochen ruhen ... die russische ein Ziel unserer Luftstreitkräfte sein. Das winzige Europa wird gegen Asien allein stehen. Wer kann da am Sieg zweifeln?

Morgen wird Europa eine Botschaft übergeben, die alles Gebiet bis zum Aral und Ural für unser Land erklärt!«

Einen Augenblick war es still. Die Größe des Planes ließ die Hörer erstarren. Dann brachen sie los. Sie knieten vor ihm. Sie küßten sein Gewand und seine Hände. Toghon-Khan schritt zum Tisch und griff einen Stoß der Papiere.

Es waren die Operationsbefehle.

In den Morgenstunden des 6. Juli hatte die Wahl in Louisiana begonnen. Je weiter der Tag fortschritt, desto größer wurde die Erregung.

Als die sechste Abendstunde die Wahl abschloß, war ganz New Orleans auf den Beinen, um so bald wie möglich etwas von den Ergebnissen des Wahlkampfes zu erfahren. In dem Zeitungsviertel stauten sich die Massen. Wie die Resultate aus den einzelnen Teilen des Staates einliefen, wurden sie in leuchtenden Darstellungen sofort zur allgemeinen Kenntnis gebracht.

Findige Unternehmer hatten sich sofort als Buchmacher aufgetan und konnten riesige Einnahmen verzeichnen. Je näher die Stunde der Entscheidung kam, desto größer wurden die Einsätze, desto größer die Erregung über die Ungewißheit des Ausganges.

Von 11 Uhr 30 Minuten an hatte es den Anschein, als würde es ein totes Rennen, so dicht standen die beiden Reiter im Bilde nebeneinander. Da, 11 Uhr 45 Minuten, fiel ganz unerwartet die Entscheidung. Mit einem gewaltigen Ruck schob sich der schwarze Kandidat durchs Ziel. Das Ziel war durch die Hälfte der gesamten Wählerzahl des Staates gegeben und in dieser bildlichen Darstellung durch einen leuchtenden Pfosten markiert. Wer es überschritt, mußte die absolute Majorität haben.

Die Spannung der schwarzen Zuschauermenge ent lud sich zuerst in einem orkanartigen Gebrüll.

Die Weißen blieben die Antwort nicht schuldig. Auf Worte folgten Schläge. Hier im Zeitungsviertel kam es zu richtigen Straßenschlachten.

Der Morgen des nächsten Tages brachte die Ernüchterung. Jetzt lagen die genauen offiziellen Zahlenergebnisse vor. Der Sieg Josua Bordens gründete sich nur auf eine äußerst geringe Mehrheit. Bei der aufs äußerste gereizten Stimmung des ganzen Landes konnte die Regierung gar nicht daran denken, diese Wahl sofort zu bestätigen.

Die Erregung hielt die Massen auf den Straßen. Wo immer Zeitungstelegramme zu lesen waren, wurden sie von Scharen Neugieriger umlagert. In den Außenvierteln erneuerten sich die Schlägereien des vergangenen Tages.

Noch wilder wurden die Szenen, als in der Stunde des Geschäftsschlusses Nachrichten aus Afrika in die Menge platzten. Ihre Wirkung war am größten auf die Schwarzen.

Aufstand der Minenarbeiter im Randgebiet!... Aufstand der Schwarzen im Industriegebiet des Sambesi!... Neue Aufstände im nordafrikanischen Minengebiet!... Schwere Kämpfe mit weißen Truppen!...

Die Feuer, die im Norden und Süden Afrikas auflo-derten, schlugen im Sambesigebiet zusammen. Die großen Kraftwerke gesprengt!... Die Energiequelle für das ganze Industriegebiet verschüttet. Die riesigen Turbinen zerstört, in denen die zehn Millionen Pferdestärken der Sambesifälle zur Nutzarbeit gezwungen wurden. Eine gewaltige Industrie auf unabsehbare Zeit lahmgelegt.

Den Telegrammen folgten ausführliche Berichte. Sie ließen die Größe der Gefahr erst im vollen Umfang erkennen.

Der Bericht über den Untergang der großen Sambesizentrale brachte grauenvolle Einzelheiten.

Auf die Kraftquellen folgten die Industriezentren. In sinnlosester Weise wurden hier die Arbeitsmöglichkeiten und Erwerbsquellen für Millionen auf Jahre hinaus zerstört.

Wo die Weißen in fliegender Hast in Südafrika einen bewaffneten Widerstand organisierten, wurden sie von den übermächtigen, wohlausgerüsteten schwarzen Massen überwältigt.

Die Nachrichten aus Europa gaben wenig Trost. Anscheinend stand man dort den Ereignissen ratlos gegenüber.

Wo immer auf der Welt Weiße regierten, schien das System zu wanken. Der Abend des gleichen Tages brachte eine Kunde, deren Auswirkungen in den Vereinigten Staaten schlimm gedeutet werden konnten.

Die Regierung in Washington versagte der Wahl von Josua Borden zum Gouverneur des Staates Louisiana die Bestätigung. Als Grund gab sie an, daß die verschiedenen Ungesetzlichkeiten beim Wahlvorgang kein klares Bild über die wirkliche Volksmeinung ergäben.

Wenn auch die Regierung es klugerweise vermieden hatte, sich auf jene so viel angefeindete Bill zu stützen, so war es doch der weißen Bevölkerung sofort klar, daß die Gegenpartei den Regierungsbescheid trotzdem auf die Bill hindrehen würde. Wie befürchtet, geschah es. Kaum war der Bescheid bekannt, als im ganzen Gebiet der Union eine maßlose Agitation gegen die Regierung ausbrach.

Noch in der Nacht vom 7. auf den 8. Juli wurden in New Orleans alle Regierungsgebäude von farbigen Kräften besetzt. Im Morgengrauen befand sich die Stadt in den Händen einer schnell errichteten provisorischen Regierung. Die letzten Flugschiffe, die New Orleans in der Richtung nach Norden oder Nordosten verließen, überflogen die Zonen schwerer Kämpfe zwischen Weißen und Farbigen.

Aus Asien her drang am Morgen des 8. Juli eine neue Schreckenskunde durch die weiße Welt. Chinesische Truppen hatten an verschiedenen Stellen die Grenze überschritten. Das Ende Europas schien gekommen. Durch die Aufstände in der ganzen Welt jeder Hilfe beraubt, stand es allein dem gelben Riesenreich gegenüber.

Schon in der Nacht zum 8. Juli waren gelbe Luftgeschwader weit vorgestoßen. Ihre Bomben hatten wichtige Anlagen des Siedlergebietes bis zum Ural hin zerstört. Bis in die Industrieanlagen des Ural waren sie vorgebrochen und hatten schwere Vernichtungen hinter sich zurückgelassen.

Die Luftstreitkräfte der Weißen schienen zu schwach und zu machtlos zu sein, denn man hörte wenig oder gar nichts von Luftkämpfen. Man wußte wohl, daß das große russische Luftgeschwader die südsibirische Grenze verteidigte. Aber man hörte kein Wort von Angriffen nach jenem Ziele. Der gelbe Stoß ging glatt nach Westen. In der Luft schienen die Gelben in diesem Kampfe unwidersprochen die Oberhand zu haben. Mit Zagen erwartete man die ersten Nachrichten vom Zusammentreffen der Landstreitkräfte.

Am Abend des 7. Juli saßen General Bülow und Georg Isenbrandt in dessen Quartier in Wierny. Der General gab Bericht.

»Der Übergang von Kaschgar ist für große Truppenmassen unpassierbar. Die Reste des Telekdammes sind zur Verteidigung ausgebaut, so gut es in der kurzen Zeit möglich war. Die Berge zu beiden Seiten sind von unserer Artillerie besetzt. Ein Durchbruch durch das Ilital ist unmöglich. Wenn keine Umgehung gelingt, hält diese Stellung, bis die Verstärkungen heran sind.

Die dsungarische Pforte – sie steht offen! Was auf unserer Seite dahinterliegt, ist auf dreihundert Kilometer geräumt. Die Russen haben weder Mann noch Schiff abgegeben.

Die Compagnieluftkräfte sind, wie Sie anordneten, in Wierny konzentriert. Abwehrmaßnahmen sind an den technisch wichtigen Stellen schnell organisiert worden, aber ich überschätze ihre Bedeutung nicht. Das Land ist gegen Luftangriffe so gut wie wehrlos. Die dsungarische Pforte steht offen. Dort ist der Weg auf dreihundert Kilometer frei.«

Georg Isenbrandt nickte.

»Gut, Herr General. Sie sagten dreihundert Kilometer … warum nicht noch etwas weiter?«

»Weil dort die besten Aufnahmestellungen waren!«

Georg Isenbrandt sann einen Augenblick.

»Es wird auch so gehen. Das Orenburger Schiff ist gekommen?«

Der General nickte.

»Die Übernahme seiner Ladung wird in einer Stunde beendet sein … Herr General! Diese Luftflotte hält sich alarmbereit. Ich vermute, daß in drei Stunden die Zeit, ihren Auftrag auszuführen, für sie gekommen sein wird.«

»Ich staune über die Genauigkeit Ihrer Nachrichten, Herr Isenbrandt!«

Um Isenbrandts Lippen spielte ein dünnes Lächeln.

»Gold wirkt auf beiden Seiten gut. Gegen Gift hilft nur Gegengift. Das ist eine alte Regel.«

Er brach seine Rede jäh ab und wandte sich der Wand zu, wo plötzlich der automatische Funkschreiber zu arbeiten begann. Seine Augen überflogen die Zeichen auf dem herausquellenden Papierstreifen.

»Hallo! Die Gelben fliegen ab … Unsere Dispositionen ändern sich. Die Geschwader, die ihre Ladung genommen, fliegen sofort nach ihren Zielen!«

Der General eilte in das Nebenzimmer. Durch seinen Adjutanten ließ er die telephonischen Befehle hinausgehen. Dann kam er zurück.

Georg Isenbrandt hatte inzwischen die Depesche zu Ende entziffert.

»In der Morgendämmerung werden die chinesischen Landstreitkräfte die Grenze überschreiten. An der sibirischen Grenze nur mit schwachen Kräften. Der Hauptstoß dort erfolgt später.«

General Bülow warf einen Blick auf die Karte.

»Man möchte verzweifeln, wenn man daran denkt, daß die russischen Luftstreitkräfte dort im Norden unbeschäftigt stehen und hier bitter fehlen. Wieviel Siedlerblut und -gut wird uns diese russische Hartnäckigkeit kosten?«

Georg Isenbrandt hatte sich erhoben.

»Herr General, ich gehe jetzt zu den Standplätzen unserer Flugschiffe. Sobald das letzte Geschwader von hier fort ist, fliege ich nach Norden zum Saisan-Nor. Wir treffen uns später in Semipalatinsk in Ihrem Hauptquartier.«

Am Abend des 7. Juli war Toghon-Khan in Khami angekommen. Hier liefen die Nachrichten von allen Stellen seiner Front ein.

Georg Isenbrandt hatte seinen Plänen durch die Errichtung des Dammes von Telek ein schweres Hindernis entgegengesetzt. Wohl war es seinerzeit gelungen, den Damm durch die Hochwasserkatastrophe und die Sprengung zum größeren Teil zu zerstören. Aber auch die gewaltigen Reste des Riesenbauwerkes boten den vorstoßenden chinesischen Streitkräften noch ein schwer überwindliches Hindernis. Wenn die Compagniekräfte ihrerseits eine plötzliche Schmelze in den Ilibergen verursachten, wenn die plötzlich zu Tal gehenden Wassermassen sich auch nur von den Kammruinen stauten, war das Tal für jede größere Truppenmenge kaum passierbar. Die Gebirge des oberen Ilitales waren daher schon seit Wochen unter einer derartigen Bewachung durch gelbe Luftstreitkräfte, daß an ein Schmelzen in größerem Stil nicht gedacht werden konnte.

Trotzdem war der Weg durch das untere Ilital außerordentlich erschwert. Nur wenn es gelang, die Compagniestellung an den Berglehnen zu umgehen, den Damm selbst zu nehmen und in seine Trümmer breite Durchfahrten einzusprengen, war die Passage für größere Heeresmassen möglich. An diese Aufgabe hatte der Regent seine besten Truppen aus den mongolischen Randgebirgen gesetzt. Von der Schnelligkeit, mit der hier der Vorstoß gelang, hing der Erfolg des Krieges ab.

Anscheinend viel einfacher gestaltete sich der Durchbruch im Irtyschtal. Durch seinen Nachrichtendienst hatte der Regent erfahren, daß die weißen Truppen jenes Tal beinahe bis Semipalatinsk hin geräumt hatten. Vergeblich hatte er mit seinem Stab die Gründe für diese Bewegung zu erforschen gesucht. Er wußte zur Genüge, daß er an dem General von Bülow einen erfahrenen, verschlagenen Gegner hatte. Daß hinter dieser unerklärlichen Maßnahme eine Finte stecken müsse, sah er ein. Aber welche?

Nur mit halbem Herzen schloß er sich der Ansicht seiner Generalstäbler an, die den Standpunkt vertraten, daß die Compagniekräfte sich dorthin und auch noch weiter zurückziehen würden, bis starke europäische Truppen zu ihrer Aufnahme da wären. Seine Besorgnis war so groß, daß er noch in letzter Stunde große Teile der Nordarmee auf die dsungarische Pforte dirigierte. Weil aber die Eisenbahnen und sonstigen Verkehrsmittel schon durch die Transporte nach dem ersten Plan voll in Anspruch genommen waren, mußten diese zusätzlichen Streitkräfte in der Hauptsache marschieren.

Im Laufe des 8. Juli kamen die Meldungen der gelben Luftstreitmächte nach Khami. Vorflug ohne Widerstand! Der Regent vernahm es mit Verwunderung. Gerade an der Grenze hatte er den stärksten Widerstand der Compagniekräfte erwartet.

Bombardements der Siedlungen!

Er geriet in Unruhe. Wo waren die Compagniekräfte? Das kampflose Vordringen verstärkte sein Mißtrauen immer mehr …

Wo konnte die Compagnieflotte stecken?

Die nächsten Meldungen brachten ihm Antwort. Eine Antwort, die freilich an Klarheit viel zu wünschen übrigließ.

Kleine Geschwader weit verteilt, überall in der Dsungarei! Aus unsichtbaren Höhen stießen sie, wie gemeldet wurde, herab.

Mit einem Gefühl der Erleichterung nahm der Regent die Meldungen auf. Die Entsendung vieler kleiner Geschwader schien darauf hinzudeuten, daß sie die Aufgabe hatten, den Anmarsch durch Bombenabwürfe zu stören. Die merkwürdige Tatsache, daß diese Geschwader allen Kämpfen fast ängstlich auswichen, mußte diese Auffassung bestärken.

Er hatte genug Luftkräfte in der Reserve, um diesen verstreuten Compagniegeschwadern entgegenzutreten. Jetzt endlich glaubte der Schanti, den gegnerischen Plan zu durchschauen. Zeit gewinnen! Den Vormarsch in der Dsungarei erschweren und an der Front durch langsames Zurückgehen verzögern.

Der nächste Tag brachte Nachrichten von allen Seiten. Nachrichten, die wohl geeignet waren, den Regenten in seiner Auffassung der Lage zu bestärken.

Die Meldungen vom linken Flügel seiner Kräfte lauteten nicht günstig. Die Übergänge in das Ferghanatal waren durch Sprengungen und künstliche Hindernisse so erschwert, daß nur die Möglichkeit geblieben war, die Truppen in Transportkreuzern vorzubringen. Nur einem Teil dieser Kreuzer war es gelungen, Truppen unversehrt zu landen. Plötzlich waren hier starke Kampfschiffe der Compagnie aufgetreten und hatten der gelben Flotte schweren Schaden zugefügt. Es sah gerade so aus, als ob die Luftstreitkräfte der Compagnie hier bewußt Versteck gespielt hätten, um nach dem Durchflug der leichten gelben Luftkräfte nach Westen die schweren Panzerkreuzer, welche die Truppenkonvois begleiteten, mit unverbrauchten Kräften anfallen zu können. Die Lage der dort gelandeten chinesischen Truppen war besorgniserregend, da sie sofort in schwere Kämpfe mit den gegnerischen Truppen verwickelt wurden. Aber schließlich war der Stand der Dinge im Ferghanatal für die Gesamtlage nicht von großer Bedeutung.

Die weiteren schlechten Nachrichten aus dem Ilital hatte Toghon-Khan beinahe erwartet. Daß der General von Bülow hier in der Linie des Telekdammes einen scharfen Widerstand leisten würde, war für den alten Mongolenfeldherrn eine Selbstverständlichkeit. Deshalb hatte er ja seine Kerntruppen dort angesetzt. Aber die Stärke des Widerstandes überraschte ihn.

Die Berichte, soweit sie bisher vorlagen, meldeten ungeheure Verluste der Angreifer. Wenn Bülow seinerzeit Georg Isenbrandt gegenüber von einem Thermopylä gesprochen hatte, das er hier errichten wolle, so bewiesen diese Meldungen, wie ernst er seine Worte gemeint hatte. Auch die Truppen, welche die chinesische Heeresleitung zur Umgehung der Telekstellung angesetzt hatte, kamen nur Schritt für Schritt und unter schwersten Opfern vorwärts. Ein Forcieren des Durchbruches an dieser Stelle würde in jedem Falle ungeheure Verluste erfordern und im Erfolg zweifelhaft bleiben.

Der große Erfolg mußte im Irtyschtal gesucht werden. Die breite dsungarische Pforte erlaubte es, viel stärkere Kräfte vorzuwerfen. Waren sie hier erst einmal bis zum Siedlerland durchgedrungen, wo eine freie Entfaltung der Front möglich wurde, dann war die Ilistellung der Gegner so im Rücken bedroht, daß sie unhaltbar wurde.

Aus dieser Gesamtlage ergab es sich, den Vormarsch durch das Irtyschtal mit größter Schnelligkeit und stärksten Kräften zu betreiben. Noch am Abend dieses Tages ergingen die Befehle nach allen Seiten, und im Laufe der Nacht begab sich der Regent mit seinem Stab von Khami nach der dsungarischen Grenze. Hier erreichten ihn am frühen Morgen des 10. Juli die Meldungen, daß seine Spitzen den Gebirgszug zwischen Ust Kamenogorsk und Arkatsk gegen schwachen feindlichen Widerstand genommen hätten.

Das strategische Spiel schien gewonnen. Weit offen stand das Völkertor, durch welches sich seit Tausenden von Jahren die asiatischen Stämme nach Westen ergossen hatten.

Als die Sonne über die Bergkämme des Altai heraufkam, stand Toghon-Khan allein am Ufer des Irtysch, den die Mongolen Kara Erthis nennen. Sinnend schaute er den gen Westen strömenden Wellen des jungen Flusses nach. Hinter ihm war das Land sicher. Die ungünstigen Nachrichten von der Südfront wurden durch die Meldungen wettgemacht, daß die Luftgeschwader in seinem Rücken teils niedergekämpft, teil vertrieben seien.

Vorwärts ging es mit der Sonne. Er brauchte nur seinem Schatten zu folgen. Kaum hundert Schritte vor ihm lag der Grenzgraben. Er wandte sich um und winkte sein Pferd herbei. Mit einem Schwung saß er im Sattel.

Vorwärts! Nach ein paar Sätzen hielt er am Grenzgraben. In diesem Augenblick loderten links und rechts von seinem Wege mächtige Scheiterhaufen auf, die seine Getreuen aus umgestürzten Grenzpfählen errichtet hatten. Mit einem stolzen Lächeln quittierte der Regent die Huldigung.

Ein Spornstoß! Sein Roß sprang in einem mächtigen Satz über den Graben. Ein Ruck in den Zügeln, das Pferd stand wie aus Erz gegossen.

Er war auf erobertem Boden. Von allen Seiten umbrauste ihn der Jubel der vorüberziehenden Truppen.

Toghon-Khan saß starr auf seinem Pferd. Die schwarzen Glutaugen weit offen nach Westen gerichtet. Der Ring an seiner Linken schien zu glühen, seine Sinne wanderten.

Aus den Truppen, die da neben ihm in modernster Ausrüstung vorwärts hasteten, wurden die Krieger der goldenen Horde, wie sie der große Dschingis-Khan vor acht Jahrhunderten nach Westen geführt hatte.

Er sah sie vorwärtsstürmen. Er sah sie die weiten Steppen Vorderasiens überschwemmen. Er sah, wie die uralten Königreiche unter ihren Tritten zusammenbrachen. Er sah, wie sie ihre Rosse an den blauen Wassern des Hellespontes tränkten, wie sie die Donau stromaufwärts zogen, über das Balkangebirge gingen... und bis in das Herz Europas stießen.

Ihm nach!

Seine Sporen stießen gegen die Flanken seines Pferdes.

Wütend stürzte das edle Tier vorwärts. Erst nach einer Weile brachte er es in seine Gewalt zurück.

Ein kalter, frischer Wind fuhr ihm über das Antlitz. Er hob den Helm und badete seine heißen Schläfen in dem erquickenden Luftzug.

Vorwärts! Vorwärts! ... Ihm nach!

Wetteifernd mit den Fluten des Irytsch, strömten die mongolischen Myriaden an seinen Ufern westwärts. Meile um Meile gewannen sie, bis die Gebirge zurückwichen und der Fluß sich zum See weitete. Jetzt strömten auch die Massen auseinander. Die niedere Gebirgskette quer vor ihnen war das letzte Hindernis.

Die Sonne war höher gekommen. Doch der kühle Morgenwind hatte sich auch um die Mittagszeit nicht gelegt. Im Gegenteil. Er war von Stunde zu Stunde kälter geworden.

Jetzt ging eine seltsame Veränderung des Himmels vor sich. Die Sonne verschwand hinter einem grauen Dunstschleier.

Die Kälte nahm immer mehr zu. Der Wind wehte mit immer stärkerer Kraft. Dann war es plötzlich, als bräche das ganze Himmelsgewölbe zusammen. Erde und Himmel verschwanden in einem rasenden Schneesturm. Nur hin und wieder vermochte das Auge durch das dichte Treiben der weißen Flocken dünne Ketten geduckter Gestalten zu erblicken, die sich mühsam durch das Chaos vorwärts kämpften. Die Räder der Fahrzeuge schnitten bis an die Achsen in den Boden ein, der sich mit dem Schnee vermischte.

Peitschenhiebe und Rufe! Flüche in allen Zungen Asiens schallten durch die Luft. Dazwischen das ängstliche Schnauben der Pferde und das Gebrüll der Kamele.

Immer häufiger brachen Tiere und Menschen erschöpft zusammen. Was auf dem Weg liegenblieb, wurde rücksichtslos zur Seite gestoßen. Die Hilferufe verhallten ungehört im Geheul des Sturmes.

Dazwischen die anspornenden Rufe der Offiziere.

Vorwärts! ... Vorwärts! ... Jenseits der Berge winkten die warmen Fluren Turkestans ... Vorwärts! ... Jenseits der Berge ist Sommer.

Aber die Gebirge waren unsichtbar. Hinter den wirbelnden Schneeflocken verborgen. Die Ebene, durch die sie marschierten, von den immer mächtiger niedergehenden Schneemassen bald mit einem dichten Leichentuch bedeckt.

Gegen Mittag ließ die Gewalt des Sturmes nach. Für Augenblicke brach die Sonne durch das dunkle Gewölk. Es wurde Rast gemacht und gegessen.

Ermattet warfen die Truppen sich auf das weiße Schneelager. Die aus dem rauhen Norden des Landes stammenden Mannschaften erholten sich verhältnismäßig schnell. Die südchinesischen Regimenter in ihrer leichten Ausrüstung wurden ungleich stärker mitgenommen. Ihre erstarrten Finger vermochten kaum die Mahlzeit zum Munde zu führen.

Auf einem felsigen Promontorium hielt der Stab des Toghon-Khan. Er selbst hatte sich in ein schnell aufgeschlagenes Zelt zurückgezogen. Die Offiziere standen fröstelnd auf dem schneefreien Gestein.

Scheu, mit leiser Stimme flüsterten sie sich ihre Betrachtungen und Beobachtungen zu. Zwei Generale aus dem engsten Gefolge des Regenten saßen unter einer mächtigen Eiche, den Blick auf die tief unten liegende Straße gerichtet.

Es waren Batu-Khan und Ugetai-Khan, die treuesten Anhänger des verstorbenen Kaisers. Schon zu Lebzeiten des Schitsu waren sie Rivalen des Toghon gewesen. Sie neideten ihm das besondere Vertrauen des Kaisers. Sie neideten ihm den Ruhm des großen Feldherrn.

Ihre Blicke ruhten auf dem Tal. Verschwunden war jede Spur von Grün. Weiß war das Land bis zum fernen Horizont. Wie Maulwurfshaufen die hingeworfenen Gestalten der Soldaten. Nur hin und wieder schwelgende Lagerfeuer, wo es den Truppen gelungen war, das mühsam zusammengesuchte Gestrüpp zu entzünden. Düster sahen die Generale auf das unheildrohende Bild. Das stärkste Heer, das das Himmlische Reich jeweils unter Waffen gehabt hatte, würde es der großen Aufgabe gerecht werden können, wenn ihm hier ein unerwartetes … ein unerklärliches Unwetter die Schwingen lähmte?

Ihr abergläubischer Sinn sah in diesem Wetter ein böses Vorzeichen für den ganzen Feldzug. Ugetai brach das Schweigen: »Was ist's mit dem Toghon? Als die ersten Flocken fielen, wurde sein Gesicht bleicher als der Schnee. So sah ich ihn nie in den dreißig Jahren unserer gemeinsamen Kämpfe.«

Es dauerte, bis Batu die Antwort fand: »Auch ich erschrak, als ich die Miene Toghons sah. Furcht ist in Toghon! Er scheut das Antlitz der zürnenden Natur. Wer hätte sonst jemals den Toghon im Felde im Zelt gesehen?«

Er, der Toghon, ruhte im schnell errichteten Zelt auf einem niederen Lager. Die Augen, weit geöffnet, starrten zu der braunen Leinendecke.

Ein schwerer Atemzug hob die Brust des Liegenden. Seine Hand warf den Teppich zurück, der ihn bedeckte. Mühsam richtete er sich auf. Und dann begann er zu wandern. In dem engen Geviert des Zeltes schritt er rastlos hin und her.

Dieser ungeheure Schneefall ... es war ein Eishandschuh, den Europa ihm vor die Füße warf ... und den er nicht aufzunehmen vermochte.

Aber wie weit reichten Schnee und Frost? Bis in die warmen, weichen Steppen des Siedlerlandes? ... Unmöglich!

Wo blieben die Flugzeuge, die ihm Meldung brächten, wie es da vorne stand? Der Schneesturm ließ keinen Boten durch ...

Lauschend hob er das Ohr ... da! ... Ein Surren von Propellerflügeln. Er riß den Vorhang zurück und trat ins Freie. Prüfend überflog sein Auge das dunstige Himmelsgewölbe. Da ... In höchster Höhe ein Pünktchen ... War's einer von seinen Fliegern? ...

Mit kaum bezähmter Ungeduld wartete er. Sein Auge fiel auf die Gruppe der Offiziere, die ihn schweigend anstarrten. Ein argwöhnischer Blick überflog prüfend die Gesichter. Sahen sie die Verzweiflung, die in ihm tobte?

Der Ruf: »Flieger von uns!« drang an sein Ohr und wirkte erlösend. Noch wenige Minuten, in denen alle Aufmerksamkeit der näher kommenden Maschine galt. Dann landete das Flugzeug. Der Flieger kam, von vielen Händen gewiesen, den Abhang hinaufgeeilt. Stand vor ihm.

»Wo kommst du her?«

»Vom Ural!«

»Wie weit reicht der Schnee?«

»Bis zum Saisan-Nor! Die Ebene des Saisan-Nor ist noch braun und weiß. Je weiter ich nach Osten kam, desto weißer wurde das Land.«

»Das Siedlerland ...«

»Liegt grün in hellem, warmem Sonnenschein.«

»Vorwärts!«

Weithin hallte seine Stimme. Das alte Siegesbewußtsein kam zurück. Mit einer stolzen Geste wandte er sich zu seiner Umgebung.

»Vorwärts! In ein paar Tagesmärschen sind wir im blühenden Siedlerland. Da ist Sommer! ... Da finden wir den Gegner und schlagen ihn! Jeder Schritt bringt uns näher an das sonnige Ziel und an den Feind.«

Wie ein Lauffeuer pflanzte das Kommando sich fort. Auf! ... Vorwärts! schallte es durch die rastenden Kolonnen. Hier schneller, dort langsamer erhoben sich die lagernden Truppen. Die Formationen schlossen sich zusammen. In unablesbarem Zuge strebte die gelbe Heeresmacht von neuem gen Westen.

So ging es Stunden hindurch. Schon stand die Sonne, die an diesem Morgen mit ihnen im Osten aufgebrochen war, weit vor ihnen im Westen. Doch ihre Strahlen fehlten. Kahl und grau blieb der Himmel. Unabsehbar streckte sich das weiße Gefilde.

Die Dämmerung kam ... und stärker wurde der Frost. Er preßte der Luft die letzte Feuchtigkeit aus. An den bizarren Skeletten der im vollen Sommerlaub erfrorenen Bäume bildete sich wunderlicher Rauhreif. Einzelne dicke Reifflocken fielen aus der fast windstillen Luft.

Hin und wieder zerriß ein weithin hallendes Krachen und Donnern die Abendstille. Dann war irgendwo der so plötzlich gefrorene Boden auseinandergerissen.

Nur noch mühsam hielten sich die Kolonnen in Bewegung. Immer häufiger wurden die Stürzenden. Da endlich kam der Befehl: »Halt!«

Glücklich die, in deren Nähe Wald wuchs. Im Augenblick krachten die Stämme unter den Schlägen der Äxte. Um die lodernden Feuer drängten die Soldaten ihre erstarrten Glieder.

An vielen Stellen zerriß schon jetzt die Ordnung. Die kein Holz mehr fanden, verließen ihre Plätze und eilten zu den wärmeverheißenden Feuern. Die meisten, ohne sich um Ausrüstung und Waffen zu kümmern. Dicht aneinandergedrängt erwarteten sie den Morgen.

Nach endloser Nacht verriet das Grau im Osten den kommenden Tag. Fast niedergebrannt waren die Feuer, verschwunden jeder Wald, soweit er erreichbar.

Der neue Tag begann mit neuer Qual. Der Frost nahm immer mehr zu.

Nur widerwillig folgten die Truppen dem Signal zum Aufbruch ... soweit sie noch zu folgen vermochten.

Schwerfällig setzten die gelichteten, kaum geordneten Kolonnen sich in Bewegung. Schon nach kurzer Zeit versagten die Kräfte von neuem. Bei geringen Unebenheiten des Bodens taumelten die Marschierenden, konnten sich nicht mehr aufrechthalten und stürzten nieder. Immer größer wurden die Haufen der Nachzügler, die nach der verscheidenden Glut der verlassenen Feuerstätten schwankten und sich dort niederwarfen ... zur Ruhe ... die meisten zur ewigen Ruhe.

Um die Mittagsstunde war die Kälte so gestiegen, daß jeder Weitermarsch zur Unmöglichkeit wurde. Schon seit Stunden säumten die fortgeworfenen Waffen die breiten Heerstraßen. Die Hände der abgesessenen Berittenen vermochten nicht mehr die Zügel zu leiten. Führerlos zerstreuten sich die Tiere über die Ebene.

Jetzt lösten sich die letzten Bande jeder Ordnung. Instinktmäßig strebten die Massen von der kahlen Straße fort zu den Gehölzen. An Ort und Stelle, dort, wo die erstarrten Arme noch einen Stamm zum Fallen brachten, entzündeten sie das Holz und drängten sich in wildem Kampf ums Leben an die rettende Wärme.

Toghon-Khan ritt allein auf der verlassenen Heerstraße vorwärts. Niemand folgte ihm mehr.

Mit gebeugtem Haupt ritt er vorwärts. Der schneidende Wind zwang ihn, die Lider halb zu schließen. Die dunkle Glut seiner Augen war erloschen. In ihrem starren Blick lag nichts mehr von der Energie des Welteroberers, des Siegers ... Es war der Blick des Todgeweihten.

Ein Surren in seinem Rücken brachte Bewegung in die eisigen Züge. Die Starrheit wich. Die Augen öffneten sich. Ein leichter Glanz belebte sie. Toghon zügelte sein Roß und hob die Hand.

In gestreckten Spiralen sank das Flugschiff zu ihm nieder. Es war derselbe schnelle Kreuzer, der ihm die Meldung aus dem Ural gebracht hatte. Er hatte ihn nach rückwärts geschickt mit dem Befehl, schnellstens alle verfügbaren Dynothermmengen in Transportschiffen heranzubringen. Es hatte ihn, als er den Befehl gab, noch ein leises Fünkchen Hoffnung bewegt, mit Hilfe der wärmenden Kraft des Dynotherms den tückischen Plan des Gegners zu parieren.

Zwar war er sich über das Wie nicht klar. Aber er klammerte sich an diese ... die letzte Hoffnung. Vielleicht, daß der wärmespendende Stoff, längs der Heerstraße ausgestreut, die Kälte so weit paralysierte, daß ein Weitermarsch möglich war ...

Das Flugschiff stand neben ihm. Neubelebt glitt er vom Pferd und sprang in das Schiff. Automatisch schlug hinter ihm die Tür ins Schloß. Die wohlige Wärme, die ihn hier umgab, wollte ihm im ersten Moment den Atem rauben. Zu groß war der Gegensatz zwischen dem todbringenden Frost da draußen und der belebenden Temperatur hier drinnen.

Er sank in einen Sessel. Endlich rang sich die Frage von seinen Lippen: »Ist der Befehl ausgeführt?«

»Er ist ausgeführt, Hoheit. Die Schiffe sind auf dem Wege.«

»Wie weit sind sie?«

»Vor morgen werden sie nicht hier sein können.«

Mit einem Sprung stand Toghon-Khan vor dem Sprechenden.

»Morgen? ... Morgen! ... Heute noch müssen sie hier sein!«

Der Angeredete erblaßte. Nur stotternd kam seine Antwort. »Zu lang ... zu lang ist der Weg ... Hoheit ... Die Arbeit der Schiffe, Dynotherm zu streuen, muß schon weit hinten an der Ostgrenze der Dsungarei beginnen ...«

»Die Hälfte muß es dort tun! Die anderen Schiffe sofort nach vorn! ... Bevor die Dämmerung kommt, müssen sie hier sein! ... Geben Sie telegraphischen Befehl. Unser Schiff mit voller Kraft nach vorn zum Saison-Nor! ... Mittelhöhe!«

Langsam stieß das Schiff vom Boden ab. Vom Stern des Fahrzeuges aus sah der Regent auf die verlassene Straße. Kein lebendiges Wesen auf ihr. Nur sein Pferd, das treue Tier, stand regungslos, dem wegziehenden Schiffe nachschauend.

Mit schweren Schritten drehte er sich um und trat an den Bug des Kreuzers. Der hatte jetzt Höhe gewonnen und schoß in schneller Fahrt vorwärts. Das Auge des Regenten haftete am Außenthermometer. Mit düsterem Gesicht verfolgte er das langsame, aber unaufhörliche Fallen des Zeigers.

40 Grad ... 40 Grad unter Null! ... So stand der Zeiger, als er ihn das erstemal betrachtete ... Jetzt war er schon auf 46 gesunken. Kilometer auf Kilometer stieß

das Schiff nach vorn… und mit jedem Kilometer fiel der Zeiger.

Schon lag in nebliger Ferne der Kessel des Saisan-Nor. Sprunghaft fiel jetzt der Zeiger.

Ein schwerer Stoß, der das Schiff seitwärts traf, brachte ihn ins Wanken. Er packte den Fenstergriff und hielt sich aufrecht. Das Schiff lag schwer nach Backbord über. Er hörte wie durch Nebel, wie der Kommandant den Befehl gab, höher zu steigen. Er glaubte die Erschütterung des mit äußerster Kraft arbeitenden Triebwerkes zu spüren.

Dann drehte das Schiff in neuem jähen Ruck ganz nach Backbord um.

»Volle Kraft rückwärts!«

Der Befehl des Kommandanten klang an sein Ohr.

Zu spät!

Das Schiff gehorchte nicht mehr… weder dem Steuer noch dem Triebwerk. Wie ein Fetzen Papier vom Wirbel gegriffen, wurde es widerstandslos vorwärts gerissen.

Ein neues fremdartiges Geräusch übertönte das Tosen der Elemente. Starr standen die Insassen. Ihre Hände umklammerten krampfhaft jeden greifbaren Halt.

Es klang wie das Prasseln von Schrot gegen Stahl. Es klang wie schwerer Hagel, der auf ein Wellblechdach prasselt.

Es hämmerte auf das Hirn des Toghon-Khan… hämmerte ihm die Gewißheit des unabwendbaren Unterganges ein…

Mit voller Klarheit übersah er Entstehen und Ende der Katastrophe. Sein geschulter Geist beherrschte auch die physikalischen und technischen Grundbedingungen der Geschehnisse um ihn. Mit Klarheit sah er jetzt alle Handlungen seines Gegners sich in logischer Folge entwickeln.

Der hatte das Mittel, das dem Dynotherm entgegengesetzt wirkte! Das Mittel, das ebenso ungeheure Energiemengen band, wie das Dynotherm sie freimachte. Der hatte dann überall im Zuge des einbrechenden Heeres gestreut, wo immer nur Wasser war.

So entstanden jene Kältepole, die infolge der Zusammenziehung der darüber lagernden Luft barometrische Minima ergaben, denen die entfernte Luft von allen Seiten zuströmen mußte. Dabei gab es eine Ausdehnung der zuströmenden Winde, die naturnotwendig eine Abkühlung verursachte.

So kamen jene Schneefälle zustande. So ergab sich jener Maischnee in Peking. So der Schneesturm des vorgestrigen Tages. So die Kälte.

Das unaufhörliche Fallen des Thermometers, das jetzt auf 170 Grad unter Null stand, bewies ihm überzeugend, daß das Schiff einem dieser extremen Kältepole zugerissen wurde. Der große Saisan-See mußte in der Tat nach Einstreuung dieses Mittels einen Kältepol von ungeheuerster Stärke ergeben.

Dieser unwiderstehliche rasende Luftstrom gab ihm die Gewißheit. Es war soweit!

Hier stürzte die Atmosphäre selbst verflüssigt zu Boden. Hier drang von allen Seiten her die Luft mit Riesengewalt wie in einen luftleeren Raum ein und riß jeden Körper, der sich in ihr befand, bis zum Kältepol hin.

Mit vollkommener Klarheit des Geistes erwartete Toghon-Khan das Ende.

Das Schiff stellte sich auf den Kopf und stürzte mit rasender Wucht auf das Eismassiv des bis zum Grund gefrorenen Sees. Tief drang sein metallener Sporn ein. Ein Funkenstrom umsprühte das einhauende Metall. Der Zünder für die fürchterliche Fackel, die im selben Augenblick gegen den Himmel stand. Sprühend verbrannte das Metall des Schiffsrumpfes im flüssigen Sauerstoff … Verbrannte das Schiff mit allem an und in ihm in Sekunden zu nichts …

Dann ging die Natur ihren Gang weiter, bis der Tag sich neigte ... und die Nacht die Fesseln löste.

Linder wurde der Frost. Die Macht des Sturmes ließ nach. Dichte Nebel krochen über die eisbedeckte Erde ... und sie hoben sich und fanden milde Südwinde und fielen nieder in warmen Tropfen und weckten das tote Land.

Der Schnee schmolz. Von den Bergen schossen die Wasser. Immer stärker wurde das Wehen des Südwindes, immer größer seine Wärme. Wie im Spiel zerbrach er die Decke des Saisan-Sees. Wo lebendige Wesen noch ihr Leben bewahrt, frohlockten die Herzen.

Der Morgen kam und mit ihm die Sonne.

Das Siedlerland war gerettet, das Abendland vom Untergang bewahrt. Mit Sturmesschnelle eilte die Kunde von der Katastrophe im Herzen Asiens über die ganze Welt hin.

Verhältnismäßig lange blieb man in Peking selbst über das Schicksal der großen dsungarischen Armee im ungewissen. Im tödlichen Frost waren auch die Formationen der Nachrichtentruppen zugrunde gegangen, die sonst wohl jene Schreckenskunde in den Äther gefunkt hätten. Und die es sonst noch wußten, die der Katastrophe entronnen waren, die wollten nicht, daß die schlimme Botschaft früher als sie selbst in das Gelbe Reich kam.

Als Toghon-Khan in jenen letzten Stunden rastlos vorwärtsstürmte, nur noch von dem einen Wunsch getrieben, das warme Siedlerland zu erreichen, sein Heer der todbringenden Umarmung des Frostes zu entreißen, da waren die beiden Besten seiner Getreuen zurückgeblieben. In jener Stunde sahen Batu-Khan und Ugetai-Khan den Stern des Regenten rettungslos sinken, und alter, so lange mühsam gedämpfter Ehrgeiz gewann neue Kraft in ihren Herzen.

Als Toghon-Khan auf der Straße nach dem Saisan-

Nor Schutz vor der grimmigen Kälte im Flugschiff suchte, da flog Ugai-Khan schon in einem anderen schnelleren Kreuzer der dsungarischen Armee gen Osten. Mit höchster Maschinenkraft jagte das mächtige Schiff über die verschneiten Ebenen und Gebirge. Es entrann dem grimmigen Winter, den Georg Isenbrandt hier der einbrechenden gelben Armee bereitet hatte. Am Abend des gleichen Tages, der den Tod des Regenten sah, landete dieses Schiff in Schehol.

Noch wußte man hier in der Stille der kaiserlichen Gärten nichts von der Katastrophe der gelben Wehrmacht. Als Vertrauter des Regenten und als siegreicher Armeeführer wurde Ugetai-Khan empfangen. Leicht, fast zu leicht wurde es ihm gemacht, sich des unmündigen Kaisersohnes zu bemächtigen. Den Thronerben, den Knaben des Schitsu an seiner Seite, raffte er die mongolischen Regimenter Pekings und der nächsten Umgebung zusammen.

Als endlich die Kunde vom Untergang der großen Armee und vom Tod des Regenten nach Peking kam, hatte Ugetai-Khan nicht nur diese Truppen fest in der Hand, sondern er war auch der Herrscher der größeren Hälfte des Gelben Reiches. Da war er in kaum zweimal vierundzwanzig Stunden an jenes Ziel gelangt, das ihm früher das höchste und unerreichbare zu sein schien.

Nur *einen* Gegner hatte seine Macht: Auch Batu-Khan war der Katastrophe entkommen – später als Ugetai-Khan, zu spät, um vor ihm in Peking zu sein und dort seiner Macht Abbruch tun zu können. Aber früh genug, um nach dem Norden zu gehen und dort die mongolischen Kerntruppen um sein Banner zu scharen. Der größere Teil des Landes gehorchte dem Ugetai, aber die stärkere, die am besten disziplinierte Truppenmacht war in der Hand des Batu-Khan.

Wem würde die Macht schließlich verbleiben? Wer von diesen beiden alten und kampferprobten Generalen würde die Regentschaft des Gelben Reiches führen, bis einmal der Erbe des Schitsu sich selbst die Krone aufs Haupt setzte? Noch hatte das Reich ja einen äußeren Feind: das vereinigte Europa.

Der Friede mit den Weißen mußte gemacht werden, und Ugetai war es, der ihn für die Gelben schloß.

Ein schneller und billiger Frieden konnte es dank der Mäßigung der Sieger werden. Gegen den Angriff, gegen die Bedrohung ihrer blühenden Siedlungen hatten sich die Weißen mit allen Mitteln zur Wehr gesetzt, welche der Erfindungsgeist eines der ihrigen ihnen in die Hand gab. Nachdem die Entscheidung gefallen, der feindliche Ansturm im Frosttod gescheitert war, wurden die Friedensbedingungen milde gestellt.

Das Ilidreieck, jenes strategische Glacis, das die Arbeiten Isenbrandts so lange gestört hatte, fiel an Europa. Außerdem gab es nur geringfügige Grenzberichtigungen. Georg Isenbrandt sorgte dafür, daß die Gletscherfelder, die er längs der Grenze für seine Arbeiten benötigte, ihm auch durch den Friedensvertrag zur Verfügung gestellt wurden. Aber das waren unbewohnte Eiswüsten, deren Verluste das gelbe Riesenreich kaum empfand. Darüber hinaus wurde auch von weißer Seite beim Friedensabschluß sorgfältig alles vermieden, das etwa Keime zu neuen Kriegen abgeben konnte. Jede Kriegskostenentschädigung wurde vermieden, und Ugetai beeilte sich, diese günstigen Bedingungen so schnell wie möglich anzunehmen.

Er tat es um so mehr, als die Dinge in China selbst seine ganze Tatkraft erforderten. Die alte republikanische Bewegung im Süden des Reiches, vom Kaiser Schitsu mit Gewalt niedergehalten, von Toghon-Khan mit brutaler Gewalt niedergeschlagen, flammte jetzt mit neuer Kraft auf. Ugetai besaß nicht die Macht, ihr entgegenzutreten, denn von Tag zu Tag wurden seine eigenen Kräfte durch die ständig wachsende Macht des Batu-Khan in Urga gebunden.

Mit der Stoßkraft des Gelben Reiches nach außen hin war es für lange Zeit vorbei.

Noch in den letzten Augusttagen konnte Ugetai von Peking aus den Frieden mit Europa schließen. Aber schon in der ersten Septemberwoche brach der Bürgerkrieg im Gelben Reich aus. Der Süden erklärte sich zur unabhängigen Republik. Vom Norden her aber trat Batu-Khan gegen Peking hin seinen Vormarsch an, der erst nach langen, langen Monaten voller Kämpfe mit dem Tode des Ugetai und der Herrschaft des Batu-Khan endigen sollte.

Schneller als nach China selbst war die Kunde von der Frostkatastrophe nach allen anderen Erdteilen gedrungen. Unfaßbar war es zunächst aller Welt erschienen, daß Menschenkraft die Elemente der Natur in so unerhörter Weise meistern konnte.

Als dann die Wahrheit unzweifelhaft zutage lag, da erstarkten die verzagten Herzen der weißen Menschen. Jener eisige scharfe Sturm, der dort oben in Asien seinen Anfang nahm, schien um den ganzen Erdball zu fahren. Mit einem Schlag war die an vielen Orten so schwüle, unheilschwangere Atmosphäre gereinigt. Wo immer die Herrschaft der Vernunft zu wanken drohte, wurde sie durch jenes Ereignis wieder gestützt und gefestigt.

Und diese Stützung tat bitter not. Denn das gewaltige Feuer, das Toghon-Khan auf der ganzen Erde entfacht hatte, war nicht so leicht zu dämpfen.

In schnellem, unwiderstehlichen Sturmlauf hatten die schwarzen Heere in Afrika die geringfügigen weißen Streitkräfte überrannt und sich zu Herren der Lage gemacht. Alles, was die schwarze Rasse einst in der Kriegsschule der Weißen gelernt hatte, kehrte sich jetzt gegen die Lehrer. Bemerkenswert war die Disziplin, die dabei von beiden Seiten gewahrt wurde. Die Plünderungen blieben in Grenzen, und weitere Zerstörungen, namentlich der großen Industriewerke, wurden verhindert.

Im Laufe weniger Tage war ganz Afrika in der Hand der Afrikaner. Und nun zeigte sich sofort die Notwendigkeit, dem Industrieproletariat dort Brot und Arbeit zu schaffen. Die neuen Machthaber mußten wirtschaftlich genau an derselben Stelle fortfahren, wo die früheren Herren aufgehört hatten. Soweit die Werke bei den Kämpfen betriebsfähig geblieben waren, wurden sie von der schwarzen Industriebevölkerung aus Selbsterhaltungstrieb so gut es ging in Gang gehalten. Soweit sie zerstört waren, suchte man so schnell wie möglich und mit allen Mitteln Kapital und Intelligenz aus der Bevölkerung Amerikas zu ihrer Wiederherstellung heranzuziehen. Aber in Ermangelung einer einheitlichen Organisation war das Ganze reichlich chaotisch. Man mußte überall improvisieren, und es ließ sich mit Sicherheit voraussehen, daß die Entwicklung bis zu einer Wiederherstellung normaler Verhältnisse lange Zeit in Anspruch nehmen würde.

Um so mehr, als die politischen Machtverhältnisse in Afrika durchaus strittig waren. Zwar waren die seitherigen Herren erschlagen oder verjagt. Aber die seit so vielen Jahren von Idealisten geplanten Vereinigten Staaten von Afrika standen noch in weitem Felde. Einstweilen gab es verschiedene große Reiche, deren Herrscher sich Großmacht-Träumen hingaben.

Eigenartig wirkten sich die afrikanischen und amerikanischen Verhältnisse aufeinander aus. In Amerika waren die Dinge anders gegangen als in Afrika. Die Kunde von der Vernichtung der großen gelben Armee hatte in Amerika dem an sich schon gut organisierten Widerstand der weißen Bevölkerung verstärkte Schlagkraft verliehen. Unter solchen Verhältnissen mußten die Aussichten und Möglichkeiten, sich in Afrika erfolgreich und frei betätigen zu können, für

Teile der schwarzen amerikanischen Bevölkerung einen großen Anreiz zur Auswanderung bieten.

Die so nach der Niederschlagung des amerikanischen Aufstandes sofort stark einsetzende Auswanderung versprach der amerikanischen Union in absehbarer Zeit eine Entlastung von der schwarzen Bevölkerung. Freilich bedeutete diese Auswanderung auch einen starken Aderlaß an Kapital und an Arbeitskräften. Eine Wirtschaftskrise für die Union war unvermeidlich. Doch ihr Ende ließ sich voraussehen, da die Isenbrandtschen Erfindungen auch in diesem Gebiet neue und bessere Lebensmöglichkeiten schaffen konnten.

Doch dieser Verlauf der Dinge ergab sich erst in Wochen und Monaten. Im Anfang war die schwarze Bewegung gefährlich genug, und erst nach schweren und erbitterten Kämpfen konnte die Ordnung wiederhergestellt werden.

In Frisko war die Bewegung zunächst verhältnismäßig harmlos verlaufen. Die Organisation des Weißen Ordens hatte hier dank umfangreicher Vorbeugungsmaßnahmen sofort mit aller Schärfe eingegriffen. So wurde es möglich, die regulären Truppen von dort nach und nach fortzunehmen und in bedrohteren Staaten zu verwenden. Aber der Schutz der Stadt lag jetzt fast ausschließlich in den Händen der freiwilligen Organisation.

Es war in den ersten Tagen des August. Eine schwüle, drückende Hitze lag über Frisko. Selbst auf dem hochgelegenen San Matteo vermochte die leichte Seebrise nur wenig Kühlung zu bringen.

Auf der meerwärts gewandten Terrasse von Garvin Palace saßen Francis Garvin und Helen unter einem leichten Leinenzelt. Helens Hände spielten mit dem Papierstreifen des Wellentelegraphen. Das Schlagen einer Standuhr ließ sie aufhorchen.

»Vier Uhr, Pa! Wellington muß schon in Frisko sein.«

»Er muß jede Minute kommen!«

»Mir scheint, Pa, deine Ungeduld nach Wellington ist größer als meine. Die Tatsache, daß sein Name jetzt in aller Munde ist, daß die Zeitungen auch außer der Chicago Press fast täglich über ihn schreiben, scheint dir gewaltig zu imponieren.«

»Das gestehe ich unumwunden ein. Ich hätte das, was er hier in den letzten schweren Zeiten geleistet, nicht von ihm erwartet. Ich sehe nicht ein, weshalb er nicht auch später noch eine Rolle in der Politik der Union spielen sollte. Er hat den Kopf zu Größerem!«

»Nur nicht! ... Ich will keinen Politiker zum Mann. Die haben alle keine Zeit, an ihre Frau und an ihre Familie zu denken.«

»Du bist eigennützig, Helen! Was ich sagte, war mein voller Ernst. Es wäre schade, wenn Wellington Fox seine große Begabung nicht voll auswirken lassen könnte.«

»Hör auf, Pa, mit deinen Lobpreisungen. Ich erröte für Wellington. Er würde dich sicher auslachen, wenn er dich so hörte. Doch halt! Ich sehe ein Auto in den Park einfahren.

Wellington ist darin. Der dort neben ihm ist sicher sein Freund Lowdale, den er sich aus Turkestan eingeladen hat. Er wurde in den Kämpfen mit den Kirgisen verwundet.«

»Lowdale?« fragte Mr. Garvin. »Ist das jener Lowdale, der einst Florence ...«

»Ja, Pa!«

»Dann ist es wohl gut, daß sie eben fort ist. Ein Zusammentreffen hier wäre sicher für alle peinlich gewesen.«

»Ja, Pa! ... Doch da sind sie schon.«

Sie eilte dem Wagen zu. Mit einem großen Sprung stand Wellington Fox auf ebener Erde. Dann fing er sie in seinen Armen auf, und ein halbes Dutzend Küsse bekräftigte die Freude des Wiedersehens.

»Immer wieder wie ein Brausewind!« schalt Helen, während sie sich aus seinen Armen losmachte. »Verzeihen Sie ihm, Mr. Lowdale!«

Sie reichte dem Gast die Hand, während Wellington Fox zu Francis Garvin trat und angelegentlich mit ihm sprach.

»Willkommen in Garvins Palace! Ich will Sie gleich mit meinem Vater bekanntmachen, der... was ist denn, Pa?«

Die eben noch so heiteren Züge Garvins zeigten plötzlich einen tiefen Ernst.

»Schlimme Nachrichten, Helen! Unsere Freude wird nur kurz sein.«

»Was ist, Wellington?«

Sie eilte zu ihrem Verlobten und drängte sich an ihn.

»Unruhen in der Stadt, Helen! Der Pöbel aller Farben ist mobil. Irgend jemand hat es verstanden, der schwarzen Plebs unter Vorspiegelung politischer Ziele noch einmal zum Kampf aufzuhetzen.

Schwere Stunden... vielleicht Tage... stehen bevor. Ich riet deinem Vater, sich mit dir sofort für alle Fälle auf eure Jacht zu begeben.«

»Und du?« fragte Helen besorgt.

»Wenn's wo etwas Interessantes zu sehen gibt, muß ich doch der Chicago Press Meldung schicken können.«

»Ach, Wellington! Wenn du nur deshalb hierbliebst, wäre ich ohne Sorge. Aber leider wirst du das nicht tun«, ihre Stimme zitterte, sie kämpfte mit unterdrückten Tränen. »Ganz sicher wirst du immer da sein, wo es am schlimmsten zugeht...«

»... und kräftig mittun! Der Tanz wird gleich beginnen. Ich kam nur hierher, um euch zu warnen. Unser Wagen wartet, um uns sofort nach der Stadt zurückzubringen. Im Hafenviertel wird es inzwischen schon losgegangen sein. Der Hauptstoß richtet sich gegen Nob Hill, das Millionärsviertel...«

»Nob Hill?« Sie drückte erschrocken die Hand aufs Herz. »Oh, die arme Florence! Vor kurzem noch war sie hier. Eine Viertelstunde früher hättet ihr sie hier getroffen.«

»Verfl...!« preßte Fox durch die Zähne und warf einen Blick auf seinen Begleiter.

Averil Lowdale war erblaßt. Trotz seiner äußeren Unbewegtheit war seine Aufregung unverkennbar. Ein düsteres Feuer brannte in seinen Augen.

Fox hatte sofort begriffen.

»Du siehst, Helen, daß wir sofort zurück müssen.«

Er wandte sich zu Francis Garvin.

»Sie werden sich unverzüglich mit Helen auf Ihre Jacht begeben? Das Bewußtsein, daß Sie mit Helen außer Gefahr sind, würde mich sehr beruhigen.«

»Ich werde Ihrem Wunsch willfahren, Mr. Fox, obwohl es mir schwerfällt, aus Garvins Palace zu fliehen.«

»Danke, Mr. Garvin! Leb wohl, Helen!«

Er zog sie an sich und küßte ihr die Tränen von den Wangen.

Helen sah ihrem Verlobten nach. Dann hörte sie den Wagen anfahren. Noch ein Winken der Insassen, und dann war er um eine Wegbiegung verschwunden.

Während die Hauptmasse des aufgehetzten Pöbels sich noch beim Plündern der Läden in den großen Geschäftsstraßen aufhielt, war eine offenbar besonders gut dressierte Gruppe, die unter einem außergewöhnlich gerissenen Führer zu stehen schien, ganz überraschend durch unbewachte Seitenstraßen in das Viertel von Nob-Hill eingebrochen. Fast ungehindert, nur mit vereinzeltem Widerstand der Bewohner kämpfend, hatten sie eine Reihe reicher Privathäuser ausgeräumt. Die Kostbarkeit ihrer Beute sprach für die Richtigkeit ihres Planes, der nach den Anweisungen des Führers streng systematisch durchgeführt wurde.

Erst als sie sich dem Haus von John Dewey näherten, weigerten sich die Farbigen aus der Bande, hier mitzumachen. Nach kurzem, erregtem Wortwechsel trennte sich die Gesellschaft. Die meisten Farbigen zogen weiter, während der Rest mit dem weißen Gesindel in Deweys Haus eindrang.

Das verschlossene Tor war schnell erbrochen. In der großen Halle des Erdgeschosses trat ihnen John Dewey entgegen, während eine kleine Gruppe Bedienter sich ängstlich im Hintergrund verhielt.

»Was soll das? ... Was wollen Sie hier?«

Drohend aufgerichtet stand er vor den Eindringlingen. Einen Augenblick stutzte der Haufe.

»Einen kleinen Zehrpfennig für die Reise!« erscholl es da aus dem Hintergrund.

Dewey richtete seine Augen auf den Sprecher.

»Sie, Mr. Cameron? ... Sie hier unter diesen Plünderern?«

»Sehr wohl, Mr. Dewey!«

Collin Cameron war ein paar Schritte vorgetreten und stand dicht vor dem Hausherrn. Hohnlächelnd weidete er sich an der grenzenlosen Überraschung Deweys. Die Maske des Gentleman war von ihm abgefallen.

»Sehr wohl, Mr. Dewey! Da unsere gemeinsamen Transaktionen nicht den gewünschten Erfolg gehabt haben, sehe ich mich genötigt, meinen Teil am Geschäft zu liquidieren. Da von dem bankrotten Haupthaus in Peking nichts zu erwarten ist, muß ich mich an den noch zahlungsfähigen Sozius ... an das Haus Dewey halten ... Da ich für Schecks in meiner augenblicklichen Lage keine Verwendung habe, möchte ich Sie ersuchen, die Rechnung in bar zu begleichen.«

John Dewey stand starr. Mit einem Blick unsäglicher Verachtung maß er den Gegner. Collin Cameron hielt den Blick kühl lächelnd aus.

»Mit Rücksicht auf unsere früheren angenehmen Beziehungen bin ich bereit, die Angelegenheit kulant zu erledigen. Ich wünsche nichts als den Schmuckkasten Ihrer Tochter… Aber auch auf diesen Kasten würde ich sogar verzichten, wenn Sie mir den Preis dafür in bar erlegen… Sie sehen, ich bin bescheiden.«

Dewey hatte die höhnische Suada Collin Camerons zunächst mit beherrschter Ruhe angehört. Erst als der Name seines Kindes fiel, stieg Röte in sein Gesicht. In dem Augenblick, in dem Collin Cameron seine Worte mit einer ironischen Verbeugung schloß, stürmte er mit geballten Fäusten auf ihn los.

»Hund…!«

Ein Schlag seiner Rechten traf die Wange Collin Camerons. Im selben Augenblick war Dewey von einem Dutzend kräftiger Arme gepackt und zu Boden geschleudert. In rasender Wut hatte Collin Cameron eine Schußwaffe gezogen und zielte auf den Daliegenden. Im letzten Augenblick besann er sich und steckte sie wieder zu sich.

»Vorwärts!« rief er seinen Kumpanen zu. »Nehmt, was ihr findet!«

Mit schnellen Sprüngen eilte er allen voran die Treppe empor. Während die meisten seiner Begleitung sich in den ausgedehnten Räumen zerstreuten, schritt er mit sicherer Ortskenntnis nach den Zimmern von Florence.

Durch den Lärm aufmerksam geworden, trat sie ihm an der Tür entgegen. Fassungslos sah sie auf Collin Cameron und die wüsten Gestalten seiner Begleitung.

»Was geht hier vor?… Wo ist mein Vater?«

»Ihren Schmuckkasten, Miss Dewey… Etwas schnell, wenn ich bitten darf. Wir sind in Eile!«

»Mein Vater!… Wo ist mein Vater?… Sie haben ihn getötet!«

Mit einem Schreckensschrei suchte sie an Collin Cameron vorbeizukommen, um nach unten zu eilen.

»Halt! Hiergeblieben! Ihrem Vater ist nichts geschehen... Zeigen Sie uns, wo Sie Ihren Schmuck verwahren, und alles ist in Ordnung!«

Mit einem lauten Schrei »Vater!« taumelte Florence zurück.

Wie im Nebel sah sie plötzlich Collin Cameron von hinten niedergerissen werden. Sie fühlte, wie ein Arm sie umschlang. Eine ihr so wohlbekannte Stimme drang an ihr Ohr.

»Florence! Ich bin bei dir!... Hierher, Kameraden!... Hierher!«

Vom Erdgeschoß drang der Knall mehrerer Schüsse nach oben. Für die Plünderer in den Räumen ein Signal, schleunigst die Flucht zu ergreifen. Auch Collin Camerons Begleiter waren im Augenblick verschwunden, ohne sich um ihren Führer zu kümmern, der halb betäubt am Boden lag. In den unteren Räumen und im Garten entspann sich zwischen den flüchtenden Banditen und dem vordringenden weißen Stoßtrupp ein reguläres Feuergefecht. Alle Aufmerksamkeit der Befreier konzentrierte sich hierhin.

Der Lärm dieses Kampfes drang auch nach oben und weckte Collin Cameron aus seiner Betäubung. Er öffnete die Augen und sah um sich. Schnell hatte er die Situation erfaßt. Er kannte das Haus von früher her gut und wußte, daß von Florences Zimmern ein offener Balkon direkte Verbindung mit dem Garten hatte. Einmal aus dem Haus, würde er sich unter die weißen Stoßtrupps mischen und sich bei Gelegenheit unbemerkt entfernen.

Er erhob sich und trat durch die Tür in das benachbarte Zimmer. Blitzschnell glitt sein Blick überall prüfend umher. Vielleicht konnte er den Aufbewahrungsort des Schmuckes doch noch im letzten Augenblick entdecken. Da sah er durch die halbgeöffnete Tür im dritten Raum die Gestalt eines Mannes, der in seinen Armen Florence Dewey hielt.

Er stutzte und blieb lautlos stehen. Da... ein Zittern

ging durch seine Glieder. Er erkannte Averil Lowdale, den Sohn des Mannes, der ihm die Lordschaft Lowdale geraubt hatte.

Nur einen kurzen Moment, und er hatte die Ruhe wiedergewonnen, hob die Schußwaffe, zielte sorgsam und drückte ab. Mit einem Sprung war er an der Balkontreppe. Mit wenigen Sätzen stand er im Garten und eilte um das Haus zur Straße.

Da knallte es hinter ihm. Er fühlte, wie eine Kugel seinen Rücken streifte. In rasender Eile stürmte er weiter. Noch mehr Schüsse hinter ihm, doch keine Kugel traf ihn.

Dort, wo die Havel das Spandauer Gemünd verläßt und sich zum See weitet, lag an den Hängen des Ostufers das Besitztum Georg Isenbrandts. Gleich von der Uferstraße aus stieg das Gelände hier scharf in die Höhe, und das geräumige Landhaus lag wohl fünfzig Meter höher als der Fluß. Ein weiter Garten, mit alten Laubbäumen dicht bestanden, erstreckte sich von der Höhe des Hauses bis zur Uferstraße hin. Schon zeigte das Laub in diesen Septembertagen jene leichte Vergilbung, die den kommenden Herbst und Laubfall zuerst verkündet. Aber die Sonne, die schon ziemlich tief über dem Westufer des Sees stand, warf breite Ströme goldenen Lichtes über das Laub der Eichen und Kastanien, ließ die uralten Kiefern in purpurner Pracht erstrahlen.

Die Villa Isenbrandt hatte Gäste. An einem Kaffeetisch unter der Krone einer mächtigen Kastanie saßen Theodor Witthusen und Francis Garvin. Dem Amerikaner ließen die Geschäfte auch hier keine vollkommene Ruhe. Eine beträchtliche Post lag vor ihm auf dem buntgemusterten Damast, und eifrig durchlas er Brief auf Brief. Während er die Schriftstücke studierte und hin und wieder mit Randnoten versah, blickte Witthusen in gemächlicher Ruhe auf das weite

Panorama, das sich da vor ihm dehnte: die grünen, vom Sonnenlicht goldig gefleckten Flächen des Gartens, den breiten, blauen Havelsee und dann die Uferberge von Spandau bis Potsdam.

Jetzt wanderte sein Blick aus den Fernen zurück und ruhte lange auf dem Paar, das dort unten im Garten an der Böschungsmauer stand: Maria und Helen. Arm in Arm standen sie dort und spähten die Uferstraße entlang, als warteten sie auf das Erscheinen weiterer Gäste. Äußerlich ein ungleiches Paar, die zierliche kleine Helen und die hochgewachsene Maria. Beide hatten sich schnell miteinander befreundet. Maria hatte den Arm um Helens Taille gelegt und hörte geduldig und freundlich dem munteren Geplauder Helens zu.

»Meine Freundinnen in Amerika haben mich weidlich um die romantische Art beneidet, in der Wellington um mich geworben hat. Aber genau besehen ist das doch eigentlich gar nichts gegen die Art, in der du mit Georg Isenbrandt zusammenkamst. Die Schreckensstunden in den Ruinen von Karakorum und die Errettung durch Isenbrandt, das wäre an sich schon eine Brautwerbung, wie sie so leicht nicht wieder vorkommt. Aber die Art, wie Isenbrandt überhaupt auf dich aufmerksam wurde, das scheint mir doch der Gipfel der Romantik zu sein. Die Ähnlichkeit mit seiner toten Braut benutzt das Schicksal, dich ihm zuzuführen.«

»Nun ja, Helen... ein reiner Zufall war es doch nicht. Die Ähnlichkeit ist schließlich doch durch eine wenn auch entfernte Blutsverwandtschaft begründet.«

»Ja, das mag ja sein, Maria. Aber wunderbar bleibt diese Fügung des Schicksals doch. Eine derartige fabelhafte Ähnlichkeit ist schon ein großes Wunder. Ich weiß, du mit deinem kühlen Blut empfindest das gar nicht so wie ich. Wenn ich das meinen Freundinnen drüben in den Staaten erzähle, wird man es mir kaum glauben wollen. Bitte, erzähle mir einmal genau, wie das war … damals auf dem Kirchhof.«

Einen Augenblick sah Maria über die weite Fläche, und ein ernsterer Ausdruck lag auf ihrem Gesicht. Dann wandte sie sich zu Helen.

»Es war kurze Zeit, nachdem wir hier in Berlin unser Heim gegründet hatten. Georg führte die Reste seines Haushalts von Wierny hierher. Darunter war auch ein Bild der Maria Ortwin. Die frappante Ähnlichkeit ließ mich sofort erraten, wen das Bild vorstellte. Dieses wunderbare Naturspiel wollte mir nicht aus dem Sinn gehen. Ich kam auf die Vermutung, daß hier irgendeine Blutsverwandtschaft vorliegen müsse. Aber von Georg konnte ich darüber nichts erfahren. Auf dem Bild standen nur der Geburtstag und der Todestag des Verstorbenen.

An dem Sterbetag, der wenige Tage später war, forderte ich Georg auf, mich bei einer Spazierfahrt zu begleiten. Dem Chauffeur hatte ich den Kirchhof als Ziel angegeben. Georg achtete gar nicht auf den Weg. Erst als der Wagen vor dem Tor hielt, merkte er den Zweck der Fahrt.

›Es ist heute ihr Todestag‹, sagte ich zu ihm, als wir den Friedhof betraten. ›Ich hätte ihn vergessen‹, sagte er, aber der Druck seiner Hand zeigte mir, daß er mir dankbar war. Bald standen wir an dem Grab. Es war ein Familienbegräbnis. Neugierig suchte ich auf den anderen Grabsteinen nach Namen. Auf einem efeuüberwucherten Stein fand ich vermooste Buchstaben, den Geburtsnamen der Großmutter Marias. Es war der gleiche, den die Mutter meines Vaters als Mädchen trug.

An diesem alten Grab fand meine Vermutung die erste Stütze. Ich forschte weiter nach, und es gelang mir durch Verwandte der Maria Ortwin, die fehlenden Glieder der Kette zusammenzubringen. Jene Ahne Marias und die Mutter meines Vaters waren in der Tat

Basen. Das Zauberspiel hatte eine natürliche Erklärung gefunden.«

Der Ruf »Helen!« schnitt dieser, die der Erzählung gespannt gelauscht hatte, die weiteren Fragen ab. Sie winkte ihrem Vater, der mit einem Brief in der Hand am Tisch stand, Antwort zu. Während sie sich ihr näherte, rief er schon: »Nachricht von Florence!«

»Ein Brief von ihr?«

Mit ein paar Sprüngen stand Helen neben ihrem Vater. »Nicht von ihr, my darling!«

»Von wem dann?«

»Von ihrem Vater.«

»Wie kommt das? Was will John Dewey von dir?«

»John Dewey wird alt. Der nüchterne, kalte Rechner scheint sich jetzt Idealen zu widmen. Seine Zuneigung zu den seiner Meinung nach unterdrückten Rassen treibt sonderbare Blüten. Er bittet, indem er seinem Wunsch ein philantropisches Mäntelchen umhängt, um nicht weniger als um meine Vermittlung zwischen ihm und Georg Isenbrandt.«

»Und wozu, Pa?«

Um die Erfindungen Georg Isenbrandts auch für Afrika und die gesamte Welt herzugeben, ihre Wirkungen dort zu nutzen ...«

»Ach, Pa! Davon später! Was schreibt er von Florence?«

»Nichts Gutes, Helen. Ihr Zustand hat sich anscheinend in keiner Weise gebessert. Die Lethargie, die sie nach dem Tod Lowdales umfängt, will nicht weichen. Sie lebt immer noch einsam, jeden Verkehr meidend, in ihren ständig verdunkelten Räumen dahin. Jeder Versuch, sie dieser schädlichen Selbstpeinigung zu entreißen, ist mißlungen. John Dewey hofft, daß sie ihm folgen wird, wenn er demnächst nach Afrika übersiedelt. Er hofft, daß die veränderten Verhältnisse einen heilsamen Einfluß auf ihren Zustand ausüben werden. Mag er nicht vergebens hoffen. Ihr Geschick ist von einer Tragik, die kaum zu überbieten ist. Vielleicht hätte das Schicksal mitleidiger gehandelt, wenn die Kugel, die das Herz, an dem sie ruhte, traf, auch sie mit hinweggerafft hätte. Wie sich ihr und ihres Geliebten Geschick gestaltet hätte, wenn jene Kugel ihr Ziel verfehlte? ... Wer weiß es?«

Nach einer kurzen Pause des Schweigens ergriff Helen wortlos den Arm Marias und zog sie zum Strand hinab. Das traurige Schicksal der Freundin ging ihr tief zu Herzen.

Francis Garvin reichte den Brief, den er bisher in der Hand gehalten hatte, an Witthusen.

»Lesen Sie selbst und sagen Sie mir, ob ich nicht recht habe, wenn ich den Wunsch John Deweys als reichlich naiv bezeichne. Wäre es nicht gerade so, als ob ich einem Gegner dieselbe Waffe reichen wollte, mit der ich ihn eben erst besiegte? Isenbrandts Erfindungen gehören durchaus uns. Lizenzen werden nur an zuverlässige Leute gegeben, und auch dann nur zu Zwecken rein wirtschaftlicher Natur. So groß sind die Möglichkeiten und Auswirkungen der Erfindung, daß Forscherarbeit von Jahren dazu gehört, um sie zu erschöpfen. Die Gefahren, die sie birgt, sind größer als die dem Laien zunächst offensichtlichen Vorteile. Ein Kollegium von europäischen Gelehrten hat sich bereits an diese Riesenarbeit gemacht. Schon bei der Besprechung der Vorfragen ist man sich schlüssig geworden, daß an eine allgemeine Freigabe der Erfindung auch nur für Europa vorläufig nicht zu denken ist. Nur dann kann es glücken, die Naturgesetze so zu meistern, daß nur Nutzen und kein Schaden entsteht, wenn diese Forschungen abgeschlossen sind und dann von einer Stelle, in der sämtliche Nationen der Erde vertreten sind, aus nach einem festen Plan und Willen gearbeitet wird. Afrika wird vielleicht noch lange warten müssen.«

Nachdem die Dinge in Asien geordnet waren, war Isenbrandt nach Berlin zurückberufen worden und in das Direktorium der E.S.C. eingetreten. Nach jenen sensationellen und politisch so einschneidenden Vorgängen war er von den Berichterstattern der großen internationalen Presse bestürmt worden, die ihn, den Drachentöter, wie ihn der Volksmund nannte, interviewen wollten.

Doch kein Wort war über seine Lippen gekommen. Auch jetzt, nachdem bereits mehrere Monate vergangen waren, verlautete nichts Näheres über seine wunderbaren Entdeckungen. Übereinstimmend hatten sich natürlich die gelehrten Köpfe jeder Art dahin geäußert, daß diese Entdeckungen in ihrer Anwendung einen völligen Wandel der Weltwirtschaft zur Folge haben müßten. In ununterbrochenen Artikeln beschäftigte sich die Presse der ganzen Erde damit und erschöpfte sich in Vermutungen, ob und wann diese Erfindungen zur allgemeinen Kenntnis und Anwendung kommen würden.

Eine allgemeine Weltkonferenz aller Nationen würde über die schwierige Frage entscheiden müssen, wie und wo diese so scharf in den Gang der Natur eingreifenden Mittel arbeiten durften. Bisher war jedoch von einer Einberufung einer solchen Konferenz nichts bekannt.

Bereits jetzt regten sich Stimmen, die Europa beschuldigten, das Mittel für sich allein behalten zu wollen. Nur das war bekannt geworden, daß die Analysen und die genauen Beschreibungen der Verfahren an wohlgesicherten und versteckten Orten aufbewahrt seien. Und auch dies war nur geschehen, um der Welt das Zwecklose eines etwaigen Attentats auf den Erfinder klarzumachen.

Am Bismarckdamm in Berlin stand Wellington Fox vor dem Palast der E.S.C. und wartete auf Georg Isenbrandt. Die Herbstsonne stand schon tief, als der Erwartete endlich aus dem Gebäude trat.

»Das hat ja lange gedauert, Georg!«

»Oh, entschuldige, Fox. Aber die Sitzung war von großer Wichtigkeit.«

»Schadet auch nicht viel. Es fiel mir, während ich hier wartete, so mancherlei von dem ein, was sich ereignet hat, seitdem ich das letzte Mal hier stand.

Ein schicksalsreicher Sommer! Und vieles von dem, was geschah, seitdem wir uns trennten, bleibt noch zu erzählen. Ich denke, wir gehen den Weg zu deiner Wohnung an diesem schönen Herbsttag zu Fuß.«

Sie bogen von dem hohen Damm zu dem tiefergelegenen Havelufer ab, das mit einem Kranz stattlicher Landhäuser besäumt war. Wellington Fox begann, während sie langsam der sinkenden Sonne nachschritten: »Denk dir nur, vorhin erhielt ich die Nachricht aus Amerika, daß es dort immer noch unter der Asche glimmt. Der Widerstreit scheint nicht zur Ruhe kommen zu wollen.«

»Wird so schnell nicht zur Ruhe kommen!« warf Isenbrandt ein.

»Du hast recht, Georg. Aber man kann doch nicht sämtliche schwarzen Bürger der Union auf Schiffe verfrachten und nach ihrer Heimat zurückschicken.«

»Natürlich nicht! Aber man sollte es machen, wie man es vor 150 Jahren im kleinen in Liberia machte. Die schwarze Intelligenz muß dabei den Anfang machen. Sie findet in der neuen alten Heimat ein unendlich viel reicheres Betätigungsfeld. Ich bin auch fest überzeugt, daß bei dem Stolz der Schwarzen die Frage in diesem Sinne gelöst werden wird.«

»Hoffen wir, daß du recht behältst! Ich bin etwas skeptisch. Blieben also schließlich noch die Halfcasts. Die Frage ist buchstäblich eine weitverzweigte. Oft ist kaum zu entscheiden, wo das Halfcast aufhört oder anfängt. Denke zum Beispiel an John Dewey und seine Tochter Florence.«

»Allerdings. Dein Beispiel ist typisch. Hier wird die

Schwierigkeit der Frage evident. Das Schicksal der Florence Dewey und des jungen Viscount Lowdale ist tragisch. Die Nachricht von dem Tode Averil Lowdales hat mich tief berührt. Auch der General Bülow betrauert in ihm einen guten Kameraden und tüchtigen Offizier. Du warst bei seinem Tode zugegen?«

»Ich kam leider zu spät. Ich konnte dem Mörder, dem Cameron nur noch ein paar Kugeln nachschicken, von denen eine auch Gott sei Dank getroffen hat.«

»Wie? Du erschossest ihn?«

»Nicht direkt. Ich verwundete ihn nur. Er lief mir fort. Ungefähr eine Woche später gab es eine Razzia im Chinesenviertel, wo sich viele der Kompromittierten versteckt hatten. Dort fand man auch Collin Cameron. Er lag in den letzten Zügen. Die schlecht behandelte Wunde führte sein Ende herbei.«

»Was wurde aus den Deweys?«

Wellington Fox zuckte die Achseln.

»Sie verzogen aus Frisko und befinden sich seitdem ständig auf Reisen. Die arme Florence ist nur noch ein Schatten ihrer selbst. Nach dem tragischen Ende Averil Lowdales lag sie wochenlang auf den Tod danieder. Für den Vater war diese Krankheit in einer Beziehung sogar ein Vorteil. Man ließ deswegen davon ab, ihm wegen gewisser Konspirationen den Prozeß zu machen. Ich habe mich auf Helens Bitten in diesem Sinne sehr bemüht ...«

»Und da du, alter Freund«, vollendete Georg Isenbrandt lachend, »neuerdings einiges in den Staaten zu bedeuten hast, ist dir das natürlich glänzend gelungen.«

»Spotte nur, alter Junge!« lachte Fox. Schwiegerpapa bedauert täglich, daß ich nicht in den Staaten geboren bin. Sonst wäre mir nach seiner Meinung der Präsidentenstuhl sicher.

Über meine Absichten für die Zukunft wußte er bisher noch nichts Gewisses. Erst jetzt, nachdem ich mit mir klar bin, will ich ihm damit kommen. Erst mußte ich sicher sein, daß meine Pläne deine Unterstützung finden.«

»Die hast du, Fox!«

Die beiden Freunde hatten auf ihrer Wanderung den höchsten Punkt der Straße erreicht. Hier blieben sie eine kurze Zeit stehen. Vom Gold der sinkenden Sonne beleuchtet, dehnte sich weit vor ihren Blicken die Havel. Weit drüben am Horizont schimmerten die Türme und Bauten von Siemensstadt.

Gerade jetzt erhob sich dort eine Flottille mächtiger Flugschiffe. In schneller Folge stiegen sie auf, setzten sich in Kiellinie und nahmen Kurs nach Osten. Unablässig gewannen sie dabei an Höhe, wurden klein und immer kleiner und waren schon fast Punkte, als sie über den Köpfen der beiden Freunde dahinzogen.

Wellington Fox verrenkte sich beinahe das Genick, um sie zu beobachten.

»Was ist das, Georg?«

Es dauerte lange Sekunden, bevor Isenbrandt die Antwort gab: »Was das ist, Fox? Ein neuer heiliger Frühling, den das alte Europa nach Asien schickt. Junge Siemensstädter sind es mit ihren Frauen und Bräuten, die dorthin gehen. Das sind keine Bauernsiedler, sondern Industriesiedler.«

Wellington Fox unterbrach den Freund: »Ich hörte davon. Aber ich wußte noch nicht, daß diese Pläne sich bis zur Ausführung verdichtet haben. Bisher wollte sich europäisches und amerikanisches Kapital nicht recht an die Ausbeutung der asiatischen Bodenschätze heranwagen.«

»So war es, Fox, solange die politischen Machtverhältnisse da drüben in Asien unsicher waren. Jetzt hat sich das radikal geändert. Was Europa vielleicht in Afrika verloren hat, findet es in Asien dreifach wieder.«

Die letzten Flugschiffe der Flottille waren jetzt am dunklen Osthimmel verschwunden. Wellington Fox sprach wieder: »Wenn aber Kapital und Bevölkerung in diesem großen Maße nach Osten verpflanzt werden, wird sich dann nicht der Schwerpunkt Europas, sein Schwerpunkt in jeder Beziehung nach Osten verschieben?«

»Nein, Fox. Man wird dort Eisen schmelzen und Halbfabrikate machen. Aber die Feinfabrikation bleibt in Europa. Die Schreibtische ... die Organisation ... das Hirn, das diesen ganzen Mechanismus steuert, bleibt hier. Du brauchst keine Entvölkerung Europas zu befürchten. Es bleibt das Land einer hochwertigen Intelligenz und Organisation.«

Langsam weiterschreitend hatten sie das Heim Isenbrandts erreicht. Unter dem Schatten einer alten Kastanie saß Frau Maria im Kreise ihrer Gäste.

Theodor Witthusen ... Francis Garvin ... Helen Fox, geb. Garvin. Ihr Geplauder schallte den Eintretenden entgegen. Jetzt hatte Helen die beiden erspäht.

Schnellfüßig eilte sie ihnen entgegen.

»Endlich kommt ihr. Wir hatten uns so auf die gemeinsame Kaffeestunde gefreut, und jetzt, wo sie vorüber ist, kommt ihr erst. Daran bist du sicher schuld.«

Wellington Fox deutete auf Georg Isenbrandt.

»Ich wasche meine Hände in Unschuld. Da steht er, der Missetäter. Nimm dir ein Beispiel an dem Gesicht Marias, Helen dear. Nichts von Vorwürfen ... nichts von Ungeduld. Glückselig der Mann, der ein sanftmütig Weib freite!«

»Wellington! ... Du Ungeheuer ... Du unhöflichster aller Menschen ...«

»Diese Versicherung hörte ich seit dem ersten Tag unserer Bekanntschaft wohl täglich ein dutzendmal.«

»Pfui, Wellington! Du bist ...«

»... der unhöflichste Mensch auf Erden.«

Ein leiser Klaps auf Wellingtons Wange quittierte seinen Einwurf. Lachend enteilte sie seinem Griff und hing sich an Marias Arm, die an Isenbrandts Seite zur Terrasse emporschritt.

Wellington Fox ging ihnen nach. Sein Auge haftete auf den beiden ebenmäßigen hohen Gestalten der Isenbrandts. Äußerlich wie innerlich schienen diese beiden Menschen wie füreinander gemacht. Der Zufall, der sie einst zusammengeführt, hatte sie eng aneinandergebunden.

Und dann glitt sein Blick zu Helen. Mit Entzücken verfolgte er die Bewegungen ihrer zierlichen Glieder und dachte bei sich: Ich hätte mein Leben nicht geglaubt, daß es so ein famoses Mädel gibt. Weiß der Teufel, was die Dollarkönige einen anständigen Menschen abschrecken können. Na! Schließlich hat sich doch auch mein treuer Schwiegerpapa als ganz famoser old Fellow entpuppt.

Dann war Wellington Fox bei seiner Frau und legte seinen Arm unter den ihren.

»Die Abrechnung zwischen uns beiden wird später geschehen. Ich habe mir meine Rache inzwischen gründlich überlegt. Teuerste Frau Maria, Sie täten unendlich viel Gutes an einem Unglücklichen, wenn Sie diesen Wirbelwind etwas in die Schule nähmen.«

»Ich werde mich hüten, Mr. Fox!« antwortete Maria lachend. »Für Sie ist Helen so, wie sie ist, gerade die Richtige.«

»Bravo, Maria!« rief Helen. »Gib's ihm tüchtig! Zu gut… viel zu gut bin ich für diesen…«

»… unhöflichsten aller Menschen«, vollendete gelassen Fox.

Und dann saßen alle zusammen um den runden Tisch im Schatten des alten Baumes. Wellington Fox hatte neben seinem Schwiegervater Platz genommen.

Er entzündete sich eine Zigarre und legte sich behaglich in seinen Stuhl zurück.

»A propos, teuerster Mr. Garvin, wäre Ihnen mit einer guten Position gedient?«

Der Milliardär sah ihn erstaunt an.

»Hm! ... Wie meinen Sie, lieber Wellington?«

»Ob Ihnen mit einer guten Position gedient wäre?«

Jetzt verriet Garvin das leise Zucken um Wellingtons Lippen den Schalk, der hinter der Frage steckte, und er beeilte sich, darauf einzugehen.

»Das wäre, Mr. Fox? Es ist zwar schon lange her, daß ich eine Position ... Sie meinen doch wohl eine Anstellung bei irgend jemand ... bekleidet habe. Nach einer dreißigjährigen selbständigen Geschäftsführung würde mir das nicht so leichtfallen ...

Ganz abgesehen von der Frage des Salärs, würde die Person meines Chefs für die Frage von ausschlaggebender Bedeutung sein.«

Mit unterdrücktem Lachen folgten die anderen dem Wortgefecht der beiden.

»Hm!« machte Wellington Fox und blies einen Rauchring von sich. »Sie treffen den Punkt nicht ganz, Mr. Garvin. Ihre Stellung würde weniger die eines Angestellten als die eines Partners sein. Der Chef wäre ich!«

»Ah!«

Mr. Garvin beugte sich vor und machte Fox eine Verbeugung.

»Dürfte ich den Herrn Chef nach seinen Bedingungen fragen?«

»Bedingungen, Mr. Garvin, trifft wieder nicht ganz das Richtige. Ich sehe, meine Frage war nicht ganz präzis. Die Sache ist einfach die, ich habe ein gutes und großes Geschäft vor und suche dazu einen kapitalkräftigen Partner.«

»Sehr wohl!« sagte Francis Garvin. »Und Sie wollen mir die Ehre erweisen, mich zu Ihrem Partner zu nehmen?«

»Eventuell, Mr. Garvin.«

»Eventuell?«

»Ja! Das heißt nämlich, ich brauche ziemlich viel Kapital ... und da ich über Ihre Vermögensverhältnisse nicht genau unterrichtet bin, so hängt es davon ab, ob Sie in der Lage sind, das nötige Kapital einzuschießen.«

»Interessant! ... Höchst interessant!« flüsterte Garvin. »Um was handelt es sich? Bitte, reden Sie!«

Wellington Fox sah einen Augenblick einem seiner kunstvoll geblasenen Rauchringe nach.

»Es handelt sich darum, einen Erdteil zu kaufen!«

Garvin fuhr mit einem so komischen Ausdruck des Staunens in seinen Sessel zurück, daß alles hell auflachte.

»Nicht möglich, Mr. Fox! Ihre Idee ist großartig! Und da ich weiß, daß Sie sich mit Kleinigkeiten nicht abgeben, vermute ich, daß es der größte sein wird ... also Asien?«

»Nicht doch, Mr. Garvin! Ich meine den kleinsten.«

»Australien? ... Meines Wissens gehört Australien dem australischen Volk.«

»Ihr Einwurf trifft wieder nicht ganz das Richtige, Mr. Garvin. Gewiß! Der australische Erdteil gehört dem australischen Volk. Aber der größte Teil gehört ihm ebenso, wie ihm die Luft darüber gehört. Es hat ihn und hat ihn doch nicht. Insofern nämlich, als der größte Teil davon Wüste und für menschliche Siedlungen ungeeignet ist.«

»Ah!« Garvin legte den Finger an seine Nase und sah Fox bewundernd an. Der kluge Geschäftsmann witterte etwas von den Plänen seines Schwiegersohnes.

»All right, Mr. Fox! Soweit stimmt Ihr Kalkül. Ich bin gespannt auf das Nähere.«

»Gut, Mr. Garvin! Ich werde Ihnen meinen Plan in aller Kürze auseinandersetzen. Sie wissen, daß von den hundertvierzigtausend Quadratmeilen Australiens fünfzigtausend ganz Wüste und sechzigtausend nur knappes Weideland – in dürren Jahren auch ganz unfruchtbar sind.

Der Ozean bringt von allen Seiten Regen heran. Aber die Randgebirge, die den Erdteil fast wie einen geschlossenen Kranz umgeben, lassen die wasserhaltigen Winde nicht in das Innere des Landes vordringen. An den Außenwänden ein Überfluß von Regen, in der Riesenwanne zwischen den Gebirgen ewige Trockenheit.

Die Frage der Besiedlung hängt davon ab, ob sich die Niederschläge im Landesinnern in genügender Weise steigern lassen. Diese Frage dürfte durch die Anwesenheit unseres verehrten Hausherrn ihre Antwort finden. Er würde in unserem Geschäft als stiller Teilhaber tätig sein. Es würde seinen Verstand einschießen. Seines Beitrittes habe ich mich bereits versichert. Wie denken Sie nun über Ihre Partnerschaft, verehrtester Mr. Garvin?«

Garvin saß starr. Die Größe des Planes von Wellington Fox schien ihn zu überwältigen. Dann kam es endlich von seinen Lippen.

»Da Mr. Isenbrandt hier sitzt und gegen Ihre im ersten Augenblick so phantastisch klingenden Pläne keinen Widerspruch erhebt, sage ich: Topp, Wellington!

Es wird ein Geschäft werden. Ein großes … ein smartes Geschäft. Was sagen Sie zu meinem Schwiegersohn, Mr. Isenbrandt? War es nicht der glücklichste Griff, den ich je in meinem Leben getan habe?«

»Das sagst du, Pa?« Helen warf sich laut lachend in ihren Stuhl zurück. »Du … der du mich enterben … verstoßen wolltest, wenn ich diesem Journalisten meine Hand geben würde? Soll ich hier die Worte erzählen, mit denen du seine Werbung aufnahmst?«

»Ich würde mich an deiner Stelle hüten, hier zu verraten, daß du am Schlüsselloch gehorcht hast«, erwiderte Garvin lachend. »Also nochmals: Topp, Mr. Fox!

Das Geld ist da! Der Kredit von Francis Garvin genügt zu dem Geschäft.«

»Selbstverständlich!« beeilte er sich dann zu sagen. »Aber wird auch genügend Material da sein? Es gehören viele Millionen von Siedlern dazu, um das Neuland zu besetzen. Die E.S.C. zieht alles nach Asien. Jetzt, nachdem die gelbe Gefahr beschworen, wird der Drang nach Osten ungeheuer werden.«

Georg Isenbrandt nahm das Wort:

»Ihre Besorgnis ist unbegründet, Mr. Garvin. Die wirtschaftliche Entwicklung wird auf Grund der neuen Entdeckungen einen derartigen Lauf nehmen, daß Europa einen bedeutenden Bevölkerungsüberschuß abgeben kann. Wir müssen in Turkestan viel Neuland für die Nachkommen unserer Siedler in Reserve halten. Australien als weiteres Siedlungsland ist uns erwünscht, muß uns willkommen sein. Die Patenstelle, die Freund Fox dort übernimmt, gibt ihm eine Aufgabe von größter Bedeutung. Australien soll ein Jungbrunnen der ganzen Menschheit werden.«

Unsichtbare Kräfte

UNSICHTBARE KRÄFTE (KÖNIG LAURINS MANTEL)
Erstausgabe 1928 im Verlag Keils Nachfolger, Leipzig,
im Taschenbuch als Band 06/3254
in der Reihe HEYNE SCIENCE FICTION & FANTASY

Ein häßlicher, feuchtkalter Herbsttag. Auf den Sommersitzen der englischen Gesellschaft rüstete man zur Abreise.

Die altersgrauen Mauern von Roßmore-Castle verschwammen im grauen Dunst des Hochmoornebels.

Lord Roßmore schritt in seinem Arbeitszimmer unruhig auf und ab. Ein alter Diener trat ein.

»Ist mein Sohn William noch nicht zurück?«

»Jawohl, Euer Lordschaft! Mr. Hogan kehrte eben von der Jagd zurück!«

»Er soll zu mir kommen!«

Ein wenig später trat der Gerufene ein. Die sorgenvollen Züge Lord Roßmores schienen sich zu glätten, als sein Blick über das frische, wettergebräunte Gesicht seines Sohnes, über die schlanke, sportliche Gestalt im Jagddreß glitt. Doch dann wehrte er unwillig den Jagdhund ab, der ihm gefolgt war und tapsig an ihm hochsprang.

William Hogan griff den Hund am Halsband.

»Kusch dich, Hektor! – Nun, Vater?«

Wortlos schritt Lord Roßmore an den Tisch und reichte seinem Sohn einen Brief.

»Oh! ...« Das gezwungene Lächeln und die leichte Röte, die über das Gesicht des jungen Mannes huschten, verrieten unangenehme Überraschung.

»Mr. Malone ist wieder mal um seine Pfunde besorgt. Es war doch abgemacht, daß er sich mit der Begleichung der Schuld bis zum Winter gedulden wolle!«

»Und dann?« rief der Lord in scharfem Ton. »Wie gedachtest du die tausend Pfund zu zahlen? Du weißt genau, daß dein mütterliches Erbteil längst aufgebraucht ist. Weißt ebenso, daß ich mich geweigert habe, deinem Leichtsinn fernerhin Vorschub zu leisten. Die Einkünfte aus Roßmore genügen gerade, um meine Bedürfnisse und später die deines Bruders Allan zu bestreiten, der als Ältester die Pairie erbt. Du, als zweiter Sohn, bist darauf angewiesen, nach meinem Tode für dich selber zu sorgen. Alle Mahnungen, dir eine gute Ausbildung zu verschaffen, schlugst du in den Wind!«

Der Lord trat vor seinen Sohn. »Bill!« Er legte seine Hand auf Williams Schulter. »Ich war heute morgen in Lacey-Hall. Edward Lacey hat durch seine amerikanische Heirat seine Verhältnisse aufs beste geordnet. Ich weiß von Laceys Gattin, daß es dich nur ein Wort kostet, und Maria Potter, die bei ihr zu Besuch weilt, ist die deine!«

Bei Nennung dieses Namens wollte William brüsk auffahren. Dann, als besänne er sich, sah er den Vater bittend an – und erblaßte unter dessen strengem Blick. Mit müden Schritten ging er zu einem Sessel.

»Vater, du gestattest, daß ich mir eine Erfrischung kommen lasse.« Er drückte auf einen Knopf. Der Diener erschien. »Whisky und Soda, Thomas!«

Der Alte brachte gleich darauf das Gewünschte, ließ die Tür einen Augenblick offen, schlurfte wieder hinaus.

»Zurück, Hektor! Bist du verrückt geworden?«

Unwillkürlich waren Vater und Sohn aufgeschreckt. Der Hund, der in einer Ecke gelegen hatte, stürzte plötzlich erregt zur Tür.

»Kusch, Hektor!« rief William Hogan zornig.

Was hatte der Hund? Mit gesträubtem Fell knurrte er am Zimmereingang, als stünde ein Fremder vor ihm. William erhob sich, um das wütende Tier zu bändigen. Da, als hätte ein Fußtritt ihn getroffen, wich der Hund aufheulend zur Seite, kroch winselnd unter einen Sessel.

»Was hat das zu bedeuten?« fragte Lord Roßmore erstaunt. »Ist Hektor krank?«

William Hogan schüttelte den Kopf, blickte halb verwundert, halb besorgt auf den Hund. »Ich kann es mir nicht erklären. Er verhält sich so, als wenn ein Fremder ins Zimmer tritt. Doch wir sind allein.«

»Er scheint sich jetzt beruhigt zu haben. Er liegt still, doch seine Augen glühen, als wittre er Verdächtiges.«

»Ruhig, Hektor! Ruhig!« William Hogan warf sich sinnend in seinen Sessel und legte die Hand auf die Augen. »Vivian!« flüsterte er. »Vivian! Dich lassen ...!«

Seine Augen schlossen sich. Er sah in Gedanken die zarte Gestalt, das liebliche Antlitz. Das heimliche Stelldichein im Park von Doherty-Hall – die Stunden im nächtlichen Hain ...

Dann, als hätte seine Faust ihn berührt, erstarrte er in Schreck und Abwehr. Das letzte Zusammentreffen ... Was hatte ihm da Vivian schluchzend zugeraunt?

Wie von einem Hieb getroffen, schnellte er hoch. »Unmöglich, Vater! Ich kann Maria Potter nicht heiraten! Nie!«

Lord Roßmore wandte sich um, sah in tiefer Betroffenheit das todblasse Gesicht seines Sohnes. »Ich weiß, William, woran du denkst. Vivian Doherty – du liebst sie! Mit Freuden würde ich sie als Schwiegertochter begrüßen. Es ist aber unmöglich! Ihre karge Mitgift reicht nicht aus. Ihr seid beide von Jugend auf verwöhnt. Diese Heirat wäre Torheit!« Seine Stimme wurde schärfer. »Von mir hast du nichts zu erwarten – das weißt du! Es gibt nur den einen Ausweg: die Ehe mit Maria Potter.«

William wollte sprechen, doch sein Vater schnitt ihm mit einer Handbewegung das Wort ab. »Nur zwei Möglichkeiten gibt es für dich. Du heiratest Maria Potter oder nimmst Dienst irgendwo in den Kolonien. Roßmore-Castle wird dir für alle Zukunft so oder so verschlossen bleiben. Die Eltern Maria Potters verlangen natürlich, daß ihr einziges Kind in Brasilien bleibt. Du müßtest nach dort übersiedeln.«

Ein langes Schweigen folgte. Schließlich fragte William: »Wie hoch ist die Summe, um die ich mich verkaufen muß, Vater?«

Lord Roßmore zuckte zusammen. »Verkaufen? Warum dieses harte Wort? Miss Maria ist ein liebenswertes Mädchen.« Und leiser fuhr er fort: »Man schätzt das Vermögen des alten Potter auf mindestens zwei Millionen Süd-Dollar.«

»Gib mir Bedenkzeit, Vater!«

»Unmöglich!« Der Lord deutete auf den Brief. »Die Schuld muß bis morgen getilgt sein. Ich kann dir nur beispringen, wenn ich weiß, was du unternimmst.«

William schritt erregt auf und ab, machte dann vor seinem Vater halt. »Also gut!« Und wandte sich mit schmerzlichem Seufzer zur Tür. Eilends folgte ihm der Hund. Doch in der Nähe der Tür wiederholte sich das seltsame Gebaren des Tieres. An das Knie seines Herrn geschmiegt, den Schwanz eingeklemmt, den Kopf verängstigt zur Seite gedreht, folgte es zögernd.

William achtete nicht darauf. Er öffnete die Tür, ließ aber im selben Augenblick erschrocken die Klinke los. Seine Nasenflügel bebten, als spüre er etwas Fremdes, Ungreifbares. Der Hund neben ihm stieß plötzlich ein klagendes Geheul hervor.

Lord Roßmore kam mit schnellen Schritten. »William, was ist...?« William Hogan holte tief Atem, strich sich über die Stirn. »Eine Sinnestäuschung, Vater. Auch Hektor... Es war mir, als hätte jemand, der hier gestanden, das Zimmer verlassen.«

Lord Roßmore legte besorgt den Arm um die Schultern des Sohnes. »Deine Nerven sind überreizt. Ich weiß ja, wie schwer dir der Entschluß fällt! Glaube mir, William, es ist das einzig Richtige! Gehe nun in dein Zimmer, schlafe dich aus! Morgen früh werden wir Fräulein Potter unsere Aufwartung machen.«

Eine knappe Wegstunde von Roßmore-Castle entfernt, nahe am Ufer des Weyman-River, liegt auf einem nach drei Seiten steil abfallenden Felsenplateau Doherty-Hall. Auf den Grundmauern eines alten Normannenschlosses hatte der Vater des jetzigen Besitzers, Sir Roger Doherty, einen stattlichen Landsitz errichten lassen. Regelmäßig verbrachte die Familie hier den Sommer.

Den breiten Fahrweg, der zum Hause führte, kam ein junger Mann mit einem Knaben entlang. In der Nähe einer großen Buche, deren Laub schon in allen Farben schimmerte, lief der Knabe von seinem Begleiter fort zu einer Bank, die unter den tief hängenden Zweigen verborgen war.

»Da sind wir wieder, Vivian!« Der Knabe schlang die Arme um die Gestalt eines jungen Mädchens. »Dr. Arvelin und ich haben einen weiten Weg hinter uns. Wir waren auf der anderen Flußseite, in den Wäldern von Roßmore-Castle. Dort trafen wir William Hogan. Er war auf der Jagd, hatte einen starken Hirsch erlegt. Das prächtige Geweih zeigte er mir. So groß!« Er breitete mit drolligem Ernst beide Arme aus.

Das Mädchen hob ihn auf den Schoß, streichelte seine Stirn. »Nun wirst du müde sein und Hunger haben, Phil.«

Der Bruder nickte eifrig: »Ja, ja, Vivian, gewiß bin ich hungrig. Aber erst mußt du noch hören, was da passiert ist! Als wir bei William Hogan standen, kam der alte Hektor aus den Büschen geflitzt und auf uns zugelaufen, und wie er bei uns war, wollte er Dr. Arvelin beißen! Oh, Hektor war sehr böse! Er hat geknurrt und gebellt. Aber da hat William Hogan ihn mit der Peitsche geschlagen und ist mit ihm fortgegangen.«

»Und hat er weiter nichts zu dir gesagt, Phil?« flüsterte Vivian leise dem Bruder ins Ohr.

»O ja, Vivian! Ich soll Grüße an dich bestellen!«

Errötend drückte das Mädchen einen zärtlichen Kuß auf die Lippen des Bruders und übergab ihn seinem Erzieher, der jetzt näher trat. Die beiden schritten davon, während Vivian ihnen nachblickte, bis sie an einer Wegbiegung verschwunden waren.

Schon über drei Jahre war Dr. Arvelin im Hause Sir Dohertys. Von einer Reise hatte ihn dessen Gattin Mary als Hauslehrer für Phil mitgebracht. Der Knabe, bis dahin ein schwächliches, nervöses Kind, wurde unter Arvelins Leitung von Grund auf verändert. Geistig und körperlich blühte er auf, und das Verhältnis des Doktors zur Familie gestaltete sich im Laufe der Zeit immer inniger. Nichts im Hause geschah, ohne daß man ihn zur Teilnahme aufforderte, obwohl sein schüchternes, linkisches Wesen zu dem rauschenden Gesellschaftstrubel schlecht paßte.

Als sich herausstellte, daß Dr. Arvelin sich aus Liebhaberei mit physikalischen Studien beschäftigte, richtete ihm Sir Doherty im turmartigen Giebel des Hauses ein Laboratorium ein. Hier verbrachte der Doktor fast alle freien Stunden.

Das Personal des Schlosses hatte einen heiligen Respekt vor dem Gelehrten. Unter den Dienstboten lief allerlei Gemunkel um über sein geheimnisvolles Treiben; nur scheu betraten sie den Turm.

Der Tochter des Hauses, Vivian, begegnete Dr. Arvelin stets mit rührender Ergebenheit. Soweit es seine Stellung erlaubte, suchte er jeden ihrer Wünsche, kaum daß er geäußert worden, mit emsiger Beflissenheit zu erfüllen.

Langsam schlenderte Vivian dem Haus zu, traf in der Halle den kleinen Bruder, der mit Appetit seine Mahlzeit verzehrte.

»So allein, Phil?«

»Ja, Vivian! Dr. Arvelin ist noch einmal zurückgewandert. Er hat unterwegs seinen Stock verloren.

Weil er ein wertvolles Andenken ist, will er ihn suchen.«

Fahles Mondlicht lag über dem Park. Aus einem Pförtchen an der Rückseite des Hauses schlüpfte eine weibliche Gestalt. In ein dunkles Tuch gehüllt, eilte sie über den mondbeschienenen Platz und verschwand in den Bosketten. Vorsichtig im Schatten der Sträucher und Baumgruppen bleibend, pirschte sich Vivian über den Rasen zu einem Weg, der zu der Brüstung der großen Plattform führte. Dort senkte sich der Fels weniger steil zur Flußniederung.

Ein sausender Windstoß vom Meere her fuhr durch die breiten Äste der hohen Platanen. Fröstelnd zog Vivian das Tuch enger um die Schultern.

Angestrengt horchte sie nach dem Flusse. Endlich ein schriller Pfiff vom Wasser her. Vivian schrak zusammen, eilte unwillkürlich zur Brüstung, starrte in das Halbdunkel über der Tiefe.

Wird William sein Versprechen gehalten und mit seinem Vater gesprochen haben? Was sollte aus ihr werden, wenn Lord Roßmore seine Einwilligung verweigerte? Die Eltern – der strenge Vater, was würde er mit ihr tun?

Ihr Herz pochte wild. Ein zweiter, leiser Pfiff vom Fuß der Felsen. Hastig richtete sie sich auf, blickte voll banger Erwartung in die Tiefe.

War die Entscheidung gefallen? Hatte Lord Roßmore den Bitten seines Lieblingssohnes widerstehen können? Nein! Nein! Es konnte, durfte nicht sein!

Das Poltergeräusch eines fallenden Steines ließ sie aufmerken. Aus dem Schatten eines Strauchs tauchte die Gestalt eines Mannes, der langsam den steilen Hang heraufkletterte. Vivian winkte mit einem kleinen Tuch dem Ankömmling zu, der jetzt schneller zu steigen begann. Noch ein paar Schritte, und er hatte den Fuß der Mauer erreicht.

»William!… Bringst du gute Kunde?« kam es flüsternd von den Lippen des Mädchens.

Der Kletterer antwortete nicht, legte die Rechte auf die Brüstung, zog sich empor, um sich herüberzuschwingen.

Beim Anblick seiner bleichen, erregten Züge prallte Vivian zurück, preßte die bebende Hand aufs Herz.

»William!« wollte sie rufen, doch ihre Stimme versagte.

Hogan, die Augen auf Vivian gerichtet, wollte sich eben mit letzter Anstrengung über die Mauer werfen, da… ein heiserer Laut der Überraschung, des Schreckens: Seine weit aufgerissenen Augen starrten auf die Gestalt Arvelins, die plötzlich, wie aus dem Boden gezaubert, hinter Vivian stand und ihm drohend die Faust entgegenreckte.

Gelähmt von dem spukhaften Bild, versagten Williams Kräfte. Seine Finger glitten von den Steinen ab; vergeblich suchten die Füße Halt. In schwerem Sturz fiel der Körper zurück, rollte, sich überschlagend, den Hang hinab.

Ein Schrei des Entsetzens kam aus Vivians Mund. Angstbetäubt taumelte sie zur Mauerbrüstung und sank dann ohnmächtig zu Boden.

Wie lange sie gelegen, wußte sie nicht. Als sie die Lider hob, drang die Stimme Arvelins an ihr Ohr. Seine Hand strich beruhigend über ihre angstvoll starrenden Augen.

»Keine Sorge, Vivian! William Hogan lebt! Eine ungefährliche Fußverletzung – er wird bald wiederhergestellt sein!«

Eine leichte Röte huschte über Vivians blasse Züge. »Sie lügen nicht, Dr. Arvelin? Ist es die Wahrheit?«

Arvelin nickte. »Es ist Wahrheit! Ich selbst sah, wie Hogans Diener seinen Herrn ins Boot brachte und ihn über den Fluß setzte.«

Unter dem Bann ihrer zweifelnden Augen sprach er

weiter: »Ich war zu später Stunde noch in den Garten gegangen, allerhand Gedanken nachhängend. Kam hierher, hörte Ihren Schrei, sah, wie Sie fielen. Nachher eilte ich den Hang hinab und stellte fest, was ich Ihnen vorhin erzählte!«

Er schob den Arm unter Vivians Achsel und richtete das Mädchen auf. »Sie müssen ins Haus zurück, dürfen nicht länger hierbleiben. Es könnte jemand kommen. Raffen Sie Ihre Kraft zusammen!«

Mit dankbarem Lächeln stützte sich Vivian auf Arvelins Arm. Doch ihre Glieder versagten. Halb bewußtlos strauchelte sie aufs neue. Hilfsbereit hatte Arvelin die Sinkende aufgefangen und trug sie nun in eiligem Lauf ins Schloß.

Wochen waren vergangen. Eine Reihe schöner, warmer Herbsttage hatte Sir Doherty veranlaßt, die Abreise nach London zu verschieben. Unter der glasbedeckten Halle saß die Familie beim Lunch. Phil hüpfte dem Diener entgegen, der die Post brachte.

»Oh! Etwas aus Brasilien?« Fröhlich schwenkte er einen Brief durch die Luft.

Alle sahen neugierig Doherty zu, der den Umschlag öffnete. Dr. Arvelin streifte mit einem schnellen Seitenblick Vivian, auf deren Antlitz Blässe und Röte wechselten. Jetzt hatte Doherty das Schreiben entfaltet.

»Oh – eine große Neuigkeit! William Hogan zeigt seine Verlobung mit Fräulein Potter in Rio de Janeiro an.«

Noch ehe die anderen den Sinn der Worte erfaßt hatten, flogen aller Augen zu Dr. Arvelin, der aufgesprungen war und die ohnmächtige Vivian in den Armen hielt.

Die weiteren Ereignisse des Tages überstürzten sich in rascher Folge. Vivian, von ihrer Mutter zu Bett gebracht, hatte in wirren Fieberträumen verraten, wie es um sie stand. Die Eltern, niedergeschmettert von dem

Furchtbaren, konnten es nicht begreifen. Die einzige, die eine Erklärung abgeben konnte, Vivian selbst, schien mit dem Tode zu ringen.

Unmöglich, jetzt an die Abreise zu denken. Die schottischen Wälder lagen im ersten Schnee, und noch immer war man in Doherty-Hall.

Finstere, sternenlose Nacht. Wieder öffnet sich die Hintertür des Landsitzes. Eine Gestalt schreitet wie im Schlafwandel der Plattform zu, schwingt sich über die Mauer. Vorsichtig, Fuß vor Fuß setzend, klettert sie den steilen Hang hinab. Beschleunigt unten ihre Schritte, eilt dem Flusse zu.

Jetzt hält sie jäh an, wendet den Kopf zurück. Ihre Augen durchdringen das Dunkel… Nichts zu sehen. Und doch! Hatte ihr Ohr nicht den Ruf »Vivian« vernommen?

Sie wendet sich, schreitet weiter. Da! Hört sie nicht plötzlich das Keuchen eines Menschen, der hinter ihr her eilt? Sie beginnt zu laufen. Nichts zu sehen – und doch wieder der heisere Ruf: »Vivian!«

Unaufhaltsam eilt sie ihrem Ziele, dem Flusse, zu. Springt auf eine Steinplatte, die weit über das Ufer hinausragt. Stürzt sich in jähem Schwung in die dunkle Flut.

Wieder standen die schottischen Wälder in herbstlichem Farbenspiel. Aber Doherty-Hall blieb unbewohnt. Nach den furchtbaren Ereignissen des vergangenen Jahres hatten die Dohertys es gemieden. In ihrem Londoner Haus standen die Koffer gepackt. Sir Doherty war im Begriff, mit seinen Angehörigen nach Kalkutta zu fahren, wo er eine hohe Stellung bekleiden sollte.

Noch einmal drückte Dr. Arvelin den kleinen Phil an sein Herz, sprach liebevoll auf den weinenden Knaben ein. Noch ein herzlicher Händedruck an die Eltern. Dr. Arvelin wandte sich, um seine Rührung zu verbergen, um und schritt schnell aus der Halle.

An jenem Stein, der zuletzt Vivians Fuß getragen, ehe sie den Tod in den Fluten suchte, stand Dr. Arvelin. Das Mondlicht, das durch die Uferbäume brach, weckte ihn aus seinem Sinnen. Fröstelnd zog er den Mantel enger um die Schultern, ging langsam flußabwärts.

Eine kleine Viertelstunde mochte er gegangen sein. Wieder wandte er sich dem Ufer zu. Ein Weidenbaum neigte seine Zweige bis auf den Wasserspiegel. Hier war's, wo er mit Aufbietung seiner letzten Kräfte, die Gerettete im Arm, aus dem Wasser kam.

Er kehrte jetzt dem Fluß den Rücken. Vor ihm führte ein schmaler Pfad zu einer Hütte, die, halb versteckt, sich ins Schilf duckte. Dorthin war er damals mit Vivian geeilt. Eine alte Fischerwitwe wohnte in dem Häuschen. Sie kannte Vivian von Kindheit an.

Jene Schreckensnacht verging. Im Morgengrauen hörte das alte Fischerweib den letzten Seufzer Vivians ...

Die Erinnerung an diese Nacht stand lebendig vor Arvelins geistigem Auge. Das heilige Versprechen, das Vivian mit ihrem letzten Atemzug ihm abgenommen, nichts von allem den Eltern zu verraten, ihnen die Schande zu ersparen – er hatte es gehalten.

Arvelin stieß die Tür zu der Hütte auf. Im Lichtschein des Herdfeuers sah er das alte Fischerweib an einer Wiege sitzen, in der ein kräftiger Knabe lag. Er beugte sich über das Kind, schaute ihm lange ins Gesicht. Suchte fast ängstlich die Züge Vivians wiederzuerkennen, suchte lange – frohlockte innerlich, als die Alte rief: »Genauso sah die Mutter aus, als sie in diesem Alter war!«

Die Frau kramte in dem halbdunklen Hintergrund der Hütte allerhand zusammen, machte ein Bündel daraus und übergab es Arvelin. Der drückte ein paar Banknoten in die runzlige Hand wandte sich zur Wiege, hüllte ein Tuch um das Kind. Die leichte Last auf dem Arm, verließ er die Hütte.

An der Ostseeküste unweit der Grenze auf einer Anhöhe stand das Schloß der Freiherrn von Winterloo. Ein Stück landeinwärts der große Wirtschaftshof, an den sich die ausgedehnten Fluren schließen. Im oberen Turmgemach nach der Seeseite zu zwei Männer im Gespräch.

»Ich weiß nicht, lieber Arvelin, weshalb du dir meinen Vorschlag noch lange überlegen willst.« Freiherr von Winterloo deutete durch die offene Tür auf einen Saal, der wie ein Laboratorium eingerichtet war. »Hier findest du alles Notwendige für deine Arbeiten! Du sagst ja selbst, daß du durch die kleine Erbschaft, die dir kürzlich zufiel, ziemlich unabhängig bist. Die Jagd nach einer beamteten Stelle hast du doch nicht mehr nötig.« Er streckte Arvelin die Rechte entgegen. »Schlage ein, lieber Freund! Eine größere Freude könntest du mir nicht machen, als wenn du dauernd hier bei mir bliebest!«

Der andere zögerte noch immer. Der laute Ruf einer Knabenstimme vom Garten her ließ ihn aufhorchen. Der Freiherr runzelte die Stirn.

»Wieder dieses Kindergeschrei! Habe ich nicht der alten Droste streng befohlen, alle Störungen von diesem Teil des Gartens unter meinen Fenstern fernzuhalten?«

Arvelin hatte Winterloos Hand ergriffen, drückte sie und rief: »Ich bleibe!« Der Freiherr umarmte seinen Freund. »Mir ist's, als wäre ich um zehn Jahre jünger geworden!«

Arvelin wollte sprechen, da scholl wieder von unten die Knabenstimme. Der Freiherr hastete ärgerlich zur Tür.

»Die Alte ist zur Stadt gefahren. Und der Bengel benutzt nun die Stunden der Freiheit, um sich im Garten auszutoben – das heißt, uns zu stören!« erklärte er.

»Nein, Winterloo – mich stört er nicht! Ich freue mich darüber. Ein hübscher, frischer Junge! Ich sah ihn gestern, als ich die alte Droste, deine Haushälterin, begrüßte. Es ist ihr Sohn – oder ihr Enkel?«

Der Freiherr schüttelte den Kopf. »Nein. Doch wenn du so viel Interesse daran nimmst, will ich dir sein sonderbares Schicksal erzählen. Von der Alten selbst würdest du nichts erfahren. Sie behandelt ihn wie ihr eigenes Kind, hat ihm ja auch ihren Namen gegeben.«

»Du machst mich neugierig, Winterloo! Erzähle bitte! Laß mich mehr über den Jungen hören!«

Die beiden setzten sich. Der Freiherr begann: »Es mögen jetzt an die sieben bis acht Jahre her sein, daß der Knabe in mein Haus kam. An einem stürmischen Herbstmorgen. Schon seit Tagen wagte sich kein Fischer aufs Meer. Ich war wohl eben aufgestanden, da hörte ich vom Ufer her lautes Geschrei. Ich lief hinaus, schrak zusammen: Ein Frachtschiff, weit draußen in der See, stand in Flammen! Kurz darauf traf uns der Schall einer furchtbaren Explosion. Und ein paar Minuten später waren die brennenden Reste des Schiffes im Meer versunken.

Lange standen wir, starrten über die gischtenden Wogen nach der Unglücksstätte. Da plötzlich ein Schrei vom Turm her, wo der alte Droste dem Schauspiel zugesehen: ›Ein Boot kommt an!‹

Die hohen Wellen versperrten uns jede Aussicht. Ich eilte selbst in das Turmzimmer, nahm das große Stativrohr zu Hilfe, schaute in die Richtung, in der Droste das Boot erblickt hatte. Und fand es bald. Es trieb dem Strande zu. Und immer wenn es in ein Wellental hinabschoß, glaubte ich am Boden ein Bündel zu sehen.

So kam's heran. Kurz bevor es den Strand erreichte, eilte ich hinab.

›Bark Anne Mary‹ rief ein Fischer mir zu. ›Anscheinend ein englisches Schiff, das da unterging!‹

Ich wollte mich zum Hause wenden. Da – plötzlich ein vielstimmiger Schrei aus der Menge. Droste hatte das Bündel aus dem Boot genommen und zu aller Überraschung entdeckt, daß es ein kleines Kind barg. Es lebte und streckte seine Händchen den fremden Menschen entgegen.

»Ein Wunder!« rief alles durcheinander.

Auch mich überlief's wie ein frommer Schauer. Das Kind der einzige Überlebende von dem Unglücksschiff!

Im Lauf der Zeit wurde durch die Seeämter festgestellt, daß tatsächlich die Bark ›Anne Mary‹ auf der Fahrt von Leith nach Memel verschollen sei: Von der übrigen Besatzung hat niemals jemand wieder etwas gehört. Eine Passagierliste fand man nicht. Des Kindes Eltern sind sicherlich bei dem Unglück ums Leben gekommen. Droste nahm es in seine Wohnung. Seine fromme Alte hielt es für ein Geschenk des Himmels an sie. Und seit nun vor Jahresfrist ihr Mann gestorben ist, hängt sie mit all ihrer Liebe an dem Knaben und hält ihn ganz wie ihr eigen.«

»Und du?« fragte Arvelin.

Der Freiherr lächelte in harmloser Abwehr. »Kindergeschrei ist nicht nach meinem Geschmack! Vielleicht, wenn der Junge größer wird… Doch nein! – warum soll ich mich um ihn kümmern? Eine bessere Pflegemutter als die alte Droste könnte er nirgends finden!«

Jahre… viele Jahre waren seit dieser Unterredung vergangen. Alt und grau waren die beiden Freunde geworden. Und in ihren Gemeinschaftsbund wuchs ein dritter hinein: Medardus Droste.

Nicht lange, nachdem Arvelin Wohnung in Schloß Winterloo genommen, hatte er den Knaben aus seiner Verborgenheit gezogen, war ihm Spielgefährte und

Lehrer geworden. Auch der Freiherr hatte, je weiter das Kind zum Jüngling wurde, immer größeres Interesse für ihn bewiesen. Fast schien es, als ob sich die beiden Alten eifersüchtig um die Zuneigung des jungen Medardus stritten.

Da kam der große Streit zwischen der neuen Großmacht Brasilien und Venezuela. Auf die Kunde von den neuen Ölfunden hatte in Venezuela eine heftige Bewegung eingesetzt für ein Gesetz, das die Ausbeutung von Ölvorkommen durch ausländische Gesellschaften verbieten sollte. Die bis dahin bekannten Ölquellen waren fast erschöpft. Die sich mehr und mehr ausdehnende Industrie Venezuelas war Hauptrufer in diesem Streit. Hatte man doch schon mit Bangen dem Augenblick entgegengesehen, da die Quellen versiegten und man genötigt sein würde, synthetischen Betriebsstoff zu beziehen.

Das Gesetz wurde im venezolanischen Parlament mit großer Stimmenmehrheit angenommen. Es traf in erster Linie brasilianische Interessen, in geringem Maße auch englische. Die Ölinteressenten der brasilianischen Union unter Führung des Leiters der Centralen Oil Gesellschaft, William Hogan, hatten vergeblich gegen das Zustandekommen dieses Beschlusses gearbeitet. Durch geschickte Agitation verstanden sie es dann, die Stimmung in Brasilien derart zu beeinflussen, daß die Regierung eine diplomatische Aktion einleitete. Als sie fruchtlos zu verlaufen drohte, gaben ein paar Zwischenfälle, bei denen brasilianische Bürger ums Leben kamen, Anlaß zum Appell an die Waffen.

Doch in einem hatten sich die Brasilianer verrechnet. Aus dem geträumten Spaziergang nach Caracas wurde nichts. Der Krieg, auf beiden Seiten mit großer Erbitterung geführt, zog sich immer länger hin und verschlang Riesensummen.

Es war ein schwarzer Tag in Winterloo, als von Medardus die Nachricht kam, er wolle die günstige Gelegenheit nutzen, seine Flugkenntnisse zu vervollkommnen, und habe die Führung eines Luftriesen übernommen, den die Firma Truxton & Co. gechartert hatte, um Konterbande für Venezuela über den Ozean zu schaffen. Vergeblich alle Versuche der beiden Alten, Droste von diesem gefahrvollen Vorhaben abzubringen.

Die Wellen der Weltereignisse, die bis dahin das Gestade Winterloos kaum beunruhigt hatten, begannen nun stärker und stärker zu branden. Mit unverhohlener Sorge verfolgten die Freunde die Kriegsgeschehnisse gespannt auf alle Nachrichten, die von den Fahrten ihres Medardus zu ihnen drangen.

Arvelin saß in seinem Schlafgemach. Vor ihm lag eine englische Zeitung, die das Bild des kühnen Flugkapitäns Medardus Droste brachte. Lange vertiefte sich der Alte in die frischen, energischen Züge.

»Das Bild ist gut getroffen!« murmelte er vor sich hin. »Medardus, wie er leibt und lebt!«

Er beschattete sinnend die Augen, schritt dann zu einer kleinen Kassette, nahm ein Päckchen heraus und ging wieder zum Tisch.

Die Hülle des Päckchens fiel. Eine verblichene Photographie kam zum Vorschein. Das Bild einer jungen Dame. Arvelin legte es neben das Zeitungsblatt. Seine Augen wanderten von einem Bild zum anderen. Ein wehmütiges Lächeln glitt über sein faltiges Gesicht.

»Dieselben Züge, dieselben Augen! Keine Spur aber, gottlob, von William Hogan, diesem Verfluchten!«

Über dem Gasadorado ein alter, aus der Mitte des 19. Jahrhunderts stammender Steinbau. Er stand noch im Weichbild der Befestigungsanlagen von São Salvador. Schon längst zum Abbruch bestimmt, hatte ihm der

Krieg zwischen Brasilien und Venezuela eine neue Frist geschenkt.

Zwölf Schläge der alten Turmuhr. Edna Wildrake, die Insassin der Zelle 17, schob das Buch, in dem sie gelesen, zurück, ging ein paarmal wie in Erwartung auf und ab. Vom Ende des langen Ganges klang das Rasseln von Schlüsseln – die tägliche Revision des Fortkommandanten. Noch zehn Minuten – Edna hatte die Zeit wohl berechnet –, dann würde auch ihr Zimmer geöffnet werden. Hauptmann Winterloo würde, wie an jedem Tage, die üblichen vorgeschriebenen Fragen stellen und dann ... blieb sie wieder für vierundzwanzig Stunden allein.

Wenige Worte nur pflegte er an sie zu richten – und doch, welches Gewicht erhielten sie in seinem Munde! Ihr durch die lange Haft geschärftes Empfinden spürte unverkennbare Teilnahme an ihrem Schicksal heraus. Wie vorteilhaft unterschied sich überhaupt sein Benehmen von dem seines Vorgängers, des Majors Tejo. Der hatte nie anders als in brüskem, verächtlichem Ton mit ihr gesprochen.

Aus dem kurzen Gespräch mit der alten Mulattenwärterin, die täglich zu ihr kam, hatte sie einiges aus dem Leben der beiden Offiziere erfahren. Die furchtbare Katastrophe, die halb Bahia in Asche legte und Tausende von Menschenleben vernichtete, hatte auch in das Leben dieser Männer eingegriffen. Unter den Opfern befanden sich die Eltern Tejos und dessen Schwester Viktoria, die Verlobte des Hauptmanns Winterloo. Diese Katastrophe aber war das Werk des Kapitäns Wildrake, ihres Bruders! Sein stärkstes Heldenstück in den Augen des venezolanischen Vaterlandes und der neutralen Welt – ein fluchwürdiges Verbrechen in den Augen der Brasilianer. Verbrechen? Immer wieder fragte sie sich, wie die brasilianische Union sie und ihre Familie für das Geschehene mitverantwortlich machen konnte.

Sie trat ans Fenster. Von der Höhe, auf der das Gefängnis lag, bot sich ein weiter Rundblick über den nördlichen Teil der Stadt. Wohin ihr Auge schaute – nichts als Trümmer und verkohlte Ruinen.

»Damit Sie die Schandtat Ihres Bruders nicht vergessen, Fräulein Wildrake, habe ich Ihnen das Zimmer mit dieser schönen Aussicht anweisen lassen. Eigentlich kein angemessener Kerkerraum für Leute Ihrer Art!« hatte Major Tejo gesagt, als sie hier hereingebracht wurde.

Der neue Kommandant Winterloo aber hatte sich schon beim ersten Besuch wie beiläufig erkundigt, ob sie nicht einen anderen Raum haben wolle. Sie hatte abgelehnt. Nur ihre Augen hatten gedankt für das verborgene Entgegenkommen, das in seiner Frage lag. Doch war es ihr seitdem, als webe unsichtbar ein Verbundensein zwischen ihr und diesem Manne – dem Manne, dem die Tat ihres Bruders die Braut geraubt.

Die Erinnerung wurde immer wieder aufgefrischt, die Erinnerung an das Heldentum ihres Bruders, an den Schlag, der den Koloß für Augenblicke zum Erzittern brachte.

Dunkle Herbstnacht. Ein rasender Nordoststurm peitscht die Wasser der Bai zu haushohen Wellen. Mit Mühe halten sich Tausende von großen und kleinen Fahrzeugen vor Anker. Die Kriegsschiffe draußen auf der Reede machen Dampf auf, um sich nötigenfalls auf die hohe See zu flüchten. Auch auf den beiden Riesenschlachtschiffen, die vor São Salvador festgemacht haben, ein wirres Hin und Her. Die ›Columbus‹ und ›Pizarro‹, der Stolz der brasilianischen Marine, Wunder der Schiffsbautechnik, kurz vor Beginn des Krieges fertig geworden. Keine Marine der Welt hatte ähnliche Schiffseinheiten aufzuweisen.

Da – der Ausguck auf der ›Columbus‹ wollte schreien: »Periskop Backbord voraus in Sicht!« Doch der Ruf erstarb in einer Detonation an Backbord der ›Columbus‹, der fast gleichzeitig eine zweite an Steuerbord der ›Pizarro‹ folgte.

Ein furchtbares Dröhnen in den beiden Riesenleibern, dann legen sich die gigantischen Panzerschiffe auf die Seite ... Ein paar Minuten später, da, wo sie gelegen, nur noch ein Gewirr von Trümmern und von Menschen, die um ihr Leben ringen.

Am Kai ankern die zwölf Öltankschiffe des Konvois, den die beiden Panzerschiffe hierher in den Hafen geleitet. Ihre kostbare Fracht ist zum Teil schon in die Ufertanks übergeleitet. Jetzt – ein kurzes Aufblitzen am Rumpf des ersten Schiffes ... des fünften, des achten! Laute Schreie der Besatzungen. Am Ufer wird man aufmerksam, Lichter blitzen auf. Riesige brennende Ölmassen ergießen sich aus den getroffenen Schiffsleibern. Die lange Front des Seawall ist im Nu ein Flammenmeer, das sich mit Blitzesschnelle über die ganze Südfront der Bay ausbreitet.

Schon brennen die Docks! Die verängstigten Einwohner, aus dem Schlaf gescheucht, stürzen auf die Straße. Da – plötzlich ein donnerähnliches Getöse. Die riesigen Muntionsmengen, die an den Kais lagern, explodieren.

Feuerwehr und Militär jagen zur Unglücksstätte. Noch weiß man nicht, was geschehen, übersieht kaum die Größe der Gefahr, da stehen schon die langen Uferstraßen mit den langen Lagerhäusern und hinter ihnen die stolzen Geschäftspaläste in lodernden Flammen.

Vergeblich alle Versuche, sie mit menschlichen Mitteln zu bekämpfen. Die Glut greift auf die innere Stadt über, überspringt ganze Viertel. Tausende, die sich noch retten wollten, sind plötzlich abgeschnitten, auf allen Seiten von brennenden Häuserblocks umgeben.

Erst in der Morgendämmerung legte sich die Gewalt des Orkans. Die Strahlen der aufgehenden Sonne beleuchteten ein grausiges Bild. Der Verlust so ungeheurer Werte jetzt mitten im Kriege war doppelt schwer zu ertragen. Bildete doch Bahia das Hauptsammellager für die technische Kriegführung. Auf den Kriegsschauplätzen machte sich der Ausfall empfindlich bemerkbar.

Wie war das Unglück entstanden? Man wollte nicht glauben, daß etwa ein Feind durch die hundertfach gesicherte Minensperre gebrochen sei. Die Berichte aus Bahia selbst waren so unklar, daß man sich kein sicheres Urteil bilden konnte. Da brachte am Abend des folgenden Tages der amtliche Heeresbericht aus Caracas folgende Nachricht: »Gestern nacht gelang es unserem U-Boot 48, in den Hafen von São Salvador einzudringen und die beiden Schlachtschiffe ›Columbus‹ und ›Pizarro‹ sowie zwölf Tankschiffe zu versenken.«

Die Welt verhielt den Atem.

Wer war es?

Ein paar Stunden später: Der Name Robert Wildrake im Munde jedes Brasilianers. Er der Täter! Der Verbrecher! Millionen Flüche und Verwünschungen wurden auf sein Haupt geschleudert. Schon mehr als einmal hatten venezolanische Heeresberichte kühne Taten des Kapitäns Wildrake erwähnt. Man wußte Bescheid über ihn. Wußte, daß sein Großvater James Wildrake aus Schottland nach Venezuela eingewandert war und dort umfangreiche Ländereien erworben hatte. Dessen Sohn hatte eine Tochter des Generals Alvarado geheiratet und die venezolanische Staatsangehörigkeit angenommen. In Wildrake-Hall, am Nordufer des Rio del Caroni, war Robert Wildrake geboren.

Wildrake-Hall! Ednas Gedanken flogen dorthin. Wie mochte es da aussehen? Die Brasilianer würden mit dem Besitztum ihres Feindes wohl ebensowenig glimpflich umgehen, wie sie ... Ihre Gedanken stockten. Ein harter, bitterer Zug grub sich um ihren Mund. Wie konnte man so unmenschlich, so grausam handeln? Wer hätte je annehmen können, daß der Feind ungeschützte Frauen, den kranken Vater aus dem Hause reißen, in Gefangenschaft fortschleppen würde? Gewiß, sie waren gewarnt. Lag doch Wildrake-Hall in der Gefahrenzone. Aber niemand hätte für möglich gehalten, daß das geschah, was in jener Schreckensnacht vor sich ging, als ein Geschwader landete und Wildrake-Hall umstellte.

Die Eltern – Maria, Roberts Braut – sie, Edna, selbst – gefangen fortgeführt unter dem Vorgeben, sie hätten gegen die Sicherheit der Besatzungstruppen konspiriert. Der kranke Vater dahingesiecht – vor zwei Wochen hatten sie ihn begraben. Maria, die Ärmste – wieviel mußte sie gelitten haben, bis die Tränen ihr Augenlicht verdunkelten und man sie endlich mit der sterbenden Mutter heimsandte…

Ein Schaudern überlief Edna bei dem Gedanken an ihre eigene harte Behandlung in der ersten Zeit der Haft. Das erste freundliche Wort, das sie in der Gefangenschaft gehört, kam aus dem Munde Winterloos. Doch wie lange würde er noch bleiben? Täglich konnte er abgelöst werden.

Wie in Gedanken öffnete sie den Fensterflügel bis zur Wand, trat vor die blanke Scheibe, schaute hinein. Mit ein paar kurzen Bewegungen ordnete sie die Fülle ihres blonden Haares. Lächelte dann über sich selbst. Ein Restchen Eitelkeit also selbst jetzt noch – trotz bitterer Gefangenschaft!

Kanonendonner von der Seeseite her ließ sie zusammenfahren. Edna starrte durch das Gitter auf die Straße, die plötzlich von einem Gewimmel freudig erregter Menschen erfüllt war.

Ein großer Sieg der Union? Oder gar Friede? Und Freiheit für sie, der man doch nichts anderes vorwerfen konnte, als daß sie Robert Wildrakes Schwester war?

In ihrem Sinnen überhörte sie, daß sich die Tür ihrer Zelle öffnete. Ihr Auge begegnete in stummer Frage dem Blick des Offziers. Der nickte. »Waffenstillstand, gnädiges Fräulein! Gebe Gott, daß der Krieg endgültig vorüber ist! Vielleicht wird Ihre Haft nun bald ein Ende haben!« Ein kurzer Händedruck. Schon war sie wieder allein.

Waffenstillstandsverhandlungen im Lager des brasilianischen Höchstkommandierenden. Immer wieder nur der eine Punkt, an dem alles zu scheitern drohte: das Schicksal von vier venezolanischen Offizieren, deren Auslieferung zur Aburteilung durch ein brasilianisches Kriegsgericht gefordert wurde.

»Unmöglich, Señores!« Der greise Oberst Guerrero nahm auf seiten Venezuelas das Wort. »Unmöglich! Niemals werde ich in die Auslieferung dieser Tapferen, die Sie Verbrecher nennen, einwilligen.«

Doch eine halbe Stunde später waren die Waffenstillstandsbedingungen schriftlich festgelegt. Die Vertreter der beiden Staaten unterschrieben das offizielle Protokoll und unterschrieben ein zweites Schriftstück.

Im Golf von Maracaibo liegt die idyllische Insel Aruba. Noch vor wenigen Jahren eine nur den Fischern bekannte Insel. Inzwischen zum Treffpunkt für millionenschwere Sportsleute ganz Südamerikas geworden.

Der Krieg jedoch hatte aller Herrlichkeit ein Ende bereitet. Verlassen jetzt die Hotelbauten, verödet der paradiesische Strand.

Ein kleines Motorboot, die Flagge Venezuelas am Heck, näherte sich von Westen her der Anlegestelle, machte dort fest. Ein Marineoffizier sprang heraus, verabschiedete sich von dem Führer des Bootes und ging quer über den Strand. Er näherte sich einer zwischen Palmen versteckten Villa.

Als er den Garten erreichte, sprangen drei Offiziere in weißen Tropenuniformen aus ihren Hängematten, die dort an den Bäumen befestigt waren.

»Hallo, Kapitän Wildrake! Ist's möglich?«

Eine kleine, fast jungenhafte Gestalt eilte ihm entgegen. »Sie sind's wirklich, Wildrake? Ich begrüße Sie herzlich in unserer Mitte! Kommt her, Barradas und Calleja! Kapitän, Sie kennen die Herren noch nicht? Herr Leutnant Antonio Barradas und Juan Calleja.«

Der Angeredete drückte jedem die Hand und blickte dann in die Runde.

»Man hat uns ja eine ganz nette Erholungsstätte angewiesen, meine Herren. Nun, das Vaterland weiß, was es uns schuldig ist. Freier Aufenthalt in Aruba, dem Milliardärbad – nicht übel! Wäre nur nicht dort drüben die unliebsame Nachbarschaft!« Er deutete auf ein paar Rauchwolken. »Das brasilianische Kreuzergeschwader, das da hinten vor Anker liegt, dürfte besser fehlen. Unsere Ruhe könnte von denen da drüben leicht gestört werden. Und wär's auch nur, daß sie uns ein paar Granaten aufs Hausdach setzten.«

»Ah, gut! Seht ihr? Sagte ich nicht dasselbe?« Leutnant Calleja war aufgesprungen. »Wußte gleich, daß der Brief, der mich hierherbeorderte, ein Uriasbrief war.«

»Ich will und kann es nicht glauben!« unterbrach ihn Barradas. »Solch schnöder Undank des eigenen Vaterlandes, für das wir huntertmal unser Leben aufs Spiel gesetzt...« Der Offizier starrte drohend nach dem Festland hin. »Dann...!« Er hatte die Faust geballt, die Worte zischten aus seinem Munde.

»Dann wäre mir jeder Schuß leid, mit dem ich die hundert brasilianischen Flieger herunterholte. Die Stunde wird kommen!« erwiderte Calleja. »Verlaß dich darauf, Barradas! Bald wirst du erkennen, wie Venezuela seinen besten Luftkämpen dankt. Der Brand von Pernambuco – vergiß ihn nicht! Er steht im brasilianischen Schuldbuch auf deinem Konto, Barradas! Wie konntest du auch so unvorsichtig sein und eine Bombe auf die Munitionsdepots werfen, die die lieben Brasilios unmittelbar neben der Stadt errichtet hatten! Pernambuco ist eine offene Stadt, mein Lieber! Da muß man vorsichtig sein! – Wenn ich übrigens einen leisen Zweifel hatte, so hat die Ankunft unseres verehrten Kapitäns Wildrake ihn behoben. Man versäumte es, dem alten, braven Guerrero rechtzeitig den Mund zu stopfen. Durch einen Verwandten im Ministerium kam mir einiges von den Verhandlungen im brasilianischen Hauptquartier zu Ohren. Das eine weiß ich: Hier spielt man ein böses Spiel!«

»Eine Falle! Nichts anderes!« fiel Alvarez ein. »Wie denken Sie darüber, Kapitän? Daß Sie nicht der Meinung unseres ehrlichen Barradas sind, sehe ich schon längst.«

Wildrake nickte stumm.

»Aber was sollen wir tun?« rief Barradas. »Wir haben Befehl, uns bis auf weiteres hier aufzuhalten. Wäre es wirklich wahr, was Sie, Herr Kapitän Wildrake, denken, keine Minute länger würde ich bleiben. Einer Regierung, die solch schändlichem Plan zugestimmt, den Gehorsam zu verweigern, würde mir ein Vergnügen sein. Ich begreife nicht, Kapitän, wie Sie hierherkommen konnten, wenn Sie die Überzeugung haben, daß ...«

»Befehl ist Befehl, Leutnant Barradas! Solange ich nicht den greifbaren Beweis habe, daß meine Vermutungen richtig sind, gehorche ich dem Befehl und bleibe hier.«

»Beweis, Kapitän Wildrake?« hohnlachte Alvarez. »Der Beweis dürfte erst erbracht sein, wenn uns die Brasilianer hier ausgehoben und nach den Südstaaten verschleppt haben. Es gibt genug Möglichkeiten, die Insel zu umstellen. Bleiben wir also hier, dann sind wir einem überraschenden Überfall der Brasilianer wehrlos preisgegeben. Denn ist's eine Falle, in der wir stecken, so ist ein Entkommen unmöglich.«

»Falle, mein lieber Alvarez? Gewiß, in eine Falle geht, wer keinen Ausweg sieht.«

»Ah, Kapitän Wildrake!« rief Calleja. »Sie wüßten, wie gegebenenfalls ...?«

Wildrake nickte.

»Und wie wäre das?« Gleichzeitig kam die Frage aus dem Munde der drei.

»Ich habe«, fuhr Wildrake fort, »für den Fall, daß gewisse Ereignisse hier eintreten, mir die Flucht unter Wasser gesichert.«

»Was haben Sie – ein U-Boot? Es liegt schon da? Es wird kommen?«

Wildrake sprach weiter. »Es wird da sein, wenn das Ereignis eintritt. Doch ich will Sie nicht länger im unklaren lassen. Ich kenne die Insel von einem früheren Aufenthalt her genau. An der Nordspitze befindet sich eine Höhle, die die Flut in den Felsen gewaschen hat. Ein rauchendes Feuer, da oben angezündet, wäre weithin sichtbar. Eine Stunde, nachdem das Signal gegeben, wird Kapitän Pedrazza mit seinem Boot unter der Höhle liegen. Eine kleine Schwimmtour von hundert Metern, und wir sind an Bord. Es gilt nun, scharf Ausguck zu halten, daß wir nicht in den Betten von den brasilianischen Fliegern überrascht werden. Machen wir uns jedenfalls sofort an die Arbeit, das Signal für alle Fälle vorzubereiten!«

Als Oswald Winterloo in sein Zimmer kam, trat ihm Major Tejo entgegen.

»Ah, guten Tag, Alfonso! Beglückwünschen wir uns! Waffenstillstand! Endlich der Krieg vorüber!«

Tejo machte ein finsteres Gesicht. »Leider!«

»Alfonso! Wünschst du wirklich, daß der Krieg noch weiterginge?«

»Wer möchte das? Aber sonst ist es halbe Arbeit,

nichts anderes! Man will Venezuela zwingen, alles Gebiet bis zum fünften Breitengrad abzutreten. Wie lange wird's dauern? Ein, zwei Jahrzehnte – ein neuer Krieg dann, um auch den Rest der Union einzuverleiben. Die Opfer werden da noch größer werden.«

»Alfonso! Ich verstehe dich nicht.«

Tejo wandte sich um, trat zum Fenster, deutete auf die Stadt. »São Salvador, Pernambuco, Manaois in Schutt und Asche! Auch ich verstehe dich nicht mehr! Hättest du Victoria wirklich geliebt, müßtest du denken wie ich.«

»Alfonso, wohin treibt dich der Haß? Du weißt, wie teuer mir Victoria war. Aber wird ihr Andenken mir dadurch kostbarer, daß noch weitere Hekatomben von Opfern verbluten?«

»Du bist ein Deutscher! Obgleich ihr schon seit Generationen hier im Lande wohnt. Ein Deutscher – schwach im Hassen, schwach im Lieben.«

»Sieh hinaus auf die Straßen! Der Jubel der Bevölkerung beweist zur Genüge, daß andere ebenso denken wie ich.«

Tejo machte eine wegwerfende Handbewegung. »Vergleichst du dich mit diesen?«

Winterloo unterdrückte die heftige Antwort, die ihm auf der Zunge lag. »Ich für meine Person werde jedenfalls mit Freuden das Ende dieses Kampfes begrüßen. Vor allem bin ich froh, dieses Postens hier so oder so bald ledig zu sein.«

»Meinst du, daß die politischen Gefangenen hier so bald entlassen werden?«

»Gewiß! Zweifellos sind doch darunter sehr viele, die auf einen bloßen Verdacht hin verhaftet wurden. Man wird sie ohne Prozeß freigeben müssen.«

»Ha!« Tejo lachte ein häßliches Lachen. »Du denkst wohl besonders an diese Edna Wildrake?«

Winterloo biß sich auf die Lippen. »An sie nicht mehr als an die anderen ...«

Winterloo wandte sich achselzuckend zur Seite. »Ich kann nur wiederholen, was ich sage, Alfonso. Ich verstehe diesen Haß nicht.«

»Fehlt nur noch, daß du als ihr Ritter in der Gerichtsverhandlung auftrittst! Dann wäre ja das Schauspiel fertig. Du, der Mann, dem dieser Verbrecher die Braut geraubt, nun der Verteidiger seiner Schwester! Daß die Angehörigen dieses Wildrake hinter unserem Rücken konspiriert haben, steht fest. Der Prozeß wird es an den Tag bringen, verlaß dich darauf! Dann wirst du vielleicht anders denken. Für heute lebe wohl, Oswald!«

»Lebe wohl, Alfonso!«

Sie schieden ohne Händedruck.

»Die Brasilianer werden Gesichter machen, wenn sie das Nest leer finden!« sprach Alvarez leise lachend. Ein Griff Wildrakes riß ihn zurück. Auch die beiden anderen, die ihnen folgten, blieben stehen. Aus dem Schatten einer langen Badebaracke hervorgetreten, hatte Wildrake auf der freien Rasenfläche zur Linken plötzlich vier Flugzeuge entdeckt.

»Wir müssen einen Umweg machen, um zu unserem Scheiterhaufen zu kommen. Möglich, daß ein Teil der Besatzung in den Flugzeugen geblieben ist. Jedenfalls ist größte Vorsicht geboten.«

Jede Deckung benutzend, umschlichen die vier Schicksalsgenossen die brasilianischen Flugzeuge. Am Fuß der Nordhöhle hielt Wildrake an.

»Was ist das? Man müßte doch in dem hellen Mondlicht den Scheiterhaufen sehen. Er ist weggeräumt! Verrat! Ein Spion! Keinen Schritt weiter!«

»Verrat? Spione?« stieß Barradas zwischen den Zähnen hervor.

Die beiden anderen starrten wie hilfesuchend auf Wildrake. Der lächelte.

»Ich halte uns noch nicht für verloren. Freilich muß

sehr rasch gehandelt werden! Auf Sekunden kommt's an! Dort hinten die vier brasilianischen Flugschiffe – wir müssen sie kapern, auf ihnen entfliehen. Jeder von uns kann ein Flugzeug führen.«

»Aber die Besatzung?«

Statt einer Antwort zog Wildrake den Revolver aus der Tasche. »Wir müssen sie überraschend angreifen und unschädlich machen. Kein anderer Weg! Auf jeden Fall müssen wir versuchen, uns aller vier Flugzeuge zu bemächtigen, sonst hätten wir die Verfolger sofort auf den Fersen. Doch zunächst zurück zu der Badebaracke!«

In schnellem Lauf bewegten sich die vier den Weg zurück. Im Schatten der Baracke angelangt, deutete Wildrake auf die vier Schiffe, die in einer Front vor ihnen lagen, stellte die drei Gefährten nebeneinander auf.

»Alvarez das erste! Calleja das zweite! Barradas das dritte, ich das vierte. Wir werden uns langsam auf die Maschinen zu bewegen, bis wir angerufen werden. Vielleicht, daß man uns erst spät bemerkt. Dann in schnellem Lauf drauf zu! Und jeder an sein Geschäft! Unser Ziel: die britischen Antillen. Alles Weitere wird sich finden.«

Kaum hundert Schritt mochten sie zurückgelegt haben, als aus dem dritten Flugschiff ein Anruf erscholl. Gleichzeitig wurde die Tür der Kabine geöffnet. Ein Matrose trat heraus, machte seine Waffe fertig.

»Drauf!« schrie Barradas und eilte mit Riesensprüngen auf die Maschine zu.

Ein dumpfer Schlag! Der Matrose lag am Boden. Dröhnendes Brummen des Motors, den Barradas angelassen hatte. Auch die drei anderen waren eiligen Laufes auf ihr Ziel losgestürmt und erreichten fast gleichzeitig ihre Flugzeuge.

Sie verließen die Insel und flogen der aufgehenden Sonne entgegen.

»Vielleicht war's unsere letzte Fahrt, Kapitän Droste!« Der Erste Offizier sprach es zu dem Führer des Luftriesen DK 920.

»Wahrscheinlich, Johnson!« antwortete er. »Es ist gut, daß das Morden da drüben jetzt aufhört. Bedaure nur, daß unsere Flüge von England nach Venezuela nun auch ein Ende nehmen werden. War doch alles in allem eine herrliche Zeit, wenn's auch manchmal hart am Tode vorbeiging.«

»Nicht zu vergessen: auch ein schönes Geschäft, Kapitän! Ob der brave Kahn wohl wieder nach Bremen zurückgeht? Oder werden Truxton & Co. ihn fest übernehmen?«

Droste zuckte die Achseln. »Ich werde jedenfalls das Kommando niederlegen, sobald wir in England sind.«

Kapitän Droste wollte eben die Kabine verlassen, da schrillte das Telefon.

»Flugzeuge Backbord in Sicht!«

Er trat in den Laufgang, sah durch die Fenster nach Backbord. »Was ist das, Johnson?« rief er dem nachkommenden Offizier zu. »Ein Kampf zwischen brasilianischen und venezolanischen Fliegern? Es ist doch Waffenstillstand!«

»Nein! Kein venezolanischer Flieger dabei!« Johnson spähte durchs Fernglas. »Die Abzeichen sind ungefähr zu erkennen. Scheinen alles Brasilianer zu sein.«

»Unmöglich, Johnson! Da – sehen Sie doch! Der Hinterste schießt doch auf den vor ihm Fliegenden. Der stürzt ab. Jetzt – die beiden anderen Verfolger gegen das dritte Flugzeug! Das schlägt eine Volte! – Der vorderste Verfolger abgeschossen! Aber jetzt sackt der Verfolger selber ab!«

»Was ist das? Wie soll man das verstehen?« rief Johnson. »Brasilianer gegen Brasilianer? Ich denke, wir drehen ab und fahren mit halber Kraft. Das Ende dieser sonderbaren Affäre möchte ich doch gern mit ansehen. Der Teufel soll daraus klug werden. – Jetzt auch das zweite Flugzeug erledigt? Es will landen ...«

»Auch den Verfolgern scheint der Atem auszugehen. Nur noch zwei sind hinter dem letzten her. Ah – der Kerl ist mutig! Er wendet, will den Kampf aufnehmen. – Ruder hart Steuerbord!« schrie Droste ins Sprachrohr. »Drücken wir uns etwas zur Seite!« fuhr er, zu Johnson gewendet, fort. »Der Kampf kommt uns allmählich in bedenkliche Nähe.«

»Ha, ha!« schrie Johnson. »Das ging ja schnell. Die beiden Verfolger gehen runter! Der eine fängt an zu brennen. Abgeschossen! Aber was macht der wieder? Sein Schiff schwankt verdächtig. Und da hinten? Neue Verfolger! Sehen Sie sie über die Kimme kommen? Gemeinheit! Jetzt sind sie alle verloren. Was meinen Sie, wenn wir näher herangingen, Kapitän?«

Droste schnitt eine Grimasse. »Brenzlige Geschichte, mein lieber Johnson! Sie wissen: britische Neutralität ...«

»Wohlwollend, Kapitän!«

»Ja, ja, wohlwollend! Aber striktester Befehl von Truxton & Co., uns unter keinen Umständen in die Kämpfe einzumischen.«

»Zwischen die Kämpfenden uns einmischen, Kapitän? Ich habe nicht gehört, daß der Krieg wieder ausgebrochen sei. Weiß nur vom Waffenstillstand. Können ja Lufträuber sein. Offen gesagt, Kapitän, ich brächte es nicht übers Herz, den armen Kerl da unten versaufen oder in die Hände der Verfolger kommen zu lassen. Möchte auch zu gern wissen, was das für eine verwickelte Geschichte gewesen ist.«

»Sie haben recht, Johnson! Will's auf meine Kappe nehmen!«

Ein paar Kommandos in das Mikrophon. Der Riesenleib des tausendtonnigen Luftriesen drehte sich und schoß nach unten.

»War wohl höchste Zeit, mein Lieber?« rief Johnson

dem einzelnen Manne zu, der, an eine Holzplanke geklammert, auf dem Wasser schwamm, als er ihn an einer zugeworfenen Leine in die Kabine zog.

»Thanks, Gentlemen.«

»Thanks, Gentlemen? ... Señor? Hidalgo?« meinte Johnson lachend, als er die venezolanische Uniform erkannte. »Woher kommt Ihr?«

Ein Dutzend Fragen prasselten auf den Geretteten nieder, dann schob Droste Johnson zur Seite und reichte dem Venezolaner ein Glas Wein. »Hier, Señor! Es wird Ihnen guttun.«

Er trank in hastigen Zügen, strich sich das nasse Haar aus der Stirn.

»Ah!« Droste trat einen Schritt zurück, ließ fast das Glas fallen. »Sie? Sie sind's, Kapitän Wildrake?«

»Wildrake?« Johnson sah Droste fragend an.

Der sprach weiter. »Gewiß, Johnson! Ich sah sein Bild so oft, daß ich ihn unter Tausenden herausgefunden hätte.«

Er reichte dem Geretteten die Hand, führte ihn zu einem Stuhl. »Setzen Sie sich, Señor!«

Ein Offizier trat ein. »Die anderen Flugschiffe scheinen uns den Weg verlegen zu wollen. Machen Anstalten, uns ...«

»Was?« brüllte Johnson. »Uns den Weg verlegen? Die Beute abjagen?« Er wandte sich leidenschaftlich Droste zu.

Der Kapitän kniff die Augen zusammen, sprach leise vor sich hin. »... auf offener See? Waffenstillstand? – Johnson, lassen Sie die Kielgeschütze klarmachen! Dem ersten, der uns in den Weg tritt, eine volle Ladung!«

»Bravo, Kamerad!« rief Johnson, alle Disziplin vergessend. »Wird sofort besorgt!«

»Meine Herren!« Der Gerettete hob die Hand. »Meinethalben nicht!«

»Johnson, tun Sie, wie Ihnen befohlen! Doch für alle Fälle zuerst einen Warnschuß!«

Ein paar Minuten vergingen.

»Sie drehen ab, die Burschen! Scheinen keine Lust zu haben, mit uns anzubinden. Schade!« kam Johnsons Meldung von unten.

»Ist auch besser so!« sagte Droste lachend zu Wildrake. »Doch kommen Sie! Gehen wir in meine Kabine! Wir haben ungefähr die gleiche Statur. Sie müssen sich umziehen. Und dann, mein Lieber, müssen Sie erzählen!«

Doktor Arvelin und der Freiherr von Winterloo saßen im Turmzimmer an einem Tisch, auf dem eine Menge Zeitungen ausgebreitet lagen.

»Gott sei Dank, Arvelin, daß der Krieg vorbei ist! Jetzt werden die gefährlichen Flüge des Jungen ein Ende haben. Möglich, daß diese letzte Affäre, die sonderbarerweise nach dem Waffenstillstand passierte, doch nicht ganz so harmlos war, wie die Zeitungen es darstellen.« Er deutete auf eins der Blätter vor ihm.

»Nun, Winterloo, dann können wir Medardus hier bald erwarten. Nach dem Datum dieses Berichts zu urteilen, müßte er ja schon auf englischem Boden gelandet sein. Ich bin neugierig, ob die brasilianische Regierung Schritte unternehmen wird, um die Auslieferung des Kapitäns Wildrake zu erreichen.«

»Ich glaube, da werden die Brasilianer keine Gegenliebe finden, Arvelin. Wildrake ist von großväterlicher Seite englischen Blutes. Du weißt ja aus den Zeitungen, wie man in England seine Taten im Kriege feierte, als wäre er selbst Engländer. Auch Medardus wird in England gute Aufnahme finden.«

Eine Uhr, die im Nebenzimmer bisher laut getickt hatte, setzte plötzlich aus. Der Freiherr sprang hastig auf, eilte hinüber. Auf langen Tischen, an den Wänden überall blitzende Apparate aus Glas und Metall; ein paar Maschinen im Hintergrund; das Ganze das wohleingerichtete Laboratorium eines Privatgelehrten.

Der Freiherr schritt zu einem Gerüst, auf dem ein schwerer eiserner Behälter befestigt war, und beugte sich über die Skalenscheibe eines elektrischen Meßgerätes. Die kurzsichtigen Augen dicht an die Skala gedrückt, las er mit unverhohlener Befriedigung das Ergebnis ab.

»Komm bitte schnell, Arvelin!«

Der Gerufene trat lächelnd neben den Freund. »Zwanzigtausend Kilowattstunden! Und noch immer nicht genug?« Er schlug dem anderen leicht auf die Schulter. »Noch länger soll deine wunderbare Leistung hier im Laboratorium im Verborgenen ruhen? Ach wenn ich denke, ich stünde wieder vor meinen Studenten und könnte ihnen sagen: Meine Herren! Der Freiherr Karl von Winterloo ist im Besitz einer Erfindung, die die Verkehrswirtschaft, die Betriebswirtschaft der Industrie – kurz, einen großen Teil der allgemeinen Wirtschaft vollständig auf neue Füße stellt... Er hat auf physikalischem Wege einen Betriebsstoff hergestellt, der in Form eines chemischen Akkumulators das zwanzigfache Arbeitsvermögen unserer heutigen besten Betriebsstoffe aufzuspeichern erlaubt. Wie eine Bombe würde meine Mitteilung im Zuhörerraum wirken! Und wenn ich gar verriete, daß die Erfindung schon vor vielen, vielen Monaten gemacht ist, daß aber der Erfinder weder früher noch jetzt daran denkt, sie der Öffentlichkeit zu übergeben – weil er in unbegreiflichem Starrsinn seine Entdeckung für noch nicht vollkommen hält – weil sein Ziel die hundertfache Speicherung ist, ja, dann würde man wohl sagen: Der Doktor Arvelin ist plötzlich toll geworden!«

Ein fast kindliches Lächeln glitt über die faltigen Züge des Freiherrn. »Ich – und Geschäfte machen mit dem, was ich in jahrelanger, angestrengter Arbeit geschaffen, nur im Interesse der Wissenschaft geleistet habe? Ich mit raffinierten Geschäftsleuten in Verbindung treten, Aktiengesellschaften gründen, Organisationen aufziehen – vielleicht gar als zwanzigfacher Aufsichtsrats-Ehrenvorsitzender? O Gott, wenn ich dächte, so etwas sollte mir blühen, dann wäre mir die Arbeit und alles, was ich erreicht, verhaßt!«

»Brauchst du mir nicht zu sagen, Winterloo! Du bist eben der echte Idealist.«

»Mag sein, Arvelin! Doch du bist nicht anders! Gabst du nicht auch deine Universitätslaufbahn auf, um hier in der Stille deiner Forschung besser dienen zu können?«

Über seine Apparate gebeugt, sah Winterloo nicht, wie ein Schatten über Arvelins Züge glitt, als er sich abwandte und zu den Maschinen im Hintergrund schritt. Mit kundiger Hand prüfte er flüchtig die Schaltung einiger elektrischer Schwingungskreise, ging dann wieder in das Nebengemach und warf sich in einen Lehnstuhl im Schatten des großen Kachelofens.

»Zwanzig Jahre«, murmelte er vor sich hin, »und zehn Jahre dort drüben – ein Menschenalter zusammen! Und doch habe ich die letzte, die richtige Lösung noch nicht gefunden. Mein chemischer Panzer – er schützt wohl mich vor der todbringenden Wirkung. Würde auch anderes Leben schützen, wenn … Oft mag's genügen. Und doch! Vollendet gelöst erst wäre das Problem, wenn ich das Gift der Schwingungen auf anderem Wege binden, auf weite Flächen das menschliche Auge täuschen könnte. Nur so wär's vollbracht. Doch hier scheitert all mein Können … Gibt's einen Weg dazu? Werde ich ihn in der Zeit, die mir noch geschenkt ist, finden?«

Der Freiherr kam herein. Sein Äußeres verriet, daß er über Wichtiges nachgegrübelt. »Arvelin, wie denkst du? Dürfte ich es wagen, Medardus von dem neuen Erfolg meiner Arbeiten zu berichten?« Als nicht gleich Antwort kam, fuhr er fort: »Ich möchte es eigentlich nicht, denn ich fürchte, dann wird er mich noch mehr bestürmen. Er wird meine Gründe, die Entdeckung noch weiter geheimzuhalten, nicht verstehen, wird mich mit Bitten drängen. Und ich weiß nicht, ob ich seinem Ungestüm trotzen könnte. Lebt er doch nur in der Idee, eines Tages in seinem Flugtaucher zu fahren. Ja, hätte ich die hundertfache Verbesserung, dann würde ich keinen Augenblick zögern, ihm meine Erfindung zu schenken.«

Erst nach geraumer Weile klang die Stimme Arvelins aus dem Dunkel. »Ich glaube, Winterloo, daß sich in nächster Zeit Ereignisse vollziehen – sie betreffen Droste und irgendeinen anderen Fremden –, die dir die Entscheidung aus der Hand nehmen. Warten wir, bis er kommt!«

»Es würde dem Faß tatsächlich den Boden ausschlagen, Lord Truxton, wenn Ihre Vermutung Wahrheit würde und die Brasilianer die Auslieferung Roberts verlangten. Ausgerechnet von England, sozusagen seinem zweiten Mutterlande! Wenn ich hier dieses Blatt sehe…« Er knitterte es wütend zusammen, warf es zu Boden. »Ein Steckbrief hinter Robert Wildrake wie hinter einem gemeinen Verbrecher! Unerhört! Unglaublich!«

»Sie vergessen«, warf Lord Truxton beschwichtigend ein, »daß dieser Steckbrief ja nur für brasilianisches Gebiet gilt.«

»Einerlei!« brauste James Wildrake auf. »Der alte, ehrliche Name Wildrake auf die Verbrecherliste gesetzt!«

Mit einem Ruck drehte er sich um. Sein wütendes Gesicht verzog sich zu einer freundlichen Grimasse. »Mr. Droste, ewige Dankbarkeit!« Er schüttelte ihm die Hand. »Wer weiß, wären Sie nicht dazwischengekommen, die Brasilianer hätten ihn sicherlich zum Tode verurteilt.«

Droste wehrte ab. »Wenn Sie wüßten, wie sehr ich

Ihren Neffen stets bewundert habe, würden Sie verstehen, daß es mir wie ein unerhörtes Glück vorkommt, wenn es mir gelang, ihn im letzten Augenblick seinen Verfolgern zu entführen.«

»Gut, gut, Mr. Droste! Doch ich ruhe nicht! Es muß etwas geschehen. In irgendeiner Weise muß der Name Wildrake wieder zu vollen Ehren gebracht werden. Doch wie? Was sollen wir tun, Truxton?«

»Ich dächte, wir überließen das unserem Freund Bob!«

Der Genannte saß am Kamin. »Du weißt, Onkel James, daß ein Wildrake nie einen Schlag empfing, ohne ihn zurückzugeben. Ich könnte es vielleicht, wenn ...«

»Wie? Du könntest es und tust es nicht?« unterbrach ihn James Wildrake. »Was soll das heißen?«

»Ich möchte es lieber heute als morgen. Vorausgesetzt, daß Herr James Wildrake bereit wäre, hunderttausend Pfund in ein Geschäft zu stecken, ohne auf Profit zu rechnen und ...«

»Hunderttausend Pfund?« James Wildrake griff in die Tasche, holte ein Scheckbuch hervor. »Ist der Plan vernünftig, dann ist der Scheck geschrieben!«

»Du hast mich nicht ausreden lassen, Onkel James. Ich wollte fortfahren: ... und unser Freund Droste noch bereit ist, das zu tun, wovon wir auf der Fahrt sprachen.«

Der Kapitän hatte sich erhoben, schritt zu den anderen am Tisch.

Lord Truxton und James Wildrake, weit über den Tisch gebeugt, neigten ihre Köpfe Robert zu, der jetzt fast im Flüsterton sprach. Dann gingen ihre Augen zu Droste. Der lag in seinen Stuhl zurückgelehnt. Nur immer wieder ein Nicken, wenn die beiden Alten ihn fragend ansahen. Endlich hatte Kapitän Wildrake geendet.

Ein paar Augenblicke war Totenstille im Raum.

Lord Truxton brach als erster das Schweigen. »Ist das so, wie Kapitän Wildrake gesprochen hat, Mr. Droste?«

Droste richtete sich auf. »Ja!«

»Oh!« Lord Truxton lehnte sich zurück, schlug die Beine übereinander. »Oh, Mr. James Wildrake, dann glaube ich, daß das Geschäft mit gutem Profit enden könnte.«

Der Angeredete beugte sich, statt einer Antwort, über das Scheckbuch, malte mit großen Buchstaben die Worte ›hunderttausend Pfund Sterling‹ auf das Formular und unterschrieb.

»Lord Truxton, wenn Sie das Geschäft mitmachen wollen?«

Ein Federzug auch von dem. »Truxton & Co. machen das Geschäft!«

»So dürfte ich also mit einer baldigen Enthebung von meinem Posten rechnen, Herr Oberst?«

»Aber gewiß, Hauptmann Winterloo! Ohne Zweifel wird dem Waffenstillstand bald der Friede folgen, dann werden ja wohl die meisten Gefangenen sowieso entlassen. Die verschiedenen Prozesse, soweit sie in Gang sind, werden voraussichtlich niedergeschlagen werden.«

»Das wäre wirklich zu begrüßen, Herr Oberst. Jedenfalls dürfte dann wohl auch die Schwester des Kapitäns Wildrake entlassen werden?«

Oberst Rodriguez machte ein zweifelndes Gesicht. »Das möchte ich nicht ohne weiteres annehmen, Winterloo. Ich will mich darüber nicht weiter äußern. Jedenfalls habe ich für diese Gefangene wenig Hoffnung. – Sie müssen immerhin damit rechnen, Herr Hauptmann, daß Sie eventuell noch den Dienst bis morgen versehen müssen, bis Ihre Ablösung, Major Tejo, kommt. Haben Sie bestimmte Urlaubspläne?«

Der Oberst wandte sich schon zum Gehen, achtete kaum darauf, daß Winterloo eine Antwort vermied.

Das letzte Mal heute? In Gedanken versunken, schritt Oswald Winterloo durch die langen Gefängnisgänge. Die letzte Revision heute …

Das Rasseln des gewaltigen Schlüsselbundes, mit dem der Wärter aus seiner Stube trat, schreckte ihn auf. Stumm schritt er hinter ihm drein. Dann klirrte das Schloß der Zelle Nr. 17. Die Gefangene stand da, als hätte sie schon auf Winterloos Kommen gewartet.

Edna Wildrake reichte dem Hauptmann die Hand. »Vielen Dank, Mr. Winterloo! Das Zeitungsblatt, das Sie gestern …«

Eine abwehrende Geste. »Nicht darüber sprechen! Sie kennen doch die Instruktionen!«

»Oh, wenn Sie wüßten, wie glücklich ich seit gestern bin! Der Waffenstillstand – die Rettung meines Bruders! Und«, setzte sie mit leiser Stimme hinzu, »immer werde ich des Mannes gedenken, der mir diesen Trost zukommen ließ.«

»Fast möchte ich's bedauern, Fräulein Wildrake.«

»Mein Bruder Robert? Was ist? Betrifft's ihn, Mr. Winterloo?« Sie trat in jähem Erschrecken einen Schritt zurück.

»Nein! Nein – ihn nicht! Er ist schon in Sicherheit. Es betrifft Sie selbst! Ich weiß nicht – noch gebe ich selbst alle Hoffnung auf –, aber ich fürchte, daß Ihre Freilassung, selbst wenn der Friede geschlossen wird, wahrscheinlich noch in weiter Ferne steht. Der Prozeß …«

Edna richtete sich hoch auf. »Der Prozeß? Man soll ihn mir machen! Ich bin schuldlos. Ich möchte den Ankläger sehen, der mir auch nur die Spur eines Vergehens nachweisen könnte. Die teuflische Rachsucht eines Elenden hat mich hierhergebracht!«

»Ich will nicht fragen, gnädiges Fräulein, auf wen

Ihre Worte gemünzt sind. Doch ich bin leider genötigt, Ihnen eine Mitteilung zu machen, die ich Ihnen gern erspart hätte.« Seine Stimme dämpfte sich zu leisem Flüstern. »Ich bin von morgen ab meines Postens enthoben. Und mein Nachfolger ...«

»Sie gehen fort? Morgen schon? Für immer, Hauptmann Winterloo?« Edna war auf ihn zugetreten. Dann, wie über sich selbst erschrocken, wandte sie sich zur Seite.

In Winterloos Augen blitzte es auf. Dann hatte er sich wieder in der Gewalt. Mehrmals setzte er zum Sprechen an.

Die nahenden Schritte des Wärters zwangen ihn zum Handeln. Er legte Edna leise die Hand auf die Schulter. »Mein Nachfolger wird Major Tejo sein, Fräulein Wildrake!«

Bei der Nennung des Namens zuckte das Mädchen zusammen. Dann reichte sie ihm die Hand. »Der Schließer kommt – Sie müssen gehen!«

»Leben Sie wohl, Fräulein Wildrake!«

Eine leichte Schneedecke lag über der norddeutschen Tiefebene. Ein Schlitten, von der polnischen Grenze kommend, näherte sich dem Grenzübergang, hielt vor dem geschlossenen Schlagbaum. Ein Offizier trat aus dem Grenzhaus. Als er die beiden Insassen des Schlittens erkannte, kam er rasch herbei.

»Ah, die Herrschaften aus Dobra. Ich begrüße Sie, gnädiges Fräulein, und Sie, Herr Harrach. Eine Schlittenpartie zum Erbonkel in Winterloo?«

»Eine Schlittenpartie? Ja! Nach Winterloo auch! Erbonkel – fraglich!« gab Adeline Harrach dem Offizier mit vertraulichem Lächeln zurück. »Hoffentlich macht man uns heute abend keine Schwierigkeiten! Oder sind Sie selbst da, Herr Oberleutnant? Wir werden voraussichtlich erst spät zurückkommen.«

»Mein Dienst dauert bis morgen, Gnädigste! Und – Schwierigkeiten unseren Freunden? Nein!«

Er winkte den Fortfahrenden, die eben den deutschen Schlagbaum passierten, einen Gruß nach.

»Wenn ich sehe, Adeline, wie bequem und leicht uns von beiden Seiten der Grenzübergang gemacht ist – die deutschen Grenzbeamten nehmen auf uns Rücksicht, weil wir einen deutschen Namen tragen und der Freiherr von Winterloo unser Onkel ist – die Polen halten uns für ihre besten Freunde und behandeln uns als solche –, kommt mir der Vorschlag dieses Warschauer Individuums gar nicht so uneben vor. Wir sind gezwungen, stets Wagen und Schlitten zu benutzen und könnten in der Tat mit Leichtigkeit allerhand kostbare Schmuggelware über die Grenze bringen. Der Kerl versprach ja hohe Gewinne. Und wenn ich mir klarmache, welche Mühe ich gestern wieder hatte, mit ein paar verlängerten Wechseln die Danziger Gläubiger zu befriedigen, möchte ich wahrhaftig den Gedanken nicht so unbedingt von der Hand weisen. Der Jahresschluß – die Hypothekenzinsen –! Adeline, wahrhaftig: Wenn Onkel Winterloo nicht bald stirbt, wird mir nichts anderes übrigbleiben!«

»Beruhige dich, Franz! Ich glaube nicht, daß der Onkel noch lange lebt. Morawski kam doch extra gestern abend von Winterloo rüber nach Dobra. Dem Onkel geht's plötzlich schlecht. Glaubst du etwa, ich machte die stundenlange Fahrt heute nur zum Vergnügen?«

»Du hoffst zu stark auf die Winterloosche Erbschaft, Adeline! Ich teile deine Zuversicht nicht. Daß der Onkel nicht unser Freund ist, weißt du selbst. Ich glaube auch, er hat uns längst durchschaut – und wenn nicht er, so dieser Dr. Arvelin. Wenn ihm dieser Alte auch noch eingeredet hat, ein Testament zu machen, dann adieu, Erbschaft!«

»Du bist ein Pessimist, Franz! Das eine weiß ich bestimmt: Weder bei seinem Notar noch auf dem Gericht ist ein Testament von ihm deponiert. Hat er etwa eins im Hause, in seinem Schreibtisch – nun, du kennst ja den Schreibtisch genau, hast auch den Schlüssel dazu!«

»Du hast recht, Adeline! Dein kühler Kopf ist nie um einen Ausweg verlegen. Immerhin wäre es wünschenswert gewesen, wenn diesen Droste bei einer seiner Fahrten der Teufel geholt hätte. Du kannst sicher sein, daß er nicht leer ausgehen wird, wenn der Onkel die Augen zugetan hat.«

»Gewiß! Doch warten wir ab!«

Der Schlitten hielt vorm Portal von Schloß Winterloo. Der alte Diener des Freiherrn war den beiden beim Aussteigen behilflich, wollte sie nach oben geleiten.

»Bleibe nur, Friedrich! Wir finden den Weg allein!«

Das Turmgemach war leer. Franz Harrach wollte auf die Tür des Laboratoriums zuschreiten, da hielt ihn seine Schwester am Arm zurück. Durch die schlecht geschlossene Tür hörte man die Stimmen der beiden Freunde. Die Ankömmlinge lauschten gespannt. Was sprachen die da drinnen?

»Die Nachrichten aus Brasilien klingen bei näherer Betrachtung doch ganz tröstlich, Arvelin! Es steht fest, daß der Winterloosche Zweig unserer Familie da drüben noch existiert. Weniger angenehm ist die Tatsache, daß diese Winterloos vor einigen Jahren ihren Wohnsitz nach Venezuela verlegten. Unter den unerfreulichen Kriegsverhältnissen dort unten dürfte es ihnen unter Umständen sehr schlecht gegangen sein. In den Internierungslagern sind ja viele Gefangene aus Mangel an Pflege gestorben. Jedenfalls werde ich mich morgen sofort an die Gesandtschaft von Venezuela in Berlin wenden. Vielleicht, daß man mit ihrer Hilfe Näheres erfährt. Augenscheinlich hat das einzige noch lebende männliche Mitglied dieser Familie, Oswald

Winterloo, auf brasilianischer Seite am Krieg teilgenommen. Über sein Schicksal war sonderbarerweise nichts Bestimmtes zu ermitteln. Ich würde ruhiger sterben, wenn ich wüßte, daß ein Winterloo unseren Namen hier auf dem Schloß weiterführen wird. Ich fühle mich seit gestern abend wieder so elend, daß ich lieber heute als morgen mein Testament machen möchte.«

Arvelins Antwort war so leise, daß die Geschwister nichts verstanden.

Dann begann der Freiherr wieder zu sprechen. »Um so mehr freue ich mich, daß Medardus heute kommen wird. Über sein Erbe besteht ja kein Zweifel. Ihm mache ich meine Erfindung jetzt zum Geschenk. Mag er damit tun, was er will! Wahrscheinlich wird er nun darangehen, seine eigene Erfindung in die Wirklichkeit umzusetzen.«

»Möglich«, sagte Arvelin. »Die Mittel ständen ja zu seiner Verfügung. Wenn er das Geschenk zu Geld macht, könnte er in Millionen wühlen. Doch ich bin mir nicht ganz sicher, ob Medardus das tut.«

Bei den Worten ›Geschenk‹ und ›Millionen‹ sahen sich die Geschwister erblaßt an. Was war das für ein Geschenk, das Millionen wert sein sollte? Und wozu das Recherchieren in Brasilien nach irgendwelchen Verwandten?

»Es ist Zeit, uns zum Empfang bereitzumachen«, klang jetzt die Stimme Arvelins. »Der Schlitten, der die beiden vom Zuge abholt, wird schnell hier sein.«

Das nahende Geräusch von Schritten brachte den Geschwistern das Bedenkliche ihrer Lage zum Bewußtsein. Franz Harrach war mit ein paar leisen Sprüngen an der Tür, machte sie mit starkem Geräusch auf, als kämen sie erst von unten herauf. Gleichzeitig rief Adeline laut: »Es ist niemand hier, Franz. Suchen wir die Herren im Laboratorium!«

In diesem Augenblick ging die Tür auf. Der Freiherr

und Arvelin traten heraus. Nur schlecht vermochte Winterloo seinen Unmut zu verbergen, als er die beiden vor sich sah.

»Ihr müßt mich entschuldigen«, erklärte der Freiherr kühl. »Ich erwarte Gäste, werde gleich hinunter in die Halle kommen.«

»Da sehen Sie schon die Türme von Winterloo, Mr. Wildrake! Gleich werden Sie das Vergnügen haben, die beiden alten Herren kennenzulernen. Hoffentlich geht es dem Freiherrn gut! Denn unsere ganze Hoffnung beruht ja darauf, daß er uns für unseren Zweck seine Erfindung überläßt.«

Und dann lag Droste in den Armen der beiden Alten. Die Freude des Wiedersehens ließ den Freiherrn alle Schwäche vergessen.

»Gehen wir jetzt nach oben! Du, Medardus, wirst ebenso wie Kapitän Wildrake nach der langen Reise dringend einer Erfrischung bedürfen.« Sie schritten durch die Halle. Dort erhoben sich die Geschwister von ihren Sitzen. Der Freiherr machte ein unwilliges Gesicht. Wohl oder übel mußte er die Gäste einander vorstellen. Ging dann, ohne auf Franz und Adeline Rücksicht zu nehmen, den anderen voraus nach oben.

»Das war ja eine interessante Begegnung, Adeline«, sagte Franz, als sie in ihrem Schlitten den Schloßhof hinter sich gelassen hatten. »Zweifellos ist dieser Kapitän Wildrake jener venezolanische Offizier, hinter dem die Brasilianer her sind.«

Adeline gab keine Antwort. Sie starrte wie überlegend über die weite Schneelandschaft.

»Wenn ich denke«, fuhr Franz fort, »daß dieser Medardus Droste jetzt vielleicht schon im Besitz dieses rätselhaften Geschenks ist, dann möchte ich aus dem Schlitten springen, zurückrennen, ihn mit den Händen erwürgen. Wie kommt dieser hergelaufene Mensch dazu, uns den besten Teil der Erbschaft wegzuschnappen? Und nun auch noch diese brasilianischen Winterloos! Kein Zweifel – die sollen den alten Familienbesitz erben! Adeline! Ich glaube, ich behalte doch recht. Werde mich morgen mit dem Warschauer in Verbindung setzen. Die einzige Möglichkeit, unser verschuldetes Gut noch eine Zeitlang zu halten…«

Sie näherten sich Dobra, als Adeline plötzlich zu sprechen begann.

»Die letzten Warschauer Zeitungen sind wohl noch da, Franz?« Ihr Bruder zuckte die Achseln.

»Es wäre mir ganz angenehm zu wissen, ob der Gast in Winterloo tatsächlich mit diesem Wildrake identisch ist. In einem der letzten Blätter war doch der Steckbrief abgedruckt, den die Brasilianer hinter dem venezolanischen Kapitän erlassen haben.«

»Wozu das, Adeline? Weshalb legst du dem solche Wichtigkeit bei?«

»Nun, Franz, da stand noch ein interessanter Nachsatz: Die brasilianische Regierung setzt einen Preis von 100 000 Süddollar auf die Ergreifung dieses Robert Wildrake aus.«

Er hielt inne, ließ die Zügel sinken. »Ah! Der Kopfpreis! Adeline, du sinnst über irgend etwas nach, ich sehe es dir an! Sollen wir ihn verdienen?«

Der Schlitten fuhr in den verwahrlosten Hof von Dobra. »Später, Franz! Die Idee ist es wert, genau überlegt zu werden!«

Währenddessen saßen oben im Turmgemach in Schloß Winterloo die alten Freunde mit den beiden jungen Gästen zusammen.

Medardus streckte Winterloo die Hand entgegen. »Oh, wie bin ich froh, daß du mir das Geheimnis deines Treibstoffs anvertrauen willst! Wie ein Alp lag es mir stets auf der Seele, daß unsere schönen Pläne an deiner Weigerung scheitern könnten.«

Arvelin vermochte nicht länger an sich zu halten. »Winterloo, Freund! Kannst du das fertigbringen, Medardus deine letzten Errungenschaften noch länger zu verschweigen?«

Der Angerufene machte ein ärgerliches Gesicht. »Du verdirbst mir die Überraschung, Arvelin! Nun, so komm schnell, Medardus!«

Er zog den jungen Mann in das Laboratorium, ließ ein paar Hebel spielen. Medardus starrte auf den ihm so wohlbekannten Skalenzeiger. Der schritt weiter... immer weiter... Jetzt hielt der Zeiger zitternd inne.

»Zwanzigtausend, Onkel Winterloo?« Medardus fiel dem Alten um den Hals. »Jetzt nehmen wir es mit einer Welt von Feinden auf!«

Er zog Wildrake näher herzu, zeigte, erklärte ihm die über alles Erwarten hohe Wirkung des Treibstoffs. Wildrake stieß einen Ruf der Überraschung aus, konnte seine Freude nicht verbergen, ging dann zu Winterloo, reichte ihm die Hand.

»Tausend Dank! Morgen früh geht's nach Finnland, den Kiel unseres Schiffes zu legen! Von Truxton & Co. ist das Nötigste schon telefonisch vorbereitet.«

Ein dumpfer Druck lastete auf Venezuela. Sofort nach Bekanntgabe des Waffenstillstandes hatte die Regierung den Belagerungszustand über das Land verhängt. Schon die Bedingungen des Waffenstillstandes waren geeignet, in den südlichen Teilen des Landes, die bisher unter dem Krieg weniger gelitten, schwere Unruhen hervorzurufen.

Auch über den Gang der Friedensverhandlungen, die inzwischen in Manaos begonnen hatten, drangen vom Ausland her höchst beunruhigende Berichte in das Volk. Die beabsichtigte Errichtung eines autonomen Staates zwischen der bisherigen brasilianisch-venezolanischen Grenze im Süden und dem Ventuarifluß im Norden konnte nur als kümmerliche Verschleierung des wahren Tatbestandes, nämlich als eine versteckte Annexion dieses Landes durch die brasilianische Union, gedeutet werden.

Über den Ausgang der Friedensverhandlungen blieb kaum ein Zweifel möglich. Trotzdem wäre es einer energischen Führung möglich gewesen, den Kampf mit einer Aussicht auf bessere Friedensbedingungen noch eine Zeitlang fortzusetzen. Aber in der Regierung der Nation fehlten zielbewußte, tatkräftige Köpfe. Dem inneren und äußeren Zwang folgend, glaubte die schwache Regierung, Frieden schließen zu müssen. Um allen Eventualitäten vorzubeugen, hatte sie den Belagerungszustand verhängt; und das war wohl berechtigt, denn ein Sturm der Entrüstung drohte die derzeitigen Machthaber hinwegzufegen, als Näheres über die brasilianischen Ansprüche bekannt wurde.

Als Hauptmann Winterloo von seiner letzten Dienststunde nach Hause kam, fand er zwei inhaltsschwere Schreiben vor.

Das eine, das ihm die Ablösung von seinem Posten bekanntgab und gleichzeitig seine Verabschiedung mitteilte. So würde er jetzt die Uniform mit der Robe vertauschen, seinen Platz als Juniorpartner in der alten Anwaltsfirma Lourenco & Morales in Rio de Janeiro wieder einnehmen.

Der zweite Brief war ein Schreiben seiner Mutter aus Venezuela. Nach dem Tode ihres Gatten war sie vor vier Jahren in ihr Vaterland Venezuela zurückgekehrt.

Die Mutter teilte ihm mit, daß sie den langjährigen Bewerbungen des Nachbars Lerdo de Tejada nachgegeben habe und ihn demnächst heiraten würde.

Unbegreiflich! Diesen Mann wollte die Mutter heiraten! Ein hochmütiger Hidalgo – so verschuldet, daß er sicher nur daran dachte, durch diese Ehe seine zerrütteten Finanzen aufzubessern.

Grübelnd schritt er im Zimmer hin und her. Der Brief war, nach dem Datum zu urteilen, schon vor mehreren Wochen geschrieben: Infolge der schwierigen Verkehrsverhältnisse hatte er so lange Zeit gebraucht, um seinen Bestimmungsort zu erreichen.

Vielleicht war die Heirat doch noch nicht geschlossen? Wenn er nur rechtzeitig hinkäme! Er kannte seine Mutter zur Genüge. Sie war schwach, leicht zu beeinflussen. Wahrscheinlich würde es ihm gelingen, sie von dem unverantwortlichen Schritt zurückzuhalten.

Er griff zur Zeitung. Am nächsten Abend fuhr ein Dampfer von São Salvador nach Jamaica. Der lief sicher Georgetown an. Von dort mit einem gecharterten Flugzeug über Caracas und Bolivar nach Esmeraldo in Venezuela. In spätestens vier Tagen konnte er in Cuautla sein.

Kurz entschlossen kleidete er sich um und fuhr zum Hafen. Mit Mühe gelang es ihm, noch einen Platz zu belegen.

Als er den Uferkai entlangschlenderte, geriet er in eine Schar von Hafenarbeitern, die nach Beendigung ihrer Schicht zur Stadt zurückströmten. Er trat auf den Fahrdamm, um besser ausweichen zu können. Da sah er, wie zwei Leute, der Kleidung nach auch Hafenarbeiter, vom Bürgersteig heruntertraten.

Der eine von ihnen trug anscheinend ein schweres Bündel auf der Schulter. Er blieb stehen, steckte seine Pfeife in den Mund und ließ sich von dem anderen Feuer geben. Der hielt das brennende Streichholz an die Pfeife, während der erste kräftig am Mundstück sog. Bei dem hellen Schein des aufflackernden Zündholzes sah Winterloo im Vorbeigehen in ein Gesicht, dessen Züge ihm irgendwie bekannt schienen. Während er noch darüber nachsann, hörte er aus dem Munde des Mannes die spanischen Worte: »Muchas gracias, amigo«, mit denen er sich bedankte.

Unwillkürlich verhielt Winterloo den Schritt. Spanische Worte in Brasilien waren gewiß keine Seltenheit. Doch hier erleuchteten sie blitzschnell das Dunkel seiner Erinnerung. Waren das nicht dieselben Züge, die er täglich im Gefängnis sah? Die Züge des Mannes, dessen Bild in der ganzen Union als das eines Verbrechers verbreitet war?

Mechanisch drehte er sich um. Da tauchten die beiden drüben gerade in der vorbeiflutenden Menge unter. Unwillkürlich ging sein Auge in die Runde. Polizei? Kein Wachmann zu sehen!

Aber er brauchte ja nur hinterherzulaufen oder Alarm zu schreien. Der Name ›Wildrake‹ würde wie eine Bombe zwischen die Arbeitermassen fallen. Da tauchte vor ihm das Bild der Gefangenen von Nr. 17 auf. Ein warmes Gefühl wurde in ihm wach, doch schnell unterdrückte er es. Der Richtung zur Stadt folgend, schritt er mechanisch neben dem Arbeiterstrom her, ließ seine Augen suchend über die Reihen gleiten.

Winterloo blieb plötzlich stehen. Edna, die Schwester Wildrakes, im Gefängnis! Wollte der Bruder sie etwa befreien?

Er schüttelte den Kopf. Unmöglich! Der Plan wäre Wahnwitz. Einen Augenblick erwog er den Gedanken, mit Tejo, seinem Nachfolger, zu sprechen. Doch ebenso schnell verwarf er ihn wieder. Seine Beziehungen zu Alfonso waren schon längst nicht mehr die alten. Nichts verband ihn innerlich mit dem Manne, dem er nur nähergetreten, weil er der Bruder Victorias war. Die Verlobung mit Victoria Tejo – ihr Tod bei dem großen Brand …

Er wunderte sich über sich selbst, wie er fast gleichgültig daran dachte. Und doch war ihm Victoria einst teuer gewesen.

An der Ecke der rua Principal angekommen, wo sich der Weg nach dem Fort und zu seiner Stadtwohnung hin teilte, schritt er ohne Zögern die rua larga entlang, seiner Behausung zu. Und in seinem Zimmer trat ihm Alfonso Tejo entgegen.

Kaum, daß sie sich begrüßt hatten, begann der: »Du bist aus dem Heeresdienst entlassen? Ich sah das Schriftstück offen auf dem Schreibtisch liegen.«

Winterloo nickte.

Ein argwöhnischer Zug auf Tejos Gesicht. »Du hast selbst den Antrag gestellt?«

Winterloo verneinte. »Ich hatte nur Urlaub erbeten. Offen gesagt, ist mir aber die Entlassung nicht unwillkommen. Etwa noch länger Fortkommandant sein zu müssen – mich schaudert bei dem Gedanken!«

»Nun, du fandest doch anscheinend in dem Verkehr mit den Insassen des Gefängnisses ganz angenehme Abwechslung!« unterbrach ihn Tejo. »Besonders der Gefangenen von Nr. 17 schien ja dein Interesse zu gelten.«

Winterloo trat mit unwilligem Gesicht auf Tejo zu.

»Ich weiß nicht, was du mit deinen wiederholten Anspielungen meinst, Alfonso! Daß ich mit dieser Person, die nach meiner Ansicht völlig unschuldig gefangengehalten wird, Mitleid habe, kann mir niemand verbieten. Auch du nicht!«

»Über die Unschuld dieser Madonna wird das Gericht, das übermorgen zusammentritt, urteilen, lieber Freund! Bis dahin gilt sie für jeden als eine gefährliche Intrigantin.«

»Alfonso, ich bitte dich, ein anderes Gesprächsthema zu wählen! Wie ich über die Schuld Edna Wildrakes denke, ist meine Angelegenheit.«

»Ich weiß, daß du dich des Andenkens meiner toten Schwester, deiner Braut, in keiner Weise würdig zeigst.«

Winterloo schritt ein paarmal tief atmend in dem Raum auf und ab. Nur mit äußerster Willensanstrengung gelang es ihm, sich zu beherrschen. »Nur die Erinnerung an deine teuren Angehörigen, an unser bisheriges freundschaftliches Verhältnis hält mich ab, dir so zu antworten, wie es sich geziemte. Ich bitte dich, für heute unsere Unterredung als beendet anzusehen!«

»Ha! Du weist mich hinaus? Gut! Ich gehe. Doch das eine noch sei dir gesagt: Ich werde nicht ruhen und rasten, bis ich dieses Weib und ihren Bruder dahin gebracht habe, wohin sie gehören. Hüte dich, daß sich unsere Wege in Zukunft dabei kreuzen!«

»Das ist jedenfalls keine angenehme Nachricht, Mr. Droste, daß dieser Tejo wieder Fortkommandant ist und den Befehl über das Gefängnis hat. Der Kerl ist gefährlich. Die Bewachung wird schärfer sein.«

Der Hafenarbeiter, der vor kurzem die Aufmerksamkeit Winterloos erregt hatte, sprach diese Worte. Droste nickte. »Um so mehr freue ich mich, diesem Kerl einen Schabernack spielen zu können, Mr. Wildrake. Ich habe trotzdem keinen Zweifel, daß unser Plan gelingt. Doch was sagen Sie zu der merkwürdigen Entdeckung, daß der Vorgänger Tejos ein Hauptmann Winterloo war? Sie erinnern sich doch, wie der Onkel davon sprach, daß er Auftrag gegeben habe, in Venezuela und Brasilien nach dem Verbleib der Familie Winterloo zu forschen? Welch ein sonderbares Spiel des Zufalls! Es wäre nicht ausgeschlossen, daß dieser Hauptmann der Gesuchte ist.«

In diesem Augenblick trat ein junger indianischer Arbeiter in die Kneipe, der am Bartisch hastig ein Glas Bier trank. Im Wiederhinausgehen warf er den beiden einen bedeutungsvollen Blick zu. Gleich darauf erhoben sie sich und folgten ihm unauffällig.

»Sie können sich auf diesen José wirklich verlassen, Wildrake? Eine Falle könnte uns den Kopf kosten.«

»Unbedingt, Droste! Hat er doch schon auf Marias Bitten gewagt, unter Gefahr seines Lebens hierherzukommen. Der gute Junge hatte wahrscheinlich angenommen, die Unionsgefängnisse seien ähnlich denen da unten in Coro, wo die Kerkermauern aus einer Lehmwand bestehen, die man mit einem kräftigen Fußtritt einstoßen kann. Daß ich ihm begegnete, wie er mit naiver Beharrlichkeit um das Gefängnis herumschlich, halte ich für einen glücklichen Schicksalswink.«

In einer geräumigen Kasematte des Nordforts, die zu einem Kasino ausgebaut war, saßen die Offiziere der beiden Forts auf der Insel Degoito. Das Eiland lag zehn Kilometer vom Festland entfernt und gehörte zu dem Kranz der befestigten Inseln, die den Hafen von Bahia schützten. Das Nachtmahl war längst beendet, doch hielt ein kleines Fest des Kommandanten die Offiziere fast vollzählig beisammen.

Da plötzlich erschütterte die Explosion einer Bombe, die am Eingang der Kasematte detonierte, die riesenstarken Betonmauern bis in ihre Grundfesten. Gleichzeitig erloschen sämtliche Lichter. Ein unbeschreibliches Durcheinander entstand. In der Dunkelheit suchte man den Ausgang – fand ihn verschüttet – fahndete vergeblich nach den Schlüsseln zu den Luken, die durch die Decke nach oben führten. Bis endlich die allen bekannte Stimme des Kommandanten Ruhe schuf.

Jetzt hörte man von draußen lautes Schreien heraneilender Hilfsmannschaften. Durch den verschütteten Eingang gewahrten die Eingeschlossenen den Lichtschein von Fackeln.

Auch aus dem südlichen Fort war auf die Explosion hin der Hauptteil der Besatzung nach dem Nordfort geeilt. Nur die eigentlichen Wachmannschaften blieben zurück. Sie hatten sich wie auf Kommando auf den Donner der Explosion hin im Wachlokal bei ihrem Korporal versammelt. Der wollte sie eben wieder hinausschicken, als die schwere Eichentür mit Gewalt ins

Schloß fiel. Bevor die Eingesperrten sich von ihrer Überraschung erholt hatten, hörten sie, wie ein eiserner Keil in den unteren Spalt der Tür getrieben wurde. Vergeblich warfen sie sich dagegen.

»Was war das, Barradas? Hörten Sie nicht auch den dumpfen Knall?« fragte Alvarez.

»Eine losgebrochene Seemine!« warf Calleja ein.

»Wahrscheinlich.« Barradas folgte dem Beispiel der anderen, warf sich schlaftrunken auf die Pritsche zurück.

»Nein, nein, Señores!« rief ein vierter. »Keine Seemine! Sie schliefen wohl alle? Ich war wach. Spürte deutlich das Wanken des Bodens. Die Explosion muß auf der Insel selbst stattgefunden haben.«

»Sie haben geträumt, Señor Santana!« Barradas hielt inne, lauschte. »Ah, was ist das?« Er war aufgesprungen, fuhr in die Kleider, eilte zur Tür, legte das Ohr daran.

Die anderen starrten auf das Gesicht ihres Kameraden. Leise drängten sie näher an ihn heran.

»Man versucht, die äußere Tür zu öffnen? Ein Schneidbrenner! Ich höre das sprühende Zischen der Sauerstoffflamme.«

In der Totenstille der Kasematte vernahmen sie einen kurzen Schlag: Das herausgebrannte Schloß fiel zu Boden. Ein Krachen, ein Splittern – die Tür brach auf!

Das Gesicht Wildrakes tauchte vor ihnen auf. Sie stürmten auf ihn zu, wollten ihn umarmen. Er wich zurück. »Folgt so schnell wie möglich!«

Mit dem Indianer voraneilend, lief Wildrake zu der Bastion, wo die Mauer steil in die Tiefe fiel. Ein paar Minuten tödlicher Unsicherheit. Mußte doch einer nach dem anderen die schwankende Strickleiter, die über dem Abgrund hing, hinuntersteigen. Vierzig Meter vom Ufer entfernt schaukelte auf den Wellen eine große Flugjacht.

»Adelante, Señores! Wir müssen schwimmen!«

»Ich kann nicht!« schrie Santana.

Die anderen standen einen Augenblick zaudernd. Der Indianer, der schon ein Stück vorausgeschwommen war, drehte sich um, winkte.

»Schnell! Schnell!«

Alvarez und Calleja sprangen gleichzeitig ins Wasser.

»Nein, nein, Señor Santana! Sie sind zu schade, diesen Schurken wieder in die Hände zu fallen. Kommen Sie her! Ich bringe Sie sicher hinüber«, rief der Hüne Barradas, nahm die leichte Gestalt Santanas wie eine Puppe unter den Arm, sprang in die Flut.

Den bewußtlosen Indio im Arm, erreichte Barradas das rettende Flugschiff.

»Vollgas, Droste! Gleich werden sie schießen!« schrie Wildrake.

In das Knattern der Motoren mischte sich der Knall der ersten Schüsse von der Bastion. Den Schnabel nach Süden gewandt, hob sich die Jacht in die Luft. Ein Hagel von Geschossen rauschte um das Flugschiff. Ein paar krachende Aufschläge zeigten, daß Rumpf und Flügel mehrfach getroffen wurden.

»Wir sind zu schwer!« rief Wildrake. »Wer ist der vierte, Alvarez?«

»Ein Indio. Leidensgefährte.« Alvarez deutete auf Barradas, der, am Boden kniend, sich um den Halbertrunkenen bemühte.

Lautes Krachen vom Nordfort. Eine Granate fuhr heulend über die Köpfe dahin.

Ein zweiter Kanonenschuß im selben Augenblick, als Droste das Steuer herumwarf, um eine Volte zu schlagen.

Erst nach geraumer Weile gelang es der Fortbesatzung, die Scheinwerfer in Gang zu setzen. Doch vergeblich suchten sie den Horizont ab. Die Verfolgten waren hinter einer dunklen Wolkenwand im Westen entschwunden.

»Wir dürfen den Umweg nach Westen nicht scheuen«, rief Droste Wildrake zu. »Es wird nicht lange dauern, dann ist ein Heer von Geschwadern hinter uns her.«

»Gut!« erwiderte Wildrake. »Zur Mittagszeit sind wir dann sicher in Tobago, wo wir bei Mr. Gorman, dem Kommissionär des Hauses Truxton & Co., Aufnahme finden.«

Major Tejo hatte sich eben zur Ruhe begeben, da ließ die Explosion auf Degoito ihn emporschrecken. Er fuhr in die Kleider, eilte hinaus. Fand die Besatzung schon auf den Beinen.

Im hellen Licht der Scheinwerfer sammelten die Unterführer ihre Leute. Alles stand wartend, auch Tejo.

Da kam der Offizier aus der Kasematte zurückgestürzt, lief auf Tejo zu. »Die gefangenen venezolanischen Offiziere auf Degoito gewaltsam befreit! Die Flugzeuggeschwader sind bereits alarmiert!«

Das letzte hörte Tejo kaum. Bei den Worten: »Gewaltsam befreit!« hatte er sich umgedreht, war in Richtung des Gefängnisses fortgestürmt. Hastig öffnete er das Tor der Außenmauer. Der Korporal der Wachmannschaft trat aus der Stube und meldete: »Alles in Ordnung!«

Einen Augenblick blieb Tejo aufatmend stehen. »Wo ist der Posten?«

Der Korporal deutete zu dem Hinterhof des Gefängnisses und schritt voran. Plötzlich stolperte er, fiel zu Boden. In dem Augenblick blitzte Tejos Taschenlampe auf. Kaum vermochte er einen Schrei zu unterdrücken, als er den Posten gefesselt, mit einem Knebel im Mund, daliegen sah.

»Mir nach! Alarmieren sie die Fortbesatzung!«

Er eilte, von ein paar Soldaten begleitet, zum Gefängnis im Hinterhof.

In wenigen Sekunden hatte Tejo die Tür untersucht.

Das neue, feste Schloß hatte dem Einbruch widerstanden. Dagegen waren die stark verrosteten eisernen Mauerkrampen anscheinend leicht herauszubrechen gewesen. Er eilte die Treppe hinauf, zu den Zellen der politischen Gefangenen.

Jetzt stand er vor der Zelle Nummer siebzehn. Er drückte kräftig gegen die Tür. Sie gab dem Druck nach, flog zurück. Mit vorgehaltener Lampe starrte Tejo in das Halbdunkel der Zelle.

»Leer! Entflogen!«

Mit wütendem Fluch drehte er sich um, hastete die Wendeltreppe hinab, öffnete die Wärterwohnung. Leises Röcheln aus dem Hintergrunde. Da lag der Wärter, gefesselt und geknebelt wie der Posten!

Kaum eine Viertelstunde später lief die Meldung von der gewaltsamen Befreiung Edna Wildrakes und der auf Degoito gefangenen venezolanischen Offiziere nach allen Teilen Brasiliens.

»Was ist dir, Arvelin?« Der Freiherr richtete sich von seinem Apparat auf und drehte sich nach einem der Tische um, wo Arvelin im Halbdunkel verborgen arbeitete. Ab und zu schossen kurze Strahlenbündel aus einer Kathode hervor, die ein silbernes, geisterhaftes Licht verbreiteten. Strahlen, die aus einem Eisblock zu kommen schienen. Eine feindliche, harte Kälte entströmte dem fahlen Lichtschein.

Arvelin gab keine Antwort. Er spritzte ein Pulver auf eine Glasplatte. Ein paar Augenblicke stand er starr, wie leblos. Dann stellte er mit einer müden Bewegung den Energiestrom ab, drehte sich um und verließ den Raum.

Kopfschüttelnd sah ihm der Freiherr nach. Sonderbar, wie das Wesen des Freundes sich in diesen letzten Tagen verändert hatte!

Unterdes irrte dieser durch die Gänge des parkartigen Gartens. Vergeblich das große Wagnis! Nichts konnte das tödliche Gift bannen, das in diesen Schwingungen wirkte. Verspielt!

Arvelin war auf eine kleine Anhöhe gekommen, von der aus man eine weite Sicht über das Meer genoß. Des Doktors Augen starrten in die graue Weite, wo hinten am Horizont sich dunkle Wolkenmassen zu himmelhohen Bergen türmten.

Ein Sturm brach los, kam heulend heran, traf die schmächtige Gestalt auf der Düne, als wollte er sie hinunterfegen.

Schneeflocken stoben wirbelnd in die Höhe. Arvelin beachtete nicht, wie die scharfen Schneekristalle sein Gesicht peitschten.

»Allgewalt der Natur! Ähnliche Waffen, Schwingungen von noch größerer Kraft, müssen es sein, die wie eine hörnerne Haut den Leib schützen! Zu schwach die Kraft der chemischen Mittel. – Möchte es mir gelingen, den gefundenen Pfad zu Ende zu schreiten! Wär's auch nur, um den Triumph zu erleben... Welch Triumph des menschlichen Geistes, dem Schicksal zu begegnen! Doch für mich wär's zu spät! Kein Heilmittel, das tödliche Gift in mir zu bannen. Doch sterbe ich triumphierend, soll der Tod mir leicht sein!«

Mit raschen, fast jugendlichen Schritten eilte er den Hang hinunter. Wollte quer über die Rasenfläche dem Schloß zu gehen, da stutzte er plötzlich. Im Schnee Fußspuren... Spuren eines Mannes, die aus dem Walde herkamen und zu der Tür des Mausoleums führten, eines uralten, steinernen Baues. Schon seit vielen Geschlechtern barg er die sterblichen Reste der Freiherrn von Winterloo.

Verwundert betrachtete Arvelin die Spuren.

Jetzt erst fiel ihm auf, daß die Spuren nicht wieder zurückkehrten. Der da gekommen war, mußte noch in der Gruft sein!

Unhörbar trat Arvelin in dem weichen Schnee auf

die Tür zu. Sie war nur angelehnt. Ein schmaler Spalt gestattete ihm, einen großen Teil des Innern zu überblicken. Gespannt verfolgte er das Tun des Fremden da drinnen. War das möglich?

Ein sekundenlanges Besinnen. Dann griff er in die Kleider, bewegte, während seine Lippen unverständliche Worte murmelten, die Hebel eines kleinen Apparates, der an seiner Brust verborgen war.

In der Mauer am Kopfende der Krypta eingehauen eine hohe, schmale Nische. Ein Glasfenster davor, von starkem Drahtgitter geschützt. In der Nische stand auf einem alten, wurmstichigen Holzklotz eine Monstranz. Ein uraltes Prachtstück künstlerischer Goldschmiedearbeit. Schon mehrfach waren Kunstliebhaber in Winterloo gewesen und hatten hohe Summen dafür geboten.

Der Fremde hatte die kleine Laterne in einen der hohen Kandelaber gehängt, trat jetzt, ein stählernes Werkzeug in der Hand, auf die Nische zu. »Wirst ja doch eines Tages mein Eigentum werden! Lange macht's der Alte nicht mehr! Ob du heute oder morgen den Weg nach Warschau wanderst, ist einerlei. Übermorgen reist der millionenschwere Amerikaner ab. Schwimmst du erst mal auf dem Großen Wasser, mag der Teufel dich suchen!«

Unter dem Druck der stählernen Zange wich das Gitter. Ein Stoß schlug die Glasscheibe in Trümmer. Der Fremde warf die Zange weg, griff mit der Rechten in die Nische. Seine Hand berührte das kalte Metall.

Da ... er fühlte, wie eine fremde Hand sich um sein Handgelenk spannte. Gleichzeitig rief eine Stimme nahe bei ihm: »Hinweg, du Grabschänder! Sei dreimal verflucht, Franz Harrach!«

Ein wahnwitziger Schrei entfuhr dessen Mund. Seine Hand zuckte zurück.

»Wer bist du? Wer wagt es ...?« Wie wahnsinnig

starrte er umher. Niemand zu sehen. Er ergriff die Laterne, leuchtete rundum.

Eine Sinnestäuschung?

Da krampfte er in tödlichem Entsetzen die Schultern zusammen – war ihm doch, als berühre der warme Atem eines Menschen sein Ohr. Wieder diese Stimme, die sprach: »Fort von hier! Du Unwürdiger!«

Der Schrei des Entsetzens, der aus seiner Brust brechen wollte, erstarb. Die Laterne fiel klirrend zu Boden. Mit ein paar rasenden Sprüngen war der Dieb an der Tür, warf sich dagegen. Stürmte dem Walde zu, als sei die Hölle hinter ihm.

Mr. Gorman, der Leiter der Niederlassung von Truxton & Co. in Tabago, trat aus seinem Privatkontor in den Raum, wo ein Dutzend Angestellte in Hemdsärmeln bei seinem Erscheinen eifrig die Federn eintauchten.

»Machen Sie sich bereit, Smith, zum Flugplatz zu fahren! In einer halben Stunde wird unser Flugzeug Nummer einhundertsiebenunddreißig ankommen, wie uns das gestrige Radiotelegramm meldete. Sorgen Sie für die Unterbringung des Flugzeuges, und bringen sie die Gäste hierher!«

Der Angeredete warf den Bleistift hin und beeilte sich, den Büroraum zu verlassen.

Eine halbe Stunde später saß Mr. Gorman seinen Gästen in dem kühlen Repräsentationssaal im oberen Stock des Hauses gegenüber. Die herabgelassenen Jalousien hinderten ihn, ihre Gesichter genau zu erkennen. Was er sah, genügte aber, um sein Vertrauen in das neue Unternehmen zu festigen

Das war also dieser gefürchtete Kapitän Wildrake!

Der neben ihm, Medardus Droste – eine gewisse Enttäuschung. So ganz anders hatte er sich den Mann vorgestellt, der mehr zum Privatvergnügen die gefährlichen Konterbandefahrten des Luftriesen geführt hatte. Dieser ruhige, bescheidene Mensch mit dem so gar nicht heldenmäßigen Auftreten erinnerte ihn eher an seinen guten Housemaster in Eton.

Wie änderte er seine Meinung aber jetzt, als Wildrake schwieg und Droste das Wort ergriff! Mit aller Gewalt mußte sich Mr. Gorman zusammenreißen, um die in bestimmtem Ton gestellten Fragen präzis zu beantworten.

»Leider erlauben es mir meine Pläne nicht, Mr. Gorman, meiner Schwester hier eine längere Erholung zu gönnen«, schaltete sich Wildrake wieder ein. »Ich muß schon in zwei Stunden mit ihr weiterfliegen. Ich hoffe doch, daß die von England gekommene Flugjacht startbereit ist?«

»Selbstverständlich, Kapitän Wildrake!« versicherte Gorman. »Ein hervorragendes Schiff! Nur verstehe ich nicht, weshalb diese überstarken Motoren eingebaut sind. Man erzielt damit eine außerordentliche Geschwindigkeit, doch ist der Verbrauch von Treibstoff derart hoch, daß der Aktionsradius der Jacht nur sehr klein sein dürfte.«

Wildrake wandte sich zur Seite, verbarg ein Lächeln.

»Hoffentlich verläuft Ihre Expedition ohne Störung, Mr. Droste«, sagte Wildrake zu Medardus, der ihn und Edna zum Flughafen geleitete. »Hält das Schiff, was Gorman versprach, hoffe ich, in sechs Stunden mit Edna in San Fernando zu sein. Wie gut war's, daß Sie von dem ›Elixier‹ Ihres Onkels Winterloo genügend mitnahmen! Ich denke, den Flug nach Europa glatt hinter mich zu bringen. Habe ich Edna und Maria in Schottland, dann bin ich aller Sorgen ledig – und der Tanz kann lieber heute als morgen beginnen! Wenn nur da drüben alles so klappt und ungestört verläuft, wie wir's hoffen! Versäumen Sie nicht unnötige Zeit auf der Insel, Droste! Besser als alle Mahnungen von

Truxton & Co. wird Ihre Gegenwart in Europa sein. Der Bau in Finnland liegt mir schwer auf dem Herzen.«

Droste legte ihm beruhigend die Hand auf den Arm. »Ich habe zu dem finnischen Reeder volles Vertrauen, Wildrake, und muß nur immer wieder sagen, Truxton & Co. hatten recht, wenn sie von dem Bau unseres Schiffes auf englischem Boden abrieten. – Hoffentlich werden Sie in Venezuela keine Schwierigkeiten haben?«

Wildrake machte eine wegwerfende Handbewegung. »Was schere ich mich um die Verordnung dieser jämmerlichen Regierung! Möchte die venezolanischen Offiziere sehen, die es wagten, Kapitän Wildrake zu verhaften!«

Ein Schimmer von Röte flog über Ednas Gesicht, als sie Medardus die Hand zum Abschied reichte. »Der Himmel gebe es, daß wir uns wiedersehen, Mr. Droste!«

Droste nahm ihre Rechte mit festem Druck. »Wir werden uns wiedersehen, Miss Edna! Ich werde Ihren Bruder nicht verlassen!«

»In Ordnung, Mr. Gorman!« sagte Droste und stieg hinter jenem die Treppe aus der Luke empor auf das Deck der ›Susanna‹. »Alles an Bord! Nichts fehlt! Für das übrige, was Mr. James Wildrake privatim dazugetan hat, sagen Sie ihm unseren verbindlichsten Dank! Das wird unsere Bequemlichkeit auf der Insel angenehm erhöhen.«

Und dann stand Droste neben Barradas auf der Kommandobrücke. Die ›Susanna‹ war ein Motorschiff, mit den neuesten automatischen Einrichtungen versehen.

Noch ein Gruß an das Boot des an Land zurückkehrenden Gorman. Ein paar Bewegungen an den Hebeln auf der Brücke. Die Schrauben begannen zu arbeiten, die ›Susanna‹ strebte der offenen See zu.

In Venezuela hatte man das neueste, tollkühne Stück des ›Captain‹, wie Wildrake kurz genannt wurde, mit lauten Freudenausbrüchen begrüßt. In England aber nahm man wieder einmal Wildrake ganz als Engländer in Beschlag und überbot fast noch die Begeisterung Venezuelas. Auch sonst in der Welt konnte man eine gewisse Genugtuung darüber nicht unterdrücken, daß das üble Spiel, das die venezolanische Regierung mit der Union abgekartet hatte, doch zuletzt mißlungen war.

Der Ton der brasilianischen Friedensunterhändler nahm an Schärfe zu. Die Situation spitzte sich so zu, daß beinahe mit einem Abbruch der Verhandlungen zu rechnen war. Doch gelang es den venezolanischen Vertretern, nachzuweisen, daß Kapitän Wildrake sein Unternehmen von England aus vorbereitet habe. Die wutschäumende Presse Brasiliens brachte spaltenlange Gutachten von Rechtsgelehrten, wonach Wildrakes Tat als gemeines Verbrechen hingestellt wurde, woraus man wiederum einen Auslieferungsanspruch an alle Weltstaaten herleitete.

Während die Weltpresse darüber lachend zur Tagesordnung überging, blieb es in dem venezolanischen Blätterwald stumm. Die Zensur unterdrückte jede Äußerung. Hatten doch die venezolanischen Unterhändler die Auslieferung Wildrakes für den Fall, daß er sich in Venezuela zeigen würde, zugestanden.

Westlich von San Fernando am Ufer des Rio Orinoco lag die Hazienda La Venta.

Als Brasilianer die Mutter Wildrakes und seine Braut Maria Anunziata aus der Gefangenschaft entließen, brachte Robert Wildrake sie hierher. Doch nur kurze Zeit konnte die Mutter sich der wiedererlangten Freiheit freuen. Sie starb.

Maria Anunziata war jetzt allein auf der Besitzung.

Sie war schon in zartester Jugend in die Familie

Wildrake gekommen. Ihre Eltern, mit Wildrakes Gattin weitläufig verwandt, waren früh gestorben. Jahre vergingen. Maria Anunziata erwuchs allmählich zur blühenden Jungfrau. Viele bewarben sich um ihre Hand, doch keiner erhielt das ersehnte Jawort. Das hatte schon lange ihr Jugendgespiele, Robert Wildrake, der Sohn des Hauses.

Da kam jene Schreckensnacht, in der die Bewohner von Wildrake-Hall ausgehoben und nach Brasilien in Gefangenschaft geführt wurden.

Getrennt von den Ihrigen, in banger Sorge um das Schicksal ihres Verlobten, verbrachte Maria Anunziata die Tage ihrer Kerkerhaft in marterndem Gram. Eines Tages machte ihr ein herzloser Schließer die Mitteilung, Kapitän Wildrake sei gefangen und standrechtlich erschossen worden. Diese erlogene Nachricht stürzte sie in trostlosen Jammer. Sie verfiel in ein schweres Nervenfieber. Als sie die Krise überstanden, war ihr schon durch so viele Tränen geschwächtes Augenlicht geschwunden. Die Kunde davon drang trotz aller Vorsicht in die Presse. Die Brasilianer suchten das Geschehene einigermaßen wiedergutzumachen, indem sie das blinde Opfer mit der kranken Mutter in die Heimat entließen.

Maria wollte sich eben zur Siesta niederlegen, da hörte sie aus dem Lautsprecher Berichte über den Stand der Friedenskonferenz. Was war das? Verhandlungen betreffs Kapitän Wildrake? Mit angestrengtester Aufmerksamkeit lauschte sie. Röte und Blässe jagten über ihre Züge.

Die venezolanische Regierung gab den Forderungen Brasiliens nach und erklärte Robert Wildrake wegen seiner letzten Taten als Brecher des Waffenstillstandes, verpflichtete die Behörden, ihn dem Gesetz zu überliefern, falls er venezolanischen Boden beträte.

Der Bericht war zu Ende. Ihr Herz krampfte sich zusammen. So furchtbar aus allem Hoffen und Träumen gerissen – der Geliebte weltflüchtig! Wo mochte er jetzt sein.«

Franz und Adeline Harrach standen im Spielsaal des Kasinos von Zoppot. Mit glühenden Augen folgten die Geschwister den Bewegungen der Geldmassen auf dem grünen Tisch. Wenn sie doch auch so in Geldhaufen wühlen könnten! In Dobra war die Katastrophe kaum noch aufzuhalten, wenn nicht ein Wunder geschah.

Da war gestern ein Brief aus Warschau gekommen. Franz hatte einen Freudenschrei ausgestoßen, als er ihn las. Man ging anscheinend auf seine Pläne ein. Zwar war der Brief nicht aus der brasilianischen Gesandtschaft selbst, doch gab sein Inhalt Gewißheit, daß sein Schreiber in engen Beziehungen zu dieser stand. Heute abend um zehn Uhr sollten sie in ihrem Hotelzimmer einen Herrn empfangen, der in dem Schreiben als Señor Remedio bezeichnet war.

»Komm! Gehen wir!« sagte endlich Adeline. »Ich muß mich noch umkleiden. Pünktlichkeit ist in solchen Fällen erste Bedingung.«

Mitternacht war schon vergangen, als Señor Remedio das Zimmer der Geschwister verließ.

»Ein schlauer Bursche, dieser Remedio! Die Anzahlung« – Franz deutete auf einen Scheck – »ist äußerst mager. Doch einerlei! Er ist zweifellos ein ausgesucht gewandter Mensch. Meine Bedenken, die ich immer noch hatte – unser Plan ist doch reichlich gewagt –, sind jedenfalls zerstreut. Ich habe die feste Überzeugung, daß, wenn Wildrake und Droste nochmals nach Winterloo kommen – und damit ist unbedingt zu rechnen –, der Streich gelingen wird. Und dann ...!«

Als gegen zehn Uhr morgens der Schlitten Franz Harrachs in den Schloßhof von Winterloo einbog, achtete kaum jemand darauf, daß statt des alten Stephan ein junger Kutscher auf dem Bock saß, die Pferde ausspannte, in den Stall stellte, sich dann, wie um die Zeit zu verbringen, in dem Schloßhof, dem anstoßenden Garten und Park herumtrieb.

Am Nachmittag fuhr ein Kraftwagen auf den Hof von Schloß Winterloo, an dessen Kühler ein Wimpel in den Farben der brasilianischen Flagge flatterte. Keinem fiel es auf, daß einer der aussteigenden Herren, der als Señor Tejo angeredet wurde, eine gewisse Ähnlichkeit mit dem jungen Kutscher hatte, der Franz am Morgen hierhergefahren.

Der Besuch blieb nicht lange im Schloß. Mit größter Liebenswürdigkeit begleitete der Freiherr die Herren zu ihrem Auto, verabschiedete sich herzlich von ihnen. Er war gerührt durch die weitgehende Gefälligkeit, mit der die brasilianische Botschaft in Berlin sich seiner Sache angenommen hatte.

Die Papiere, die die Herren der Botschaft mitgebracht, gaben ihm den klaren Beweis, daß drüben in Brasilien die gesuchten Winterloos lebten, die künftigen Erben des alten Stammschlosses.

»Ich finde es, offen gestanden, recht auffällig, Señor Remedio – Pardon, Major Tejo, daß Ihr … Freund, Hauptmann Winterloo, Ihnen mit keinem Wort etwas von seiner Reise nach Venezuela gesagt hat.«

Der junge Sekretär drehte sich zu seinem Nachbar, der durch das Fenster des Kraftwagens auf die im Mondlicht glitzernde Schneefläche starrte. Als der Angeredete nicht antwortete, fuhr der andere fort: »Zum mindesten ist es für einen brasilianischen Offizier überaus gewagt, sich, wenn auch Waffenstillstand besteht, in das feindliche Land zu begeben. Er setzt sich dabei von beiden Seiten Deutungen aus, die nicht ungefährlich sind.«

»Wie meinen sie das?« Der mit Tejo Angeredete sah den anderen scharf an.

Der zuckte die Schultern. »Nun, ich kann mich natürlich nicht deutlich aussprechen. Doch wenn ich das wiedergeben würde, was gerüchtweise in die Botschaft drang...«

»Was? Sprechen Sie offen!« unterbrach ihn Tejo barsch.

»Nun«, begann der Sekretär zögernd, »die auffälligen Zusammenhänge bei der Befreiung dieser Edna Wildrake: die Aussage des Schließers, er habe den Hauptmann mehrere Tage vor der Flucht darauf aufmerksam gemacht, daß das Türschloß zum Seitengang nicht in Ordnung sei – Winterloos Abreise nach Venezuela, wo doch wahrscheinlich diese Edna Wildrake jetzt weilt –, das alles sind Dinge, die zu Gerüchten wohl Anlaß geben können.«

Tejo antwortete nicht. Er starrte vor sich hin. An ein verräterisches Handeln des Freundes konnte, wollte er nicht glauben. Zu lange kannte er Winterloo, um nicht zu wissen, daß offener Verrat ihm fernlag.

Und doch – noch am Tage vor seiner Abreise war er bei Winterloo gewesen. Weshalb hatte ihm der nicht den Plan seiner Reise mitgeteilt? Er nahm sich vor, bei seiner Rückkehr nach Brasilien alles zu tun, um sich Gewißheit zu verschaffen, wo die Wahrheit lag.

Jetzt sprach er nur das aus, womit er sich selbst immer beruhigt hatte. »In Venezuela wohnt die Mutter des Hauptmanns, Herr Sekretär!« Seine Stimme nahm einen gewollt scharfen Ton an. »Die Reise Winterloos findet in dieser Tatsache vorläufig eine genügende Erklärung. Alles andere sind leere Kombinationen!«

Im Schloß saßen derweil die beiden Freunde am Kamin im Turmzimmer.

»Ich glaube kaum, Arvelin, daß wir noch weitere Auskünfte von der Botschaft erwarten dürfen. Ich muß sagen, ihr außerordentliches Entgegenkommen hat mich sehr überrascht. Daß man nun drüben auch noch Nachforschungen nach dem augenblicklich unbekannten Aufenthalt dieses Oswald Winterloo anstellt, wäre zuviel verlangt. Sicherlich ist er nicht verschwunden, er wird eines Tages wiederkommen. Wie gern möchte ich ihm, der sich als tapferer Offizier in der brasilianischen Armee ausgezeichnet hat, persönlich noch kennenlernen, ihn als Herrn seines Erbes hier begrüßen.«

Arvelin streifte mit kurzem Seitenblick die Gestalt des Freiherrn. »Und wie wäre es, wenn ich selbst übers Meer ginge? Den Erben suchte – ihn hierherbrächte?«

»Arvelin! Das wolltest du tun? Keinen besseren Freundschaftsdienst könntest du mir erweisen!«

Der andere wehrte ab. »Du bist damit einverstanden? Das genügt mir. Sobald mein Paß in Ordnung ist, fahre ich!«

Juan Avilla, der alte Administrator von La Venta, war mit dem Abschluß seiner Bücher fertig und wollte sich eben zur Ruhe begeben, als er leises Klopfen am Fenster hörte. Er schaute hinaus, prallte plötzlich zurück.

»Don Roberto!« wollte er rufen, da schloß ihm eine Hand den Mund.

»Still, Señor Avilla! Treten Sie beiseite! Ich nehme den Weg durchs Fenster.«

»Dahin ist's gekommen, Don Roberto, daß der Herr es nicht wagen kann, über die Schwelle seines Hauses zu treten! Oh, Don Roberto! Was ist aus unserem schönen Vaterland geworden!«

»Still jetzt, Juan! Jede Minute ist kostbar. Ich kam hierher, um Maria Anunziata zu sprechen. Gehen Sie zu Ihrer Frau! Sie soll sie wecken! Schnell!«

Avilla eilte zur Tür. Da öffnete diese sich von selbst. Er taumelte erschrocken einen Schritt zurück. »Doña Maria! Allmächtiger Gott!«

»Robert, du bist hier?« Die Blinde schritt mit ausgebreiteten Armen auf Wildrake zu.

Dann lagen sie sich in den Armen. Der Schlag der Mitternachtsstunde riß die Liebenden aus ihrer Versunkenheit.

»Ich muß fort, Maria! Der Morgen soll mich schon bei Edna sehen.«

»Unmöglich, Robert! Ich lasse dich nicht! Du darfst jetzt nicht von mir gehen! Noch nicht! Du fürchtest Verrat? Glaube mir, kein Mensch würde das tun!«

Ein bitteres Lachen Wildrakes. »Du täuschst dich, Maria. Vielleicht sogar, daß unter unseren eigenen Leuten der Verräter wäre, der morgen zum Tribunal eilen würde.«

»So nimm mich mit, Robert! Wie schön, wenn ich dich begleiten und Edna überraschen könnte! Oh, wie werden wir glücklich sein, wenn wir uns wiedersehen!«

»Maria! Ein Ritt bei Nacht? Unmöglich für dich. Der Weg ist weit, führt durch den wüsten Urwald.«

»Ich bleibe bei dir. Ich reite hier fast täglich mit Avilla in die Pampas. Er hat mir ein frommes Tier ausgesucht, das mich mit unfehlbarer Sicherheit über alle Hindernisse hinwegbringt.«

Robert fühlte, daß er nicht länger widerstehen konnte.

»So mag's denn sein, Maria! Avilla soll dich, wenn ich mit Pablo, dem Indianerjungen, weggeritten bin, auf dem Pferde zur großen Agave bringen!«

Eine Viertelstunde später ritten sie hinter dem Indianer her durch die Pampas. Wildrake erzählte und wurde von Fragen Marias unterbrochen. »Ja, gewiß! Das war klug, Robert, Edna zu den Indianern zu bringen. Das Gute, was du an dem Häuptling Cihuaca und seinen Leuten tatest, trägt jetzt Früchte.«

»Um so mehr«, warf Wildrake ein, »als sicherlich Cihuaca schweres Unrecht geschah – damals, als er und seine Leute von der Regierung gewaltsam in das unwirtliche Höhenklima von Wildrake-Hall deportiert wurden.«

Maria unterbrach ihn. »Daß du es während des Krieges dahin gebracht, daß sie nach zwanzigjähriger Abwesenheit wieder in die Heimat zurückkehren durften, werden die dankbaren Rothäute dir nie vergessen. Meine alte Dienerin gehört zu ihrem Stamm. Sie erzählt immer wieder, wie der Name Wildrake bei den Indios verehrt wird.«

Der Morgen graute, als sie in das Indianerdorf einritten.

Lange lagen sich Edna und Maria in den Armen.

Seit vier Tagen und vier Nächten durchfurchte der schnittige Rumpf der ›Susanna‹ die Fluten des Karibischen Meeres. Noch drei Stunden, dann würde ihr Ziel erreicht sein.

Da wies Calleja mit einem Ausruf des Erstaunens nach Nordwesten, wo sich eben ein Flugzeug von einer Insel erhob und Kurs auf sie zu nahm. Auch Barradas und Alvarez eilten herbei. Verwundert erwarteten sie den rätselhaften Besucher. Der ging jetzt etwas tiefer. Ließ seine Hubschraube angehen, hing hundert Meter über der ›Susanna‹ in der Luft.

»Sofort stoppen!« rief eine Stimme, und wie um dem Befehl größeren Nachdruck zu geben, prasselten Maschinengewehrkugeln vor dem Bug der ›Susanna‹ ins Wasser. Noch ehe deren Insassen sich von ihrer Überraschung erholt hatten, warf das Flugzeug eine Mitteilungsboje aus und schraubte sich dann mit seiner Hubschraube auf etwa fünfhundert Meter empor.

Droste stellte mechanisch den Krafthebel ab und ging zu den anderen.

Calleja hatte der Boje ein Stück Papier entnommen, las, lachte. »Der Herr«, er deutete nach oben, »seines Zeichens ein Pirat, beabsichtigt, uns die Ehre seines Besuches zu gönnen. Gleich wird sein Schiff erscheinen.«

Alle richteten die Blicke zur Inselgruppe. Neben dem Eiland, von dem das Piratenflugzeug aufgestiegen, wurde jetzt ein großer Motorschoner sichtbar.

»Teufel noch eins!« fluchte Alvarez, »das hätte uns noch gefehlt – kurz vorm Ziel ausgeplündert zu werden! Doch diesmal haben sie die Rechnung ohne den Wirt gemacht. Jetzt bietet sich uns eine famose Gelegenheit, die englischen Geschütze zu probieren. Es heißt nur, ein paar davon schußbereit zu machen, ohne daß der Bursche da oben etwas merkt.«

»Nun, das wird nicht schwerfallen«, warf Barradas ein. »Wir brennen ein bißchen Nebelpulver ab. Nicht zuviel, damit er nicht mißtrauisch wird.« Der Plan war schnell ausgeführt.

»Ich habe ihn im Visier!« rief Barradas kurz darauf unter dem Geschütz hervor.

»Dann los!« schrie Droste.

Im selben Augenblick krachte der Schuß.

Das gut gezielte Geschoß hatte einen Flügel des Flugschiffs getroffen. Dieses geriet ins Trudeln, stürzte ins Meer.

Doch gleichzeitig krachte es auch auf dem Schoner. Ein paar Granaten flogen über ihre Köpfe weg.

»Vorwärts, Alvarez und Calleja! Die nächsten Schüsse könnten gefährlich werden ...«

Die weiteren Worte erstarben in der Detonation der beiden Geschütze, die auf den Schoner gerichtet waren.

»Sie sitzen!« rief Droste, der durchs Glas sah. »Ah! Jetzt dreht er bei. Schnell noch ein paar hinter ihm her!«

»Hätten wir es nicht so eilig«, fiel Barradas ein, »wäre es ein Vergnügen, sie zu jagen.«

»Ich fürchte«, erwiderte Alvarez, »der Bursche ist schneller als wir.«

»Seht doch den Fallschirm!« unterbrach ihn Barradas. »Einer von den Flugzeuginsassen scheint den Sturz lebend überstanden zu haben.«

Mit dem Glas konnte man deutlich erkennen, wie der Schiffbrüchige die nächste der Inseln schwimmend zu erreichen versuchte.

»Den müssen wir haben!« rief Droste.

Die ›Susanna‹ drehte nach Nordwest, hielt auf den Schwimmenden zu. Man warf dem Mann eine Leine hin. Er ergriff sie, ließ sich an Bord ziehen.

Kaum hatte Barradas ihn erblickt, rief er laut: »Ist's möglich? Jean Renard? Sie sind's?«

Der Angeredete wischte das Wasser aus den Augen. »Ah! Das nenn' ich ein Wiedersehen, Leutnant Barradas!«

»Die Umstände, mein guter Renard, sind nur reichlich merkwürdig. Ich glaube, wir haben hier den ›Schrecken der Meere‹ erwischt.«

Renard lachte laut auf. Barradas wandte sich unwillig von ihm ab, zu seinen Kameraden; schritt mit denen zum Hinterdeck.

»Eine unangenehme Situation, Freunde! Hatte mich schon gefreut, den frechen Piraten hier an die Rah zu hängen. Jetzt ist das, soweit es mich angeht, ausgeschlossen. Ihr kennt den Burschen dem Namen nach ja alle zur Genüge. Ich hatte das Vergnügen, mit ihm während des Krieges persönliche Bekanntschaft zu machen, und zwar bei einer Gelegenheit, die für mich recht bedenklich war.

Ihnen, Mr. Droste, ist vielleicht weniger über den Mann bekannt. Ich will Ihnen kurz einiges über ihn sagen. Renard ist geborener Franzose. Fuhr als Kapitän eines Trampdampfers vorzugsweise zwischen den französischen Kolonien Hinterindiens und den Philippinen. Seine Geschäfte bestanden in der Hauptsache in Schmuggelfahrten. Eines schönen Tages wurde er von einem brasilianischen Flugzeuggeschwader gejagt und gefangengenommen. Um dem

Feind keinen Beweis seiner Tätigkeit zu geben, versenkte er das Schiff, noch ehe die Brasilianer an Bord kommen konnten. Daß dabei ein großer Teil seiner Mannschaft zugrunde ging, genierte ihn weniger als der Umstand, daß auch seine Schätze in die Tiefe gingen.

Obgleich die Indizien gegen ihn nur schwach waren, wurde er zum Tode verurteilt. Am Tage vor der Hinrichtung gelang es ihm, aus dem Gefängnis zu entkommen. Beim Beginn unseres Krieges gegen Brasilien tauchte er plötzlich bei uns auf. Er war im Besitz eines hervorragenden Flugzeuges, nahm als freiwilliger Flieger an den Kämpfen teil. Seine Erfolge waren nicht gering. Doch dauerte es nicht lange, so kam man dahinter, daß er bei alledem bestrebt war, das Nützliche mit dem Angenehmen zu verbinden. Er trieb Kriegsgeschäfte auf eigene Rechnung. Das Ende vom Lied war, daß ihm die Heeresleitung deutlich zu verstehen gab, daß man auf seine Dienste verzichte. Seit der Zeit betreibt er sein Geschäft offen als Pirat, wobei er jedoch nach Möglichkeit venezolanische Schiffe schont.

Mittels seines Flugzeuges und seines Motorschoners hat er hier in der Südsee schon manches Frachtschiff seiner kostbaren Ladung entledigt. Mit uns hatte er zweifellos dasselbe vor. Was nun tun?«

»Du vergaßest zu erzählen, Barradas, bei welcher Gelegenheit du ihn einmal persönlich kennenlerntest.«

»Richtig, Alvarez! Ich war in einen Luftkampf verwickelt gegen starke Übermacht der Brasilianer – da kam mir Jean Renard zu Hilfe. Ich persönlich bin ihm also zu Dank verpflichtet. Was ihr mit ihm tun wollt, tut's ohne mich!«

Die anderen schwiegen.

»Nach einer Weile ergriff Droste das Wort. »Mir scheint, wir überlassen die Entscheidung über Renards Schicksal am besten Kapitän Wildrake.«

»Aber wir können ihn doch nicht mitnehmen zu unserer Insel?« warnte Alvarez.

Droste schüttelte den Kopf. »Nein. Wir können überhaupt nicht weiterfahren, Señores, ohne uns vorher mit Wildrake ins Einvernehmen gesetzt zu haben. Die Insel, die wir suchen, ist nur knappe drei Fahrtstunden von hier entfernt. Gesetzt den Fall, wir lassen Renard laufen, so ist nicht ausgeschlossen, daß er in einiger Zeit wieder nach dieser Inselgruppe zurückkehrt, wo er augenscheinlich seinen Schlupfwinkel hat. Die Situation ist für ihn nicht unähnlich wie für uns. Aber, davon abgesehen, man wird sicherlich bald gegen dieses Luftpiratenwesen mit aller Macht einschreiten. Bei der Gelegenheit könnte Renard uns ungewollt die Verfolger auf den Hals ziehen. Ich halte es für ganz ausgeschlossen, daß wir unseren Stützpunkt auf einer Insel wählen, die von dem Piraten im Flugschiff in kürzester Zeit erreicht und beobachtet werden kann.«

»Sie haben recht, Mr. Droste. Kapitän Wildrake muß hierher! Er mag dann also bestimmen, was mit Renard geschehen soll.«

»Wir werden«, sagte Droste, »solange an der Insel Renards festlegen.«

In der Nähe Baranas am Rio Apure lag das kleine Gut, auf das sich Oberst Guerrero zurückgezogen hatte. Als am letzten Tage der Waffenstillstandsberatungen im brasilianischen Hauptquartier alles an jener Forderung der Brasilianer, Wildrake und seine Gefährten auszuliefern, zu scheitern drohte, hatte der Führer der venezolanischen Delegation sich telegrafisch an das Kabinett in Caracas gewandt. Das empfahl unbedingtes Nachgeben. Da hatte Guerrero in offener Empörung sein Amt niedergelegt, war grollend in die Heimat zurückgekehrt.

Doch nicht lange sollte er die erzwungene Muße genießen. In der venezolanischen Armee wurde die Zahl der Unzufriedenen immer größer. Es dauerte nicht lange, so wurde Guerreros Besitztum der Sammelpunkt all der mißvergnügten Elemente, die von hier aus offen oder versteckt die Regierung wegen ihrer Schwäche aufs heftigste angriffen.

Guerrero, der stillschweigend anerkannte Führer dieser Unzufriedenen, wahrte als einziger einen kühlen Kopf. Er erstrebte nichts für seine Person, hatte nur das Beste seines Vaterlandes im Auge.

Der Abend war hereingebrochen. Die letzten seiner Gäste hatten das Haus verlassen. Guerrero schritt in seinem Arbeitszimmer nachdenklich auf und ab. Die neuesten Nachrichten von Manaos, wo die Friedensverhandlungen geführt wurden, lauteten beunruhigend. Die Forderungen der Brasilianer wurden immer maßloser.

Ein Diener trat ein, überreichte dem Oberst einen verschlossenen Brief. Der riß ihn auf, las. Ein kurzes Erschrecken. »Wildrake?« flüsterte er halblaut vor sich hin. »Sollte er es gewagt haben?« Und laut: »Führe den Herrn hierher, Juan!«

Ein paar Augenblicke später schloß sich die Tür hinter der Gestalt Wildrakes.

»Sie sind's wirklich, Don Roberto?« Der Oberst trat auf den Kapitän zu, umarmte ihn. »Sie wagen viel.«

»Ich fürchte nur, Ihnen, Herr Oberst, Unannehmlichkeiten zu machen. Für meine Person habe ich keine Sorge.«

Eine Stunde wohl mochten die beiden verhandelt haben. Die tiefen Falten auf Guerreros Stirn hatten sich geglättet. Seine Augen blitzten. Er ergriff Wildrakes Hand.

»Das allerdings«, sagte er, »wäre der höchste Beweis von Vaterlandsliebe. Wenn es Ihnen gelänge, auch nur einen Teil dessen auszuführen, was Sie sich da vorgenommen haben ...«

»Für mich Herr Oberst, handelt es sich nur darum, daß die Verhandlungen sich noch weiter hinziehen. Daß nicht ein vorzeitiger Friede all meine Bemühungen zunichte macht.«

»Dafür lassen Sie mich sorgen, Kapitän!«

Wildrakes Flugzeug näherte sich dem Indianerdorf. Nur ein kurzer Aufenthalt, dann würde er mit Edna und Maria weiter nach Europa fliegen.

Der Morseticker zu seiner Rechten begann zu schreiben. Es waren die mit Droste verabredeten Codezeichen. Seine Züge verfinsterten sich. Kaum das Unternehmen begonnen – und schon solch unangenehmer Zwischenfall! Die Angelegenheiten in Europa verlangten dringend seine Anwesenheit. Jetzt nun dies! Die Reise nach England einstweilen unmöglich. Er mußte sofort zu den Kameraden.

Der Bericht Drostes hatte geendet. Wildrake schaltete seinen Apparat auf Senden um: »Komme sofort.«

Auch die Freude des Wiedersehens mit Maria und Edna konnte die Wolken von seiner Stirn nicht verscheuchen. Dem Drängen der beiden Mädchen nachgebend, erzählte er ihnen von den Ereignissen mit Renard.

»Ich muß gleich weiter. Unsere Reise nach England erleidet dadurch einen Aufschub von ein paar Tagen. Der Indiojunge, Pablo, wird mich begleiten. Er ist ein anstelliger Bursche.«

Während Wildrake einen kurzen Imbiß nahm, bemühten sich die beiden Mädchen, Lebensmittel und Decken in die Flugjacht zu schaffen. Pablo hatte einen Freudensprung gemacht, als er hörte, daß er mitfliegen dürfe.

»Alles fertig! Lebt wohl, Maria, Edna! Bald bin ich wieder bei euch.«

Er umarmte rasch Braut und Schwester, trat in die

Kabine, schaute sich nach dem Indianerjungen um. »Hallo, Pablo! Wo steckst du?«

»Er wird gleich da sein. Ich will ihm entgegengehen.« Maria verschwand hinter den Hütten. Ein paar Augenblicke, dann kam Pablo, ein paar große Decken über der Schulter, auf das Flugschiff zu, öffnete die Hintertür der Kabine, kletterte hinein.

»Alles fertig, Don Roberto!«

Vier Stunden bereits raste die Maschine nach Südosten. Wildrake hatte Pablo die einfachsten Hebelgriffe im Führerstand erläutert. Jetzt stellte er die automatische Steuerung an.

Er befahl Pablo, ihn nach zwei Stunden zu wecken, wollte sich eben niederlegen, da begann es sich unter den Decken zu regen. Das Lachen des Indianerjungen machte ihn aufmerksam.

»Was ist, Pablo?« fuhr Wildrake ihn barsch an.

Da wurde die Decke zurückgeworfen. Maria Anunziata stand vor Wildrake, der erschrocken zurückprallte.

»Maria! Bist du von Sinnen? Bist du krank, daß du solch wahnwitzige Gedanken ...«

»Ja, Robert!« sprach sie mit tonloser Stimme. »Ich bin krank – wenn du nicht bei mir bist!«

Sanft schloß er das Mädchen in seine Arme.

»Insel voraus!« schrie Pablo vom Führerstand her.

Schnell machte sich Wildrake frei, eilte nach vorn. Ein Blick zur Seite: Das Schiff war etwas nach Osten abgekommen. Schnell warf Wildrake das Steuer herum, stieg in größere Höhen.

Bei der gewaltigen Schnelligkeit, mit der die Maschine dahinschoß, konnte er in einer Stunde bei Droste und seinen Gefährten sein.

Der Flughafen von San Fernando bestand in der Hauptsache aus einem kleinen Reparaturschuppen, an den sich ein paar notdürftig aus Brettern zusammengeschlagene Hangars anschlossen. Davor ein Stück der Pampas, das sich gegenüber der Umgebung nur durch einige Warnungstafeln auszeichnete; sie besagten, daß ein Betreten durch Hirten und Herden verboten sei.

Ein Flugzeug landete. Ihm entstieg ein alter Mann, der die Maschine in einen der Hangars rollen ließ.

»Wie finde ich den Weg zur Hazienda La Cima, Señor?« wandte sich der Ankömmling in gebrochenem Spanisch an den Hafenkapitän. Der gab eine weitschweifige Erklärung.

Arvelin hörte den Erguß mit ruhigem Lächeln an. »Könnten Sie mir nicht einen Führer verschaffen, der mich im Auto hinbrächte?«

Der Kapitän zuckte die Achseln. »Kraftwagen, Señor? Unmöglich! Aber Pferde!«

»So besorgen Sie mir zwei Pferde und einen Führer.«

Nicht lange, und Arvelin ritt unter Führung eines Mestizen durch die Pampas, nach Süden zu. Wohl eine Stunde waren sie unterwegs, da leuchteten vor ihnen die weißen Gebäude einer Hazienda. Arvelin stieg ab und bedeutete dem Führer, seine Rückkunft zu erwarten.

Wohl zwei Stunden schon hatte Arvelin Virgina Winterloo gegenübergesessen. Da trat ein Diener ein, der seiner Herrin diskret ein paar Worte zuraunte. Eine flüchtige Röte glitt über ihr Gesicht. Hastig erhob sie sich, ging hinaus, wandte sich in der Tür noch einmal um.

»Ich komme gleich wieder, Herr Doktor!«

Das also war die Mutter des Erben von Winterloo! Ihr Antlitz zeigte noch Spuren früherer Schönheit. Doch eine starke innere Unruhe ging von dieser Frau aus. Arvelin hatte den Grund für ihre offenbare Erregung darin gesucht, daß sein Erscheinen und sein

Auftrag ihr allzu überraschend kämen. Im Laufe der Unterredung hatte er jedoch zu seinem Erstaunen bemerkt, daß in dem Telegramm ihres Sohnes Oswald, das auf dem Tisch lag, die Ursache ihrer Beklemmung zu suchen war.

Er nahm es zur Hand, überflog die Worte: »Ich komme morgen mit dem Postflugschiff. Keine Entschließung, bevor ich da!«

Den Mestizen, der ihn zu Pferd hierhergebracht, hatte Arvelin wie beiläufig über Oswalds Mutter auszuforschen versucht. Er hatte mancherlei zu berichten gewußt. So auch von der bevorstehenden Hochzeit der Señora mit einem benachbarten Haziendero Lerdo de Tejada. Dieser Tejada, aus spanischem Blut entsprossen, schien nicht in besonderem Ansehen zu stehen. Hier lag zweifellos der Schlüssel zu Oswalds gewagter Reise nach La Cima.

Während der Unterredung mit Dona Virgina hatte Arvelin dem Gespräch eine Wendung zu geben gewußt, die zu Lerdo de Tejada führte. In seltsamer Nervosität hatte sie ihm von dem Gutsnachbar erzählt; dabei immer wieder erwähnt, wie sehr er ihr während der schweren Kriegszeiten zur Seite gestanden. Schon die Dankbarkeit gebot es, so versicherte Dona Virginia, ihm ihr Jawort nicht zu verweigern, als er um sie warb.

Jedenfalls aber schien Oswald Winterloo den Entschluß seiner Mutter nicht zu billigen. Morgen nachmittag würde er hier sein!

Arvelin zog eine Landkarte aus der Tasche. Die alte Caraibenstadt.

Schon vor seiner Reise hatte er sich mit den Kulturdenkmälern der Ureinwohner Venezuelas in großen Zügen beschäftigt. Im Gespräch mit Dona Virginia hatte er die Ruinen nördlich von San Fernando erwähnt. Ihre Auskünfte reizten seine Wißbegier. Die

Zeit bis zu Hauptmann Winterloos Erscheinen genügte vollauf zu einem flüchtigen Besuch der historischen Stätte.

Als jetzt Oswalds Mutter wieder eintrat, erhob er sich, teilte ihr seine Absicht mit und verabschiedete sich. Dona Virginia begleitete ihn vor das Tor, wo er seinen Geleitsmann mit den Pferden fand. Sie sprach ein paar Worte mit dem Mestizen. Der nickte lebhaft, deutete nach Norden, war gern bereit, die Führung zur Caraibenstadt zu übernehmen.

»Warum wollten Sie den Deutschen nicht sehen, Don Lerdo?«

Der Angeredete wandte sich ab. »Er wird ja morgen wiederkommen, wenn Ihr Sohn da ist, Doña Virginia. Ich werde dann noch Gelegenheit haben, ihn kennenzulernen.«

Er wehrte die Versuche Virginias ab, die ihn zum Bleiben nötigen wollte, wandte sich nach kurzem Gruß ins Freie und bestieg sein Pferd.

Diese deutsche Erbschaft, brummte er, während er scharf nach San Fernando zuritt, ist jedenfalls nicht zu verachten. Mir würde es ja niemals einfallen, deshalb nach Europa zu gehen. Aber es ist sehr wohl möglich, daß dieser Oswald es tut. Und vielleicht wird er gar seine Mutter bewegen wollen, ihn zu begleiten.

Dann wäre alles umsonst gewesen! Das würde für mich das Ende bedeuten. Das kann, darf nicht sein!

Der Kommandant in San Fernando ist auf die Brasilianer schlecht zu sprechen. Nebenbei ein rabiater Bursche, der sich nicht viel um diplomatische Schwierigkeiten scheren wird. Wenn man's möglichst schlau einfädelt... Ich muß mich stellen, als täte ich alles nur im Interesse des Vaterlandes. Unbegreiflich überhaupt, daß der Hauptmann die Reise wagt! Er muß doch damit rechnen, in Spionageverdacht zu geraten. Die Kriegsgerichte in Venezuela sind schnell bei der Hand – es müßte mit dem Teufel zugehen, wenn der Kommandant sich solchem Hinweis verschließen wollte ...

Nach mehrstündigem Ritt kam Arvelin mit seinem Begleiter zu den Ruinen der Caraibenstadt. Er entließ den Führer und band sein Pferd an einem Farnbaum fest.

Über ein mit Obsidiansteinresten besätes Gelände näherte er sich den Trümmern eines Tempels und trat ein.

Dann schritt er hinaus, ging auf kleinem, schmalem Pfad auf einen Hügel zu. Links und rechts von ihm ragten aus dem wuchernden Urwaldgestrüpp Reste kleinerer Pyramiden. Der Weg war wohl früher eine breite Straße zu jenem Hügel gewesen.

Am Ende dieses anscheinend auch heute noch häufig begangenen Weges gelangte Arvelin auf die Anhöhe. Vergeblich suchte er hier eine Fortsetzung des Pfades. Da er jedoch noch mehr Ruinen von Tempelanlagen auf dem Hügel vermutete, begann er sich aufs Geratewohl durch das Dickicht zu zwängen. Er kam schon nach wenigen Schritten leichter voran. Denn hier hatte, wie er vermutet, ehedem eine breite Treppe, im Anschluß an die alte Allee, zu dem Tempel geführt. Unschwer erreichte er das Plateau.

Von den Riesenkronen der Waldbäume überschattet, lagen die Tempelruinen vor ihm. Ein Geräusch in seinem Rücken ließ ihn aufhorchen. Er wandte sich um: Ein alter Indio kam durch das Buschwerk hinter ihm drein.

Arvelin redete ihn spanisch an. Auf Arvelins Bitten war der Rothäutige gern bereit, ihm die Anlagen des Heiligtums zu zeigen und zu erklären. Mit einer leichten Neigung des Kopfes bedeutete er Arvelin, ihm zu folgen. Er schritt auf ein Risperogebüsch zu, bog die Zweige auseinander. Über Trümmer von Steinplatten, die mit zum Teil gut erhaltenen Reliefs verziert waren, öffnete sich ein neuer Pfad, bog dann scharf nach Osten ab. Zerborstene Steinstufen führten auf eine hohe Plattform, auf der sich die Reste des eigentlichen Tempels erhoben.

In das Innere führten drei quadratische Tore, durch geschmückte Steinpfeiler voneinander getrennt. Der Tempelraum selbst war in sich zusammengebrochen. Soweit die Mauern noch standen, waren sie mit dunkelbraunen Mosaikreliefs auf hellbraunem Grunde geschmückt. In der Mitte der Anlage ein altarartiges Gebilde, von allen Seiten behauen, die glatten Flächen über und über mit Hieroglyphen bedeckt.

Die tausendjährige Schrift – was mochte sie bedeuten? Da klang hinter Arvelin die monotone Stimme des alten Indianers. Er erzählte von dem großen Schöpfer.

Arvelin schüttelte ungläubig den Kopf. »Du verstehst diese Zeichen zu deuten?«

»Cihuaca heiße ich«, fiel der Indio ihm ins Wort, richtete sich stolz auf. »Cihuacas Ahnen waren einst, als die Caraiben noch ein glückliches, mächtiges Volk waren, Könige in diesem Lande.«

Arvelin reichte dem Indio die Hand, sprach ein paar Worte, die der Alte ersichtlich mit großer Befriedigung aufnahm.

Der wandte sich jetzt, führte Arvelin um den Tempelbau herum, zeigte ihm unterirdische Gänge, wunderliche Bilder, riesige Monolithen, die umgestürzt im Grase lagen. Jetzt waren sie zu der Stelle zurückgekommen, von der sie die Wanderung begannen. Arvelin drückte dem Indio die Rechte zum Abschied.

»Wo willst du hin?« fragte der.

»Nach San Fernando.«

Der Häuptling deutete auf die Sonne, die sich dem Zenit näherte. »Nicht jetzt reiten, alter Mann! Die Sonne sendet glühende Pfeile. Bleibe hier im schattigen Wald, bis Abendkühle kommt! In Cihuacas Hütte magst du rasten.«

Gern ergriff Arvelin die Gelegenheit, einen Blick in das Leben dieser Indianer zu tun. Vor einem etwas größeren Bau in der Dorfmitte hielt der Alte an. Bei ihrem Nahen hatte sich eine weibliche Gestalt von einer Bank erhoben, wollte ins Haus treten, blieb auf einen Wink Cihuacas sitzen.

»Eine weiße junge Dame?« murmelte Arvelin vor sich hin.

Pferdegetrappel hinter ihm riß ihn aus seinen Gedanken. Ein indianischer Jüngling jagte an ihnen vorbei, brachte sein Pferd vor der Hütte zum Stehen und überreichte der jungen Weißen ein Körbchen. Er redete in seiner Sprache mit ihr.

Arvelin beschleunigte die Schritte. Wer war diese Weiße?

Nur wenige Schritte trennten ihn noch von der Fremden, da sah er sie während des Gesprächs mit dem jungen Indio plötzlich erbleichen. Hastige, überstürzte Worte kamen aus ihrem Munde.

Arvelin zuckte unwillkürlich zusammen: Winterloo? Ganz deutlich vernahm er den Namen.

Alle Rücksicht vergessend, eilte er auf die Sprechenden zu.

Cihuaca sprach ein paar indianische Worte zu dem Jüngling. Der begann stotternd seinen Bericht zu wiederholen.

Als der Name ›Winterloo‹ fiel, unterbrach Arvelin mit heiserer Stimme den heftig Gestikulierenden. »Sprichst du wahr? Hauptmann Winterloo, der Sohn der Witwe in La Cima, soll als Spion erschossen werden?«

Der Indio nickte. »Heute noch, ehe die Sonne untergeht!«

Arvelin trat ganz nahe an die Weiße heran. »Sie kennen Hauptmann Winterloo, meine Dame? Ich heiße

Doktor Arvelin, kam aus Europa hierher zu dem Zweck, Oswald Winterloo zu suchen. Was ich da eben hörte – ist es wahr?«

Bei dem Namen Arvelin war ein Freudenschein über das Gesicht des Mädchens geglitten. »Ich bin Edna Wildrake. Mein Bruder und Mr. Droste erzählten mir viel von Ihnen. Doch Winterloo, was wollen Sie von ihm? Ist er etwa verwandt mit Ihrem Freund, dem Freiherrn Winterloo in Deutschland?«

Arvelin nickte hastig. »Er ist sein Erbe. Ich bin hier, um ihn zu holen.«

Edna streckte ihm bittend beide Hände entgegen. »Die Deutschen sind gut Freund mit Venezuela. Eilen Sie nach San Fernando! Versuchen Sie alles – vielleicht gelingt es Ihnen – doch nein, Winterloo ist ja Brasilianer! Der Haß gegen die Brasilianer ist so groß. Er ist verloren, wenn nicht ein Wunder geschieht!«

»Ein Wunder, Fräulein Wildrake, nur könnte ihn retten? Vielleicht, daß Gott mir beisteht!«

Bei den letzten Worten hatte sich Arvelin schon gewandt, sprang ohne Gruß aufs Pferd, jagte dem Ausgang des Dorfes zu.

Schon seit zwei Tagen lag die ›Susanna‹ im Hafen der Pirateninsel. Droste hatte angeordnet, daß ständig einer der drei Offiziere am Empfänger blieb, da ja Wildrake stündlich erwartet wurde.

Droste saß mit Alvarez und Barradas vor der Hütte, die Renard für seine Leute hier errichtet hatte. Renard selbst stand am Ufer.

Calleja, der am Empfänger gesessen hatte, kam freudig winkend herbeigeeilt. »Habe eben Verbindung mit dem ›Captain‹ bekommen. In einer Viertelstunde ist er da!«

Und dann standen die vier Freunde um Wildrake, der seinem Flugzeug entstiegen war. Calleja wollte in die

Kabine treten, um das Gepäck herauszuholen. Doch der Kapitän hielt ihn zurück.

»Ein Grund besonderer Art, lieber Calleja! Warten Sie noch ein Weilchen! Es gilt jetzt, so schnell als möglich die Sache mit Renard zu regeln. Er mag leben bleiben! Aber er muß von hier fort. Was weiter mit ihm geschieht, kann uns einerlei sein. Jedenfalls glaube ich nicht, daß wir berufen sind, über ihn zu richten. Also folgendes ist zu tun: Einer – Barradas, Sie wären wohl der Geeignetste dafür – nimmt das Bordflugzeug und bringt ihn fort. Machen Sie sich sofort bereit! Ich selbst nehme Sie, Droste, an Bord. Wir fliegen weiter nach Südwesten, um einen anderen, besseren Stützpunkt zu suchen. Alvarez und Calleja warten hier mit der ›Susanna‹.«

In diesem Augenblick kam Renard vom Strand her langsam auf sie zugegangen. Die Hände in den Taschen vergraben, seine kurze Pfeife schmauchend, stellte er sich breitbeinig vor die Offiziere hin.

»Nun, hat ein hohes Kriegsgericht getagt?« fragte er. »Daß Sie einen alten Kriegskameraden nicht dem Strick überliefern werden, ist ja selbstverständlich. Ich möchte nur bitten, daß Sie mich so bald wie möglich von hier wegschaffen, und zwar zu einer Stelle, von wo ich Verbindung nach dem Westen habe: S.-Pauls-Insel am besten!«

»Es wäre besser, Jean Renard, wenn Sie Ihre Sprache mäßigten!« sagte Wildrake. »Noch sind Sie in unserer Hand. Wenn wir beschlossen haben, Ihnen die Freiheit zu schenken, so tun wir das, weil wir genau wissen, daß Ihnen über kurz oder lang doch der Strick blühen wird.«

Renard schlug mit dem Finger einen Kreis um seinen Hals. »Wäre schade darum!« meinte er mit komischem Grinsen. »Denke, er wird meinen Kopf noch eine gute Reihe von Jahren tragen! Glaube auch nicht, daß es das letztemal gewesen ist, daß wir uns begegneten, Kapitän Wildrake. Der Krieg ist noch nicht zu Ende. Vielleicht kommt der Tag, wo Sie sehen, daß Jean Renard seine alten Freunde nicht vergißt.«

Barradas kam vom Schiff her. »Das Flugzeug steht bereit, Kapitän Wildrake. Kann's losgehen?«

»Ah, so schnell?« fiel Renard ein. »O nein! Muß noch sehen, ein bißchen Reisegeld zusammenzuklauben. Es ist nicht viel. Ihr werdet's einem alten Manne lassen!«

Er verschwand in dem Gebüsch hinter dem Hause, kam nach kurzer Zeit wieder. »Fahren wir zur Insel S. Paul! Kenne da einen Platz, wo wir in der Dunkelheit ungesehen landen können.«

Er wandte sich zum Gehen, besann sich einen Augenblick, trat dann auf Wildrake zu. »Vergaß ganz, mich bei Ihnen für genossene Gastfreundschaft zu bedanken, Captain! Möchte Ihnen zur Erinnerung dieses Paket übergeben.«

Wildrake drehte sich ärgerlich um.

»Nicht so stolz, lieber Captain!« rief Renard. »Ein paar Worte nur, dann mögen Sie tun, was Sie wollen. Erinnern sich vielleicht alle, daß vor kurzem das brasilianische U-Boot 340 als vermißt gemeldet wurde...«

Wildrake wandte interessiert den Kopf, trat unwillkürlich ein paar Schritte näher.

»Verschollen!« Der Pirat lachte heiser. »Jean Renard weiß, an welcher Stelle des Meeres es liegt...« Er machte eine Pause.

»Diese Mappe stammt vom U-Boot 340, Kapitän Wildrake! Ich schenke sie Ihnen. Geld ist nicht darin – war auch nicht darin! Aber ich taxiere, es sind ein paar Dokumente dazwischen, die Sie interessieren werden.« Renard schwenkte mit vergnügtem Lächeln seine Mütze.

»Nach alldem, was wir gesehen haben, Droste, dürfte dieses Eiland am besten Ersatz für unsere Insel X. bieten.« Droste nickte. »Sie haben recht, Wildrake. Bietet sie auch nicht alle Vorzüge von X., so bleibt uns in Ermangelung eines Besseren doch nichts übrig, als hier unsere Station anzulegen. Nennen wir sie ...«

»Nein, nein!« unterbrach ihn Wildrake laut. »Ich taufe die Insel hiermit auf den Namen ihrer besten, edelsten Bewohnerin: Santa Maria!«

In der Kabinentür der Flugjacht erschien Maria. Noch ehe ihr Bräutigam herbeieilen konnte, war sie mit bewunderungswürdiger Sicherheit die Stufen hinabgeschritten, eilte über das flache Land der Stelle zu, wo die Freunde standen.

»Unser neues Heim, Maria! Ich will dir's kurz beschreiben«, rief Wildrake dem Mädchen zu.

»Die Insel ist ungefähr zwei Quadratkilometer groß. Die Südseite, auf der wir uns hier befinden, hat flachen Strand. Draußen im Meer ziehen sich Korallengürtel um die Küste. Nach Osten hin schützt sie ein dichter Mangrovenwald. Nach Norden und Osten erhebt sich unwirtlicher Felsboden. Der Südostteil birgt ein paar Süßwasserquellen; Haine und Wiesen darum.

Das alles könnte uns ja nicht besonders interessieren. Die Hauptsache war doch, einen Stützpunkt zu finden, auf dem eine Kraftquelle vorhanden ist, die wir zur Erzeugung unseres Treibstoffes unbedingt benötigen. Ein Brandungskraftwerk zu schaffen, wie wir's auf der Insel X. beabsichtigten, ist hier unmöglich. Dafür gewährt uns aber dieses Eiland etwas noch Günstigeres. Da, wo der abfallende Fels barrenartig in die Brandung ragt, bietet sich Gelegenheit, unter besten Bedingungen ein Stromkraftwerk anzulegen.

Im Laufe der nächsten Stunden muß die ›Susanna‹, die auch Barradas mitbringt, hier landen. Droste wird den Freunden die nötigen Anweisungen geben. Morgen bei Tagesanbruch fliegen wir beide dann weg, lassen dich hier bei den anderen zurück.«

Als die Sonne im Westen sank, landete die ›Susanna‹ mit Droste und Barradas. Und als das Tagesgestirn sich zwölf Stunden später wieder aus der See erhob, flogen Wildrake und Droste Kurs Europa.

Als Arvelin auf abgehetztem Gaul nach San Fernando kam, war sein erstes, sich nach dem Kommandanten zu erkundigen. Aber der war auf die Jagd geritten.

Verzweifelt sprach Arvelin einen höheren Offizier an. Der hörte dem Bericht höflich zu. Schon glaubte der Doktor Hoffnung schöpfen zu können, da erklärte der Venezolaner veränderten Tones, alle Versuche, das Schicksal des Verurteilten zu wandeln, würden vergeblich sein ...

Arvelin sah auf die Uhr. Die Hinrichtung war auf die fünfte Nachmittagsstunde festgesetzt. Jetzt war es vier.

Als die Glocke zum fünften Schlage anhub, wurde Oswald Winterloo auf den Hof des Gefängnisses geführt. Zehn Schritt vor der Umfassungsmauer band man ihm ein Tuch vor die Augen.

Jetzt traten aus dem gegenüberliegenden Haus die sechs Männer des Exekutionskommandos unter Führung eines Offiziers. Der Offizier ließ trommeln, begann das Urteil des Kriegsgerichtes zu verlesen. Oswald Winterloo hörte mit einem bitteren Gefühl die sinnlosen Beschuldigungen.

Da! Was war das? Eine Stimme hinter ihm. Portugiesische Laute klangen flüsternd an sein Ohr.

»Keine Furcht! Hilfe ist nah! Sobald Sie von draußen den Krach einer Explosion hören, reißen Sie die Binde von den Augen, nehmen meine Hand und folgen meiner Führung!«

Oswald glaubte, Halluzinationen ließen ihn Worte vernehmen, die doch unmöglich gesprochen sein konnten.

Aber da ... doch keine Sinnestäuschung? Er glaubte zu fühlen, wie seine Fesseln gelöst wurden. Unwillkürlich wollte er die befreiten Hände nach vorn strecken, da wurden sie von fremden Fingern festgehalten.

»Nicht rühren, bevor die Explosion erfolgt!«

Winterloo stand in maßloser Erregung.

Der Offizier hatte die Verlesung beendet. Er ließ die Mannschaft stillstehen, kommandierte: »Anlegen!«

Da zerriß von draußen her ein furchtbarer Knall die Totenstille. Unwillkürlich wandte der Offizier den Kopf in Richtung des Schalles. Auch die Soldaten hatten bei dem Donner unwillkürlich die Gewehre sinken lassen, sich umgedreht. Ihr Befehlshaber faßte sich schnell. Ärgerlich über die Störungen kommandierte er von neuem: »Stillgestanden!«

Da! Seine Augen gingen ratlos von der Stelle, wo der Gefangene stehen mußte, zu den Soldaten. Auch die standen sprachlos, verwirrt.

Der Gefangene – wo war er? Eben noch zehn Schritt vor ihnen – jetzt plötzlich verschwunden, als hätte die Erde ihn verschluckt! Nur die abgestreifte Binde bezeichnete die Stelle, wo er gestanden.

Der Offizier war der erste, der wieder zu sich kam. »Er ist entflohen! Alarm!«

Er schoß seinen Revolver in die Luft, rannte zum Torweg, schrie dem Außentorposten zu: »Achtung! Schließt das Tor!«

Da! Der Soldat taumelte, wie von unsichtbarer Hand gestoßen, zur Seite. Jetzt war der Offizier am Außentor. Die Umgebung menschenleer. Neben ihm sammelten sich seine Mannschaften und andere Soldaten, die auf den Schuß hin herbeigeeilt waren. Auch sie stierten fassungslos über das verlassene Feld.

Halb besinnungslos folgte Winterloo dem alten Mann, der plötzlich hinter ihm gestanden, als er die Binde von den Augen riß, ihn an der Hand nahm und mit ihm forteilte. Jetzt, nach dem Verlassen des Tores, mäßigte er die Schritte. Es war dieselbe Stimme, die im Gefängnishof zu ihm geklungen, die jetzt weitersprach.

»Halten Sie sich hinter mir und haben Sie Vertrauen! Dann sind Sie gerettet!«

Gerettet? Winterloo faßte sich an die Stirn.

Das verworrene Geschrei am Außentor ließ ihn vorsichtig den Kopf wenden. Da standen ja Haufen von Soldaten… und die erkannten ihn nicht?

Und als habe sein Mentor diese Gedanken erraten, kam die Stimme warnend zurück. »Nicht stehenbleiben! Sonst sind Sie verloren.«

Sie gingen weiter. Da – trotz allem, was schon geschehen, hielt Winterloo den Atem an: Um die Ecke der Mauer, auf die sie zuschritten, kam ein Schwarm Soldaten, die Gewehre schußbereit. Jetzt war alles verloren… Doch nein: Sie liefen unter dem Kommando eines Offiziers einem Wäldchen zu, als wollten sie den Entwichenen dort suchen.

Der Alte hatte haltgemacht, drückte sich enger an die Mauer. Auch Winterloo folgte seinem Beispiel. Nun waren die Soldaten fort, der Weg frei!

Der Alte setzte sich aufs neue in Marsch. »Es ist gelungen, Herr Hauptmann! Bleiben Sie neben mir, und lassen Sie mich Ihren Arm nehmen! Doch hüten Sie sich zu sprechen, wenn Menschen in der Nähe sind.«

Sie umwanderten die Stadt, kamen an einen Rancho, vor dem ein paar Pferde angebunden standen. Der Alte schien zu fühlen, wie schwer es Winterloo wurde, mit ihm Schritt zu halten. Die Aufregungen der letzten Tage, die unerklärlichen, rätselhaften Vorgänge der letzten Stunde hatten seine Kräfte erschöpft.

»Raffen Sie sich zusammen! Steigen Sie auf dieses Pferd – ich nehme das andere!«

Mit Mühe schwang sich Winterloo in den Sattel. Eine halbe Stunde später umfingen sie die dunklen Schatten des Waldes. Jetzt erst glaubte der Hauptmann sich in Sicherheit. Ein wohliges Gefühl durchrieselte ihn, stärkte seine Lebensgeister. Nicht länger konnte er seine Wißbegier zähmen.

»Wer sind Sie, Señor?«

Der Alte nickte ihm freundlich zu. »Ich bin Doktor Arvelin. Ich komme im Auftrage eines Mannes, der Ihnen wohlwill und mit dessen Schicksal das Ihre eng verbunden ist. Hier ist nicht der Ort, Ihnen das auseinanderzusetzen. Wir reiten jetzt zu einem Indianerdorf, wo Freunde sind. Auch Freunde von Ihnen, Herr Hauptmann!« Er sah den Verwunderten mit bedeutungsvollem Lächeln an. »Ich geleite Sie dorthin – verlasse Sie dann für einige Zeit, um mein Flugzeug hierherzuholen.«

Die Nacht war herabgesunken, als sie das Indianerdorf erreichten.

»Hier sind Sie in Sicherheit, Winterloo! Um keine Zeit zu verlieren, trenne ich mich schon jetzt von Ihnen. Reiten Sie bis zur Mitte des Dorfes und fragen Sie dort nach dem Hause des Häuptlings Cihuaca – oder auch fragen Sie nach Edna Wildrake!«

Im Konferenzsaal des Außenministeriums in Brasilia saß der Außenminister Torno mit Major Compra vom Kriegsministerium und William Hogan, dem großen Ölmagnaten, zusammen.

»Ich stimme Ihrer Ansicht im Prinzip vollkommen zu.«

Der Außenminister wandte sich an Hogan. »Venezuela und die übrigen unabhängigen Staaten Südamerikas bleiben kulturell immer weiter im Rückstand. Die ungeheuren Bodenschätze dort werden nur zum Bruchteil und unter größten Schwierigkeiten von ausländischen Unternehmen ausgenutzt. Als neue Mitglieder der Vereinigten Staaten von Brasilien würden diese Länder erst das werden, was sie nach ihren Naturschätzen sein müßten!«

»Ich verstehe nicht, Señor Torno, wie Sie das aussprechen und trotzdem sich weigern können, diese günstige Gelegenheit zu benutzen, ein für allemal reinen Tisch zu machen.«

Der Außenminister wiegte den Kopf. »So muß ich's noch einmal wiederholen. Die Stimmung im übrigen Südamerika ist uns gegenüber mehr als feindselig. Überstürzen wir unser Programm, so riskieren wir wirtschaftliche Nackenschläge, die auf Jahrzehnte hinaus alle Vorteile, die Sie sich von einem radikalen Vorgehen versprechen, hinfällig machen. Außerdem ist da noch ein Punkt: die öffentliche Meinung der Welt.«

Mit einem leichten Lächeln quittierte der Außenminister die wegwerfenden Gesten der beiden Starrköpfe. »Sie wissen, Señor Hogan, daß sich unsere Stellung als Weltgläubiger in den letzten Jahren immer mehr zugunsten der USA und Europas verschlechtert hat. Mehr als je reagieren die Weltbörsen auf die Volksstimmungen – eine Entwicklung, die niemand voraussah. Übertriebene Expansion unsererseits würde Schwierigkeiten auf dem Geldmarkt hervorrufen, die schlimme Folgen haben könnten.«

Nur mit Mühe wahrte Torno seinen ruhigen Gleichmut. Er schöpfte ein paarmal kurz Atem. »Unterschätzen Sie die Mißhelligkeiten nicht, die uns schon jetzt erwachsen, wenn wir auch nur das Gebiet bis zum Ventuarifluß in irgendeiner Form annektieren. Womit vorläufig Ihre Aspirationen, Mr. Hogan, doch befriedigt sein dürften?«

»Ich glaube, Sie wählen da einen falschen Ausdruck. Meine Aspirationen, wie Sie es nennen, sind die der Vereinigten Staaten von Brasilien! Sie geben ja selber zu, daß irgendwann einmal ganz Venezuela und Südamerika zu uns kommen müssen. Und Ihre zarte Rücksichtnahme auf Geldstand, Weltmeinung und so weiter dürfte unserem Vaterlande teuer zu stehen kommen. Wie denken Sie, Herr Major?«

Compra hieb die Faust auf den Tisch. »Venezuela

liegt wehrlos zu unseren Füßen. Eine vollständige Besetzung würde kaum nennenswerte Opfer fordern; ein späterer neuer Krieg aber die Verluste an Menschenleben und Kapital verzehnfachen.«

Torno zuckte die Schultern. »Ich sprach im Namen der Staatsregierung, Señor Hogan. Und habe dem nichts hinzuzufügen.«

Der Major erhob sich, verließ den Raum. Ungeduldig erwartete Torno, auch Hogan werde sich entfernen. Die Tür hatte sich hinter Compra geschlossen. Hogan lehnte sich in seinen Stuhl zurück.

»Wir sind jetzt allein, Señor Torno. Ich gestatte mir, Ihnen ein Geschäft vorzuschlagen. Sie treten in den Vorstand der Centralen Oil-Gesellschaft ein – mit zehn Millionen Süddollar Aktien in Ihrem Portefeuille.«

Torno wurde blaß. »Nein! Ausgeschlossen! Ich habe Sie sicherlich mißverstanden. Mich beeinflussen...? Unmöglich, daß solch absurder Gedanke Ihnen... Das Wohl nur des Staates, nichts anderes...«

»Nichts anderes, Señor Torno! Ich wüßte aber nicht, wie unser Geschäft das Staatswohl berühren könnte; glaube im Gegenteil...«

Torno wollte eben eine heftige Antwort hervorpressen, da glühte ein rotes Glimmlicht auf. Er fuhr sich über die Stirn. »Verzeihung, Señor Hogan – eine wichtige Nachricht!«

Er drückte auf einen Knopf. Ein Sekretär kam herein, legte eine Mappe vor ihm nieder.

Der Außenminister schlug sie auf. »Ah!« Er überlegte sekundenlang. Der Sekretär wollte die Tür schließen. Torno rief ihm nach: »Wenn zufällig Major Tejo im Hause ist, soll er sofort zu mir kommen!«

Er wandte sich zu Hogan. »Eine kurze Unterbrechung nur! Gestatten Sie mir, die Angelegenheit sofort zu erledigen! Sie ist dringend.«

Wieder öffnete sich die Tür. »Treten Sie näher, Herr Major!« Torno winkte ihm, Platz zu nehmen. »Eine

Mitteilung, die mich eben erreicht, veranlaßt mich, auf unsere Unterredung von neulich zurückzukommen. Es handelte sich darum, daß mancherseits in den Handlungen des Hauptmanns Winterloo ein an Hochverrat grenzendes Verhalten erblickt wurde. Aus dem Gespräch mit Ihnen erhielt ich den Eindruck, daß zum mindesten eine aktive Verfehlung nicht vorliegen dürfte. Obwohl Sie, ungeachtet Ihrer Freundschaft für Winterloo, keineswegs mit Ihren eigenen Zweifeln zurückhielten. Nun – diese Nachricht hier«, er zeigte auf die Depesche, »erbringt den tragischen klaren Beweis, daß der Hauptmann völlig unschuldig ist. Überzeugen Sie sich, bitte, selbst!«

Tejo las. Seine Lippen murmelten die Worte halblaut vor sich hin: »Radionachricht aus Caracas – Der brasilianische Hauptmann Winterloo als Spion ergriffen – zur Erschießung verurteilt – Exekution um siebzehn Uhr ...«

»Was sagen Sie dazu, Herr Major?«

Tejo suchte sich zu fassen. »Jetzt dürfte wohl jeder Schatten eines Verdachts von Hauptmann Winterloo genommen sein. Sein trauriges Schicksal hat er, so leid es mir auch tut, selbst verschuldet. Doch sprechen wir nicht mehr davon! Er dürfte inzwischen seinen Leichtsinn mit dem Leben bezahlt haben.«

Mit formeller Verneigung verabschiedete sich der Minister von Tejo und Hogan, der stumm der Unterredung zugehört hatte.

»Sie würden mir ein Vergnügen machen, Major Tejo, wenn Sie mir die Ehre gäben, mich nach Hause zu begleiten. Es sind da einige Fragen, die Sie mir vielleicht beantworten könnten.«

»Gern, Señor Hogan!«

Sie schritten zur Tür. Gerade, als sie sie öffnen wollten, trat ein Beamter ein, eine Mappe in der Hand.

»Gut, daß ich Sie noch treffe, Herr Major. Eine Meldung vom Außenminister!«

Tejo schlug die Mappe auf. »Radiotelegramm aus Caracas. Der brasilianische Hauptmann Winterloo mit Unterstützung unbekannter Helfershelfer kurz vor der Exekution entflohen. Sämtliche Behörden arbeiten fieberhaft, des Flüchtigen habhaft zu werden ...«

Tejo war unfähig, seiner Bewegung Herr zu werden ... Eben noch froh, der alten Zweifel ledig zu sein, fühlte er sie jetzt mit neuer Gewalt erwachen. Edna Wildrake – hatte sie ihre Hand im Spiel? Oder war alles gar nur Komödie? Er mußte sich auf jeden Fall Klarheit verschaffen, Klarheit um jeden Preis!

Hogan legte seine Hand auf Tejos Schulter. »Sind Sie so weichen Gemütes, Herr Major, daß diese erfreuliche Nachricht Sie derart fassungslos macht? Oder was sonst beschäftigt Ihre Gedanken?«

Tejo wich dem forschenden Blick aus. »Eine Häufung von merkwürdigen Abenteuern, die sich um Winterloo abspielen.«

»Merkwürdig? Sie haben recht, Herr Major. Doch gehen wir jetzt!«

Mitternacht war vorüber, als Major Tejo aufstand, um sich vom Hausherrn zu verabschieden.

»Ein interessanter Abend, mein lieber Major!« sagte Hogan. »Ich hoffe, daß wir noch öfter Gelegenheit haben, unsere Gedanken auszutauschen. Verlassen Sie sich bei allem, was Sie tun, auf mich! Ich werde Sie decken, was auch geschieht. Vor allem denken Sie nicht etwa an Torno. Mir erschien heute sein Gesundheitszustand so schlecht, daß meiner Meinung nach die Tage seiner Amtstätigkeit gezählt sind. Ich nehme an, Señor Peleira wird sein Nachfolger.

Doch kehren wir zu unserem Thema zurück! Ihre Pläne bezüglich des Kapitäns Wildrake billige ich durchaus. Es liegt mir daran, den Menschen so bald wie möglich zur Strecke gebracht zu sehen. Scheuen Sie vor nichts zurück! Ich hoffe sehr, daß dabei auch sein Helfershelfer Droste unschädlich gemacht wird. Es wäre mir lieb, wenn Sie mich über Ihre Schritte dauernd auf dem laufenden halten wollten.«

»Sehr wohl, Señor Hogan!«

Tejo reichte Hogan die Hand, drehte sich um. Als er am Schreibtisch vorüberschritt, stutzte er einen Augenblick ... blieb stehen ... sann ...

»Nun, Herr Major! Was sehen Sie da?«

Der Offizier fuhr sich mit der Hand über die Stirn. »Eine kleine Täuschung meiner Augen. Verzeihen Sie, Señor Hogan, es war mir nur ...«

Hogan trat neben ihn, schaute ihn verwundert an. »Was sahen Sie? Was ist hier?« Sein Blick glitt suchend über den Schreibtisch.

»Dieses Bild, Señor Hogan«, sagte Tejo verwirrt, »das Bild Ihrer Frau Gemahlin?«

Eine leichte Röte überflog William Hogans Züge. »Das Bild hier, Herr Major – nein, Sie irren. Es ist nicht das meiner verstorbenen Gattin.«

Dem scharfen Blick Tejos entging die offenkundige Verlegenheit seines Gegenüber nicht.

Hogan gewann im Augenblick seine Gelassenheit wieder. »Das Bild einer Jugendfreundin, die in dem Alter starb, wie Sie sie hier sehen.« Seine Stimme klang fest und bestimmt. »Das ist nun achtundzwanzig Jahre her.«

Tejo fuhr zögernd fort: »Ich habe mir ein Konterfei dieses Droste zu verschaffen gewußt. Ich bedaure, es nicht bei mir zu haben. Doch bin ich überzeugt, wenn sie es sähen, würde Ihnen die Ähnlichkeit dieses Mannes mit dieser Dame auch auffallen.«

Hogan kniff die Augen zusammen, stand eine kurze Weile in Gedanken, sagte dann: »Sie werden die Liebenswürdigkeit haben, Herr Major, mir Drostes Bild oder eine Kopie gelegentlich zu schicken?«

»Gewiß, Señor Hogan.«

Als Tejo nach Hause ging, überdachte er noch einmal alles, was heute geschehen. Ein ereignisvoller Tag, es war nicht zu leugnen. Besonders bedeutungsvoll, daß es ihm gelang, das Wohlwollen des einflußreichsten Mannes Brasiliens, William Hogan, zu gewinnen.

Vor ungefähr dreißig Jahren war Hogan nach Brasilien gekommen. In Tejos Gedächtnis tauchten Erinnerungen an mancherlei auf, was er bei Ausbruch des Krieges gelegentlich gehört. William Hogan – naturalisierter Brasilianer, Sproß einer alten schottischen Adelsfamilie – Sanierungsheirat mit der Tochter Maria Potters – plötzlich erwachender Geschäftssinn – täuschte alle, die erwarteten, daß er die Millionen seiner Frau so schnell wie möglich vergeuden würde.

Die Frau früh gestorben. Er der alleinige Erbe; wird Dollarmacher größten Stils. Sein Einfluß erstreckt sich auf alle Industriezweige Brasiliens, und – der heutige Abend hatte es bewiesen – er steckte seine Hände auch in das politische Spiel – der Welt.

Arvelin näherte sich in seinem Flugzeug dem Indianerdorf. Kaum hatte er den Boden betreten, eilten Edna Wildrake und Winterloo auf ihn zu, umarmten ihn unter Ausbrüchen freudigster Dankbarkeit. Doch Arvelin wehrte ab.

»Ich glaube, eine kleine, unerwartete Verlängerung unseres Aufenthaltes hier ist nicht zu vermeiden. Beim Aufsteigen vom Flugplatz sah ich schon, daß das Steuer der Maschine nicht in Ordnung ist.«

»Überlassen Sie es mir, Doktor Arvelin, die Sache ins Lot zu bringen!« bat Winterloo.

»Gut! Ich bin einverstanden!« sagte Arvelin. Während Winterloo zum Flugzeug ging, wandte sich der Doktor an Edna.

»Kommen wir noch einmal auf das zurück, was schon Hauptmann Winterloo mit Ihnen besprach! Ich muß unbedingt beistimmen, wenn er Sie, Fräulein Wildrake, auf keinen Fall hierlassen will. Kommt Ihr

Bruder in der nächsten Zeit hierher, um Sie zu holen, wird ihm Cihuaca die nötige Auskunft geben, und damit gut. Ich weiß nur noch nicht, was mit Hauptmann Winterloo geschehen soll. Ihn auf brasilianischem Gebiet abzusetzen, wäre nicht ohne Gefahr für Sie. Nun, wir werden sehen!«

»Alles in Ordnung, Herr Doktor Arvelin!« rief Winterloo.

»Brechen wir auf!« sagte Arvelin.

Sie waren längst über dem Atlantik. Winterloo, der im stillen geglaubt hatte, Arvelin würde Kurs Jamaika nach neutralem Gebiet nehmen, stellte zu seinem Erstaunen reinen Nordostkurs fest. Er trat zu Arvelin, unfähig, seine Neugierde zu bezwingen.

»Bin gleich bereit, Herr Winterloo. Will nur die automatische Steuerung einstellen. – Gehen wir in die Kabine zu Fräulein Wildrake! Was ich Ihnen zu sagen habe, kann sie ruhig mit anhören; ihre Gegenwart ist mir sogar erwünscht.«

Eine Stunde wohl war vergangen. Arvelins Worte hatten auf seine Zuhörer tiefen Eindruck gemacht ...

Da drüben in Deutschland das Stammschloß der Winterloos. Darin ein alter Mann ohne Erben, der Letzte seines Geschlechts ...

Arvelin erhob sich. »Ich glaube wohl, daß Sie beide mit meiner Reiseroute einverstanden sind: Wir fliegen über London nach Winterloo.«

Schweigend drückten sie seine Hand.

Die Überraschung im Hause James Wildrake war groß gewesen, als Edna Wildrake in Begleitung der beiden Fremden eintraf. So sehr auch Arvelin drängte, wurde doch aus dem sofortigen Weiterflug nichts. Unendlich viele Fragen hatten Wildrake und Lord Truxton, der zufällig zu Gast da war, auf dem Herzen.

Die wunderbare Errettung – Oswald Winterloo hatte es aus einem inneren Gefühl heraus nicht über sich gebracht, seinen Befreier darüber zu befragen. Hier jedoch, in der Unterhaltung mit den beiden wißbegierigen Engländern, wandte das Gespräch sich naturgemäß auch diesem Geschehnis zu. Aufs höchste gespannt, erwartete Winterloo Arvelins Antwort.

Der sprach jetzt leichthin einige Worte, deren Sinn unverständlich blieb. Sprach von der Gabe, die da manchem Alten in den Mooren innewohne: in Gesichten andere Zeiten und Orte zu sehen; wie es auch gelänge, dieses Vermögen auf andere zu übertragen, ihren Augen andere Bilder zu zeigen, daß sie die Umgebung vergäßen …

Als er geendet, lag ein geheimnisvoller, zwingender Bann auf den Zuhörern. Nur langsam kam ein Gespräch wieder in Gang, doch niemand wagte es, auf die Umstände jener rätselhaften Rettung zurückzukommen.

Arvelin und Winterloo hatten sich erhoben, um Abschied zu nehmen. Ein Diener trat ein, überreichte James Wildrake ein Telegramm. Offenbare Bestürzung malte sich auf dessen Zügen. Er mußte mehrmals ansetzen, ehe er zu Arvelin sprechen konnte.

»Noch einen Augenblick! Eine traurige Nachricht … Ihr Freund ist gestorben. Hier ein Telegramm des Dieners Friedrich.«

Arvelin nahm das Telegramm; es war an Droste gerichtet, an den alle Sendungen über Truxton & Co. gingen. Da, noch ein Schlußsatz: »F. H., der neue Herr, wohnt hier im Schloß.«

Arvelins Augen starrten sinnend auf Winterloo, der betroffen und bewegt schien. Endlich brach er die lastende Stille.

»Die Verhältnisse in Schloß Winterloo haben durch den Tod meines Freundes eine derartige Veränderung erfahren, daß ich es für nützlich halte, wenn Sie, Mr. Winterloo, vorläufig in England bleiben. Ich fahre sofort dorthin. Sind meine Befürchtungen unbegründet, werde ich Sie umgehend rufen.«

Er hatte schon längst das Haus verlassen, als die Zurückbleibenden Worte fanden, über seine sonderbaren Reden zu sprechen. Lord Truxton drückte Winterloos Hand: »Was auch geschehen mag, Herr Hauptmann – es wird mir ein Vergnügen sein, Sie als Gast zu beherbergen.«

Die mannigfachen Aufregungen der letzten Zeit hatten den Gesundheitszustand des Freiherrn von Winterloo mehr und mehr erschüttert. Nach dem Abschied des Freundes zog er sich ins Laboratorium zurück. Und gegen Abend fand der alte Diener seinen Herrn ohnmächtig am Boden liegen.

Mit ein paar Hausmitteln wurde der Kranke zum Bewußtsein gebracht, während ein Bote den Arzt holte. Wiederholt bat der alte Friedrich den Freiherrn um die Erlaubnis, an Doktor Arvelin zu depeschieren. Der war noch über europäischem Boden, konnte leicht zurückgeholt werden. Doch Winterloo weigerte sich hartnäckig, hielt den Anfall für ein vorübergehendes Unwohlsein.

Es war zur Nachmittagsstunde des nächsten Tages. Der Freiherr saß am Schreibtisch. In Gedanken versunken, überhörte er den Eintritt Franz Harrachs.

Der räusperte sich laut. Winterloo, aufgeschreckt, warf den Kopf zur Seite, unfähig, seine Betroffenheit zu verheimlichen. Ohne vorläufig von Franz Notiz zu nehmen, legte er die Briefschaften in den Schreibtisch zurück, schloß ihn ab.

»Es wäre mir lieb, Franz, wenn du dich in Zukunft stets durch Friedrich anmelden ließest. Ich bin nicht zu jeder Stunde geneigt, Besuch zu empfangen.«

Der Neffe spielte den Gekränkten. »Aber, Onkel! Nur die Sorge um dich hat mich hergetrieben.«

Winterloo trat zum Fenster.

»Du gestattest doch, Onkel, daß ich zum Kaffee bleibe? Ich bin in aller Hast abgefahren, bin hungrig, durstig ...«

Ohne die Antwort des Freiherrn abzuwarten, wandte er sich um, ging hinunter zu seinem Kutscher. »Ausspannen! Wir bleiben hier!«

Kaum hatte sich die Tür hinter ihm geschlossen, als Winterloo auf den Schreibtisch zueilte. Diese Papiere, besonders das Testament – Franz hatte erspäht, in welches Fach er sie gelegt – sein Mißtrauen gegen den Neffen war gerade in letzter Zeit immer stärker geworden. Er öffnete die Schublade, nahm die Papiere heraus, barg sie unter seinem Rock.

Da trat Franz Harrach wieder ein. Unwillkürlich ging Winterloos Hand zu der Brusttasche. Er atmete befreit. Mochte der suchen, wenn ...!

Doch nun spürte er plötzlich, wie die Knie unter ihm schwach wurden. Er schleppte sich zum Lehnstuhl.

Seine Hand fand den Klingelknopf. Der alte Diener trat ein.

»Bring mich zu Bett, Friedrich!«

Der legte seinen Arm um die Schultern seines Herrn, hob ihn hoch. Franz Harrach wollte helfen, doch Winterloo stieß ihn zurück.

»Laß mich in Frieden, du! Friedrich, sorge dafür, daß niemand außer dir mein Schlafzimmer betritt!«

Ein paar Stunden hatte der Freiherr im Halbschlummer zugebracht. Neben ihm saß sorgenvoll der alte Diener.

»Gib mir die Pulver, die der Arzt verordnete!« kam's endlich aus dem Munde Winterloos. Friedrich mischte den Trank. Nach einer Weile belebte sich das Auge des Freiherrn. Er fühlte sich ganz wohl.

»Geh nun, Friedrich! Doch halte dich bereit, wenn ich klingle!«

Wieder allein, fühlte er sich abermals von Schwäche übermannt. »Nein – nein!« stöhnte er leise. »Ich muß mich jetzt aufrecht halten… Das Testament – wo tu' ich's hin? Wo ist ein Ort, der vor Franz Harrachs Spürsinn sicher wäre? Ah – das Mausoleum!«

Der Freiherr mischte sich noch eins der Pulver, ergriff seinen Stock, ging nach unten. Friedrich eilte herbei, sah seinen Herrn bekümmert an. »Keine Sorge, Friedrich! Ich fühle mich wieder ganz wohl. Will einen kleinen Spaziergang ins Freie machen.«

»Unmöglich, Onkel Winterloo!« Franz, wie aus dem Boden gewachsen, stand plötzlich neben ihm. »Unmöglich, daß du allein gehst! Die Pflicht verlangt, daß ich dich begleite.«

Winterloo wollte eine heftige Antwort geben, doch dann besann er sich. »Wenn es dir Vergnügen macht, Franz – ich will dich nicht abhalten!«

Eine Weile schritt er neben Franz durch die weiten Gänge des Gartens. An einer Stelle, wo die Gänge sich kreuzen, lag das Mausoleum vor ihnen. Doch kaum hatte Winterloo den ersten Schritt nach dem Bau hin getan, wurde Franz sichtlich unruhig.

»Verzeih, lieber Onkel, ich vergaß, mein Gepäck abzuschließen. Du bleibst ja wohl auf der Bank. Ich eile derweil ins Schloß, komme gleich wieder.«

Der Freiherr nickte ihm freundlich zu.

»Ein halbes Stündchen, Franz! Länger bleibe ich nicht.«

Der hatte sich schon gewandt, ging zum Schloß.

Merkwürdig, weshalb Franz den harmlosen Bau scheut!

Mit schnellen Schritten ging Waterloo auf das Mausoleum zu, öffnete die Tür, trat ein.

Die schon belegten Grüfte waren mit schweren Steinplatten abgedeckt, auf denen die Namen der Verstorbenen eingemeißelt waren. Unter den Steinplatten führten Treppenstufen zur Sohle der Gruft hinab.

Der Freiherr trat zu der Platte seines Grabes, unter der die Treppenstufen begannen. Er schob sie zur Seite. Aufatmend nahm er aus seiner Tasche das Testament, legte es auf die oberste Stufe. Dann rückte er die Steinplatte wieder über die Öffnung.

Schleppenden Ganges wandte er sich dem Ausgang zu. Die schwere Abendluft legte sich wie ein Alp auf seine Brust. Mit Mühe erreichte er die Bank. Er setzte sich nieder, fiel in Ohnmacht.

Wie lange er gelegen, wußte er nicht. Es war Mitternacht, als er in seinem Bett zu Bewußtsein kam. Friedrich und der Arzt wachten an seinem Lager. Nach Sekunden schon überfiel ihn neue Ohnmacht.

Tagelang schwebte er zwischen Tod und Leben. Dann kam das Ende.

Zur Abendstunde landeten Kapitän Wildrake und Droste bei der alten Caraibenstadt. Sie fanden die Indianer in größter Aufregung. Am Morgen des Tages nach Winterloos Flucht waren Soldaten in das Dorf gedrungen.

Die Offiziere der Militärabteilung stellten ein strenges Verhör mit den Dorfbewohnern an. Doch vergeblich war alles Bemühen, aus Cihuaca und seinen Brüdern etwas Wichtiges herauszubringen. Der Häuptling gab offensichtlich nur widerwillig Antwort.

Ein Zivilist, der dem Verhör beiwohnte, wandte sich an den Offizier, sprach ein paar Worte mit ihm.

Der nickte. »Bitte, Don Lerdo! Wenn Sie glauben, den Burschen besser zum Sprechen bringen zu können …«

Tejada trieb sein Pferd an Cihuacas Seite, herrschte ihn in heftigen Worten an, fuchtelte mit der Peitsche.

Cihuaca blieb stumm, die Augen glühend auf Tejada gerichtet, dem er, Cihuaca, zwanzigjährige Verbannung nach Wildrake-Hall verdankte – Tejada, der sie gepeinigt, mißhandelt hatte, als sie auf seiner Hazienda arbeiteten.

Des Haziendernos Mienen wurden zorniger, je länger er sprach. Schließlich hob er die Peitsche, schlug sie mit voller Wucht über das ungeschützte Gesicht des alten Häuptlings.

Ein Schrei des Entsetzens aus aller Munde. Da knallte ein Schuß. Lerdo de Tejada sank aus dem Sattel.

Noch ehe die Soldaten sich von ihrer Überraschung erholt, war Cihuaca im Walde verschwunden. Die Verfolgung blieb ohne Ergebnis.

Droste und Wildrake hatten nur mit Mühe vermocht, sich aus dem Gewirr der vielen Stimmen ein ungefähres Bild der Geschehnisse zu machen.

Das kurze Billett Ednas gab Wildrake die Gewißheit, daß sie schon längst in Sicherheit, vielleicht bereits in England war. Droste war den Erzählungen der Indios nur mit halbem Ohr gefolgt.

Immer wieder in ihm die Frage: Wie kam sein alter Freund Doktor Arvelin hierher? Und dieser Winterloo? Der einstige Erbe des alten Freiherrn sollte doch in Brasilien wohnen … Er schrak auf, als Wildrake die Hand auf seine Schulter legte.

»Eine Fülle von geheimnisvollen, unerklärlichen Vorgängen, Freund Droste. Zerbrechen wir uns nicht lange den Kopf! Morgen sind wir in England; dann werden wir alles hören.«

Als Arvelin die Halle von Schloß Winterloo betrat, kam ihm der alte Friedrich weinend entgegen. Arvelin versuchte den Zitternden zu trösten, da klang von oben her die Stimme Franz Harrachs.

»Ah – wieder zurück, Herr Doktor Arvelin? Welch günstiger Zufall! Oder hörten Sie etwa auf Ihrer Reise?«

»Ja!« erwiderte Arvelin. »Ich hörte schon auf der Rückfahrt vom Tode meines alten Freundes.«

Harrach begann wie tröstend zu Arvelin zu sprechen. »Nun, war es Ihnen auch nicht vergönnt, am Sterbebett Ihres Freundes zu weilen, so kommen Sie doch noch zurecht, ihm die letzte Ehre zu erweisen. Morgen findet die Beisetzung im Mausoleum statt. Doch treten Sie näher!«

Harrach öffnete die Tür zu Winterloos Arbeitszimmer. Fuhr fort, als sie Platz genommen: »Um von vornherein alle Bedenken über die Zukunft zu zerstreuen, möchte ich Ihnen mitteilen, daß es Ihnen selbstverständlich unbenommen bleibt, Ihren Aufenthalt hier, solange Sie wollen, auszudehnen. Ich glaube damit im Sinne unseres teuren Verstorbenen zu sprechen.«

»Ich danke Ihnen, kann jedoch über meine Zukunft erst schlüssig werden, wenn der Nachlaß geordnet ist. Es fällt mir schwer, in dieser Stunde zu sagen, was ich jedoch zu meinem Bedauern offen aussprechen muß: Sie halten sich für den Erben der Winterlooschen Hinterlassenschaft, Herr Harrach?«

»Ohne Zweifel!« erwiderte dieser mit erstauntem Gesicht. »Bin ich doch der nächste Verwandte des Freiherrn. Oder?«

Arvelin nickte. »Allerdings, Herr Harrach. Ihr Irrtum ist entschuldbar. Aber es existiert ein Testament, von meinem Freund eigenhändig geschrieben...«

»Ein Testament?« unterbrach ihn Franz erregt.

»...ein Testament, in dem der Freiherr anderweitig über sein Vermögen verfügte...«

»Unmöglich! Wo ist das Testament?«

»Der Freiherr verschloß es vor meinen Augen in seinem Schreibtisch.«

Ein triumphierendes Lächeln. »Nein; Sie irren! In diesem Schreibtisch lag kein Testament. Ich habe sofort nach dem Hinscheiden des Oheims die Schlüssel an mich genommen, alles Wichtige durchgesehen – auch im Schreibtisch. Natürlich zweifle ich keineswegs an Ihren Worten, Herr Doktor! Es mag sein, daß der Freiherr in einem Testament genauere Bestimmungen traf. Daß aber niemand anders als meine Schwester und ich als Haupterben vorgesehen sind, dürfte doch außer Frage stehen!«

Arvelin unterdrückte die Worte, die ihm auf der Zunge schwebten.

»So wird es Sache des Gerichtes sein, den Verbleib des Testamentes festzustellen«, sagte er gelassen und verabschiedete sich.

Mit zitternden Händen schloß er in seinen Räumen den Schreibtisch auf.

Hastig durchwühlte er ein Fach. Atmete erleichtert auf, als er einen Brief fand, den der Freiherr an ihn gerichtet. Der Inhalt besagte, daß der Baron von Winterloo Doktor Arvelin zu seinem Testamentsvollstrecker ernannte.

Sorgfältig barg Arvelin das Schriftstück in seiner Brusttasche. Jetzt sah er den Weg klar vor Augen, den er gehen mußte.

Die Nacht war schon längst hereingebrochen, als ein Wagen vorfuhr, der Adeline Harrach zum Schloß brachte. Franz führte seine Schwester in das Arbeitszimmer, erzählte ihr von Arvelins Hiersein und seiner Unterredung mit ihm.

»Du weißt bestimmt, Franz, daß das nicht im Schreibtisch liegt?«

»Adeline! Nicht einmal – zehnmal habe ich den Schreibtisch durchstöbert!«

Sie klingelte, ließ sich einen kleinen Imbiß geben. Noch während sie aß, begann sie mit Franz die Durchsuchung des Zimmers. Der Schreibtisch interessierte Adeline am meisten. Mit einem Zentimetermaß prüfte sie all seine Abmessungen, besonders die der Schubkästen. Vielleicht konnte das Testament in einem Geheimfach verborgen sein.

Endlich gab sie ihr Mühen auf.

»Du warst doch in den letzten Tagen vor dem Tode des Oheims hier, Franz. Kannst du dich erinnern, daß er einmal diese Räume verließ? Vielleicht, daß er es doch woanders versteckt hätte?«

Franz schüttelte den Kopf. »Nein! Ich bin ihm ja stets auf den Fersen geblieben. Am Tage vor seinem Tode hat er allerdings das Zimmer verlassen, ist in meiner Begleitung in den Garten gegangen und war dann kurze Zeit im Mausoleum. Ich mußte, weil ich etwas vergessen hatte, ins Schloß zurück. Das dauerte nicht lange.«

Adeline öffnete bedeutsam die Augen. »Ah – im Mausoleum? So müssen wir auch dort suchen! Wenn nicht heute, so an einem der nächsten Tage.«

Es war am folgenden Nachmittag. Die Geschwister hatten sich nach der Mittagsmahlzeit zur Ruhe hingelegt. Ein Wagen fuhr vor, brachte Notar Hartwig aus Neustadt, einen alten Bekannten Arvelins, den er telefonisch zu sich gebeten. Lange saßen sie in Arvelins Zimmer zusammen.

»Ich habe die beste Hoffnung, mein lieber Dr. Arvelin, daß alles nach Wunsch verlaufen wird. Der Brief des Freiherrn, in dem er Sie zum Testamentsvollstrecker ernennt, muß die Bedenken des Nachlaßrichters zerstreuen. Ich denke auch im Laufe des morgigen Tages eine Verfügung zu erwirken, die allem Rechnung trägt. Vor allem natürlich den Harrachs das weitere Verweilen im Schloß untersagt. Wie sich der Nachlaßrichter zu Ihren sonstigen Wünschen stellt, kann ich vorläufig nicht überschauen. Das eine möchte ich Ihnen natürlich ans Herz legen: daß der mutmaßliche Erbe, Oswald Winterloo, sich so bald wie möglich in den Besitz von beweiskräftigen Papieren setzt, die ihn gerichtlich legitimieren.«

»Es tut mir von Herzen leid, lieber Droste, daß Sie unseres großen Unternehmens wegen gezwungen sind, bis morgen hierzubleiben. Ich kann es wohl verstehen, wie es Sie nach Winterloo zieht. Morgen fliegen wir zusammen übers Meer, um dem Toten die letzte Ehre zu geben. Aber mir ist das heilige Pflicht. Wo wären wir ohne das Geschenk seiner genialen Erfindung? Was die kleine finnische Werft hier in der kurzen Zeit schon geleistet hat, übersteigt meine kühnsten Hoffnungen.«

Kapitän Wildrake deutete auf den schnittigen Eisenbau, der aus Spanten und Blechen auf der Helling emporwuchs.

»Hallo, da drüben!« riefen ein paar von den Arbeitern, deuteten in die Luft, wo Lastflugzeuge heranschwebten. »Paßt gut, daß sie kommen!«

Droste hatte ebenfalls den Kopf in die Höhe gerichtet.

Die Schiffe landeten. Ein Schwarm von Arbeitern machte sich daran, sie zu entladen. Der Werftleiter war herangetreten.

»Neues Futter für Sie, Herr Tolmänen!« sagte Wildrake. »Wenn die deutschen Bestellungen ebenso prompt ausgeführt werden wie die englischen, sehe ich unser Fahrzeug in spätestens fünf Wochen Finnlands Boden verlassen. Tun Sie nur alles, um den Bau zu beschleunigen. Sie werden ja aus dem Briefwechsel mit Truxton & Co. gemerkt haben, daß Geld keine Rolle spielt.«

Tolmänen nickte lachend. »Wünschte nur, ich bekäme mehr solcher Aufträge!« Und er sah dabei Droste an, der den Blick des Finnen ruhig aushielt.

»Es wäre nicht ausgeschlossen«, begann Droste nach einigem Überlegen, »daß unsere Geschäftsverbindung später wieder recht lebhaft werden könnte. Sie haben jedenfalls den Beweis geliefert, daß wir bei Ihnen vor die rechte Schmiede gekommen sind. Sie mißverstehen mich auch nicht, Herr Tolmänen, wenn ich Sie nochmals bitte, stets daran zu denken, daß hier eine englische Firma ein Sonderboot für Sportzwecke auf Grund einer Wette im geheimen bauen läßt.«

Der Finne reichte Droste lachend die Hand. »Auf mich dürfen Sie sich verlassen, mein Herr! Doch können Sie mir das Denken nicht verbieten ...!«

»Gut, Herr Tolmänen!« Wildrake schlug ihm auf die Schulter. »Denken Sie für sich, was Sie wollen! Später werden Sie die Gründe begreifen, die uns abhielten, selbst einen ehrlichen Mann wie Sie in unsere Gedanken einzuweihen.«

»Wollte Gott, daß auf Santa Maria die Arbeit ebenso glatt vonstatten geht«, sagte Droste, als sie wieder allein waren.

»... und auch«, fügte Wildrake hinzu, »daß Maria Anunziata sich wohlbefindet. Ich werde eine unbestimmte Unruhe nicht los. Besser, sie wäre bei Edna in England.«

»Ah, jetzt habe ich den Fehler«, rief Barradas triumphierend. »Eine kurze Weile, dann wird der Sender zu unserer Zufriedenheit funktionieren.«

Bei seinem Rufen war Maria Anunziata an der Tür der Hütte erschienen.

»Gleich wird der Sender arbeiten!« rief Barradas.

Maria Anunziata winkte mit freudestrahlendem Gesicht. »Oh, wie bin ich froh, Señor Barradas! Darf ich nicht selbst die Zeichen geben?«

»Gewiß, Santa Maria!« Barradas nannte sie nie anders als mit diesem Namen. »Haben wir zwei Tage geschwiegen, mag's auf ein paar Worte mehr nicht ankommen! Der Teufel soll den holen, der uns anpeilt.«

Von Barradas' Hand geleitet, gab Maria die Morsezeichen, auf die Wildrake bereits ungeduldig wartete.

»In einer Woche«, begann Barradas, »werden wir hoffentlich melden können, daß unsere Turbine läuft.«

Er ging, Maria am Arm führend, zu der Barre.

»Ich lasse Sie jetzt allein, Santa Maria. Muß den Kameraden helfen. Ist schwere Arbeit da drüben.«

Maria Anunziata reichte ihm die Hand, legte sich in den weißen Sand nieder. »Wenn Sie zur Mahlzeit gehen, nehmen Sie mich wieder mit, Señor Barradas!«

Ja, es war schwere Arbeit, die die drei hier zu leisten hatten. Wenn nicht ein besonderes Hindernis eintrat, würde die Station fertig sein, wenn Wildrake und Droste kamen.

Tejo saß in William Hogans Haus in Rio. Er war vor einer Viertelstunde gekommen, um Bericht zu erstatten. Hogan, der bisher geschwiegen, lachte kurz auf. »So war's doch ein Irrtum, Herr Major? Hm!« Er schüttelte zweifelnd den Kopf. »Doch immerhin, ich bewundere Ihren Mut! Sie wagten es, mit falschen Pässen über die Grenze zu reisen. In Caracas, San Fernando, bei den Indianern, im Urwald nach Hauptmann Winterloo zu forschen. Und nach dem, was Sie mir eben erzählten, kann kein Zweifel darüber bestehen, daß da unten keinesfalls Komödie gespielt wurde. Unglaublich töricht von diesem Hauptmann, solch unbesonnenen Schritt zu tun! Aber die Gründe liegen ja jetzt klar: Er wollte seine Mutter abhalten, diesen zweifelhaften Hidalgo zu heiraten – es ist zu begreifen.«

Er drehte sich um, schritt zum Schreibtisch, auf dem der Ticker zu arbeiten begann. »Sie entschuldigen mich einen Augenblick, Herr Major.«

Tejo lehnte sich nachdenklich im Stuhl zurück. Die vielen Gefahren, die er bei seiner Erkundungsreise zu überstehen gehabt, hatte er im Gespräch gar nicht erwähnt. Aber er wollte – und wenn es sein Leben gekostet hätte – Klarheit gewinnen über Winterloo. Und er hatte sie gewonnen.

Verrat, schimpflicher Verrat war's, den Winterloo an

ihm, an Victoria geübt. Diese Edna Wildrake hatte ihn umgarnt. Unmöglich, daß ein Zufall Winterloo und Edna in dem Indianerdorf zusammengebracht hatte. Sie standen in Verbindung miteinander.

Und warum ging Edna Wildrake gerade nach San Fernando, wo seine Mutter wohnte? Sicherlich doch Verabredung! Nur blinde Liebesleidenschaft konnte Winterloo veranlaßt haben, sich nach Venezuela zu wagen.

Tejo knirschte mit den Zähnen. Strafe des Himmels wäre es gewesen, wenn der Ungetreue unter den Kugeln der Exekutionssoldaten sein Leben ausgehaucht hätte. Doch ein Teufel hatte ihn gerettet, jener Alte, in dessen Flugzeug er dann aus der Caraibenstadt weggeflogen.

Immer wieder hatte Tejo sich dessen Persönlichkeit beschreiben lassen. Wer war der unbekannte Helfershelfer? Endlich war ihm die Erleuchtung gekommen: Die Beschreibung paßte vollkommen auf den Freund des Freiherrn, den er in Schloß Winterloo gesehen hatte.

Doch wie kam der nach Venezuela? Wie konnte es geschehen, daß der Verurteilte im letzten Augenblick noch befreit werden konnte? Hier versagte jegliche Kombinationskunst. Doch auch das mußte er ermitteln. Nur in Schloß Winterloo durfte er hoffen, das Ende des verlorenen Fadens wiederzufinden. Und dabei würde sich auch das Dunkel um Winterloo aufhellen lassen. Vielleicht, daß er jetzt mit Edna in Deutschland weilte. Er war ja der gesuchte Erbe. Wildrake und Droste dazu – man könnte möglicherweise das Nest mit allen vieren darin ausheben.

Wie hatte doch Hogan gesagt: Ich decke alles, was Sie tun. Bringen Sie Wildrake und Droste zur Strecke!

Hogan räusperte sich, schob die Papiere ärgerlich von sich. »Es geht auch Sie an, Herr Major. Sehen Sie hier! Der erste Schlag ist vorbeigegangen. Ich glaubte die Stellung des Außenministers erschüttert, doch der Präsident hat ihn noch gehalten. Nun – lassen Sie sich dadurch in Ihren Plänen nicht stören! Fällt Torno nicht heute, so fällt er morgen!«

Tejo nickte. Sein Auge ging suchend über den Schreibtisch. Die Fotografie war verschwunden. Er wollte eine Bemerkung machen, unterdrückte sie. Doch Hogan schien seine Gedanken erraten zu haben.

»Ich danke Ihnen übrigens für das mir zugesandte Bild dieses Droste. Sie täuschen sich, Herr Major! Von Ähnlichkeit war wenig zu sehen. Wäre ja auch höchst sonderbar. Jene Dame war eine Engländerin, Droste ist Deutscher. Doch, um auf unsere Angelegenheit zurückzukommen: Es ist selbstverständlich am ratsamsten, wenn Sie sofort Schloß Winterloo aufsuchen.«

Es war der Tag nach der Beerdigung des Freiherrn. Ein Wagen fuhr vor Schloß Winterloo vor.

»Melden Sie Herrn Harrach Señor Remedio!«

Eine Minute später stand Tejo Franz und Adeline im Bibliothekszimmer gegenüber. Er sprach ein paar Worte des Bedauerns, kam dann sofort zu dem Zweck seines Besuches.

»Es war mir außerordentlich wertvoll, daß Sie mir das Hiersein von Wildrake und Droste nach Rio de Janeiro meldeten. Habe ich doch nun wenigstens eine Spur von den beiden. Aber wissen Sie vielleicht auch, woher sie kamen? Und wohin sie sich dann gewandt haben?«

Die Geschwister verneinten. »Wir nehmen an, daß sie aus England gekommen sind und dorthin zurückkehrten.«

»Es wäre das Nächstliegende. Aber gerade deshalb glaub' ich's nicht. Doch einerlei! Es ist nicht anzunehmen, daß sie das letztemal hiergewesen sind. Um möglichst nahe bei Winterloo zu bleiben, werde ich die nächste Zeit in Warschau wohnen. Selbstverständlich treffe ich alle Vorbereitungen, damit, wenn eines Tages Meldung von Ihnen kommt, die Aktion sofort beginnen kann.«

Er hielt inne, betrachtete erstaunt die Geschwister. Franz Harrach war augenscheinlich sehr verlegen. Adeline hatte sich zornigen Gesichts erhoben.

»Wir müssen morgen das Schloß verlassen«, rief sie. »Unter dem Vorwand, es existiere ein Testament, worin der Verstorbene einem brasilianischen Winterloo den Hauptteil seines Eigentums vermacht habe, hat Dr. Arvelin – Sie wissen ja, der Freund des alten Freiherrn – eine gerichtliche Verfügung gegen uns erwirkt. Ein Nachlaßpfleger soll die Erbmasse so lange verwalten, bis das vorgebliche Testament gefunden ist. Als Frist sind fünf Monate gesetzt.«

»Hm – sehr fatal, meine Herrschaften! Und störend für meine Pläne!«

»Nicht doch, Señor Remedio!« sagte Franz Harrach. »Wir haben vertraute Leute hier. Der Weg nach Dobra ist kurz. Über alle Vorgänge im Schloß werden wir ständig auf dem laufenden gehalten. Es läßt sich auch einrichten, daß eine geheime Telefonverbindung zwischen Winterloo und Dobra hergestellt wird. Lassen sich also die von Ihnen Gesuchten hier blicken, so würden Sie das in Warschau in kürzester Zeit erfahren.«

»Gut!« lobte Tejo. »Ich hoffe, bald Günstiges von Ihnen zu hören.«

William Hogan sah erstaunt auf, als ihm Tejo gemeldet wurde.

»Hallo, Herr Major! Ist etwas Besonderes vorgefallen? Ich glaubte Sie auf Ihrem Posten. Doch kommen Sie, setzen Sie sich! Ich sehe, Sie haben einiges auf dem Herzen.«

»Ich darf wohl der Reihe nach berichten, Señor

Hogan? Es wird dann alles leichter verständlich. Sie wissen, daß ich meine vorgesetzte Behörde in meine Reise nach Venezuela und ihre Ergebnisse einweihte. Und daß ich neben meinem Auftrag, Wildrake betreffend, mich damit beschäftigte, das Leben und Treiben des Hauptmanns Winterloo zu beobachten.

Die Gründe waren zunächst mehr persönlicher Natur. Doch allmählich gelangte ich zu der Einsicht, daß Winterloos Verhalten Staatsinteressen berührt. Ich stellte fest, daß er auf seiner Flucht von San Fernando mit jener Edna Wildrake nach London gekommen war und dort im Hause eines Lord Truxton sich einige Zeit aufhielt. Der ist Teilhaber der Firma Truxton & Co. Und bei seinem Kompagnon James Wildrake, einem Verwandten des Kapitäns Robert Wildrake, weilt Edna Wildrake zu Gast.

Oswald Winterloo ist seit kurzem in seinem Büro in Rio de Janeiro tätig. Er steht jedoch in dauernder brieflicher Verbindung mit dem englischen Hause Wildrake. Ich berichtete darüber meiner Behörde. Diese zog aus dem merkwürdigen Verhalten des Hauptmanns Schlüsse, die für Winterloo nicht günstig waren. Beorderte mich nach Rio, damit dort in meinem Beisein der Verdächtige verhört werde.«

»Ah! Das ist allerdings sehr interessant, Herr Major! Und das Ergebnis?«

Tejo zuckte die Achseln. »Winterloo leugnete nichts. Die Erklärungen, die er für die Häufung von sonderbaren Zufällen gab, wären durchaus glaubwürdig, wenn nicht eben schon von früher her der Argwohn bestanden hätte, er habe die Befreiung der Edna Wildrake stillschweigend geduldet. Dieser Verdacht wurde von ihm während des Verhörs noch in ungeschickter Weise verstärkt, denn er hielt mit seiner mir schon bekannten Ansicht, daß Fräulein Wildrake vollkommen unschuldig sei, nicht zurück.«

»Und weiter?«

»Wie man in einem eventuellen Ehrengericht darüber entscheiden würde, weiß ich nicht. Hat Oswald Winterloo die Wahrheit gesprochen, so ist ihm kein Vorwurf zu machen. Oder höchstens der einer unklugen Handlungsweise.«

William Hogan nickte. Dann sagte er: »Ich vermute, Sie kamen zu mir, um die Gelegenheit zu benutzen, mir einiges über Wildrake zu erzählen.«

Tejo schüttelte den Kopf: »Ich weiß nur das eine: In England sind Kapitän Wildrake und Droste nicht.«

»Droste! Glauben Sie bestimmt, daß er in Wildrakes Gesellschaft ist? Weshalb?«

Wieder eine zweifelnde Geste Tejos. »Ich nehme es an. Beweise habe ich nicht. Sicher ist, daß die beiden sich vor jener Affäre bei der Insel Aruba nicht gekannt haben. Meine Ansicht wird jedoch durch die Tatsache unterstützt, daß beide zusammen an der Beerdigung des Freiherrn von Winterloo teilgenommen haben.«

»So haben Sie also gar nichts weiter ermitteln können?«

»Nein. Einen merkwürdigen Umstand nur möchte ich noch erwähnen. Die beiden sind im Besitz eines Flugzeuges, das eine außerordentliche Geschwindigkeit entwickelt.«

»Woher wissen Sie das?«

»Ich besuchte natürlich den Flughafen in Neustadt, einem Städtchen bei Schloß Winterloo, von wo sie nach der Beisetzung des Freiherrn abgeflogen waren. Man sagte mir, daß sie, kaum aufgestiegen, schon aus der Sicht entschwunden seien. Es scheint, als ob diese Maschine das Flugzeug jenes Dr. Arvelin wäre. Der hat, wie ich feststellte, von San Fernando aus mit Winterloo und Edna Wildrake an Bord in sechs Flugstunden London erreicht.«

Hogan schlug mit der Hand auf den Tisch. »Undenkbar! Wie wäre das möglich?«

»Ein Rätsel! Und doch – es ist so! Mein Wort darauf!«

»Und Wildrake und Droste sind Bekannte oder Freunde dieses Dr. Arvelin?«

»Gewiß, Señor Hogan.«

»Dann müßten sie oder er im Besitze eines Flugzeuges mit außerordentlichen Motoren sein oder mit einem neuen Treibstoff, der solche Geschwindigkeiten ermöglicht. So oder so: Derartige Flugzeuge in feindlicher Hand sind eine schwere Gefahr. Immer mehr verstärkt sich meine Überzeugung, daß dieser Wildrake und der andere so bald als möglich unschädlich gemacht werden müssen. Um so mehr, als der Krieg mit Venezuela voraussichtlich weitergeht.

Ich lege jedenfalls den größten Wert darauf, daß dieser Wildrake und seine Kumpane schnellstens aufgespürt werden.«

Als Tejo gegangen war, rief Hogan den Diener. »Sie meldeten mir vorher einen Besucher. Führen sie den Herrn herein!«

»Nun Señor Moleiro, was können Sie mir berichten?«

»Ich kam nach Brookland, begann mich zunächst nach den noch lebenden Mitgliedern der Familie Doherty zu erkundigen. Der jetzige Besitzer von Doherty-Hall, Sir Philipp Doherty, ist im Kolonialdienst beschäftigt. Die Eltern sind verhältnismäßig früh gestorben. Ebenso die ältere Schwester Philipp Dohertys, Vivian.« Moleiro holte ein Notizbuch aus seiner Tasche, berichtete an Hand seiner Aufzeichnungen weiter. »Sie ertrank im Alter von zwanzig Jahren im Wyan-River, wie man sagte.

Der Zufall führte mich bei einem Gang am Flußufer zu einer Fischerhütte. Ich fürchtete, im Abenddunkel den Heimweg in dem dichten Unterholz zu verfehlen, und trat ein. Eine Frau in mittlerem Alter war darin, um sie herum eine Schar von Kindern. Die Frau war gern bereit, mir den Weg zu weisen. Wollte jedoch erst die Kinder zu Bett bringen. Währenddessen unterhielten wir uns, kamen auch auf Doherty-Hall und jene alten Ereignisse zu sprechen.

Was ich erfuhr, war zweifellos die Wahrheit. Danach steht fest, daß Vivian Doherty in dem Fluß, wo sie den Tod suchte, nicht ums Leben kam ...«

Ein Tischchen neben William Hogan fiel polternd um. Moleiro wollte aufspringen, doch der andere hielt ihn zurück.

»Eine kleine Ungeschicklichkeit von mir! Doch sprechen Sie weiter!«

»Sie wurde gerettet. Von einem Manne, über dessen Persönlichkeit ich nichts Näheres erfahren konnte. Er brachte sie in diese Hütte, in der ich mich befand und die damals einer alten Verwandten der jetzigen Bewohnerin gehörte. In dem Bett dieser Frau hat Vivian am nächsten Morgen ein Kind geboren. Bald darauf starb die junge Mutter. Das Kind blieb bei der Alten und wurde später von jenem Manne, der die Lebensüberdrüssige aus den Fluten zog, abgeholt. Über das Geschlecht des Kindes wußte die Frau nichts. In einem kleinen, verwilderten Garten liegt Vivian Doherty begraben.«

Moleiro blickte zu Hogan hinüber. Der wischte sich mit einem Tuch über die Stirn, als ob ihm zu heiß wäre, sagte kurz: »Fahren Sie fort!«

Moleiro begann jetzt über Sir Philipp zu sprechen – sprach ...

William Hogan lag in seinen Stuhl zurückgelehnt, hatte die Hand über die Augen gedeckt. Es machte den Eindruck, als hörte er sehr aufmerksam zu. In Wirklichkeit vernahm er kein Wort von dem, was Moleiro ihm vortrug. Nur übermenschliche Selbstbeherrschung hielt ihn ab, aufzuspringen, hinauszueilen, irgend etwas Gewaltsames zu unternehmen, um seinem Herzen Luft zu machen.

Erst nach geraumer Weile gelang es ihm, wieder Herr seiner Sinne zu werden. Er riß sich zusammen und sagte: »Sie können jetzt gehen, Moleiro! Ihr Bericht war gut.«

Arvelin trat aus seinem Zimmer, schritt die Treppe hinab. Die Uhr hatte die siebente Stunde geschlagen. Er ging in den Garten, begegnete Morawsky, der, die Gartengeräte auf der Schulter, sich anschickte, nach Hause zu gehen. Morawsky wohnte nicht im Schlosse selbst, sondern in einer der Katen beim Gutshof.

Durch ein Gebüsch versteckt, sah Arvelin, wie Morawsky sein Handwerkszeug in den Schuppen stellte und den Garten verließ. Wie zufällig nahm auch Arvelin den gleichen Weg. Er sah, wie Morawsky zunächst den Pfad nach dem Gutshof einschlug, dann aber auf einem Feldweg nach Osten ausbog, der zu dem großen Wald an der Grenze führte.

»Also doch!« murmelte Arvelin vor sich hin. »Lange Jahre schon ist er hier, hat nur Gutes genossen – und ist trotzdem zum Verräter geworden!«

Schon länger hatte er ihn im Verdacht.

Heute nachmittag war ein Telegramm von Medardus aus Hamburg angekommen. Morgen wollten die Freunde eintreffen. Das Telegramm war ihm verschlossen von Morawsky übergeben worden. Der hatte nur mühsam seine Neugierde verbergen können. Arvelin hatte das Telegramm vernichten wollen. Da fiel ihm ein, die Gelegenheit zu nutzen, um Morawsky auf die Probe zu stellen. Der machte sich noch in seinem Zimmer zu schaffen. Arvelin las das Telegramm, warf es dann in den Papierkorb. Nachdem Morawsky das Zimmer verlassen hatte, ging auch Arvelin hinaus. Schritt unten in der Halle an Morawsky vorbei, nahm den Weg zum Mausoleum. Als er später wieder in sein Zimmer kam, war deutlich zu sehen, daß Morawsky allerhand Aufräumungsarbeit verrichtet hatte. Auch der Papierkorb war geleert.

Der Bursche fängt es schlau an, dachte Arvelin bei sich, doch vielleicht gelingt es mir heute, ihn zu überführen.

Morawsky hatte jetzt den Feldweg verlassen, war in den Wald getreten.

Die zehnte Stunde nahte, als Morawsky in Dobra ankam. Als er über den vernachlässigten, schmutzigen Hof schritt, sah er unter dem Schuppen einen Kraftwagen stehen. Fremde mußten da sein. Da er wußte, daß der Gutsbesitzer jederzeit für ihn zu sprechen war, trat er ohne Zögern ins Haus. Stand gleich darauf Franz Harrach gegenüber.

»Nun, was bringst du?« fragte der ihn hastig.

Morawsky zog aus der Tasche das Telegramm, übergab es Harrach. Der las, überlegte. »Die Unterschrift nur ein ›M‹. Was vermutest du?«

»Nichts anderes als ›Medardus‹. Ich entnehme das auch daraus, daß der alte Arvelin sich so freute, als er es las.«

Franz konnte ein Gefühl froher Genugtuung nicht verbergen. »Es soll dein Schade nicht sein, wenn alles so eintrifft, wie wir's hoffen. Laß dir draußen was zum Trinken geben und gehe wieder heim!«

Harrach schritt eilig in das Bibliothekszimmer, schwenkte das Telegramm in der Hand.

»Endlich!« rief er, so daß die im Zimmer Sitzenden überrascht aufsprangen.

Tejo riß ihm mit ungezügelter Hast das Papier aus der Hand, las: »Komme morgen. M.« – »Sie, Herr Harrach, meinen natürlich auch, daß ›M‹ die Abkürzung dieses ›Medardus Droste‹ ist?«

»Unbedingt.«

»Hm! Hm!« brummte Tejo vor sich hin. »Alles hängt davon ab, ob sie die morgige Nacht in Winterloo verbringen. Denn bei Tage läßt sich unser Vorhaben nicht ausführen. Ich werde sofort geeignete Leute nach Winterloo dirigieren, die morgen feststellen sollen, ob's die Erwarteten sind und wie lange sie bleiben.«

Er drehte sich jetzt dem Dritten im Raume zu – rief: »Pardon! Ich war ungeschickt.«

»Wie meinen Sie das?« fragte der.

»Nun, ich stieß Sie doch an, im Umdrehen.«

»Aber nein!« Ein Lächeln. »Sie berührten mich nicht.«

»So?« Tejo warf einen verwunderten Blick rundum. »War's mir doch, als hätte ich bei der hastigen Wendung jemand gestreift…«

In Harrachs Augen trat ein unruhiger Glanz. Seine Blicke gingen von dem einen zum anderen. Doch Tejo wandte sich wieder dem Telegramm zu, das er dem Dritten jetzt ins Portugiesische übersetzte.

»Ich denke, Señor Filippo, wir werden vielleicht morgen um diese Zeit die Affäre schon erledigt haben. Für alle Fälle will ich Ihnen jetzt noch mal meinen Plan in allen Einzelheiten erläutern. Es ist wichtig, daß Sie das in Ihren Bericht aufnehmen, wie auch die Sache ausläuft.«

Eine Stunde später fuhr der Kraftwagen mit Señor Filippo allein davon, in Richtung Warschau.

»Es wäre mir lieb, Medardus, wenn du deinen Freund bewegen könntest, über Nacht hierzubleiben.«

Droste schüttelte den Kopf. »Du weißt doch, Vater Arvelin, wie eilig wir es haben.«

Einen Augenblick stand Arvelin überlegend. »Nun, es wird am besten sein, ich erkläre euch schon jetzt meine Gründe. Komm mit Wildrake zu mir nach oben!«

Kaum möglich, die Gesichter der Freunde zu beschreiben, als Arvelin ihnen von Tejos Vorhaben erzählte. Kaum, daß sie fragten, wie Arvelin davon Kenntnis bekommen habe. Sie nahmen seinen beiläufigen Hinweis, ein Vertrauensmann habe ihm durch Morawsky den Plan verraten, ohne weitere Überlegung hin.

Wildrake begann alsbald einen Kriegsplan zu entwerfen, wie man die Angreifer mit blutigen Köpfen heimschicken könne.

Das lange Hin und Her, wie man dem Überfall am besten begegnen könnte, beendete Arvelin jedoch mit Worten, deren kategorischer Ton den Widerspruch der beiden verstummen ließ.

»Es ist auf jeden Fall zu vermeiden, daß sich eine große politische Aktion entwickelt. Wiederholt würde Winterloo von allen möglichen Personen aufgesucht werden. Man würde in allen Ecken herumschnüffeln. Das Laboratorium, die Tankanlage würden neugierigen Blicken preisgegeben sein; vielleicht gar würde euer Aufenthalt in Finnland bei der Gelegenheit festgestellt werden. Kurz, euer ganzer Plan wäre gefährdet, wenn wir es zu Gewalttätigkeiten kommen ließen. Alles ließe sich ja vermeiden, wenn ihr, wie ihr wolltet, heute abend fortführet. Doch es liegt gerade in meinen Plänen, jenes schon lange vorbereitete Unternehmen eurer und meiner Gegner in einer Weise zum Scheitern zu bringen, daß unangenehme Folgen für euch, für mich und für Schloß Winterloo ausgeschaltet werden.«

»Und wie willst du das machen, Vater Arvelin?«

»Oh, sehr einfach! Der Hauptangriff wird ja, wie ihr wißt, vom Lande her erfolgen. Morawsky, als Wegweiser der Schar – es handelt sich da um einen früheren polnischen Offizier Schidlowsky und zwölf zweifelhafte Individuen, die für Geld alles zu tun bereit sind – wird sie in die Irre führen. Er wird die Leute, um ungesehen über die Grenze wegzukommen, durch ein Moor bugsieren. An einer Stelle, wo er unauffällig verschwinden kann, überläßt er sie ihrem Schicksal. Die Bande, unkundig des Weges, wird sich vor Tagesanbruch weder vorwärts noch rückwärts bewegen können. Die Feinde auf der Wasserseite werden unter diesen Umständen vergeblich auf das Signal warten, werden mit langen Nasen abfahren müssen. Ich bitte euch dringend, auf keinen Fall das Schloß zu verlassen. Ich würde es ewig bereuen, wenn ich euch zum Bleiben überredet hätte und ihr durch ein unvorhergesehenes Ereignis zu Schaden kämet.«

Droste, gewohnt, sich Arvelins Autorität zu beugen, stimmte dem Plane zu. Wildrake aber, von dem Gedanken beherrscht, seinem alten Widersacher Tejo eins auszuwischen, war nur schwer zu bewegen, seine eigenen Absichten dem Urteil des alten Arvelin unterzuordnen.

In Dobra waren alle Lichter erloschen. Aus einer Hintertür traten Franz Harrach und Mr. Hal. Leise flüsternd standen sie beisammen. Dann wurde die Stimme des Brasilianers B. lauter und schärfer.

»Ich muß darauf bestehen, Mr. Harrach, daß Sie sich, wie verabredet, den Leuten anschließen. Schidlowsky erscheint mir wenig zuverlässig. Macht auch den Eindruck, als sei er angetrunken. Sie sind mit den Örtlichkeiten in Winterloo aufs beste vertraut. Bleiben Sie im letzten Augenblick zurück, so ist der Erfolg unseres Unternehmens trotz der umfassenden Vorbereitungen in Zweifel gestellt.«

»Aber Morawsky!« warf Harrach ein. »Er kennt noch besser als ich die Umgebung von Winterloo.«

»Mag sein!« erwiderte der Südamerikaner kurz. »Doch müßten Sie wissen, daß die besten Untergebenen ohne energische, tüchtige Leitung wenig wert sind.«

Noch zögerte Harrach, da sagte Hal: »Der Scheck in Ihrer Tasche – vergessen Sie es nicht, Herr Harrach! – ist auf übermorgen datiert. Er ist leicht zu sperren.«

Harrach brummte ein paar unwillige Worte in deutscher Sprache vor sich hin, ging dann vor den anderen her. Am Rande des Waldes trafen sie Schidlowsky und seine Schar.

»Morawsky!« rief Harrach mit halblauter Stimme.

»Er ist nicht hier«, erwiderte einer der Leute. »Er ging noch einmal zurück zu den Hintergebäuden des Hofes.«

»So laufe hin, hole ihn!« befahl Harrach ärgerlich.

Nach einer Weile kam der Bote mit dem Gesuchten zurück. Ohne ein Wort zu sagen, setzte sich Morawsky an die Spitze. Ihm allein war der Weg durch die Wälder und Sümpfe bekannt.

Weit über eine Stunde waren sie schon unterwegs. Der Pfad wurde immer schmaler. Die Leute fluchten vor sich hin.

Doch Morawsky ließ sich nicht beirren. »Wir haben bald festen Boden unter uns. – Dann können wir rasten!« sagte er undeutlich.

Am hinteren Ende des Zuges schien man den Worten wenig zu trauen. Wurde doch der Weg gerade jetzt immer schwieriger.

Endlich ...! Morawsky blieb stehen, deutete auf ein dichtes Erlengebüsch.

»Hier können wir rasten!«

Er sprang um einen umgestürzten Baum herum, bahnte sich einen Durchschlupf in das Gebüsch. Die anderen drängten nach. Hier und da ein Wort der Befriedigung. Gott sei Dank, wieder feste Erde!

Der Mond war aufgegangen. Harrach trat aus dem Erlengebüsch in der Richtung, aus der Morawskys Stimme erklungen.

»Morawsky, wo bist du? Komm hierher!« rief er wütend.

Keine Antwort. Lauter noch einmal ließ Harrach seine Stimme erschallen.

Alles hielt lauschend an. Nichts zu hören. Nichts zu sehen.

Da klangen von hinten her laute Rufe. Harrach eilte ärgerlich dorthin. »Was schreit ihr so?«

»Spuren von Männertritten, die zurückführen! Nur Morawsky kann das gewesen sein.«

Harrach bückte sich, suchte den Boden mit Hilfe einer Taschenlampe genau ab. Kein Zweifel: Auf eine Entfernung von zehn Schritten waren die Tritte genau zu erkennen. Der Mensch, der da gegangen, war hier am Busch, wo der Pfad sich verbreiterte, an ihnen vorbeigekommen.

Harrach richtete sich auf, wandte sich zu Schidlowsky, der neben ihn getreten war. »Nur Morawsky kann das gewesen sein. Aber warum?«

»Unmöglich. Die Spuren sind ja höchstens einen Schritt von unseren entfernt. Selbst bei der Dunkelheit hätte Morawsky nicht ungesehen an uns vorüberkommen können. Ebensowenig natürlich ein anderer.«

»Und doch ist es so!« rief Harrach dazwischen. »Die Spuren sind ganz frisch. Aber einerlei! Wir dürfen uns nicht länger aufhalten. Die Zeit wird knapp. Morawsky muß unser Rufen überhört haben. Suchen wir nach ihm!«

Harrach und Schidlowsky suchten vergeblich die Umgebung des Busches ab. Nirgends ein Pfad zu entdecken.

»Nun, Herr Harrach, Morawsky wird doch nicht geflogen sein? Hier in dieser Richtung ist er jedenfalls nicht gegangen. Eine Spur führt nach rückwärts. Sie muß von Morawsky sein. Es bleibt uns nichts übrig, als ihr zu folgen, um aus dieser Sackgasse herauszukommen.«

Schidlowsky schritt dem Zug voraus. Ein paarmal kamen sie aus der Richtung, und nur nach langem Suchen fanden sie nach der alten Stelle zurück.

Harrach sah auf die Uhr. Mitternacht war längst

vorbei – die Zeit, wo in Winterloo schon alles getan sein sollte. Ein Wunder, wenn sie überhaupt wieder aus diesem Morast herausfänden! Als letztes blieb ihnen ja noch die Möglichkeit, durch Schüsse die Grenzpatrouillen zu alarmieren. Aber das durfte nur im äußersten Notfall geschehen, denn es hieß ja, alles verraten.

Die Nacht war schon beinahe vorüber, als sie wieder in Dobra ankamen. Schidlowsky und seinem Trupp wurde in einer Scheune ein notdürftiges Lager bereitet, da die Leute durch die nächtliche Anstrengung völlig erschöpft waren. Auch Harrach war am Ende seiner Kräfte, dachte an nichts anderes als an Schlaf. Mochte der Südamerikaner schimpfen und fluchen, soviel ihm beliebte!

Er wollte sich eben zur Ruhe legen, da pochte Schidlowsky stürmisch an die Tür. »Morawsky ist da!«

Im Nu war alle Müdigkeit von Harrach gewichen. Er warf einen Mantel über, eilte hinaus. »Wo ist er, der Schurke?«

»In der Scheune.«

Harrach stürmte wie ein Rasender der Scheune zu.

»Morawsky, weshalb hast du uns im Stich gelassen? Wie konntest du es wagen, einfach fortzugehen? Bist bestochen von der Gegenseite. Steh auf, wenn ich mit dir spreche!« schrie er den am Boden Liegenden an.

»Er ist gefesselt!« scholl es aus dem Haufen der anderen zurück.

»Gefesselt? Morawsky? Ah, ihr habt's besorgt! Gut so!«

»Nein! Wir fanden ihn so.«

Harrach stand fassungslos. »Befreit ihn! Hebt ihn auf!«

Das war schnell geschehen. Stöhnend richtete sich Morawsky auf. Harrach schüttelte ihn am Arm.

»Kannst du nicht sprechen? Erzähle, wie du hierherkommst! Wer hat dich gebunden?«

Stockend begann Morawsky: »Ich weiß es nicht, Herr. Ging in die Leutestube, einen Pelz zu holen. Wie ich auf dem Rückweg hier bei der Scheune vorbeikam, stürzte ich auf die Erde. Es war mir, als wenn mir plötzlich die Füße unter dem Leibe fortgezogen wären. Ehe ich mich aufraffen konnte, fühlte ich, wie mir Hände und Beine gebunden wurden …«

»Und du weißt nicht, wer das war? Du hast niemand gesehen?«

Morawsky schüttelte den Kopf. »Ich habe niemand gesehen. Weiß nur noch, daß man mir den Pelz wegnahm und meine Mütze. Dann wurde es mir schwarz vor den Augen. Ich verlor die Besinnung. Wurde erst wieder wach, als die andern mich hier fanden.«

»Lüge, du Schurke!« schrie Schidlowsky dazwischen. Du bist doch im Sumpf vor uns hergegangen – über eine Stunde lang!«

Harrach hieß ihn schweigen. »Sie vergessen, Schidlowsky, daß dem Morawsky Pelz und Mütze genommen wurden. Ein anderer hat sie angelegt. In der Nacht – er hat uns nur den Rücken gezeigt – konnte er unsere Augen täuschen.«

»Ah! Sie haben recht! Jetzt fällt mir auch auf, daß der, der da vor uns ging, kaum ein Wort gesprochen hat. Doch jetzt möchte ich schlafen! Bin hundemüde.«

Er warf sich neben die anderen aufs Stroh. Harrach ging mit Morawsky ins Haus zurück.

»Hörten Sie nicht oben Schritte, Wildrake?«

»Allerdings, Droste. Es war mir, als ginge jemand in Doktor Arvelins Zimmer.«

Hastig eilte Droste die Treppe zu des Doktors Räumen hinauf, klopfte an. Erst nach einer kleinen Weile wurde geöffnet.

»Ah, Vater Arvelin, wo bliebst du so lange? Und wie erschöpft du aussiehst! Wo warst du?«

Arvelin ließ sich in seinen Lehnstuhl fallen. »Ja, lieber Medardus, ich konnte es mir nicht versagen, den Scherz, den ich mit Harrach und seinen Spießgesellen machte, teilweise mitanzusehen. Morawsky hat seine Sache trefflich gemacht. Er führte die Leute in dem Sumpf derart in die Irre, daß sie vor morgen früh sicher nicht herausfinden werden.«

»Und wir, Wildrake und ich, haben währenddessen hier tatenlos sitzen müssen, ohne etwas zu entdecken. Vorher, als der Mond so hell schien, sind wir ein paarmal am Strand gewesen. Mit dem Nachtglas konnte man ungefähr feststellen, wo jenes brasilianische Boot liegt. Hätten ihm ja gern einen kleinen Besuch gemacht. Aber du hattest uns doch feierlich verpflichtet, uns nicht aus dem Schlosse zu rühren.«

»Nun, ich denke, die Leute in dem Schoner werden des Wartens müde geworden sein und sich entfernt haben.«

»Möglich. Doch ich traue dem Frieden nicht. Wenn kühne Leute an Bord wären, müßten sie doch einen Versuch machen, ihrerseits etwas zu unternehmen. Jedenfalls werde ich mit Wildrake ein scharfes Auge auf den Strand haben. Du aber, Vater Arvelin, lege dich zur Ruhe! Die vielen Fragen, die ich an dich habe, wirst du mir später beantworten müssen, denn manches ist mir doch recht unklar.«

»In einer halben Stunde wird die Sonne aufgehen, Wildrake. Ich glaube, wir können unsere Patrouillengänge im Park aufgeben.«

»Ich gäbe etwas darum, wenn ich wüßte, wer diese Brasilianer, dieser Señor Remedio und Konsorten sind!«

»Nun, sie werden sicherlich mit falschen Pässen hier

sein. Doch gehen wir jetzt dem Mausoleum zu und dann ins Haus!«

Sie schritten quer über den Rasen. Das dichte Gras dämpfte ihre Schritte. Eben wollten sie um die Ecke des Mausoleums biegen, da standen sie plötzlich still. Ein Geräusch auf dem kiesbestreuten Weg, der zum Schloß führte, ließ sie aufmerken.

»Es kommt jemand«, flüsterte Wildrake. Steckte dabei vorsichtig den Kopf um die Ecke, fuhr blitzschnell zurück. »Er ist im Schatten der Mauer stehengeblieben, schaut sich suchend um.«

Droste legte die Finger auf die Lippen. »Sobald er weitergeht, springen wir auf ihn zu, stellen ihn.«

Nach einer Weile hörten sie, wie der Fremde um das Gebäude herumgeschritten kam. In dem Augenblick, als er die Ecke erreichte, hielten sie ihm ihre Waffe entgegen.

»Halt! Hände hoch – sofort! Oder wir schießen!« rief Wildrake.

Langsam hob der Fremde die Hände.

»Nun, Droste, leuchte doch mal dem Eindringling ins Gesicht! – Ah!« Verblüfft ließ Wildrake die Waffe sinken. »Major Tejo? Sie? Ihnen also hätten wir diesen schönen Besuch zu verdanken gehabt, wenn nicht ...«

»Was sagten Sie, Wildrake?« unterbrach ihn Droste. »Major Tejo? Der Fang ist nicht schlecht. Doch ich denke, unsere Unterredung wird sich ruhiger gestalten, wenn wir uns vor Überraschungen schützen. Wollen Sie nicht dem Herrn die Waffe abnehmen, Wildrake, die er sicherlich bei sich trägt?«

Tejo wollte zurückweichen, doch schnell richtete Droste seinen Revolver auf ihn. »Ruhe, Herr Major! – Donnerwetter, Wildrake, das ist ja allerhand, was Sie da in den Taschen fanden! Und keine Papiere? Nicht mal eine Brieftasche?«

Wildrake schüttelte den Kopf. »Nein! Der Herr war sehr vorsichtig.«

»Schade! Unser Außenministerium hätte vielleicht Interesse dafür gehabt. Wozu hier lange stehen? Gehen wir ins Haus.«

Als sie dem Hauptweg zuschritten, sahen sie vom Schloß her Doktor Arvelin kommen.

Der war jetzt bis auf wenige Schritte an sie herangekommen.

»Wer ist der Mann, Medardus? Wie kommt er zu euch?« fragte er.

»Ich will Ihnen vorstellen, Doktor Arvelin«, rief Wildrake. »Es ist Major Tejo. Den Namen haben Sie wohl schon gehört? Unser ganz besonderer Freund. Er ist augenscheinlich trotz unserer Wachsamkeit von dem Schoner drüben gekommen.«

Arvelin trat nahe an Tejo heran. Seine Augen senkten sich in dessen Blick. »Sie haben Schweres durchgemacht, Herr Major. Der Krieg raubte Ihnen Eltern und Geschwister. Jenes beklagenswerte Ereignis – Sie türmen alle Schuld auf diesen hier!« Er deutete auf Wildrake. »Und er war doch nur Werkzeug, wie Sie es waren, wenn Sie Ihre Gegner schädigten, wie Sie konnten. Glauben Sie, das Rechte zu tun, wenn Sie auch jetzt noch, da die Waffen ruhen, Ihrem Haß folgen? Unablässig diesen einen Ihrer Gegner verfolgen, vernichten wollen? Mit seinem Blut würden weder Ihre Angehörigen noch die vielen anderen wieder zum Leben erweckt ...«

Unter dem zwingenden Bann der Augen des alten Mannes wandte Tejo den Kopf zur Seite.

»Sie sprechen zu einem Stein! Jedes Wort ist umsonst«, rief Wildrake. »Seine Rachsucht wird nie ruhen.«

»Nehmen wir ihn mit ins Schloß!« unterbrach ihn Droste. »In irgendeiner Weise müssen wir versuchen, ihn auszuschalten.«

Arvelin schüttelte den Kopf. »Nein, Medardus! Der Mann ist frei. Er kann gehen, wohin er will.«

»Unmöglich!« Wildrake drängte sich erregt zwischen Arvelin und Tejo. »Das hieße mit dem Leben spielen, ließen wir ihn frei.«

»Es bleibt bei meinen Worten, Kapitän Wildrake! Glauben Sie mir: Wer, wie ich selbst, am Rande des Grabes steht und die Nichtigkeit allen Lebens erkannt hat, weiß zu verstehen – zu verzeihen. – Gehen Sie, Major Tejo!«

Wochen waren vergangen. Tolmänen schritt zur Werft. Der U-Boot-Bau war in Tag- und Nachtschichten so gefördert worden, daß demnächst die Probefahrten beginnen konnten. Am Wasser angekommen, betrachtete er kopfschüttelnd den Bau.

Ein merkwürdiges Schiff! Flugzeug und U-Boot zugleich. All das, was diese beiden Fremden ihm erzählt hatten, erschien ihm, je weiter der Bau fortschritt, immer zweifelhafter. Das letzte große Rätsel für ihn war, daß sie die beiden Ölvorräte von auswärts holten. In mehreren Fahrten hatten sie den nötigen Treibstoff herbeigebracht, um die Tanks des U-Bootes zu füllen.

Tolmänens Blick hing an dem Deck des Schiffes. Die leeren Schraubenbolzen, die mannigfachen Verstrebungen, die sonderbare Anordnung übermächtig dimensionierter Motoren – das alles ließ keinen Zweifel, daß das Schiff irgendwo anders noch mit besonderen, ihm unerklärlichen Vorrichtungen versehen werden würde.

Von der Werftuhr schlug die Feierabendstunde. Ein paar Arbeiter entstiegen dem Schiffsbauch. Gleich darauf kamen auch Wildrake und Droste aus der Luke geklettert. Als sie Tolmänen gewahrten, gingen sie zu ihm an Land.

»So wäre denn alles fertig, Herr Tolmänen!« redete ihn Wildrake an. »Wir können Ihnen unsere Anerkennung nicht versagen. Es war ein tüchtiges Stück Arbeit, das sie da geleistet haben.«

»Loben Sie es nicht zu früh! Warten wir die Probefahrten ab! Und nun wäre es wohl angebracht, Ihr Schiff zu taufen, meine Herren. So manches Schiff habe ich gebaut, doch keins ist in das Taufbecken geglitten, ohne daß der Patron ihm einen Namen gegeben.«

»Der Name?« Wildrake sah Droste lachend an. »Ja, der Name! Ich glaube, er wird Ihnen später noch häufig in den Ohren klingen, Herr Tolmänen. Das Schiff wird heißen: ›Venezuela libre‹.«

Tolmänen nahm Wildrakes Rechte, preßte sie mit kräftigem Druck. »Möchte, das Wort würde wahr werden, meine Herren!«

Dann wandte er sich um, schritt zu den Helligen. »Eine nette Überraschung das!« murmelte er vor sich hin. »Bin gespannt, was sich daraus entwickelt!«

Die Überraschung, die der nächste Morgen brachte, war nicht geringer. Das Schiff war von seinem Ankerplatz verschwunden. Ein kurzes Billett wurde an Tolmänen abgegeben.

»... Probefahrt diese Nacht glänzend verlaufen. Weitere Ausdehnung beschlossen. Sie werden von uns hören.«

Tolmänen zerriß das Papier in kleine Stückchen, nickte dabei zufrieden.

Gegen Abend des nächsten Tages sichtete die Luxusjacht Lord Truxtons östlich der Doggerbank im Schein der sinkenden Sonne einen dunklen, glatten Schiffsrumpf, der mit äußerster Schnelligkeit auf sie zuhielt.

»Bei Gott, sie sind's, Wildrake!« rief der Lord.

Ein paar Augenblicke später legte das U-Boot sich an die Leeseite der Jacht. Gleichzeitig wuchs aus seinem Deck ein Kran. Ein paar Trossen fielen vor Truxton und James Wildrake nieder. Die machten sie eigenhändig fest.

Es war eine freudige Begrüßung. James Wildrake ruhte nicht, bis sie alle vier in der Kajüte saßen und etlichen Flaschen alten Rheinweins den Hals brachen. Doch den Lord litt es nicht lange.

»Kommen Sie, Mr. Droste! Sie sollen sehen, daß wir auch nicht untätig waren!«

Er zog ihn durch ein paar Gänge hindurch in den Schiffsbauch. Wies mit stolzer Gebärde auf ein Arsenal von Waffen und Geschossen aller Art. »Wird ein tüchtiges Stück Arbeit geben, das alles rüberzunehmen. Fangen wir hier bei diesen 15-Zentimeter-Geschützen an! Sie werden bald Gelegenheit haben, sie zu erproben.«

Eine Stunde später schlossen sich die Luken auf den zwei Fahrzeugen. Der Kran verschwand. Wildrake sprang mit einem letzten Lebewohl auf das U-Boot hinab. Die hellen Scheinwerfer erloschen. Die Maschine dröhnte. Ein paar Minuten später umhüllte dunkle Nacht beide Schiffe.

»U-Boot voraus!« rief der Ausguck vom Fockmast der ›Saragossa‹, die auf der Fahrt von Santander nach Rio de Janeiro eben den Azorennebel hinter sich gelassen hatte. Der Wachoffizier nahm das Glas zur Hand, rief durchs Mikrophon zur Kabine des Kapitäns Madero.

»U-Boot voraus! Zeigt keine Flagge, gibt Signal zum Halten.«

Der Kapitän stieg eilig nach oben, trat zu dem Offizier.

»Eigenartiges Kriegsfahrzeug! Zeigt keine Nationalität. Was mag der wollen?« Er nahm das Glas vor die Augen. »›Venezuela libre‹ steht an seinem Bug. Merkwürdiger Name!«

Er gab das Kommando: Stoppen. Die ›Saragossa‹ verlangsamte ihre Fahrt. Eine halbe Seemeile von dem U-Boot entfernt lag sie still. Eine Pinasse stieß von dem U-Boot ab, legte an der ›Saragossa‹ an. Der Kapitän erwartete den Ankömmling am Fallreep.

»Ich bin Robert Wildrake.«

Der Kapitän trat erstaunt einen Schritt zurück. »Ah! Kapitän Robert Wildrake? Welche Ehre, sie an Bord meines Schiffes begrüßen zu können!«

»Ich hoffe, Herr Kapitän, daß Sie meine kleine Bitte erfüllen werden, diesen Brief bei Ihrer Ankunft in Rio de Janeiro an die angegebene Adresse weiterzuleiten.«

Madero ließ einen Blick über die Aufschrift gleiten. »O gewiß! Sehr gern!«

»So seien Sie im voraus bedankt, mein Herr!« Wildrake reichte ihm grüßend die Hand, stieg das Fallreep hinunter.

Noch ganz benommen von dem Erlebten, war Madero in seine Kajüte gegangen. Erst nach geraumer Zeit fiel ihm die Sendestation ein. Er rief den Funkoffizier an: »Es werden keine Telegramme abgegeben, die unsere Begegnung mit Kapitän Wildrake behandeln.«

Der antwortete zurück: »Ein Telegramm nach Spanien ist schon abgegangen.«

Madero stampfte ärgerlich auf den Boden. »Na! Dann ist's eben nicht mehr zu ändern! In Zukunft ist die Station für alles, was auf Wildrake Bezug hat, gesperrt. Sehen Sie zu, wie Sie fertig werden!«

Der Außenminister Señor Torno war im Begriff, zu einer Konferenz mit dem Präsidenten zu fahren.

Ein Sekretär trat ein.

»Dieser Brief wurde eben abgegeben. Da darauf vermerkt ist: ›An seine Exzellenz persönlich‹, bringe ich ihn. Zugleich möchte ich bemerken, daß ein Schwarm von Reportern das Pressebüro im Hause belagert.«

Torno zögerte einen Augenblick. »Bitte, lesen Sie das Schreiben vor!«

Der andere tat, wie ihm geheißen. Torno verzog keine Miene. Sagte nur kurz: »Bringen Sie das Schreiben irgendwo unter! Der Absender scheint wahnsinnig geworden zu sein.«

Enttäuscht ging der Sekretär zur Tür. Dort drehte er sich noch einmal um. »Die Pressevertreter, Euer Exzellenz!«

»Ah so? Die Herren möchten gern ... Nun, so tragen Sie den Brief zum Pressebüro! Sie mögen dort ihren Mummenschanz damit treiben!«

Eine Viertelstunde später brachten die Mittagsausgaben unter dicksten Schlagzeilen den Inhalt des Briefes.

KRIEGSERKLÄRUNG ROBERT WILDRAKES AN DIE REGIERUNG DER VEREINIGTEN STAATEN VON BRASILIEN! Darunter spaltenlange Berichte, aus denen einzelne Schlagworte in Fettdruck ins Gesicht sprangen: »Völkerrechtswidrige Vergewaltigung Venezuelas. – Nicht das brasilianische Volk, sondern eine Gruppe machthungriger Herrscher hat den Krieg gemacht. Annexion des venezolanischen Gebietes bis zum Ventuari-Fluß gegen den Willen der Bewohner. Bruch der Waffenstillstandsbedingungen. Überfall auf Aruba. Unmoralischer Zwang auf die Regierung Venezuelas. Das venezolanische Volk steht nicht mehr hinter dieser Regierung – ich erkenne die gegenwärtige venezolanische Regierung nicht als die vom Volke gewollte an – verweigerte auch ihren Abmachungen die Anerkennung – forderte Zurücknahme der brasilianischen Besatzungstruppen, Zusammentritt einer neuen Friedenskonferenz in einem neutralen Land – werde nicht eher die Waffen niederlegen, bis Venezuelas Boden wieder frei. Ich werde vierundzwanzig Stunden nach Überreichung dieser Erklärung die Feindseligkeiten beginnen, falls nicht bis dahin eine befriedigende Antwort der brasilianischen Regierung mich erreicht hat ...«

Am Spätnachmittag verkündete eine offizielle Radionachricht aus Caracas, daß die venezolanische Regierung Wildrake und seine Gefährten, soweit sie venezolanischer Nationalität seien, als für außerhalb des Gesetzes stehend erklärt habe.

Bei der strengen Zensur, die über Venezuela verhängt war, war es der Regierung bisher gelungen, die Nachricht der Bevölkerung vorzuenthalten. In der übrigen Welt brachte Wildrakes Manifest die verschiedensten Wirkungen hervor. Kopfschütteln, Lachen, Neugierde, Schadenfreude.

Die englischen Zeitungen als einzige betrachteten die Drohung Wildrakes mit starker Besorgnis. Aus Schiffahrtskreisen wurden ernste Befürchtungen laut. Dem Ablauf der von Wildrake gesetzten vierundzwanzig Stunden sah die ganze Welt mit Spannung entgegen.

Santa Maria lag in strahlendem Sonnenschein. Ihre Bewohner atmeten auf, die Regenzeit schien endlich überstanden.

Die drei Männer hatten in diesen Wochen, allen klimatischen Unbilden zum Trotz, unverdrossen gearbeitet.

An diesem ersten Sonnentag sollte die Arbeit ruhen. Maria Anunziata hatte es gefordert. Wohlig streckten die Männer ihre Glieder in dem warmen, trockenen Dünensand. Barradas hatte sich aufgerichtet, starrte über die weite Wasserfläche. Da hinten – ein heller Punkt. Ein Segel? Er hielt schützend die Hand über die Augen. Nein, ein Vogel nur, dessen Gefieder im Sonnenschein glänzte.

Von der Hütte her kam Maria Anunziata. Mit dem instinktiven Ortsgefühl der Blinden ging sie geradewegs auf die Männer zu. Am Arm ein Körbchen mit Früchten. Sie reichte jedem ein paar.

»Wagen Sie es wirklich, Santa Maria, vom Morseticker fortzugehen?« fragte Barradas scherzend.

Maria lachte, drohte mit dem Finger. »Oh! Captain Roberto hat jetzt an anderes zu denken als an mich.

Doch immerhin habe ich Pablo an den Empfänger gesetzt.«

»In einer Stunde läuft die Frist unseres Captains ab«, sagte Alvarez. Ich bin fest überzeugt, er schlägt auf die Minute los. Wen wird sein erster Streich treffen?«

»Diese großspurigen, höhnischen Brasilianer«, rief Calleja, »werden die Augen aufreißen!«

»Gedulde dich, Calleja!« warf Barradas ein. »Es wird noch genug für uns übrigbleiben. Hoffentlich kommt Kapitän Wildrake bald. Unsere Anlage ist ja Gott sei Dank fertig.« Er drehte den Kopf nach Osten, von wo das Rauschen des über die Barre stürzenden Wassers klang. »Will mal wieder nachsehen, wie der Akkumulator sich füllt.«

Maria ergriff seinen Arm. »Nehmen Sie mich mit, Señor Barradas! Verstehe ich auch nicht viel, etwas werden Sie mir schon sagen können von dieser wunderbaren Sache!«

Sie waren aus dem Maschinenraum in den Laderaum getreten. Barradas beschrieb Maria die Apparate. Sie strich mit den Händen über die Teile, wie sie Barradas ihr erklärte. Nickte zum Zeichen des Verstehens, stellte auch hier und da eine Frage.

Als Barradas geendet hatte, sagte sie lächelnd: »Nein, so prüfen Sie mich, ob ich's recht begriffen habe! Also da drüben steht die große Turbine, die mit tausend Pferden arbeitet. Sie treibt die elektrische Dynamomaschine, die einen Strom von 750 Kilowatt durch die Drähte hierher in diesen Raum schickt.«

»Soweit ist's richtig. Doch jetzt kommt die Hauptsache!«

»Hier steht ein großer Stahltrog, der mit gewöhnlichem Treibstoff gefüllt ist. Da hinein ragen zwei Elektroden, durch die in den Treibstoff Energie hineingepumpt werden soll. Das geht aber nur, wenn das Elixier des alten Freiherrn hinzugetan wird.«

»Sie nennen's Elixier, Santa Maria! Der Ausdruck ist gut. Der Erfinder sprach von einem ›atomisierten Hydroaeromaten‹, aber wie ein Elixier wirkt es in der Tat. Es mobilisiert die ganze Flüssigkeitsmenge. Ohne das Elixier tot, wird sie mit ihm lebendig. Dann nimmt sie diesen Strom von tausend Pferden viele Tage hindurch auf. Ohne Zersetzung, ohne Erwärmung binden Elixier und Flüssigkeit die Energie. Weit über eine Million Pferdekraftstunden kann dieser Bottich hier schlucken, ehe er gesättigt ist. Nach Tagen erst zeigen aufsteigende Gasbläschen, daß die Ladung ihrem Ende entgegengeht.«

»Ein wunderbarer Vorgang!«

»Und wunderbarer Erfolg! Die mitgenommene Treibstoffmenge reicht eben zwanzigmal länger als bisher.«

Lautes Rufen von draußen ließ Barradas aus dem Gebäude eilen. Er sah Alvarez lebhaft winken. Barradas nahm Marias Arm, ging mit ihr zu den Freunden hin.

»Der Kapitän funkt!« rief Alvarez.

»Ah, Roberto ruft!« Maria hatte sich fester in Barradas Arm gehängt, zog ihn laufend mit sich fort.

Und dann stand sie am Empfänger. Hörte mit geröteten Wangen, was Wildrake zu ihr sprach.

Nun schien das Gespräch zu Ende. Sie trat zurück. »Ein Gruß von Roberto!« sagte sie mit ernstem Gesicht. »Ein letzter Gruß vielleicht. Gleich wird die Frist abgelaufen sein.«

Die Uhr in der Hand, stand Wildrake, das Auge an das Okular des Periskops gepreßt. Droste hinter ihm an der Automatentafel.

Brütende Hitze lag über dem Atlantik. Zwei brasilianische Panzerschiffe fuhren halbdwars in mäßigem

Abstand nach Süden. Die Decks leer; nur ein paar Wachen, die vergeblich den Himmel absuchten, ob nicht eine kühle Brise käme.

Die Uhr in der Zentrale des U-Bootes schlug die zwölfte Stunde. »Zeit stimmt!« rief Wildrake, »die Wachen werden abgelöst. Jetzt, mit Gott, los!«

Ein Hebeldruck. Das Boot änderte den Kurs nach Osten. Wildrake preßte das Auge ans Okular. Jetzt – seine Rechte drückte einen Knopf. Luft zischte durch Röhren. Fast im selben Augenblick hatte er einen anderen Hebel bewegt. Der Bug des Bootes drehte sich nach Steuerbord. Ein zweiter Torpedo verließ sein Rohr. Wie ein Stein sackte Wildrakes Boot nach unten, jagte dreißig Meter unter dem Wasserspiegel mit hoher Geschwindigkeit weiter.

Zwei schwere Explosionen kurz hintereinander!

Nach einer viertelstündigen Fahrt wagte es Wildrake, wieder aufzutauchen. Das Auge am Periskop, suchte er das Meer hinter sich ab.

»Gut getroffen!« rief er. »Beide Panzerschiffe haben schwerste Schlagseite. Halten sich keine zehn Minuten mehr. Alle Boote scheinen schon zu Wasser zu sein. Zeit zum Funken haben sie offenbar auch gehabt. Das Meer ist ruhig – also überlassen wir sie sich selbst! Fahren wir weiter!«

»Das Wetter da unten, Wildrake, kommt schnell näher. Hoffentlich geht's an denen da hinten vorüber. In ihren Booten können sie ihm nicht standhalten.«

Ein Windstoß fuhr über die See, ließ die Wellen schäumen, brachte das U-Boot zum Schlingern.

»Verstehe nicht«, brummte Wildrake vor sich hin, »daß wir noch keine Hilfsschiffe sehen. Es sind doch überall an der Küste leichte brasilianische Streitkräfte stationiert.«

»Ah!« Droste wies nach Südwesten. »Da! Sehen Sie! Da sind sie schon. Scheint eine Zerstörerdivision zu sein. Tauchen!«

In weniger als einer Minute war das Boot verschwunden.

»Die Richtung stimmt!« rief Wildrake. »Halten wir auf Land zu. Minenkette raus! Der rechte Flügel mag noch hinüberkommen. Die anderen müssen die Pillen schlucken!«

Der Sturm nahm an Heftigkeit zu. Schwere Regenböen prasselten. Wildrake ließ das Boot tiefer tauchen, zog das Periskop ein. Er und Droste standen sich gegenüber. Alle Sinne gespannt, lauschten sie.

Plötzlich ein dumpfer Knall! Dann in Folge noch andere. Jetzt dazwischen ein paar gewaltige Detonationen. Munition mußte durch die Minen mit zur Explosion gebracht worden sein.

Längst war der Donner der letzten Explosion verhallt. Langsam ließ Wildrake das Boot steigen, schob das Periskop aus. Doch es war nichts zu erblicken. Der dichte Regen verhinderte jede Aussicht. Ein neuer Hebeldruck brachte das Boot ganz über Wasser.

»Genug für jetzt!« sagte Wildrake. »Bin zwar neugierig, wie viele Treffer es gegeben hat. Aber das werden wir schon erfahren. Die rechten Flügelboote sind gewarnt. Fahren wir weiter!«

Bluff! Schwindel! Ausgeburten eines Verrückten! Mit solchen Schlagworten hatten die meisten brasilianischen Zeitungen die Kommentare über Wildrakes ›Kriegserklärung‹ geschlossen. Nur wenige Blätter hielten es der Mühe wert, die Möglichkeiten zu erörtern, wie auch ein einzelner Mensch im Besitz geeigneter Waffen und Geldmittel einem Staate eine Zeitlang schweren Schaden zufügen könne.

Und doch: Je näher die Stunde kam, in der Wildrakes Ultimatum ablief, desto größer wurde die Zahl der Neugierigen, die am Radio hingen.

Die Mittagsstunde war vorüber. Die Spannung begann zu weichen. Nein! Pünktlich schien er nicht zu sein, der ›Herr Kriegführende‹!

Die gleichen Worte sprach William Hogan zu Tejo, doch der scherzhafte Ton wollte ihm nicht recht gelingen.

»... Und ich habe Sie doch gerade zu dem Zweck hierher zu mir gebeten, weil bei mir alle etwaigen Nachrichten einlaufen müßten. Je länger ich über das, was Sie mir neulich berichteten, nachgedacht habe, desto mehr neige ich zu der Ansicht, daß wir unangenehme Überraschungen erleben werden. Bedauerlich, daß Ihr Unternehmen mit einem Fehlschlag endete! Hätten Sie sich streng an meine Weisungen gehalten, dann hätten Sie eben persönlich bei dem Überfall anwesend sein müssen.

»Ich gebe zu, Señor Hogan, es war ein Fehler. In dieser Stunde bereue ich es mehr als je.«

Die Stille, die seinen Worten folgte, wurde durch das Glockenzeichen eines Funkgerätes unterbrochen. Der Papierstreifen begann zu laufen.

»SOS ... SOS ... SOS ... Schlachtschiff ›Sao Leopoldo‹ vier Grad nördlicher Breite, neununddreißig Grad westlicher Länge torpediert. SOS ...«

Beide waren aufgesprungen. »Die ›Sao Leopoldo‹, eines unserer stärksten Schlachtschiffe?«

Der Streifen eines zweiten Apparates begann: »SOS ... SOS ... SOS ... Schlachtkreuzer ›Parana‹ torpediert! SOS ... SOS.«

Ihre Augen gingen von dem einen zum anderen Morsestreifen, innerlich zitternd, daß ein dritter Apparat reden könnte. Der Streifen lief weiter.

»... die Schiffe verloren ... stärkste Schlagseite ... alles in die Rettungsboote ...«

Die beiden Männer starrten sich an. »Ich wußte es«, murmelte Tejo. »Warnte – man sah es als unwürdig an, irgendwelche Sonderanweisungen zu geben.«

»Wir haben's gebüßt, werden uns danach richten«,

entgegnete Hogan. »Unmöglich, daß dieser Wildrake allein ohne irgendwelche starke Hilfe hinter sich das ausführen konnte. Venezuela wird die Zeche bezahlen müssen, so oder so. Wenn ich denke, wie gut sich noch vor Wochen alles anließ! Längst wären wir am Ziel, wenn nicht dieser Wildrake wäre!«

Ein Ticker begann zu arbeiten, schrieb …

»SOS … SOS … SOS … Siebente Zerstörerdivision … acht Boote der Division bei Hilfeleistung der ›Sao Leopoldo‹ und ›Parana‹ auf Minen gelaufen … sinken … SOS … SOS …«

Hogan stand eine Weile überlegend da, die Stirn von tiefen Falten zerfurcht. »Entschuldigen Sie mich, Herr Major! Ich fahre zum Marineamt.«

In Manaos war's, als ob eine Bombe in das Hotel de Primeira gefallen wäre, wo die Unterhändler gerade zusammensaßen. Der Führer der brasilianischen Delegation hob sofort die Sitzung auf und vertagte sie auf unbestimmte Zeit. War doch nicht abzusehen, welche Folgen für den Frieden die Vorgänge dieses Tages haben würden.

In einem harten Kampf mit dem Kriegsminister Revelador hatte Torno gesiegt. Revelador wollte sofort die Verhandlungen abbrechen, den Krieg wiederaufnehmen. Auch der Marineminister Aposta hatte sich dafür entschieden. Da war Torno Hilfe von einer Seite gekommen, von der er sie nicht erwartete. Ein Sekretär William Hogans hatte einen Brief abgegeben, nach dessen Lektüre der Widerstand gegen Tornos Entscheidungen nachließ.

»Selbstverständlich werden wir alle Hebel in Bewegung setzen, um festzustellen, ob und inwieweit die venezolanische Regierung hinter Robert Wildrake steht. Bei dem geringsten Anzeichen dafür würde ich mich sofort Ihrer Meinung anschließen. Doch Venezuela hat nochmals feierlich versichern lassen, daß es nichts mit Robert Wildrake zu tun habe, sein verbrecherisches Handeln aufs stärkste mißbillige und ihn zur Rechenschaft ziehen werde. Auch hat es alle Behörden angewiesen, Wildrake zu verhaften, falls er sich in Venezuela blicken ließe.«

Der Kriegsminister zuckte die Schultern. »Ist mir recht zweifelhaft, ob diese venezolanische Regierung die Macht hat, ihre Befehle durchzusetzen. Man braucht kein Hellseher zu sein, um aus den Berichten der ausländischen Korrespondenten aus Venezuela zwischen den Zeilen herauszulesen, wie stark die allgemeine Stimmung für Wildrake ist. Die Tage dieser Regierung dürften wohl gezählt sein, wenn es nicht gelingt, diesen Freibeuter schnellstens unschädlich zu machen.«

»Hierin stimme ich Ihnen vollkommen bei, Señor Revelador. Doch wir sind gezwungen, vorläufig mit dieser Regierung zu rechnen.«

Am Abend brachten Radiomeldungen die Nachricht, man habe den Obersten Guerrero in Haft genommen. Am nächsten Morgen jedoch wurde dieser Bericht dahingehend richtiggestellt, daß der verhaftete Guerrero von Anhängern befreit worden sei. Hierbei aber blieb verschwiegen, daß die Befreiung auf etwas eigentümliche Weise vor sich ging: Die Soldatenabteilung, die Guerrero bewachen sollte, war mitsamt ihren Offizieren einfach zu dem Gefangenen übergegangen, der sich mit ihnen ins Gebirge zurückgezogen haben sollte.

In England wiederholte sich das alte Spiel. Wie schon früher, nahm man auch jetzt wieder Wildrake als halben Landsmann in Anspruch. Das Wettfieber wuchs. Man betrachtete die ganze Angelegenheit mehr von der sportlichen Seite. Im Hause James Wildrakes schlugen die Wogen der Begeisterung wohl am höchsten. Die einzige, die ihre Freude nur wenig zeigte, war Edna. Tags zuvor hatte sie einen Brief von Oswald Winterloo bekommen, der ihr Herz hatte höher schlagen lassen.

Wie würde der heute denken, nachdem ihr Bruder seine Drohung gegen Oswalds Vaterland wahrgemacht? Würde er den Brief wohl heute noch einmal schreiben? Der Gedanke trübte ihre Freude. Wieder, immer wieder las sie seine Zeilen, die ihr so viel Liebes, Gutes sagten. Sie ahnte nicht, daß vor ihr schon andere, neugierige Augen den Brief gelesen hatten. Die Korrespondenz Oswald Winterloos stand seit einiger Zeit unter scharfer Geheimzensur.

In den nächsten Tagen wurde bekannt, daß die brasilianische Regierung umfassende Maßnahmen getroffen habe, um Wildrake weitere Überraschungsstreiche unmöglich zu machen.

Trotz alledem erwartete die Welt, von neuen Taten des tollkühnen ›Captain‹ zu hören. Doch die Zeit verstrich, ohne daß sich etwas ereignete. Die brasilianischen Zeitungen triumphierten. Offenbar zog es der feige Räuber vor, sich angesichts der weitgehenden Schutzmaßnahmen irgendwo zu verkriechen.

Schon seit zwei Tagen fuhr die ›Venezuela libre‹ durch die Fluten des Atlantischen Ozeans.

»Wenn ich denke, Droste, wieviel schöne Gelegenheiten wir vorübergehen ließen auf unserer letzten Fahrt! Doch Sie haben ja recht: Die Überraschung wird für uns eine Hauptwaffe sein! Eine Serie von versenkten brasilianischen Schiffen hätte unseren Weg nur allzu deutlich gemacht.«

»Was da im nördlichen Atlantik in den letzten Tagen geschah, wagte man natürlich nicht auf unsere Rechnung zu bringen. Die Besatzungen der geplünderten Schiffe sagen übereinstimmend aus, daß ein Schoner in Verbindung mit einem Flugzeug sie ausgeraubt hat.

Man scheint in Brasilien Jean Renard in Verdacht zu haben.«

»Ich glaube es selbst, der alte Sünder scheint doch das Glück gehabt zu haben, sein Fahrzeug wiederzufinden.«

»Wir werden bei Gelegenheit mal Renards Insel untersuchen müssen. Liegt auch Santa Maria weit davon ab, so wäre es doch nicht ausgeschlossen, daß uns Renard eines Tages schlimmen Besuch auf den Hals zöge.«

»Sie sind's!« Barradas schrie's mit seiner Donnerstimme. »Wildrake und Droste kommen! Hurra!«

Alles eilte zu der Anhöhe, auf der Barradas stand. Maria, auf Pablos Arm gestützt, lauschte den Worten der Männer.

Inzwischen war die ›Venezuela libre‹ so nahe an die Insel herangekommen, daß die Bäume jede Aussicht verdeckten.

»Sicherlich werden sie bei der ›Susanna‹ in der Mangrovenbucht festmachen!« rief Alvarez. »Eilen wir dorthin!«

Es dauerte eine Weile, ehe sie den Weg durch das sumpfige Gebiet hinter sich brachten. Als sie endlich die ›Susanna‹ zu Gesicht bekamen, bog der Rumpf des U-Bootes gerade in die Buchtmündung ein.

Und dann lag die ›Venezuela libre‹ sicher an den gewaltigen Mangrovenwurzeln vertäut. Wieviel gab's zu erzählen! Wieviel war zu sehen! Während die Inselleute das U-Boot in allen seinen Teilen durchforschten, standen Droste und Wildrake, der Maria am Arm führte, in der Turbinenanlage.

Die beiden konnten sich nicht der Rührung erwehren, als jetzt Maria Anunziata ihnen mit freudiger Stimme die Anlage in all ihren Teilen erklärte.

Der Rest des Tages war unter Plaudern und Beschauen vergangen. Wildrake und Droste schienen dringend der Ruhe bedürftig. Alle weiteren Montagearbeiten wurden auf den morgigen Tag verschoben. Auch mußten die eingegangenen Briefe gelesen werden.

Alvarez und Calleja hatten die Post aus Tabago mitgebracht. Wildrake las Maria die Briefe Ednas und des Oheims vor. Droste hatte sich in den Sand gelegt und studierte einen Brief Arvelins.

Das Testament war immer noch nicht gefunden! Immer wieder klang aus den Zeilen des Doktors Betrübnis über das Verschwinden des Dokumentes. Unklar schien Droste die undeutlich am Schluß hingeworfene Bemerkung, daß der Schreiber vielleicht genötigt sei, demnächst eine lange Reise anzutreten. Droste sann: Wahrscheinlich hing diese Absicht mit dem Testament zusammen?

Es war der dritte Tag, daß Wildrake und Droste auf Santa Maria weilten. Die ›Venezuela libre‹ hatte man aus der Bucht heraus weiter ins Meer gezogen. Doch war das noch das U-Boot, das Wildrake und Droste hierhergebracht?

Zwei Riesenflügel waren auf dem Deck des Schiffes montiert. Ein U-Boot mit Flügeln? Wo sollten die Maschinen, wo der Treibstoff herkommen, die solche Last weithin durch die Lüfte trugen?

Für morgen waren die Probeflüge anberaumt. Würden sie gelingen? Alles hing davon ab.

Kaum graute der Morgen, sprangen alle auf.

Eine Stunde war vergangen. Die Tanks des U-Bootes waren mit dem Treibstoff gefüllt. Alle außer Maria und Pablo gingen an Bord. Langsam schob sich der graue Rumpf ins freie Meer. Wildrake stand im Kommandoturm, Droste in der Zentrale, die anderen auf dem Rücken des Bootes. Der war mit Waffen gespickt. An Bug und Heck je ein Fünfzehn-Zentimeter-Geschütz. Überall verteilt schwere und leichte Maschinengewehre.

Wildrake schrak zusammen. Aus der Zentrale war ein Anruf von Droste gekommen: »Erwarte Befehl des Kapitäns.«

Einen Augenblick mußte sich Wildrake besinnen. Dann klang seine scharfe Kommandostimme nach unten: »Fliegen!«

Ein Beben ging durch den Leib des Bootes. Langsam setzte es sich in Fahrt, wurde schneller, schneller – hob vom Wasser ab, schraubte sich höher und höher. Jetzt das Meer frei unter ihm!

»Ich sehe es nicht mehr!« rief Pablo, der Indianerjunge. »Es ist in den Wolken verschwunden, Dona Maria.«

Da verlor sie den Rest ihrer Fassung. Schlang die Arme um den Jungen, drückte ihn an sich. »O Pablo! Wie bin ich glücklich!«

»Nun, Herr Kapitän Wildrake, wie gefällt Ihnen die Jungfernfahrt unseres Schiffes? Haben Sie nun Vertrauen?«

»Droste! Du! Verzeih mir, daß ich nur eine Minute zweifelte – an deiner Schöpfung! Freund, Bruder! Wie soll ich dich nennen? Dir aller Ruhm und Preis, wenn der Tag kommt, da Venezuelas Flagge wieder über dem geraubten Boden weht!« Wildrakes Rechte hob sich in die Höhe. »Bei Santa Maria, unserer Schutzheiligen, schwöre ich, daß ich nicht rasten will, bis ›Venezuela libre‹, der Name unseres Schiffes, über ganz Venezuela leuchtet!«

Eine Zeitlang stand er so. Droste ergriff seine Hand. »Noch fehlt die zweite Probe, Wildrake. Das war nur das halbe Werk.«

Der Freund, aus seinen Gedanken gerissen, wehrte ab. »Jetzt habe ich keine Zweifel mehr! Doch – natürlich, machen wir auch die andere Probe!«

Droste ging zurück zur Zentrale. Das Schiff, das bisher unbeweglich in der Luft gestanden, senkte sich im Gleitflug. Schon lag die im Sonnenschein glitzernde Wasserfläche wieder hell vor ihren Augen.

Wildrake kommandierte: »Klar zum Tauchen!«

Alvarez und Calleja hasteten zu den Luken. Gleichzeitig glitten die Geschütze und Gewehre in den Schiffsleib.

»Deck klar!« Kaum hundert Meter noch trennten das Fahrzeug von der Meeresoberfläche, da wichen die breit ausladenden Flügel zurück, preßten sich auf den Bootsrücken.

Und nun schoß der Bug ins Wasser. Klatschend schlugen die Wellen über dem Heck zusammen. Ein neues Kommando Wildrakes. Das Tiefensteuer wirkte. Das Boot glitt sechzig Meter unter der Meeresoberfläche weiter.

Doch nur eine kleine Weile, dann neue Befehle. Das Boot schoß zur Oberfläche, sprang wie ein Hecht aus der Flut. Die Flügel breiteten sich. Ein paarmal noch klatschte das Boot auf die Wasserfläche zurück. Dann, in immer größer werdenden Sprüngen, hob es sich in die Luft, stieg auf, senkte sich wieder, glitt in verzögerter Fahrt auf die Mangrovenbucht zu, hielt in langsamem Auslauf neben der ›Susanna‹.

Sie gingen an Land. Da stand Maria, umarmte Droste, der als erster von Bord schritt!

»Dank! Tausend Dank, Droste! Wie würde die Welt zu Ihnen aufschauen, wenn sie das gesehen! Und Sie geben alles hin – Ruhm, Ehre und Lohn, um uns zu helfen!«

»Gott geb's, daß der Tag nicht fern, wo Wahrheit wird, was der Name unseres Schiffes kündet!« sagte Droste.

»Venezuela libre!« rief Maria mit heller Stimme, und die anderen fielen jubelnd ein.

Oswald Winterloo saß in seinem Büro in Rio de Janeiro. Die Nachrichten von Wildrakes Brief und Tat hatten ihn wie ein Donnerschlag getroffen. Es war klar, daß der Tollkühne sich damit außerhalb des Gesetzes stellte.

Wildrakes Feind war Brasilien. Es erklärte ihn in Acht und Bann. Er, Winterloo, war brasilianischer Bürger. So durfte es für ihn keine andere Auffassung geben als die seiner Regierung.

Edna? Immer tiefer die Schlucht, die ihn von ihr trennte. Mußte er nicht nach Pflicht und Ehre jedes wärmere Gefühl für sie unterdrücken?

Ein Bote trat ein, brachte seine Privatpost. Obenauf ein amtliches Schreiben. Er öffnete es und las.

Was war das? Wäre das möglich? Über ein Jahr war vergangen, daß Victoria und ihre Eltern den Tod gefunden. Und jetzt?

Da fiel sein Blick auf ein Briefblatt, das als Anlage beigefügt war. Sein Herz stockte.

Der Inhalt dieser Zeilen – deutlich erinnerte er sich daran. War's doch der letzte Brief gewesen, den er an Victoria Tejo geschrieben hatte! Das Blatt, eine amtliche Kopie, brachte wortgetreu den Text.

Er sprang auf, ging im Zimmer auf und ab. Solch merkwürdige Verkettung von Umständen! Und die Erklärung erst jetzt! Mit Mühe gelang es ihm, sich zu sammeln. Noch einmal nahm er das Schreiben vor. Es kam von der Polizeiverwaltung in São Salvador.

Vor drei Tagen waren in einer hochgelegenen Schlucht des Plateaus von Matogrosso die Trümmer eines Flugzeugs gefunden worden. Die Leichen der Insassen wurden als zwei Männer und zwei Frauen festgestellt. Alle, außer der einen, die eine jüngere weibliche Person zu sein schien, waren bis zur Unkenntlichkeit entstellt; etwaige Erkennungspapiere durch die Witterungseinflüsse vernichtet. Jedoch fand sich in der Tasche des jungen Mädchens ein Brief ohne Umschlag, auf dem der Name Oswald Winterloo als Absender angegeben war.

Die Polizeiverwaltung bat um Auskunft, ob er in der Lage sei, die Leichen zu agnoszieren. Winterloo griff sich an die Stirn. Waren das wirklich, wie es den Anschein hatte, die Leichen von Victoria und ihren Eltern – die vierte wohl die des Piloten –, dann war ja die ganze Feststellung, sie seien beim Brand von São Salvador umgekommen, ein Irrtum gewesen...

Er mußte sofort nach São Salvador. Aber vorher mußte er versuchen, Tejo zu sprechen. Am nächsten Tage gelang es ihm, den Aufenthalt des Majors in Brasilia festzustellen. Das nächste Flugzeug brachte ihn dorthin.

Als er bei Tejo eintrat, machte der ein erstauntes Gesicht, fragte kühlen Tones nach seinen Wünschen.

Winterloo erklärte in wenigen Worten den Zweck seines Kommens, übergab Tejo das Schreiben aus Bahia. Der las es, wandte sich dann ab.

Endlich drehte er sich um. »Du kommst zu mir, weil du annimmst, die Toten seien meine Eltern und Victoria? Ich selbst habe kaum Zweifel, daß es sich so verhält. Ich eile sofort nach Bahia, um mir Gewißheit zu verschaffen. Es dürfte kaum nötig sein, daß du mich begleitest.«

Winterloo unterdrückte die scharfen Worte, die ihm auf der Zunge lagen. Er verneigte sich kurz. »Ich sehe, es ist dein Wunsch, allein zu fahren. Ich überlasse dir diese Papiere und bitte dich, mir von deinen Erkundungen Nachricht zu geben.«

Mit steifem Gruß verließ er das Zimmer.

Ein paar Tage später traf abermals ein Schreiben der Polizeiverwaltung von São Salvador ein. Es bestätigte, daß die Leichen der in dem Flugzeug verunglückten Passagiere mit Bestimmtheit als die des Ehepaares Tejo und ihrer Tochter Victoria erkannt worden seien.

Ein paar Wochen waren vergangen. Die tägliche Frage: »Wo steckt Wildrake?« begann zu verstummen. Das

Rätselraten, wo Wildrake seine Stützpunkte haben könnte, woher das Boot stamme, wer ihm Waffen und Betriebsstoffe lieferte, begann die Leute immer weniger zu interessieren. Die umfassenden Vorsichtsmaßregeln, die unausgesetzte Wachsamkeit ließen wohl kaum noch etwas befürchten.

Da weckte eine Reihe furchtbarer Ereignisse die Sorglosen.

Die ›Pelotas‹, das größte, neueste Flugzeugmutterschiff der brasilianischen Marine, befand sich mit achtzig Flugzeugen an Bord auf einer Marschfahrt von Fernando de Noronha nach Süden. Auf dem dreiundzwanzigsten Grad südlicher Breite und dem sechsundzwanzigsten Grad westlicher Länge wurde das Schiff am achtzehnten April in der zehnten Abendstunde von zwei Torpedoschüssen mitschiffs getroffen. Die Besatzung vermochte noch die Boote klarzumachen und sich in Sicherheit zu bringen. Dann sank die ›Pelotas‹ in die Tiefe.

Auf die SOS-Rufe der ›Pelotas‹ war ein leichtes Kreuzergeschwader von vier Schiffen von seinem Heimathafen ausgelaufen. Der Kommandant steht über die Karte gebeugt. Die Schiffe fahren mit äußerster Maschinenkraft, und doch wird es nicht möglich sein, vor Anbruch des Morgens die Unfallstelle zu erreichen.

Wo mochte Wildrake stecken? Würde er sich wiederum irgendwo ›verkriechen‹ wie damals? Der Kommandant glaubte nicht an das ›Verkriechen‹, wie die Zeitungen es auszudrücken beliebten. Nach allem, was er von Wildrake wußte, mochte er wohl besondere Gründe für die lange Untätigkeit gehabt haben.

Im Gegenteil würde er vielleicht gar die Gelegenheit benutzen, Schiffe, die zur Hilfe herbeieilten, anzugreifen. Die dunkle Nacht war wohl geeignet dafür. Es galt auch für den Kommandanten des Kreuzergeschwaders, rechtzeitig Sorge zu tragen, daß er nicht selbst von Wildrake überrumpelt würde. Doch noch trennten ihn ja über zweihundert Seemeilen vom Ort des Überfalls. Selbst wenn Wildrake mit forciertester Fahrt nach Norden jagte, war ein Zusammentreffen mit ihm vor der vierten Morgenstunde nicht denkbar. Immerhin beschloß der Kommandant alsbald, alle Vorsichtsmaßnahmen zu treffen.

Da rissen ihn zwei schnell aufeinanderfolgende Detonationen aus seinen Gedanken. Er fuhr herum. Die beiden folgenden Schiffe... waren torpediert, hatten schon schwere Schlagseite.

Der Maschinentelegraf spielte in der Hand des Kommandanten. Der Kreuzer drehte im scharfen Bogen ab. Da, bei dem letzten Schiff, das eben aus der Kiellinie ausscherte, eine schwere Explosion. Kurze Zeit nur, und das Schiff sank.

»Eine Schreckensnacht!« Die Schlagzeile der Morgenzeitungen von Rio de Janeiro. Die ›Pelotas‹ und drei Kreuzer versenkt! Wildrake? Nein, die Entfernung zwischen den beiden Unglücksstellen war ja so groß, daß nicht dasselbe U-Boot, das die ›Pelotas‹ torpedierte, auch die Kreuzer vernichtet haben konnte.

Die Bestürzung und Verwirrung in den Hafenstädten war unbeschreiblich.

Der nächste Morgen brach herein. Noch zitterten in allen die Gedanken an die furchtbaren Ereignisse der vorletzten Nacht, da trafen Nachrichten ein, die geeignet waren, neues Entsetzen in ganz Brasilien hervorzurufen.

Feindliche Flugzeuge hatten im Laufe der Nacht durch Bombenabwürfe die Kraftwerke von Porto Allegre schwer beschädigt, die Munitionsfabriken in Campinas und Goyaz vernichtet. Die gegen Mittag eintreffende Nachricht, ein Marinetransportdampfer sei zwanzig Meilen vor Bahia versenkt, fand zunächst keine besondere Beachtung. Doch bald darauf erkannte einfachste Überlegung, daß die U-Boot-Gefahr überall vorhanden war.

Drei U-Boote? Ein Flugzeuggeschwader? Woher nahm Wildrake solche Kräfte? Nur eine Meinung: Bruch des Waffenstillstandes! Venezolanische Waffen! Nichts anderes konnte es sein.

Ein heftiger Pressefeldzug gegen Venezuela begann. Von allen Seiten wurde die Regierung bestürmt, die Friedensverhandlungen sofort abzubrechen und den Krieg fortzusetzen. In den Ministerien reihten sich erregte Konferenzen aneinander. Der Außenminister Torno hatte einen schweren Stand. Von Caracas kamen die heiligsten Beteuerungen, es sei ausgeschlossen, daß venezolanische Kräfte in Aktion getreten. Man bat um Entsendung einer Kommission, um die Angaben der venezolanischen Regierung nachzuprüfen.

Die umfassendsten Maßnahmen wurden getroffen, um Wildrake auf die Spur zu kommen.

Aufs höchste stieg die Erregung, als am Abend des nächsten Tages neue Hiobsbotschaften kamen, die die Verwirrung noch weiter steigerten. Im Hafen von Trinidad waren zwei brasilianische Kreuzer versenkt worden!

Neue Nachrichten aus Venezuela verhießen ebenfalls nichts Gutes. Dort war es überall anläßlich der Ereignisse zu heftigen Kundgebungen für Wildrake und gegen Brasilien gekommen, die von der Regierung nur mit Waffengewalt unterdrückt werden konnten.

Ein kleines Hochplateau bei Berinao in den östlichen Kordilleren. Pichincha nannten es die Indios. Ein schmaler Weg, der an der Seite eines schäumenden Wildbaches dorthin führte, war der einzige für Menschen beschreitbare Zugang. Hierhin hatte sich Guerrero mit seinen Leuten zurückgezogen.

Die Regierung konnte es nicht wagen, tatkräftig gegen ihn vorzugehen. Der Friede war trotz aller Schwierigkeiten in absehbarer Frist zu erwarten. Dann war noch immer Zeit, ihn zur Verantwortung zu ziehen. Vorläufig begnügte man sich damit, ihn unter Beobachtung zu halten, damit er nicht etwa durch Zuzug anderer unzufriedener Elemente eine bedrohliche Machtstellung erlangte. Daß die Berichte, die die Regierung erhielt, nicht der Wahrheit entsprachen, entging ihr.

In Wahrheit wuchs Guerreros Macht von Tag zu Tag.

Ein Flugzeug, von Westen kommend, setzte auf dem Plateau von Pichincha auf. Im Nu war es von einer Schar Bewaffneter umringt, die neugierig unter lauten Rufen dem Aussteigenden entgegendrängten.

»Viva Venezuela libre! Viva el Capitan Wildrake!« rief er.

Durch das Jubeln der Masse drang ein lauter Ruf: »Ah! Antonio Barradas! Bist du's oder dein Geist?«

Der Flieger nickte grüßend einem Offizier zu, der sich nach vorn drängte. »Gutes Zeichen, dich als ersten hier zu begrüßen!«

Voller Wiedersehensfreude lagen die beiden sich in den Armen. »Ist der Oberst hier?« fragte Barradas, der sich neben Roca mit Mühe einen Weg durch die Menge bahnte.

»Gewiß! Wo soll er anders sein? Ich führe dich sofort zu ihm.«

Ein Weg von einer Viertelstunde, dann hatten sie ein Blockhaus erreicht. »Hier, unser Hauptquartier, Barradas! Da ist er schon, der Oberst!«

Bei ihrem Nahen trat Guerrero aus dem Gebäude. Die straffe Gestalt in Militäruniform.

Roca stellte Barradas vor. Mit einer höflichen Verneigung lud Guerrero ihn in das Innere seines Hauses. Roca in dem Gefühl, hier nicht länger gebraucht zu werden, blieb auf der Bank draußen. Doch seine Geduld wurde auf eine harte Probe gestellt. Stunden verrannen, und noch immer verweilte Barradas da drinnen.

Endlich öffnete sich die Tür. Barradas trat heraus, das Gesicht gerötet, die Augen voll freudigen Glanzes.

Roca sprang auf.

»Gut, Roca, daß du gewartet hast! Der Oberst verwies mich an dich. Ich brauche deine Hilfe.«

»Gern bereit! Was willst du?«

Barradas dämpfte seine Stimme. »Ich brauche ungefähr acht Leute. In erster Linie solche, die bei der Marine waren, und, wenn möglich, auch mit einem Flugzeug umzugehen wissen. Lauter zuverlässige Männer jedenfalls.«

»Das dürfte nicht schwerfallen, Barradas. Ich werde dir binnen einer halben Stunde acht Burschen vorführen, die gewillt sind, den Teufel aus der Hölle zu holen. Doch wie willst du sie von hier wegbringen?«

»In meinem Flugzeug.«

»Wird das kleine Ding neun Menschen tragen, dazu Treibstoff in genügender Menge? Ich nehme an, dein Weg ist weit!«

»Keine Angst, Roca! Schade, daß du nicht selbst mitkannst. Du würdest bald einige Überraschungen erleben. Doch der Oberst mag dich nicht entbehren. Im übrigen versäume nicht, uns mit Radionachrichten auf dem laufenden zu halten! Den Codeschlüssel für die Wellenlänge bewahre sorgfältig auf!«

Zum Erstaunen Rocas und der anderen Neugierigen erhob sich Barradas' Schiff mit der großen Last ohne Schwierigkeit vom Boden, verschwand in schneller Fahrt gen Westen.

Die ›Susanna‹ folgte ihrem Kurs von Tobago nach Santa Maria. Ihr Befehlshaber Caleja beobachtete mit dem Fernrohr den Rumpf eines anderen Schiffes, das allmählich hinter der Kimme im Osten untertauchte.

»Der Truxtondampfer ist verschwunden«, wandte er sich an die Besatzung.

Vier neue Gesichter an Bord der ›Susanna‹: die

Hälfte der Schar, die Barradas von Pichincha nach Santa Maria gebracht hatte. Verwegene, energische Gesichter.

»Der Captain könnte jetzt mit der ›Venezuela libre‹ kommen!« meinte Calleja. »Es heißt also scharf Ausguck halten, damit wir ihn nicht verfehlen. Sein Verbrauch an Knallbonbons war ja für den Anfang recht vielversprechend. Nun, was wir da jetzt von dem Truxtondampfer übernommen haben an Torpedos, Bomben, Minen, dürfte für einige Zeit genügen. Denn, offen gesagt, diese Transportfahrten zur Küste hier, um Material und Munition zu holen, erscheinen mir nicht ganz unbedenklich. Man könnte uns dabei doch mal erwischen!«

Calleja und zwei der Leute gingen nach unten in die Messe. Kaum hatten sie ihr Mahl beendet, klang die Stimme des Mannes vom Ausguck.

»U-Boote voraus!«

Im Nu waren die anderen wieder nach oben gestürmt.

Der Ausguckposten deutete nach vorn, wo ein halbes Dutzend U-Boote in Überwasserfahrt in Dwarslinie herankam.

»Ruder Backbord!« schrie Calleja dem Steuermann zu, eilte selbst zur Brücke, um die Fahrt der ›Susanna‹ aufs äußerste zu beschleunigen.

Infolge des Steuermanövers der ›Susanna‹ waren die U-Boote so nahe herangekommen, daß man sie mit dem Glas genau beobachten konnte. Von dem Flügelboot – jetzt auch von dem zweiten – und nun von allen … Sechs Flugzeuge stiegen auf, glitten fächerförmig auseinander. Die Außenenden ihrer Kurve weit vorgebogen, näherten sie sich der ›Susanna‹ – offensichtlich, um sie einzukreisen.

Ohne Kommando hasteten alle außer Calleja, der am Ruder blieb, zu den Abwehrgeschützen am Bug. Doch die beiden Kanonen waren überlagert von Kisten und Geräten. Noch ehe man die Hindernisse weggeräumt, stand ein Flieger über ihnen, ließ eine Briefboje auf das Deck der ›Susanna‹ fallen: Gleichzeitig prasselte zur Warnung ein Kugelregen aus Maschinengewehren dicht vor ihnen ins Wasser.

Calleja ließ stoppen, öffnete die Boje, las: »Sofort halten! Untersuchung durch U-Boote abwarten! – Niemals!« schrie er den Gefährten zu. »Lieber sprengen wir unser Schiff!«

Die U-Boote hatten sich währenddessen in einem Halbkreis um die ›Susanna‹ auf die Lauer gelegt. Calleja sah, wie man eine Pinasse klarzumachen begann. Als sei dies ein Zeichen für die Flugzeuge, ließen sie von der ›Susanna‹ ab und jagten in Geschwaderformation in der Richtung des entschwundenen Truxtondampfers davon. Die ›Susanna‹ lag ja sicher unter den Kanonen der U-Boote. In wenigen Minuten waren die Flieger außer Sicht.

Die Pinasse war inzwischen zu Wasser gebracht. Die Mannschaft stieg ein.

»Kein Brasilianer soll lebend das Deck der ›Susanna‹ betreten!« knirschte Calleja. »Sobald sie heran sind, fliegt das Schiff in die Luft.«

Er eilte nach unten.

»Bravo! Endlich scheinen wir dem Burschen über den Hals zu kommen!« rief Marineminister Aposta seinem Adjutanten zu, der ihm die Radionachricht brachte, ein Motorschiff ›Susanna‹ sei auf 33 Grad südlicher Breite, 38 Grad westlicher Länge mit Hilfe von Flugzeugen umstellt und gefaßt. Die Flugzeuge seien unterwegs, um einen verdächtigen englischen Dampfer festzuhalten.

»Suchen Sie telefonische Verbindung mit Major Tejo! Ihm ist es zu danken, daß wir dieser Fährte nachspürten.«

Einem gerissenen Pressemann gelang es, von dieser Nachricht Wind zu bekommen. Kurz darauf eilte sie wie ein Lauffeuer durch die Stadt und nahm bei der Weitererzählung von Mund zu Mund immer gewaltigere Ausmaße an.

»Wildrake gefangen!« war der Schwanz der Riesenente.

Noch ratterten die gigantischen Maschinen der Zeitungsdruckereien mit Feuereifer in voller Arbeit, um die Jubelbotschaft in Millionen von Exemplaren zu vervielfältigen, da traf ein Radiotelegramm ein, das den Giganten in den Arm fiel. Die weiten Hallen der Druckereibetriebe lagen Minutenlang in tiefster Stille.

Ein neuer Satz wurde eingefügt. Wieder begannen die Maschinen zu arbeiten. Doch fast schien es, als ob sie nur zögernd, widerwillig die veränderte Nachricht druckten.

»Riesenflugzeug Wildrakes!« lautete jetzt die Überschrift. Die Kunde kam von U. IV. 80, dem einzigen geretteten Rest der brasilianischen U-Boot- und Flugschiff-Flottille.

Der vom Marineministerium ausgegebene Bericht besagte folgendes:

»Unter 33 Grad südlicher Breite, 38 Grad westlicher Länge war ein Motorschiff ›Susanna‹ unbekannter Nationalität von einem unserer U-Boot-Geschwader, bestehend aus sechs Booten, mit Hilfe von ebensoviel Flugzeugen angehalten worden. Zum Stoppen aufgefordert, gehorchte die ›Susanna‹. Da ein Entkommen des Schiffes nicht zu befürchten war, entsandte der Kommandant die sechs Flugzeuge zur Verfolgung eines Dampfers, von dem man vermutete, daß er der ›Susanna‹ Konterbande ausgeliefert habe.

Die Flieger waren bereits außer Sicht, als der Kommandant eine Pinasse mit Bewaffneten abgehen ließ, um das Motorschiff zu untersuchen. In diesem Augenblick stieß plötzlich ein Luftfahrzeug, das in außerordentlich großen Höhen herangekommen war und deshalb erst so spät entdeckt wurde, in steilem Gleitflug herab. Ein Flugschiff von erstaunlichen Formen. Noch ehe man sich über die Absichten der ebenso unbekannten wie überraschenden Erscheinung klar werden konnte, begann das rätselhafte Schiff die U-Boote mit Wasserbomben und Lufttorpedos schwersten Kalibers zu überschütten. Die Wirkung war verheerend. Soweit die Boote nicht sofort durch die Lufttorpedos erledigt wurden, brachten die Wasserbomben sie zum Sinken.

Lediglich dem Führerschiff gelang es zu tauchen und zu entkommen. Auch war kurz zuvor ein Funkbefehl an das Flugzeuggeschwader ergangen, auf der Stelle umzukehren und sich gegen den unerwarteten Feind zu wenden.

Als nach einer Weile unser U-Boot sich so weit an die Oberfläche wagte, um mit dem Periskop Umschau zu halten, wurde es Zeuge des Kampfes zwischen dem Flugzeuggeschwader und dem fürchterlichen Gegner. Dieser entwickelte trotz seiner Größe eine weit überlegene Schnelligkeit. In geschickten Kurven wich er den Angreifern aus. Beschoß sie aus einer Entfernung, in der ihn das Maschinengewehrfeuer nicht erreichen konnte, mit Geschützen.

Vergeblich die todesmutigen Angriffe unserer Flieger. Ohne dem Feind Schaden zufügen zu können, stürzte einer nach dem andern ab. Das entkommene U-Boot war selbst so schwer havariert, daß es nicht daran denken konnte, in das Gefecht einzugreifen. Es beobachtete jedoch noch, wie das fremde Flugzeug neben der ›Susanna‹ wasserte und von dem Motorschiff Ladung übernahm. Dann flog das Flugschiff in östlicher Richtung weiter, während die ›Susanna‹ ihre Fahrt westwärts fortsetzte.«

Wie in Brasilien, wurden auch in der übrigen Welt die überwältigenden Leistungen Wildrakes besprochen und bestaunt. Das Geheimnis seines Fahrzeugs war allerorten Gegenstand lebhafter Meinungsverschiedenheiten. Der Bericht einer finnischen Zeitung, daß die sonderbare Konstruktion eine Vereinigung von U-Boot und Flugschiff darstelle, wurde wegen der offenbaren Unsinnigkeit gar nicht beachtet.

»Señor Moleiro!« meldete der Diener.

William Hogan wandte sich hastig um, drehte die Lampe des Schreibtisches so, daß er sich im Schatten des grünen Schirmes befand. Moleiro trat ein, nahm Platz.

»Ihr telegrafischer Bericht, Señor Moleiro, bedarf noch einiger Ergänzungen. Ich ließ sie deshalb zu mir kommen. Wiederholen Sie nochmals kurz, was Sie in der bewußten Angelegenheit auf Ihrer schottischen Reise ermittelt haben!«

»Ich war genötigt, um neugierigen Fragen aus dem Wege zu gehen, eine Reihe von Grundstücken zu kaufen, darunter auch das bewußte am Fluß mit der Hütte des Fischers. In Edinburgh gelang es mir, einen vertrauenswürdigen Arzt zu gewinnen, der bereit war, eine Exhumierung der Leiche vorzunehmen.

Ich allein besorgte das Öffnen des Grabes. In geringer Tiefe stieß ich auf die vermoderten Reste eines Sarges. Nachdem ich alle Holzteile sorgfältig entfernt, kam ein menschliches Skelett zum Vorschein. Ihrem Wunsche gemäß ließen wir die Überbleibsel möglichst unberührt. Der Arzt stieg zu mir in die Grube und begann seine Untersuchung.

Das Ergebnis ist Ihnen ja bekannt, Mr. Hogan. Der Arzt agnoszierte die Leichenreste als die eines jungen Mädchens – etwa zwanzig Jahre alt, blondhaarig.«

»Und Sie fanden keinerlei Gegenstände, die der Verwesung getrotzt haben? Schmucksachen vielleicht?«

Moleiro senkte verlegen den Kopf, zögerte mit der Antwort.

»War da nicht etwa ein Ring?« kam Hogans Frage.

»Allerdings, Señor Hogan! Ein Ring. Er lag zwischen den Knochen der linken Hand.«

»Wie sah er aus? Wo ist er?«

»Ich steckte ihn zu mir. Nachdem wir das Grab wieder zugeschüttet hatten, gingen wir in die Hütte, wo der Arzt in meiner Gegenwart ein Protokoll über den Befund niederschrieb. Dabei lag der Ring auf dem Tisch. Es war ein schmaler Damenring mit drei kleinen Brillanten ohne besonderen Wert.« Nach einer kleinen Pause fuhr Moleiro unsicher fort: »Der Ring lag links neben mir auf dem Tisch. Rechts von mir saß der Arzt. Als er fertig war und ich aufstand, wollte ich den Ring wieder an mich nehmen. Aber er war verschwunden!«

Hogan sprang auf und schritt unruhig im Zimmer hin und her. Schließlich ging er wieder zu seinem Stuhl, wollte sich darauf niederlassen. Da hielt er plötzlich an. Die Füße wie festgewurzelt am Boden, den Oberkörper weit zurückgebeugt. Er wollte sich aufrichten, taumelte.

Moleiro sprang hinzu, suchte ihn zu stützen. »Señor Hogan, was ist Ihnen?«

Der stieß ihn zurück, trat einen Schritt vor, bückte sich. Moleiros Augen folgten Hogans Blick. Da lag ein Ring! Hogan hob ihn auf, trug ihn zum Schreibtisch.

»Der Ring! Da ist er ja!« Moleiro ergriff ihn mit zitternden Fingern, betrachtete im Schein der Lampe die funkelnden Steine, den Reif, die Fassung.

»Er ist's!« Moleiro suchte sich zu fassen, fuhr stotternd fort: »Doch wie kommt er hierher?«

»Das frage ich Sie, Señor Moleiro! Ich gestehe, die Überraschung war groß für mich. Doch jetzt, bei näherer Überlegung … Nur Sie können ihn hierhergebracht haben!«

Moleiro stammelte wirre Entschuldigungen. »Gewiß – wenn Sie, Señor Hogan, es sagen, muß es wohl so sein! Aber ich verstehe es nicht. Die Kleidung, die ich in Schottland trug, ließ ich dort. Wenn er in einer Tasche gesteckt hätte, so wäre es unmöglich, daß er dann in diesen Anzug gekommen wäre, ohne daß ich ihn hineingetan. Und ich ...«

»Gehen Sie jetzt, Señor Moleiro! Der Auftrag mag Ihre Nerven angegriffen haben. Sie sind auf acht Tage beurlaubt. Halten Sie sich weiter zu meiner Verfügung!«

Moleiro ging zur Tür, öffnete sie. Während er sich umwandte, schlüpfte ein kleines Windspiel herein, das freudig an Hogan emporsprang. Der streichelte ihm zärtlich den schmalen Kopf, warf ihm ein Stückchen Zucker zu, das durch das Zimmer rollte.

Da, kaum einen Schritt von dem Zucker entfernt, blieb das Windspiel stehen, fing an, wütend zu kläffen. Hogan sah lächelnd dem Hund zu, der mit dem Zucker zu spielen schien. Doch als das Tier nicht mit dem Bellen aufhörte, stand er selbst auf, nahm den Zucker, hielt ihn dem Windspiel hin. Aber es wandte den Kopf, hastete, bald vorwärts-, bald zurückspringend, nach der Tür.

»Bilhao!« Hogan wurde zornig. »Hierher zu mir!«

Der Hund folgte widerwillig, legte sich zu Hogans Füßen auf den Boden, den Kopf knurrend auf die Tür gerichtet.

Eine Erinnerung tauchte in Hogan auf. Er schloß sekundenlang die Augen ...

Damals, vor dreißig Jahren, an jenem Schicksalstag, als er mit seinem Vater in Roßmore-Castle zusammensaß ... Hektor, sein alter Jagdhund – hatte der nicht auch solch auffälliges Gebaren gezeigt, so, als wäre eine dritte Person im Zimmer, die ...?

Ganz deutlich stand jetzt alles vor seinen Augen.

Er machte eine jähe Bewegung. Der Hund deutete sie falsch, sprang auf, eilte zur Tür, fuhr aufheulend zurück.

Blitzschnell griff Hogan in die Tasche. Eine Waffe

funkelte in seiner Hand, zwei Schüsse fuhren krachend in die Tür.

Das Splittern im Holz verscheuchte die gespenstischen Gedanken. Hogan atmete tief. Narr, der ich bin!

Da wurde die Tür aufgerissen. Ein paar Diener eilten angstvoll herein, blieben erstaunt stehen, als Hogan sie mit ruhig lächelnder Miene empfing.

»Keine Furcht, José!« redete er den einen an. »Eine kleine Schießübung. Die Löcher da in der Tür – ihr seht sie ja! Geht nur wieder!«

Als Hogan allein war, schwand seine künstliche Gelassenheit. Unruhig ging er im Zimmer auf und ab. Bilhao schlich ängstlich neben ihrem Herrn hin und her. Doch jetzt, an der Tür, blieb sie stehen, neigte schnuppernd die Nase. Hogan sah's und ging auf den Hund zu, schob ihn zur Seite. Was sah er da?

Zwei Blutstropfen auf dem Boden! Blut – Blut – Hogan wischte mechanisch mit dem Finger darüber, hielt ihn ans Licht. Blut – Menschenblut?

Er schlug die Hände vors Gesicht. Dann wandte er sich um, stürmte wie ein Wahnsinniger durch den Raum.

Bin ich toll geworden? Ich, William Hogan, der Mann mit den eisernen Nerven, wie sie mich nennen? Sollen Erinnerungen an Zeiten, die ein Menschenalter zurückliegen, mich jetzt noch wahnsinnig machen können?

Mit einem Ruck blieb er stehen, starrte in den Spiegel. War das sein Bild? Diese verzerrten Züge, diese übernatürlich großen Augen, diese zerfurchte Stirn?

Er riß die Tür zum Schlafzimmer auf, erfrischte dort Gesicht und Hände. Atmete auf.

Meine Nerven sind zerrüttet. Nichts anderes! Torheit, daß ich Moleiro nach Schottland sandte! Wozu das alles?... Vivian ist tot!

Er ging in das Arbeitszimmer zurück. Sein Blick fiel auf den Schreibtisch, auf den glitzernden Ring unter der Lampe. Er riß ein Fach des Schreibtisches auf, warf den Ring hinein, schloß es ab. Schloß ab mit allem, was …

Die Tür ging auf. Der Sekretär trat ein. »Die Konferenz, Señor Hogan! Der Wagen steht vor der Tür!«

Die Sitzung bei Torno. Man hatte den Vortrag des Marineministers angehört, der dafür eintrat, die äußersten Machtmittel einzusetzen, um dieses furchtbaren Gegners Herr zu werden. Zum Schluß streifte Torno noch einmal den Stand der Friedensunterhandlungen in Manaos. Wie immer, drängte der Marineminister auf Abbruch der Verhandlungen, während Torno ebenso heftig dagegensprach.

Da stand Hogan auf, begann zu reden. Wie unter körperlichen Schmerzen quollen die Worte von seinen Lippen:

»… Friedensschluß mit Venezuela um jeden Preis!«

Die anderen blickten ihn verständnislos an. Der Marineminister rief ihm entrüstet zu: »Señor Hogan, wollen Sie Ihren Scherz mit uns treiben?«

Auch Torno war überrascht. Ein solches Ansinnen aus Hogans Mund?

Der sprach unbeirrt weiter: »Nach den zuverlässigen Berichten meiner Agenten dürfte der Sturz der jetzigen venezolanischen Regierung nur noch eine Frage von Tagen sein. Die neue Regierung, mit Guerrero an der Spitze, wird bis zum letzten Atemzug kämpfen.«

Hogan hob abwehrend die Hand gegen den Kriegsminister. »Sie wollen sagen, Señor Revelador, daß wir doch Sieger bleiben werden – und so weiter … Caracas besetzen – das Ziel Ihrer Wünsche ist uns ja bekannt!« Er hielt inne. »Sie mögen denken, wie Sie wollen! Ich will mich nicht darauf einlassen, Ihnen die Gründe für meine Meinungsänderung zu erklären. Meine Ansicht über das, was zu tun ist, ist ja, da ich nur als Gast hier weile, für Ihre Beschlußfassung nicht maßgebend. Ich wiederhole nur noch einmal: Die Friedensverhandlungen sind um jeden annehmbaren Preis so rasch wie möglich zum Abschluß zu bringen, da eine Fortsetzung des Krieges unter den jetzigen Umständen die Opfer nicht lohnt.«

Torno nickte Hogan leise zu. Die anderen beiden verharrten in eisigem Schweigen. Hogan erhob sich, wollte gehen. Da trat ein Adjutant ein, überbrachte eine Depesche an Aposta.

Der riß sie auf. Dann las er vor: »Die Arsenale von Manaos durch Bombenabwürfe zur Explosion gebracht. Die Stadt in Flammen. Die Friedensunterhändler haben den Ort fluchtartig verlassen.«

Der Marineminister zerknitterte wütend das Blatt in seiner Hand. »Verflucht, dieser Wildrake! Steht er mit dem Teufel im Bunde? Es ist ja, als kämpften wir mit Schatten.«

Schatten! Hogan war zusammengezuckt. »Schatten!« keuchte er heiser.

»Ja, mit Schatten kämpfen wir! Aber sie haben Blut in den Adern, die Schatten – ich sah es!«

Torno war auf den Taumelnden zugesprungen, führte ihn zu einem Sessel. »Sind sie leidend, Señor Hogan? Soll ich einen Arzt kommen lassen?«

»Verzeihen Sie, meine Herren.« Hogans Stimme klang gezwungen ruhig. »Die letzten Tage ... brachten mir ein paar rätselhafte Vorgänge ... der Vergangenheit ... der Gegenwart vor Augen: Erinnerungen – Gesichte. Dinge, die jedem klaren, logischen Denken widersprechen, geschahen vor meinen Augen. Vergebens raffte ich alle Kraft zusammen, dagegen anzukämpfen. Die Schatten waren stärker!

Ihre Worte, Señor Aposta: ›Es ist, als kämpften wir mit Schatten‹ ließen das Gedenken daran in mir so lebendig werden. Meine Nerven versagten – Sie waren Zeugen, meine Herren. Doch ich schäme mich nicht, schwach geworden zu sein. Denn es war mehr, als ein

Mann auszuhalten vermag. Ich wiederhole noch einmal meine Mahnung: Es muß Friede geschlossen werden, wollen wir nicht unterliegen – im Kampf mit den Schatten!«

Torno hatte Hogan sorgenvoll betrachtet. Wie um ihn zu beruhigen, trat er auf ihn zu, schlug ihm leicht auf die Schulter. »Kampf mit Schatten, Señor Hogan?« sagte er scherzenden Tones. »Denken Sie etwa, Wildrake hätte König Laurins Mantel um die Schultern?«

Hogan starrte ihn an. »König Laurins Mantel? Ah, gewiß! Sie meinen die alte Sage vom Zwergenkönig Laurin, der, wenn er seinen Zaubermantel um sich warf, unsichtbar wurde und doch verwundbar blieb? – Ja, ja, so war's eben auch!« Er hob langsam den Kopf, sah zur Tür, murmelte vor sich hin: »Ob er auch hier ist?«

Die anderen sahen beklommen einander an. Was war mit Hogan? Er ist krank, dachte der Marineminister im stillen. Es wird mir nicht schwerfallen, meine Pläne gegen ihn durchzusetzen. Er trat zu Torno, raunte ihm ein paar Worte zu.

Hogan, aus seinen Gedanken gerissen, schien zu ahnen, was jener flüsterte, und sagte mit fester Stimme: »Keine Angst, Señor Aposta! Sie wähnen, einen Kranken vor sich zu haben? Und Sie, meine Herren?« Er deutete auf Torno und Revelador. »Sie denken wahrscheinlich das gleiche? Doch Sie täuschen sich! Ich bin gesünder denn je. Verlassen Sie sich darauf! Wäre ich's nicht, so hätte ich die Stunden des letzten Tages nicht ertragen können, ohne ...«

Er brach ab, reichte Torno und den beiden anderen die Hand. »Tun Sie, was Sie für richtig halten, meine Herren! Meine Meinung kennen Sie.«

Barradas und Calleja traten in Marias Zimmer.

»Alles fertig, Santa Maria!« rief Barradas der Blinden entgegen. »Im Laufe des Tages werden wir alle Einrichtungsgegenstände hinüber in Ihr neues Heim schaffen. Es wird eine Überraschung für Sie sein, wenn Sie die großen, schönen Räume sehen.«

Barradas benutzte unbedenklich das Wort ›sehen‹. War es doch, als ob Maria trotz ihrer Blindheit alles, was auf der Insel geschah und man ihr erzählte, sähe.

»Oh, da bin ich gespannt, Don Antonio. Gehen wir schnell!«

Unter einem riesigen Brotfruchtbaum war ein schmuckes Holzhaus im Bungalowstil errichtet. Leise strichen Marias Finger über die glatten, wohlgefügten Planken, tasteten sich bis zur Tür entlang.

»Das Zimmer rechts, Doña Maria!« rief Alvarez. Er sprang vor, um Maria hinzuführen, doch sie wehrte ab.

»Nein, nein! Nicht die Überraschung verderben! Selbst will ich alles finden!«

Während Barradas und Alvarez beim Eingang stehenblieben, glitt Maria in dem Zimmer von einem Möbelstück zum andern. Wirklich! Maria schien jeden Gegenstand zu erkennen.

Ihre Hand hatte eine Fotografie berührt. Mit einem freudigen Ruf wandte sie sich zu Barradas um. »Auch daran haben Sie gedacht, Sie lieber, guter Freund! Das Bild Roberts steht schon auf dem Schreibtisch!« Ihre Finger fuhren mit unendlicher Zartheit über die Umrisse des Bildes. »Kann ich's befühlen, so sehe ich Robert vor mir, sehe ich ihn wie – früher. Und morgen sollt ihr alle meine Gäste sein! In diesem schönen Raum werde ich mit noch viel größerem Vergnügen die Wirtin spielen!«

»Ware doch schade gewesen, wenn das damals die Brasilianer geschnappt hätten!« sagte Alvarez.

»Ich hatte schon mit allem abgeschlossen«, warf Barradas ein. »Wärst du mir nicht noch im letzten Augenblick in den Arm gefallen, lägen wir mit der ›Susanna‹ und all diesen schönen Sachen auf dem Grund des Meeres.«

»Nachdem wir erst zusammen eine nette Luftreise gemacht hätten«, fiel Alvarez ihm scherzend ins Wort.

»Nun, das Vergnügen, jetzt tagtäglich die verrückten Meldungen der Brasilianer zu hören, ist mir ein reichlicher Ersatz für die paar in Angst und Schrecken verlebten Minuten. Das Rätsel des Vogels Greif – ein größeres Rätsel noch das des Adlers Robert Wildrake! Tausend Meinungen – alle einander widersprechend, sich bekämpfend. Der Aktionsradius! Daran scheitert auch bei den klügsten Köpfen jede Erklärung.« Barradas lachte laut auf. »Haha, wenn sie die Lösung wüßten, dann ...«

»Nicht das allein!« unterbrach ihn Maria. »Hinter das Geheimnis des Tauchflugbootes scheinen sie trotz jener Stimme aus Finnland leicht zu kommen.«

»Gewiß!« bestätigte Barradas. »Keiner will an diese phantastische Kombination glauben. Das Schiff Drostes, dazu das Winterloosche Treibmittel haben es fertiggebracht, daß die Brasilianer mit einer Menge starker, unbekannter Gegner rechnen. Nichts Schlimmeres im Kriege als Unsicherheit über die feindlichen Kräfte! Glaubte man bisher durch die aufs höchste vervollkommneten Nachrichtenmittel über alle Bewegungen des Gegners orientiert zu sein, so versagen hier alle Meldungen. Nur auf unsichere Vermutungen bleibt man angewiesen. Denn diese Schläge im Karibischen Meer, im Atlantik und auf dem Festland, ausgeschlossen, daß man es für möglich hält, ein einziger habe das alles in so kurzer Zeit geleistet!«

Alvarez nickte, sprach mit ernstem Gesicht: »Auch in der Heimat müßte man doch dasselbe annehmen, müßte neuen Mut fassen. Müßte im Vertrauen auf diese unbekannten starken Helfer ...«

Barradas wehrte ab. »Keine Übereilung, mein lieber Alvarez! Du sprachst ja schon gestern von ›Guerrero

Cunctator‹. Glaube mir, er wird den richtigen Augenblick schon zu nutzen wissen!«

Maria öffnete ihre Uhr, betastete die Zeiger. »In einer Stunde wird Robert vielleicht schon hier sein!«

Während alle erwartungsvoll nach der ›Venezuela libre‹ Ausschau hielten, war Barradas zu den Empfangsapparaten gegangen. Wohl ein halbes Dutzend kleiner, hochempfindlicher Geräte war neben dem alten Haus aufgestellt, die die für Wildrake wichtigen Meldungen in Morseschrift notierten. Barradas las die Streifen flüchtig ab. Nichts von Bedeutung. Auch der eine für sie bedeutungsvollste Empfangsapparat hatte nur belanglose Meldungen aufnotiert. Die Nachrichten von Rio de Janeiro, in der Chiffre der brasilianischen Marine, waren für sie kein Geheimnis.

Barradas überdachte im stillen das glückliche Zufallsspiel, das ihnen den Schlüssel geschenkt hatte: Jenes Päckchen, das der alte Jean Renard beim Abschied Wildrake in die Hand drückte, enthielt unter anderem das Geheimnis des Chiffreschlüssels. In der brasilianischen Marine war man fest überzeugt, jenes U-Boot sei durch einen plötzlichen Unfall mit Mann und Maus gesunken. Die Möglichkeit, daß irgendwelche Gegenstände, insbesondere der Chiffreschlüssel, in fremde Hände gelangt wären, lag so fern, daß man an eine Änderung des Geheimkodes nicht gedacht hatte. Das Geschenk Jean Renards mußte für Wildrake von größter Bedeutung sein. Insbesondere dann, wenn der Kampf Brasiliens mit Venezuela wieder von neuem entbrannte.

Barradas riß den Streifen ab, warf sich unter einen Baum. Seine Augen glitten noch einmal mechanisch über das selten Gelesene. Es war ja nichts von Bedeutung dabei. Doch – hier! Barradas prägte sich die eine Meldung wieder und wieder ein.

»... Transportdampfer ›Stella‹ auf der Fahrt von Marajo nach Manaos ... die Fahrt durch den Amazonas durch Torpedoboote eskortiert ... militärische Wachen an Bord ... größte Vorsicht ... 10 000 Tonnen Sprengstoff und Munition ...«

Lautes Jubeln riß ihn aus seinen Gedanken. Er steckte den Telegrammstreifen in die Tasche, eilte zu der kleinen Anhöhe, wo die anderen nach Westen hin ausschauten. Eine Viertelstunde später war die ›Venezuela libre‹ in der Mangrovenbucht sicher vertäut.

Die Tropennacht lag längst über der Insel. Wildrake saß neben Maria. Den Arm um sie geschlungen, überprüfte er während der Unterhaltung der anderen die eingelaufenen Funkdepeschen.

Sie besprachen neue Pläne, die sie auf ihren nächsten Fahrten und Flügen ausführen wollten.

Wildrake fiel Droste ins Wort. »Ein Schlag! Ein Schlag, der wie ein Donnerkrach all den Zauderern in die Knochen fährt! Ein wuchtiger Keulenhieb, der ihnen in die Ohren dröhnt, sie mitreißt!«

Wildrake machte eine abweisende Bewegung. »Vergeblich haben wir uns auf der Fahrt den Kopf zerbrochen. Sahen nur den einen Weg: Höchstens eine ununterbrochene Kette kleinerer Erfolge der ›Venezuela libre‹ könnte jenen großen Schlag ersetzen.«

Er legte die Hände in den Schoß, schüttelte mutlos den Kopf. Sah auf, als ihm Barradas den Morsestreifen in die Finger drückte. Der Chiffreschlüssel hatte sich ihm so fest eingeprägt, daß er den Text wie Klarschrift las.

»Nun, was soll's damit?«

Barradas strich sich mit der Hand behaglich über das lachende Gesicht. »Der Schlag, Captain! Ich dächte, hier wäre eine Gelegenheit, wie sie besser sich kaum je wiederholt!«

Wildrake schaute ihn verständnislos an. Auch die anderen blickten in stummer Erwartung auf Barradas. Der las die Worte der Radiomeldung laut vor.

Sah mit verschmitztem Lächeln in die Runde, begann dann:

»Die ›Stella‹ auf dem Wege durch den Amazonas nach Manaos, mit 10 000 Tonnen Sprengstoff an Bord, fliegt bei Obidos in die Luft! 10 000 Tonnen wirksamsten Sprengstoffs zur Explosion gebracht? für den weiteren Transport von Kriegsmaterial auf diesem Fluß ist das Flußbett unpassierbar gemacht.

Die ungeheuren Erdmassen – etwa eine Million Kubikmeter – werden einen riesigen Damm aufrichten, und die Wassermassen suchen sich ein neues Lager. Die Katastrophe für die Schiffahrt – die weiteren Folgen –, ihr mögt sie euch selber ausmalen!«

Wildrake schüttelte den Kopf. »Schon richtig, lieber Barradas. Das wäre ein Schlag, wie ich ihn mir gedacht. Aber es ist dafür gesorgt, daß die Bäume nicht in den Himmel wachsen. Schon in den Fluß überhaupt hineinzukommen, wäre für die ›Venezuela libre‹ unmöglich. Denn dieser Lebensnerv Brasiliens wird ja so scharf bewacht, daß es selbst bei verzweifeltem Wagemut kaum denkbar wäre, der ›Stella‹ dort beizukommen.«

Nach einer kurzen Pause fuhr er fort: »Die direkten Folgen wären freilich von größter Tragweite: Der Amazonas auf lange Zeit gesperrt – die Hälfte der Transportflotte lahmgelegt, zum mindesten stark behindert. Die Folgen? Brasilien wird im Landkrieg gegen uns nicht schnell genug Nachschub bekommen.«

»Die ›Venezuela libre‹, Captain?« fiel Barradas ein. »Nein – an sie habe ich natürlich auch nicht gedacht. Mein Plan ist viel einfacher.«

»Dein Plan, Barradas? Du hast schon einen Plan?«

»Gewiß! Fix und fertig im Kopf!«

»Nun, dann schieß los, alter Freund!«

Barradas zündete sich lächelnd eine Zigarette an, begann dann zu sprechen. Je länger er sprach, desto größer die Erregung bei den anderen. Barradas schloß: »Ich dächte, die Sache wäre weiter nicht schwierig!«

Mit einem Ruck flogen aller Augen zu Wildrake, der mit Droste ein paar Blicke getauscht hatte.

»Unmöglich, Barradas! Die Bewachung in weitem Umkreis ist peinlich streng. Nur unter schärfster Kontrolle können selbst Militärpersonen sich dem Fluß nähern. Zu Wasser sich heranzupirschen wäre gänzlich aussichtslos. Und durch die Luft? Gegen dieses Heer von Hubschraubern, Patrouillenschiffen, das Tag und Nacht den Fluß beschützt, kann niemand an. Dein Plan, so schön er ist, lieber Barradas, ist unausführbar!«

»Eine ganze Reihe von glücklichen Zufällen müßte Ihnen zu Hilfe kommen«, meinte Droste, der Barradas' Worten mit steigender Bewunderung gefolgt war.

Barradas hatte die Augen geschlossen, sog mit gleichgültigem Gesicht an seiner Zigarette, als ob alle diese Einwände an ihm abprallten. Da wurde die sekundenlange Stille durch Maria unterbrochen, die plötzlich aufsprang, die blinden Augen auf Barradas gerichtet.

»Und doch, Don Antonio! Ihr Plan, kühn gedacht, kühn vollbracht – keiner besonderen Glücksumstände bedarf es dann! Sie werden den Zufall meistern, das Schicksal zwingen!«

Barradas beugte das Knie, seine Lippen preßten sich auf Marias Hand. »Santa Maria! Deine Worte sind Segen für mich und meine Tat! Nun bin ich gewiß, daß alles gelingen wird. Auf, Captain Wildrake! Das kleine Flugzeug bereitgemacht! In einer Stunde muß ich schon über der See sein.«

Eine Stunde später schoß die kleine Flugjacht, von Calleja gesteuert, nach Westen.

Adeline Harrach saß in ihrem Zimmer, ein Zeitungsblatt vor sich.

Plötzlich wurde die Tür aufgerissen. Ihr Bruder Franz stürmte herein.

»Noch zehn Minuten, Adeline!« stieß er hervor.

Die Schwester tat, als ob sie seine Worte nicht hörte, las weiter.

»Ich begreife deine Gelassenheit nicht, Adeline!«

Erschöpft ließ er sich in einen Stuhl sinken. Adeline schaute mit spöttischem Lächeln auf. »Du verstehst meine Ruhe nicht, Franz? Und ich deine Angst ebensowenig. Nachdem wir gehört, daß Doktor Arvelin beim Nachlaßgericht vergeblich um Verlängerung der Frist gebeten hat, war ich vollkommen sicher, daß er das Testament des Oheims nicht gefunden hat und auch niemals finden wird.«

Franz wollte antworten, da schlug die Uhr Mitternacht. Mit einem Jubelruf sprang er auf. »Gott sei Dank, die Frist ist um! Das Testament nicht gefunden! Wir sind die Herren von Winterloo!«

Er wollte seine Schwester umarmen, doch die wehrte ab. »Wozu die Aufregung, Franz?«

Der schüttelte den Kopf. »Adeline! Wie kannst du so gleichgültig tun? Eine Flasche Sekt her! Wenn ich jemals eine mit Genuß getrunken, so soll's diese sein!«

»Vergiß nicht, lieber Franz, daß die Siegel des Gerichtsvollziehers am Weinschrank kleben.«

»Pah! Gerichtsvollzieher! Du wirst sehen, wie die Herren Gläubiger winselnd und kriechend zu dem Besitzer von Winterloo kommen, ihm jeden Kredit anbieten werden.«

Er eilte hinaus, kam mit einem Armvoll Flaschen zurück. Dann schenkte er sich ein Glas Sekt ein, stürzte es hinunter, drückte dann auf einen Klingelknopf. Morawsky, der sich den Schlaf aus den Augen rieb, trat ein.

»Um fünf Uhr den Wagen bereithalten! Wir fahren nach Winterloo. Daß du pünktlich zur Stelle bist!«

Die Fenster des Schlosses strahlten in hellem Lichterschein. In dem weiten Speisesaal war ein großes Fest im Gange. An einer langen, geschmückten Tafel saßen die Gäste.

Der neue Schloßherr feierte nachträglich seinen Einzug in Winterloo. In den wenigen Wochen, die seit jenem Abend in Dobra vergangen waren, hatte sich vieles geändert.

Als Franz und Adeline damals am frühen Morgen in Winterloo ankamen, hatten sie sich vergeblich nach Doktor Arvelin umgeschaut. Franz, der unterwegs hämisch erklärte, er würde den alten Schleicher sofort an die Luft setzen, war anscheinend wütend, daß ihm Arvelin diesen Strich durch die Rechnung gemacht. Innerlich freilich war er froh, daß ihm keine Gelegenheit geboten ward, seine Drohung wahrzumachen. Denn sein geheimer Respekt vor Arvelin hatte sich infolge der Ereignisse der letzten Monate bis zu ängstlicher Furcht gesteigert. Einen großen Teil der Dienerschaft aber entließ er sofort. Morawsky wurde an die Stelle des alten Friedrich gesetzt.

Dieses Fest nun sollte den Anfang einer neuen Zeit bedeuten. Mit unverhohlenem Stolz hatten die Geschwister die schmeichlerischen Glückwünsche der Gäste entgegengenommen. Doch noch ein anderer Zweck war mit dem heutigen Abend verbunden: Adelines Verlobung mit dem Grafen Gajewsky sollte bekanntgegeben werden.

Was allen Künsten der koketten Intrigantin bisher nicht gelungen war, das hatte der goldene Hintergrund von Schloß Winterloo endlich vermocht: Eine ganze Reihe ernsthafter Freier bemühte sich plötzlich um ihre Hand. Und es war wohl nur der Grafentitel, der den Hauptmann Gajewsky die anderen Bewerber aus dem Felde schlagen ließ.

Die Feststimmung näherte sich ihrem Höhepunkt. Adeline gab dem Bruder einen mahnenden Wink. Der erhob sich, ein wenig schwankend, tat dann mit schwerer Zunge die frohe Nachricht kund.

Im Nu war der ganze Saal erfüllt von Jubeln, Schreien, Hochrufen. Alles umdrängte das Brautpaar. Gläser klirrten. Franz stieß so heftig mit dem seinen gegen das seiner Schwester, daß dieses in Scherben brach.

Sie erschrak. Ein böses Omen? Doch schnell hatte sie sich gefaßt. Hastig drehte sie sich um, griff über sich zu einem Bordbrett, wo silberne und irdene Trinkhumpen standen. Dazwischen ein goldglänzender Becher. Es war die Monstranz aus dem Mausoleum, die auf Adelines Anordnung hierhergebracht war.

Mit einem übermütigen Ruf ergriff sie das heilige Gerät, hielt es dem einschenkenden Diener entgegen. Der goß es voll roten Weines.

Franz sprang vor, wollte ihr die Monstranz aus der Hand reißen. »Adeline! Um Gottes willen! Ich bitte dich, nicht dieses!«

Doch sie wandte sich lachend um, hob das Gefäß ihrem Verlobten zu, wollte es an die Lippen führen – da …

Ein Schreckensruf. Ihr Antlitz totenbleich. Die Augen in wirrem Entsetzen weit aufgerissen, stierte sie mit bebenden Lippen um sich.

»Doktor Arvelin! Er ist hier! Was will er?«

Lastende Stille. Betroffen starrten alle auf Adeline.

»Er ist hier! Ich habe sein Gesicht gesehen – hier im Spiegel des Weines! Seine Augen glotzten mich drohend an.«

Die Hand, mit der Adeline die Monstranz hielt, begann zu zittern, und das Gefäß glitt zu Boden. Wie Blut ergoß sich der rote Wein über ihr weißes Kleid.

Graf Gajewsky fing die Taumelnde auf, die sich in krampfhaftem Schluchzen an ihn klammerte. »Suche die Gäste zu beruhigen!« flüsterte er seinem Schwager zu. »Ein kleiner Nervenschock! Denke dir rasch irgendeine Entschuldigung aus!«

Adeline im Arm, verließ Gajewsky den Saal. Doch Franz, geisterhaft blaß, suchte vergeblich nach beschwichtigenden Worten. Sobald er zum Sprechen ansetzte, ward nur immer ein Gestammel »Arvelin!« daraus.

Raunen im Saal. »Welch düstere Geheimnisse?« die einen. »Strafe des Himmels!« die anderen.

»Fort von hier!« raunte man beklommen einander zu.

An Morawskys Arm hastete Franz aus dem Saal. Ihm nach die bunte Schar seiner Gäste. Und schon lag das Gemach, das noch eben von jauchzender Festfreude widerhallte, verlassen und öde.

»Que há, porco!« rief der Sergeant Arvore einem baumlangen Trainsoldaten zu, der, die Hände in den Taschen, müßig zuschaute, wie der Sergeant mit zwei Leuten sich mühte, ein Lastauto mit Kisten und Körben zu beladen.

Der Angeredete nahm lässig die kurze Pfeife aus dem Munde, deutete auf seinen Kraftwagen, der unweit des Depots hielt.

Der Sergeant schüttelte grinsend den Kopf. »Keine Angst, Freundchen! Der Wagen läuft dir nicht weg! Hier, faß an!«

Mürrisch gehorchte der Soldat. Er schwang die schwere Kiste über die Schulter, warf sie krachend auf den Wagen.

»Que há bife!« fluchte der Sergeant. »Langsam mit den schönen Sachen, sonst gibt's ein Donnerwetter bei den Herren da hinten in Villa Bella.«

Er wandte sich den beiden anderen zu, die inzwischen neue Vorräte aus den Depots geholt hatten. »Schnell, Ribeiro! In einer halben Stunde mußt du spätestens in Villa Bella sein! Sobald du abgeladen hast, kommst du zurück, fährst dann als zweite Tour nach der anderen Station in Dados Fort. Verflucht, daß man mir sowenig Leute gelassen hat! Der Teufel soll den Kram holen! Die ganze Nacht wird vergehen, ehe alle Lebensmitteltransporte an Ort und Stelle sind. – Du fährst allein, Ribeiro! Ich kann Aves nicht entbehren. Wirst den Weg ja auch bei Nacht finden. Für den Notfall hast du die Karte bei dir.«

»Werde schon zurechtkommen, Sergeant! Habe die Fahrt bei Tage oft gemacht.«

Während der Fahrer sich mit dem Lastauto zu schaffen machte, schritt Arvore zum Depot, schrie im Vorbeigehen dem gezwungenen Helfer zu: »Scher dich zu deinem Wagen! Brauche dich nicht mehr!«

Ribeiro mochte mit seinem Lastkraftwagen wohl die Hälfte seines Weges zurückgelegt haben, als er vor sich ein Auto halten sah, das anscheinend eine Panne hatte.

Mitten auf der Straße stand der Fahrer und hob die Hand: »Hallo! Halt an! Hast du Stoff zur Aushilfe?«

»Ah!« grunzte Ribeiro vor sich hin. »Du langes Laster hast uns vorhin geholfen. Will ich dir jetzt helfen.«

Er sprang vom Wagen, trat zu dem anderen ... Doch da! Was ...?

Ribeiro konnte nicht weiterdenken. Zwei Hände legten sich wie ein Schraubstock um seine Kehle, daß ihm die Besinnung schwand. Von allem weiteren – daß seine Hände und Füße gefesselt wurden, daß ein Knebel seinen Mund verschloß – spürte er nichts mehr.

Was nun geschah, vollzog sich in Sekundenschnelle. Der Trainsoldat packte Ribeiro um den Leib, warf ihn in den Personenwagen. Der Motor sprang an. Kaum hundert Meter weiter, wo die Straße sich scharf nach Süden wandte, brach der Wagen in das leichte Gebüsch. Soweit die Bäume es gestatteten, ließ der Lange ihn fahren, bis ein Stamm den Weg versperrte.

»Na schön – es wird genügen! So bald finden sie ihn hier nicht. Gut, daß der Kerl ein Zwerg ist! Mit einiger Mühe werde ich schon in seine Kluft passen. Gracias, Santa Maria! Sie paßt!«

Barradas hatte dem Besinnungslosen die Fesseln gelöst, ihm den Rock abgestreift, den er sich selbst überzog. Auch die Mütze paßte einigermaßen.

»Adens! Passe muito bem!«

Mit ein paar Sprüngen war Barradas auf der Straße, rannte zu dem Lastwagen zurück. Er wollte eben anfahren, da hielt er den Atem an. Geräusch hinter ihm? Er horchte angestrengt. Nein, eine Täuschung! Der Lärm wurde schwächer, verlor sich. Er schaute auf die Uhr.

»Eine Stunde noch! Bis hierher hat Santa Maria geholfen. Möge sie weiterhelfen!«

»Que há bife!« fluchte der Lastwagenchauffeur, der seine Ladung in Villa Bella abgeladen hatte und jetzt zurückfahren wollte. »Spürte doch schon bei der Hinfahrt, daß die verfluchte Welle einen Knacks hatte!«

Er wandte sich zu den Soldaten der Wache, die gaffend seinen Wagen umstanden. »Mag einer dem Depot melden, daß der Motor kaputt ist. Ich kann heute nicht mehr zurückkommen!«

»Wird besorgt!« rief eine Stimme zurück, während der Soldat sich langsam entfernte.

»Kommst du mit uns, Kamerad?« fragte einer der anderen.

»Danke dir, mein Junge. Nein! Ich bleibe hier im Freien. Lege mich unter die Plane. Die Nacht ist ja nicht kalt.«

»Wie du willst!«

Der Kommandant des Wachtpostens in Villa Bella ergriff den Telefonhörer, lauschte eine Weile, hängte ihn dann wieder ein, sprach zu einem anderen Offizier: »Ein Munitionstransport wird in einer halben Stunde hier vorbeikommen. Befehl an die Wachen: Strengste Aufmerksamkeit. Der Transportdampfer wird von zwei Torpedobooten eskortiert.«

Der Offizier ging zu einem anderen Fernsprecher, gab den Befehl an die Postenführer seines Kanalabschnitts weiter.

Ein Torpedoboot vor sich, eins hinter sich, näherte sich die ›Stella‹ in langsamer Fahrt Obidos. Der Kapitän stand auf der Brücke, der Erste und Zweite Wachhabende neben ihm. Unterhalb der Kommandobrücke machten die Posten ihren Rundgang an der Reling entlang.

»Blödsinnige Befehle!« sagte der Erste zum Zweiten Offizier. »Was soll der ganze Unfug? Torpedoboote hinten und vorn – Marinesoldaten an Bord. Bilden die da oben sich etwa ein, Kapitän Wildrake spuke hier? Wäre ja gelacht! Der wird sich hüten. Und wenn er ...«

Der Sprecher hielt inne. Er blickte ins Wasser.

»Was ist das?« Seine Hände umklammerten den Arm des Kameraden.

Eine Kiste – etwa hundert Meter vor ihnen – näherte sich dem Bug des Schiffes mit großer Geschwindigkeit. Noch ehe sie dem schwimmenden Körper ausweichen konnten, erreichte sie den Schiffsrumpf, prallte auf.

Ein kurzer, scharfer Knall – dann ein Schlag, als bräche ein Vulkan aus der Sohle des Flußbettes ...

Der Schrei der drei Offiziere verhallte im krachenden Donner der Explosion. Teile des Flußbettes wurden, mit ungeheuren Wassermassen vermischt, turmhoch in die Luft geschleudert. Dazwischen in tollen Wirbeln Trümmer der ›Stella‹ und ihrer Begleitboote.

Kaum daß die verderbenbringende Kiste von ihm zur Sprengung gekommen, war Barradas in rasendem Lauf vom Bergrand landeinwärts gestürmt.

Schon traf der erste Donner an sein Ohr. Barradas wandte mechanisch den Kopf. Da wirbelte der Luftdruck ihn herum, schleuderte ihn zu Boden. Die Sinne drohten ihm zu schwinden.

Mit aller Kraft raffte er sich hoch, keuchte weiter. Doch kaum hatte er hundert Meter zurückgelegt, da begann die Erde unter ihm zu wanken. Er taumelte, fiel, versuchte vergeblich, sich aufzurichten.

»Gott sei meiner Seele gnädig!« stammelte er.

Da, hinter ihm, neues Grauen: ein Knirschen und Dröhnen, als stürze die Welt zusammen. Der Boden unter ihm geriet in Bewegung, schob sich zurück zu einem klaffenden Spalt, der den Erdboden zerbrach.

Was jetzt folgte: Sturz unendlicher Massen in den Fluß – Weltuntergang, dachte er noch. Und dann nichts mehr.

Der politische Seismograph verzeichnete die Ausläufer des erdbebenartigen Ereignisses auf dem Amazonas in den fernsten Teilen des Erdballs. Diese wichtigste Verkehrsstraße Brasiliens auf lange Zeit gesperrt! Eine vollständige politische und wirtschaftliche Umstellung des Landes unvermeidbar.

In der Regierungsstadt Brasilia Tag und Nacht ein ununterbrochenes Gehen und Kommen. Das Parlament in Permanenz, der Pressechef am Ende seiner Kräfte. Im ganzen Land nur ein Schrei: Wer war der Täter?

Fast immer die Antwort der brasilianischen Superlativredakteure: Robert Wildrake! Wildrake, der Venezolaner!

Alle Zeitungen strotzend von wütenden Angriffen auf die Regierung Venezuelas. Eine allgemeine Hetze setzte ein gegen das unglückliche Nachbarland, das, im Kriege besiegt, nur mit Mühe den Frieden innerhalb der eigenen Grenzen aufrechterhalten konnte.

Die Regierung in Caracas machte die verzweifeltsten Anstrengungen, sich von dem Verdacht einer Verbindung mit Wildrake zu befreien. Man wollte ihr nicht glauben. Wenn die Unionsregierung noch zögerte, unter dem Druck der öffentlichen Meinung die Feindseligkeiten wiederaufzunehmen, so war besonders der Umstand daran schuld, daß irgendwelche greifbaren Beweise, Robert Wildrake habe die Explosion der ›Stella‹ veranlaßt, nicht zu erbringen waren.

Da kam eine Funknachricht von dem französischen Dampfer ›Hirondelle‹, die das Dunkel, das über der Katastrophe im Amazonas lastete, aufhellte. Der französische Dampfer, auf der Fahrt von Hawaii nach Rio de Janeiro, empfing am sechzehnten, abends elf Uhr, folgendes Telegramm:

»Hier Kapitän Robert Wildrake. Ich erkläre auf mein Wort, daß ich an dem Angriff auf den Munitionsdampfer ›Stella‹ keinen Teil habe. Dieses kühne Stück ist von meinem Freund, dem früheren venezolanischen Oberleutnant Antonio Barradas, ganz allein in folgender Weise ausgeführt worden.«

Die Welt verhielt den Atem.

Barradas, durch Gewaltstreich im Besitz von Paß und Uniform eines brasilianischen Trainsoldaten – einen Kraftwagen weggenommen, mit gefälschtem Auftrag zu einem Depot gekommen – den Chauffeur eines Lastautos, der Lebensmittel zu einer Wachkompanie nach Obidos zu bringen hatte, heruntergeholt, geknebelt, der Uniform beraubt – dann zur Wachkaserne in Villa Bella gefahren, Motordefekt vorgetäuscht – die Nacht dort geblieben – zwei Patrouillengänger am Rande des Hanges niedergeschlagen – vor Passieren der ›Stella‹ die mitgeführte Bombe auf der Mitte des Flusses verankert, dann elektrisch ausgelöst.

Die Bombe. Fünfzig Pfund brisantesten Sprengstoffs in einer Stahlhülle – Die Kugel von starken Pneumatikwülsten umhüllt – im Augenblick, als die ›Stella‹ nahte, vom Land aus zur Explosion gebracht.

Der kühne Held auf der Flucht in das Unheil der stürzenden Erdmassen gerissen – nach tagelanger Bewußtlosigkeit in einem brasilianischen Militärlazarett wieder erwacht – in der folgenden Nacht trotz ernster Verletzungen entflohen. – Und nun in Sicherheit.

Das alles in Schlagzeilen zwischen dem ausführlichen Bericht, wie ihn die brasilianischen Zeitungen nach dem Telegramm der ›Hirondelle‹ brachten. Die Schlußworte dieser Radiodepesche Wildrakes veröffentlichten nur die wenigsten Blätter:

»Ebenso wie ich meinen Freund Barradas zu dem von ihm allein ersonnenen, von ihm allein durchgeführten Heldenstück beglückwünsche, beneide ich ihn darum. Wenn ich den Hergang dieser Tat bekanntgebe, so tue ich es, um dem Ehre und Ruhm zu geben, der sie verdient!«

In das peinliche Schweigen der brasilianischen Presse schlug das Höllengelächter der Welt. Das eine war sicher: Der Name Barradas würde so bald nicht aus der Geschichte des Amazonas verschwinden, eine spätere Zeit würde das Urteil fällen.

Sachverständige schätzten die Zeit, um den Fluß wieder fahrbar zu machen, auf wenigstens sechs Monate. Und während noch die dunklen Rauchwolken der Explosion wie ein Fanal am Himmel standen, vollzogen sich die Ereignisse, die, schon längst erwartet, losbrechen mußten …

Die venezolanische Regierung gestürzt! Oberst Guerrero zum Diktator ernannt!

In der auf die Katastrophe folgenden Nacht war Oberst Guerrero im Flugzeug mit wenigen Getreuen nach Caracas gekommen, wo die Truppen sofort zu ihm übergingen. Die Regierungsmitglieder wurden verhaftet, sämtliche Amtsgebäude besetzt. Am nächsten Morgen verkündeten Maueranschläge den Bewohnern, daß Guerrero von der neuen Regierung zum Präsidenten mit unbeschränkten Vollmachten ernannt sei.

Das ganze Land, geführt von der Presse, begrüßte den Umschwung der Dinge mit Freuden. Überall in den großen Städten Volksmeetings, in denen man in begeisterten Resolutionen dafür eintrat, den Kampf gegen Brasilien mit allen Kräften fortzusetzen. Von überallher aus dem Lande liefen Petitionen ein, Wildrake und seine Kameraden unverzüglich zurückzurufen.

Die Antwort Guerreros war Kündigung des Waffenstillstandes mit vierundzwanzigstündiger Frist. Der Dank Wildrakes bestand in einem Überfall auf das vor Bahia liegende brasilianische Panzergeschwader, dem er durch Bewerfen mit riesigen Lufttorpedos schwersten Schaden zufügte.

In allen Teilen Brasiliens dasselbe Bild wie ein Jahr früher bei Kriegsausbruch: die während der Friedensverhandlungen in immer größerem Maße erfolgten Entlassungen der Reserven und Leichtverwundeten wurden rückgängig gemacht, alle Entlassenen aufs neue zu den Fahnen gerufen.

Doch diese zweite Einberufung vollzog sich nicht so reibungslos wie die erste. Die Mannschaften, nach den Schrecken des ersten Feldzuges froh, wieder im Kreis ihrer Angehörigen die Freuden des Friedens zu genießen, mußten teilweise mit Gewalt zu den Fahnen geholt werden. Beim Abgang von Transporten zur Grenze kam es zu Meutereien. Die scharfe Zensur verhinderte zwar, daß über all dies in der Presse berichtet wurde, doch konnte die Wahrheit auf die Dauer nicht verborgen bleiben. In- und ausländische Radiomeldungen sorgten dafür.

In Venezuela hatten die Brasilianer eine schwere

Niederlage erlitten. Der General Garcia Cubas war in überraschendem Angriff weit über den Ventuarifluß vorgestoßen. Die schwachen brasilianischen Kräfte teilweise ins Gebirge gedrängt, teilweise auf Esmeralda zurückgewichen. Auf dem Rückzug mußte eine Menge Kriegsmaterial im Stich gelassen werden – für die ständig vordringenden venezolanischen Truppen ein unschätzbarer Vorteil: waren doch die Eisenbahnen von den Brasilianern gesprengt, so daß der Nachschub von Munition und Lebensmitteln stark erschwert war, besonders jedoch durch den unpassierbaren Amazonas.

In Esmeralda hatte die brasilianische Heeresleitung in aller Eile eine Auffangstellung vorbereitet, um die Bereitstellungen riesiger Vorräte an Kriegsmaterial und Lebensmitteln in der Sierra de Unturan zu schützen. Der Verlust dieser auf engem Raum konzentrierten Heeresvorräte mußte für die brasilianische Kriegführung verhängnisvoll werden. Alle verfügbaren Kräfte wurden deshalb in Esmeralda zusammengezogen.

Da machte eine einzige Nacht alle Pläne der Heeresleitung zuschanden; ein Sturm fuhr heulend über die Bereitstellungen. Plötzlich Alarm: Feindliche Flugzeuge im Anflug. Angriff!

Die allgemeine Verwirrung wurde durch diesen plötzlichen Überfall aufs höchste gesteigert. Trotz allergrößter Anstrengungen gelang es nicht, Depots und Magazine zu retten. Als die riesigen Munitionsmengen und Öltanks, die hier lagerten, explodierten, entlud sich die Panik in einem wilden Chaos. Die Truppen entglitten der Hand ihrer Kommandeure und strömten in fluchtartigem Rückzug gen Süden.

Um Esmeralda kämpften in erbittertem Ringen Brasilianer und Venezolaner. Die zahlenmäßig schwächeren Venezolaner rannten immer wieder vergeblich gegen die festen Stellungen der Feinde an. General Cubas wollte verzweifelt den Befehl zum Einhalten geben – da! Was war das? Von Süden her in weiter Entfernung Kanonendonner, als wäre da stärkster Kampf im Gange.

Derselbe Gedanke auch bei den Brasilianern. Unwillkürlich aller Augen südwärts gerichtet: Rasendes Geschützfeuer dort? Hinter uns? Der Feind schon in unserem Rücken? Wir abgeschnitten? Von Mund zu Mund pflanzten sich die ängstlichen Rufe fort. Der brasilianische Führer selbst schwankend. Keine Antwort, weder durch Draht noch durch Funk vom Oberkommando.

Ehe man den Irrtum erkannt – keine Schlacht, nur Explosionen von Kriegsmaterial –, waren kostbare Minuten verstrichen, währenddes die Befehlsausgabe stockte. Diese kurze Spanne wurde verhängnisvoll. Die Front begann abzubröckeln.

Zu spät der Versuch, durch energische Maßnahmen die Truppen wieder in die Hand zu bekommen. Noch ehe neuer Widerstand vorbereitet werden konnte, ließ General Cubas seine Truppen zum Angriff übergehen.

Die aufsteigende Sonne sah die brasilianischen Stellungen geräumt, Esmeralda im Besitz der Venezolaner. Auf dem blutig errungenen Boden lagen die ermatteten venezolanischen Truppen in tiefem Schlaf. Unmöglich für General Cubas, den fliehenden Feind weiterhin nach Süden zu verfolgen.

Da, ein Schrei der weit vorgeschobenen Posten! Übergreifend auf die Masse der müden Sieger, sie aus dem Schlaf reißend!

»Kapitän Wildrake! ... Die ›Venezuela libre‹!«

Taumelnd sprangen sie auf, blickten zum Himmel. In den Strahlen der Morgensonne glitzerte der schimmernde Bau der ›Venezuela libre‹, die jetzt tiefer herabging, mitten zwischen den Stellungslinien aufsetzte.

Begeisterung brach los.

»Wildrake, der Helfer! Wildrake, der Retter!«

Ein Schrei aus tausend Kehlen.

Unmöglich für Wildrake und seine Genossen, das Flugzeug zu verlassen.

Eine Mauer von Menschenleibern drängte gegen den Schiffsrumpf, versperrte den Ausgang.

Bis die hohe Gestalt des Kommandanten sich einen Weg durch die Mauer brach, den Eingang freimachte. Wildrake sprang die Stufen hinab, den tausend Armen, die sich nach ihm streckten, entgegen, die ihn emporhoben.

So betrat Robert Wildrake wieder venezolanischen Boden.

»Don Antonio!« Die Hand Marias strich Barradas, der im Schatten eines Baumes lag, über das Gesicht. Sah sie es nicht, so fühlte sie es doch, wie hager seine Wangen, wie tief seine Augen in den Höhlen lagen.

Trotz seiner Riesennatur hatte Barradas das furchtbare Ereignis am Amazonas nicht ohne schwere Folgen überstanden. Seine Flucht aus dem Lazarett ... nur unter ungeheuersten Anstrengungen war es ihm gelungen, das Versteck, wo Alvarez mit dem Flugzeug ihn erwartete, zu erreichen. Kaum auf der Insel gelandet, war er in heftiges Fieber verfallen. Dank seiner kräftigen Konstitution hatte er das bald überstanden. Doch wurde er, sosehr er sich auch dagegen wehrte, von den Kameraden als halber Lazarettgast behandelt.

»Don Antonio!« Maria rief es mit lauter Stimme.

Barradas fuhr mit einem Ruck empor. »Santa Maria, was ist?«

Statt einer Antwort drückte ihm Maria einen Morsestreifen in die Hand. Hastig überflog Barradas die Worte.

»Sieg! Sieg!« Triumphierend schwang er den Streifen im Winde. »Sie fliehen, die Brasilianer, zur Grenze! Unser Captain wieder bei den Freunden.«

Auf Barradas' Rufen war Alvarez herbeigekommen. »Ein schöner Weckruf, Barradas!«

»Da kann es wohl nicht ausbleiben, daß wir die Insel bald verlassen und nach Venezuela zurückkehren?« rief Maria.

»Möglich wär's, Santa Maria«, antwortete Barradas. »Doch ich weiß nicht, ob Kapitän Wildrake ebenso denkt. Vergessen sie nicht, daß wir hier unsere Station haben! Alles von hier fortbringen, drüben im Vaterland von neuem aufbauen – kostbare Tage würden darüber vergehen. Nun, Wildrake wird schon das Richtige treffen.«

»Und Droste?« warf Maria ein. »Wenn ihr's nicht sagt, so will ich's als Braut Wildrakes sagen. Was wären wir, wo blieben all die großen Erfolge, wäre nicht Droste unser Freund, der meinem Roberto erst die Waffen geschmiedet hat, mit denen er seine Taten verrichtet.«

Von der Station kam einer von der Mannschaft gelaufen. »Depesche aus Tabago, Señor Barradas! Truxtondampfer wartet auf die ›Susanna‹.«

»Gut, gut! Ich werde sofort den Kapitän des Dampfers anrufen.«

Barradas eilte zur Station.

»Ein Flieger, Barradas! Er nähert sich der Insel!« schrie Alvarez ihm von weitem zu. »Beende schnell das Gespräch – sonst peilt er uns vielleicht an!«

Barradas sprach hastig noch ein paar Worte, stellte den Apparat ab. »Wo ist er?«

Alvarez deutete nach Norden, wo hoch in den Lüften ein kleines Pünktchen sichtbar ward, das näher und näher kam.

»Du hast recht, Alvarez. Ein Flieger – er kommt von Norden. Wo will er hin? – Alle Mann zum Tarnen!« schrie Barradas über das offene Feld.

In kurzer Zeit waren die Bauten mit den Tarnplanen, die Droste vorsorglich bereitgestellt, überdeckt.

Dann verbarg man sich in den Büschen. Barradas war mit Alvarez und Maria in die alte Wellblechhütte geflüchtet. Durch eine Fensterspalte beobachtete er den Flieger.

»Wahrhaftig! Der Bursche scheint unsere Insel zum Ziel zu haben. Jetzt steht er über uns still, schraubt sich langsam herab.«

»Zum Teufel! Wer könnte das sein?« fragte Alvarez.

»Ist's kein Brasilianer, was Gott gebe, dann dürfte es vielleicht Jean Renard sein. Wundert mich nur, was der alte Freibeuter hier will, wo er doch weiß, daß sein Geschäft drüben im Westen zu blühen verspricht. Ich möchte ... Teufel!« Barradas fuhr zurück.

Alle hörten am Knattern der Motoren, daß der unbekannte Gast in kurzem Stoß zur Insel heruntergegangen war und dann blitzschnell zum Meer hin ausbog.

»Wir sind entdeckt, keine Frage!« rief Barradas. »Der Kerl hat Lunte gerochen, sonst wäre er gelandet. Kein anderer als Jean Renard kann es sein. Ich bin schuld, daß wir ihn damals entkommen ließen, als wir ihn auf frischer Tat ertappten. Der Captain muß sofort benachrichtigt werden!«

»Doch was wird mit dem Truxtondampfer?« warf Alvarez ein.

Barradas zog die Stirn kraus, warf einen Blick zu Maria. »Auch das noch – gerade jetzt!«

»Aber Sie müssen doch fahren, Don Antonio!« rief Maria. »Der Kampf geht weiter. Robert wird die neue Sendung aus England dringend nötig haben. Was für Bedenken haben Sie?«

»Bedenken, Santa Maria? Soll ich Sie allein hier auf der Insel zurücklassen?«

»Gewiß, Don Antonio! Ist das nicht schon oft geschehen?«

»Gewiß! Aber wie ist's, wenn dieser verdächtige Flieger wiederkommt und landet? Sie mit Pablo allein,

Santa Maria? Ich könnte es dem Captain gegenüber nicht verantworten, Sie einer solchen Gefahr auszusetzen.«

»Unnötige Sorge, Don Antonio! Wir haben ja das Versteck im Mangrovenwald, wo kein Fremder uns so leicht aufspürt. Unmöglich dürfen wir den Truxtondampfer warten lassen. Sie müssen fahren, und zwar sofort!«

Barradas verhandelte im Flüsterton mit Alvarez, wandte sich dann wieder an Maria. »Ich füge mich, Santa Maria. Doch die Fahrt wird mir schwer werden. Wolle Gott, daß ich bald zurück bin und alles wohlbehalten antreffe.«

Vier Tage schon war die ›Susanna‹ fort.

Eben hatte Barradas mit Maria einen Funkspruch getauscht. Binnen kurzem würde er wieder da sein. Die Insel war der Blinden im Laufe der Zeit so vertraut geworden, daß sie sich sicheren Fußes überallhin bewegte. Sie trat aus der alten Wellblechhütte, wo Pablo die Mahlzeit bereitete, ging zu dem neuen Haus, um sich für ein Weilchen auszuruhen.

Kaum hatte sie sich in einen Korbstuhl gesetzt, da horchte sie auf. Ihr feingeschärftes Ohr vernahm den Klang von Schritten, fühlte an dem leichten Luftzug, wie die Tür zu ihrem Gemach sich leise öffnete. Mechanisch wandte sie den Kopf zur Tür. Da, ein eisiger Schreck fuhr durch ihre Glieder. Sie wollte einen Schrei ausstoßen, doch nur ein verworrenes Stammeln kam von ihren Lippen. Hastig strichen ihre Hände über die Augen. Das Bild blieb!

... Eine Sinnestäuschung? Da stand eine Gestalt, die ihr Blick deutlich sah. Ein Mensch? Nein, nur ein überirdisches, geisterhaftes Wesen konnte es sein. Blieb doch alles um die Erscheinung herum in dunkle Nacht gehüllt. In Angst und Entsetzen drohten ihr die Sinne zu schwinden. Mit einer letzten Anstrengung raffte sie sich auf.

»Wer bist du, fremder Mann? Was willst du von mir?«

Kaum war das letzte Wort verklungen, verschwand die Gestalt, als habe sie sich versteckt. Dann war sie wieder da.

»Sprich, du Mensch, oder …«

Die Gestalt schrak zusammen, blieb aber stumm wie zuvor.

»Denkst du, ich sehe dich nicht, weil ich blind bin? Ich sehe dich wohl! Du bist ein alter Mann. Klein – graues, wirres Haar um dein Haupt. Deine Züge sind verfallen. Du bist krank – der Todesbote ist dir begegnet!«

Ein Schauer schüttelte die Gestalt. Ungewollt stammelte der zitternde Mund: »Blendwerk und Trug! Keines Sterblichen Auge kann mich sehen! – Du, die Blinde? Unmöglich, daß das Schicksal so meiner spotten könnte! Meine Kunst, mit Gesundheit und Leben erkauft, den Gesichtssinn der Menschen zu blenden, zu täuschen – an den toten Augen einer Blinden sollte sie scheitern?«

»Du wehrst dich vergebens! Ich sehe dich – habe dich auch früher schon gesehen, oder Freunde, die dich kennen, beschrieben dich mir.«

Die Gestalt geriet ins Wanken. Wie in tiefster Erschütterung barg sie den Kopf in den Händen. Stand lange Zeit so.

»Warum scheust du dich vor mir?« klang Marias Stimme.

»Komm näher, reiche mir deine Hand! Ich weiß nicht, wer du bist. Nur das eine weiß ich: Ein Freund bist du uns!«

Unter dem bittenden Zwang der Worte trat der Fremde an Maria heran, nahm die dargebotene Hand.

Maria strich leise über seinen Arm, sein Gesicht.

»Bist du ein göttliches Wesen? Nein! Du bist ein Mensch wie ich, wie Robert Wildrake!« Ihr Haupt sank mit wehem Seufzer zurück. »Ach, könnte ich nur einmal noch Robert sehen, so wie jetzt dich!«

Die Gestalt trat an die Blinde heran, flüsterte gütige, tröstende Worte. Ein Freudenschein glitt über Marias Züge.

Der Jubelschrei: »Die ›Venezuela libre‹ kommt!« weckte sie aus einem glücklichen Traum.

Pablo stürmte in das Gemach. »Gleich wird sie hier sein, Señorita! Und da hinten im Osten ist auch schon die ›Susanna‹ zu erkennen.«

Maria sprang hastig auf, wollte hinauseilen. Da blieb sie wie angewurzelt stehen, drehte sich suchend im Kreise. Eine Erinnerung tauchte in ihr auf.

»Pablo, bist du hier?«

Keine Antwort. Der junge Indio war schon zu der Mangrovenbucht geeilt, wo die ›Venezuela libre‹ eben landete.

Maria blieb zögernd stehen. Tausend Gedanken durchstürmten ihr Hirn. Was war da alles gewesen? Wirklichkeit – oder nur Traum? Ihre blinden Augen hatten einen Menschen gesehen?

Unmöglich! Und doch: Als der Fremde fortgegangen, hatte sie gespürt, wie er ein Papier in ihre Hand gedrückt. Jetzt erinnerte sie sich genau. Ihre Linke tastete nach der Rechten, die fest zusammengeballt war. Vorsichtig öffnete sie die Finger. Fast hätte sie einen Schrei ausgestoßen. Das Papier! Ja, da war es!

Von draußen her Wildrakes Stimme. »Maria! Wo bist du?«

Hastig steckte sie den Zettel in die Tasche, eilte hinaus. Nach ein paar Schritten lag sie in Wildrakes Armen.

Lange schon saßen sie in dem traulichen Gemach.

Da klang von draußen der Ruf: »Die ›Susanna‹ wird gleich vor Anker gehen.«

Alle drängten ins Freie. Auch Wildrake und Droste, die neben Maria gesessen, waren aufgestanden, doch die Blinde hielt sie zurück.

»Bleibt! Es ist etwas geschehen.« Stoßweise kamen die Worte aus ihrem Munde. »Ein Fremder war hier bei mir, hat mit mir gesprochen.«

Erschrocken schauten die beiden auf Maria, die sich offenbar in tiefster Erregung befand.

»Nein! Ich bin nicht krank. Es ist so! Ein fremder Mann – ich habe ihn gesehen... gesehen!« Sie zwang sich ein Lachen ab. »Ja, Robert, meine Augen haben ihn gesehen! Alles umher war finstere Nacht. Aber den Mann, der hier bei mir war, den sah ich!«

Maria schob den Arm, den Wildrake um sie schlang, ungeduldig zur Seite. »Der Fremde hat auch mit mir gesprochen. Wer es war? Ja, wenn ich's wüßte! Und doch, er schien mir bekannt!«

In kurzen, abgerissenen Worten beschrieb sie das Bild des Fremden. Noch während sie sprach, wechselten Wildrake und Droste bedeutsame Blicke. Nur auf einen konnte die Schilderung passen: auf Dr. Arvelin. Doch wie sollte der hierhergekommen sein? Er saß ja in Winterloo.

Maria mußte geträumt haben. Im Traume war Arvelin ihr erschienen. So nur konnte es sein.

Wildrake wollte Maria sanft emporziehen. »Komm mit hinaus, Liebste! Es war nicht gut, daß du tagelang so einsam warst. Deine Nerven sind überreizt. Du hast einen schlimmen Traum gehabt.«

»Schlimmen Traum? Nein! War's ein Traum, dann war es ein schöner! Der Fremde sprach zu mir liebe, gute Worte. Ehe er mich verließ, strich er mir über die Augen, flüsterte in mein Ohr: Nicht lange, dann kommt der Tag, wo deine jetzt toten Augen wieder lebendig alle Schönheiten der Welt genießen... Oh, käme der Tag doch bald!«

Als fühle sie, was die beiden Männer dachten, griff

sie in die Tasche. »Ihr Ungläubigen! Können Geister Botschaften bringen? Hier!« Sie riß den Zettel hervor. »Dieses Stück Papier gab er mir in die Hand.«

In Hast nahm Wildrake es an sich. Und über seine Schulter starrte auch Droste auf das Blatt.

»Euer Aufenthalt auf der Insel ist verraten. Jean Renard hat eure Anwesenheit entdeckt. Er ist den Brasilianern in die Hände gefallen. In der Hoffnung, sein Leben zu retten, hat er Major Tejo das Geheimnis preisgegeben.«

Immer wieder lasen sie die Worte. Standen wie betäubt.

»Nun, ihr schweigt? Was schreibt der Fremde?«

Mit tonloser Stimme erklärte Wildrake ihr die wenigen Sätze.

»Ich wußte es ja!« Maria hob freudig die Arme. »Ein guter Freund, der uns warnen will. Und es ist ja auch wahr, was er von Jean Renard schreibt. Verzeih, Robert, in meiner Aufregung vergaß ich, dir zu erzählen, was vor ein paar Tagen hier geschah, kurz bevor Barradas mit der ›Susanna‹ nach Tabago fuhr.«

Eilig berichtete sie von dem Flieger, der zur Insel gekommen, dann nach Norden weitergeflogen sei.

Von draußen klangen Schritte. Barradas und Alvarez traten ein.

»Zur Stelle, Captain Wildrake! Die ›Susanna‹ glücklich wieder hier! Und Sie, Santa Maria, wie ist's Ihnen gegangen? Waren schwere Tage für mich – der Gedanke, daß Sie so allein hier …«

Barradas hielt inne. Wildrake war auf ihn zugetreten, ergriff ihn am Arm, zog ihn hinaus. Als der Kapitän dann wieder zurückkam, hatte sich seine Erregung noch verstärkt.

»Es ist wahr, Droste: Renard war da, hat unseren Schlupfwinkel entdeckt! Daß er, von den Brasilianern gefangen, Tejo alles gestanden haben soll, wie hier auf dem Zettel steht – welch rätselhaftes Wesen hat das geschrieben? Und wie kam es auf unsere Insel? Pablo versicherte hochheilig, niemand sei hiergewesen.«

Wildrake wog den Zettel in der Hand, schaute zu Maria, zu Droste. »Welch Geheimnis, welch unergründliches Rätsel! Was sollen wir tun?«

»Du fragst noch, Roberto?« rief Maria. »Wir müssen fort! Alle! Heute noch. Es wäre vermessen, wollten wir den Rat des unbekannten Freundes mißachten.«

»Santa Maria hat recht!« warf Barradas ein. »Es kann keinem Zweifel unterliegen, daß Jean Renard uns ausspioniert hat. Dem Burschen zu trauen wäre leichtsinnig. Auf die Dauer würde uns die Abgeschiedenheit hier sowieso nur lästig werden. Jetzt, wo das Vaterland wieder in vollem Kampfe mit den Brasilios steht, ist unser Platz an der Seite unserer Kameraden dort. Errichten wir in Venezuela unsere Station, sparen wir also den weiten Weg!«

Als der folgende Morgen graute, war alles zur Abfahrt bereit. Die Ladung der ›Susanna‹ war von der ›Venezuela libre‹ übernommen. An ihrer Stelle hatte man die demontierte Tankstation im Bauch der ›Susanna‹ verstaut. Nach kurzem Abschied ging das Motorschiff unter Barradas' Befehl nach Osten.

Es war Mittag geworden, als auch die ›Venezuela libre‹ startfertig war und die Insel verlassen wollte. Da stellte man in letzter Minute noch einen Schaden fest, und die Abfahrt mußte um einige Stunden verschoben werden.

Zwei brasilianische Kreuzer, von Nordosten kommend, steuerten auf die Insel Santa Maria zu. Wohl zehn Seemeilen zurück ein großes Kriegsschiff, dem Aussehen nach ein Flugzeugmutterschiff.

Kapitän Vela vom Kreuzer ›Carumba‹ stieg zur Brücke empor. »Der Teufel soll's holen! Noch immer nichts zu sehen von der geheimnisvollen Insel. Sollte der alte Schurke uns so an der Nase herumführen?

Und fahren wir hier ins Endlose, ohne sie jemals zu finden?«

Der Erste Offizier schüttelte den Kopf. »Kann's nicht glauben, Commodore! Jean Renard weiß gut genug, daß es um seinen Hals geht. Er wird damals das Besteck schlecht genommen haben.«

»Lassen Sie Jean Renard heraufkommen!« rief Vela einem Maat zu. Kurz darauf wurde der alte Pirat zum Kommandanten auf die Brücke gebracht.

»Wir befinden uns in allernächster Nähe der von dir angegebenen Position. Hier ist unser Besteck. Und deine Insel? Wo ist sie?«

Renard schaute auf das Besteck, ließ den Blick nach Süden gehen.

»Nun?« schrie der Kommandant ihn an. »Willst du wohl antworten, du Schurke!«

»Das Besteck? Ich habe es richtig genommen«, murmelte Renard vor sich hin.

»Du willst doch nicht etwa behaupten, unser Besteck sei falsch?« rief der Erste Offizier. »Fehlt nur noch, daß du sagtest, ein Seebeben habe deine Insel verschlungen!«

Renard nahm zweifelnd den Sextanten, machte selbst eine Ortsaufnahme. Fuhr sich über die Augen. »Und sollt' ich auf der Stelle zur Hölle fahren, ich kann mich nicht geirrt haben! Mein ganzes Leben habe ich auf der See gelegen. Habe niemals noch an Sonne oder Sternen vorbeigeschossen.«

»Hier müßte die Insel sein!« meldete der Wachoffizier.

»Noch mit meinem letzten Atemzug wollte ich's beschwören: Hier lag ...«

Renards Worte verklangen in den Schreien, die von der Brücke – jetzt vom ganzen Schiff – jetzt auch vom Nachbarfahrzeug, der ›Medusa‹, gellten.

Ein Stoß – ein stampfendes, knirschendes Gleiten, als führe man über eine Untiefe. Nun ein Brechen und

Dröhnen, als zersplittere ein ganzer Wald im Wirbelsturm.

Die Fahrt, wie von unsichtbarer Hand gebremst, wurde immer langsamer. Ein letzter Ruck – und die Schiffe saßen fest.

Wohin das Auge sah, dichter Urwald ringsumher ...

Die beiden Kreuzer in das sumpfige Mangrovendickicht hineingejagt, festgekeilt. Um die Schiffe herum zerbrochene Äste, gestürzte Baumriesen. Jegliche Disziplin aufgelöst. Ein Toben, als rase eine Schar Wahnsinniger auf den Decks.

Alles übertönend, aus den Trümmern der zusammengestürzten Kommandobrücke hervor, der Schrei Jean Renards: »Die Insel! Ich hatte doch recht! Hier liegt sie!«

»Nun, hast du die wunde Seele der ›Venezuela libre‹ wieder zurechtgeflickt, Herr Dr. Droste?«

Der nickte mit vergnügtem Gesicht. »Das Schiff ist wieder seetüchtig. Waren ja nur kleine Schäden.«

»Bei Gott!« rief Wildrake, hielt Droste das Glas entgegen. »Ein Meisterwerk, die ›Venezuela libre‹! Trinken wir auf das Wohl unseres Freundes, ohne den all das, was wir erreicht, niemals möglich gewesen wäre!«

Alle leerten ihre Gläser. Da, plötzlich! ... Der eine sah den anderen an: So dunkel auf einmal um sie her? Droste zog die Uhr. Erst die sechste Nachmittagsstunde?

Die anderen schauten kopfschüttelnd um sich. Droste trat aus dem Schatten des Brotfruchtbaumes auf die Sandfläche, wo er einen besseren Überblick nach Osten hatte. Da sah er jetzt eine mächtige, tiefschwarze Wand, die wie ein dunkler Vorhang über der See hing, jede Sicht nach Norden versperrte.

»Ein Hurrikan im Anzug?«

Im Nu waren Wildrake und die anderen bei ihm. Auch sie schauten prüfend nach Norden.

»Kein Hurrikan, Droste!« sagte Wildrake. »Die scharfen Ränder der Wand widersprechen all meinen Erfahrungen.«

Das starre, drohende Gebilde stand unbeweglich im Äther.

Da – die unheimliche Stille ward jäh unterbrochen von einem ohrenbetäubenden Krachen und Brechen. Als seien Riesenherden von Elefanten in den Mangrovenwald eingebrochen – ein Stampfen, Brausen, in das sich das Geprassel der stürzenden Stämme mischte.

Unwillkürlich wandte jeder den Fuß zur Flucht. Doch plötzlich, wie von Zauberhand hinweggewischt, war die schwarze Wand verschwunden. Der Äther im Norden glänzte wieder im Schein der sinkenden Sonne.

Noch verharrten alle im Bann des gespenstischen Geschehens, da drang ein Gewirr von schreienden Menschenstimmen an ihr Ohr.

»Brasilianische Kommandos!« rief Wildrake. »Ich habe sie deutlich gehört! Was auch ist – schnell hier das Wichtigste zusammengerafft und damit zur ›Venezuela libre‹. Calleja und Pablo mögen währenddessen den Versuch machen, in den Mangrovenwald einzudringen, um festzustellen, was da geschah!«

Am Ankerplatz der ›Venezuela libre‹ als erster angekommen, stieß Droste einen lauten Ruf aus. »Rasch! Rasch! Die Brasilianer sind über uns.« Er deutete, auf der vorspringenden Landzunge stehend, nach Osten. »Ein Flugzeugmutterschiff da drüben, von dem ein paar Flieger auf die Insel zukommen!«

Im Augenblick waren alle an Bord der ›Venezuela libre‹, die flugbereit gemacht wurde. In drängender Ungeduld wartete man auf Callejas Rückkunft. Endlich! Da kam er mit Pablo in schnellem Lauf herbeigeeilt. Sie sprangen an Bord – wollten sprechen –, da, ein mehrfacher Schrei!

Ein ganzes Geschwader von Flugzeugen stieß von dem Mutterschiff ab.

»Tauchen?« fragte Wildrake zweifelnd.

Droste schüttelte den Kopf. »Unmöglich! Sie haben uns schon gesehen. Nur in schnellem Flug durch die Luft können wir uns retten.«

Und schon ließ er die Motoren anspringen. In raschester Fahrt schoß die ›Venezuela libre‹ über die Meeresoberfläche dahin, hob sich dabei in die Höhe, stieg schneller und immer schneller.

»Kurs Osten!« schrie Wildrake Droste zu, eilte mit Calleja zu den Heckgeschützen der ›Venezuela libre‹. »Munition her!«

Da prasselten schon die Maschinengewehrkugeln der brasilianischen Flieger. Gleichzeitig ein Blitzen aus den Rohren des Mutterschiffs.

Mit fiebernden Händen hatten Wildrake und Calleja ihre Geschütze geladen, wollten eben abziehen, da …

Die Hände sanken tatlos zurück. Wie von Blindheit geschlagen, fuhren sie sich über die Augen. Was war das? … Nacht! Tiefdunkle Nacht um sie her! Aus allen Teilen des Flugschiffs Lärm und Geschrei, das sich in Freudenrufe verwandelte, als plötzlich überall die elektrischen Lampen aufflammten.

Wildrake stürmte auf die Brücke zu Droste. »Was geht hier vor?«

Droste stand der Frage Wildrakes stumm gegenüber. Drückte dann sekundenlang wie überlegend die Hand vor die Augen. Mit ein paar Sprüngen war er an der Bordwand, riß das Fenster auf, schaute nach unten. Fuhr überrascht zurück.

»Das Meer! Ich sehe seinen Spiegel unter uns – doch so nachtgrau …«

»Eine dunkle Wolke um uns, in die wir gestoßen sind?«

»Nein, das nicht!« Droste zog Wildrake zum Fenster.

»Ah! Die Dunkelheit weicht zurück! Die Farbe des Wassers wird immer heller! Sieh dort! Ein Sonnenstrahl, der sich in den Wellen spiegelt!«

Droste hielt inne. Es war, als würde eine undurchsichtige Glocke über ihren Köpfen weggezogen.

Die Helligkeit ward stärker. Jetzt! Beide taumelten zurück. »Die Sonne! Da ist sie wieder!«

Ihre Augen hingen an dem rotglühenden Ball, der eben ins Meer tauchen wollte.

Ein paar Rufe vom Heck der ›Venezuela libre‹ ließen sie aufmerken. »Da sind sie wieder, die verfluchten Brasilianer!«

Wildrake und Droste wandten sich erschrocken um. Doch im Nu war alle Besorgnis geschwunden. Fern hinter ihnen glitten die brasilianischen Flugzeuge ratlos suchend durcheinander.

»Ah«, rief Wildrake lachend, »jetzt sehen sie uns, kommen hinter uns her! Das Vergnügen wird nicht lange dauern! In wenigen Minuten bringen unsere starken Maschinen uns aus ihrer Sicht. Dann in weitem Bogen Kurs nach Westen. Kurs auf Venezuela, die Heimat!«

Aller Sorgen ledig, besprachen sie untereinander die rätselhaften, geheimnisvollen Ereignisse. Naturvorgänge?

Droste verneinte. »Was auf der Insel, dann auf der Fahrt geschah, spottet jeder physikalischen Erklärung. Ein dunkler, für das menschliche Auge undurchdringlicher Mantel war um uns gebreitet... wie eine Tarnkappe über uns geworfen, die dann wieder weggerissen wurde von einem Wesen, dem geheimnisvolle Kraft eigen – märchenhaft, wie König Laurin sie besaß. Ein Freund war's jedenfalls, der uns in einem tarnenden Mantel der feindlichen Sicht entrückte.«

Die Umstehenden senkten den Kopf.

Die Stimme Marias unterbrach die Stille. »War's eines Sterblichen Macht von Gott gegeben, so war's kein anderer als mein geheimnisvoller Gast, der alte, gute Mann, der, meinen blinden Augen sichtbar, zu mir kam, um uns zu warnen, uns beizustehen. Wer es auch sei, Gottes Segen über ihn! Hat er uns jetzt geholfen, wird er uns auch weiter helfen. Gott mit uns!«

Major Tejo hatte mit William Hogan in stundenlangem Gespräch gesessen. Er erhob sich jetzt, um sich zu verabschieden. Da trat ein Diener ein, brachte eine Karte.

»Ah, Señor Torno ist's. Gut, daß Sie noch da sind, Herr Major! Nehmen Sie bitte wieder Platz! Es wäre mir angenehm, wenn Sie bei meiner Unterhaltung mit dem Außenminister zugegen sind.«

Torno trat ein. Bei der Begrüßung Hogans warf er auf Tejo einen schrägen Blick, den Hogan verstand. Er sagte: »Ich möchte Sie, Señor Torno, bitten, Major Tejo zu gestatten, während unserer Unterredung hier zu bleiben.«

Torno nickte, begann sofort zu sprechen. »Der Zweck meines Besuches dürfte Ihnen wohl klar sein, Señor Hogan. Ich komme, um Sie um Ihre tatkräftige Unterstützung für die kommenden Tage zu bitten. Ich glaube, dazu berechtigt zu sein, haben Sie mir doch schon einmal bei der Frage, ob Krieg, ob Frieden, wohlwollend beigestanden. Der Ministerrat, unter Vorsitz des Präsidenten, ist zu keinem Entschluß gekommen. Anscheinend steht der Präsident auf meiner Seite. Aber die Opposition der Staatssekretäre von Heer und Marine ist sehr stark. Sie kennen ja deren Ansicht, den Krieg durchzuführen bis zum bitteren Ende.

Sie verschanzen sich in erster Linie dahinter, daß das Prestige Brasiliens leiden würde, wenn wir einen voreiligen Frieden schlössen. Vergeblich wies ich nochmals darauf hin, daß der Krieg nur unter schwersten Opfern nach langen Kämpfen von uns siegreich beendet werden könne.«

Hogan zuckte die Schultern. »Gewiß, Señor Torno, Sie haben durchaus meine Sympathien, doch ich muß es ablehnen, irgendwie handelnd in diesen

Zwist einzugreifen. Vielleicht hat die Opposition doch recht!«

»Ich verstehe Sie nicht, Señor Hogan! Diese veränderte Auffassung ihrerseits …«

»So lassen sie mich kurz meine Gründe darlegen! Ich habe mit Major Tejo soeben in langem Gespräch besonders den Umstand erörtert, wie es möglich war und ist, daß dieser Wildrake mit seinem Riesenschiff in kurzer Zeit so ungeheure Strecken zurücklegen kann, ohne mehrere Stützpunkte zu haben, um seinen Treibstoff aufzufüllen. Seinen Standort, jene kleine Insel im Atlantik, hat er ja nun aufgeben müssen. Es erscheint demzufolge als ziemlich sicher, daß er jetzt in Venezuela selbst seine Anlagen hat.

Über den rätselhaften Unfall unserer Kreuzer ›Carumba‹ und ›Medusa‹ möchte ich jetzt nicht sprechen. Wollte man dem Bericht des Kommandanten Glauben schenken, so müßte man ja annehmen, es habe da eine Zaubergewalt gewirkt, um die Augen der Besatzung zu blenden. – für Wildrakes unheimlich schnelle weite Fahrten aber gibt es wohl nur eine Erklärung: Er verfügt über einen Treibstoff von ungeahntem Energiegehalt.«

»Doch wie kam er in den Besitz dieses kostbaren Stoffes?«

»Nun, Sie wissen ja, Señor Torno, daß sich an Wildrakes Seite ein Mann namens Droste befindet. Nach den Feststellungen, die Major Tejo im Heimatort dieses Droste, einem Schlosse Winterloo im nördlichen Deutschland, gemacht hat, ist anzunehmen, daß die Erfindung dort von Droste – wahrscheinlich mit Hilfe zweier älterer Gelehrter, anscheinend Verwandter von ihm – erprobt wurde.

Doch zurück zu dem, was ich mit Major Tejo eben besprach. Señor Tejo wird sich sofort nach Venezuela begeben, um in Erfahrung zu bringen, wo Wildrake und dieser Droste die neue Station zur Herstellung des Treibstoffes errichtet haben. Er vermutet den Ort im nordwestlichen Teil des Landes, in dem alten Caraibengebiet. Sollte sich diese Annahme bestätigen, dann wäre unbedingt ein Handstreich gegen diese Station in die Wege zu leiten.«

Torno senkte den Kopf, sann lange. Sagte dann: »Und was versprechen Sie sich von einer glücklichen Durchführung Ihres Planes, Señor Hogan?«

»Nun, ich dächte, das wäre nicht schwer zu erraten. Es ist mit ziemlicher Sicherheit anzunehmen, daß dieser Droste sich ständig in der Station aufhält, um die Fabrikation zu überwachen. Sind wir im Besitz seiner Person und seines Geheimnisses, dann ist Wildrakes Arm gelähmt. Fällt indirekt Wildrake, ist Venezuela seiner stärksten Stütze beraubt. Denn ohne Wildrakes Eingreifen wäre der Friede, so wie wir ihn gewollt, schon längst erreicht.«

Torno erhob sich, stand einen Augenblick zögernd. »Ich habe keinen Grund, zu zweifeln, daß sich alles so verhält, wie Sie sagten, Señor Hogan. Ich kann daher meinen Widerspruch vorläufig nicht aufrechterhalten. Möchte sich bewahrheiten, was Sie gedacht!«

Nordwestlich von San Fernando, hoch oben in den Bergen, lag das kleine Dörfchen Tlacala. Der Furo, mehr ein reißender Wildbach als ein Fluß, führte fast das ganze Jahr hindurch starke Wassermassen. Die ungeheuren Waldbestände hatten Veranlassung gegeben, diese Wasser in einem Staubecken zu fassen und hier ein Kraftwerk für den Energiebedarf der Holzindustrie zu errichten. Jetzt aber standen die Sägewerke still. Das Kraftwerk mußte anderen Zwecken dienen: Drostes neue Tankstation war hier errichtet.

Aus dem Maschinenhaus trat Droste. Gleich darauf begann das Summen der großen Dynamos. Er eilte in die Ladestation, schaute auf die Tafeln mit den Meßinstrumenten, nickte befriedigt. Trat kein unvorhergesehenes Hindernis ein, würde er morgen den ersten fertigen Treibstoff in die Barrels abfüllen können. Er gab im Büro seinen Leuten noch ein paar kurze Anweisungen, ging dann zu einem Hang, wo eine Flugjacht bereitstand.

»Nach La Venta!«

Nach dem Verlassen ihrer Insel war Maria Anunziata in die kleine Hazienda La Venta zurückgebracht worden. Ein Funkspruch von ihr hatte Droste am Morgen angezeigt, daß Edna Wildrake plötzlich überraschend von England dort angekommen, sein Besuch daher sehr erwünscht sei.

Hatte er auch die Schwester Wildrakes nur einmal gesehen, so war in ihm doch ein tiefer Eindruck von ihr zurückgeblieben. Aber die stillen Hoffnungen, die zunächst in ihm aufgetaucht, waren im Laufe der Zeit mehr und mehr verflogen. Was Robert, ihr Bruder, in vertrautem Gespräch zwar nicht offen ausgesprochen, doch deutlich zu erkennen gegeben hatte: daß Edna eine offensichtliche Neigung zu Oswald Winterloo hege, hatte ihn alle wärmeren Gefühle für sie unterdrücken lassen. Und doch! Der Ruf Marias weckte frohen Widerhall in ihm. Würde Edna auch nie seine Geliebte sein, so vielleicht dereinst Herrin in Schloß Winterloo …

Hier glitten seine Gedanken ab. Unerklärlich – dieses lange Schweigen Vater Arvelins! Wie viele Wochen war's nun schon her, daß er die letzte Nachricht von ihm empfangen! Ob er krank war? Das dunkle Geheimnis um das Testament des alten Freiherrn …

Die Ereignisse der letzten Zeit hatten Droste nur wenig Zeit gelassen, über Winterloo, die Heimat, nachzudenken. Jetzt, in der Stille der Tengoberge, würde er Muße genug dazu finden. Vielleicht auch brachte Edna, die ja aus James Wildrakes Haus kam, Nachrichten aus Winterloo mit. Ging doch die Korrespondenz aus Deutschland stets über Truxton & Co. in London.

Droste traf die beiden jungen Mädchen in freudigster Stimmung. Von Kindheit an zusammen aufgewachsen, verband sie schwesterliche Liebe. Mit Vergnügen lauschte er Ednas Geplauder. Sie wußte auf eine so drollige Art von den beiden Kompagnons Truxton und Wildrake zu erzählen, daß er und Maria häufig laut auflachen mußten.

Jeder Schlag Wildrakes erregte bei den beiden alten Freunden Jubelausbrüche. Der Lord besuchte an Tagen, an denen neue Streiche Wildrakes bekannt wurden, alle befreundeten Klubs und konnte sich nicht genugtun, die Erfolge in den Himmel zu heben. Mehr als einmal entschlüpfte ihm dabei der Ausdruck ›wir‹, als hätte er teil an Wildrakes Plänen.

An derartige unvorsichtige Äußerungen anknüpfend, fand Tejo den Faden, der zu den Konterbandefahrten zwischen Tobago und Santa Maria führte.

James Wildrake, etwas weniger sanguinisch als Truxton, war gewohnt, die Siege seines Neffen im Kreise der Familie mit Edna zu feiern. Als am Tage nach der Schlacht von Esmeralda die Nachricht einlief, Kapitän Wildrake sei wieder in die Heimat zurückgekehrt, hatte Edna den Oheim bestürmt, ihr Fahrgelegenheit nach Venezuela zu verschaffen. Und vor zwei Tagen war sie glücklich angelangt!

Während Maria sich ein wenig zur Ruhe legte, ging Edna mit Droste unter den schattigen Bäumen vor dem Hause spazieren. Jetzt mußte Droste eingehend erzählen. Zwar kannte Edna schon das meiste aus Marias Mund. Doch immer wieder wollte sie hören, wie die vielen, der Welt zum Teil noch immer rätselhaften Erfolge des Bruders erreicht wurden.

»So werden in nächster Zeit harte Kämpfe zu erwarten sein?« meinte sie. »Brasilien wird doch sicher die größten Anstrengungen machen, die vielen Scharten auszuwetzen, die eure Klinge geschlagen hat.«

Droste nickte ernst. »Gewiß! Viel Schweres gibt es

noch zu tun für Ihr Vaterland. Die Brasilianer ziehen wieder sämtliche Reserven ein.«

Mit einer unruhigen Bewegung wandte Edna den Kopf. »Die entlassenen Reserven? Allerdings – sie sind wieder unter der Fahne nötig …«

»Viele werden nicht gerne dem Rufe folgen.« Drostes Blicke streiften das Mädchen, das im Geiste bei Hauptmann Winterloo weilte.

Auch Oswald würde wieder in das Heer eintreten müssen. Im ersten Teil des Krieges war ihm das Geschick günstig gewesen. Jetzt – tot oder verwundet … Wer weiß, ob sie ihn je wiedersehen würde?

Droste erriet ihre Gedanken nur zu wohl. Um ihnen eine andere Richtung zu geben, sagte er: »Ich bin besorgt darüber, daß ich so lange nichts aus der Heimat höre. Fast muß ich annehmen, Vater Arvelin sei erkrankt.«

»Oh, das täte mir leid!« erwiderte Edna. »Bin ich ihm doch von ganzem Herzen zu Dank verpflichtet, dem guten, alten Mann! Wo weilt er in Deutschland?«

»Nun, wo soll er anders sein als in Schloß Winterloo, seinem langjährigen Heim? Wie sieht's überhaupt in Deutschland aus, Fräulein Edna? Kommt's mir doch vor wie eine Ewigkeit, daß ich eine deutsche Zeitung in Händen hielt.«

»Ah, das trifft sich gut! Ich fuhr bis Jamaika mit dem deutschen Dampfer ›Thuringia‹. Hatte Gelegenheit, ein paar deutsche Zeitungen mitzunehmen. Ich habe sie im Hause. Vielleicht entdecken Sie in den alten Blättern noch einiges, was Sie interessiert.«

Bei ihrer Rückkehr fanden sie Maria noch schlafend. Leise setzten sie sich ins Nebenzimmer, und Droste durchstöberte die Zeitungen.

Plötzlich fuhr er erschrocken hoch. »Diese Nachricht hier, gnädiges Fräulein! Fürchterlich für mich – und noch viel mehr für Vater Arvelin!«

Edna las die angegebene Stelle. »Was? Schloß Winterloo, das Erbe von … Ihr altes Heim, zur öffentlichen Versteigerung angesetzt? In drei Tagen schon der Termin?«

Droste wollte antworten. Da … klang es nicht wie Stöhnen hinter ihm? Er eilte zur Tür, die in Marias Zimmer führte, schaute hinein. Niemand darin außer der Blinden, die mit leichtgeröteten Wangen wie in einem glücklichen Traum fest schlummerte.

»Was war das eben?« flüsterte Edna. »Als wenn jemand hier wäre … eine menschliche Stimme – ich hörte es deutlich!«

Mit unterdrücktem Aufschrei griff sie nach Drostes Arm. Die Tür, durch die sie vorhin gekommen und die sie hinter sich geschlossen hatte, ging knarrend auf.

Droste eilte dorthin. Niemand zu sehen! Einen Augenblick stand er nachdenklich, brach dann in ein Lachen aus. »Wären wir in meiner Heimat, würde ich sagen: ein Spukhaus. Doch hier in La Venta …«

Edna, halb beruhigt, versuchte, in seine Heiterkeit einzustimmen. Ehe sie weitersprechen konnte, klang die Stimme der aufgewachten Maria. Erfrischt von dem Schlaf, führte sie die beiden lebhaft plaudernd vor das Haus, wo sie noch ein Stündchen beisammensaßen. Dann bestieg Droste seine Jacht, um nach Tlacala zurückzukehren.

Arvelin saß im Büro des Notars Hartwig. Morgen war der Termin der Versteigerung von Schloß Winterloo. Der Anwalt sah voll Teilnahme auf das Gesicht seines Besuchers. Wie stark hatte sich der im Laufe der letzten Monate verändert! Die Wangen eingefallen, die Augen tief in den Höhlen liegend, das faltige Gesicht grau, verfallen. Wie um ein Jahrzehnt gealtert, dachte der Notar. Gewiß, es mochte ihm schwerfallen, das Haus, das ihm jahrzehntelang Heim gewesen, auf immer verlieren zu müssen.

Um Arvelins Mund zuckte ein resigniertes Lächeln.

Als ob er die Gedanken seines Gegenüber erraten hätte, sagte er mit müder Stimme: »Es geht nicht um mich, Herr Notar, daß ich so niedergeschlagen bin. Es ist nur die letzte Sorge um meinen alten Freund Winterloo. Sein letzter Wunsch war, daß ein Winterloo, ein Träger seines Namens, im Schloß wohnen sollte... Und der war gefunden! Ich selbst holte ihn – hoffte, durch seine Gegenwart die Sterbestunde des Freundes zu erleichtern.« Der Doktor trat, wie von einer inneren Stimme getrieben, näher an Hartwig heran. »Glauben Sie, daß Winterloo in der Erwartung des ersehnten Erben sein Testament, das er vor meinen Augen geschrieben, vernichtet hätte?«

Der Notar legte Arvelin beruhigend die Hand auf die Schulter. »Ein unglückliches Spiel des Zufalls! Anders kann ich's nicht nennen. Da Sie doch selbst, lieber Herr Doktor, keinen Verdacht hegen, daß die Harrachs das Testament beseitigten. Der Verstorbene mag es versteckt haben – vielleicht aus Furcht vor den neugierigen Augen dieses Franz Harrach. Weiß der Himmel, wann es zum Vorschein kommt! Und dann?«

»So wird also morgen Schloß Winterloo in fremde Hände kommen!« unterbrach ihn Arvelin. »Oh, diese Unwürdigen! Wie konnten sie das tun?«

»Ich hörte, die Harrachs wollen sich in Polen ankaufen. Nun, wir verlieren nichts an ihnen!«

Franz und Adeline Harrach saßen an der Mittagstafel. Adeline schob mißmutig das Besteck zur Seite, schaute ärgerlich auf ihren Bruder, der den Speisen kaum zusprach, ein Glas des schweren Weines nach dem anderen hinunterstürzte.

»Ich hätte mir unser letztes Mahl im Schloß vergnügter vorgestellt, Franz. Du tust ja, als hocktest du in einer Trauergesellschaft. Ist dir der Gedanke, Winterloo zu verlassen, plötzlich wieder leid geworden?« Sie lachte höhnisch. »Ich wüßte nicht, daß du viele glückliche Tage in diesem verwunschenen Schloß, wie du es zu nennen beliebst, verbracht hättest! Doch ich weiß, du kommst nicht los von dem Gedanken an das Testament.«

»Der Teufel soll das Schloß holen samt dem Testament!« brummte Franz vor sich hin. Er sprang auf, schritt unruhig hin und her.

Auch Adeline war aufgestanden, trat an ihres Bruders Seite. »Es ist wahr, Franz. Der Teufel mag die ganze Erbschaft holen! Auch ich kann mich, offen gesagt, nicht von einer gewissen Angst freimachen. Aber nein!« Sie legte die Arme um Franzens Schultern. »Es ist ja unmöglich! Unsere Furcht ist grundlos. Was dieser Alte, was wir selbst in wochenlangem Suchen nicht gefunden haben... Franz!« sie rüttelte ihn auf. »Seien wir stark! Werfen wir all die törichten Skrupel hinter uns! Das Testament wird niemand finden! Es existiert überhaupt nicht! Lüge alles, was der alte Mucker uns gesagt! Käufer sind genügend vorhanden. Wir werden für Schloß Winterloo einen guten Preis herausschlagen. Haben wir ihn in der Tasche und sind damit über die Grenze, dann soll's einer versuchen, uns das Geld wieder abzujagen!«

»Möchte der Blitz in das alte Nest schlagen, es bis auf die Steine verbrennen!« knurrte Franz. »Dann erst würde ich Ruhe haben. Das Testament – Adeline, du lügst! Es ist doch wahr, was der Alte gesagt hat! Es ist da! Befindet sich hier im Schloß!«

Adeline ließ die Hände sinken, sah schaudernd zur Seite. »Du fürchtest, unser Nachfolger könnte das Dokument finden?«

Ein starkes Klopfen an der Tür. Morawsky trat ein. »Die Steinmetzen werden ihre Arbeit im Mausoleum gleich beendet haben. Will der gnädige Herr nicht...?«

Ehe der Bruder eine Antwort fand, sprach Adeline: »Gehen wir in den Garten, zum Mausoleum! Die frische Luft wird uns guttun. Eigentlich ein eigenartiges Zusammentreffen: Just zur gleichen Zeit, da Winterloo in fremde Hände übergeht, schließt sich der Sarg des letzten Trägers des Namens für immer.«

»War übrigens gut, daß der Alte die Grabplatte noch selbst bestellt und bezahlt hat.«

»Gehen wir, Franz! Draußen werden die bösen Geister, die dir den Kopf verwirren, zum Schweigen kommen!«

»Was sagst du, Adeline? Böse Geister?« Er fuhr herum, das Weinglas, das er eben geleert, in zitternden Fingern. »Im Mausoleum böse Geister? Ja, du hast recht – sie treiben da ihr Wesen! – Bleiben wir hier! Man soll die Steinmetzen wegschicken, den Grabbau verschließen!«

»Franz! Schämst du dich nicht deiner Feigheit? Du kommst mit mir! Sofort!«

Energisch griff sie ihn am Arm, zog ihn aus dem Haus.

In der Nähe des Mausoleums begegnete ihnen der Steinmetzmeister. »Ah, da sind ja die Herrschaften! Ich bitte Sie, näher zu treten. Die Platte des Epitaphs ist gelegt.«

Franz wollte eine ausweichende Antwort geben, doch Adeline ließ ihm keine Zeit. Den Bruder mit sich führend, trat sie an der Seite des Handwerksmeisters in das Mausoleum ein.

Der Steinmetz wies auf die Platte. »Ich denke, sie ist nach Wunsch ausgefallen!« sagte er nicht ohne Stolz.

Adeline, die nur flüchtig hingeschaut, nickte zerstreut. »Schon recht, Meister! Lassen Sie sich im Schloß eine Erfrischung geben!«

Der Meister schritt zum Ausgang, wandte sich noch einmal um. »Die drei kleinen Deckplatten, die bisher auf dem Grabe lagen, habe ich einstweilen an die Wand stellen lassen.«

Adeline winkte ihm ungeduldig ab. »Lassen Sie die Tür offen! Es ist dann heller hier.«

Der Steinmetz verabschiedete sich. Auch Adeline

wollte sich zum Gehen wenden. Doch inzwischen hatte es draußen heftig zu regnen begonnen. Ein Gewitter brach los. Sie mußten einstweilen noch bleiben.

Adeline trat von der Tür zurück. Ein jäher Blitz ließ sie zusammenzucken. Gleichzeitig jagte ein Windstoß heulend um das Gebäude. Die schwere Eisentür des Mausoleums schlug mit donnerähnlichem Krachen zu.

Durch die Erschütterung war eine der drei an die Wand gelehnten Deckplatten umgefallen. Es dauerte Sekunden, ehe Adelines Augen sich an die verringerte Helligkeit gewöhnt hatten. Neben sich hörte sie die ängstliche Stimme ihres Bruders.

»Fort, Adeline! Hier ist's unheimlich!«

Ja, fort von hier! dachte auch sie. Da fiel ihr Blick auf den umgestürzten Stein. Die Unterseite lag nach oben. Auf ihr, wie festgeklebt, etwas Weißes ... Papier schien's zu sein.

Sie bückte sich, sah ein beschriebenes Kuvert – die Schrift so merkwürdig bekannt.

»Mein Testament!« las sie mit halblauter Stimme.

Von der Überraschung zurückgeschleudert, wich sie zur Wand. Dann, in lautem Freudenschrei, stürzte sie vorwärts, streckte in höchster Aufregung die Hände nach dem Umschlag aus, wollte ihn greifen – schon berührten ihre Finger das Papier – da ...

Sie taumelte, preßte ein Ächzen hervor. In stierem Suchen glitten ihre Augen wie die einer Wahnsinnigen am Boden, an den Wänden entlang ...

»Das Testament!« knirschte sie. »Hier war es! Doch jetzt ist's fort! Franz, komm her – wir müssen es wiederfinden!«

Sie schaute sich nach dem Bruder um. Der hob in angstvoller Abwehr die Hände, wandte sich fluchtartig zur Tür. Totenblaß stürmte er, wie von Furien verfolgt, hinaus – dem Schlosse zu.

Da verließ auch Adeline der Mut. Sie warf die Tür zu, hastete in wilder Eile dem Bruder nach.

Die Straße von Winterloo nach Neustadt lag im Halbdämmer. Die Weidenstümpfe am Grabenrand warfen gespenstische Schatten über die tiefen Wagenspuren. Eine kleine, graue Gestalt schob sich, müde die Füße setzend, langsam vorwärts.

Die Nacht brach herein, als die ersten Häuser des Städtchens auftauchten. Von der Kirchturmuhr schlug die siebente Stunde. Der Wanderer blieb stehen. Für den Weg – eine gute Stunde sonst – hatte er die dreifache Zeit gebraucht. An einen Weidenbaum gelehnt, schöpfte er ein paarmal tief Atem.

Sollte das Gift in ihm sich schon so stark auswirken? Wieviel blieb ihm noch zu tun!

Seine Gedanken flogen zurück. Der Jugend kaum entwachsen, hatte ihn die Idee beherrscht, in die Tiefen der physikalischen Erkenntnis einzudringen, die bisher jedem Sterblichen verschlossen geblieben. Was die Natur in ihrer Weisheit hilflosen Lebewesen zu ihrem Schutz gegeben: sie dem Auge des Feindes unsichtbar zu machen – war dem Menschen, dem höchstentwickelten Lebewesen, versagt. Sollte es nicht möglich sein, Mittel zu finden, die auch ihm solchen Schutz gewährten, die Augen seiner Feinde täuschten und blendeten?

Das Mittel, in einer Lebensarbeit gesucht – er hatte es gefunden! Auf völlig anderem Wege als die Natur war er zum Ziel gekommen. Einen Kranz in schnellsten Schwingungen vibrierender Ätherenergie – wie einen Mantel legte er ihn um sich. Abgelenkt, umgelenkt umfluteten die Lichtstrahlen die zauberische Hülle, setzten dahinter ihren Gang in der alten Richtung fort, als wären sie nie auf ein Hindernis getroffen. Unsichtbar mußte so die Hülle machen, ihren Träger jedem menschlichen Blick entrücken.

Schritt für Schritt hatte er darauf hingearbeitet, den Mantel, aus vibrierendem Äther gewoben, so zu formen, daß er die auftreffenden Strahlen in der gewünschten Weise weitersandte. Der erste Erfolg war schnell errungen. Ein kleiner, bequem mitführbarer Apparat gestattete es ihm leicht, kreisende Schwingungen um sich zu werfen, die das auftreffende Licht um ihn herumlenkten, seine Gestalt für das Auge der Menschen zu einem fast unsichtbaren Schemen machten. Aber jahrelange Arbeit kostete es ihn, die schwingende Energie so zu differenzieren, daß jeder ihn treffende Strahl ihn ungebrochen, unverschoben verließ. Jetzt erst war die Täuschung vollkommen, da das menschliche Auge das hinter ihm Liegende, von seiner Gestalt sonst naturgemäß Verborgene, ungeschwächt und unverzerrt erblickte.

Da kam der Krieg. Medardus, durch das Geschenk des alten Freiherrn, das Treibmittel, am Ziel seiner Wünsche, seine Erfüllung zu erproben, stürzte in den Krieg.

Mit Angst und Bangen hatte Arvelin Drostes Konterbandefahrten mit angesehen. Wähnte seines Schützlings Leben täglich, stündlich bedroht. Er mußte bei Medardus sein, ihm helfen, ihn behüten – ihn, den Sohn William Hogans und Vivian Dohertys. Mußte einen Teil der Schuld abtragen, die seit jener Nacht am Weyman-River auf ihm lastete.

Die Schuld – vergeblich hatte er sich in sophistischen Überlegungen davon freizumachen versucht. Doch immer wieder der Gedanke in ihm: Was wollte an jenem letzten Abend William Hogan von Vivian?

Er selbst war ja bei der Aussprache Hogans mit seinem Vater, Lord Roßmore, unsichtbar zugegen gewesen, hatte ihre Unterredung mit angehört. William hatte den Bitten seines Vaters anscheinend nachgegeben, Vivian verraten. Und doch! Konnte sich sein Sinn nicht zum Guten gewandelt haben, als er den Felshang zu Vivian hinaufstieg? Konnte er nicht, trotz allem, in reiner Liebe die Absicht hegen, Vivians Hand zu gewinnen, die Schmach von ihr abzuwenden?

Und als er, Arvelin, unsichtbar hinter Vivian getreten, plötzlich sich Hogans Augen offen bot, der erschrak, den Hang hinunterstürzte – war's auf seiner Seite nur Mitleid, selbstlose Liebe gewesen? Oder nicht vielmehr Haß, geboren aus blinder Leidenschaft zu Vivian?

Dann war es seine Schuld, daß Vivian starb. Seine Schuld, daß ihr verwaister Sohn als Findling in fremdem Hause aufwachsen mußte. Seine Tat an Medardus zu sühnen, war sein einziger Gedanke seitdem. Um ihn zu beschützen, mußte er seine Erfindung weiter ausbauen. Er mußte imstande sein, den bergenden Mantel auch über ihn, über andere zu werfen. Ungeheuerlich schien ihm selbst die Aufgabe. Was einer neuen Lebensarbeit bedurfte, mußte in kurzer Zeit errungen werden. Wohl sah er bald den Weg. Doch der zeigte sich versperrt durch eine Gefahr, die sein Leben bedrohen, vernichten konnte.

Die Energiemengen, die in seinem Zaubermantel schwangen, waren ja nur unendlich gering, und infolgedessen unschädlich... Eine winzige Stromquelle konnte den Mantel auf lange Zeit weben. Doch gefährlich wurde das Gewebe, wenn es zu weit geworfen werden mußte, wenn andere, größere Dinge zu tarnen waren. Dann bestand die Gefahr, daß der Träger der Stromquelle von verderblichen Rückschwingungen getroffen wurde, die, wie in früheren Jahrzehnten schon gewisse hochfrequente Schwingungen, schleichende organische Schädigungen hervorriefen.

Doch bald hatte er diese Schrecken überwunden. Sein Leben? Was galt's ihm, wenn er damit das teure Dasein von Medardus erkaufte? Ohne Furcht schritt er den Weg, die Augen nur zum Ziele gewandt, ohne Rücksicht auf die Gefahren, die ihn umlauerten, ihn packten, den Todeskeim in ihn senkten. Das verderbenbringende Gift im Mark, war er unter Anspannung aller Kräfte seines schon geschwächten Körpers immer bei Vivians Sohn gewesen, hatte ungesehen wie ein Schutzengel seinen Mantel um ihn gebreitet, wenn der Tod nahe schien.

Da ward er Zeuge des Gesprächs zwischen Medardus und Edna. Winterloo, ihre alte, teure Heimat, war von diesen Räubern, den Harrachs, zum Verkauf aufgeboten. Der letzte Wunsch seines alten Freundes, daß ein Winterloo Erbe, Besitzer des alten Stammschlosses sein sollte, hatte ihn hierhergetrieben – nach langem inneren Kampf zwischen den Pflichten, die beide ihm teuer und heilig.

Und nun: Seine Hand tastete zur Tasche. Ein Papier knisterte darin. Das Testament des Freundes! Endlich gefunden! Ein gütiges Schicksal lohnte seinen letzten Freundesdienst an dem Freiherrn, gab ihm das Dokument, das er im letzten Augenblick den gierigen Händen der Harrachs entriß. Und als hätte das bedeutungsvolle Schriftstück ihn gemahnt, raffte er sich auf, schritt weiter.

Als Arvelin am nächsten Morgen das gastliche Haus des Notars verließ, schien er um Jahre verjüngt. Hartwigs zuversichtliche Erklärung, daß alle Pläne Harrachs an diesem Dokument scheitern müßten, daß er sofort einen gerichtlichen Beschluß erwirken werde, das Gut des alten Freiherrn für die rechtmäßigen Erben sicherzustellen, hatte ihm neue Lebenskraft gegeben.

Vergeblich bemühte sich Hartwig, ihn zu halten. Eine innere Unruhe trieb ihn zur sofortigen Abreise.

Im Hof des Schlosses herrschte lärmendes Treiben. Eine Menge von Käufern und Neugierigen hatte sich versammelt, um der Versteigerung beizuwohnen.

Franz und Adeline standen am Fenster. Das Zimmer, in dem sie weilten, schon geräumt. Alles in Kästen und Kisten verpackt. Franz rieb sich die Hände. Alle Anzeichen waren günstig.

Unwirsch sah Adeline auf die Uhr. »Es wird Zeit, mit der Versteigerung zu beginnen! Mir brennt der Boden unter den Füßen. Nicht eher finde ich Ruhe, bis wir den Verkauf hinter uns haben.«

»Haha, Adeline!« lachte Franz. »Jetzt hat dich die Ungeduld gepackt, den Staub Winterloos von den Füßen zu schütteln. Das Testament – haha! Du fürchtest, es könnte noch in letzter Minute auftauchen, unsere Pläne über den Haufen werfen, daß wir als Bettler nach Dobra zurückkehren? Haha! Wie oft hast du mich früher ausgelacht, mich Feigling geschimpft! Jetzt bist du es, die zittert und bangt! Warum wolltest du auch durchaus in das verwünschte Mausoleum, diesen unheimlichen Bau? Es mögen arge Sünder unter den begrabenen Winterloos sein, daß sie heute noch als Gespenster um die Gräber spuken!«

Adeline durchquerte nervös das Zimmer. »Gespenster, Franz? Lächerlich! Glaubst du, ein Gespenst hätte mir das Testament aus der Hand gerissen? Gewiß, ich war stark erregt. Doch zu deutlich sah ich das Papier vor mir, erkannte ja auch die Schriftzüge des Oheims …«

»Nerven, meine liebe Adeline!«

Adeline wandte sich ab. »Sind wir mit dem Erlös über die Grenze, will ich's glauben, daß meine Furcht grundlos und alles nur Einbildung gewesen. Einstweilen aber bleibe ich dabei: Das Testament« – sie schrie das Wort laut heraus – »ist da! Ist …«

Sie hielt jäh inne, deutete mit der Hand zum Fenster. »Der Notar Hartwig kommt über den Hof. Was will der hier?«

Franz zuckte die Schultern. »Irgendein Käufer wird ihn als Beistand mitgebracht haben.«

Adeline schüttelte den Kopf. Von einer Ahnung getrieben, trat sie auf den Flur, wo der Anwalt eben mit einem anderen Mann auf sie zukam. Auch Franz war seiner Schwester nachgegangen und stand auf der Türschwelle, als der Notar bei Adeline anlangte.

Hartwig deutete auf den mitgekommenen Herrn. »Ein Vertreter des Gerichts in Neustadt. Er hat den Auftrag, die Versteigerung zu untersagen.«

»Warum?« Franz trat einen Schritt näher heran. »Was soll das?«

»Das Testament des Freiherrn von Winterloo, in dem er seinen Neffen Oswald zum Alleinerben einsetzt, ist gefunden und an Gerichtsstelle hinterlegt. Hier eine Abschrift davon!«

Franz wollte nach dem Papier greifen, als ein wilder Aufschrei Adelines ihn innehalten ließ. Sie drohte zu Boden zu stürzen, sank ohnmächtig in seine Arme.

Während Franz um die Schwester bemüht war, trat Hartwig auf den Hof, sprach zu den dort Versammelten. Wenige Minuten später lag der weite Raum verlassen.

Schloß Winterloo wartete auf den rechtmäßigen Herrn.

Droste hatte sich eben zum Schlafen hingelegt, als ein Monteur von draußen seinen Namen rief. Ärgerlich kleidete er sich an, trat zur Tür.

Die Empfangsstation arbeitete nicht? Was konnte das bedeuten? Vor ein paar Stunden noch hatte er mit Wildrake gefunkt.

Droste riß das Fenster auf, blickte hinaus in dunkle Nacht. Schwach nur drangen die Lichter des Stationsgebäudes durch die Finsternis. Er machte sich auf den Weg dahin. Da – plötzliche Tageshelle!

Überrascht schaute er empor: zwei Flugzeuge, von Hubschrauben gehalten, über ihm, die mit starken Scheinwerfern die ganze Station in blendende Helligkeit tauchten. Und nun vom Gebäude her wirres Schreien und Rufen.

In raschem Lauf eilte Droste dorthin, riß die Tür auf, prallte erschrocken zurück: Der Raum gefüllt von brasilianischen Soldaten, die seine Leute überwältigten!

Schnell wollte er davonstürzen, da stieß er draußen auf einen Trupp Brasilianer, die, geführt von einem Offizier, ihn umringten und nach kurzer Gegenwehr gefangennahmen. Im Nu war er an Händen und Füßen gefesselt.

»Laßt ihn liegen!« rief der Offizier. »Wir müssen zu jenem Hause.« Er deutete auf den Bau, aus dem Droste gekommen. »Major Tejo ist schon dort. Der Leiter der Station soll da wohnen.«

Bei der Erwähnung von Tejos Namen war Droste, der halb besinnungslos gelegen, wieder zu sich gekommen. Er suchte seine Hände freizumachen. Die Fesseln an der einen Hand, nur lose geschlungen, gaben nach. Bald war er seiner Bande ledig. Doch vergebens spähten seine Augen nach einem Versteck. Die Scheinwerfer erschwerten das Entkommen. Doch ein Versuch mußte gewagt werden. Flink erhob er sich, stürmte in langen Sätzen dem Furo zu. Erreichte er das andere Ufer, den dichten Wald dort, so konnte er den Verfolgern vielleicht entrinnen.

Schon war er bis auf wenige Schritte an das Flußufer herangekommen, da krachte ein Schuß. Eine Kugel streifte seinen Kopf. Betäubt fiel er den steilen Abhang hinunter.

Ein paar Augenblicke später stand Tejo neben ihm, in unverhohlener Freude über den glücklichen Fang. »Bringt ihn zu meinem Flugzeug, doch fesselt ihn gut! Die Beute ist kostbar.«

Während ein paar Soldaten Droste wegschleppten, ging der Major zum Stationsgebäude.

Ein Offizier trat ihm entgegen, hielt ihm ein Papier vor. »Wir haben den Montageplan nach der stehenden

Anlage aufgenommen. Wenn wir alles mitnehmen, wird es nicht schwierig sein, sie zu Hause genauso aufzubauen.«

»Dann vorwärts mit dem Demontieren!« befahl Tejo. »Zwar haben wir keine Zeit zu verlieren, aber trotzdem muß die Arbeit so sorgfältig wie möglich gemacht werden!«

Ein paar große Transportflugzeuge senkten sich von oben in den Kegel der Scheinwerfer, setzten neben dem Stationsgebäude auf.

Eine Stunde danach waren alle wichtigen Teile der Drosteschen Anlage in den Lastschiffen verstaut. Boten aus Tlacala, die nach San Fernando eilten und dort Alarm schlugen, kamen viel zu spät.

In San Fernando war trotz vorgeschrittener Nacht alles in heftigster Erregung. Nachrichten vom Osten hatten gemeldet, die Brasilianer hätten mit einer riesigen Luftflotte im Hinterland von Porto Cabello starke Kräfte abgesetzt, vom Lande her in Besitz genommen und dann im Rücken der Stadt nach Westen hin starke Befestigungsanlagen errichtet. »Eine brasilianische Kriegsflotte im Anmarsch auf die Küste!« lautete die letzte Hiobsbotschaft. Seitdem war man ohne Nachrichten.

Was war geschehen?

Bei der Bearbeitung des Tejoschen Planes, einen Überfall auf die Station am Furo zu machen, hatte der brasilianische Generalstab beschlossen, Truppen in Nordvenezuela zu landen und dort den Minengürtel an der Küste durch Bombenabwurf zu zerreißen. Hatte man erst einmal festen Fuß gefaßt, dann sollten große Verstärkungen, schon bereitgestellt, in überraschendem Vormarsch den Norden abriegeln.

Diese Erwägungen gingen davon aus, daß unbedingt ein offensichtlicher Erfolg erzielt werden müsse, um das geschwächte Prestige Brasiliens zu stärken. Die Versorgung der brasilianischen Truppen konnte leicht über See her erfolgen.

Zur selben Zeit, da Tejo Drostes Station überrumpelte, erschienen vor dem kleinen Atlantikhafen starke brasilianische Luftstreitkräfte. In geschicktem Manöver verteilten sie sich in einer Linie, die dem Verlauf der Minensperre entsprach. Auf ein gegebenes Zeichen ließen die Flugzeuge mit Sprengstoff gefüllte Bojen ins Meer fallen, die sich innerhalb der venezolanischen Minenfelder verankerten. Diese Bojen waren mit Radiozündern versehen.

Als das geschehen, gab ein brasilianisches Schiff mit starker Sendeanlage eine Sprengdepesche nach unten, die sämtliche Bojen zur Entzündung brachte. Die explodierenden Bojen wiederum ließen gleichzeitig sämtliche Minen der Sperre über eine große Strecke hin hochgehen.

Unter Führung von ein paar Minensuchbooten steuerte jetzt ein brasilianisches Geschwader auf den Hafen Porto Cabello zu. Es brachte Verstärkungen für die aus den Transportflugzeugen gelandeten Kräfte, die ihren Brückenkopf nur mit harter Mühe gegen die angreifenden Venezolaner hielten. Unter dem Schutz der Schiffsgeschütze gingen große Transportschiffe vor Anker, die im Laufe der nächsten achtundvierzig Stunden neue Truppen und beträchtliche Mengen Kriegsmaterial an Land setzten. Noch ehe die Venezolaner Nachschub heranführen konnten, hatten die Brasilianer den Vormarsch nach Süden angetreten. Die starke brasilianische Luftflotte deckte die rechte Flanke. Und es konnte nur noch eine Frage von Tagen sein, daß die Invasionstruppen die Grenze zwischen Venezuela und Kolumbien erreichten.

Eine Flut von Rundfunkmeldungen ergoß sich aus den brasilianischen Sendern über den ganzen Erdball. Schon glaubte man das Ende des Krieges nahe.

Über den Zweck des Überfalls auf die Station am Furo bei Tlacala und die näheren Umstände dabei verlautete jedoch so gut wie nichts. War es doch Hogans

Wunsch, über das Drostesche Treibmittel so wenig wie möglich in die Öffentlichkeit gelangen zu lassen. Auch über den ruhmvollen Anteil, den Tejo an den Ereignissen in Nordvenezuela hatte, war kaum etwas bekannt geworden. Lediglich seine Beförderung zum Oberst gab den wenigen Eingeweihten zu erkennen, daß man an höherer Stelle seine Leistungen gebührend würdigte.

Hogan saß mit Tejo zusammen in Brasilia und hatte ihm eben zu seiner Beförderung gratuliert.

»Ich hoffe, mein lieber Oberst, wir sind dem Frieden jetzt ein gutes Stück näher. Sollten Sie später vielleicht den bunten Rock für immer ausziehen wollen, so brauchen Sie mir nur ein Wort zu sagen! Leute wie Sie kann ich jederzeit gebrauchen. Doch nun zum Zweck unserer Zusammenkunft! Wie ich Ihrem Bericht entnehme, sind alle wichtigen Teile der erbeuteten Station in den militärischen Werken Cainpinas aufgebaut, und das Fehlende ist ergänzt?«

Tejo nickte.

»Es handelt sich also darum, die Apparate in Tätigkeit zu setzen, den Drosteschen Treibstoff bei uns selbst herzustellen. Sie werden sich am besten an das Laboratorio Nationale wenden, das Ihnen ein paar tüchtige Fachleute zur Verfügung stellen kann.«

Tejo wiegte zweifelnd den Kopf. »Mag sein, Señor Hogan. Doch werden wir auch ohne solche Hilfe zu Rande kommen.« Tejo achtete nicht darauf, daß Hogan ärgerlich das Gesicht verzog. »Ich halte die Sache für ziemlich einfach. Der Punkt, um den sich die ganze Fabrikation dreht, ist ein Zusatzmittel, von dem wir ansehnliche Mengen in der Station am Furo fanden. Unklar allerdings ist mir einstweilen noch die Art der Zusammensetzung dieses Zusatzmittels. Und das zu ergründen, könnten Proben davon an eine Anzahl Laboratorien geschickt werden, mit dem Auftrag, sie genau zu analysieren. Doch das wird eine gewisse Zeit dauern. Ich will daher vorläufig mit den vorhandenen Vorräten den Betrieb aufnehmen und soviel wie möglich von dem Treibstoff fertigstellen. Unsere Flieger werden staunen!«

»Alle Schwierigkeiten wären behoben«, fiel Hogan ein, »wenn der deutsche Starrkopf bereit wäre, uns sein Geheimnis zu offenbaren. Es wurden ihm die bündigsten Versicherungen gegeben, daß ihm das Leben geschenkt, er nach Friedensschluß unbehelligt in die Heimat zurückkehren würde. Doch der eigensinnige Mensch scheint lieber sterben zu wollen, als die Erfindung preiszugeben.«

»Nun, es geht auch ohne ihn! Über die Fabrikation bin ich mir völlig im klaren. Die Hauptsache bei dem Verfahren ist eben das Zusatzmittel. Wird eine gewisse Menge davon unserem gewöhnlichen Treibstoff zugefügt, so gewinnt die Mischung eine geradezu wunderbare Speicherfähigkeit. Es wird dann möglich, mit Hilfe einfacher Metallelektroden elektrische Energie in einer fast unglaublichen Quantität in die Flüssigkeit zu laden.«

»Nun gut! Wenn Sie's gern allein durchführen wollen – besten Erfolg! Doch was sagen sie zu den letzten Nachrichten aus Nordvenezuela?«

Eine gleichgültige Handbewegung. »Ich messe den kleinen Fehlschlägen keine Bedeutung bei. Damit muß man ja immer rechnen. Daß größere venezolanische Truppenmassen in Aktion getreten sind, halte ich für ausgeschlossen. Ehe die da oben ankommen können, haben wir unsere Front derart verstärkt, daß sie sich die Köpfe blutig rennen werden.«

»Sind Sie dessen so sicher?«

»Unbedingt, Señor Hogan!«

Ein Morseschreiber begann zu arbeiten. Hogan riß den Streifen ab, gab ihn seinem Besucher.

»Nun?« fragte er kurz, als auch Tejo gelesen hatte.

»Allerdings – diese Nachricht klingt recht betrüblich. Es droht anscheinend die Gefahr, daß unsere quer über Venezuela gespannte Front durchbrochen wird. Ich muß sagen, ich stehe da vor einem Rätsel. Hoffe jedoch bestimmt ...«

»Rätsel, mein lieber Oberst?« Hogans Stimme hatte einen ironischen Ton. »Rätsel haben wir leider in diesem Krieg genug raten müssen. Auch ich hoffe, daß es unserer Heeresleitung gelingt, das Schlimmste abzuwenden. Denn ein Rückschlag müßte die Kriegsmüdigkeit bedenklich steigern.«

Die Nachrichten vom Kriegsschauplatz in den nächsten vierundzwanzig Stunden waren wenig tröstlich. Zwar suchte die brasilianische Heeresleitung die Größe der Niederlage zu verschleiern, doch schien jedem Einsichtigen klar, daß der Durchbruch so gut wie vollendet war, daß alle Versuche der Armee, die Front wieder zu schließen, an dem hartnäckigen Widerstand der venezolanischen Truppen scheiterten.

Hogans Stimmung verschlechterte sich mit dem Fortschreiten des Tages immer mehr. Er wollte sich eben zur Abendmahlzeit niedersetzen, da wurde ihm eine Depesche gebracht.

»Schwere Explosion in Campinas. Versuchslaboratorium dreiundzwanzig in die Luft geflogen. Die darin befindlichen Menschen tot ...«

Mit wütenden Flüchen schleuderte er das Papier zu Boden – Flüche über Tejo – kein Wort des Bedauerns, des Mitleids mit dessen plötzlichem Ende.

»Die Analysen!« schrie er laut. »Hätte ich wenigstens die! Doch Tejo wollte ja die Proben des Zusatzmittels erst in der nächsten Woche abschicken. Gerechte Strafe nur für seinen übertriebenen Ehrgeiz! Was mußte er sich mit solchen Dingen abgeben? Umsonst das ganze Unternehmen da unten! Der ganze Erfolg zunichte durch den Aberwitz dieses Toren!«

Sein Blick richtete sich wieder auf das Telegramm. Er hob es auf, las es abermals, schlug sich mit der Hand vor die Stirn. »Ist es denkbar?«

Er warf sich in den Stuhl, schloß die Augen. Seine Herrschaft über die mächtigsten Ölvorkommen der Welt schien durch diese höllische Erfindung aufs stärkste bedroht. Hundertfache Leistung mußte das Teufelszeug entwickeln – das bedingte eine um ebensoviel verringerte Nachfrage nach Öl. Seine Macht war dahin!

Ein Diener brachte die Abendzeitungen, legte sie vor Hogan auf den Schreibtisch. Mit einer Gebärde des Unmuts wollte er sie zur Seite schieben. Da fiel sein Auge auf ein paar dicke Schlagzeilen.

»Der Deutsche Medardus Droste, Genosse des Verbrechers Wildrake, ist vom Kriegsgericht zum Tode verurteilt worden. Die Hinrichtung wird morgen stattfinden.«

Hogan zuckte die Achseln.

Noch einmal überflog er die Depesche von vorhin, saß lange in angestrengtem Nachdenken.

»Noch ein letzter Versuch!«

Er drückte auf einen Knopf, befahl dem Diener: »Meinen Wagen, sofort!«

Das erst kürzlich vollendete Gefängnis in Florianopolis, wohin man Medardus Droste gebracht hatte, war mit den besten neuzeitlichen Sicherheitsvorrichtungen versehen. »Eher ein Entweichen aus der Hölle als aus Florianopolis!« hatte der Baumeister lachend sich gerühmt, als es fertig stand. Auf Tejos Veranlassung waren die schier unüberwindlichen Sicherungen, mit denen Drostes Zelle versehen war, noch verstärkt worden.

Die zweite Morgenstunde brach an. Ein Kraftwagen hielt vor dem Tor. Der Posten wollte den Besucher brüsk zurückweisen. Doch der übergab ihm einen Brief, der sofort dem Gefängnisleiter zu bringen war.

Nach geraumer Weile erschien der persönlich, von ein paar Wachleuten begleitet. »Ah, Señor Ho...«

Ein Wink ließ ihn verstummen. »Sind Sie bereit, mich zu dem Gefangenen zu führen?«

»Gewiß, Sir! Es ist zwar grundsätzlich verboten, nachts einem Fremden das Tor von Florianopolis zu öffnen. Doch der Brief entbindet mich ja von meiner Instruktion.«

»Es liegt mir daran, den Gefangenen allein zu sprechen.«

»Kann geschehen! Er ist so stark gefesselt, daß keinerlei Gefahr für Ihre Person besteht.«

Vor der Zelle reichte der Gefängnisleiter Hogan eine starke Lampe, ließ ihn eintreten, schloß die Tür hinter ihm zu.

Der Gefangene lag auf einer Pritsche, Hände und Füße in schweren Ketten. Im Schein der Lampe studierte Hogan die Züge des Mannes. Sie waren von Leid und Qual gezeichnet. Blutlose, eingefallene Wangen, tief in den Höhlen liegende Augen, wirr das Haar, die linke Kopfseite mit Pflastern und Binden verklebt.

»Sie sind Medardus Droste, Freund und Helfer Kapitän Wildrakes?«

Mit leiser Kopfbewegung bejahte der Gefesselte.

»Sie sind im Besitz des Geheimnisses, einen Treibstoff von außergewöhnlich großem Energiegehalt herstellen zu können?«

Der Gefangene nickte wieder.

»Auch das Tauchflugboot Wildrakes ist Ihr Werk?«

Nochmals ein Nicken.

»Wie kamen Sie dazu, sich diesem Wildrake zur Verfügung zu stellen, ihm seine Schandtaten zu ermöglichen – statt Ihre Erfindungen der Menschheit zu schenken – zu friedlichen Zwecken?«

Lange wartete Hogan auf die Antwort. Droste warf den Kopf unruhig hin und her. Mit leiser Stimme begann er schließlich zu sprechen.

»Der Platz des Gerechten, Starken soll an der Seite des Schwachen, Unterdrückten sein, hat man mich stets gelehrt. Euer Kampf gegen Wildrakes Vaterland – was ist er anderes als ein Krieg der Habgier, eine übermütige Vergewaltigung der Schwachen? Die Menschheit…« Ein verächtliches Lächeln spielte um die Lippen des Gefangenen.

»Ah! Sie wollen doch nicht sagen, daß Sie Ihr Geheimnis niemals bekanntgeben wollen? Das wäre ja… Doch ich verstehe Sie. Sie wollen den Preis recht hochtreiben – haben Pläne, Beherrscher der Energiequellen der Welt zu werden…«

Hogan sah nicht den grimmigen Blick, den Droste ihm zuwarf. Mit einem häßlichen Lachen fuhr er fort: »Nun, diese himmelstürmenden Ideen haben Sie wohl begraben. Morgen früh wird Ihnen das Urteil des Kriegsgerichts verkündet werden. Es lautet auf Tod durch den Strang.«

Hogan starrte auf das Gesicht des Gefangenen. Keine Miene verzog sich darin, kein Muskel zuckte.

»Nur ein Mittel gäb's für Sie, der Hinrichtung zu entgehen. Offenbaren Sie uns das Geheimnis Ihres Teibstoffs!«

Der Gefangene schwieg. Zornig trat Hogan näher an ihn heran, wiederholte noch einmal die Worte.

»Niemals werdet ihr's erfahren, und müßte ich tausendfachen Tod erleiden!« Droste hatte, soweit die Fesseln es ihm gestatteten, das Haupt erhoben, sah Hogan durchdringend an.

Hogan vermochte diesen Blick nicht auszuhalten. Ärgerlich wandte er sich ab. Er sah ein, jedes Wort hier war vergebens.

»So stirb denn, du Narr!« zischte er wütend, wollte zur Tür.

Da – der Klang einer Stimme im Raum ... einer Stimme, die ganz anders war als die des Gefangenen. Eine Stimme, die dicht neben ihm zu ihm sprach.

»Der ›Narr‹, der morgen stirbt, William Hogan, ist dein Sohn! Heute vor dreißig Jahren gebar ihn Vivian Doherty in der Hütte des alten Fischerweibes ... an seiner Hand der andere Ring, den du seiner Mutter gabst, der Siegelring mit dem Roßmore-Wappen ...«

Beim Klang der Stimme war Hogan wie erstarrt stehengeblieben, die Augen voll Entsetzen.

Niemand war hier. Er allein mit dem da drüben. War's ein Geist? War's eine innere Stimme in ihm selbst?

Der andere Ring, den er Vivian geschenkt? Mit raschem Sprung stand er an Drostes Seite. Faßte dessen Rechte, drehte sie dem Licht zu. Am Ringfinger ein glänzender Goldreif. So fest saß er an der Hand, daß ihn die Häscher nicht hatten lösen können.

Das springende Pferd im Roßmore-Wappen! Hogan riß die Lampe hoch, hielt sie dicht über das Gesicht des Gefangenen, starrte in leuchtend blaue Augen ...

»Vivians Augen!« wollte er schreien. »Medardus – mein Sohn?«

Die Lampe entglitt seinen Händen. Schwer schlug Hogan zu Boden.

Ungeduldig wartete der Leiter des Gefängnisses. Immer wieder zog er die Uhr. Endlich konnte er sein Befremden nicht länger meistern. Er schloß die Tür auf, die knarrend zurückglitt. Doch an der Schwelle stockte sein Fuß: Die Zelle war dunkel! Dunkel?

In wilder Hast stürzte er zu einem der Wärter, entriß ihm die Lampe, eilte zurück. Da, vor ihm auf dem Boden, lag Hogan!

»Alles herbei!« rief er zur Tür hinaus. »Ein Unglück!«

Im Nu war die Zelle von Wärtern gefüllt. »Hebt den Mann hier auf! Er ist ohnmächtig geworden.«

Da fiel sein Blick auf die Pritsche. »Der Gefangene! Wo ist er? Entflohen?«

Das Lager war leer! Ein einziger Schrei aus allen Kehlen.

Binnen weniger Minuten waren sämtliche Wachen alarmiert. Unmöglich konnte der Befreite das Gebäude bereits verlassen haben. – Bis zum Morgengrauen dauerte die Suche. Doch ein Ergebnis brachte sie nicht. Wie von Geisterhand entführt, blieb der zum Tode Verurteilte verschwunden.

Mit zitternder Stimme meldete der Leiter von Florianopolis, daß der Gefangene Droste aus seiner Zelle entwichen sei. Die Meldung lief auf höhere Anordnung alsbald an alle Behörden weiter, mit der Aufforderung, nach dem Flüchtling zu fahnden, ihn dingfest zu machen.

Beim Publikum wurde die Nachricht wenig beachtet. Die Heeresberichte der venezolanischen Armee nahmen die Aufmerksamkeit voll in Anspruch.

Danach war die Invasion gescheitert. Ein Teil der Brasilianer hatte die Waffen gestreckt.

Die Niederlage, jetzt in ihrer vollen Bedeutung erkannt, wirkte niederschmetternd. Ein paar kleinere Erfolge konnten nichts daran ändern. Die Riesenverluste an Menschen und Kriegsmaterial im ganzen fachten den Funken der Friedenssehnsucht zu immer stärkerer Glut an.

Der Kriegsminister war plötzlich zurückgetreten. Sein Nachfolger, General Suco, galt als Tornos Freund.

Torno – die ganze Last der verfahrenen Situation ruhte auf seinen Schultern. In einer Konferenz im zentralen Regierungspalast unter Vorsitz des Präsidenten hatte er in klaren Worten vorgeschlagen, den Krieg so schnell wie möglich zu beenden. Noch einmal waren die Meinungen heftig aufeinandergeplatzt. Die Gegenpartei unter Führung des Marineministers wollte nur unter Vorbehalt zustimmen. Ein Vertreter der Opposition deutete an, daß wohl William Hogan als wichtiger Exponent der brasilianischen Interessen nicht übergangen werden dürfe.

Vergeblich aber hatte Torno im Anschluß an die Konferenz versucht, mit Hogan Rücksprache zu nehmen. War er auch seiner Sache sich selbst sicher, so interessierte es ihn doch, wie Hogan, der mehrfach schon seine Stellungnahme geändert, jetzt nach diesen schweren Schlägen über die Zukunft nachdachte. Eine Mitteilung aus Hogans Hause von dessen Arzt ließ jedoch ein persönliches Zusammentreffen unmöglich erscheinen.

Ganz Venezuela stand unter dem Eindruck des großen Sieges bei Valencia. Hier war in tagelangem, erbittertem Ringen der Durchbruch durch die brasilianische Front gelungen. Die weiteren Erfolge erhöhten noch den Freudentaumel. Der Einzug der venezolanischen Truppen in Porto Cabello – kein Feind mehr im Norden des Landes. Auch in der venezolanischen Armee waren schwere Verluste zu beklagen. Die Lazarette überfüllt – Freund und Feind durcheinander. Das verhältnismäßig kleine ärztliche Personal arbeitete bis zum Umsinken.

Auch in San Fernando waren Massen von Verwundeten in behelfsmäßigen Lazaretten untergebracht. Gleich nach der Schlacht war auch Edna Wildrake nach San Fernando geeilt, um als Pflegerin zu helfen. Und in Anbetracht ihrer Übung in der praktischen Krankenfürsorge nahm man ihre Dienste weit über ihre Kräfte in Anspruch.

Übermüdet von langen Nachtwachen, hatte sie sich eines Tages eben zu kurzem Schlummer niedergelegt, da hörte sie draußen auf dem Flur lautes Weinen und Flehen einer Frauenstimme. Wie einem Zwange folgend, stand Edna auf und schritt hinaus.

Eine ältere Frau, Angehörige der besseren Stände,

wie es schien, sprach mit dem Lazarettverwalter. Es war zu erkennen, daß sie eine Bitte vorgebracht, die er ihr mit rauhen Worten immer wieder abschlug.

Edna trat näher an die beiden heran. »Kann ich Ihnen helfen?« fragte sie.

Beim Klang von Ednas Stimme hatte die Frau aufgehorcht, trat schnell zu ihr. Die Hände flehend erhoben, überschüttete sie das junge Mädchen mit einer Flut von Bitten, Klagen, wirrem Stammeln.

Edna sah den Verwalter fragend an.

»Sie will zu einem Brasilianer, der verwundet hier eingeliefert wurde. Er ist jedoch als Spion erkannt, den man vor einiger Zeit auf frischer Tat verhaftet und der dann kurz vor der Hinrichtung plötzlich entfloh.«

Die alte Frau brach von neuem in Schluchzen aus. »Nein – er ist unschuldig! Niemals hat er daran gedacht, Spionage zu treiben! Ich selbst bin schuld an allem! Oswald wollte zu mir kommen, mich besuchen. Der Waffenstillstand war ja längst geschlossen ...«

Bei dem Worte ›Oswald‹ war Edna zusammengezuckt. Der Name, hier in Nordvenezuela bei ihren Landsleuten kaum bekannt, ließ sie aufmerken.

Hastig trat sie an die Frau heran. »Oswald nannten Sie Ihren Sohn? Wie heißt er weiter? Wie heißen Sie?«

»Winterloo«, kam es von den zitternden Lippen der alten Dame.

»Winterloo!« Wie ein Schrei kam das Wort aus Ednas Mund. »Oswald Winterloo? Er ist hier? Verwundet, gefangen?« Sie rüttelte den Lazarettverwalter am Arm. »Wo ist dieser Offizier? Schnell! Führen Sie mich zu ihm!«

Der Beamte zuckte die Schultern. Edna stampfte wütend auf. »Wissen Sie nicht, wer ich bin?« sagte sie in hochfahrendem Ton. »Ich heiße Edna Wildrake. Als einem Venezolaner sollte Ihnen der Name nicht unbekannt sein!«

Der Verwalter trat verlegen von einem Fuß auf den

anderen. »Es ist unmöglich, Señorita! Strengster Befehl, niemand zu dem Inhaftierten zu lassen. Schon einmal ist er uns entwischt!«

Sporengeklirr vom Ende des Ganges. Oberst Ceralbo, Kommandant von San Fernando, kam in Begleitung seines Adjutanten daher. Als er die ihm wohlbekannte Schwester Robert Wildrakes erblickte, beugte er sich in ritterlicher Ehrerbietung über ihre Hand.

In hastigen Worten erzählte sie ihm, was hier vorging. Bei dem Namen ›Winterloo‹ verdüsterten sich seine Miene.

»Sie verschwenden Ihre Güte an einen Unwürdigen, Señorita! Ich bin leider genötigt, Ihnen diese Bitte abzuschlagen.«

Fassungslos taumelte Edna zurück. »Einen Unschuldigen wollen Sie morden?« schrie sie, unfähig, sich zu beherrschen.

Der Adjutant versuchte sie zu beruhigen. Doch sie wies ihn unwillig ab. »So gewähren Sie wenigstens Aufschub, Herr Oberst, bis ich mich an den Diktator Guerrero persönlich gewendet habe.«

»Gern, Doña Edna! Das kann ich ohne weiteres verantworten. Es wird also dem Hauptmann Winterloo nichts geschehen, bevor Guerrero selber entschieden hat!«

Edna ergriff die Hand des Obersten mit festem Druck. Eilte dann zu Oswalds Mutter, die ihr, vor Glück und Freude weinend, um den Hals fiel!

Edna zitterten die Knie. Unschuldig verurteilt, der Geliebte! Konnte, durfte sie ihn in den Tod gehen lassen? Niemals!

Langsam wurde sie ihrer Schwäche Herr. »Wir wollen zu ihm! Wer sollte es wagen, Robert Wildrakes Schwester zu verwehren, eine Mutter zu ihrem todgeweihten Sohn zu führen? Geleiten sie uns zu dem Gefangenen!« herrschte sie den Aufseher an.

Der schritt ihnen voran zu dem Untergeschoß des

Gebäudes. Im Hintergrund eines langen Ganges schloß der Aufseher eine Tür auf.

Der Raum war von meterdicken Mauern umschlossen. Nur ein kleines Fenster in der Decke ließ spärliches Licht herein. Beim Öffnen der Tür hatte sich der Gefangene von seinem Lager aufgerichtet. Den linken Arm in der Binde, den Kopf mit blutigen Tüchern umhüllt, schaute er zum Eingang.

Oswalds Mutter trat ein.

»Mutter!«

Der Gefangene war aufgesprungen. Ein lauter Schrei aus dem Munde der Mutter – dann schlossen sich ihre Arme umeinander. Lange standen sie so. Dann machte sich Oswald frei, drückte sein Gesicht an das der Mutter, küßte ihre tränenüberströmten Wangen, sprach zu ihr.

Und nun klang langsam, stockend auch die Stimme der Mutter. Jetzt machte sie ihre Rechte frei, deutete zur Tür, rief: »Oh, kommen Sie doch zu uns, daß wir Ihnen danken!«

Eine Weile noch zögerte Edna. Erst als auch Oswald nach der unbekannten, gütevollen Helferin rief, überschritt sie die Schwelle. Trat, die eine Hand vor die Augen gepreßt, vor ihn hin – fühlte wie im Traum, daß eine Männerhand die ihre ergriff und innig drückte.

Da, unfähig, ihre Beherrschung länger zu bewahren, ließ sie die andere Hand sinken …

Nur das eine Wort ›Edna‹ hörte sie noch. Dann lag sie in seinen Armen.

Von Juan Avilla, dem alten Administrator, begleitet, kehrte Maria Anunziata von einem Ritt durch die Felder nach La Venta zurück.

»Kommen Sie mit mir, Señor Avilla! Vielleicht, daß das Radio uns neue Nachrichten gebracht hat. Schon tagelang keine Mitteilung von Edna – von Robert ganz zu schweigen!«

Am Arm des Verwalters betrat sie das Stationszimmer. Ihr Begleiter schüttelte traurig den Kopf. »Keine Radionachricht – auch kein Brief, Doña Maria! ... Man hat uns wohl völlig vergessen hier!«

Maria ging in ihr Zimmer. Mißmutig warf sie sich auf ein Sofa. Vergessen? ... Ja! Sie, die Blinde, und der alte Avilla waren unnütz! Nirgends zu gebrauchen.

Laut aufschluchzend schlug sie die Hände vors Gesicht – und die Tränen erleichterten ihr Herz.

Ihre Lider schlossen sich. Und ihre Sinne suchten die Bilder ihrer Lieben vor ihr geistiges Auge zu bannen. Robert – Edna – Mit ganzer Seele umfing sie die Gestalten, wie die Erinnerung sie ihr vorspiegelte. Die anderen Vertrauten – nie hatte ihr sehendes Auge sie erblickt –: Droste, Barradas, Calleja und die übrigen Freunde.

Doch nein! Den einen hatten ihre Augen gesehen: den alten grauen Mann, der damals auf der Insel zu ihr gekommen war. Kaum eine Stunde seit jenem Tage, wo sie nicht an dieses Erlebnis sich erinnerte.

Was war damals mit ihr, mit ihren Augen geschehen? Jene unverständlichen Worte des Alten: »Tote Augen einer Blinden sehen, was allen Sterblichen verhüllt«, wollten ihr nicht aus dem Kopf. Und erst recht nicht die anderen: »Der Tag wird kommen, wo deine jetzt toten Augen wieder lebendig alle Schönheit der Welt genießen!«

Inbrünstig hatte sie sich an diese Verheißung geklammert. Hatte jeden Morgen, den Gott werden ließ, in bangem Erwachen begrüßt. Aber jede neue Sonne brachte neue Enttäuschung.

Sie rang verzweifelt die Hände. »Wüßte ich nicht, daß du doch unser Freund, so möchte ich dich verwünschen, du alter grauer Mann. Wie an eine göttliche Botschaft glaubte ich an deine Verkündung. Aber niemals wohl werde ich das Augenlicht wiedergewinnen!«

Tränen liefen über ihr Gesicht. Da zuckte sie zusammen: Eine Stimme klang an ihr Ohr. Sie schlug die Augen auf. Der Freudenruf, den sie ausstoßen wollte, erstarb …

»Der alte graue Mann – ja, er ist hier! Du siehst recht, Maria! Doch die Zeit ist nahe, wo du auch anders sehen wirst – sehen mit lebendigen Augen! Denn deine Augen sind nicht tot. Leid und Kummer nur verdunkelten ihren Spiegel. Freude und Glück deiner Zukunft werden sie wieder erhellen!«

Marias Hände umklammerten die des Fremden. Ein Strom von Kraft und Zuversicht überflutete sie. Sie sank zurück, schlummerte ein.

Ein Kraftwagen aus San Fernando hielt vor dem Tor von La Venta. Wildrake stieg aus, eilte ins Haus. Riß die Tür zu Marias Zimmer auf, rief jubelnd in den halbdunklen Raum: »Der Sieg ist unser, Maria! Der Feind bietet Waffenstillstand an!«

Die Worte des Geliebten trafen Maria, aus tiefem Schlaf aufgeschreckt, so unvermittelt, daß sie einen bangen Schrei ausstieß. Ihr Körper bebte.

Mit einem Ausruf der Angst beugte sich Wildrake über sie. Unter seinem liebevollen Zuspruch wurde Maria wieder ruhiger. In einem Strom von Freudentränen befreite sich ihre Seele. Sie trocknete die Tränen, schlug die Augen auf – schloß sie wieder – schlug sie von neuem auf.

Ihre Lippen gerieten in zitternde Bewegung.

»Roberto – Geliebter! Komm näher zu mir, daß ich dir besser ins Auge schauen kann – deine Züge, die lieben, wiedererkenne, so wie ich sie vor so langer Zeit gesehen!«

Wildrake setzte sich dicht neben sie, blickte sie unsicher lächelnd an.

Maria legte ihm die Hand auf den Mund. »Nicht sprechen, Roberto! Wer weiß, wie lange der Traum noch dauert? Diese köstlichen Augenblicke will ich nutzen – dein Gesicht, deine Gestalt mit vollem Auge umfangen!« Sie strich ihm durch das Haar. »Ach, Roberto! Dein schönes dunkles Haar! Hier schimmert's grau, du. Ja, die vielen Sorgen ...«

Wildrake zuckte zusammen. War Maria krank? Sie wollte die grauen Streifen an seinen Schläfen sehen?

»... und dein Gesicht – so schmal und hager ist's geworden!«

Roberto wollte ihr zärtlich über die Stirn streichen, doch sie ergriff seine Hand, drückte sie an ihre Lippen. »Mein Ring, Robert! Du trägst ihn immer noch an dem Finger, über den ich ihn damals streifte – in jener Stunde des Glücks, da du um mich geworben hast! – Glücklich jene Stunde – glücklicher diese, wo ich dich wiedersehe! Ja, Roberto! Ich sehe dich wieder! Du schüttelst den Kopf, blickst angstvoll besorgt? Glaubst, ich wäre ... Nein, ich bin völlig gesund! Meine Augen sind nicht mehr tot. Sie sind lebendig – sehen dich, sehen alles um mich her: das Zimmer, die Strahlen der Sonne, die durch die Läden hindurch sich am Boden spiegeln. Doch warum ist's nicht heller hier? Öffne die Läden!«

Wildrake stand taumelnd auf, schritt zu dem Fenster, wollte es öffnen, blieb stockend stehen.

Was Maria da sprach – war's denn möglich? Täuschung nur, Ausbruch ihrer kranken Phantasie – oder doch Wahrheit? Dann – die Hand, die den Laden öffnen wollte, fuhr zurück –, dann wäre das helle Sonnenlicht Gift für die kaum Genesene. Er wandte sich um, eilte wieder zu Maria. Die streckte ihm die Arme entgegen, schaute ihn mit frohen Augen an.

»Maria!« stieß er heiser hervor. »Ich muß Gewißheit haben!«

Er riß ein Papier aus der Tasche, hielt es vor ihre Augen. »Kannst du lesen, was hier steht, Maria?«

»Ein Brief ... an Herrn Admiral Robert Wildrake ...!«

Mit einem Jubelruf zog sie den Geliebten an ihre Brust. »Du bist Admiral geworden?«

Da löste sich die lähmende Spannung des Mannes. Der Schrei höchsten Glücks erstickte in dem Kuß, in dem sich ihre Lippen fanden.

Eine Flugjacht eilt in großer Höhe über Brasilien nach Norden der Amazonasmündung zu.

Im Pilotenstand ein kleiner alter Mann. Er läßt das Schiff tiefer gehen, stellt die automatische Steuerung auf Kurs Nord zu Nordwest, prüft noch einmal alle Teile der Einrichtung. Dann wendet er sich, geht in die Passagierkabine.

Auf einem Wandbett ein Fluggast in tiefem Schlaf. Der Alte umfaßt mit einem langen Blick die Züge des Schlummernden, dann legt er ihm sanft seine Hand auf die Schulter.

Der Schläfer scheint zu erwachen. Er schlägt die Augen auf, schließt sie wieder, deckt sie mit den Händen zu.

Der Traum, der schöne Traum, der ihn umfängt, soll nicht verschwinden vor der furchtbaren Wirklichkeit! Er ist ja im Gefängnis, in Ketten geschlossen! Morgen soll er hingerichtet werden …

Doch weiter ging der Traum: Arvelin, Vater Arvelin war bei ihm. In seinen Armen wurde er den Kerkermauern entrückt – hinaus in die goldene Freiheit … Und was hatte er in der Zelle zu jenem Fremden gesprochen? Der Narr, der morgen stirbt, William Hogan, ist dein Sohn!« Das andere, von einer Vivian – das hatte er nicht verstanden …

Der Liegende beginnt aufzuhorchen. Ein Rauschen unter ihm, so vertraut der Klang – wie wenn die Meereswogen unter ihm brausten. Langsam hebt er den Kopf, dann den Oberkörper. Wo ist er? Keine Kerkerwände? Die Hände frei? An ihren Gelenken die Striemen der Fesseln.

Ein Flugzeug, das ihn trägt? Das Rauschen unter ihm ist stärker geworden. Er springt auf, geht zum Fenster, schaut hinaus.

Das Meer? Kein Land zu sehen. Er stürzt zum Pilotenstand, reißt die Tür auf – prallt zurück.

Leer der Raum! Wo ist der Pilot?

Seine Augen suchen in allen Winkeln der Jacht. Niemand da außer ihm! Er stürzt zum Steuer. Die automatische Steuerung ist eingestellt. Und die Route auf dem Kartentisch, rot eingezeichnet, führt von Florianopolis nach Nordvenezuela. ›San Fernando‹ liest Droste bei scharfem Hinsehen.

Er nimmt das Besteck, stellt den Stand der Jacht fest. Ist das nicht alles Täuschung, Trugbild verstörter Phantasie, so muß er in Kürze die Gestade von Carupano sehen. Er greift zu einem Glas, blickt angestrengt nach Süden. Dort jetzt ein grauer Strich, der größer und größer wird! Fast hätte er aufgeschrien, denn es sind die ihm wohlbekannten Umrisse der Küste, die da vor ihm auftauchen.

Noch ein Blick auf die Steuerung, dann wankt er in die Kabine, sinkt auf das Bett. Nicht länger tragen ihn die zitternden Knie. Sein Auge fällt auf eine Flasche. Er schenkt sich ein, trinkt. Der feurige Wein belebt ihn.

Kein Traum mehr jetzt alles: Er ist frei! Das Übermaß der Freude läßt ihn halb bewußtlos zurücksinken.

Als er wieder zu sich kommt, ist die Sonne ein gutes Stück nach Westen weitergegangen. Er eilt in den Führerstand, schaut nach unten.

Die Kämme der Küstengebirge von Venezuela liegen hinter ihm. Er reißt das Glas vor die Augen: Dort grüßen die Türme von San Fernando!

Ein kurzes Überlegen – dann stellt er das Steuer um in Richtung auf La Venta. Sieht wenige Minuten darauf dessen weiße Mauern aus dem dunklen Grün der Bäume leuchten.

Doch je näher das Ziel, desto größer die Schwäche

in ihm. Mit zitternden Händen bedient er die Apparate – sieht nicht mehr, wie beim Nahen der Flugjacht Menschen aus dem Hause kommen, ihm erwartungsvoll entgegenwinken.

Er fühlt noch eben, wie die Jacht aufsetzt. Die Tür wird von außen aufgerissen. Wildrakes Stimme schreit ihm in höchster Überraschung entgegen: »Medardus Droste, wo kommst du her?«

Da schwindet der Rest seiner Besinnung ...

Seit Tagen kam außer dem Arzt niemand mit William Hogan in Berührung. Aus Florianopolis nach Hause gebracht, war er in ein Fieber verfallen. Der Arzt wußte sich keinen Rat. Eine seelische Erschütterung schwerster Art mußte Hogan getroffen haben. Sein Zustand war schwankend: Stunden tiefster Lethargie wechselten mit wilden Fieberdelirien. In unzusammenhängenden, unverständlichen Worten schrie er nach seinem ›Sohn‹. Nannte ihn bald Medardus Roßmore, bald Medardus Hogan. Man solle ihn zu ihm bringen!

Der Arzt hatte mit Josef, Hogans langjährigem Diener, gesprochen. Der schüttelte den Kopf. Sein Herr hatte nie einen Sohn gehabt. Die Ehe mit Maria Potter war kinderlos.

Dann wieder, als übermanne ihn die Ungeduld, wollte der Kranke aus dem Bett springen, wollte selbst zu Medardus, seinem Sohn, eilen. Wurde er dann mit Gewalt wieder aufs Lager gebracht, so fing er an zu jammern und zu klagen.

»... Medardus ist krank ... gefangen! Er muß sterben, wenn ich ihn nicht befreie ... rette ...!«

Schaurlich klang's, wenn er immer wieder schrie: »Ich bin dein Mörder, Vivian! Doch du wurdest gerächt! Freudlos, glücklos mein Leben an der Seite Maria Potters – ihr Schoß unfruchtbar – keinen Erben konnte sie mir schenken. Der, den du, Vivian, mir gabst – wo ist er? – Komm zu mir, Medardus, daß ich dich umarme! All meinen Reichtum will ich dir… Nein! Meine Liebe – nicht den Reichtum – denn nur Unglück brachte er mir!

Die einzigen glücklichen Stunden in meinem Leben waren die mit Vivian Doherty. Doch die Erinnerungen daran vergiftete das Bewußtsein meiner Schuld, die mich nie zur Ruhe kommen ließ.

Als einziger Trost, mein Unrecht zu sühnen, bliebe, daß ich Vivians Sohn vor aller Welt als William Hogans Erben anerkenne. Wenn der die Arme um mich schlänge, mich ›Vater‹ nennte – vielleicht könnte ich dann den Rest meiner Tage weniger freudlos, weniger kummervoll verbringen. Medardus, mein Sohn! Komm zu deinem Vater!«

Flehend stammelten seine Lippen es immer wieder. »Medardus! Wer taufte dich so? Wer wußte von meiner Liebe zu Vivian Doherty? Wer weiß, daß Medardus mein Sohn ist?

Die Stimme, die im Gefängnis zu mir redete – war's die eines Menschen?«

Der Ring am Finger des Gefangenen – der Wappenring der Roßmore? – Kein Sterblicher hat von jener Stunde gewußt, da Vivian in seinen Armen gelegen, sein geworden war – und er ihr den Ring als Unterpfand der Treue gegeben…

Der Ring – wie kam er an die Hand des zum Tode Verurteilten?

Hogan sank erschöpft in die Kissen.

»Unmöglich, mein Herr! Señor Hogan ist krank, kann keinen Besuch empfangen.«

Der Diener José sprach's zu einem alten, unscheinbaren Mann, der in der Halle des Hauses vor ihm stand.

»José, wenn Ihnen das Wohl Ihres Herrn am Herzen liegt, so lassen Sie mich zu ihm!«

Der Diener schüttelte bekümmert den Kopf. »Unmöglich, mein Herr!«

Der Alte zögerte, nahm dann einen Ring aus der Tasche, gab ihn dem Diener. »Bringen Sie diesen Ring zu Ihrem Herrn! Der Überbringer warte seiner Bitte, ihn zu sehen.«

Erstaunt trat der Diener einen Schritt zurück. Die Worte des Alten – wie sonderbar klangen sie! Sein Herr sollte bitten, daß dieser unscheinbare kümmerliche Besucher zu ihm käme?

Wie unter einem Zwang nahm er den Ring, schritt nach oben.

»Er soll zu mir kommen! Sofort!« gellte die Stimme Hogans. »Wo ist der Mann, der den Ring brachte? Warum kommt er nicht?«

Der Kranke war aus kurzem Schlummer erwacht. Der Ring, an den er eben noch gedacht, lag nun plötzlich in seiner Hand! Er sah das Roßmore-Wappen wieder vor seinen Augen!

Verschwunden alle Schwäche. Unfähig, seine Geduld zu meistern, schrie er immer wieder: »Er soll zu mir kommen!«

José rannte die Treppe nach unten.

»Kommen Sie, mein Herr! Rasch – rasch, sonst stirbt Señor Hogan! ... Was ist's? Was bedeutet der Ring? – Kommen Sie schnell!«

Er lief dem Besucher voraus. Hogan hatte sich in den Kissen aufgerichtet, blickte zur Tür.

»Der Herr, der den Ring brachte – hier ist er, Señor Hogan!«

José deutete auf den alten Mann, der jetzt langsam ins Zimmer trat und sich an Hogans Bett niedersetzte.

Der Diener ging hinaus, schloß die Tür ... Blieb stehen – bereit, sie jeden Augenblick wieder aufzureißen, um seinem Herrn zu Hilfe zu kommen.

Doch aus dem Zimmer drang nur die Stimme des

seltsamen Gastes, der in ruhigem, gemessenem Tone sprach und immer weitersprach …

Jetzt endlich auch Hogans Stimme. Doch wie ganz anders klang sie! Klang, wie José sie noch nie gehört zu haben glaubte. Klang so weich, so glücklich – wie von erlösendem Weinen unterbrochen.

Ja! William Hogan weinte.

Leise klinkte José die Tür auf, sah in frohem Staunen auf die beiden. Der Herr bedurfte seiner nicht! Unhörbar, wie er eingetreten, glitt er wieder zurück.

Hörte noch, während die Tür sich schloß, den Ausspruch des Alten: »Nicht mehr lange, dann wirst du Vivians Sohn in deine Arme schließen!«

La Venta lag im Schein der Morgensonne. Unter einem schattigen Baum des Gartens ruhte Droste in einem Liegestuhl. Maria breitete zum Schutze gegen die Morgenkühle sorgsam eine Decke um den Freund.

Ein paar sorgenvolle Tage lagen hinter ihnen. Droste war, kaum von Wildrakes Armen aus dem Flugzeug in das Haus gebracht, in eine Nervenkrise verfallen. Zu groß der plötzliche Umschwung seines Geschickes, als daß nicht auch seine starke Natur schwer erschüttert worden wäre. Die liebevolle Pflege Marias und Wildrakes ließ ihn den Anfall glücklich überstehen. Seit gestern hatte sich sein Befinden so gebessert, daß er heute zum erstenmal ins Freie gebracht werden konnte.

»Versuche jetzt ein Stündchen zu schlafen, Medardus! Dann werden wir wiederkommen, dich erfrischt und wohl finden!« sagte Wildrake.

Mit freundlichem Winken ließen sie Droste allein. Der schloß die Augen, versuchte zu schlafen …

Unmöglich! Die Stürme, die in den letzten Tagen über ihn hinweggebraust, waren noch nicht verebbt. Immer wieder hafteten seine Gedanken an den Worten, die in der Zelle an sein Ohr gedrungen.

»Der Narr, der morgen stirbt, William Hogan, ist dein Sohn!«

... William Hogan sein Vater? Seine Erinnerungen gingen zurück nach Winterloo. Er wußte, daß der Name ›Droste‹ ihm von seinen Pflegeeltern gegeben worden. Wie er wirklich hieß, ahnte ja niemand. Als Kind war er, einziger Überlebender eines untergegangenen Schiffes, in einem unbemannten Boot von den Wogen ans Land geworfen worden. Das einzige Zeichen, das eine Erkennung möglich machte, blieb ein Wappenring, den ihm, als er erwachsen war, Vater Arvelin als sein Eigentum gab. Wo war der geblieben? Hatte man ihm bei seiner Einlieferung ins Gefängnis den Ring weggenommen? Seine Augen starrten sinnend über die grüne Rasenfläche.

Da kam ein Mann auf ihn zugegangen, eine hohe, kräftige Gestalt, die Schultern wie vom Alter leicht gebeugt. Eine dunkle Erinnerung stieg in Droste auf. Dieses Gesicht, diese Augen – hatte er sie nicht schon einmal gesehen? Fragend schaute er den Fremden an, der vor ihm stehengeblieben war und ihn unverwandt betrachtete.

Unwillig wollte Droste ihn angreifen, doch er unterließ es, als er die Veränderung sah, die sich auf dem Gesicht des Fremden vollzog. Tränen rollten langsam über dessen Wangen. Der Mund zuckte. Die Hände, bisher krampfhaft ineinandergeschlungen, lösten sich, streckten sich Droste entgegen. Wankend trat der Fremde neben ihn, kniete nieder an seiner Seite.

»Medardus, mein Sohn! Ist's möglich, daß mir solch Glück noch blüht, die Arme um meines Sohnes Schultern zu schlingen?«

Droste machte eine scheue Bewegung. Wieder klang jener rätselhafte Ruf in der Zelle an sein Ohr. Eine Stimme in seinem Innern ließ ihn erschauern. Und schweigend duldete er, daß der Fremde seine Arme um ihn legte und in zitternder Rührung zu ihm zu sprechen begann.

Die ersten Worte waren ihm kaum verständlich. Eine Mischung von Selbstanklagen und von Vorwürfen gegen einen anderen. Dazwischen wieder und wieder der Name ›Vivian Doherty‹.

Droste erfaßte nicht den Sinn des Gestammelten. Nur dieser eine Name, der immer wieder zu ihm drang, klang in seiner Seele weiter.

»Vivian… Mutter!« kam es flüsternd von seinen Lippen.

»Ja! Vivian ist deine Mutter! Ich… bin dein Vater! Wir hatten einander Treue geschworen. Ich liebte sie, wie ich in meinem Leben nie wieder einen Menschen geliebt habe. Und doch hielt ich ihr nicht die Treue um schnöden Geldes willen!«

Von seiner Erregung übermannt, hielt der Fremde einen Augenblick inne. Fuhr dann mit kaum hörbarer Stimme fort: »Den Ring hier« – er zog den Goldreif mit dem Roßmore-Wappen von seinem Finger – »gab ich einst deiner Mutter als Unterpfand meiner Treue, die ich brach. Ein Wesen, von Gott gesandt, brachte ihn mir wieder als Beweis für seine Worte, daß mir Vivian Doherty einen Sohn geboren, den man Medardus taufte. Es hatte ihn von Vivians Hand genommen, die sterbend mir verzieh, um ihn dereinst ihrem Sohn zu geben, wenn er ein Mann geworden. Du trugst den Ring viele Jahre bis zu der Nacht vor dem Morgen, an dem du…«

Die Stimme versagte ihm. Sein Kopf lag an Drostes Schulter. Der hielt sich, überwältigt von dem, was da auf ihn eindrang, kaum noch aufrecht. Der Fremde hier neben ihm sein Vater? William Hogan, der ihnen allen schlimmster Feind gewesen? Konnte das Schicksal das wollen? Den Mann, den er stets gehaßt, sollte er Vater rufen?

Vater! Wie ganz anders klang dies Wort, wenn er an

Arvelin dachte! Seine Gedanken flogen zu ihm... Doch war es nicht, als stünde der gütig lächelnd an seiner Seite und redete ihm vertrauensvoll zu?

»Ja, es ist wahr, Medardus: William Hogan ist dein Vater. Wird er dich auch nicht mehr lieben können als ich, so laß seine Liebe deshalb nicht unerwidert! Gib ihm, was dein Herz zu geben vermag! Laß die Stimme des Blutes, das dich mit ihm verbindet, nicht ungehört verhallen, wenn sie zu dir spricht!«

Ich Blut von William Hogans Blut? Droste erbebte, wandte sich scheu seinem... Vater zu. Und sah zwei Augen, die ihn bittend in ängstlicher Erwartung anschauten. Unwillkürlich hob Droste die Rechte – und William Hogan ergriff sie mit einem unbeschreiblichen Ausdruck von Rührung und Freude.

Erstaunt blickten Maria und Wildrake, als sie zurückkamen, auf den Fremden neben ihrem Gefährten. Wildrake wollte fragen – da erhob sich der Unbekannte.

»Ich bin William Hogan – und dieser hier ist mein Sohn, der fortan Medardus Hogan heißen wird!«

Im ganzen Lande klangen die Friedensglocken. Der Boden Venezuelas wieder frei!

Eine Flugjacht stieg in La Venta auf, nahm Kurs nach Norden. Die drei Insassen schauten mit wehmütiger Freude auf das glückliche Land, das allmählich hinter ihnen am Horizont versank.

»Sie werden vergeblich nach dem ›Freunde Wildrakes‹ rufen«, sagte Oswald Winterloo und drückte Medardus die Hand.

Der machte eine stumme Bewegung der Abwehr, schritt zum Maschinenraum, prüfte den Tourenzeiger. Nicht schnell genug konnten ihn die Propeller vorwärtstragen.

In das Friedensfest war über den Ozean aus Schloß Winterloo eine Nachricht vom alten Friedrich gekommen: »Dr. Arvelin schwer erkrankt!« Die Worte hatten sie jäh aus aller Festfreude gerissen. Hin zu ihm, dem alten, gütigen, väterlichen Freund!

Edna nahm Winterloos Hand, deutete gen Westen, wo die Küste des Kontinents wie ein Nebelstreif noch einmal kurz sichtbar ward.

»Nehmen wir Abschied von der alten Heimat, Oswald! In der neuen drüben wird uns, so Gott will, ein besseres Glück blühen! Hoffen wir nur, daß wir Dr. Arvelin noch lebend finden! Der alte Getreue – er hat es wohl verdient, daß wir ihm noch einmal unsere Dankbarkeit aussprechen für das, was er an dir, an uns allen getan!«

Sie standen am Sterbelager Arvelins. Der schlug noch einmal die Augen auf. Mit einem langen Blick voller Liebe umfing er die drei, die sein Lager umstanden. Dann schlossen sich seine Augen für immer.

Viele Jahre später noch, wenn das Leben die Freunde zusammenführte, sprachen sie, wenn sie des Krieges gedachten, von den rätselhaften Vorgängen jener Zeit. Keiner, der eine Erklärung zu geben vermochte. Unbewußt jedoch klang in ihrem tiefsten Innern dabei ganz leise der Name ›Arvelin‹.

HEYNE BÜCHER

Ein genialer Geheimplan

Die USA hatten einen genialen Geheimplan: mit Zeitmaschinen Spezialisten 5 Millionen Jahre in die Vergangenheit zu schicken, um den Arabern vor ihrer Zeit das Öl abzupumpen und mit Pipelines in andere Lagerstätten zu verfrachten. Das Fatale war nur: Niemand konnte wirklich die Folgen eines solchen Eingriffs kalkulieren. Wie würde unsere Gegenwart aussehen, wenn der Coup gelänge? Hätte es dann die Welt, wie wir sie kennen, überhaupt je gegeben?

Wolfgang Jeschke
Der letzte Tag der Schöpfung
06/4200

Wilhelm Heyne Verlag
München